U0924583

德伯家的苔丝

［英］托玛斯·哈代◎著　王忠祥　聂珍钊◎译

長江出版傳媒｜长江文艺出版社

图书在版编目（CIP）数据

德伯家的苔丝 /（英）托玛斯·哈代著 ；王忠祥，聂珍钊译. -- 武汉 ：长江文艺出版社，2018.5（2024.1 重印）
（世界文学名著名译典藏）
ISBN 978-7-5702-0275-1

Ⅰ. ①德… Ⅱ. ①托… ②王… ③聂… Ⅲ. ①长篇小说－英国－近代 Ⅳ. ①I561.44

中国版本图书馆 CIP 数据核字（2018）第 061986 号

责任编辑：高田宏　　责任校对：毛季慧
封面设计：刘　垒　　责任印制：邱　莉　王光兴

出版：长江出版传媒 | 长江文艺出版社
地址：武汉市雄楚大街 268 号　　邮编：430070
发行：长江文艺出版社
电话：027—87679360
http://www.cjlap.com
印刷：长沙鸿发印务实业有限公司

开本：880 毫米×1230 毫米　1/32　　印张：16.5
版次：2018 年 5 月第 1 版　　2024 年 1 月第 2 次印刷
字数：400 千字

定价：49.00 元

译者前言

长篇小说《德伯家的苔丝》的作者托玛斯·哈代（Thomas Hardy 1840—1928）是英国杰出的现实主义作家，在世界文学史上，尤其是在英国小说创作乃至欧洲小说创作的发展过程中，他都占据着一席重要位置。立足于历史与未来的交叉点，跨越两个时代的哈代，在发扬英国文学传统与勃兴英国当代文学之间，表现了自己独特的“桥梁”作用，具有深远的世界声誉。西方文学史家评介哈代时，常把他和一些伟大的英国文学家相提并论，卡尔·韦伯认为哈代是“英国小说中的莎士比亚”，他当之无愧。

哈代出生在英国西南部多塞特郡的一个偏僻的村庄，他的父亲原为打零工的石匠，后来当了建筑师。由于家境贫寒，哈代小学毕业后在家自修，学习教堂建筑，1862 年去伦敦继续学建筑，同时研究文学、哲学和神学，1867 年回到故乡从事建筑工作，并开始写作活动。哈代于十九世纪后 30 年写出了许多杰出小说，加上十九世纪末和二十世纪的大量诗作，广泛而深刻地反映了那个变革的时代。哈代一生写了 14 部长篇、44 部短篇和 4 部抒情诗集，此外还有诗剧《列国》3 部。他将他的一些小说创作归纳为“罗曼史的幻想”、“爱情阴谋故事”。1912 年，哈代在他编纂的散文全集中，又把一些有重大意义的长篇小说称之为“性格和环境小说”，这些小说的故事都发生在英国南部农村，即所谓“威塞克斯”（Wessex）地区，这是一个虚构的名称。因此，这些小说统称为“威塞克斯”小说。这一系列小说，都是描写前十九世纪70年代到90年代的英国社会，最充分地反映了作者的世界观和美学追求发展的过程：由迷恋田园生活的人生观，走向思虑家长制农村和谐理想及其悲剧性瓦解之难以避免，并进一步发展到对于维多利亚王朝（女王在位1837—1901）末期“伪乐观主义”的否定，对于资本主义社会不公平的现象和残酷罪行的鞭笞与抗击。《德伯家的苔丝》是哈代最优秀的长篇小说，它标志着小说家现实主义创作发展的高峰，其主题思想更为广泛深化，人文精神更加充沛浓重。

《德伯家的苔丝》出版于1891年，它是哈代小说创作进入晚期阶段的标志。长篇小说描写朴实、美丽、勤劳的乡下姑娘苔丝的私人生活经历及其恋爱婚姻的悲惨结局，深切地反映了十九世纪下半叶，在宗法制下的英国农村农民命运蜕变的真相：随着资本主义关系的入侵，英国农村逐渐崩溃，农民因经济结构改变走向贫困和破产。小说家对资产阶级社会中虚伪的法律、道德、宗教和婚姻制度进行了无情的揭发，并且予以猛烈的抨击。在这部小说中，哈代塑造了一个心地善良、品德高尚的农村姑娘的典型形象。苔丝虽然出生于没落的小贵族世家，却非常喜爱简单的农民的姓氏。为了生计，她不得不到阿历克家做工。浪荡子弟阿历克施展毒计蹂躏了她，使16岁的纯美少女苔丝成了一个“失了身的女人”。后来，离开阿历克的苔丝在牛奶厂当了挤奶工，并与牧师的儿子“特别工人”安琪尔·克莱尔相识相爱，答应了他的求婚。新婚之夜，苔丝向克莱尔坦白了自己的过去，不料克莱尔在旧伦理偏见驱使下抛弃了她，苔丝再一次被推进了痛苦的深渊。不久，为生活所迫，她又落入阿历克·德贝维尔的圈套，与他同居，重新蒙羞受辱。当克莱尔从巴西归来出现在她面前，并表示愿意夫妻“破镜重圆”时，她从而确认阿历克·德贝维尔毁掉了她的一生幸福，新仇旧恨涌上心头，激起了复仇的烈火，她在愤怒中亲手杀死了他，以生命为代价换取了与克莱尔的短暂的欢愉。

哈代通过描绘苔丝这个典型形象，批判当时社会虚伪的道德风尚，谴责维护富人权益而镇压贫苦人民反抗的不公平的刑律。小说家对苔丝倾注了无限的同情和热爱，他用最美好的语言来刻画她那纯洁高尚而勇于反思抗恶的心灵，赋予她的形态非常丰富的诗情画意，并用小说副标题“一个纯洁的女人”公开向传统的道德观念宣战！

在《德伯家的苔丝》这部小说中，小说家还塑造了安琪尔·克莱尔和阿历克·德贝维尔这两个男性人物：一个是不乏上进要求的自由资产阶级和知识分子的典型形象，一个是依靠经营商业发财的富贵人家的纨绔子弟。安琪尔·克莱尔接受了现代哲学思想的良好影响，产生追求自由的愿望，在当时英国的历史条件下，代表进步的资产阶级要求改变现有社会秩序，无疑具有一定的社会意义。但实际上，安琪尔·克莱尔并没有跳出旧的道德观念的束缚和阶级偏见的局限，不能谅解苔丝“失身”的过去，采取遗弃行动，这充分暴露他的资产阶级两面性。阿历克·德贝维尔却是沉溺于欢娱淫乐的资产阶级暴发户，他利用苔丝的穷困和纯真，设下诱人的圈套奸污了她；后伪装皈依宗教，道袍加身，借此表示“立地成佛”。小说最后，苔丝彻底揭露了充满淫欲邪念的披着宗教外衣的阿历克·德贝维尔。哈代对这个次要人物虽然着墨不多，却已勾勒出纨绔子弟的卑劣个性与无耻嘴脸。通过对这一人物的描写，哈代不仅挞伐了他丑恶的灵魂，而且进一步凸显了资产阶级道德的虚伪特征。

无论英国学界，抑或国际论坛（包括中国的哈代研究）有此一说：小说《德伯家的苔丝》中弥漫着无望的悲观气氛，特别是苔丝在思想意识中的宿命观点。在那个冷酷的社会里，遭到恶势力摧残的苔丝无路可走，无力追究其根源，只能认为自己的不幸是命中注定，而且无法解脱的。苔丝这一典型的缺陷，即宿命意识和悲观情绪，正是哈代世界观局限的外化。悲观情绪和宿命论的成分不仅是

《德伯家的苔丝》这部小说的弱点，也是哈代后期写作的几部小说的共同弱点。但是，务须强调指出，哈代绝非守旧的悲观主义者。维多利亚时代的“乐观主义者”、资本主义文明与现存社会制度的“辩护派”，纷纷诘难《德伯家的苔丝》等小说中的“悲观主义”的主题和嫉恶如仇的“不和谐”气氛。哈代很不以为然，曾多次予以驳斥。他认为资本主义社会如果撕开了华丽的面纱，就会露出人间地狱的惨状，而对悲惨世界，他的口号或实践是，“首先正确地诊断出疾病”，并确定“疾病的原因”，然后“去寻找药石”；然而“乐观主义者”的口号或实践却是，“对实际病症闭眼不看，只是为了预防征兆而采用经验主义的万灵药”。有的评论者说得好，既然发现现实主义社会的假丑恶，就无须把它粉饰成真善美，既然人世间不断演出凄惨的悲剧，也就无须把它乔装为欢乐的喜剧。依小说家之见，要改善这个世界就得正视它的丑恶，所谓“悲观主义”实际上是对现实的探索。哈代对现实的“疾病”的诊断虽然不总是那么准确，也没有什么治病的良药，但他从中感受到的哀伤悲痛却是实在的、真诚的。哈代对威塞克斯宗法制农村破产，怀着恋旧的心情唱挽歌，但他在理性上并不因此而否定工业生产的发展与人类社会的进步。哈代对资本主义社会的固有矛盾和贫民的苦难根源的认识虽然带有宿命论的倾向，但他揭发现实黑暗与批判社会溃疡却是相当彻底而猛烈的，并具有引发人们改革社会现实的积极意义。这一切，在《德伯家的苔丝》获得了充分的表现。尤其是小说的悲惨结局（“死刑”执行了……）很重要，作者的主要意图不在于宣扬古希腊悲剧的命运观，而是借此怒斥强权社会的暴力残酷，从而启迪人们对“伪乐观主义者”制造的“维多利亚长治久安”的谎言的怀疑，乃至奋起抗击。正因为如此，人们在苔丝的苦难历程中看到了破产后的威塞克斯农民阶级的悲惨命运，从不平中产生改变现状的呐喊。也正因为如此，我们可以从威塞克斯破产农民在农场中谋求生活出路的描写中，体悟他们向手工业工人转化的历史轨迹。

值得特别提出来的是，小说《德伯家的苔丝》的精湛的艺术表现，继承现实主义的传统而尽力超越，在超前意识引导下予以创新。比如，小说家关于苔丝外形与内质的描写，这一女性形象是美与善的象征和化身，既有传统的基因，又结合了现代的特性。在小说中，作者突出了苔丝的内心的真实和深层意识的流程。哈代关于悲剧人物苔丝痛苦心灵的描写，建立在作者“超前意识”的基础上，与西方现代人的创痛感受相通。这里的描写引人关注，它和现代性的心理现实主义乃至心理现代主义的艺术手法多么相似！

《德伯家的苔丝》这部杰出的长篇小说出版后，深受英国广大读者的欢迎，半年之后连续出了四版，为哈代带来了极大的声誉，成为小说家的代表作。此后，这部长篇小说很快被翻译成多种文字，在美国、在欧洲大陆、在俄国和亚洲出版，广泛发行。至1895年,《德伯家的苔丝》的德文、法文、俄文、荷兰文、意大利文以及其它一些文字的译本，流行于整个欧洲。

进入二十世纪以来，特别是二十世纪下半叶,《德伯家的苔丝》和哈代在国际读书界和文学论坛的影响日益深广，誉满全球。哈代及其《德伯家的苔丝》等小说已经成为我国的外国文学教学和研究的重点之一。哈代的文学作品，为作家建造了一座熠熠闪光的纪念碑,永远给人们以“力”的鼓舞和“美”的享受。他确实如同莎士比亚、狄更斯，不属于一个历史阶段、一个国家，而是属于所有的世纪和全世界。

王忠祥

2007年4月

目录

Contents

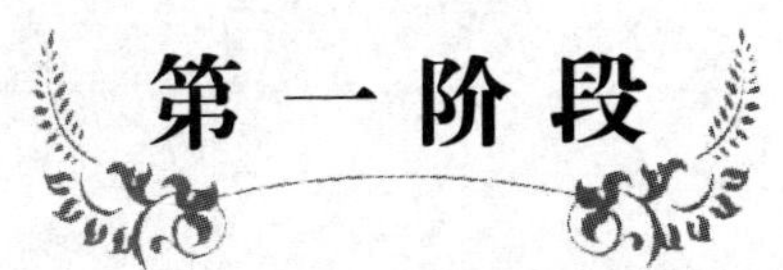

第一阶段

处　女

第一章

五月下旬的一个傍晚，一个中年男子正从沙斯顿向靠近布莱克莫尔谷（也叫黑荒原谷）的马洛特村里的家中走去。他走路的一双腿摇摇晃晃的，走路的姿态不能保持一条直线，老是朝左边歪着。他偶尔还轻快地点一下头，仿佛对某个意见表示同意，其实他心里一点儿也没有想到什么特别的事。他的胳膊上挎着一只装鸡蛋的空篮子，头上戴的帽子的绒面皱皱巴巴的，摘帽子时大拇指接触帽檐的地方也被磨旧了一大块。不一会儿，一个骑着一匹灰色母马还随口哼着小调的老牧师迎面走来——

“您好。”挎着篮子的男子说。

“您好，约翰爵士。”牧师说。

步行的男子又向前走了一两步，站住了，转过身来。

“喂，对不起，先生；大约上个集市日的这个时候，我们在这条路上遇见了，我说‘您好’，你也回答说‘您好，约翰爵士’，就像刚才说的一样。”

“我是这样说的。”牧师说。

“在那以前还有一次——大约一个月以前。”

“我也许说过。”

“我只不过是一个普通的流动小贩，名叫杰克·德北菲尔德，那你反复叫我‘约翰爵士’是什么意思？”

牧师骑着马向他走近一两步。

“那只是我的一时兴致，”他说，然后又稍稍迟疑了一会儿，“那是因为不久前我为了编写新的郡史在查考家谱时的一个发现。我是鹿脚路的考古学家特林汉姆牧师。德北菲尔德，你真的不知道你是德贝维尔这个古老骑士世家的嫡传子孙吗？德贝维尔家是从著名的骑士帕根·德贝维尔爵士传下来的，据纪功寺文档①记载，他是跟随征服者威廉王从诺曼底来的。”

“过去我从没听说过，先生！”

“啊，不错。你把下巴抬起来一点点，让我好好看看你的脸的侧面。不错，这正是德贝维尔家族的鼻子和下巴——但有一点儿衰落。辅佐诺曼底的埃斯彻玛维拉勋爵征服格拉摩甘郡的骑士一共有十二个，你的祖先是他们中间的一个。在英格兰这一带地方，到处都有你们家族分支的采地。在斯蒂芬王时代，派普名册②记载着他们的名字。在约翰王时代，他们的分支中有一支很富有，曾给救护骑士团赠送了一份采地。在爱德华二世时代，你的祖先布里恩也应召到威斯敏斯特参加过大议会。你们家族在奥利弗·克伦威尔时代就有点儿开始衰落，不过没有到严重的程度，在查理斯二世时期，你们家族又因为对王室忠心，被封为皇家橡树爵士。唉，你们家族的约翰爵士已经有好几代了，如果骑士称号也像从男爵一样可以世袭的话，你现在就应该是约翰爵士了，其实在过去的时代里都是世袭的，骑士称号由父亲传给儿子。”

“可你没有这样说过呀！”

“简而言之，”牧师态度坚决地用马鞭抽了一下自己的腿，下结

① 纪功寺文档（Battle Abbey Roll），记载跟随威廉王征战英国的诺曼贵族的一份名单，现保存于纪功寺。

② 派普名册(Pipe Rolls)，记录皇家每年收支情况的文件，始于1131年，止于1842年。

论说，“在英格兰，你们这样的家族简直找不出第二家。”

“真令我吃惊，在英格兰找不出第二家吗？”德北菲尔德说，“可是我一直在这一带四处漂泊，一年又一年的，糟糕透顶了，好像我同这个教区里的最普通的人没有什么两样……特林汉姆牧师，关于我们家族的这件事，大家知道得有多久了？”牧师解释说，据他所知，这件事早让人忘光了，很难说有什么人知道。他对家系的调查，是从去年春天开始的。他一直在对德贝维尔家族的盛衰史进行研究，在马车上看见了德北菲尔德的名字，因而才引起他展开对德北菲尔德的父亲和祖父的调查，最后才确定了这件事。

“起初我决心不拿这种毫无用处的消息打扰你，”他说，“可是，我们的冲动有时候太强烈，控制不住我们的理智。我还一直以为你也许对这件事已经知道一些了。”

“啊，是的，我也听说过一两次，说我这家人在搬到黑荒原谷以前，也经历过富裕的日子。可是我却没有在意，心想只是说我们现在只有一匹马，而过去我们曾经有过两匹马。我家里还保存着一把古老的银匙和一方刻有纹章的古印，可是，天啦，一把银匙和一方古印算得了什么？……想想吧，我一直同这些高贵的德贝维尔血肉相连。听别人说，我的曾祖父有些不肯告人的秘密，不肯谈论他的来历……噢，牧师，我想冒昧地问一句，现在我们家族的炊烟又升起在哪儿呢？我是说，我们德贝维尔家族住在哪儿？”

“哪儿也没有你们家族了。作为一个郡的家族，你们家族是已经灭绝了。”

“真是遗憾。”

“是的——那些虚假的家谱所说的男系灭绝，就是说衰败了，没落了。”

“那么，我们的祖先又埋在哪儿呢？”

“埋在青山下的金斯比尔：一排一排地埋在你们家族的地下墓室里，在用佩比克大理石做成的华盖下面，还刻有你们祖先的雕像。”

“还有，我们家族的宅第和房产在哪儿呢？”

“你们没有宅第和房产了。”

“啊？土地也没有了？”

“也没有了，虽然像我说的那样，你们曾经拥有过大量的宅第和房产，因为你们的家族是由众多的支系组成的。在这个郡，过去在金斯比尔有一处你们的房产，在希尔屯还有一处，在磨房池有一处，在拉尔斯德有一处，在井桥还有一处。”

“我们还会恢复我们自己的家族吗？”

“噢——不行了，不行了；‘大英雄何竟死亡’，你除了用这句话责罚你自己外，别无它法。这件事对本地的历史学家和家谱学家来说还有些兴趣，但没有其他什么了。在本郡居住的农户里，有差不多同样光荣历史的还有好几家。再见。”

“可是，特林汉姆牧师，为了这件事，你转回来和我去喝一夸脱啤酒好不好？在纯酒酒店，正好开了一桶上好的佳酿——虽然我敢说它还是不如罗利弗酒店的酒好。”

“不喝了，谢谢你——德北菲尔德，今天晚上不喝了。你已经喝得够多了。”牧师这样把话说完以后，就骑着马走了；心里有些怀疑，该不该把这个多少有点奇怪的传说告诉他。

牧师走了，德北菲尔德陷入沉思，走了几步路，就把篮子放在面前，然后在路边的草坡上坐下来。不一会儿，远方出现了一个年轻人，正朝先前德北菲尔德走路的方向走着。德北菲尔德一看见他，就把手举起来，小伙子紧走几步，来到他的跟前。

“小伙子，把那个篮子拿起来！我要你为我走一趟。”

那个像板条一样瘦长的小伙子有点不高兴：“你是什么人，约翰·德北菲尔德，你竟要使唤我，叫我‘小伙子’？我们谁不认识谁呀！”

“你认识我，认识我？这是秘密——这是秘密！现在你就听我的吩咐，把我让你送的信送走……好吧，弗里德，我不在乎把这个秘密告诉你，我是一家贵族的后裔，——我也是午后，今天这个下午才知道的。”德北菲尔德一边宣布这则消息，一边从坐着的姿势向后倒下去，舒舒服服地仰卧在草坡上的雏菊中了。

小伙子站在德北菲尔德的面前，把他从头到脚仔细地打量了一番。

“约翰·德贝尔菲尔爵士——这才是我的名字。”躺着的人接着说，“我是说，如果骑士是从男爵的话——它们本来就是一样的呀。我的一切都记录在历史中。小伙子，你知道不知道青山下的金斯伯尔这个地方？”

“知道。我去过那儿的青山市场。”

“好了，就在那个城市的教堂下面，埋着——”

“那儿哪是一个城市，我是说那儿只是一块地方；至少我去那儿的时候不是一个城市——那儿只不过是像一只眼睛般大小的讨厌的地方。”

“你不必管那个地方了，小伙子，那不是我们要说的事。在那个教区的下面，埋着我的祖先——有好几百个——穿着铠甲，满身珠宝，睡的用铅做成的大棺材就有好几吨重。在南威塞克斯这个郡里，没有谁家有比我更显赫更高贵的祖先了。”

“是吗？”

“好了，你把篮子拿上，到马洛特村去，走到纯酒酒店的时候，告诉他们立刻给我叫一辆马车，把我接回家去。马车里叫他们放上一小瓶甜酒，记在我的帐上。你把这件事办完了，就把篮子送到我家里去，告诉我老婆把正在洗的衣服放下来，用不着把衣服洗完，等着我回家，因为我有话要告诉她。”

小伙子半信半疑，站着没有动身，德北菲尔德就把手伸进口袋，摸出来一个先令，长期以来，那是他口袋中少有的先令中的一个。

“辛苦你了，小伙子，这个给你。”

有了这个先令，小伙子对形势的估计就有了不同。

“好吧，约翰爵士。谢谢你。还有别的事要我为你效劳吗，约翰爵士？”

“告诉我家里人，晚饭我想吃——好吧，要是有羊杂碎，我就吃油煎羊杂碎;要是没有羊杂碎，我就吃血肠;要是没有血肠，好吧，我就将就着吃小肠吧。”

“是，约翰爵士。”

小伙子拿起篮子，就在他要动身离开的时候，听见一阵铜管乐队的音乐声从村子的方向传过来。

“什么声音？”德北菲尔德说，“不是为了欢迎我吧？”

“那是妇女俱乐部正在游行，约翰爵士。唔，你女儿就是俱乐部的一个会员呀。”

“真是的——我想的都是大事情，把这件事全给忘了。好吧，你去马洛特村吧，给我把马车叫来，说不定我要坐车转一圈，好看看俱乐部的游行。”

小伙子走了，德北菲尔德躺在草地的雏菊中，沐浴着午后的夕照等候着。很久很久，那条路上没有一个人走过，在绿色山峦的四周以内，能够听到的人类声音只有那隐约传来的铜管乐队的音乐声。

第二章

在前面说过的美丽的布莱克莫尔谷或者叫做黑荒原谷东北部起伏不平的谷地中间，坐落着马洛特村。布莱克莫尔谷四周环山，是一片幽僻的区域，虽然离伦敦只有不到四个小时的路程，但是直到现在它的大部分地区都还不曾有过旅游者或风景画家的足迹。

从环绕在谷地周围的山峦的顶上往下看，这个山谷可以看得最清楚——不过也许夏天的干旱天气要除开不算。天气不好的时候，没有向导带路而独自漫游到谷内幽深之处的人，容易对蜿蜒其间的狭窄的泥泞小道产生不满情绪。

这是一片远离尘嚣的肥沃原野，泉水从不干涸，土地永不枯黄，一道陡峭的石灰岩山岭在南边形成界线，把汉伯顿山、野牛坟、荨麻冈、道格伯利堡、上斯托利高地和巴布草原环绕其间。那个从海岸走来的游客，向北面跋涉了二十几英里的路程，才走完白垩质的草原和麦地。他突然走到一处悬崖的山脊上，看见一片田野就像一幅地图铺展在下面，同他刚才走过的地方截然不同，不禁又惊又喜。在他的身后，山峦尽收眼底，太阳照耀着广阔的田野，为那片风景增添了气势恢弘的特点，小路是白色的，低矮的树篱的枝条纠结在一起，天空也是清澈透明的。就在下面的山谷里，世界似乎是按照较小的但是更为精巧的规模建造的；田地只是一些围场，从高处看去，它们缩小了，所以里面的树篱就好像是用深绿色的线织成的网，铺展在浅绿色的草地上。下面的大气是宁静的，染上了一层浅蓝，甚至连被艺术家称作中景的部分，也染上了那种颜色，但是远方的地平线染上的却是浓重的深蓝。这儿的耕地很少，面积不大；这儿的景物除了很少的例外，只见那些广阔的生长茂盛的大片草地和树木覆盖着大山中间的山峦和小谷。黑荒原谷就是这种风光。

这块地方不仅地形引人入胜，它的历史也很有趣。在从前的时代里，这个谷被叫作白鹿苑。名字来自国王亨利三世治下的一段离奇传说。据说国王追上了一只美丽的白鹿后把它放了，却被一个名叫托玛斯·德·拉·林的人把白鹿杀了，因此他被国王处罚了一大笔罚金。在那个时代，一直到比较近些的时代，这个地方到处都长着茂密的森林。即使到了现在，从山坡上残存下来的古老的橡树林和错落不齐的树林带上，从为牧场遮荫的许多空心树上，都找得到当年情形的痕迹。

茂密的森林已经消失了，但是森林浓荫下曾经有过的一些古老风俗依然还在。不过风俗犹存，但许多已经改换了形式，加上了伪装。例如，已经通知下午举行的五朔节舞会，从中就能看见它采用了会社的形式，或者是被当地人称作“会社游行”的形式。

对马洛特村稍为年轻的居民来说，会社游行是一件使他们感兴趣的事件，尽管参加游行的人看不出它的真正趣味。它的特点主要不在于它保留了每年排队游行和跳舞的古风，而在于参加游行的人全是妇女。在男子会社里，这类庆祝虽然逐渐消失，但还不算特别；但是，由于软弱女子天性羞涩和男性家属方面的讥笑态度，已经把残留下来的妇女会社（如果还有其他会社的话）的荣耀和隆盛剥夺干净了。现在只有马洛特村的妇女会社残存下来，保留着庆祝赛丽斯节[①]的古风。它已经延续了好几百年，如果算不上共济会，它也是一种供奉上帝的姐妹会；而且它还要继续存在下去。

---

① 赛丽斯节（Ceralia），指庆祝罗马丰收女神赛丽斯（Ceres）的节日。

队伍中的妇女们都身穿白色长袍——这是一种从罗马旧历时代就开始流行的欢乐遗风，那时候快乐和五月的时光是同义词——那个还没有习惯着眼未来的时代，已经把人的感情降低到了单调乏味的程度。他们最初的表演是排成双行队伍绕着教区游行。太阳照亮了她们的身形，在绿色的树篱和爬满藤萝的房屋前墙的映衬下，理想和现实就稍微显出一些冲突来；因为尽管整个游行的队伍都穿着白色服装，然而她们中间却没有两件的颜色是一样的。有些近乎纯白；有些却是泛蓝的浅白；还有一些已经被妇女会社的老会员穿得破旧（它们有可能叠起来存放许多年了）而接近了一种灰白的颜色，式样还是乔治时代的。

除了白色的长袍醒目而外，每一个妇女和姑娘的右手，都拿着一根剥去了外皮的柳树枝条，左手里则拿着一束白色的鲜花。剥去柳枝的外皮，选择白色的鲜花，都是每个人自己细心操作的。

在游行的队伍里，有几个已到中年甚至还要年老的妇女，她们遭到时光的蚀刻和痛苦的磨难，银白的鬈发和满是皱纹的面孔在轻快活泼的环境里，显得叫人好笑，也肯定叫人同情。真实地看来，每一个经历过人间沧桑的人同她们年轻的伙伴比起来，也许更值得搜集她们的材料加以叙述，因为她们要说“生命毫无喜悦”的年月就要来到了。不过还是让我们把年长的妇女放在一边，述说那些生命在胸衣下跳动得快速而热烈的妇女吧。

年轻的姑娘们的确在游行的队伍中占了大多数，她们头上厚实的秀发在阳光的照耀下，反射出每一种金黄、乌黑和棕褐的颜色。有的姑娘眼睛漂亮，有的姑娘鼻子好看，有的姑娘嘴巴美观和身材秀美，但是如果说有人能够集众美于一身，那也没有几个人。由于在众目睽睽之下抛头露面，很明显她们对如何安排她们的嘴唇就感到困难了，对如何摆放她们的脑袋，如何使她们的自我意识同她们的形体分开，她们也感到无能为力。这表明她们都是素朴的乡村姑娘，还不习惯被许多眼睛注视。

在她们每一个人的胸膛里，都有自己的小太阳照耀着灵魂，所以大家身上都暖烘烘的，不过不是被太阳晒热的；有些梦想，有些纯情，有些偏爱，至少有些遥远而渺茫的希望，虽然也许正在化为泡影，却仍然还在不断地滋长，因为希望是会不断滋长的。所以，她们每个人都精神振奋，许多人都欢欣鼓舞。

他们绕过纯酒酒店，从一条大道走出来，准备拐弯穿过一道小栅栏门走进草地里去，这时有个妇女说——

“唉呀，我的天啦！噢，苔丝·德北菲尔德，那坐着马车回家的不是你父亲呀！”

听见这声惊讶，游行队伍中有个年轻的姑娘扭头看去。她是一个娟秀俊俏的姑娘——同有些别的姑娘比起来，也许不是更俊俏——但是她那生动的艳若牡丹的嘴，加上一双天真无邪的大眼睛，就为她的容貌和形象增添了动人之处。她的头发上系一根红色的发带，在一群穿白色衣服的队伍里，她是唯一能以这种引人注目的装饰而感到自豪的人。她回过头去，看见德北菲尔德正坐着纯酒酒店的马车沿道而来，赶车的是一个满头鬈发、体格健壮的姑娘，两只袖子卷到了胳膊肘以上。她是酒店里一个性格开朗的仆女，有时候喂马，有时候赶车。德北菲尔德在车里向后靠着，舒舒服服地闭着眼睛，一只手不停地在头顶上舞动着，嘴里头慢慢地哼着一首宣叙小调——

“金斯比尔有我家的地下墓室——铅做的棺材里睡的是我的骑士祖先！”

妇女会的会员们都吃吃地笑起来，只是那个叫做苔丝的姑娘除外——她意识到她的父亲在众人眼里出丑卖乖，不禁感到脸上发烧。

“他只是累了，没有别的，”她急忙说，“他是搭别人的便车回家，因为我们家的马今天休息。”

“别装糊涂了吧，苔丝，”她的同伴们说，“他是在集市上喝醉了。哈哈！”

“听着，你们要是拿他开玩笑，那我就一步也不同你往前走了！”苔丝叫起来，脸颊上的红晕扩大了，从脸上延伸到脖子上。

不一会儿，她的眼睛湿润了，目光垂到了地上。她们看见真的让她难过了，就住口不再说了，重新整理好队伍。苔丝的自尊心不让她再扭过头去，看看她的父亲是什么意思，如果她的父亲有什么意思的话。因此，苔丝又随着队伍移动了，一直向在草地上跳舞的地方走去。一走到那个地方，苔丝就恢复了子静，用手中的柳枝轻轻地抽打她的同伴，同往常一样有说有笑了。

苔丝·德北菲尔德在她人生的这个时候，满腔的纯情还没有带上人生的经验。尽管进过乡村小学，但在她的说话里还是带有某种程度的乡音：因为这个地区的方言的特殊音调，大约就体现在音节 UR 的发声上，也许同任何可以发现的人类说话的言语一样丰富。要念这个本地的音节，苔丝得把她深红的嘴巴撅起来，但是又刚好没有把形状固定下来，她的下嘴唇在上嘴唇的中部有点儿撮起，念完一个字后，她才把嘴巴闭起来。

她的童年的各个阶段的特征，现在仍然还留在她的身上。在她今天一路走着的时候，就拿全部的一个漂亮健壮妇女的丰韵来说，有时候你在她的双颊上能够看到她十二岁时的影子，或者从她的眼睛里看到她九岁时的神情，在她的嘴角的曲线上，甚至有时候还能够看到她五岁时的模样。

但是这一点很少有人知道，更没有多少人加以注意。有一小群人，主要是一群陌生人，在他们偶然路过的时候会对她看上一阵，暂时为她的新鲜美感所吸引，心想他们是不是还能再见到她，但是对其他大多数人来说，她只不过是一个俊俏的迷人的乡村姑娘而已。

德北菲尔德坐在荣耀的双轮马车里，由女车夫赶着车走了，既看不见也听不见了。队伍已经走进了指定的地点，开始跳起舞来。因为队伍里没有男子，所以开始时姑娘们相互对舞着，但是随着收工时间的临近，村子里的男性居民就同其他没事的闲人和过路行人一起聚集到舞场的周围，似乎想争取到一个舞伴。

在这群旁观的人中间有三个阶层较高的年轻男子，肩上背着小背包，手里拄着粗棍子。他们的面貌大致上相似，年龄一个比一个小，这几乎已经暗示说他们可能是亲兄弟，而实际上他们正是亲兄弟。年龄最长的一个是助理牧师，系白色的领带，穿圆领背心，戴窄边帽子；第二个是通常的大学生；最小的第三个似乎还很难看出他的身份。从他的眼神里和衣服上，可以看出一种不拘形迹的神情，暗示他到目前为止还没有找到专门职业的大门。从他身上大概可以猜测出，他是一个对什么事情都想广泛学习的学生。

这兄弟三个告诉他们偶然遇见的人，他们正在过圣灵降临节①，要步行游玩黑荒原谷，他们的路线是从东北的小镇夏斯顿往西南方向走。

他们斜靠在大路边的栅栏门上，询问妇女穿白袍跳舞的意思。兄弟中年纪较大的两位显然不想在这儿逗留，可是看见一群姑娘跳舞而没有男子相伴，这似乎引起了老三的兴趣，使他不急着往前走了。他把背包从身上取下来，连同手中的棍子一起放在树篱坡上，把门打开了。

“你要干什么呀，安琪儿？”大哥问。

“我想去同她们跳一会儿舞。为什么我们不都去跳一会儿舞——就一会儿，不会耽误我们太久的。”

“不行——不行，胡说八道！”大哥说，“在公开场合同一群乡下野姑娘跳舞——假如让人看见了怎么办？快走吧，不然我们走不到斯图尔堡天就黑了，走不到那儿我们可找不到地方睡觉。另外，在我们睡觉之前，我们还要把《驳不可知论》②的另一章读完，你看，我还不怕麻烦地带着这本书呢。”

“好吧——我在五分钟之内赶上你和卡斯贝特，不用等我，你放心，菲力克斯，我会在五分钟内赶上你。”

---

① 圣灵降临节（Whitsunday），基督教重要节日之一，在复活节后的第七个礼拜日举行。

② 《驳不可知论》（A Counterblast to Agnosticism），该书名疑为哈代杜撰，与英国科学家赫胥黎的“不可知论”有关。

两个哥哥不情愿地走了。他们带走了背包，好让弟弟赶路时轻松些，而最年轻的弟弟则走进了跳舞的场地。

“真是万分的遗憾，”跳舞刚一停顿，他就对离他最近的两三个姑娘大献殷勤说，“亲爱的，你们的舞伴呢？”

“现在他们还没有收工呢，”有一个最大胆的姑娘回答说，“他们马上就都来了。趁他们还没来，你来跳好吗，先生？”

“当然好。可是我一个人怎么同这许多女孩子跳啊！”

“总比没有好呀。同你自己的同类面对面地跳舞，真是一件扫兴的事，根本就不能搂搂抱抱亲一个嘴。现在，由你自己从中挑选一个吧。”

“嘘——别厚脸皮吧！”一个害羞的姑娘说。

年轻人这样受到邀请，就把她们打量了一阵，想作一番鉴别；但是，他见这一群姑娘全是新面孔，就感到不能很好地应用他的鉴别力了。他挑选的几乎就是第一个走到他跟前的女孩子，而不是希望被他挑中的那个说话的姑娘。苔丝·德北菲尔德碰巧也没有被挑中。高贵的门第，祖先的枯骨，纪功的铭文，德贝维尔家族的容貌，到目前为止在苔丝人生的搏斗中还没有为她帮上忙，就是在一群最普通的乡村女孩子中间，也没有帮她吸引到一个陪她跳舞的舞伴。没有维多利亚财富支持的诺曼人的血统，原来也不过如此。

无论如何，那个独占鳌头的姑娘的名字并没有流传下来；但是她在那天傍晚却因为第一个得到拥有男舞伴的殊荣而受到大家的羡慕。不过榜样自有它的力量，在外人还没有进入舞场的时候，乡村的男青年并不急着进去，现在很快都进了舞场，不久，大多数成对的女孩子中就掺进来乡村小伙子，最后连相貌最平常的妇女也有男子陪着她们跳舞了。

教堂的钟声敲响了，那个学生突然说他必须离开了——他刚才一直得意忘形——他不得不去追赶他的同伴。在他从跳舞中退出来时，眼睛看见了苔丝·德北菲尔德，老实说，因为先前没有选中她，她的一双大眼睛里含有微微的怨恨。此时，由于她的退缩不前，他也为自己没有注意到她而感到遗憾；他心里就带着这种遗憾离开了牧场。

因为他已经耽搁很久了，他就开始在通向西边的小路上飞跑起来，很快就跑过了一片洼地，到了前面的山坡上。他还没有追上他的两个哥哥，但是他得停下来喘一口气，又回头看看。他能够看见姑娘们的白色身影在绿色的舞场上旋转着，就像刚才他在她们中间一起旋转一样。她们似乎已经完全把他忘记了。

她们所有的人都把他忘了，也许有一个姑娘除外。那个白色的身影离开了舞场，独自一人站在树篱旁边。他从她站的地点上可以看出来，她就是那个他没有同她跳舞的漂亮姑娘。虽然只不过是一件微不足道的小事，但是他本能地感觉到，她已经因为被他忽视而遭到了伤害。他真希望他邀请过她；他也真希望曾经问过她的名字。她是那样的羞怯，那样的富有情感，她穿着那件薄薄的白色袍子，看上去是那样的温柔，他感到他刚才没有挑选她是太愚蠢了。

但是，现在已经于事无补了，他转过身去，弯腰快步向前走去，心里不再想这件事了。

第三章

至于苔丝·德北菲尔德，她要把这件事从思虑中清除掉却没有那么容易。她好久都打不起精神来再去跳舞，虽然有许多人想做她的舞伴。可是，唉！他们谁说话都不像刚才那个陌生人说得叫人爱听。她一直站在那儿等着，直到山坡上那个年轻陌生人的身影在阳光中消失了，她才抛开一时的悲哀，接受了刚才想同她跳舞的人的邀请。

她在舞场和她的伙伴们一直待到黄昏，跳舞时也有一些热情；到现在她还情窦未开，喜欢踩着节奏跳舞纯粹是为了跳舞的缘故；当她看见那些被人追求和被人娶走的姑娘都有她们“温柔的折磨、苦味的甜蜜、可爱的痛苦和愉快的烦恼”时，她心里很少想到要是自己身陷其中能够怎样。她看到小伙子们竞相争着要同她跳一曲吉格舞时，心里头只感到好笑，并没有想到别的；当他们闹得凶了，她就责骂他们一阵。

她本来可以在那儿玩得更久一些，但是心里又想起了父亲古怪的样子和神态，着急起来，不知道父亲怎么样了，于是她就离开舞伴，掉转脚步朝村头她家的小屋走去。

当她走到离家几十码的地方，她听见了另外一种跟她刚刚离开的舞场上的节奏声不同的节奏声；那是她熟悉的声音——非常熟悉的声音。它们是从屋里面传出来的一连串有规律的砰砰声，原来是摇篮的猛烈摇动碰撞石头地面而发出的声音。随着摇篮的摇动，一个女声正用一种快速舞曲的节奏唱一首流行小调《花斑母牛》：

我看见她躺——在那——边绿色的树——林里；
来吧，亲爱的！我要告诉你在哪儿！

摇篮的摇动和歌声一起暂时停了下来，一阵高声尖叫代替了原先的曲调：

“上帝保佑你那钻石一样的眼睛！保佑你那凝脂一样的粉脸！保佑你那樱桃一样的小嘴！保佑你那小爱神一样的双腿！保佑你有福的身体的每一处地方！”

这阵祈祷过后，摇篮的摇动和歌唱又开始了，《花斑母牛》这首小调也像先前一样唱起来。苔丝推开门，站在垫子上观察到的情景是这样的。

屋内尽管有唱歌的声音，但是苔丝却感到有一种说不出的凄凉。从田野里节日的欢乐——白色的长袍，一束束鲜花，垂柳的枝条，草地上旋转的舞步，对陌生人生出来的柔情——到一支蜡烛的昏黄暗淡的景象，这是多么巨大的差异啊！除了对比之下引起的不愉快而外，她在心里头还产生了一阵严厉的自我责备，怪自己没有早点回来帮助母亲做些家务事情，而一直在外面贪恋玩乐。

她的母亲站在一群孩子中间，同苔丝离开她时一样，正在洗一盆星期一就该洗的衣服，这盆衣服现在同往常一样，一直拖到周末了。昨天就在那只洗衣盆里——苔丝感到一阵后悔的可怕刺痛——就是她身上现在穿的这件白色袍子，她因为粗心在湿漉漉的草地上把它的下摆染绿了——它是由母亲亲手拧干和熨平的。

德北菲尔德太太像往常一样，一只脚站在洗衣盆旁，另一只脚正忙着刚才说过的事，就是不停地摇着最小的孩子。那个摇篮的摇轴经历过无数孩子的重压，在石板铺成的地板上已经辛辛苦苦地摇动了许多年，都差不多快要磨平了，因为摇篮的每一次摆动而引起的剧烈震动，都要把摇篮中的孩子像织布的梭子一样从一边抛到另一边。德北菲尔德太太在洗衣盆的泡沫里已经劳累一整天了，在她的歌声的激励下，用她身上剩余的力气踩着摇篮。

摇篮砰吱砰吱地摇着；烛焰伸长了，开始上下摇曳起来；德北菲尔德太太仔细注视着她的女儿，洗衣水从她的胳膊肘上流下来，《花斑母牛》也很快唱到了一段的末尾。甚至现在，琼·德北菲尔德太太身上压着一群孩子的重担，她也十分喜欢唱歌。只要有小调从外面的世界传入黑荒原谷，苔丝的母亲就能在一星期里学会它的曲子。

在德北菲尔德太太的面目上，还依稀闪耀着一些她当年年轻时候的鲜艳甚至美丽的光辉；这表明也许苔丝可以引为自豪的她身上的美貌，主要是来自她母亲的恩赐，而不是她的骑士血统和历史渊源带来的。

“我来摇摇篮吧，妈妈。”女儿轻声说，“要不我把我身上这件最好的衣服脱下来，帮你把衣服拧干了吧？我还以为你早已经洗完了呢。”

苔丝把家务事留给母亲一个人做，在外面玩得这么久，但母亲并没有埋怨她。说实在的，琼从来都很少因为这个责怪女儿，她只是稍微感到没有苔丝帮忙，要是想让自己干活轻松些，就只能把活儿推到后面去。但是今天晚上，她好像比平常要快乐些。在母亲的脸上，有一种女儿不明白的朦胧恍惚、心不在焉和洋洋得意的神情。

“噢,你回来得正好，”她母亲刚把最后一个音唱完就开口说，“我正要出去找你的父亲；不过还有比这更重要的，我要告诉你刚才发生的事。我的小宝贝，你听了一定要高兴的！”德北菲尔德太太习惯于说土话。她的女儿在国立小学①里经过伦敦培养的女教师的教

① 国立小学（National School），英国国教贫民教育促进会创办并受到英国政府补贴的普及六年教育的小学。

育，已经读完了第六年级，因而讲两种语言：在家里或多或少讲土话；在外面和对有教养的人讲普通英语。

“我不在家里时发生了什么事吧？”苔丝问。

“是的。”

“今天下午，我看见父亲坐在大马车里装模作样的，是为我父亲这件事吗？为什么他要那样？我羞得恨不得地上有个地洞钻进去。”

“那只是这场轰动的一部分哪！已经有人考证过，说我们家是全郡最大的世家——一直可以往上追溯到奥利弗·格朗布尔时代——追溯到土耳其异教徒的时候——有墓碑，有地下墓室，有盔饰，有盾徽，天知道还有些什么。在圣·查理斯的时候，我们家被封为王家橡树骑士，我们本来的名字叫德贝维尔！……难道这还不使你心里头激动吗？就是因为这个你父亲才坐着马车回家的；倒不是因为他喝酒喝醉了，别人倒说他喝醉酒了。”

“我自然高兴。这对我们有什么好处吧，母亲？”

“啊，有呀！照想大大的好处就要跟着来了。用不着怀疑，这消息一传出去，和我们一样的贵族人家就要成群结队地坐着马车来拜访我们了。你父亲是在从夏斯顿回家的路上听说这件事的，他把整个事情的来龙去脉都告诉我了。”

“父亲去哪儿啦？”苔丝突然问。

她的母亲答话时说了一些不相干的事：“他今天去夏斯顿看病。他的病本来就不像是痨病。医生说是他的心脏周围长了脂肪。你看，就是这个样子。”琼·德北菲尔德一边说着，一边用被水泡得肿胀的拇指和食指圈出一个字母C的形状，用另一只手的食指指着。“‘就在眼下这时候’，医生对你父亲说，‘你的心脏在那儿被脂肪包住了，在那儿也全是脂肪；这块地方还空着，’医生说，‘等到脂肪长满了，成了这个样子，”——德北菲尔德太太把她的手指合拢来，圈成一个圆圈——“‘你就会像影子一样地消失了，德北菲尔德先生，’医生说，‘你也许还能活十年；你也许不到十个月甚至十天就送了命。’”

苔丝脸上露出惊慌的神情。尽管她们家突然尊贵起来，但是她父亲可能很快就要到天上永恒的世界中去了。

“可是父亲去哪儿啦？”她又问道。

她母亲的脸上显露出来一种反对的神情。“你不要发脾气啊！可怜的老头子——听了牧师的话，他觉得身价高了，就沉不住气了——半个钟点前他到罗利弗酒店喝酒去了。他是想恢复点儿力气，好装上蜂箱明天赶路，不管我们是不是世家，蜂箱明天一定要送走的。这段路远得很，因此一过半夜他就得动身。”

“是去恢复力气吗！”苔丝气冲冲地说,眼睛里充满了泪水,“噢，老天！到酒店里去恢复力气！母亲，你竟然也同意让他去！”

她的神情和责备似乎充满了整个屋子，一种使人害怕的气氛似乎传给了家具、蜡烛和四周玩耍的孩子们，也似乎传到了她母亲的脸上。

“不是的，”她母亲生气地说，“我没有同意他去喝酒。我一直在等着你回来照看屋子，好让我出去找他。”

“我去找。”

“不，苔丝。你明白的，你去找他没有用。”

苔丝不再争辩了。她明白母亲反对她去的意思。德北菲尔德太太的衣服和帽子挂在她身边的一把椅子上，已经为这趟计划中的外出准备好了，这位家庭主妇感到伤心的理由并不是她必须出这趟门。

“你把这本《算命大全》拿到屋外去。”琼接着说，很快就把手擦干净了，穿上了衣服。

《算命大全》是一本厚厚的古书，就摆在她手边的一张桌子上，因为经常装在口袋里，它已经十分破旧了，边儿都磨到了文字的边上。苔丝拿起书，她母亲也就动身了。

到酒店里走一趟，寻找她的没有出息的丈夫，仍然是德北菲尔德太太在抚养孩子的又脏又累的生活中的一件乐事。在罗利弗酒店里把丈夫找到，在酒店里同丈夫一起坐一两个钟头，暂时把带孩子的烦恼丢在一边，这是使她感到愉快的一件事。这时候，她的生活中显现出一种光明，一种玫瑰色的夕照。一切烦恼和现实中的事情都化作了抽象的虚无缥缈的东西，变成了仅仅供人沉思默想的精神现象，再也不是折磨肉体和灵魂的紧迫的具体的东西。她生的一群小孩子，一旦不在眼前，就似乎不是叫人讨厌，而是叫人感到聪明可爱，坐在那儿，日常生活中的琐事也就有了幽默和欢乐。在她现在嫁的这个丈夫当年向她求婚的同一地点，她坐在他的身边，对他身上的缺点视而不见，只是把他看成一个理想化了的情人，她又多少感觉到了当时有过的感情。

苔丝一个人留下来，同弟弟和妹妹待在一起，就先拿着那本算命的书走到屋外，把它塞进茅草屋顶里。对这本恐怖的书，她的母亲有一种奇怪的物神崇拜的恐惧，从来不敢整夜把它放在屋内，所以每次用完以后，都要把它送回原处。母亲身上还带着正在迅速消亡的迷信、传说、土话和口头相传的民谣，而女儿则按照不断修订的新教育法规接受过国民教育和学习过标准知识，因此在母亲和女儿之间，依照通常的理解就有一条两百年的鸿沟。当她们母女俩在一起的时候，就是雅各宾时代和维多利亚时代放在一起加以对照。

当苔丝沿着花园的小道回屋时，心里默默地想，母亲在今天这个特别的日子里是想从书中查找什么。她猜想这本书同最近她们家祖先的发现有关，但是她却不曾预料到同它有关的只是她自己。但是她不去猜想了，又忙着往白天晾干的衣服上喷了一些水。这时同苔丝在一起的，是已经上床睡觉的九岁的弟弟亚伯拉罕，十二岁的妹妹伊丽萨·露易莎，她又叫丽莎·露，还有一个婴孩。苔丝同挨近她的妹妹相差四岁多，在这段时间空白里，还有两个孩子在襁褓中死了，因此当她单独同弟弟妹妹相处时，她身上的态度就像一个代理母亲。比亚伯拉罕小的是两个女孩子盼盼和素素，然后是一个三岁的男孩，最后是一个刚刚满一周岁的婴孩。

所有这些生灵都是德北菲尔德家族船上的乘客——他们的欢乐、他们的需要、他们的健康、甚至他们的生存，都完全取决于德北菲尔德两口子。假如德北菲尔德家的两个家长选择一条航线，要把这条船开进困苦、灾难、饥饿、疾病、屈辱、死亡中去，那么这些关在船舱里的半打小俘虏也只好被迫同他们一起进去——六个无依无靠的小生命，从来没有人问过他们对生活有什么要求，更没有人问过他们是否愿意生活在艰苦的环境里，就像他们生活在无能为力的德北菲尔德的家中一样。有些人也许想知道，那个说“大自然的神圣计划”的诗人①是不是有他的根据，因为近些年来，他的哲学被认为像他的清新纯洁的诗一样，也是深刻和值得相信的。

天色渐渐晚了，但是父亲和母亲谁也没有回来。苔丝向门外看去，心里把马洛特村想象了一番。村子正在闭上眼睛。所有地方的烛光和灯火都熄灭了：她在心里头能够看见熄灭灯火的人和伸出去的手。

她的母亲出去找人，简直是又多了一个要找的人。苔丝开始想到，一个身体不大好的人，又要在第二天早上一点钟前上路，就不应该这么晚还呆在酒店里庆祝他的古老的血统。

“亚伯拉罕，”她对她的小弟弟说，“把帽子戴上，害不害怕？——到罗利弗酒店去，看看父亲和母亲是怎么回事。”

孩子立即从床铺上跳下来，把门打开，身影就在黑夜里消失了。又过去了半个小时；男的、女的、老的、小的，谁都没有回来。亚伯拉罕和他的父母一样，似乎也让那个陷阱酒店给网住了、粘住了。“我必须自己去了。”她说。

那时丽莎·露已经睡觉，苔丝就把他们都锁在屋里，开始走上那条漆黑弯曲的和修来不是用来走急路的小路或者小街。修那条小街的时候，还没有到寸土寸金的程度，而且那时候还是用一根针的时钟指示时间的。

---

① 指华兹华斯。

第四章

在疏落狭长的村子的这一头只有一家酒店，名叫罗利弗酒店，但它只有准许外卖酒类的执照；因此，不能够允许人在酒店里喝酒，而可以公开招待顾客前来喝酒的地方，则被严格限制在一小块大约六英寸宽两码长的木板那儿，木板被铁丝固定在花园的栅栏上，因此也就算是喝酒的台面。从路边走过的好酒的行人把酒杯放在木板上，就站在路上喝酒，喝完了就把酒杯内的沉渣倒在满是尘土的地上，堆成玻利尼西亚群岛的图样，心里头却希望能在酒店里面有一个舒适的座位。

既然过路的客人有这样的愿望，因此本地的顾客也就有相同的愿望，于是有志者事竟成。

在楼上有一间大卧室，卧室的窗户被罗利弗太太最近淘汰的一条大羊毛披肩遮得严严实实。室内差不多有十来个人聚集在一起，他们都是来这儿喝酒寻乐的。他们都是靠近马洛特村这一头的老住户，也是罗利弗酒店的常客。在这个住户稀落的村子的更远一些的地方，纯酒酒店是一家有全副执照的酒店，但是距离太远，村子这一头的住户实际上不去那家酒店喝酒；而且还有一个更为严重的问题，就是酒的品质的好坏决定了大多数人的倾向，就是大家宁肯挤在罗利弗酒店楼顶的角落里喝酒，也不到纯酒酒店老板的宽敞的屋子里去。

卧室里摆放着一张四柱床，床柱又细又长，这张床的三面给好几个聚集在那儿的人当了座位；还有两个人高踞在五斗橱上，另一个坐在雕花橡木小柜上，还有两个坐在盥洗架上，一个坐在小凳上；那儿所有的人，就都这样给自己找到了舒服的座位。在这个时候，他们达到了心灵欢快的阶段，灵魂超脱了躯壳，热情洋溢，全屋子一片火热。在喝酒的过程中，房间和房间里的家具变得越来越富丽堂皇；窗户上悬挂的披肩添上了织花帷幔的华贵；五斗橱上的铜把手就像是黄金做成的门环；四柱床的雕花床柱，同所罗门庙宇的宏伟廊柱也有了几分相似。

德北菲尔德太太离开苔丝以后，就急急忙忙赶到这里，打开前门，穿过楼下阴沉沉的房间，然后就好像是一个十分熟悉楼梯门栓机关的人，用手指打开了楼门。她在弯弯曲曲的楼梯上慢慢地走上去，当她走上最后一节楼梯，脸从灯光里一露出来，所有挤在卧室里的人都一起把目光转到了她的身上。

"——这是我的几个私人朋友，会社游行他们没有尽兴，我花钱请他们来的。"酒店老板娘一听见脚步声，就一边瞟着楼梯一边大声喊，熟练得就像一个背诵教义问答的孩子。"噢，原来是你呀，德北菲尔德太太——我的老天——你把我吓了一大跳！——我还以为是政府派来的官员呢。"

卧室里其他的人望着德北菲尔德太太，向她点头，对她表示欢迎，然后德北菲尔德太太就转身向她丈夫坐的地方走去。她的丈夫在那儿出神地低声哼着："天底下有些富贵的人，我也同他们一样呀！在青山脚下的金斯伯尔，有我们大家族的地下墓室呀，看威塞克斯的众多人物，数我们家族最高贵呀！"

"我想起来一个绝妙的主意，特地来告诉你的。"一脸高兴的德北菲尔德太太小声说，"喂，约翰，你看见我没有？"她用胳膊肘推推她丈夫，她丈夫仿佛隔着窗玻璃看着她，嘴里继续哼着歌儿。

"嘘！声音不要唱得这样大，我的好人！"酒店老板娘说，"要是碰巧政府里有什么人从这儿路过，就会把我的执照没收了。”

“我们家发生的事他已经告诉你们了，我想是吧？”德北菲尔德太太问。

“是的——说过一点儿。你说你们会不会因此而发财？”

“哦，这可是秘密，”德北菲尔德太太貌似聪明地说，“不过，即使没有大马车坐，能和坐大马车的人是近亲也不错呀。”接着她改换了对大家说话的口气，继续小声对她的丈夫说：“自从你把那件事告诉了我，我一直在想，在特兰里奇那边，就在猎苑的边上，有一个高贵的有钱夫人，名字叫德贝维尔。”

“啊——你说什么？”约翰说。

她把刚才说的消息又重复了一遍。“那个夫人肯定是我们的近亲，”她说，“我的计划就是派苔丝去认这门亲戚。”

“你刚才一说，我倒想起来了，是有一位夫人姓我们的姓。”德北菲尔德说，“特林汉姆牧师倒没有想到这件事。不过她同我们没法比——用不着怀疑，她只是我们家族的一个小支脉，从诺曼王时代传下来的。”

两口子一心在那儿讨论问题，谁也没有注意到小亚伯拉罕已经溜进了房间，正等在那儿寻找机会请他们回去。

“她很有钱，她肯定会看上我们家姑娘的。”德北菲尔德太太接着说，“这是一件非常好的事情。我不明白一个家族的两房人为什么就不能往来。”

“对，我们都认本家去！”亚伯拉罕在床沿下自作聪明地说，“等苔丝去了，住在那儿，我们就都去看她；我们还会坐上她的大马车，穿上黑礼服呀！”

“孩子，你怎么来这儿来了？你在这儿胡说什么呀！走开，到楼梯那儿去玩，等你爸爸和妈把事情说完！……我说呀，苔丝应该到我们家族的另一房那儿去。她一定会讨那位夫人的欢心的——苔丝一定会的；还完全有可能碰上一个高贵的绅士娶了她。简而言之，我知道这件事。”

“你怎么知道的？”

“我在《算命大全》的书里查找过她的命运，书里头这件事说得明明白白的啦！……你应该看到她今天是多么漂亮呀；她的皮肤娇嫩得就像公爵夫人的一个样呀。”

“我们的姑娘自己说去不去呢？”

“我还没有问过她。现在她还不知道我们有这样一个贵夫人亲戚。不过，如果到那儿去肯定能给她结上一门好亲事，她是不会说不的。”

“苔丝可是脾气古怪呀。”

“不过其实她还是听话的。把她交给我好了。”

虽然这场谈话是私下进行的，可是这场谈话的意义已足已使周围的人明白，猜想出德北菲尔德家现在商谈的是一件十分重要的大事，非寻常人能比，猜想出他们漂亮的大女儿苔丝，已经有了美好的前途。

“今天我看见苔丝和别的女孩子一起在教区游行，我就在心里对自己说,苔丝真是一个逗人喜爱的漂亮人儿。”一个老酒鬼低声说，“不过约翰·德北菲尔德可要当心她，不要让地上的大麦发了芽。”这是当地的一句土话，有它特殊的意思，但是没有人回答这句话。

这场谈话内容变得广泛起来，过了不久，又听见楼下有脚步声走过房间。

“——这是我的几个私人朋友，会社游行他们没有尽兴，我花钱请他们来的。”老板娘又迅速地把嘴边应付外来人的现成话重新背了一遍，才看见进来的人是苔丝。

室内弥漫着酒气，有了皱纹的中年人逗留在这儿并没有什么不合适，但是姑娘年轻的面孔出现在这个地方，就叫人感到难受了，即使姑娘的母亲也能够看出这一点。苔丝的黑色眼睛里还没有显露出来责备的神气，她的父母亲就从座位上站起来，急忙把酒喝干，跟在女儿的身后走下了楼梯，随着他们的脚步声传来罗利弗太太的叮嘱声。

“亲爱的，请千万不要声张；要不然我就要丢掉我的执照了，把我传唤去，还不知道有什么麻烦呢！再见吧！”

苔丝挽起父亲的一只胳膊，她的母亲挽起父亲的另一只，一起回家去。说实在的，她的父亲酒喝得很少——一个经常喝酒的人，礼拜天下午喝完酒上教堂，转身向东下跪，一点也不踉跄，她父亲喝的酒还不到这种人喝的四分之一；但是约翰爵士的身体虚弱，在当时的情景下，喝酒这种小罪恶就让他受不了啦。一接触到新鲜空气，他就开始跌跌撞撞的，一会儿他们一行三人好像正向伦敦走去，一会儿又好像朝巴斯走去——看上去叫人感到滑稽可笑，尽管一家人晚上回家是常有的事；不过，像大多数滑稽可笑的事情一样，实在是又不能叫人完全感到滑稽可笑。母女俩尽量把主要来自德北菲尔德的跌跌撞撞以及他所引起的亚伯拉罕和她们自己的跌跌撞撞掩饰起来；他们就这样一步一步地接近了他们的家门口，这家人的家长在走近家门口时，突然放声唱起他先前唱过的歌来，仿佛看见他现在的住所太狭小，要增强自己的信心似的——

“在金斯伯尔我有一个家族墓室！”

“嘘——不要犯傻了，杰克，”他的妻子说，“先前的大户人家又不是你一户。你看有安克特尔家，有霍尔斯家，还有特林汉姆家——不都和你们家一样衰败了吗——尽管你们家族比他们的大些，也确实要大些。谢天谢地，我不是什么大家族的出身，但是我从来不觉得我的出身丢人。”

“不要把事情说得太肯定了。从你的天性看来，我敢说你比我们谁都要丢人丢得厉害，你们家曾经出过国王和王后。”

苔丝说的话改变了话题，因为这时候她心里想到了比她的祖先更为重要的事——

“我担心父亲明天起不了那么早，不能上路去送蜂箱啦。”

“我？一两个小时我就会好了，”德北菲尔德说。

已经十一点了，全家人才上床睡觉，如果要在礼拜六的集市开始前把蜂箱送到卡斯特桥的零售商手里，最晚明天凌晨两点钟就得动身，通往那儿的道路不好走，有二三十英里远近，而且他们家送货的又是走得最慢的马车。一点半钟的时候，德北菲尔德太太走进苔丝和她的弟弟妹妹们睡觉的那间大卧室。

“你可怜的爸爸去不了啦。”她对她的大女儿说，而女儿的大眼睛早在她母亲开门时就已经睁开了。

苔丝在床上坐起来，朦朦胧胧地听见母亲的话，一时不知如何是好。

“可是总得有人去呀。”她回答说，“现在去卖蜂箱已经晚了。今年蜜蜂分群的时候很快就要过去了；要是我们推迟到下个礼拜的集市，就没有人要啦，蜂箱也就要积压在我们的手上了。”

看来德北菲尔德太太没有能力应付这种紧急事情。“也许可以找个年轻的小伙子，让他送去行吗？昨天有许多人和你一起跳舞，在他们中间找一个。”她立刻提议说。

“啊，不行——无论如何我也不会同意！”苔丝骄傲地大声说，“这不是要让所有的人都知道这个原因吗——这样一件让人感到羞耻的事情！要是亚伯拉罕能陪着我一起去，我想我可以去送。”

苔丝的母亲最后同意了这种安排。她把睡在同一个屋子里的小亚伯拉罕从熟睡中叫起来，让他在迷迷糊糊中把衣服穿上。这时候，苔丝已经急急忙忙地把衣服穿好了。姐弟俩点起一盏提灯，就出门向马厩走去。那辆摇摇晃晃的小马车已经装好了，苔丝把那匹名叫王子的马牵了出来，同那辆马车比起来，它摇晃的程度也好不了多少。

那头可怜的牲畜茫然四顾，望望夜空，望望提灯，望望姐弟俩的身影，仿佛它难以相信在那个时刻，当一切生物还在它们的栖身之处歇息的时候，会把它叫出来干活。他们把一些蜡烛头放进提灯，把提灯挂在车右边，就牵着马向前走，最初的一段路是向上走的坡路，他们就走在马的旁边，免得这匹缺少力气的老马负载过重。为了尽量使自己高兴起来，他们就用提灯制造出人造的黎明，吃着黄油面包，谈天说地，其实真正的黎明还远没有到来。亚伯拉罕已经完全清醒过来（因为他刚才一直是迷迷糊糊的），就开始讲在夜空的映衬下各种不同的黑色物体所表现出来的奇形怪状，说这棵树像一只从洞中扑出来的发怒猛虎，又说那棵树很像一个巨人的头。

他们走过斯图尔堡小镇的时候，小镇内覆盖着褐色厚茅草的茅屋还在静静地沉睡着，他们走到了一块更高的地方。在左边还要高一些的地方，是一处被叫做野牛坟或比尔坟的高地，它几乎就是南威塞克斯的最高点，迎天耸立，四周被土沟围绕着。从这儿再往前，这条漫长的道路就有一段比较平坦。他们上了车，坐在马车的前面，亚伯拉罕开始沉思起来。

“苔丝！”沉默了一会儿，他叫了一声，预备说话。

“什么呀，亚伯拉罕。”

“我们已经成了有身份的人了，你高兴吗？”

“不怎么特别高兴。”

“可是你要是嫁给了一个绅士，你一定会高兴的了？”

“你说什么？”苔丝说，抬起了她的脸。

“我是说我们的那个阔亲戚会帮忙，让你嫁给一个绅士。”

“我？我们的那个阔亲戚？我可没有这样的亲戚。你头脑里怎么会有了这种想法？”

“我去找父亲的时候，我听见他们正在罗利弗酒店谈论这件事。在特兰里奇那边有我们家的一个阔亲戚，母亲说要是你同那位夫人认了亲戚，她就会帮你嫁给一个绅士。”

他的姐姐突然坐在那儿一动也不动了，陷入沉思默想之中。亚伯拉罕继续说着，只图自己说得痛快，而不管听的人怎样，因此没有注意到他的姐姐在那儿出神。他仰身向后靠在蜂箱上，仰着脸观察天上的星星，星星冷清的脉搏在头顶上漆黑的夜空里搏动着，静寂无声，同人类生命中这两个小生命相隔遥远。她问姐姐那些眨眼的星星离他们究竟有多远，问上帝是不是就在那些星星的背后。不过毕竟他只是一个孩子，所以他的唠叨就又回到了比创造的奇迹更为深入的想象的话题上了。假如苔丝嫁给了一个绅士而变得富有了，她会不会有足够多的钱买一架大望远镜，大得能够把星星拉到跟前来，就跟荨麻地一样近?

重新提起这个似乎充斥在全家人头脑中的话题，使苔丝很不耐烦。

“现在不要再提那个了！”苔丝大声说。

“苔丝，你说每一个星星都是每一个世界吗？”

“是的。”

“都跟我们的世界一样吗？”

“我不知道，不过我认为是这样的。有时候它们就似乎像我们家尖苹果树上的苹果。它们中间的大多数都是极好的，没有毛病的——有一些是有毛病的。”

“我们住的是哪一种——是没有毛病的还是有毛病的？”

“是有毛病的。”

“真是太不幸了，有这样多的极好的世界，我们却没有挑一个没有毛病的住。”

“是的。”

“真的是那样吗，苔丝？”亚伯拉罕把这句话印在脑子里，又想了想这个新鲜的观点，转身对他姐姐说，“要是我们选中的是一个没有毛病的，那又是什么样子呢？”

“哦，如果那样，父亲就不会像现在那样咳嗽和有气无力了，也不会喝醉了酒不能上路了。母亲也不会老是洗来洗去的，总是洗不完。”

“你也就会一生下来就是一个阔小姐了，也就用不着嫁给一个绅士才能阔起来了，是吗？”

“哎呀，亚伯，不要——不要再说这件事啦！”

亚伯拉罕独自思考了一会儿，不久就打起瞌睡来。苔丝对驾车赶马并不熟练，但是她想自己暂时可以驾驭这辆车，如果亚伯拉罕想睡觉，就让他睡觉好了。她在蜂箱前面给他弄了一个小窝，这样他就不会从车上掉下去，然后就把缰绳拿在自己手里，像先前一样驾着车向前走。

王子没有力气作任何不必要的动作，所以根本不需要照看。她的同伴不再打搅她，她就向后靠在蜂箱上，比以前更加深沉地思索起来。无声的树木和树篱从身边掠过，变成了现实以外幻想景物中的东西，偶尔刮起的风声，也变成了某个巨大的悲伤的灵魂的叹息，在空间上同宇宙连在一起，在时间上同历史连在一起。

接着，她仔细地回想了自己一生中纷乱无序的事情，似乎看见她父亲骄傲中的虚荣；在她母亲的幻想里，她看到了那个向她求婚的绅士模样的人；看见他像是一个怪笑着的怪人，在嘲笑她的贫穷，嘲笑她的已成枯骨的骑士祖先。一切都变得越来越荒诞离奇，她再也不知道时间是怎样过去的了。马车猛地把她的座位一震，苔丝才从睡梦中醒来，原来她也睡着了。

苔丝睡着以后，他们已经向前走了很长一段路，现在马车停了下来。前面传来一阵虚弱的呻吟，她一生中从来没有听见过那种声音，跟着又传来一声“哟，怎么回事”的喊叫。

挂在马车旁边的提灯已经不见了，但是有另外一个提灯在她的眼前闪着亮光，比她自己那个提灯要明亮得多。有件可怕的事情发生了。马具也同挡在路上的什么东西缠在一起。

苔丝大惊失色，跳下车来，看见了可怕的事情。呻吟声是从她父亲的可怜老马王子口中发出来的。一辆早班邮车驱动着它的两个无声无息的车轮，沿着这些单行车道像箭一样飞速驶来，几乎跟她这辆行走缓慢没有灯光的马车撞在了一起。邮车的尖把就像一把利剑，刺进了不幸王子的胸膛，它的生命的热血像溪流一样从伤口喷射而出，带着嗞嗞声落到地上。

苔丝在绝望中跑上前去，用手捂住那个洞口，唯一的结果只是她的脸上和裙子上都被喷上了殷红色的血迹。后来她只好站起来绝望地看着。王子也尽力一动也不动地坚强站着，直到突然倒在地上，瘫成了一堆。

这时候赶邮车的人也来到了她的身边，开始同她一起把王子还热着的身体拖开，卸下马具。不过它已经死了，看见没有什么更多的事情立即可做，赶邮车的人就回到自己的马的身边，他的马并没有受伤。

“你们走错道了，”他说，“我必须把这一车邮件送走，所以你最好就等在这儿，看着车上的货，我会尽快派人到这儿给你帮忙。天渐渐亮了，你也没有什么可怕的了。”

他上了车，就急忙上路了；苔丝就站在那儿等候着。天色已经发白，小鸟在树篱中抖擞着，飞起来，吱吱地叫着；道路完全显露出它的白色面目，苔丝的面目也显露出来，比道路还要灰白。她面前的一摊血水已经凝固了，宛如彩虹的色彩；当太阳升起来时，上面就反射出一百种光谱的颜色。王子静静地躺在一边，已经僵硬了；它的眼睛半睁着，胸前的伤口看上去很小，似乎不足以让维持它生命的血液全部流出来。

“这都是我的错——都是我的错！”姑娘看见眼前的情景，哭着说，“我不能原谅自己——不能！现在爹妈怎么过呀？亚伯，亚伯！”她摇动着在整个灾难中一直熟睡未醒的孩子。

当亚伯拉罕明白了一切的时候，他年轻的脸上一下子增添了五十年的皱纹。

“哎，昨天我还在跳舞还在笑啦！”她自言自语地说，“想想我真笨呀！”

“这是因为我们生活在一个有毛病的星球上，不是生活在一个没有毛病的星球上，是不是，苔丝？”亚伯拉罕眼睛里挂着泪水，嘟哝着说。

他们静静地等着，时间似乎没有止境似的。他们终于听见了一种声音，看见有一个物体渐渐地接近他们，这证明赶邮车的人没有骗他们。斯图尔堡附近农场上的一个工人牵着一匹健壮的小马走了过来。他把那匹小马套上拉蜂箱的马车，代替了王子的位置，往卡斯特桥方向驶去了。

当天傍晚，我们看见那辆空车又走到了出事的地点。清晨以来，王子就躺在那条路边的沟里；但是路中间的一大摊血迹依然可见，尽管它被过往的车辆碾压过、摩擦过。剩下的只有王子了，他们就把它抬到原来它拉过的车上，四脚朝天，铁蹄在夕阳的余辉里熠熠闪光，走了八九英里路，又回到了马洛特村。

苔丝先前已经回去了。她简直不知道如何把这件事告诉给家里的人。不过当她从父母的脸上发现他们已经知道了他们的损失，她也就感到无需开口了。但是，这并不能减轻她内心的自责，她一直把对自己疏忽的责备堆积在心里。

但是，这件不幸的事对这户缺乏生机的人家说来，并不如像发生在一户兴旺发达的人家里那样可怕，虽然对前者意味着毁灭，对后者仅仅只是意味着不便。德北菲尔德夫妇尽管对姑娘的幸福雄心勃勃，但他们并没有气得脸色发红，把愤怒发泄在姑娘的身上。没有人像苔丝自己那样责备苔丝。

德北菲尔德发现，由于王子衰老枯瘦，屠户和皮匠只愿出几个先令买下它的尸体，他就站起来处理这件事。

“不卖啦，”他泰然自若地说，“我不卖它这副老骨头了。我们德北菲尔德家当英国骑士的时候，我们从没有把我们的战马卖了做猫食。让他们把先令留给自己吧！它为我辛苦了一辈子，现在我不会让它离开的。”

第二天，他在花园里为王子挖了一个坟坑，几个月来自己家里种庄稼，他干活也没有这样卖过力气。德北菲尔德把坟坑挖好了。就和他妻子用一根绳子把王子套上，向坟坑拖去，孩子们跟在后面为死马送葬。亚伯拉罕和丽莎·露低声哭着，盼盼和素素为了发泄他们的悲痛，就号啕大哭，声震四壁。王子被放进坟坑的时候，他们都站在坟坑的四周。为他们一家挣面包的老马没有了，他们怎么办呢?

“它上天堂去了吗？”亚伯拉罕呜咽着问。

接着，德北菲尔德开始往坟坑里铲土，孩子们又哭了起来。所有的孩子都在哭，只有苔丝没有哭。她的脸色淡漠惨白，仿佛她把自己当成了杀人凶手。

第五章

德北菲尔德主要依靠这匹老马作小本生意，马一死，生意就立刻垮了。如果说还不会马上贫穷，那么烦恼已经在不远的地方出现了。德北菲尔德是当地称为懒散骨头的那种人；有时候他倒挺有力气工作；不过这种时候是靠不住的，因为不能碰巧有工作需要他；而且，他由于不习惯做日工的正规劳动，所以每当凑巧有工作的时候，他又特别缺乏毅力。

同时，苔丝因为是把她的父母拖进泥淖的人，所以心里一直在默不做声地盘算着怎样帮助他们从泥淖里摆脱出来。后来，她母亲就开始同苔丝商量她的计划。

“走运也好，倒霉也罢，我们总得应付，苔丝，”她说，“真是凑巧，最近发现你身上有高贵的血统，又正是需要它的时候。你一定要去找你的朋友碰碰运气。有一个非常富有的德贝维尔夫人住在猎苑的近郊，肯定是我们的亲戚，你知道不知道？你一定要去她那儿认这门亲戚，请她在我们困难的时候帮帮忙。”

“我不愿意去她那儿认这门亲戚。”苔丝说，“如果真的有这样一位夫人，她能客气地对待我们就很不错了——别指望她会帮助我们。”

“乖孩子，你会讨她的欢心的，你会要她为你做什么她就为你做什么的。另外，也许还有你不知道的好事呢。我听说过我已经听说过的事了，你猜猜。”

苔丝心里总有一种她惹了祸的沉重感觉，因此这就使苔丝对她母亲的愿望，比平时顺从多了；而且她还弄不明白，在她看来，她母亲的计划的好处很值得怀疑，而她的母亲一想到它就能从中得到满足。也许她母亲已经打听过，发现那位德贝维尔夫人是一个极有德行和菩萨心肠的老太太。不过苔丝的自尊心使她觉得，作为一个穷亲戚去求那位老太太，她心里是非常讨厌的。

“我宁愿想法找一个工作。”苔丝嘟哝着说。

“德北菲尔德，你来决定吧，”她的妻子转身对坐在后院的丈夫说，“如果你说她应该去，她就会去的。”

“我不喜欢我的孩子们到不认得的亲戚那儿去沾光，”他嘟哝着说，“我是这个家族中最高贵的一房的家长，我做事应该符合身份。”

在苔丝看来，她父亲不让她去的理由比她自己反对前去的理由更加荒谬。“好吧，马死在我手里，母亲，”她悲伤地说，“我想应该做点儿什么来挽救。我不在乎前去见她，不过求她帮助的事，你们一定要让我看着办。你们也不要老想着她给我找丈夫的事啦——那是愚蠢的。”

“说得很好，苔丝！”她的父亲以说教的口吻说。

“谁说我有这样的想法？”琼问。

“我猜想你心里是这样想的，母亲。不过我愿意去。”

第二天一早她就起了床，动身前往叫做沙斯顿的依山小镇，她在那儿就可以搭乘每个礼拜有两趟从沙斯顿向东前往猎苑堡的大车，大车从特兰里奇附近经过，那位神秘模糊的德贝维尔太太就住在那个教区里。

在这个难忘的早上，苔丝·德北菲尔德要走的路是从布莱克原野谷东北部高低起伏的中间地带穿过，她在这个谷中出生，她的人生也是在这个谷中展开的。对苔丝来说，黑荒原谷就是一个世界，因此黑荒原谷的所有居民就是整个人类。在她对一切都感到新奇的孩童时期，她就从马洛特村的栅栏门口和栅栏门旁的台阶上向下仔细地观察过这片谷地，那时候她感到很神秘，而现在她感到的神秘也没有减少多少。每天她都从自己房间的窗户里看见教堂的钟楼、村庄和白色的屋宇，尤其是高踞山顶的威严的沙斯顿小镇特别惹人注意，小镇的窗玻璃在夕阳里闪闪发光，宛如一盏盏灯火。她从来没有去过那个地方，即使这个山谷和这个山谷附近的地带，她通过就近观察而熟悉的地方只有一小片。远离山谷的地方她就去得更少了。四周山峦的所有外形她都熟悉，就像熟悉她的亲戚的面孔一样；但是对她没有去过的地方，她就只能根据在乡村小学学到的知识加以判断了。到今天她离开学校还只有一两年的时间，她离开学校之前，她是学校里学得最好的学生。

在她上学的日子里，和她同龄的女孩子都很喜欢她，在村子里可以经常看到她们三个女孩子走在一起——她们的年龄几乎一样大小——放了学肩并肩地从学校回家。苔丝走在中间，穿一件毛料连衣裙，连衣裙原先的颜色已经褪掉了，变成了一种无法形容的模糊颜色；连衣裙外面穿一件粉红色的印花连胸围裙，上面有精致的网状花纹；她迈开两条细长的腿走路，腿上穿着紧身长袜，膝盖部分尽是一些抽丝小洞，那是她跪在路上和草坡上寻找植物和矿物中的宝贝时撕破的；那时候她的头发是土灰色的，披在头上像挂锅的钩子；她两边的女孩子用手搂着苔丝的腰，苔丝的两条胳膊就搭在两个女孩子的肩膀上。

苔丝渐渐地长大了，开始懂事了，这时候，她感到自己就像是一个马尔萨斯的门徒，来看待她母亲糊里糊涂地给她生下的一群弟弟妹妹了，因为养育他们、照顾他们是一件十分麻烦的事。她母亲的智力只是一个快活小孩子的智力。对她自己家里一大群听天由命的孩子来说，琼·德北菲尔德简直就是其中的一个，而且还不是最大的一个。

但是，苔丝对她的弟弟和妹妹却很疼爱、呵护，并尽力帮助他们，一放学回家，她就到附近的农田里割草、收庄稼，做一个帮手；

或者去帮着做她喜欢做的事情，如挤牛奶、搅奶油，这是她从前在父亲养牛时学会的，因为她的手指头灵活，所以这种活儿她干得比成人还好。

她年轻的肩上担负的家庭重担，似乎一天天加重了，因此她应该作为德北菲尔德家的代表去德贝维尔的府上，也就成了一件理所当然的事。我们必须承认，在这种情形下，到那儿去的苔丝就是德北菲尔德家向外显露的最好的一面。

她在特兰里奇的十字路口下了车，步行上山，向那个叫做猎苑的地方走去。她已经听人说过，在猎苑边上的平坦地上就能找到德贝维尔的居处。它不是一座普通意义上的庄园,没有田地,没有牧场，也没有让庄园主为了自己和家庭的日常开销而从他们身上把油水挤出来的牢骚满腹的农工。它不是那种庄园，而且远不是那种庄园能够相比的。它完全是一座纯粹为了享乐而建的一幢乡村别墅，除了建筑别墅所需要的土地和一小块由庄园主经管、由管家照看的养鸟的农田外，就再也没有一亩添麻烦的田地同它连在一起了。

苔丝最先看见的是用红砖盖成的门房，然后才看见屋檐上长满的厚厚的常青藤蔓。苔丝以为这就是庄园本身；她怀着惶恐不安的心情走过偏门，走到车路转弯的地点，这时候，她才看见出现在眼前的庄园全貌。庄园是最近新盖的——几乎全是新的——它也是同样的深红颜色，同偏门长满的常青藤蔓形成鲜明对照。在周围浅淡柔和的颜色的对照下，它就像一簇天竺葵的红花突现在那儿；在屋角后面的远处，展现在眼前的是猎苑的一大片柔和的淡蓝色风景——的确是一片让人肃然起敬的森林，是英国残留下来的已经不多的原始森林中的一片；在古老的橡树上，仍然还找得到朱伊德槲寄生；林中的茂密的水杉树不是人工栽种的，它们从人们把它们的枝条砍下来做弓箭的时候就生长在那里。但是，所有这些古老的森林，虽然从山坡上可以看见，但是却已经超越这片产业的边界了。

在这块幽静舒适的地产上，一切都是光明的，兴旺的，管理得井井有条。占地几英亩的温室从山坡上延伸下去，一直到了山脚下的萌生林那儿。一切东西看起来都像钱币一样——就像从造币厂里新铸造出来的钱币。在奥地利松树和四季常青的橡树的遮蔽下，配备了各种最新设备的马厩半掩半现，崇高威严，就像是为了方便教民而修建的小教堂。在一片广阔的草坪上，架着一座供装饰用的帐篷，帐篷的门朝着她的方向。

天真纯朴的苔丝站在一条砾石铺成的弯道边上，神态里半带着惊慌，惊讶地看着。在她还没有完全意识到她到了什么地方的时候，她的两条腿就已经把她带到了这个地方；而现在看来，一切都完全和她期望的相反。

“我还以为我们是一个古老的家族呢；可是这一家全都是新的。”她说，口气里一派天真。她心里真希望她没有那样轻易就接受了母亲的“认亲”计划，而是想法在自己的家门口找到了帮助。

德贝维尔家——或者像他们最先称呼自己的那样叫斯托克·德贝维尔家拥有这儿的一切产业，在英国如此保守的这块地方看到这样的家庭，是有些异乎寻常的。特林汉姆牧师说，我们那位步履蹒跚的约翰·德北菲尔德是英国古老的德贝维尔家族唯一仅存的嫡系子孙，他说的倒是真的，或者说接近真的；他还应该加上一句，他知道得清清楚楚，叫斯托克·德贝维尔的这户人家就像他自己一样，本来就不是德贝维尔家族的真正后裔。不过我们必须承认，如果要重新嫁接德贝维尔这个急需更新复苏的名字，斯托克这户人家倒是一根上好的砧木。

最近死去的老西蒙·斯托克是北方的一个本分诚实的商人（有人说他是放债的），发财以后，他就决定在英国南部定居下来，做一个乡绅，好远离他做生意的那个混乱地方。迁居过来的时候，他感到有必要改换一个名字，这名字既要避免别人一下子就认出他就是过去那个精明的商人，又要不像原来赤裸乏味的名字那样平凡。他在大英博物馆里找到那些记载英国南部他计划移居地方的已经灭绝、半灭绝和破产家族的文献，仔细地查找了一个小时，最后认为德贝维尔这个姓看起来和听起来比其他任何一个姓都不会差，因此德贝维尔就被加到了他自己的姓上，为他自己和他的世代子孙所用了。不过他在这方面并不是一个让想法失了分寸的人，在新的基础上重建他的家庭这棵树的时候，总是合情合理地编造家族之间的通婚和同贵族的联系，从来不在严格合适的身份上加上其他的头衔。

关于这个运用想象力的杰作，可怜的苔丝和她的父母自然一无所知——更多的是令他们难堪。说实话，他们从来就没有想到这种添加姓名的可能性。他们只是认为，尽管人长得漂亮也许是运气赐予的，但是一个家庭的姓氏却是天生的。

苔丝还站在那儿犹豫着，像一个沐浴的人想跳进水里去一样，不知道是跳进去还是退回去，正在这个时候，有一个人从帐篷黑色的三角形门里走了出来。他是一个个子高高的抽着烟的年轻人。

他的皮肤近乎黝黑，两片厚嘴唇虽然红润光滑，但形状却长得不好，虽然他至多不过二十三四岁，但是他的嘴唇上方已经蓄上了仔细修剪过的黑色胡须，胡须的尖端向上翘着。尽管在他的身上带有粗野的神气，但是在他的绅士的脸上，在他那双滴溜直转的眼睛里，却有一种奇怪的力量。

“啊，我的美人儿，我能为你效劳吗？”他走上前来说。他看见苔丝站在那儿完全不知如何是好的样子，又说：“不要害怕我。我是德贝维尔先生。你到这儿来是看我的还是来看我母亲的？”

同房子和庭院的差别比起来，这个德贝维尔的化身同沿用德贝维尔名字的人比苔丝所期望的相差更远了。在她的幻想里，它应该是一张老人的庄重严肃的脸，是对所有的德贝维尔的面部特征的升华，脸上的皱纹是记忆的体现，像象形文字一样代表着她的家族和英国好几百年的历史。但是她已经没有退路了，就只好鼓起勇气来应付眼前的事，回答说——

“我是来拜访你母亲的，先生。”

“我恐怕你不能见她——她是个病人。”这个冒牌人家现在的代表回答说，因为这个名叫阿历克先生的人，就是那位最近死了的绅士的独生儿子。“你的事我能不能代劳呢？你想见她有什么事吗？”

“没有什么事——只是——那件事我简直说不出来！”

到这儿来认亲，这件事苔丝心里感到确实好笑，她这种感觉现在变得更强烈了，虽然她心里有些害怕他，总的说来在这儿感到局促不安，但她还是把玫瑰红的嘴唇咧开，装出笑容来，这一下真叫黝黑的阿历克神魂颠倒。

“真是太叫人难为情啦，”她结结巴巴地说，“恐怕我不好告诉你！”

“没有关系，我喜欢听叫人难为情的事。往下说吧，亲爱的。”他和和气气地说。“是我母亲让我到这儿来的。”苔丝接着说，“说实在的，我自己心里也愿意来。不过我没有想到会是这样。我到这儿来，先生，是想告诉你我们都是一个家族的人。”

“噢！穷亲戚吗？”

“是的。”

“是姓斯托克的人吗？”

“不是；姓德贝维尔。”

“是的，是的；我说的姓是德贝维尔。”

“我们的姓现在读变了音，读成了德北菲尔德，但是我们有一些证据，可以证明我们姓德贝维尔。考古学家也认为我们姓德贝维尔，——而且——我们还有一方古印，上面刻有一面盾牌，盾牌上面有一头扑起的狮子，狮子的上方是一座城堡。我们还有一把非常古老的银匙，银匙的勺儿是圆形的，像一把小勺子，上面也刻有一座相同的城堡。不过这把银匙已经用坏了，所以我母亲就用它来搅豌豆汤。”

“银色的城堡肯定是我们的盔饰，”他温和地说，“我家的纹章上也是一头扑起的狮子。”

“因此我母亲说，应该让你们知道我们——因为在一场严重的事故中，我们的马死了，我们是德贝维尔家族的大房。”

“你的母亲真是太好了，让你来告诉我这个。我也不会拒绝她让你来拜访我们。”阿历克说话的时候，打量着苔丝，把苔丝看得脸上有点儿发红。“所以，我漂亮的姑娘，你是以亲戚的身份来看望我们了？”

“我想是的。”她吞吞吐吐地说，又局促不安起来。

“哦——这没有什么不好。你们家住在什么地方？是干什么的？”

她把具体情形对他简单地说了说，回答了他问的一些问题，就告诉他她打算搭乘她到这儿来的时候坐的那趟车回去。

“要等到那趟车转回来经过特兰里奇十字路口，时间还早得很。我们到庭园里走走，等车回来，我漂亮的小堂妹，好不好？”

苔丝希望尽量缩短她的这次访问，但是那位青年一直强劝着她，她只得同意陪他走走。他带着她在草坪里、花圃里和温室里走了走，然后又到果园里和花房里走丁走，在那儿他问她喜不喜欢吃草莓。

“喜欢吃，”苔丝说，“要等草莓熟了我才喜欢吃。”

“这儿的草莓已经熟了。”德贝维尔开始为她采摘各种各样的草莓,弯着腰把草莓递给站在他后面的苔丝。他一站起来,就立刻从“英国王后”种的草莓中挑了一个特别好的草莓，拿着草莓的把儿送到了苔丝的嘴边。

“不——不！”苔丝急忙说，一边举手挡在他的手和她的嘴巴之间。

“废话！”他坚持着，苔丝有一点难过，只好张开嘴巴把草莓吃了。

他们就这样漫无目的地逛着，消磨了一阵时光，每当德贝维尔请她吃草莓，她都半推半就地吃了。苔丝吃不下草莓了，他就把草莓装在她的小篮子里；然后，他们两个人就转到玫瑰那儿，他摘了一些玫瑰花朵，递给苔丝，让她戴在胸前。她依从着他，就像在睡梦里一样，她的胸前戴不下了，但是德贝维尔还是又摘了一两个玫瑰的花蕾插进她的帽子里，而且还十分慷慨大方地在她的篮子里堆了一些其他的花朵。装完了，他看看手表说：“现在是你吃点东西的时候了，然后就该动身了，如果你想搭车去沙斯顿的话。过来吧，我看能找到一点什么东西请你吃。”

阿历克·德贝维尔又把她带回到草坪那儿，就把苔丝留在那儿，自己进了帐篷，不一会儿，他就准备好一篮子便餐拿了出来，放在苔丝的面前。很明显，这位绅士是不愿意他们两个人私下的愉快谈话让仆人给打扰了。

“我抽烟你不在乎吧？”他问。

“哦，一点儿也不在乎，先生。”

他透过弥漫在帐篷里的一缕缕烟雾，观看着苔丝漂亮的无意识的咀嚼，在苔丝·德北菲尔德天真烂漫地低头欣赏胸前的玫瑰的时候，她没有意识到在那麻醉人的蓝色烟雾后面，正潜藏着她人生戏剧中的“悲剧性灾难”——她站在那儿，光艳照人，就像她年轻生命的光谱中的血红色光芒。她有一种品质，这种品质现在却变成了对她不利的因素；也正是这种品质，引起了阿历克·德贝维尔的注意，使他把目光集中在她的身上；也正是她丰满的面容和成熟的身体，使得她看起来比她的实际年龄显得更像一个成年妇人。她从母亲那儿继承了这种特征，但是却没有这种特征所表示的本质。这个特点曾经偶尔在她心里引起烦恼，后来她的同伴告诉她说，随着时光的流逝，这个缺点就会得到纠正。

不久她就把饭吃完了。“我现在要回家了，先生。”她站起来说。

“你叫什么名字？”他陪着她沿着大车道一直走到看不见房子的地方问。

“苔丝·德北菲尔德，住在马洛特村。”

“你还说你们家的马死了？”

“我——是我弄死了它！”她回答说，在她详细说明王子之死的时候，眼睛里充满了泪水。“因为马死了，我真不知道要为父亲做些什么。”

“我一定要想想，看能不能帮帮你。我母亲会给你安排一个工作的。不过，苔丝，不要胡说什么‘德贝维尔’了。——你知道，只能叫德北菲尔德——那完全是另一个姓。”

“我也不再希望更好的姓了，先生。”她带着几分自尊地说。

有一会儿——仅仅有一会儿——当他们走到大车道转弯的地方，在高大的杜鹃树和针叶树中间，在门房看不见的地方，他曾向她把脸伸过去，仿佛要——不过他没有把脸伸过去：他仔细想了想，就放苔丝走了。

故事就这样开始了。要是她已经看出了这次会面将意味着什么，她也许就要问一问，为什么命中注定那天看见她并垂涎她美色的是一个卑鄙下流的人，而不是另外那个在各方面都让她感到可心可意的人——一个刚好在人类中间能够找到的让她可心可意的人。可是在她认识的接近这一标准的人中间，她在那个人心中只留下一个短暂的印象，并且差不多已经被他忘记了。

在世间一切事物中，恰当适宜的计划执行起来就变成失当，渴求的呼唤很少引来应答呼唤的人，恋爱的人也很少同恋爱的时机刚好一致。每当见面可能导致美满的结果时，造物主往往不在那个时候对她的可怜生灵说一声“见面吧”，或者每当捉迷藏的游戏把人累得精疲力竭心里厌烦的时候，造物主也不对高呼“在哪儿”的人回答一声“在这儿”。也许我们渴望知道，当人类的进步到达完美的顶点时，人类的直觉更加敏锐了，把我们颠来倒去的社会机器配合得更加紧密了，在那个时候，时代的错误会不会得到改正；不过这种完美现在是无法预言的，甚至也是不可能想象出来的。我们知道的只是，在目前的事例中，就像在千百万的事例中一样，不是一个完美整体的两个部分在一个完美的时刻互相碰到了一起；而是与其相配的一半迷失了，孤零零地在世上漂泊，浑浑噩噩地等待着，一直等到先前那个时刻的到来。也就在这种糊里糊涂等待的笨拙延宕中，生出了种种焦虑、失望、恐惧、灾难，以及种种短暂的离奇的命运。

德贝维尔回到帐篷以后，就叉开双腿坐在椅子上沉思起来，脸上闪现出得意的神气。接着，他就哈哈大笑起来。

“哈，我真走运呀！多有趣的一件事啊！哈——哈——哈！真是一个叫人馋涎欲滴的小姑娘啊！”

第六章

苔丝下了山，走到特兰里奇十字路口，漫不经心地在那儿等着搭乘从猎苑回沙斯顿的马车。她上车的时候，车里其他的乘客同她说话，她虽然也回答了他们，但并不知道他们说了些什么；他们乘坐的马车又接着上路了，苔丝一路上沉浸在内心的回忆中，对车外的一切视若无睹。

在和她同乘一辆车的旅客中间，有一个人对她说的话比先前的一些人说的话更直截了当："唉呀，你简直变成了一束花了！这还在六月初呀，就有这么多好看的玫瑰花了！"

接着，她终于意识到在他们惊异的目光里，她表现出来的是怎样一种滑稽的情形了：胸前戴着玫瑰花；帽子上插着玫瑰花；篮子里也装满了玫瑰花和草莓。她不禁满脸通红，含含糊糊地告诉他们玫瑰花是别人送给她的。在乘客们不再注意她的时候，她就偷偷地把帽子上特别显眼的玫瑰花取下来，放在篮子里，用她的手巾遮盖起来。然后她又陷入了沉思，有一次她低头向下看时，她的下巴被她戴在胸前的玫瑰花刺扎了一下。像布莱克莫尔谷所有的村民一样，苔丝的头脑里充满了无稽的幻想，尽是相信预兆的迷信；她心里想，被玫瑰花刺扎了，这不是一个好兆头——这是那天她注意到的第一个预兆。

她乘坐马车只能坐到沙斯顿，从那个山间小镇走下山谷到马洛特村，还有几英里的路需要步行。她的母亲曾经叮嘱过她，如果她累得走不动了，就在这儿她们熟悉的一个乡村妇女的家里住一个晚上。苔丝那天就在这儿住了一个晚上，第二天下午她才下山回到家。

她进了家，立刻就从她母亲得意洋洋的脸色上看出，在她不在家这段时间里，已经发生了什么事。

“啊，我说得不错吧！我全知道啦！我告诉过你这件事是不会错的，现在不是证实了？”

“是不是我不在家时发生了什么事？又证实了什么事？”苔丝十分厌倦地说。

她的母亲一脸调皮的神气，把女儿上上下下打量了一番，开玩笑地说：“你到底讨得他们的欢心了！”

“你是怎样知道的，母亲？”

“我收到了一封信。”

这时苔丝才想起来，是有时间把信送到这儿。

“他们说——德贝维尔太太说——养鸡是她的爱好，她有一个小小的养鸡场，想让你去照料。不过这只是她的委婉说法，既要你去她那儿，又不激发起你的希望。她是想认你做亲戚呀——这就是她的意思。”

“可是我没有见过她呀。”

“我想你见到过什么人吧？”

“我见到过她的儿子。”

“他认不认你做亲戚呀？”

“哦——他叫我堂妹。”

“我就知道他会叫你堂妹的！杰克——他叫她堂妹啦！”琼对她的丈夫喊道，“对了，他当然对他的母亲说了，他的母亲就要你到她那儿去。”

“可是我不知道我会不会养鸡呀，”心中疑惑的苔丝说。

“那我就不知道谁会养鸡了。你生在一个做小买卖的家庭里，

又是做小买卖长大的。生在做小买卖的家里的人，总是比半路出家的人懂得多些。另外，那也不过是表面上做做样子，让你觉得你是在给他们做事，而不会感到欠了别人的情。”

“总而言之，我觉得我不应该去。”苔丝仔细想了想说，“信是谁写的？给我看看好吗？”

“是德贝维尔夫人写的。拿去看吧。”

那封信是用第三人称的口气写的，很简单地告诉德北菲尔德太太说，那位夫人需要她的女儿去工作，帮助那位夫人管理鸡场，如果她能够去的话，还会给她提供一个舒适的房间，并说只要他们满意，工钱是很优厚的。

“哦——就写了这些！”苔丝说。

“你也不能指望她立刻就伸开双臂搂着你、吻你呀。”

苔丝抬头看着窗外。

“我宁肯同你和父亲留在家里。”她说。

“可是为什么呀？”

“我也不想告诉你为什么，母亲。说实话，我也不完全知道为了什么。”

一个星期里，她都在附近的地方寻找一个轻松一点儿的工作，但是她没有找到。一个星期过去了，她在晚上回到家里。她原来的想法是要在夏季里挣一笔钱，再买一匹马。她还没有跨进门，就有一个孩子从屋里跳着跑出来说：“那个绅士到家里来过啦！”

她母亲赶忙向她解释，浑身上下都透露出笑意来。德贝维尔夫人的儿子骑马刚好路过马洛特村，就顺道来拜访他们。他主要是代表他的母亲来的，想问一问苔丝究竟愿不愿意去为老夫人管理鸡场，还说以前为她管鸡的小伙子不可靠。“德贝维尔先生说，从你的模样看起来，你肯定是个好姑娘，他说你身价如金啦。他对你很感兴趣——老实告诉你。”

听说自己得到一个陌生人如此高的评价，苔丝一时似乎真的高兴起来，因为那时候她自己觉得情绪非常低落。

“谢谢他这样想，”苔丝嘟哝着说；“要是我住在那儿的确感到放心的话，任何时候我都会到那儿去。”

“他是一个聪明漂亮的人啦！”

“我可不这样认为，”苔丝冷冷地说。

“好啦，无论如何，这总是你的一个机会。我敢肯定，他戴的是一个漂亮的钻石戒指！”

“是钻石戒指，”在窗子下面板凳上坐着的小亚伯拉罕快活地说，“我也看见啦！他举手摸胡子的时候，那枚钻石戒指光灿灿的。母亲，我们那个阔绰的亲戚为什么老是用手摸他的胡须呢？”

“听听这孩子说的吧！”德北菲尔德太太带着欣赏的神态大声说。

“大概是炫耀他的钻石戒指吧。”约翰爵士坐在椅子上打瞌睡，嘴里嘟哝着说。

“我得想一想这件事。”苔丝说完就离开了房间。

“好啦，她这一去就把比我们小的一房给征服了，”女主人继续对丈夫说，“她要是不继续往前走，那才是个傻瓜呢。”

“我可不太喜欢我的孩子们离开家，”做小买卖的丈夫说，“我作为一个家族的大房，别人应该到我这儿来。”

“不过还是让她去吧，杰克，”可怜的傻乎乎的妻子劝着丈夫说，“他都叫她小堂妹啦！他很有可能娶了她，让她做一个贵夫人，那时候，她就同她的祖先一模一样了。”

约翰·德北菲尔德的虚荣心比他的精力和健康强得多，所以这个假设很使他高兴。

“哦，也许，那就是年轻的德贝维尔先生的意思，”他承认说，“我敢肯定，他也许真的想同我们大房结亲，以此来改善他们的血统。苔丝真是小淘气鬼！她只是去拜访了他们一次，就真的会带来这种好结果吗？”

这时候，苔丝正在院子里的覆盆子丛中、在王子的坟墓上满腹心事地走着。在她走进房间时，她母亲就追问起她来。

“呃，你打算怎么办呢？”她问。

“我要是那天见到德贝维尔太太就好了。”苔丝说。

“我觉得你应该打定主意了。这样你很快就能够见到她了。”

她的父亲坐在椅子里咳嗽着。

“我简直不知道说什么好！”姑娘心中不安地说，“还是由你作决定吧。既是我把那匹老马弄死了，我想我应该想法再弄一匹新马。可是——可是——我的确很不喜欢那儿的德贝维尔先生！”

孩子们在王子死了以后，一直存了苔丝嫁给他们有钱亲戚的想法（在他们的想象里，那一家人一定是他们的亲戚），并以此作为一种安慰，这时候看见苔丝犹豫着，就开始朝苔丝嚷起来，骂她，埋怨她犹犹豫豫的。

“苔丝不——不——不去啦，不做贵——贵——贵夫人啦！她说她——不——不去啦！”孩子们咧开大嘴哭了起来，“我们不会有漂亮的新马啦，也没有大堆的金钱买礼物啦！苔丝再也没有新衣服穿啦，再也不——不漂亮啦！”

她的母亲也在一边帮腔，唱着同样的调子。她要是不去，那就是把家里的负担无限期地延长了，使家里的负担比原来变得更重了，因此这也加重了她母亲说的话的分量。只有她的父亲保持着中立的态度。

“我去好了。”苔丝终于说。

姑娘同意去了，这又使得她的母亲心里头想到这门亲事的前景。

“这就对了！像你这样一个漂亮的女孩儿，这是一个好机会呀！”

“我希望这只是一个挣钱的机会。这也不是一个什么别的机会，你不要在教区里到处对这件事说傻话了好不好。”

德北菲尔德太太并不答应她。她不敢保证，在那个客人说了那样一番话后，她会不会得意忘形，到处去瞎嚷嚷。

事情就这样决定下来。年轻的姑娘写了回信，同意做好准备，他们需要她哪天去，她就可以动身。接着她就收到回信，告诉她德贝维尔夫人对她的决定感到高兴，并说后天就派一辆轻便马车来，到山谷的坡顶上接她，帮她运行李，要她做好在那个时候动身的准备。德贝维尔夫人来信的笔迹好像很有一些男性化。

“派一辆马车？”琼·德北菲尔德有些怀疑地嘟哝说，“来接她自己的亲戚，应该派一辆大马车呀！”

苔丝终于打定了主意，所以也就不再心神不宁、魂不守舍了，又开始泰然自若地做自己的事情，心里头想着做一份不太劳累的工作，就可以挣到钱再给父亲买一匹马了。她原先希望在小学里当一名教员，但是命运似乎决定要她做另外的事。由于她的思想比她的母亲成熟些，所以她此刻也没有把德北菲尔德太太对她婚姻的希望当做一回事。那个思想浅薄的妇女，几乎从她的女儿出世的那一年开始，就一直在为她寻找一个满意的丈夫了。

第七章

在约好动身的那天早上，天还没亮苔丝就醒了——那时候正是黑夜即将天亮的时刻，树林里静悄悄的，只有一只先知先觉的鸟儿在用清脆嘹亮的声音歌唱着，坚信至少自己知道一天的正确时辰，但是其他的鸟儿却保持着沉默，仿佛也同样坚信那只唱歌的鸟儿把时辰叫错了。苔丝一直在楼上收拾行李，到了吃早饭的时候，她才穿着日常穿的衣服走下楼，而她那套最好的服装却仔仔细细地叠好了放在箱子里。

她的母亲劝她说："你出门去走亲戚，从来都不会比你身上那套衣服穿得漂亮些吗？"

"可我是去工作的呀！"苔丝说。

"不错，是去工作，"德北菲尔德太太说；她用说悄悄话的口气补充说，"开头也许要假装点儿去工作……不过我觉得你还是把最好的衣服穿在外面好些。"

"好啦，好啦，我想你知道得最清楚。"苔丝不再反对了，冷淡地回答说。

为了让母亲高兴，姑娘只好把自己完全交到琼的手里，平静地说——"你爱怎样就怎样吧，妈妈。"

看见苔丝这样听话，德北菲尔德太太不由得心中大喜。她先去拿来一个大脸盆，彻底地把苔丝的头发洗了一遍，等到头发干了，梳理好了，看起来头发好像比平时多了一倍。她用一根比通常宽得多的粉红色带子把头发扎起来，然后再给苔丝穿上那件在会社游行时穿的白色袍子。苔丝一头蓬松的头发，配上身上穿的宽大袍子，使她正在发育的身体透露出一种成熟来，让人看不出她的实际年龄，也许会错误地把她当成一个成熟的妇人，而其实她比一个孩子大不了多少。

“我告诉你，我的袜子后跟上有一个洞。”苔丝说。

“袜子上有洞不要紧——它们又不会说话！我当姑娘的时候，只要有一顶漂亮的帽子戴，鬼才知道袜子上有洞呢。”

看见女儿漂亮的形体，母亲心里感到骄傲，往后退了几步，就像一个画家从画架前面走开，从整体上仔细打量自己的杰作。

“你一定要看一看你自己！”她嚷着说，“你比平时漂亮多了。”

由于镜子太小，一次只能照出苔丝身体的很小一部分，德北菲尔德太太就在窗玻璃的外面挂上一件黑色的外套，用这种办法把窗玻璃变成了一面大镜子，这也是乡下村民梳妆时常用的办法。然后，她就下楼找她的丈夫去了，那时候她丈夫坐在楼下的房间里。

“我要告诉你，德北菲尔德，”她兴高采烈地说，“他决不会不爱上她的。不过无论你说什么话，都不要对苔丝多说他喜欢苔丝的话，也不要提她得到的这个机会。她是一个脾气古怪的姑娘，说多了也许她就讨厌他了，甚至于她马上就不愿到那儿去了。如果一切顺利，我一定要对鹿脚巷的那个牧师有所报答，感谢他告诉我们那些事——他真是个好人。”

不过，姑娘动身的时刻越来越近了，当初梳妆打扮的兴奋一消失，琼·德北菲尔德太太的心里就出现了一阵担忧。因此这位家庭主妇说，她要送姑娘一程——要把姑娘送到山谷斜坡上的那个地点，那个斜坡是通向外部世界的第一个制高点。苔丝就在坡顶上等候斯托克·德贝维尔家派来的轻便马车，而她的行李已经由一个小伙子运到了坡顶上，做好了准备。

看见妈妈戴上了帽子，小孩子们就一起叫嚷起来，要跟她一起去。

“我也要去送姐姐，现在姐姐要嫁给绅士堂哥啦，要穿漂亮衣服啦！”

“唉，”苔丝叹了口气，满脸通红，连忙转过身去，“我再也不要听那些话了！妈妈，你干吗要把那些东西塞到他们头脑里去？”

“我的孩子们，姐姐是去为我们有钱的亲戚工作去的，是去帮着挣一笔钱，好再给家里买一匹马。”德北菲尔德太太安抚孩子们说。

“我走啦，爸爸。”苔丝哽咽着说。

“你去吧，我的孩子。”约翰爵士抬起头来说，为了庆祝苔丝出门的这个早晨，他又去喝了酒，垂着头在那儿打瞌睡，“好吧，但愿我那位年轻的朋友会喜欢上和他同宗的一位漂亮姑娘。还有，告诉他，苔丝，我们家从前是大户人家，现在完全败落了，我要把我们家的名号卖给他——对，卖给他——也不要大价钱。”

“决不能少了一千镑。”德北菲尔德太太大声说。

“告诉他——我要一千镑。算啦，我又想起来啦，我就少要点儿吧。这个名号加在他的身上，比加在像我这样一个没有本事的可怜人身上好多啦。告诉他，我只要他出一百镑。不过我不是个斤斤计较的人，——告诉他出五十镑就成——就出二十镑吧！行，就要二十镑——这是最低的价了。他妈的，祖宗的名誉总是祖宗的名誉，一个便士我也不能少啦！”

苔丝眼睛里充满了泪水，喉咙哽咽着，心里头百感交集，但是一句话也说不出来。她急忙转过身，走出门去了。

母女俩就这样上路一起走着，苔丝的两边各有一个孩子牵着她的手，心里似乎想着什么，不时地把苔丝看上一眼，就像在看一个正要去干一番大事业的人一样；她母亲同最小的一个孩子走在后面。这一群人构成了一幅图画，中间走着诚实的美丽，两边伴随着无邪的天真，后面跟随着头脑简单的虚荣。她们就一起这样走着，一直走到山坡的底下，从特兰里奇派来的马车就在坡顶上接她，先前的这种安排，是为了免得马车爬这段坡路。在远方第一层山峦的后面，沙斯顿峭壁一样的房舍打乱了山脊的轮廓。在蜿蜒而上的大路上，除了他们派来接苔丝的小伙子而外，看不见一个人影。小伙子坐在车把上，车里装着苔丝在这世界上所有的物品。

“在这儿等一会儿吧，马车很快就要来了，这是用不着怀疑的。”德北菲尔德太太说，“好啦，我已经看见那边的马车啦！”

马车已经来了——它似乎是突然从最近那片高地后面出现的，就停在推小车的小伙子旁边。因此苔丝的母亲和孩子们决定不再往前走了，苔丝在匆忙中向他们道别以后，就弯腰向山坡上走去。

他们看见苔丝的身影离马车越来越近，她的箱子也已经放到了马车上。但是就在她还没有完全走到马车跟前时，又有一辆马车从山顶上的一片树丛中飞快地驶了出来，它绕过路上的一段弯路，从行李车旁驶过来，停在苔丝的面前，苔丝抬头一看，似乎大吃一惊。

她的母亲最先看出来，第二辆车和第一辆车不一样，它不是一辆简陋寒酸的马车，而是一辆漂亮整洁的单马双轮马车，又叫狗车①，漆光发亮，设备齐全。赶车的是一个二十三四岁的青年男子，嘴里叼着一根雪茄烟，头上戴一顶花哨的小帽，穿一件色彩灰暗的上衣和颜色相同的马裤，围着白色的围巾，戴着硬高领，手上戴着褐色的驾车手套——简而言之，他是一个漂亮的长着一张长脸的年轻人，就在一两个星期前，曾经拜访过琼，向她打听过苔丝的回话。

德北菲尔德太太像一个孩子似的鼓起掌来。鼓完掌后她看看下面，然后再看看上面。那意思还会骗了她吗？

“要让姐姐做贵夫人的就是那个绅士亲戚吗？”最小的那个孩子问。

就在那个时候，看得见穿细纱布衣服的苔丝形体在马车旁边静静地站着，神情上犹犹豫豫的，马车的主人正在同她说话。事实上，她那种看上去的犹豫远远不是犹豫，而是疑惑。她似乎宁肯坐那辆

① 狗车，一种双轮轻便马车，单马牵引，车上有背靠背两个座位。

简陋寒酸的马车。那个年轻人下了车，似乎在劝说她上车。她转过脸去，对着山下她的亲人们，注视着那个小小的群体。似乎有一件事促使她下了决心——很可能，是她想到了王子是在她手里死的。她突然间上了车；他也上车坐在她的旁边，立即向拉车的马抽了一鞭。他们很快就驶过了运送箱子的慢车，消失在山头后面看不见了。

苔丝从视线里消失了，这件有趣的事情好像一幕戏剧，也就到了终场，小孩子的眼睛里都是热泪盈眶。最小的那个孩子说："我真希望可怜的、可怜的苔丝没有离开家，没有去做贵夫人！"说完了，他把嘴角一咧，就大哭起来。这个新观点是有传染性的，第二个孩子也同样哭起来，接着又是一个，后来三个孩子都一起嚎啕大哭起来。

琼在转身回家的时候，眼睛里也同样充满了泪水。不过当她走回村子的时候，就只好被动地一切听天由命了。但是，当天晚上她睡在床上老是唉声叹气的，她丈夫问她有什么不舒服。

"唉，我也说不清楚，"她说，"我心里一直在想，要是苔丝没有离家，也许会更好些。"

"你先前为什么没有想到？"

"唉，那是姑娘的一个机会呀——不过，要是这件事再重新来过，我就要等到打听清楚了，弄明白了那个绅士是不是一个真的好心人，是不是把苔丝当他的堂妹对待，不然我就不会放苔丝走。"

"不错，你也许应该先打听打听的。"约翰爵士打着鼾声说。

琼·德北菲尔德总是能够从什么地方找到安慰："好啦，作为真正的嫡亲后裔，只要她的王牌出得好，她应该把他吸引住的。如果他今天不娶她，明天还是要娶她的。因为任何人都看得出来，他已经深深地爱上苔丝啦。"

"什么是她的王牌呀？你是指她的德贝维尔血统？"

"不，真笨！她的脸——就和我从前的脸一个样。"

第八章

阿历克·德贝维尔上车在苔丝身边坐下，就赶马沿着第一座山的山脊快速向前驶去，一路上不住口地把苔丝恭维赞扬，而给苔丝运送箱子的大车远远地落在后面。他们越走越高，一大片风景在他们四周伸展开来，一望无垠。在他们身后，是她出生的绿色山谷，在他们前面，是一片灰色的田野，除了她在第一次到特兰里奇的短暂旅行中知道的地方而外，其他的地方她一无所知。他们就这样走到了一个山坡的顶上，再往前就是从山坡上通向下面的一条笔直大道，差不多有一英里长。

尽管苔丝·德北菲尔德生来胆子就大，但是自从她父亲的马被撞死以后，苔丝一坐车就感到非常害怕；马车的行驶稍微有点儿摇晃，她就感到心惊肉跳。阿历克赶着马车横冲直撞，苔丝心里就开始感到不安了。

“我想下山时你会慢些走吧，先生？”

德贝维尔扭头看看苔丝，用他的又白又大的门牙叼着雪茄烟，慢慢咧开两片嘴唇笑开了。

“噢，苔丝，”他抽了一两口雪茄烟后回答说，“像你这样一个又大胆又健壮的大姑娘，怎么问起这个问题来了？噢，我总是打着马飞跑下山的。再没有像那样叫人痛快的了。”

“不过现在你也许不必那样下山吧？”

“啊，”他说，“这可是两个人的事儿呀，不是我一个人作得了主。提布也要算在里面，她的脾气可是古怪得很。”

“提布是谁？”

“噢，就是这匹母马呀。我觉得刚才它回过头来恶狠狠地看了我一眼。你没有看见吗？”

“不要吓唬我，先生，”苔丝说。

“哦，我没有吓唬你。要是世界上有谁能够驾驭这匹马，那我也能够驾驭它：——我不是说世界上有人能够驾驭这匹马——如果有能够驾驭它的人，那个人就是我。”

“你怎么会养了这样一匹马？”

“啊，你问得正好！我想这是我命中注定的。提布已经踢死一个人了，就在我把它买来不久，它就差一点儿没有把我踢死。后来，说实在的，我也差一点儿没有把它打死。不过它仍然脾气暴躁，非常暴躁。所以有时候坐在它的后面，一个人的性命就不保险了。”

那时候他们正坐车下山。很显然，那匹马几乎不需要它后面的驾车人的任何暗示，无论是出于它自己的意思还是它主人的意思（可能后者的意思更多些），完全知道按照它主人所希望的那样不顾危险地飞跑起来。

他们飞快地向山下冲去，狗车的轮子像陀螺似的嗡嗡直响，左右不停地摇晃着，车轴也同前进的直线形成了轻微的斜角。在他们的前面，马的躯体不停地上下颠簸着。有时候，马车有一个轮子离开了地面，好像跑出去好几码远；有时候，马车又带起一块石子，旋转着飞过树篱；马蹄踏在燧石上，火花飞溅出来，比日光还亮。随着他们的飞奔，笔直的道路变得更加开阔了，道路就像一根被劈开的木棍分成了两半，一边一半地，从他们身旁一闪而过。

风吹透了苔丝的平纹细布衣服，直达她的肤肌，她刚洗过的头发也被吹拂起来，飘在脑后。她决心不把她的害怕暴露出来，不过她还是把德贝维尔握着缰绳的胳膊紧紧抓住了。

“别碰我的胳膊！你要是抓住我的胳膊，我们都会被摔出去的！你搂着我的腰好啦！”

她把他的腰搂住了，两人就这样跑到了山下。

“虽然你这样莽撞，不过总算安全了，谢天谢地！”她说，脸上都是激动的神情。

“苔丝——别说啦！也别发脾气啦！”德贝维尔说。

“我说的可是真话。”

“好啦，你不应该刚一觉得危险过去了，连谢谢都不说一声就撒开了手呀。”她先前并没有意识到她刚才干了些什么；在她不自觉地搂着他的时候，她并没有想到他是男人还是女人，是棍子还是石头。她又恢复了她的矜持冷淡，坐在那儿不再搭话，他们就这样一直走到另一个山坡的顶上。

“喂，又要下山啦！”德贝维尔说。

“不要乱来，不要乱来！”苔丝说，“请你一定要多一些理智，先生。”

“不过，当人到了这个地区最高的山顶上，都肯定要冲下山去的。”他反驳说。

他把缰绳索一松，第二次向山下冲去。他们在车里摇晃着，德贝维尔把脸扭向苔丝，嘻皮笑脸地说：“喂，你用胳膊抱着我的腰吧，就像你刚才抱着的那样，我的美人。”

“决不！”苔丝坚决地说，一面尽力坚持住自己，不去碰他。

“你要是让我亲一亲你那两片冬青浆果似的嘴唇①，苔丝，要不就让我亲一亲你那发热的脸，我就停下来——我用人格担保我会停下来的。”

苔丝惊奇得无以形容，在她的座位上向后挪得更远了些，德贝

① 原文Hollyberry，意为冬青浆果。Holly为一种冬青树，常绿灌木中的一种，叶尖而硬，有光泽，其树枝被用来作圣诞节的装饰。Hollyberry即冬青树冬季结的浆果，色鲜红，美艳。

维尔又催马跑了起来，把苔丝摇晃得更加厉害了。

“别的都不行吗？”苔丝终于喊叫起来，在绝望之中，她的一双大眼睛就像野兽的眼睛一样，直直地瞪着他。她的母亲把她打扮得那样漂亮，显然是害了她了。

“别的不行，亲爱的苔丝。”他回答说。

“唉，我完全不知道——怎么办好了！我不管那么多了！”她可怜地喘着气说。

他一收缰绳，马车就慢了下来，他正要把他渴望的亲吻印到苔丝的脸上时，苔丝仿佛并没有意识到自己的羞怯，急忙躲到了一边。德贝维尔双手拿着缰绳，也没有办法阻止她的移动。

“好哇，他妈的——我非要把我们两个都摔死了不可！”她同伴的感情反复无常，嘴巴里骂开了，“你能够像那样说了话不算数么，你这个小妖精，你说话算不算数？”

“好啦，好啦，”苔丝说，“既然你非要如此，我就不动好啦！不过我——原以为你是我的亲戚，你会对我好的，会保护我的！”

“去他的什么亲戚吧！过来！”

“不过我不想让别人吻我，先生！”她恳求说，眼睛里一颗大泪珠从脸上滚下来，为了不让自己哭出来，她的嘴角颤抖着，“要是我早知道的话，我是不会到这儿来的。”

他不愿改变主意，她只好坐着不动，让他逼着吻了一下，他刚吻了她，她立刻就羞得满脸通红，掏出她的手绢，擦了擦她脸上被他的嘴唇接触过的地方。见她如此，他的一团火气立刻发作出来，因为在苔丝那方面，她的动作完全是出于无心的。

“一个乡村姑娘，你倒挺敏感的！”年轻的男子说。

苔丝对他的话没有理睬，说实在的，她对他说的那句话的含义就没有完全理解，她也没有注意到她出于本能而在脸上一擦是对他的一种冷落。岂止是冷落，如果在物质上是可能的话，实际上她是把他的吻给擦掉了。她隐隐约约地感觉到他的恼怒，所以在马车一路小跑走近梅尔布里坡和温格林的路上，她就只好眼睛看着前方，坐着不动，直到她看见前面还有另一段下坡路要走的时候，她才大吃一惊。

“你要为刚才的事向我道歉！”他又接着说，话音里仍然带着受了伤害的味儿，还把手里的马鞭子一挥，“除非你心甘情愿地让我再吻一次，而且不许用手绢擦。”

她叹了口气。“好吧，先生！”她说，“哦——你让我把帽子捡起来！”

在说话的那个时候，她的帽子被风吹到了路上，他们当时走上坡路的速度也决不慢。德贝维尔拉缰把马勒住，说他会下去为她把帽子捡上来，不过苔丝还是从另一边下了车。

她转过身去，把帽子捡了起来。

“说真的，你不戴帽子显得更漂亮，要是你还能够再漂亮的话。”他从马车后面打量着她说，“那么，现在上来吧！怎么啦？”

帽子已经戴在了头上，帽带也系好了，但是苔丝却没有走过来。

“我不上车啦，先生。”她说，说话时露出红色的嘴唇和嘴里的象牙似的牙齿，眼睛里也闪耀着胜利的神气，“我不再上去了，我知道的。”

“什么——你不上来坐在我旁边了吗？”

“不啦！我可以走路。”

“到特兰里奇可有五六英里路呀。”

“就是有几十英里路，我也不在乎。而且，运送行李的大车还在后面呢。”

“你这个耍滑头的野丫头！好吧，告诉你——你是不是故意让帽子给吹掉的？我敢发誓你是故意的！”

她保持着战略性的沉默，这证实他猜测对了。

于是德贝维尔开始骂她咒她，因为她耍了诡计，他就随心所欲地对她乱骂一气。他突然掉转马头，想从后面追上苔丝，要把她夹在马车和树篱中间。不过他没这样做，担心会把她弄伤。

“你说了这样恶毒的话，应该为自己感到羞耻！”苔丝攀爬到了树篱的顶上，勇气大增地说。“我一点儿也不喜欢你！我恨你，讨厌你！我要回家到我妈妈身边去啦，我要回去啦！”

看见苔丝大发脾气，德贝维尔的火气顿时消了，哈哈大笑起来。

“好啦，我只有更喜欢你了。”他说，“上来吧，让我们讲和吧。我再也不做你不愿意做的事了。现在我用我的生命发誓。”

苔丝仍然不听他的劝，不肯上车。但是，她并不反对他驾车走在她的旁边；他们就这样缓慢地走着，向特兰里奇的村庄走去。德贝维尔看到由于自己的行为不检点，逼得苔丝不得不步行，也不时地表现出一种强烈的不安来。现在她也许真的可以相信他了。不过他一时失去了她的信任，苔丝也就坚持在路上走着，一路上满腹心事，仿佛想知道是不是转回家去会更加明智些。不过她早已下了决心，而且现在不去了，也似乎显得有些像小孩子一样犹豫不决了，除非有重要的理由才能回去。她怎能这样感情用事打乱重振家业的全部计划呢？她怎样对她的父母说呢？怎样取回她的箱子呢？

几分钟以后，远远地望见了那块大坡地上面的烟囱了，还望见右边那块幽静隐蔽之处的养鸡场和苔丝要去之处的房舍。

第九章

苔丝担负的工作就是当一大群鸡的监护人、食物供应商、护士、外科医生和朋友，这群鸡的大本营是矗立在一个场院中的一所旧茅屋，那个场院从前是一个花园，但是现在却被踩成了一块满是沙土的方形场地。茅屋上爬满了常春藤，屋顶上的烟囱也布满了这种寄生植物的枝蔓，因此变得粗大了，它的外形看上去就好像是一个废弃了的塔楼。下面的房间全都作了鸡舍，这一群鸡带着主人的神气在房间里走来走去，仿佛这些房子都是它们自己建造的，而不是由那些埋葬在教堂墓地中现在已化为尘土的地产保有人建造的。当这份产业根据法律一落到斯托克·德贝维尔夫人手里，她就满不在乎地把这所房子变成了鸡舍，这在往日房主的子孙们看来，简直就是对他们家的侮辱，因为在德贝维尔家来到这儿住下以前，他们对这所房子都怀有深厚的感情，花费了他们祖先大量的金钱，房子也一直是他们好几代人的财产。他们说："在我们祖父的时候，有身份的人住这所房子也是够好的。"

在这所房子的房间里，曾经有几十个还在吃奶的婴儿大声哭叫过，而现在里面却回响着小鸡啄食的噗噗声。在从前摆放椅子的地方，现在却摆放着鸡笼，从前椅子上坐着安详的农夫，而现在鸡笼里却养着心神不宁的母鸡。在壁炉烟囱的墙角和曾经火光熊熊的壁炉旁边，现在堆满了倒扣过来的蜂窝，变成了母鸡下蛋的鸡窝。门外的一块块园畦，从前每一块都叫房主拿着铁锹拾掇得整整齐齐，现在都让公鸡用最野蛮的方式刨得乱七八糟。

修建这所房子的花园四周有一道围墙，只有通过一道门才能进入园内。

第二天早上，苔丝整整忙了一个小时来收拾鸡舍，她本来就是以贩卖家禽为业的人家的女儿，所以就凭着自己的巧思对鸡场作了改动，重新布置了一番。就在这个时候，墙上的门被打开了，一个戴着白帽子系着白围裙的女仆走了进来。她是从庄园里来的。

“德贝维尔夫人又要鸡啦，”她说。不过她看见苔丝没有完全明白，就解释说：“夫人是一个老太太，眼睛瞎了。”

“眼睛瞎啦！”苔丝说。

听了女仆的话，苔丝疑虑丛生，但还没有等到她回过味来，就按照女仆的指点抱起两种最漂亮的汉堡鸡，跟在也同样抱着两只鸡的女仆后面，向附近的庄园走去。庄园虽然装饰华丽、雄伟壮观，但是种种迹象显示，住在庄园里的人喜爱不会说话的动物——庄园前面的空中鸡毛飘飞，草地上也摆满了鸡笼。

在楼下一间起居室里，庄园的主人和主妇背对着亮光舒适地坐在一把扶手椅上，她是一个白发苍苍的老妇人，戴一顶大便帽，年龄不过六十岁，甚至不到六十岁。她的视力已经逐渐衰退了，她对这一双眼睛也曾经作过巨大努力，后来才不大情愿地放弃了，这同那些失明多年或者生来就是瞎子的人明显不同，因此她的脸经常显得很生动。苔丝带着她的鸡走到老夫人的面前——她一只手上抱着一只鸡。

“啊，你就是那个来帮我照看鸡的姑娘吧？”德贝维尔夫人听见有一种新的脚步声，嘴里说，“我希望你能好好地照顾它们。我的管家告诉我说，你为我照看鸡是最合适的人。好啦，我的鸡在哪儿？

哦，这是斯特拉特[1]！不过它今天不太活泼，是不是？我想因为是一个陌生人带它来，把它吓着啦。凤凰也一样——对。它们都有点害怕——你们是不是有点儿害怕，我的宝贝？不过它们很快就会熟悉你的。”

老夫人一边说话，一边打着手势，苔丝就和另外那个女仆按照手势把鸡一个个放在老夫人的膝上。老夫人用手从头到尾地摸它们，检查它们的嘴、鸡冠、翅膀、爪子和公鸡的颈毛。她通过触摸能够立即认出这些鸡来，知道它们是不是有一根羽毛折断了，弄脏了。她用手摸摸它们的嗉子，就能知道它们是不是喂过食了，是吃得太多还是太少。她的脸表演的是一出生动的哑剧，内心流露的种种批评都从脸上显现出来。

两个姑娘把带来的鸡一只只送回院子，不断重复着带来送去的程序，一只又一只地把老夫人所宠爱的公鸡和母鸡送到她的面前——如汉堡鸡、短脚鸡、交趾鸡、印度大种鸡、多津鸡，还有其他一些当时流行的各种各样的鸡——当每只鸡放到老夫人的膝上时，她都能认出来，而且几乎没有认错的。

这使苔丝想起了一种坚信礼仪式[2]，在这种仪式里，德贝维尔夫人就是主教，那些鸡就是受礼的一群小孩子，而她自己和那个女仆就是把它们带去受礼的牧师和副牧师。仪式结束时，德贝维尔夫人把脸皱起来，扭动出一脸的折子，突然问苔丝：“你会吹口哨吧？”

“吹口哨，夫人？”

“是的，吹口哨。”

苔丝同大多数乡下姑娘一样会吹口哨，虽然她在体面人面前不愿承认会这门技艺。但是，她还是满不在乎地承认了她是会吹口哨

---

① 斯特拉特（Strut），意为趾高气扬、神气活现。

② 坚信礼（Confirmation），一种基督教仪式。根据基督教教义，孩子在一个月时受洗礼，十三岁时受坚信礼。孩子只有被施坚信礼后，才能成为教会正式教徒。

的。

“那么你每天都得吹口哨。从前我这儿有个小伙子口哨吹得好，不过他已经走了。我要你对着我的红腹灰雀吹口哨，因为我看不见鸟儿，所以我喜欢听鸟儿唱歌，我们就是用那种方法教鸟儿唱歌的。伊丽莎白，告诉她鸟笼子在什么地方。从明天开始你就要吹口哨，不然的话，它们会唱的就要忘啦。这几天来，已经没有人教它们了。”

“今天早晨德贝维尔先生向它们吹口哨来着，夫人。”伊丽莎白说。

“他！呸！”

老夫人的脸上堆起了许多皱纹，表示她的厌恶，不再说别的话了。

苔丝想象中的亲戚对她的接见就这样结束了，那些鸡也被送回到它们的院子里。对德贝维尔夫人的态度，苔丝并不怎样感到奇怪，因为自从见到了这座庄园的规模以后，她就没有抱什么奢望。但是她一点儿也不知道，关于所谓的亲戚的事，老夫人却没有听说过一个字。她猜想那个瞎眼的老妇人和她的儿子之间没有什么感情交流。不过关于这一点，她也猜错了。天下带着怨恨爱孩子和带着伤心疼孩子的母亲，德贝维尔夫人并不是第一个。

尽管头一天一开始就叫人不痛快，但是既然她已经在这儿安置下来，所以当早晨太阳照耀时，她就爱上了她的新工作的自由和新奇。她想试试老夫人对她作的出人意料的吩咐，检验一下自己的能力，以便确定保不保得住她得到的这个工作机会。

当苔丝回到围墙的院子里只剩下一个人时，她就在一个鸡笼上坐下来，认真地把嘴巴撮起来，开始了她早已生疏了的练习。她发现她吹口哨的能力已经退化了，只能从撮起的嘴唇中吹出一阵阵空洞的风声，根本就吹不成清楚的音调。

她坐在那儿吹了又吹，总是吹不成音调，心想究竟是怎么回事，自己生来就会的本领怎么会忘记得这样干净。院子的围墙上爬满了常春藤，一点儿也不比屋子上的常春藤少，后来，她发现在常春藤中间有什么东西在动。她向那个方向看去，看见一个人影从墙头上跳到了地上。那个人影是阿历克·德贝维尔，自从前天他把她带进院子小屋里住下以后，她再也没有见过他。

“我用名誉担保！”他叫道，“无论在人间里还是在绘画里，从来也没有像你这样漂亮的人，‘苔丝’堂妹（在‘堂妹’的口气里，有一点儿嘲弄的味儿）。我已经在墙那边观察你好半天了——你坐在那儿，就像石碑上雕刻的急躁女神①，把你漂亮的红色嘴唇撮起来，做成吹口哨的形状，不停地吹着，悄悄地骂着，可就是吹不出一个音来。你因为吹不出口哨来，所以你很生气。”

“我也许生气来着，但是我没有骂。”

“啊！我知道你为什么吹口哨——是为了那些小鸟儿！我母亲要你给它们上音乐课。她多么自私呀！好像照看这些公鸡和母鸡还不够一个女孩子忙的。我要是你，我就干脆不干。”

“可是她特别要我吹口哨啊，而且要我明天早晨就开始吹。”

“真的吗？那好吧——让我先教你一两课吧。”

“哦，不用，你不用教我！”苔丝说，一边向门口退去。

“废话，我又不想碰你。瞧好啦——我站在铁丝网的这边，你可以站在铁丝网的另一边；这样你就可以完全放心了。好啦，现在看我这儿；你把嘴唇撮得太厉害了。要像这个样子——就是这个样子。”

他一边讲解，一边示范，吹出的一句调子是：“挪开，啊，把你的两片嘴唇挪开。”②不过苔丝对调子的含义完全不懂。

---

① 石碑上雕刻的急躁女神（like Impatience on a monument），可参考莎士比亚《第十二夜》第二幕第四场第113页“她坐在那儿，就像石碑上雕刻的忍耐女神”（She sat like a Patience on a monument）一句。

② 挪开，啊，把你的两片嘴唇挪开（Take, oh, take those lips away），源于莎士比亚《一报还一报》第四幕第一场中男侍所唱歌词的第一句。

“你来试试。”德贝维尔说。

她尽量表现出冷淡的样子，脸部的表情像一座雕像的脸那样严肃。不过他非要她试着吹吹，后来为了摆脱他的纠缠，她只好按照他说的怎样才能发出清晰音调的方法，把她的嘴唇撮起来。但是她也很难过地笑了起来，后来又因为自己笑了，心里恼怒，脸又变红了。

他用“再试试”的话鼓励她。

这一次苔丝做得十分认真。认真得叫人感到痛苦，她试着吹——吹到后来，没想到竟吹出了一个真正圆润的哨音来。成功暂时给她带来欢乐，使她的心情变得好起来。她的眼睛也变大了，不知不觉地在他的面前笑起来。

“这就对了！现在我已经教会你开始吹了——你会吹得很好的。你看——我说过我不会接近你的，尽管世界上从来没有一个男人能经受这种诱惑，我还是要信守我的诺言……苔丝，你觉得我的母亲是不是一个古怪的老太婆？”

“对她我知道得还不多呢，先生。”

“你会发现她是一个古怪的老太婆，她肯定是一个古怪的人，所以才要你学习吹口哨，教她的红腹灰雀。现在我是很不讨她喜欢的，但是如果你把她的那些鸡照顾好了，你就一定能讨她的喜欢。再见。如果你遇到什么困难，在这儿需要什么帮助，就来找我好啦，不要去找管家。”

苔丝就是在这种组织里答应去填补一个位置。她头一天的生活体验相当典型地代表着在后来许多日子里她所经历的生活。对于阿历克·德贝维尔同她见面，她也习以为常了——这是这个青年小心翼翼地在她身上培养起来的感情，是他通过说一些俏皮话、通过当他们单独在一起开玩笑时叫他堂妹培养起来的——苔丝同他熟悉起来，当初她对他的羞怯也消除了不少，不过，她也没有被注入某种新的感情，以至于产生一种新的和更加温柔的羞怯。但是，她做什么事都顺从着他，已经超出了一个伙伴的程度，这是因为她不得不依靠他的母亲，而他的母亲又对她没有什么帮助，所以她只好依靠他了。

当她恢复了吹口哨的技艺的时候，不久她就发现，在德贝维尔夫人的屋子里，对着红腹灰雀吹口哨并不是十分繁重的事，因为她从她的善于唱歌的母亲那儿学会的大量曲调，对那些歌喉婉啭的鸟儿非常合适。同当初在院子里练习吹口哨相比，现在每天早晨站在鸟笼子旁边吹这种口哨，的确是叫人满意快乐的了。那个青年不在身边，她感到无拘无束，就撅起嘴巴，靠近鸟笼子，对着那些留神细听的小鸟儿轻松优美地吹起来。

德贝维尔夫人睡在一张大四柱床上，床上挂着厚实的锦缎帐子，红腹灰雀也养在同一间房里，在一定的时间里它们可以在房里自由自在地飞来飞去，把家具和垫子上弄得到处都是白色的小点。有一次，苔丝站在挂着一排鸟笼子的窗户前像往常一样教小鸟儿唱歌时，她觉得她听见床后有一种细小的摩擦声。那个老太太当时不在，姑娘转过身去，在她的印象中好像看见帐沿下有一双靴子的尖头。因此，她吹的口哨立刻就乱了调子，如果真的有人的话，那么那个人也肯定发现苔丝怀疑到他的存在了。自此以后，她每天早晨都要搜查一遍帐子，但是从来没有发现有人在那儿。显然阿历克·德贝维尔已经完全想到了他的怪诞行为，如果他用那种埋伏的把戏，肯定要把苔丝吓坏的。

第十章

所有的村庄都有自己的特点、结构，甚至也有自己的道德准则。在特兰里奇及其附近，有一些年轻妇女的轻佻惹人注意，这种轻佻也许就是控制附近那块坡地上人们精神的征兆。这个地方还有一个根深蒂固的毛病，就是酗酒很厉害。附近农庄上常谈的主要话题是攒钱没有用处。身穿粗布罩衫的“数学家”们，倚着锄头或者犁歇息时，就会开始精确地计算，来证明人老后教区提供的全额救济金，比一个人从一生中挣的工资中积攒起来的钱还要更充足。

这些哲学家们的主要快乐，就是在每个星期六的晚上收工后到两三英里以外的已经衰败了的市镇猎苑堡去；一直到深夜过后的第二天凌晨，他们才回到家里。在星期天睡上一整天，把他们喝的那种有碍消化的混合饮料消化掉，这种饮料是从前独立经营的酒店的垄断者们作为啤酒卖给他们的。

长期以来，苔丝都没有参加这些每星期一次的豪饮活动。但是她迫于年纪比她大不了多少的妇女的压力——因为一个种地的工人，在二十岁时挣的工钱同四十岁的工人挣的工钱一样多——苔丝最终还是同意去了。她第一次到那儿去的经历使她得到了她没有想到的快乐，整整一个星期她都在鸡场过着照顾鸡的单调生活，因此别人的快乐都是很能感染她的。她去了又去。她容貌美丽，逗人喜爱，而且又正处在即将发育成熟的年龄，所以她一在猎苑堡的大街上出现，就引来街上游手好闲的人偷偷瞟过来的目光。因此，有时候她虽然是独自一人到那个镇上去，但是在黄昏的时候她总要找她的同伴一起走，以便回家的时候能得到同伴们的照应。

这种情况持续了一两个月，到了九月的一个星期六，这一天定期集市和集市刚好碰到了一起，因此特兰里奇的人就都到猎苑堡的酒店里去寻找双重的快乐。苔丝工作没有干完，出发得晚了，因此她的伙伴们到达镇上时比她早了许多。这是九月里一个美好的傍晚，正是太阳落山的时候，黄色的亮光同蓝色的暮霭相互争斗，变成了一缕缕发丝一样的光线，大气本身就构成了一种景色，除了在大气中展翅乱舞的无数飞虫而外，它根本就不需要更多的实体的帮助。苔丝就在这种暗淡的暮霭中，不慌不忙地向前走去。

她一直走到了目的地，才发现集市碰巧遇到了定期集市，这时候天色已经接近黄昏。她要买的东西不多，很快就买完了，然后她就像往常一样，开始去寻找从特兰里奇来的几个村民。

她起初没有找到他们，后来有人告诉她说，他们大多数都去参加一个私人小舞会去了，在一个同他们的农场有生意往来的卖干草和土煤的商人屋子里。那个商人住在这个小镇的偏僻角落里，她在寻路到商人屋子那儿去的时候，眼睛看见了站在街角处的德贝维尔先生。

“怎么啦——我的美人儿？这样晚了你还在这儿？”他说。

她告诉他说，她只是在这儿等着同伴一块儿回家。

“等会儿再见。”他在她走进后面的巷子里时从她的后面说。

她慢慢走近了干草商的家，听见了从后面一座屋子里传出来的小提琴声，那是为跳里尔舞[①]的人伴奏的，但是她听不见跳舞的声音——在这一带这是十分少有的情形，因为这儿一惯的情形是跳舞

① 里尔舞（Reel），一种轻快的苏格兰或爱尔兰舞，通常由两对或四对舞者共舞。

的脚步声淹没了音乐声。前门打开着，她从屋子里一眼看过去，能够在苍茫的夜色中远远地看见屋子后面的花园。她敲了敲门，没有人开门，她就穿过这座屋子走上了通往户外小屋的那条小路，那儿发出的音乐声吸引着她。

户外小屋是一座没有窗子的建筑，用来堆放东西的，从打开的房门里，有一股黄色的发亮的烟雾飘出来，溶进屋外的昏暗中，起初苔丝把它们当成了被灯光照亮的烟雾。但是当她走得更近些后，她才发现那只是一片飞扬的尘土，是被屋内的烛光照亮的，烛光照在那层薄雾上，把门厅的轮廓投射到园子中的茫茫夜色里。

她走到屋前往里一看，看见一群模糊的人影正按照跳舞的队形来回奔跑着，然而他们跳舞的脚步却没有声音，因为他们脚底下铺的是一层软垫——也就是说，铺了一层堆放土煤和其他产品的煤粉草渣，经过他们混乱脚步的搅动，就扬起一片烟云，笼罩了整个场地。由发着霉湿味的土煤和干草的粉末组成的烟云，同跳舞的人的汗液和体温掺和在一起，形成了一种植物和人类的混合粉末，装有弱音器的小提琴发出软弱无力的声音，同踩着它的节拍而跳出来的兴高采烈形成了鲜明对比。他们一边跳舞一边咳嗽，一边咳嗽又一边欢笑。一对对跳舞的人冲来撞去，也只能在光线最强的地方才看得出他们的影子——在一片模糊之中，他们变成了森林之神萨堤洛斯们[①]，怀中抱着仙女宁芙[②]们——一大群潘[③]和一大群绪任克斯[④]尽

① 萨堤洛斯（satyrs），希腊罗马神话中的森林之神。在古希腊时代早期的艺术中，萨堤洛斯们被描绘成半人半羊形状，长着山羊耳朵，拖着山羊或马的尾巴，头发散乱，鼻子扁平上翘。

② 宁芙（Nymph），希腊神话中的仙女。海洋、河川、山泉、溪流、群山、森林等均有仙女，如海洋仙女、水泽仙女、草地仙女等。

③ 潘（Pan），在古代希腊，潘被尊为牧人、猎人、养蜂人和渔夫的守护神。

④ 绪任克斯（Syrinx），水泽仙女，为潘所爱，为逃避潘，便躲藏在河里，把自己变成一棵芦苇。潘便用这棵芦苇削制成一支芦笛，供自己吹奏。

情旋转着；罗提斯[①]想躲开普里阿波斯[②]，但总是躲不开。

跳舞间歇时，一对舞伴就会走到门口，呼吸几口新鲜空气，那时候烟尘从他们四周消散了，那些半人半仙的人物也就变成了她隔壁邻居中的普通人物了。谁能想到，有两三个小时，特兰里奇竟会变得这样的疯狂。

有一群西伦尼[③]靠墙坐在板凳上，其中有一个认识她。

"女孩子们觉得在花露斯这个地方来跳舞不雅观，"他解释说。"她们不愿意让大家都看见她们的男朋友是谁，另外，有时候正当她们跳得来了劲儿，屋子却要关门了。所以我们到这儿来了，派人去买酒喝。"

"可是你们什么时候回家呢？"苔丝有点儿担心地问。

"现在——马上就走。这是最后的一场舞了。"

她等着。里尔舞结束了，有些跳舞的人心想该动身回家了。但是另外有些人不想回家，所以另一场舞就又开始了。苔丝心想，这场完了就该散场了。可是这场还没有完，下一场就又开始了。苔丝心里不安，开始变得烦躁起来，不过既然已经等了这样长时间了，所以她就必须继续等下去，因为这一天是集市，路上可能有一些不怀好意的人在东游西逛，虽然她不害怕那些能够想得到的危险，但是她害怕那些想不到的危险。假如她离马洛特村不远，她就不会害怕了。

"不要紧张，我亲爱的好姑娘。"一个满脸汗水的年轻男子一边

---

① 罗提斯（Lotis），罗马神话中的仙女，她为了摆脱普里阿波斯的追求，将自己变成莲花。

② 普里阿波斯（Prlapus），希腊神话中的果园、田野之神，后又成为淫乐之神，曾追求过仙女罗提斯。

③ 西伦尼（Sileni），酒神的养育者和老师，好喝酒，爱好音乐、唱歌，能够预言未来，任何人在他睡着时找到他，就可以把他绑起来，用松绑作为他预言未来的条件。

咳嗽一边劝她说，他把草帽扣在后脑勺上，围绕脑袋的帽檐就像是圣灵头上的光环，“你着什么急呀？明天是星期天，谢天谢地，我们可以在上教堂作礼拜的时候睡一觉。过来，和我跳一场好不好。”

她并不讨厌跳舞，但是她不会在这儿跳。跳舞的脚步开始变得热烈起来：站在发光的云柱后面的小提琴手们不断地跑调，要不是拉到了弦马的下端，就是拉琴时把弓背当成了弓弦。不过这也没有什么关系，喘着气的人影不断地照样旋转着。

跳舞的人如果还想继续同原来的舞伴跳舞，他们就用不着更换舞伴了。简单地说，更换舞伴就是说跳舞的两个人中还有一个没有完全感到满意，到了那个时候，所有跳舞的人就会搭配得很合适了。到了那时候，狂欢和梦想也就开始了，在这种狂欢和梦想里，激情变成了宇宙的物质，而物质只不过是一种外来的插进来的东西，有可能妨碍你在想旋转的时候旋转起来。

突然，地上传来一声“扑通”的响声：一对跳舞的人跌倒了，躺在地上乱成了一团。接下来的一对没法停止前进，也绊倒在前一对舞侣的身上。屋内已是一片尘土，现在又在跌下去的人四周飞扬起更浓的尘埃，尘埃中隐约只见一些胳膊大腿纠缠在一起。

“回了家我非得臭骂你一顿不可，我的先生！”骂人的话是从人堆里的一个女人嘴里发出来的——她是那个因笨拙而闯祸的男人的不幸舞伴，刚好又是不久前同他结婚的妻子。在特兰里奇，刚结婚的夫妇只要蜜月的感情还在，相互配对跳舞也没有什么奇怪的。而且，夫妻在他们的后半辈子一起配对跳舞也并非不合习惯，那样可以避免让那些脉脉含情的独身男女给互相分开了。

从苔丝身后的园子阴暗处传来一阵哈哈大笑，笑声同屋内的嬉笑声交织在一起。她回头看去，看见了一支雪茄烟的烟头火光：阿历克·德贝维尔独自一人站在那儿。他招手让她过去，她只好勉强走过去。

“喂，我的美人儿，你在这儿干什么呀？”

她累了一整天，走了许多路，疲惫极了，只好把自己的困难告诉了他：她告诉他说，在刚才他们见面以后，她就一直等在这儿，好找一个同伴一起回家，因为她不熟悉晚上回家的路。“可是他们好像永远没有个完，我也真的不想再等下去了。”

“当然不用再等下去了。今天我这儿有一匹备好了鞍子的马；我们可以骑马到花露斯酒店，在那儿我可以雇一辆马车，和我一起坐马车回家去。”

苔丝听了虽然心里高兴，但是她心里原来对他的不信任感并没有完全消除，所以尽管跳舞的人一再拖延着不走，她还是宁肯等着这些做工的人，同他们一起回家。她回答说，她很感谢他，不过她还是不想麻烦他。“我说过我要等着他们，现在他们也会以为我在等着他们的。”

“很好，独立小姐，随你自己的便吧……那么我就不用着急了……我的天啊，他们跳得多厉害呀！”

他并没有向前走到有亮光的地方，但是有一些跳舞的人已经认出他来了，他的出现使得跳舞的人稍稍停顿了一会儿，从而他们也意识到时间过得真快。他又点燃了一支雪茄烟，接着就走开了。特兰里奇的人开始把他们中间从其他农场来的人聚集起来，预备一块儿回家。他们把他们的包裹和篮子搜集在一起，过了半小时，当教堂的钟声敲响十一点一刻的时候，他们就稀稀拉拉地走上了上山的小路，走回家去。

这是一条三英里的路，是一条干燥的灰白的路，让月光一照，路变得更加灰白了。

苔丝在人群里一起走着，有时候同这个人一起走，有时候同另一个人一起走，不久她就发现，那些喝酒没有节制的男人，叫晚上的清风一吹，都有些步履蹒跚、摇摇晃晃的了；有一些行为不检点的女人们，也是步伐不稳、跌跌撞撞的——一个是皮肤黝黑的悍妇卡尔·达齐，外号叫“黑桃皇后”，直到最近她还是德贝维尔宠爱的人，另一个是卡尔的妹妹南茜，外号叫“方块皇后”，还有那个今天被绊倒了的刚结婚的年轻女人。虽然她们的外貌现在在一双平常的眼睛看来，显得肥胖臃肿、庸俗平凡，但是在她们自己看来却是全然不同的。她们走在路上，感到她们好像在驾着一种支撑物在路上飞翔，她们还保持着一种新奇和深奥的思想，感到她们自己和周围的大自然融合成了一个有机体，其中的各个部分都能融洽地欢乐地相互交流。她们就像她们头上的月亮和星星一样崇高，而她们头上的月亮和星星也同她们一样热烈。

不过，苔丝住在她父亲家中的时候，已经经历过这种痛苦的体验了，她一看见她们的情形，她在月光下走路所开始感到的欢乐就被破坏掉了。但是因为上面说过的理由，她还是跟大队人马走在一起。

他们在宽阔的大道上以散乱的队形向前走着，但是现在他们前进的路线要通过地里的一道栅栏门，走在最前面的人没有办法把门打开，所以大家就聚集在一起了。

在最前面走着的是“黑桃皇后”卡尔，她挽着一个柳条篮子，里面装着她母亲的杂货、她自己买的布料、以及这个星期里要用的其他物品。篮子又大又重，卡尔为了走路方便些，就把篮子放在头顶上顶着，当她两手叉腰走路的时候，篮子就在她的头顶上危险地摇晃着。

“喂——你背上是什么东西在往下爬呀，卡尔·达齐？”人群中有一个人突然说。

所有的人都向卡尔望过去。她穿一件薄薄的印花布女衫，有一条像绳子似的东西从她的脑后垂下来，一直延伸到她的腰下，就像中国人的一条辫子。

“是她的头发散下来了。”另外一个人说。

不对，不是她的头发，那是从她头上的篮子里流出来的一条黑色溪流，好像一条粘乎乎的蛇，在清冷寂寞的月光下闪闪发光。

“那是糖浆。”一个目光敏锐的妇女说。

的确是糖浆。卡尔可怜的老祖母有吃甜食的偏好。蜂蜜在她家里的蜂窠里有的是，但是糖浆才是她一心想要的东西，所以卡尔给她买了糖浆，想给她一个意外的惊喜。那黝黑的姑娘急忙把篮子放下来，发现装糖浆的罐子已经在篮子里打碎了。

这时候大家看见卡尔背上不同寻常的样子，不由得一起哄笑起来，黑桃皇后急着把背上的黑色糖浆弄掉，突然想出来一个当时能想到的办法，这个办法也用不着请那些嘲笑她的人帮忙。她心里激动，就急急忙忙地冲进他们要经过的那块地里，仰面朝天地躺下来，开始在草地上平着旋转，用劲擦她衣服背后的糖浆，她还用胳膊肘把自己从草地上拖过去，又用这种办法把衣服擦了一遍。

哄笑声更大了。他们看见卡尔的怪相，捧腹大笑起来，笑得没了力气，都一个个地或靠在栅栏门上，或靠在柱子上，或靠在自己的手杖上。我们的女主角苔丝先前一直表现得很平静，这时候也禁不住和大家一起笑了起来。

这是一件不幸的事——在许多方面都是一件不幸的事。“黑桃皇后”听见了这群工人中出现的苔丝发出来的冷静深沉的笑声，她内心里长期压抑的一股吃醋情绪，就立刻燃烧起来，使她变得疯狂起来。

“你竟敢也来笑我，你这个骚货！”她嚷了起来。

“大家都笑，我也实在忍不住了。”苔丝向她道歉说，嘴里还在嗤嗤地笑着。

“啊，你觉得你比所有的人都强，是不是？就因为你现在是他的新宠吗？不过别太得意，我的小姐，别太得意！我一个人也比得过你两个呢！来吧——你给我过来吧！”

使苔丝吓了一跳的是，“黑桃皇后”开始脱她的上身衣服——真正的原因是弄脏的上衣引人发笑，她正乐意借故把它脱掉——她在月光下脱得露出了浑圆的脖子、肩膀和胳膊，因为她是一个农村姑娘，在朦胧的月色里，她的脖子、肩膀和胳膊光亮美丽、丰满圆润和完美无缺，就像蒲拉克西蒂利[①]的某些作品一样。她握起拳头，

① 蒲拉克西蒂利（Praxitelean），公元前四世纪希腊著名雕刻家，其作品以表现人体美为主要特点，代表作品为《阿佛洛狄忒》。

对苔丝摆出了进攻的姿态。

“哎，真的，我可不想同你打架！”苔丝神色严肃地说，“要是我早知道你是这样的一种人，我才不会自甘下流，同你这样一个娼妇走在一起呢！”

这句伤了一大群人的话立刻引来了其他人对漂亮的苔丝的一阵滔滔不绝的责骂，把怒气发作到不幸的苔丝身上。尤其是“方块皇后”把其他所有的人联合起来，攻击共同的敌人，因为她同德贝维尔的关系也就是卡尔遭到别人怀疑的那种关系。还有几个其他的女人也齐声响应，她们骂得粗鲁毒辣，要不是她们晚上事先都在寻欢作乐，她们也不会那样愚蠢地乱骂一气的。因此，几个丈夫和情人看见苔丝受到欺负，感到不公平，就想化解这场吵，帮着苔丝说了几句话，但是他们努力的结果，却是更加把战事激化了。

苔丝又羞又气。她再也不怕路上孤单了，也不管时间多晚了，她只有一个目的，就是尽快摆脱那一群人。她也知道得很清楚，明天他们中间较好的一些人会为他们的感情冲动懊悔的。那时候他们都已经走到地里面了，她就慢慢地向后移动，想独自跑开，就在这时候，从遮挡着道路的树篱的一角，有一个骑马的人悄悄地出现了，这个人就是阿历克·德贝维尔，他把他们打量了一番。

“干活的，他妈的你们为什么这样吵闹啊？”他问。

没有人立即给他解释。说实话，他也不需要任何解释。还在老远的地方，他已经听见他们的吵嚷声了，他骑着马悄悄地走过来，他听见的已经足够他明白了。

苔丝已经离开了人群，站在栅栏门附近。他对她俯下身去。“跳上来骑在我的后面，”他低声说，“一会儿我们就远远地离开这群瞎叫的猫了。”

这场危机对她的刺激是如此强烈，她觉得几乎都要晕过去了。要是在她生活中的其他时候，她一定不会接受他提出的这种帮助和陪同的，就像前几次她所拒绝的一样，即使现在，如果只是因为路上孤单她也不会有所改变的。但是他的邀请刚好是在一个特别的关口提出的，她只要用脚一跳，就能把她对那些对手们的害怕和愤怒化为对他们的胜利，因此她就听凭自己的冲动，攀着栅栏门，脚尖踩着他的脚，翻身上了他身后的马鞍子。他们两个人飞马驰进远处夜色中的时候，那些气势汹汹的狂欢者们才意识到发生了什么事情。

“黑桃皇后”也忘记了她身上的脏污了，站在“方块皇后”和那个摇摇晃晃的新婚女人的旁边——三个人都目不转睛地盯着同一个方向，正是在那个方向的路上，马蹄声慢慢地消失了，听不见了。

“你在看什么呀？”有一个男人没有注意到刚才发生的事，问道。’

“嗬——嗬——嗬！”黝黑的卡尔笑了。

“嘻——嘻——嘻！”喝醉了酒的新娘子也笑了，一边靠在她心爱的丈夫胳膊上稳住自己。

“喝——喝——喝！”黝黑的卡尔的母亲也笑了，她摸着下颌简单地解释说，“一出煎锅，就掉进了火里！”

接着，这些露天生活的女儿们又走上了田间的小路，她们即便喝酒过量，也不会永久不醒。她们同那些男人们一起向前走着，在地上他们每个人的脑袋影子的四周，出现了一圈乳白色的光环，那是月光照射到闪烁的露水上形成的。每一个走路的人都能看见自己的光环，那个光环总不会离开他们脑袋的影子，无论他们的脑袋怎样粗俗不堪、摇晃不定；但是光环总是跟着影子，不断地美化影子；到了后来，他们不规则的晃动也似乎成了光环的一部分，他们呼出的气体也成了夜雾的组成部分；景物的灵魂、月光的灵魂、还有大自然的灵魂，都似乎同酒的灵魂和谐地融合在一起了。

第十一章

他们两个骑着马慢慢向前跑了一阵，谁也没有说话，苔丝一直搂着他，由于战胜了对手，心里还在怦怦直跳，不过在其他方面，她心里却有些疑虑。她看见他们骑的这匹马不是他有时候骑的那匹烈性马，所以她并不感到慌张，虽然她紧紧地搂着他还是有些坐不稳。她请他让马慢下来，改跑为走，阿历克照着办了。

“走得干净利落，是不是，亲爱的苔丝？”他过了一会儿说。

“不错！”苔丝说，“我觉得我应当非常感激你。”

“你真的非常感激我吗？”

她没有回答。

“苔丝，为什么你老是讨厌我吻你？”

“我想——因为我不爱你。”

“你敢肯定吗？”

“有时候我还生你的气呢！”

“哦，我早就担心会是这样的了。”虽然如此，阿历克并没有因为她的自白而反驳她。他明白，她无论什么态度总比她冷冰冰的好。“那我惹你生气的时候，你为什么不告诉我呢？”

“这个你自己清楚得很。因为在这儿由不得我自己呀。”

“我向你求爱，并没有常常惹你生气啊？”

“有时候你就是惹我生气。”

“有多少次呀？”

“你和我一样清楚——多着啦。”

“我每次向你求爱都惹你生气吗？”

她没有出声，座下的马已经缓缓地向前走了很长一段路了，走到后来，一片薄薄的发亮的雾，本来整个晚上都弥漫在山谷里，现在已经散布开来，把他们包围了。那层雾似乎使月光悬浮起来，让那层雾比在晴朗的天气里显得更具有弥漫性。或者是由于这层雾气，或者是由于心不在焉，或者是由于睡意太浓，她没有觉察到他们已经从一个岔路口上走过去很远了，在那个岔路口上，有一条小路从大路分出来，通向特兰里奇，但是她的引路人没有带她走上通向特兰里奇的小路。

她疲倦得无以形容。在这一个礼拜里，她每天早晨都是五点钟起床，整天都要走来走去；这天傍晚她到猎苑堡去，又格外多走了三英里路，还在那儿等她的邻居等了三个小时，既没有吃也没有喝，而且她等得心烦意乱，也顾不上吃喝；后来，她又走了一英里回家的路，经历了一次吵架的激动，加上他们的坐骑走得缓慢，这时候都差不多一点钟了。但是也只有一次，她才真正让沉重的睡意征服了，在她昏睡的那一刻里，她轻轻地把头靠在于他的身上。

德贝维尔勒住了马，把脚从马镫里抽出来，坐在马鞍上侧过身去，用胳膊搂着她的腰，把她扶住。

苔丝立即醒了，防范起来，她出于一种突然出现的报复冲动，没有细想就轻轻地把他一推。他坐得并不稳，这一推几乎使他失去了平衡，差一点儿没有滚到路上去，幸好他骑的那匹马虽然是一匹健壮的马，却是最老实的一匹。

“他妈的真是不知好歹！”他说，“我又没有恶意——只不过怕你摔下去了。”

她有些猜疑地思考了一会儿；后来觉得这也许是真的，就后悔了，于是十分客气地说：“我请你原谅，先生。”

"除非你对我表示信任，否则我是不会原谅你的。天啊！"他突然发起脾气来，"像你这样一个野丫头，竟推起我来了，你当我是什么人呀？你不重视我的感情，躲避我，冷落我，已经整整三个月了！我再也忍受不了啦！"

"我明天就离开你好啦，先生。"

"不行，你明天不能离开我！我再问你一次，你能不能让我用胳膊搂着你，以此来表示你对我的信任？过来吧，现在就我们俩，没有其他的人。我们两个人都很熟悉了；你也知道我爱你，知道我把你看成是世界上最漂亮的姑娘，而你的确也是世界上最漂亮的姑娘。我可不可以把你当作一个情人呢？"

她吸了一口冷气，表示反对，在座位上焦虑不安地扭动着，眼睛看着远方，嘴里喃喃说道，"我不知道——我希望——我怎么能够说答应你还是不答应你——"

他用胳膊搂住了她，实现了自己的愿望，就这样把问题解决了，苔丝也没有进一步表示反对。他们就这样侧着身子搂着慢慢向前走，后来，她突然觉得不该走这样长的时间——从猎宛堡回去只有短短的一段路，即使按照他们这种走路的速度，也用了比平时多得多的时间了，而且他们不再是走在一条坚硬的路上，而是走在一条小路上。

"喂，我们走到哪儿啦？"她叫起来。

"在一片树林的旁边。"

"一片树林——什么树林？我们肯定完全离开了要走的路吧？"

"走进猎苑了——这是英国最古老的树林。这是多美的夜晚啊，我们为什么不骑着马多走走呢？"

"你怎么能这样骗人呀！"苔丝半是狡诈半是真正害怕地说，她冒着自己掉下马去的危险，一个一个地扳开他的手指头，从他的搂抱中摆脱出来。"我刚才正在相信你，顺从你，讨你喜欢，因为我觉得推了你，委屈了你！让我下去，让我走路回家。"

"亲爱的，即使天气晴朗，你也走不回去的。如果要我老实告诉你，我们已经离开特兰里奇好几英里路了，在越来越大的雾气里，你在这些大树里转上几个小时也走不出去。”

“不要你管我走不走得出去，”她哄着他说，“把我放下来，我求你了。我不管在什么地方，只请你让我下去，先生！”

“那好吧，我放你下去——但有一个条件。既然是我把你带到这个偏僻地方的，我不管你自己怎么想，我觉得我有责任把你平平安安地送回家去。至于说你不要帮助就想回到特兰里奇，那是完全不可能的；实话告诉你吧，因为生了这场雾，所有的一切都变了样子了，连我也完全不知道自己在哪儿啦。好吧，如果你答应在马的旁边等着，我就从这片灌木林里穿过去，一直走到有道路或者有房子的地方，等我真正弄清楚了我们在什么地方再回来，我愿意把你留在这儿。等我回来的时候，我就会仔仔细细地告诉你怎么走，要是你坚持走回去，你也可以走回去；你也可以骑马回去——随你的便。”

她接受了这些条件，就从马上溜了下来，不过还是让他偷偷地吻了一下。他也从另一边跳下马。

“我想我要牵着马吧？”她说。

“哦，不，用不着牵着马，”阿历克回答说，用手拍了拍那匹马。“今天晚上它可是受够了。”

他把马牵到灌木丛那边，把它拴在一根树枝上，又在一大堆厚厚的枯树叶中间，给她弄了一个床或是窝什么的。

“好啦，你坐在这儿吧，”他说，“这些树叶还没有给雾气弄湿。稍微注意一下马——稍微注意一下就足够了。”

他往前走了几步，但是他又转过身来说，“顺便告诉你，苔丝，今天你父亲得了一匹新马。有个人送给他的。”

“有人？是你！”

德贝维尔点点头。

“啊，那你真是太好了！”她嚷着说，但是又因为正好要在这个时候感谢他，心里觉得难过。

“孩子们也得了一些玩具。”

“我不知道——你给他们送了东西！”她低声说，心里很感动。

“我真希望你没有送东西——是的，我一直是这样希望的！”

“为什么，亲爱的？”

“这——使我太为难了。”

“苔丝——到现在你还是一点儿不爱我吗？”

“我是很感激的，”她勉强地承认说，“但是我恐怕不能——”她突然明白过来，他是因为对她的一片热情才给她家送东西的，想到这儿心中不由得难过，一颗泪珠慢慢地滚落下来，接着又是一颗，她索性放声哭了起来。

“别哭，亲爱的，亲爱的姑娘！在这儿坐下来吧，等着我回来。”她只好顺从他，坐在他为她堆起来的一堆树叶中间，微微地颤抖着。“你冷吗？”他问她。

“不是很冷——有一点儿。”

他用手指去摸她，手指头按进肉里，感到像绒毛一样柔软。“你只穿了一件薄薄的棉布衣服——这怎么办呢？”

“这是我夏天穿的最好一件衣服。我出门时穿着它很暖和，我哪儿知道要骑着马走路，哪儿知道要走到深夜呢。”

“九月的夜晚变得清冷了。让我想想办法。”他把身上穿的一件薄薄的外衣脱下来，轻轻地披在她的身上。“这就好了——现在你会觉得暖和些了。”他接着说，“喂，我的漂亮姑娘，就在这儿休息。我很快就会回来的。”

他把披在她身上的外衣的扣子扣好，就钻进了雾气织成的网里，这时候，夜雾已在大树之间织成了一张张薄纱。她听见他正在向附近的山坡上走去，听见树枝发出的响声，后来，他的走路的声音比小鸟跳动的声音大不了多少了，终于一点儿也听不见了。天上的月亮正在向西边落下去，灰白的月光减弱下来，苔丝坐在他为她铺的一堆枯叶上面，隐没在黑暗里，沉浸在幻想里。

与此同时，阿历克·德贝维尔也从树丛中爬上了山坡，他要真正消除心中的疑虑，弄清楚他们到底在不在猎苑里。实际上，他已经骑着马随意走了一个多小时，见弯就拐，一心只想把苔丝陪着他的时间延长，他注意的也只是苔丝暴露在月光下的形体，而对路边的一切物体视而不见。他也并不急着去寻找认路的标志，因为他的疲惫不堪的坐骑也要稍微休息一会儿了。他翻过一座小山，走进附近的低谷，来到一条大路的树篱旁边，他大致认出了这条大路，终于把他们在什么地方的问题解决了。因此德贝维尔转身往回走，但是在这个时候，月亮已经完全落下去了，离天亮也已经不远了，再加上林中的雾气，猎苑笼罩在一片深沉的黑暗里。他不得不伸出手摸索着往前走，免得碰上了树枝，他发现，要准确找到他当初离开的地点是完全不可能了。他转来转去，上上下下地寻找了好久，后来听见附近有马轻轻活动的声音，他的脚也意外的绊到了他的外衣的袖子上。

“苔丝！”德贝维尔喊。

没有人回答他。黑夜深沉，他隐约看见的只是脚边一片暗淡的白影，表明那是穿着他的衣服躺在枯树叶上的苔丝的形体。周围的其他一切都像夜一样的黑暗。德贝维尔弯腰俯身下去，他听见了均匀的轻轻的呼吸声。他跪了下去，把身子俯得更低了，他的脸已经感觉到她的呼吸的温暖了，不一会儿，他的脸就同她的脸接触到一起了。她睡得很熟，眼睫毛上还挂着泪珠。

周围的一切沉浸在黑暗和寂静中。在他们的四周，都是猎苑里长的密密麻麻的古老的水杉和橡树，树上栖息的温柔小鸟还在睡最后的一觉；在树林中间，大大小小的野兔在悄悄地蹦来跳去。但是恐怕有人要问，苔丝的保护天使在哪儿呢？她一心信仰的上帝在哪儿呢？也许，就像爱讽刺的提什比[①]说到另一个上帝一样，他也许

① 提什比（Tishbite），指预言家以利亚，《旧约·列王纪》第十七章把他描写为“提什比人以利亚”。他向贝阿尔的先知们挑战，把一头小公牛作为祭祀他们的神的奖品。当贝阿尔对他的信徒的祈祷不能作答时，以利亚就讽刺说：“无论他在聊天，还是在狩猎，还是在睡觉，你们应该叫醒他。”（《旧约·列王纪》第十八章第二十七节）

正在聊天，或者正在狩猎，或者正在旅行的路上，要不就是睡着了还没有被人叫醒。

这片美丽的女性织品，就像游丝一样的敏感，又实在像白雪一样的洁白，为什么就像她命中注定要接受的那样，一定要在上面画上粗鄙的图案；为什么粗鄙的常常就这样占有了精美的，不该占有这个女人的男人占有了这个女人，不该占有这个男人的女人占有了这个男人，好几千年来，善于分析的哲学家们都没有能够按照我们对于秩序的观念解释清楚。的确，一个人也许认为，在现在这场悲剧里，可能暗藏有报应的因素。毫无疑问，苔丝·德北菲尔德有些身披铠甲的祖先，在他们战斗以后嬉闹着回家的时候，对他们那个时代的农民的女儿们也有过同样的行径，甚至更加粗暴野蛮。不过祖先的罪孽报应在子孙的身上，虽然对诸神来说是一种再好不过的道德准则，但是普通的人类天性对此却不屑一顾，因而对这件事也就毫无用处。

在那些穷乡僻壤的地方，苔丝自己家里的人总是用宿命论的口气互相不厌其烦地说："这是命中注定的。"这正是叫人遗憾的地方。因此，从今以后我们这个女主角的品格，同当初她从母亲家门口走出来到特兰里奇的养鸡场碰运气的原来的她自己的联系，就被一条深不可测的社会鸿沟完全割断了。

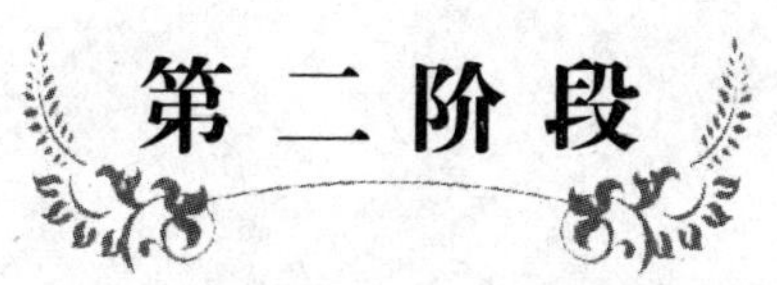

第二阶段

失贞

第十二章

篮子沉甸甸的，包裹也很重，但是她这个人好像不把物质的东西看成特别负担似的，拖着它们在路上走。有时候，她就停下来，机械地靠在栅栏门上或柱子上歇一会儿；然后又用她那丰满圆润的胳膊挽起行李，不慌不忙地再往前走。

这是十月末一个礼拜天的早晨，大约在苔丝·德北菲尔德来到特兰里奇四个月以后，离他们骑马在猎苑走夜路有几个礼拜。天刚亮不久，她背后的地平线上出现的黄色光辉，照亮了她面前的那道山梁——这道山梁把山谷隔开，最近以来，她一直是山谷里的一个外来人——她只要翻过这道山梁，就可以回到她出生的地方了。在山梁的这一边，上坡的路是舒缓的，土壤和景物也同布莱克莫尔谷的土壤和景物大不相同。尽管那条蜿蜒而过的铁路起到了一些同化的作用，但是两边的人甚至在性格和口音方面也有细微的差别。因此，虽然她的故乡离她在特兰里奇的短暂居处还不到二十英里，但是已经似乎变成了一个很遥远的地方。封闭在那边的乡民到北边和西边去做买卖、旅行、求婚，同北边和西边的人结婚，一心想着西边和北边；而这边的人则把他们的精力和心思都放在东边和南边。

这道斜坡就是在六月里那一天德贝维尔接她时疯狂驾车的同一道坡。苔丝没有休息，一口气走完了这道坡上还没有走完的路，到了山崖的边上，她向前面那个她所熟悉的绿色世界望去，只见它在雾霭中半隐半现。从这儿望去，它总是美丽的；今天在苔丝看来它极其美丽，因为自从上一次看见它以来，她已经懂得，在可爱的鸟儿歌唱的地方，也会有毒蛇咝叫，因为这次教训，她的人生观已经被完全改变了。以前还在家里的时候，她是一个天真的孩子，而与此相比她现在变成了另一个姑娘，她满腹心事地垂着头，静静地站在那儿，然后又转过身去看看身后。望着前面的山谷，她心里忍受不了。

在苔丝刚才费力走过的那条漫长的白色道路上，她看见一辆双轮马车赶了上来，马车的旁边走着一个男子，举着他的手，好引起她的注意。

她听从了要她等他的信号，停了下来，既不想也不慌，几分钟以后，那个男子和马车就停在了她的身边。

"你为什么要这样偷偷地溜走呢？"德贝维尔上气不接下气地责备她说，"又是在礼拜天的早晨，大家都还在睡觉呀！我是碰巧发现你走了的，所以像鬼似的驾着车拼命地追，才赶上了你。你看看这匹母马就知道啦。为什么要像这样离开呢？你也知道，没有谁会阻拦你的。你这是何苦，要费力地步行走路，自己还带着这样沉重的行李！我像疯子一样地追了来，只是想赶车送你走完剩下的一段路，假使你不想回去的话。"

"我不会转回去了。"她说。

"我想你也不会转回去了——我早就这样说过了！那么，好吧，把你的篮子放上来吧，我来扶你上车。"

她没精打采地把篮子和包裹放进马车里，上了车，一起并排坐下来。现在她不再怕他了，然而她不怕他的地方也正是她伤心的地方。

德贝维尔呆板地点上一支雪茄烟，接着就上路了，沿途就路边一些普通景物断断续续地不带感情地说些闲话。当日夏初就在这同一条路上，他们驾车走的是相反的方向，当时他曾坚持要吻她，而现在他已经全忘光了。但是她没有忘记，她此刻像木偶似的坐着，对他说的话回答一两个字。走了几英里以后，他们看见了一小片树林，过了树林就是马洛特村了。直到那个时候，她麻木的脸上才露出一点儿感情来，一两颗泪珠开始从脸上流下来。

“你为什么要哭呢？”他冷冷地问。

“我只是在想，我是在那儿出生的，”苔丝低声说。

“唉呀——我们所有的人都要有一个出生的地方。”

“我真希望我没有在那儿或其他什么地方下世为人！”

“呸！好啦，要是你不想到特兰里奇来，那你又为什么来了呢？”她没有回答。

“你不是为了爱我才来的，我敢发誓。”

“你说得完全对。假如我是为了爱你而来的，假如我还在爱着你，我就不会像我现在这样讨厌自己，恨自己的软弱了！……只有一会儿，我的眼睛叫你给弄模糊了，就是这样。”

他耸耸肩。她接着说——

“等我明白了你的用心，可是已经晚了。”

“所有的女人都这么说。”

“你竟敢说这种话！”她叫喊起来，感情冲动地转身对着他，眼睛里冒着火，身上潜藏的那种精神醒来了（将来有一天他还会更多地看到这种精神）。“我的天哪！我真恨不得把你从车上打下去！你心里从来没有想到过，有些女人嘴里说的，也正是有些女人感受的吗？”

“好，好，”他说完，笑了起来，“真对不起，我伤害了你。我做错了——我承认我做错了。”他继续说，语气里带有一些淡淡的苦味，“不过你也不必老是和我过不去。我打算赔偿你，一直到用完我最后一个钱。你知道，你不必再到地里或者牛奶场去劳动，你也知道，你会穿上最漂亮的衣服，而不会像你近来这样老穿得如此寒酸，就好像你挣不到钱买一根带子似的。”

她把嘴唇轻轻地一撇，一般说来，虽然在她宽厚和易于冲动的天性里，平常很少有鄙视人的情形。

“我已经说过我不会再要你的东西了，我不会再要了——我也不能再要了！如果我再要你的东西，那我不就是你的玩物了？我不会再要了。”

“看看你的神态，别人以为你不但是一个真正的、地道的德贝维尔家里的人，而且还是一位公主哪——哈！哈！哈！好啦，苔丝，亲爱的，我不多说了。我想我是一个坏家伙——一个该死的坏家伙。我是一个生就的坏蛋，活着的坏蛋，大概到死也是一个坏蛋。但是，我用堕落的灵魂向你发誓，我再也不会对你坏了，苔丝。如果某种情形发生——你是明白的——在这种情形里你需要一点儿帮助，遇到了一点儿困难，就给我写几个字来，你需要什么，我就会给你什么的。我也许不在特兰里奇——我要到伦敦去一段时间——我忍受不了那个老太婆。不过所有的信都是可以转去的。”

她说她不想再要他往前送了，于是他们就在那一片小树林里停了下来。德贝维尔先下了车，再把苔丝抱下车来，然后又把她的物品拿下来放在她身边的地上。她稍微向他欠欠身子，看了他一眼；然后就转过身去，拿起行李，准备离开。

阿历克·德贝维尔把雪茄烟从嘴上拿下来，向她弯下腰去，说——

“你就这样转身走了吗，亲爱的？过来！”

“随你的便好啦，”她无动于衷地回答说，“看你把我已经摆布成什么样子了！”

于是她转过身去，对着他仰起脸来，就像大理石雕成的一座界神①一样，让他在她的脸颊上吻了一下——他一半是敷衍，一半好像他的热情还没有完全熄灭。他吻她的时候，她的眼睛茫然地望着路上最远处的树木，仿佛不知道他吻了她。

“看在老朋友的份上，现在吻另一边。”

---

① 界神（Term），罗马的分界和边界的界标、界柱、界石之神。

她照样冷淡地转过头去，仿佛要她转脸的是一个速写画家，或者是一个理发师。他在她的另一边脸上吻了一下，他的嘴唇接触到她的面颊，感到湿润、平滑、冰冷，好像附近地里蘑菇的表皮一样。

“你是不会把你的嘴给我了，不回吻我了。你从来就不愿意吻我——恐怕你永远也不会爱我了。”

“我已经这样说过了，经常说过了。这是真的。我从来就没有真正地和真心地爱过你，我想我永远也不会爱你。”她又悲伤地接着说，“也许，事到如今，撒一句谎，说我爱你，这对我是最有好处的事，可是我的自尊还在呀，尽管剩下的不多了，我就是不能撒这个谎。要是我的确爱过你，我也许有许多最好的理由让你知道。可是我不爱你。”

他沉重地呼了一口气，仿佛当时的情景使他的良心感受到了压力，使他的良知和脸面也感受到了压力。

“唉，你的悲伤是可笑的，苔丝。现在我没有理由去奉承你，但是我坦率地跟你说，你不必这样悲伤。就凭你的美丽，你都可以把这一带任何一个女子比下去，无沦出身高贵的还是出身贫贱的；我是作为一个务实的人和一个好心人才对你说这话。要是你聪明，你就会在你的美貌凋谢之前向世界展示你的美……不过，苔丝，你还会回到我身边来吗？凭着我的灵魂发誓，我真不愿意你就这样走了。”

“决不，决不！我一明白过来我就下定了决心——我应该早点儿明白过来的，我不会再回到你身边的。”

“那么再见吧，给我做了四个月时间的堂妹——再见！”

他轻快地跳上车，理好缰绳，就从两行高大的结着红色浆果的树篱中间走了。

苔丝没有看他一眼，只是沿着弯曲的小路朝前走去。天仍然还早，虽然太阳这时候已经从山头升起来了，但是它初露的温暖光芒还不耀眼。在附近看不见一个人影。出现在那条小路上的似乎只有两个实体，就是悲伤的十月和更加悲伤的她自己。

她一路走着，但是她的背后传来了有人走路的脚步声，而且是一个男人的脚步声。由于他走得很快，所以当她觉察到他正在走近的时候，他已经走到了她的身后，对她说了一句“你好”。他似乎是某种工匠之类的人，手里提着一铁罐红色的油漆。他用公事式的口气问她，需不需要帮她拿篮子，她同意了，把篮子交给他，跟在他旁边走着。

“安息日早晨你还起这样早啊！”他高兴地说。

“是的。”苔丝说。

“工作了一个星期，大多数人都还在休息。”

苔丝也表示同意。

“不过我今天作的工作，同一个礼拜作的工作比起来才是真正的工作。”

“是吗？”

“整个礼拜我都在为人的荣耀工作，但是礼拜天我是在为上帝的荣耀工作。同其他的工作比起来，这才是真正的工作——是不是？在这道栅栏上我还有一点儿事要做。”那人说着话，转身走向路边的一个开口，那个开口通向一片草场。“你能不能等一会儿，”他又说，“我不会很久的。”

因为他提走了她的篮子，她不得不等着他。她一边等着，一边看着他。他把她的篮子和铁罐放下来，拿起铁罐里的一把刷子搅拌了一下油漆，就开始在组成栅栏的三块木板的中间的一块上写起方形大字来，他在每个字后都加上一个逗号，仿佛要停顿一下，好叫每个字都让读者深深地记在心里——

他，们，的，灭，亡，必，速，速，来，到①

映衬着宁静的风景、矮树林灰白的枯黄色调、天边的蔚蓝色空

---

① 见《圣经·彼得后书》第二章第三节。

气和长满苔藓的栅栏木板，那些鲜红的大字闪闪发光。每一个字都似乎在大声喊叫，连空气都被震得发响。也许有人会对这些讨厌的涂抹说："唉，可怜的神学！"——这种宗教当年也曾为人类服务过，现在是它最后的古怪一幕了。但是苔丝读到这些字，却感到有一种遭到指控的恐惧。就好像那个人已经知道了她最近的历史，但是他对苔丝的确是一无所知。

他写完了字，提起篮子，苔丝也机械地走在他的旁边。

"你真的相信你写的话吗？"苔丝低声问。

"相信那句话？就像相信我自己存在着一样！"

"但是，"她说话时声音颤抖起来，"假如你犯的罪不是有意犯的呢？"

他把头摇了摇。

"对于你问的这个棘手的问题，我没有本领作出回答。"他说，"这个夏季，我已经走了好几百英里路了，只要有一面墙、有一道门、有一道栅栏门，无论大小，我都把这些话写上去。至于这些话的应用，我就留给读这些话的人理解了。"

"我觉得这些话太可怕了，"苔丝说，"这些话是碾压人呀！是要人的命呀！"

"那就是这些话的本来用意呀！"他回答说，用的是干这一行的口吻。"但是你还没有读到我写的最厉害的话呢——我把那些话写在贫民窟的墙上或者码头上。那些话会使你胆战心惊的！不过在乡下这些地方，这也是很好的话了……啊——那儿谷仓的墙上有一块很好的地方还没有写字，浪费了。我一定要在那儿写上一行字——写一行字给像你这样容易出危险的年轻女人读。你等等我好吗，小姐？"

"我不能等，"她说，提起篮子往前走了。她向前走了几步，又扭过头去。在那面古老的灰色墙壁上，他又开始写上了和先前一样强烈的警示人的醒目字句，看上去既奇怪又不同寻常，这面墙以前从来没有让人写上什么，现在被写上了字，它仿佛有些痛苦。那句话刚写了一半，苔丝已经知道要写上去的那句话了，突然脸红起来。他写的是——

你，不，可，犯——①

她那愉快的朋友看见她在那儿读着，就把手中的排笔停下来大声叫道——

“要是你想在这些问题上得到启发，在你要去的那个教区，今天有一个非常热心的好人要去作慈善讲道，他就是爱敏寺的克莱尔先生。我现在跟他不是一个教派了，不过他是一个好人，不比我所知道的任何一个牧师差，我最先就是受他的影响。”

但是苔丝没有答话。她心里怦怦直跳，又继续往前走，一双眼睛死死地盯着地面。“呸——我才不信上帝说过这种话呢！”她脸上的红晕消失了，用鄙夷的口气低声说。

突然，她看见有一缕炊烟从她父亲家的烟囱里袅袅升起，这使她心里十分难过。她回家进了屋，看见屋里的光景，心里更加难过了。她的母亲刚刚从楼上下来，正在燃烧剥了皮的橡树枝，烧水做早饭，看见苔丝回来，就从炉前转过身来，向她打招呼。因为是礼拜天早晨，小孩子们都还在楼上睡着，她的父亲也还躺在床上，心里觉得多睡上半个小时不算过分。

“哎哟！——我亲爱的苔丝呀！”她的母亲喜出望外，大声嚷着，跑上前去吻她的女儿，“你还好吧？直到你走到我的眼前，我才看见你呀！你是回家来准备结婚吧？”

“不，我不是为了结婚回家的，妈妈。”

“那么是回家来度假啦？”

“是的——是回家来度假的，回家度长假的。”苔丝说。

---

① 全句为“不可犯奸淫”，为摩西十诫之一，见《旧约·出埃及记》第二十章第十四节。

“什么呀，你的堂兄不办喜事了吗？”

“他不是我的堂兄，他也不想娶我。”

她的母亲仔细地打量着她。

“过来，你还没有说完呢。”她说。

于是苔丝走到她的母亲面前，把脸伏在琼的脖子上，一五一十地对母亲说了。

“你怎么不让他把你娶了呀！”她母亲嘴里反复说着，“有了那种关系，除了你而外，任何女人都会那么办的呀！”

“也许别的女人会那么做，不过我不会。”

“要是你让他娶了你，然后再回来，这就有些像一个传奇了！”德北菲尔德太太接着说，心里头烦恼，眼泪都快流了出来。“关于你和他的事，有各种各样的说法，都传到我们这儿来了，谁又会想到是这样一个结果！你为什么只是为自己打算，而不为我们一家人做件好事呢？你看看，为了生活，我天天不得不累死累活，你可怜的父亲身子弱，那颗心脏就像一个油盘子，给油裹得紧紧的。你到那儿去了，我真希望能从中得到一点儿好处呀！四个月前你们坐着车走的时候，看上去你和他是多么美的一对啊！看看他送给我们的东西吧——我们觉得，这些都不过因为我们是他的本家。不过，如果他不是我们的本家，他就一定是因为爱你了。可是你却没有让他娶了你。”

要阿历克·德贝维尔一心娶了她！他娶了她！关于婚姻的事，他从来就没有说过一个字。即使他说过又会怎样呢？为了从社会上拯救自己就慌慌忙忙地抓住一个机会，在被迫之下她会怎样回答他，她自己也说不清楚。可是她那可怜的母亲太糊涂，一点儿也不知道她目前对这个男人的感情。也在这种情形里，她的感情是不同寻常的，不幸的，不可解释的。但是，实际上正是如此，正像她已经说过的，这就是她为什么要自己恨自己的原因了。她从来就没有一心一意理睬过他，现在她根本也不会理睬他。她从前怕他，躲避他，他抓住机会，巧妙地利用了她的无依无靠，使她屈服了；后来，她又暂时被他表面的热情态度蒙蔽了，被他打动了，糊里糊涂地顺从了他；忽然她又鄙视他，讨厌他，从他那儿跑走了。所有的情形就是这样。她也并不十分恨他。不过在她看来，他不过是一撮尘土，即使为了自己的名声打算，她也几乎没有想过要嫁给他。

“你如果不想让他娶你，你就应该多加小心呀！”

“啊，妈妈，我的妈妈呀！”痛苦的姑娘哭了起来，满怀感情地转身朝向母亲，好像她可怜的心已经碎了。“你想我怎么会知道呀？四个月前我离开这个家的时候，我还只是个孩子。你为什么不告诉我男人的危险呀？你为什么不警告我呢？夫人小姐们都知道要提防什么，因为她们读小说，小说里告诉了她们这些花招；可是我没有机会读小说，哪能知道呢，而且你又不帮助我！”

她的母亲被说得哑口无言了。

“我想要是我告诉了他对你的痴情，告诉了你这种痴情可能有什么结果，你就会摆架子，失去了机会。”她拿起围裙擦擦眼泪，嘟哝着说，“唉，我想我们也只能往好处想了。说到底，这才是自然的，是上帝高兴的！”

第十三章

苔丝·德北菲尔德从她那个冒牌本家回来了这件事，已经四处传说开了，如果说在一英里方圆的地面上使用传说这个词不算太大的话。午后时分，马洛特村里有几个年轻的姑娘，从前是苔丝的小学同学和朋友，一起来看望她，她们来的时候身上穿的衣服，都是她们浆洗过熨平了的最好的衣服，因为她们认为，苔丝是一个胜利归来的卓越征服者，她们要做她的客人；她们在屋里坐成一圈，带着好奇的心情看着她。因为和她恋爱的正是那位据说隔了 31 代的堂兄德贝维尔先生，一个并不完全是本地的绅士，而他作为猎艳能手和负心汉子的名声已经四下传播开来，开始超越特兰里奇的本地边界，由于这种令人害怕的情形，这也使她们所认定的苔丝的地位，同在毫无危险中的地位相比，就具有了更大的吸引力。

她们对她抱有浓厚的兴趣，所以当苔丝一转过身去，一些年轻一些的姑娘就小声议论起来——

“她多么漂亮呀，那件漂亮的衣服穿在身上她显得更漂亮了！我相信它花了一大笔钱，并且还是他送的礼物。”

苔丝站在屋子的角落处，正在从碗橱里往外拿茶具，没有听见这些评论。

要是她听见了这些评论，她也许很快就会把她的朋友们对这件事的误会改正过来。但是她的母亲却听见了，琼简单的虚荣心在高攀一门婚事的希望落空以后，因此就到女儿被人追求这件事上去寻求感情上的满足。总的说来，她感觉到了满足，即使这种短暂和有限的胜利会影响到她女儿的名声。但是她最终也许还是要嫁给他的，她看见她们羡慕她的女儿，心里头高兴，就热情地请她们留下来吃茶。

她们的闲聊、她们的欢笑、她们的善意影射，尤其是她们闪烁其词的妒意，也使苔丝在精神上复活了；而且随着晚上时间的流逝，苔丝也渐渐地被她们的兴奋情绪感染了，差不多变得快活起来。她脸上像大理石一样僵硬的表情消失了，走路时的脚步也有些像往日那样蹦蹦跳跳了，她容光焕发，全身显现出青春的美丽风采。

有时候，尽管她满腹心事，但是她回答她们的问题时也会带上一种高人一等的神气，好像承认她在情场上的经验，的确是有些让人羡慕的。不过同罗伯特·骚斯①说的“同她自己的毁灭恋爱”这句话比起来，她还相差得很远，因此她的幻想也只是像一道闪电，一闪就消失了，冷静的理智恢复了，嘲笑她一阵阵出现的弱点。在她暂时出现的骄傲里，有一种可怕的东西谴责了她，于是她又变得没精打采起来。

第二天早晨的黎明是令人沮丧的，它已经不是礼拜天了，而是礼拜一了。漂亮的衣服已经收藏起来，欢笑的客人已经离去，苔丝醒了，孤单地躺在她过去睡觉的床上，比她更年轻的几个天真的小孩子，躺在她的周围，轻轻地呼吸着。她回家带来的激动和引起的兴趣已经不见了，她只是看见她的面前有一条漫长的冷酷的大道，她在大道上独自跋涉，没有人帮助，也没有人同情。紧接着她的情绪就可怕地低落下来，恨不得让自己躲避到坟墓里去。

过了几个星期苔丝才恢复过来，有勇气抛头露面，敢在一个礼拜天早晨到教堂里去。她喜欢听唱圣歌——而且是过去的那种圣歌——还喜欢听那些古老的圣诗，喜欢跟着一起唱晨祷的颂歌。她

① 罗伯特·骚斯（Robert South，1634—1716），英国神学家。

生来就喜爱音乐，那是她那位喜欢唱民歌的母亲遗传给她的，她这种爱好使最简单的音乐也具有了一种力量，有时候差不多能把她的心从胸膛里给掏出来。

为了自己的缘故，她既要尽可能地避免引起别人的注意，也要避免年轻的男子向她献殷勤，所以她一直到了教堂的钟声开始敲响的时候才动身，并且在走廊下面找了一个后排座位坐下，那儿靠近杂物间，只有老头儿老太婆才在那儿坐，那儿还放有一堆挖掘坟墓的工具，里面还竖有一个棺材架子。

教区居民三三两两地走进教堂，一排排坐在她的前面，他们低着头在那儿坐了一刻钟的时间，似乎是在祈祷，但是他们并没有祈祷；后来他们又坐直了，四处张望起来。唱圣歌的时候，选的恰巧是她喜爱的一首——古老的“朗敦”二部合唱①——不过她不知道那首圣歌叫什么名字，虽然她心里很想知道。她心里想，虽然她无法用语言把心里想法准确地表达出来，但是觉得一个作曲家的力量有多么地神奇，像她这样一个姑娘，从来没有听到过他的名字，一点儿也不知道他的性格，而他被埋在坟墓中，却能够带领她在一组充满感情的圣歌里，体会到最初只有他自己才体会到的感情。

在礼拜进行的过程中，先前扭头张望的那些人又把头扭了过来；后来他们看见她在那儿，就互相窃窃私语起来。她知道他们低声谈论的是什么，就开始伤心起来，觉得她再也不能到教堂里来了。

同过去相比，她和几个弟妹们一起共用的寝室，就成了她常常避难的地方了。就在这间寝室里，就在茅屋顶下几平方英尺的地方，她看见窗外没有尽头的凄风、苦雨、飞雪，看见无数的灿烂夕阳，看见一个又一个圆月。她就这样把自己禁锢在寝室里，到了后来，差不多所有的人都以为她已经离开这里了。

在这期间，苔丝唯一的活动是在天色黄昏以后；她走出屋外，

① 古老的“朗敦”二部合唱（the old doublechat “Longdon”），理查德·朗敦（1730—1803）是英国风琴家和作曲家，曾为《旧约·诗篇》作曲。

来到树林里，那时候她似乎才不感到孤独。她知道怎样抓住傍晚时分极短的那个时刻，那时候，光明和黑暗恰到好处地得到平衡，白昼的拘束和黑夜的紧张相互得到中和，留下来的只是心灵上的绝对自由。只是在那个时候，活着的苦恼才被减少到最小的可能程度。她并不害怕黑夜；她唯一的念头就是避开人类——或者不如说是被称作世界的冷酷的生命群体，它作为整体是如此令人可怕，而作为个体却又不那样令人害怕，甚至是可怜的。

她在这些孤寂的山上和小谷里悄悄走着，每走到一地，她就同周围的环境融为了一体。她那躲躲闪闪的柔弱身体，也变成了那片景物中不可分割的一个部分。有时候，她的离奇幻想会强化周围的自然程序，直到它们似乎变成她的历史中的一部分。它们岂止是变成了她的历史的一部分，简直就是她自己的历史；因为世界只是一种心理现象，表面看起来像什么，它实际上就是什么。午夜的冷风和寒气，在冬天树枝上还紧紧包裹着的苞芽和树皮中间呜咽着，变成了苦苦责备苔丝的言语。下雨的天气，就是她心灵中模糊的道德神灵对她的软弱所表达的不可挽救的悲伤，对于这个道德神灵，她既不能明确地把它归入她在童年时代信仰的上帝那一类里去，也弄不清楚它是其他的什么东西。

苔丝在一堆混乱不堪的传统习俗上建立起自己的性格，头脑里充满了对她毫不同情的形体和声音，把自己紧紧包围起来，但是，这只不过是她幻想中的可怜的错误的创造而已——是她无故感到害怕的道德魔怪的迷雾。和实际世界格格不入的正是这些道德魔怪，不是苔丝自己。她在鸟儿熟睡的树篱中漫游的时候，看见野兔在月光下的草地上蹦来跳去，或者，她在野鸡栖息的树枝下站着的时候，她都把自己看成是一个罪恶的化身，被人侵犯了清白的领域。所有的时候，她一直要在没有不同的地方区分出不同来。她自己感到矛盾的地方，其实十分和谐。她被动地破坏了的只是一条已经被人接受了的社会律条，而不是为环境所认同的社会律条，可是她却把自己想象成这个环境中的一个不伦不类的人。

第十四章

那是八月里的一个雾气朦胧的黎明。夜间产生的浓厚的雾气，在温暖阳光的照射下，正在分散开来，缩小成一堆一簇的雾团，掩藏在洼地里、树林中，它们就聚集在那儿，直到最后消失得一干二净。

由于雾气的缘故，太阳也变得奇怪起来，有了人的面孔，有了人的感觉，要想把它准确地表达清楚，得使用阳性代词才行。他现在的面目，再加上景物中看不见一个人影，这立刻就对古代的太阳崇拜作出了解释。你能够感觉到，普天之下还没有一种宗教比他更合乎情理的了。这个发光的物体就是一个生灵，长着金色的头发，目光柔和，神采飞扬，好像上帝一样，身上充满了青春的活力，正目不转睛地注视着大地，仿佛大地上满是他感到有趣的事物。

过了一会儿，他的光线穿过农家小屋百叶窗的缝隙，好像一根根烧红了的通条，照射在屋内的碗橱、五斗橱和其他的家具上，唤醒了还处在睡梦中的收获庄稼的农工们。

不过那天早晨，在所有的红色物体中，最红的物体要算两根被漆成红色的宽木头支架，它们都被竖在紧靠着马洛特村的一块金黄色麦地边上。加上下面的两根木头支架，它们就构成了收割机上可以转动的马尔他十字架①，收割机是在昨天被搬运到地头上的，准备在今天使用。十字架上漆的红色油漆，让太阳的光线一照，它的色彩就显得更加艳丽，让人看上去觉得十字架好像是被浸泡在红色的液体火焰里一样。

那片麦地已经被“割过了”，也就是说，在这块麦地的四周，已经有人用手工把麦子割去了一圈，开辟出了一条几尺宽的小路，好让开始割麦时马匹和机器能够通过。

麦地里被割出来的小路上已经来了两拨人，一拨人是男子和男孩子，另一拨人是妇女，他们来的时候，东边树篱顶端的影子正好投射到西边树篱的腰部，所以两拨割麦人的脑袋沐浴着朝霞的时候，他们的脚却还处在黎明里。在附近麦地的栅栏门两边，有两根石头柱子，割麦子的人就从它们中间走进去不见了。

不久，麦地里传来一种“嚓嚓”声，好像是蚂蚱谈情说爱的声音。机器开始割麦了，从栅栏门这边看过去，只见三匹马并排拉着前面说过的摇摇晃晃的长方形机器向前走着，有一匹拉机器的马上骑着一个赶马的，机器的座位上坐着一个看机器的。机器战车沿着麦地的一边向前开动，机器割麦子的手臂慢慢转动着，一直开过了山坡，完全从眼前消失了。过了一会儿，它又以同样均匀的速度出现在麦地的另一边。割麦子的机器在麦茬地上出现时，最先看见的是前面那匹马额上闪闪发光的铜星，然后看见的是机器割麦子的鲜红色手臂，最后看见的才是整部机器。

割麦子的机器每走一圈，麦地周围狭长的麦茬长带就加宽一层，随着早晨的时光慢慢过去，还长有麦子的麦地就只剩下不大的一块了。大野兔、小野兔、长虫、大老鼠、小耗子，都一起向麦田的内地退去，好像要躲进堡垒里，却没有意识到它们避难的地方也只能是暂时的，没有意识到它们毁灭的命运正在后面等着它们，当今天

① 马尔他十字架（Maltese cross），十字架的样式多种多样，主要的有拉丁式、希腊式、马尔他式。马尔他式十字架外部较宽，根部较窄。

它们躲避的地方越缩越小，最后变成可怕的一小块时，它们无论是朋友还是仇敌，都要拥挤着躲藏在一块儿了，等到收割机把地上最后剩下的几百码麦子割倒后，收庄稼的人就会拿起棍子和石头，把它们一个个打死。

割麦子的机器割倒麦子，一小堆一堆地留在机器后面，每一堆刚好可以捆作一捆。捆麦子的人在有麦堆的地方忙着，正在用手把麦子捆起来——捆麦子的人主要是妇女，但也有些人是男人，他们上穿印花布衬衣，下穿长裤，长裤用皮带系在腰间，这样后面的两颗扣子也就失去了用处，他们每动一下，扣子就在阳光下一闪，仿佛是他们后腰上长的一双眼睛。

但是在这一群捆麦子的人中间，还是那些女子们最能引起人的兴致，因为女人一旦在户外变成了大自然的一部分，不再和平时那样，仅仅只是摆放在那儿的一件物品，那时候她们就特别具有魅力。一个男人在地里只是地里的一个人；一个女人在地里却是田地的组成部分。她在某些方面同田地失去了界限，吸收了周围环境的精华，使自己同周围的环境融成了一体。

妇女们——不如说是女孩子们，因为她们大多青春年少——都戴着打着皱折的女帽，帽子上宽大的帽檐可以遮挡太阳，她们的手上戴的手套可以保护双手不被麦茬划伤。在她们中间，有一个人穿着粉红色上衣，有一个人穿着奶油色的窄袖长衫，还有一个人穿着短裙，短裙的颜色红得就像收割机的十字架一样。其他的妇女们年纪都要大些，都穿着棕色的粗布罩衫或者外套——那是妇女在地里劳动穿的最合适的老式样的服装，年轻的女孩子们都已经不再穿它们了。这天早晨，大家的目光都被吸引到那个穿粉红色棉布上衣的姑娘身上，在所有的女孩子中间，她的身材最苗条和最富有弹性。但是她的帽子拉得低低的，盖住了她的额头，所以在她捆麦子的时候，一点儿也看不见她的脸，不过从她的帽檐下面散落出来的一两绺深褐色头发上，大致可以猜测出她的皮肤的颜色来，她不能躲避别人的偶尔注意，也许有一个原因就是她不想别人注意她，而其他的妇女们的眼睛总是流波四顾的。

她不断地捆着麦子，单调得就像时钟一样。她从刚捆好的麦捆里抽出一把麦穗来，用左手掌拍着麦头儿，把它们弄整齐。然后，她向前把腰弯下去，一双手把麦堆拢到膝盖跟前，戴着手套的左手从麦堆下面伸过去，同另一边的右手会合了，就像拥抱一个情人一样把麦子抱在怀里。她把捆扎麦子的那束麦子的两头收拢来，跪在麦捆上把它捆紧，微风把她的裙子吹了起来，她也不断地把它扯回去。在她衣服的袖子和暗黄色软皮手套之间，看得见有一截裸露的胳膊露在外面。这一天慢慢过去了，女孩儿圆润的胳膊也被麦茬刺破了，流出了鲜血。

她时而站起来休息一会儿，把弄乱了的围裙重新系好，或者把头上戴的帽子拉拉整齐。这时候，你就可以看见一个年轻漂亮的女孩子了，她长着一张鸭蛋形的脸，深色的眼睛，又长又厚的头发平平整整的，好像它无论披散在什么上面，都会被紧紧地粘住。同一个寻常的乡村女孩子相比，她的脸颊更洁白，牙齿更整齐，红色的嘴唇更薄。

她就是苔丝·德北菲尔德，或者叫德贝维尔，多少有了一些变化——还是原来的她，又不是原来的她。在她目前生存的这个阶段，她的生活就像是一个陌生人，或者是这儿的一个异邦人，其实她生活的地方对她一点儿也不陌生。她在家里躲了很长一段时间，后来才下定决心走出门外，在村子里找点儿活干，因为那时候农村里一年中最忙的季节到了，她在屋里做的任何事情，都比不上当时在地里收庄稼赚的钱多。

其他的妇女捆麦子的动作大体上同苔丝差不多，她们每个人捆好一捆，就像跳四对方舞的人一样，从四面聚拢来，把各自的麦捆靠着别人的竖在一起，最后形成了十捆或十二捆的一堆，或者按当地人说的那样，形成一垛。

她们去吃了早饭，回到地里，又继续照常工作起来。接近十一点钟的时候，要是有人观察她，就会注意到苔丝脸上带着忧愁，不时地望着山顶，不过她手里捆麦子的动作并没有停下来。快到十一点的时候，一群年龄从六岁到十四岁的小孩子，从山坡上一块满是残茬的高地上露了出来。

苔丝的脸稍微一红，但是仍然捆着麦捆。

那群孩子中年龄最大的一个是个姑娘，她披一块三角形披肩，披肩的一角拖在麦茬上，她的胳膊里抱着什么，最初看上去好像是一个洋娃娃，后来才证明是一个穿着衣服的婴儿，另一个手里拿着午饭。割麦子的人都停止了工作，拿出各自的食物，靠着麦堆坐了下来。他们就在这里开始吃饭，男人们还随意地从一个石头罐子里倒酒喝，把一个杯子轮流传着。

苔丝·德北菲尔德是最后一个停下手中活儿的人。她在麦堆的另一头坐下来，把脸扭到一边，躲开她的伙伴。当她在地上坐好了，有一个头上戴着兔皮帽子、腰里皮带上塞了一块红手巾的男人拿着酒杯，从麦堆顶上递给她，请她喝酒，不过她没有接受他献的殷勤。她刚一把午饭摆好，就把那个大孩子——她的妹妹叫过来，从她的手中接过婴儿，她的妹妹正乐得轻松，就跑到另外一个麦堆那儿，和别的小孩一起玩了起来。苔丝脸上的红晕越来越红，她用悄悄的但是大胆的动作解开上衣的扣子，开始喂孩子吃奶。

坐在那儿离她最近的几个男人体谅她，把脸转到了地的另一头，他们中间还有几个人开始抽烟；还有一个健忘的人十分遗憾地用手摸着酒罐子，酒罐子再也倒不出一滴酒来了。除了苔丝而外，所有的妇女都开始热烈地说起话来，一边把头发上弄乱了的发结整理好。

等到婴儿吃饱了，那位年轻的母亲就把他放在自己的膝头上，让他坐正了，用膝头颠着他玩，眼睛却望着远方，脸色既忧郁又冷淡，差不多是憎恶的样子；然后，她把脸伏下去，在婴儿的脸上猛烈地亲了几十次，仿佛永远也亲不够，在她这阵猛烈的亲吻里，疼爱里面奇怪地混合着鄙夷，孩子也被亲得大声哭了起来。

“其实她心里才喜欢那孩子，别看她嘴里说什么但愿那孩子和她自己都死了才好。”一个穿红裙子的妇女说。

“过不了多久她就不会说那些话了。”一个穿黄颜色衣服的人回答说，“主啊，真是想不到，时间久了一个人就能习惯那种事！”

“我想，当初那件事并不是哄哄就成的。去年有一天晚上，有人听见猎苑里有人哭，要是那时候有人进去了，他们也许就不好办了。”

“唉，不管怎么说，这种事别的人都没有碰上，恰巧让她碰上了，真是万分可怜。不过，这种事总是最漂亮的人才碰得上！丑姑娘包管一点事儿都没有——喂，你说是不是，珍妮？”那个说话的人扭头对人群里一个姑娘说，要是说她长得丑，那是一点儿也没有说错。

的确是万分的可怜。那时候苔丝坐在那儿，就是她的敌人见了，也不会不觉得她可怜，她的嘴唇宛如一朵鲜花，眼睛大而柔和，既不是黑色的，也不是蓝色的，既不是灰色的，也不是紫色的；所有这些颜色都调和在一起，还加上了一百种其他的颜色，你只要看看她一双眼睛的虹彩，就能看出那些颜色来——一层颜色后面还有一层颜色——一道色彩里面又透出一道色彩——在她的瞳仁的四周，深不见底。她几乎是一个标准的女人，不过在她的性格里有一点从她的家族承袭来的轻率的毛病。

她一连在家里躲了好几个月，这个礼拜第一次到地里干活，这种勇气连她自己都感到吃惊。她不谙世事，只好独自呆在家里，采用种种悔恨的方法，折磨和消耗她那颗不断跳动着的心，后来，常识又让她明白过来。她觉得她还可以再作点儿什么事情，可以使自己变得有用处——为了尝一尝新的独立的甜蜜滋味，她不惜付出任何代价。过去的毕竟过去了,无论事情过去怎样,眼前已经不存在了。无论过去带来什么样的后果，时间总会把它们掩盖起来；几年之后，它们就会好像什么事都没有发生一样，她自己也会叫青草掩盖，被人忘记了。这时，树木还是像往常一样地绿，鸟儿还是像往常一样地唱，太阳还是像往常一样地亮。周围她所熟悉的环境，不会因为她的悲伤就为她忧郁，也不会因为她的痛苦就为她悲伤。

她也许看清了是什么使她完全抬不起头来——是她心里以为人世间老在关心她的境遇——这种想法完全是建立在幻觉之上的。除了她自己而外，没有人关心她的存在、遭遇、感情以及复杂的感觉。对苔丝身边所有的人来说，他们只是偶尔想起她来。即使是她的朋友，他们也只不过经常想到她而已。如果她不分日夜地离群索居，折磨自己，对他们来说也不过如此——“唉，她这是自寻烦恼。”如果她努力快乐起来，打消一切忧虑，从阳光、鲜花和婴儿中获取快乐，他们就又会这样来看待她了——“唉，她真能够忍耐。”而且，如果她独自一人住在一个荒岛上，她会为自己发生的事情折磨自己吗？不大可能。如果她刚刚被上帝创造出来，一出世就发现自己是一个没有配偶而生了孩子的母亲，除了知道自己是一个还没有名字的婴儿的母亲而外，对其他的事一无所知，难道她还会对自己的境遇感到绝望吗？不会，她只会泰然处之，而且还要从中找到乐趣。她的大部分痛苦，都是因为她的世俗谬见引起的，并不是因为她的固有感觉引起的。

无论苔丝如何推理，总之有某种精神敦促着她，使她像从前一样穿戴整齐，走出门外，来到地里，因为那个时候正好大量需要收割庄稼的人手。就是因为这样，她才建立起自己的尊严，即使怀里抱着孩子，偶尔她也敢抬起头来看人，不感到害怕了。

收庄稼的男工们从麦垛旁边站起来，伸了伸四肢，把烟斗里的烟火熄灭了。先前卸下来的马吃饱了，又被套到了红色的收割机上，苔丝赶紧把她的饭吃完，招手把她的大妹妹叫过来，让她把孩子抱走了，她也就扣上衣服的扣子，戴上黄色软皮手套，走到最后捆好的一捆麦子跟前，弯下腰去，从中抽出一束麦子来，去捆另一堆麦子。

在下午和晚上，上午的工作不断继续着，苔丝也就和收麦子的人一起呆到天黑的时候。收工后，他们都坐上最大的一辆马车，黯淡的圆月刚从东边地平线上升起，他们就在月亮的伴随下动身回家，月亮的脸就如同被虫蛀过的托斯卡纳圣像头上用晦暗的金叶贴成的光环一样。苔丝的女伴们唱着歌，对苔丝重新出门工作表示她们的同情和高兴，尽管她们又忍不住淘气要唱上几句民谣，民谣里说有个姑娘走进了绿色的快活林里，回来时人却变了样儿。人生里总是存在着平衡和补偿，使苔丝成为社会警戒的同一件事情，同时也使苔丝在村子中许多人眼里成了最引人注目的人物。她们的友好态度使她离过去的自己更远了，她们的活泼精神富有感染力，因此她差不多也变得快活起来。

现在她道德上的悲伤慢慢消失了，可是从她的天性方面又生出来一种新的悲伤，而这种悲伤是不懂得什么叫自然法律的。她回到家里，听说她的孩子在下午突然病倒了，心里十分难过。那孩子的体格瘦弱娇嫩，生病本来就是意料中的事，但是这件事还是让她吓了一跳。

孩子降生到世上，本来就是一件触犯社会的罪恶，可是这个少女妈妈已经把这桩罪恶忘了，她心中的愿望就是要保全这个孩子的生命，让这桩罪恶继续下去。但是事情很快就清楚了，那个肉体的小小囚徒解脱的时间就要到了，她想到了这种最坏的结果，但没有想到来得这样早。她看出了这一点，也就陷入了悲痛之中，甚至比孩子单纯死去的悲痛还要大。她的孩子还没有受过洗礼①。

苔丝已经进入了一种心态，被动地接受了一种补救的办法，她如果因为自己的行为应该被烧死，就把她烧死好了，这也是一种了结。同村子里所有的女孩子一样，一切都以《圣经》为根据，曾经细心地学习过阿荷拉和阿荷利巴②的历史，知道可以从中推理出来

---

① 洗礼（Bapitism），根据基督教观念，洗礼有两层意义，一为洗去身上所带的原罪，二为准许进入天堂。孩子不受洗礼而死的，不能进入天堂，只能在地狱受苦。

② 阿荷拉和阿荷利巴（Aholah and Aholibah），见《圣经·以西结书》第二十三章。有两个女子在埃及行淫，姐姐名叫阿荷拉，妹妹名叫阿荷利巴。耶和华说："必有义人审判她们，因为她们是淫妇。我必使多人来攻击她们，使她们抛来抛去，被人抢夺；这些人必用石头打死她们，用刀剑杀害她们，又杀戮她们的儿女，用火焚烧她们的房屋，好叫一切妇人都受警戒。"

的结论。不过出现的同样问题与她的孩子有关的时候，就有了不同的色彩。她的宝贝就快要死了，灵魂还没有得救就快要死了。

那时快到睡觉的时候了，但是她却急忙跑到楼下，问要不要去请牧师。就在那个时候，她的父亲刚刚从每星期一次的罗利弗酒店酗酒回来，恰巧正是他对自己家是古老贵族这件事感觉最强烈的时候，也是他对苔丝给这个贵族之家染上的被宣扬得沸沸扬扬的污点感到最敏感的时候。他宣布绝不允许牧师进他的家门，探听他的隐私,因为那个时候,她的耻辱比过去更有必要掩盖起来。他就锁上门，把钥匙装进了自己的口袋里。

一家人都上床睡觉了，苔丝痛苦得无以复加，也只好上床睡了。她躺在床上，老是不断醒来，到了半夜，她发现孩子的病情更重了。很明显，孩子快要死了——安安静静地，也没有痛苦，但是确实快要死了。

她在痛苦中翻来覆去。时钟敲响了庄严的凌晨一点，就在那个时候，幻想才得以超脱理智，恐怖的可能才成为牢不可破的事实。在她的想象里，因为孩子没有受洗和是私生的这两重大罪，所以被打进了地狱中最深的一个角落里。她看见那个魔鬼头子手里拿起一把三刃的钢叉，把她的孩子叉来叉去，那根钢叉和在烤面包时用来烧炉子的钢叉一样。在这幅图画里，她又添加了许多其他稀奇古怪的孩子遭受折磨的细节，那都是在这个基督教国家里给年轻人讲过的。睡觉的屋子里一片寂静，恐怖的场面太强烈了，因而她的想象也就更逼真，吓出了一身冷汗，把睡衣都湿透了，她的心猛烈地跳动着，每跳动一次，床也就震动一下。

婴儿的呼吸变得越来越困难了，母亲心里的紧张也跟着增加了。她无论怎样去吻那个孩子都无济于事；她在床上再也躺不住了，就焦急地在房间里走来走去。

“啊，慈悲的上帝啊，你发发慈悲吧。可怜可怜我这个苦命的孩子吧！”她大声喊着，“把你的愤怒尽管加在我的身上吧，我是心甘情愿的，但是你要可怜我的孩子呀！”

她倚靠在五斗橱上，断断续续地低声作了半天祈祷，后来突然跳起来。

“啊！也许这孩子还可以得救！也许那样办完全是一样的！”

她说话的时候，脸上也变得十分开朗了，仿佛掩藏在阴暗中的脸也发出了亮光。

她点燃一根蜡烛，走到墙边第二张和第三张床的跟前，弟弟和妹妹都同她睡在一个房间里，她就把他们都给叫了起来。她又把洗脸架拉了出来，自己站到洗脸架的后面，从水罐里倒出一些水，让弟弟和妹妹跪在自己周围，把双手伸出来，五指伸直合拢在一起。那时候孩子们还没有完全清醒过来，见了她那个样子，直觉得庄严可怕，就保持着那种姿势，眼睛越睁越大。她从床上抱起婴儿——她是一个孩子的孩子——她还没有完全成熟起来，简直似乎没有资格享有那个孩子的母亲的称号。苔丝怀里抱着那个婴儿，笔直地站在脸盆的旁边，她的大妹妹站在她的面前，手里拿着已经翻开的祈祷书，就好像教堂的牧师助手拿着打开的祈祷书站在牧师面前一样，那个女孩子就这样开始为她的孩子洗礼。

她穿着白色的长睡衣站在那儿，个子显得特别高大，神情显得特别威严，头上一条粗大的黑色辫子，从脑后一直垂到了腰下。蜡烛微弱而温和的亮光，掩盖了她身上和脸上的小毛病——麦茬在手腕上留下的划痕，眼睛里流露出的倦容，这些毛病在日光下也许就会暴露出来。她的那张脸曾经害了她，现在她的高度热情在她的脸上产生了美化的效果，表现出一种冰清玉洁的美，带有一种近似王后的庄严。那群小孩子跪在她的周围，睡意朦胧的眼睛红红的，一眨一眨的，等着她做好准备。他们心里充满好奇，不过他们身上的睡意太浓太重，不能够把心中的好奇弄明白。

他们中间有一个感受最深，就说——

“你真的要给他行洗礼吗，苔丝？”

那个少女母亲用庄重的态度作了肯定的回答。

“你给他取个什么名字呢？”

她没有想到要取名字的事，不过在她继续进行洗礼仪式的时候，突然想到了《创世纪》里的一句话，那句话里提到一个名字，就随口念了出来：

“苦楚，我现在以圣父、圣灵、圣子的名义为你行洗礼。”①

她把水洒到孩子身上，一时静悄悄的。

“孩子们，念‘阿门’。”

听了她的话，细小的声音跟着念“阿门”。

苔丝继续说——

“我们接受这孩子，”——等等——“用十字架的符号为他画十字吧。”

念到这儿，她把手伸进脸盆里，用她的食指热烈地在孩子身上画了一个大十字，接着又继续念那些例行公事式的句子，比如要勇敢地同罪恶、世俗和魔鬼作战，一直到生命结束都要做一个忠实的战士和仆人。她按照规矩继续念主祷文，孩子们的声音小得像蚊子叫，跟着她一起念，念到结束的时候，他们都把声音提高到了牧师助手念的高度，又一起念了一声“阿门”，然后就没有一点儿声音了。

后来，他们的姐姐对这次洗礼的效力所抱的信心大大增加了，从她的内心深处念开了感谢上帝的祷文，她用风琴和声一样的音调念祷文，念得大胆，带着胜利的口吻，那声音是认识她的人永远也忘不了的。她对信念的狂喜使她变得神圣起来，脸上容光焕发，两边脸颊的中间现出来一块红晕，在她眼睛的瞳仁里，投射进去的烛光的影子闪闪发亮，就好像是两颗钻石。孩子们抬起头望着她，越来越敬畏，再也没有心思提问了。在孩子们面前，她现在不再是他们的姐姐了，而是一位伟大、威严和令人崇敬的人物——一位同他们毫无相同之处的女神。

可怜的苦楚同罪恶、世俗和魔鬼作斗争，命中注定只能得到有

---

① 《圣经·创世纪》第三章第十六节说：“我必多多增加你怀胎的苦楚，你生产儿女必多受苦楚。”

限的光荣——要是考虑到他是如何降世为人的，这对他自己也许还是幸运的。在早晨的阴郁中，那个脆弱的士兵呼完了最后一口气，孩子们一明白过来，都放声痛哭，并且求着姐姐再生一个漂亮的小孩子。

苔丝自从行完洗礼以后，内心里就很平静，孩子死了，她的平静还在。天亮以后，她的确感到自己对孩子灵魂的恐惧是有些被夸大了。无论她的恐惧有没有根据，现在她心里是不担心了，她想到的理由是，假如上帝不肯承认这种大体上差不多的做法，因为不规范的洗礼不准孩子进天堂，那么无论是为了自己还是为了孩子，她也就不再看重这种天堂了。

不受欢迎的苦楚就这样死掉了——他是一个不请自来的人，一件不尊重社会礼法的耻辱的自然礼物和一个私生子；他只是一个弃儿，对一年一世纪这种概念一无所知，永恒的时间对于他只是几天的事情。对他来说，茅屋的空间就是整个宇宙，一周的天气就是一年的气候，初生的时期就是人类的存在，吃奶的本能就是人类的知识。

苔丝在心里对洗礼的事思考了很久，想着要是给孩子举行一个基督教的葬礼，是不是有足够的道理。除了这个教区的牧师之外，没有人能够告诉她，牧师是新来的，还不认识她。到了傍晚，她来到牧师的住处，站在门边，但还是没有足够的勇气走进屋去。她转身离开的时候，正巧碰上了外出回家的牧师，要不是这样，她的计划就被她放弃了。在朦胧的夜色里，她不在乎明明白白地把事情说出来。

“我想问你一件事情，先生。”

他表示愿意听一听她问的事情，而她也就给他讲了孩子生病的事，以及她给孩子临时行洗礼的事。

“先生，现在我要问，”她认真地补充说，“你能不能告诉我，这件事同你给他行的洗礼是不是一样的？”

他有一种生意人的自然感情，发现本应该把他叫去做的一件事情，却叫主顾们笨手笨脚地替他做了，心里想回答她说不一样。可是他一看到那个女孩子的庄重神情，一听到她说话中的奇特的柔和，他心中的高贵感情就被激发出来，或者说在他为了把机械的信仰嫁接到实际的怀疑主义之上而进行了数十年努力以后，他身上残留的一点儿感情又被激发出来了。人和教士在他的心里交战，结果人取得了胜利。

“我亲爱的姑娘，”他说，“这完全是一样的。”

“那么你就会给他一个基督教的葬礼了吧？”她急忙问。

牧师感到自己被难住了。听说孩子病了，他曾经良心发现，天黑后去为孩子行洗礼，但是他不知道不许他进门的是苔丝的父亲，而不是苔丝自己，因此，他不能接受苔丝必须行这种非正规洗礼的申辩。

“啊——那又是另外一回事了。”他说。

“又是另外一回事了——为什么呀？”苔丝问，神色十分激动。

“唉——要是只是我们两个人的事，我就会情愿为你办了。可是，由于某些别的原因，我不能办。”

“就办这一次好啦，先生！”

“我真的不能办。”

“啊，先生！”她抓着牧师的手说。

牧师缩回手，摇了摇头。

“那么我是不喜欢你了！”她发作起来，“而且我永远也不再上你的教堂了。”

“不要把话说得这样轻率。”

“要是你不给他行洗礼，对他是不是完全一样？……是不是完全一样？看在上帝的份上，请你不要像圣徒对罪人那样对我说话，而是要像你这个人对我这个人说话一样——我好可怜呀！”

牧师对这些问题自有严格的观念，但是他怎样使它们同他的回答调和起来，就完全超出了我们凡夫俗子的理解了。牧师受到感动，就这样回答说——

“是完全一样的。”

于是在那天晚上，婴儿被放进一个小枞木匣子里，上面盖了一块女人用旧的披肩，花了一个先令和一品特啤酒，雇了教堂的执事，在风灯的照明下，把他埋葬在上帝分配的那个破乱的角落里。那儿长着荨麻，所有没有受洗的婴儿、臭名昭著的酒鬼、自杀的懦夫和一些其他要下地狱的人，都被胡乱地埋在一起。但是，尽管周围的环境不好，苔丝仍然勇敢地用两根木头和一条绳子，扎成一个十字架，在上面绑上鲜花，趁一个晚上没有人注意的时候，跑进教堂的墓地里，把十字架竖在坟头上，还在一个小瓶子里插上同样的鲜花。瓶子装有水，不会让鲜花枯萎。在瓶子外面，一眼就能看出上面写着“吉韦尔果酱公司”的字样，但是那又有什么关系呢？胸怀母爱的眼睛是看不见这些字的，看见的只是更加崇高的东西。

第十五章

“依靠经验，”罗杰·阿斯坎说，“我们要经过漫长的游荡才能找到一条捷径。”① 漫长的游荡不适合我们继续往前走，这并不少见，那么我们这种经验对我们又有什么用处呢？苔丝·德北菲尔德的经验就是毫无用处的那一种。后来她学会了去做什么，可是现在又会有谁接受呢？要是苔丝还没有去德贝维尔家以前，就努力按照她自己和一般人所知道的各种各样的警句格言前进的话，她肯定是不会上当受骗的。可是，对于这些金玉良言，在它们大有益处的时候，苔丝没有能力、其他的人也没有能力领会其中的全部道理。苔丝，还有许许多多别的人，可能会用圣奥古斯丁的话讥讽上帝：“你提出的是一条很好的路，但不是一条让人走的路。”②

在冬季的几个月里，她一直留在父亲的家里，或者拔鸡毛，或者给火鸡和鹅的肚子里装填料，或者把以前鄙夷地扔在一边的德贝

① 罗杰·阿斯坎（Roger Ascham，1515—1568），英国散文家，曾做过英女王伊丽莎白的老师，上文引自所著《论教师》（The Scholermaster，1570）。

② 圣奥古斯丁（Saint Augustine，354—430），曾为希波主教，主要作品为《上帝城》和《忏悔录》，是马丁·路德和喀尔文教的思想先驱。

维尔送给她的一些漂亮服装拿出来，改成她的弟弟妹妹们穿的衣服。她不会写信给他，要他帮助。但是，在别人以为她用劲干活的时候，她却经常把两手抱在脑后，在那儿想心思。

她用一个哲学家的思想去回忆一年中从头到尾的日子。她回想起在特兰里奇的猎苑的黑暗背景中，毁了她的那个不幸的夜晚；回想起她的孩子出生和死去的日子；也回想起自己降生为人的那一天；还回想起那些因为与她有关的事件而变得特别的日子。有一天下午，她在对着镜子观看自己的美貌的时候，突然想到还有另外一个日子，对她来说比其他的日子更为重要——那就是她自己死去的日子，那个时候，她所有的美貌就要化为乌有了；这一天悄悄地躲在一年的所有日子里，谁也看不见它，她每一年都要遇见它一次，但它却不露痕迹，一声不响，但是这一天又肯定不会不在这一年里。这个日子是哪一天呢？为什么她每一年都要遇到的与她相关的那个冷酷日子，她却没有感觉到它的冷意呢？她的思想和杰里米·泰勒的思想是一样的，就是认识她的人在将来某个时候会说："就是在——在今天，可怜的苔丝死了。"他们在说这话的时候，心里也不会想到有什么特别之处。但是在岁月的长河中要注定成为她的人生终点的那一天，她却不知道它究竟在哪一个月，在哪一个星期，在哪一个季节，在哪一年。

苔丝的思想几乎是发生了一次飞跃，从一个单纯的姑娘变成了一个复杂的女人。她的脸上融入了沉思的象征，她说话的声音里偶尔也流露出悲剧的音调。她的眼睛越长越大，也越来越富有表情。她长成了一个可以被称作美人的人了。她的面容妩媚，引人注目，她的灵魂是这样一个妇人的灵魂，有了近来一两年的纷乱经验但是没有因此堕落。要不是世俗的偏见，这些经验简直就是一种扩展心智的教育了。

她近来离群索居，所以她的本来就不为人所知的苦恼，现在在马洛特村也差点被人忘记了。但是她现在已经看得明白，在马洛特村她的心情是永远也不会真正变得开朗了，因为她们家企图去认本家所遭到的失败是路人皆知的——而且她们的家甚至还有通过她去同富有的德贝维尔家联姻的企图。至少在漫长的岁月抹去她对这件事的敏感意识之前，她是不会在马洛特村感到心情开朗的。不过就是现在，她仍然感觉到希望，生命的力量仍在她的身上热烈地搏动；也许在一个不知道她的历史的地方，她还会愉快起来。逃避过去和逃避跟过去有关的一切，就是要把过去和过去的一切消除掉，要做到这一点，她就一定得离开这里。

她向自己发问，贞洁这个东西，一旦失去了就永远失去了吗？如果她能够把过去掩盖起来，她也许就可以证明这句话是错误的了。有机的自然都有使自己得以恢复的能力，为什么唯独处女的贞洁就没有呢？

她等待了很久，始终没有找到重新离开这儿的机会。一个特别明媚的春天来到了，几乎听得见苞芽里生命的萌动。春天就像激励野外的动物一样激励了她，使她要急切离开这里。后来在五月初的一天，她收到了一封信，那是她母亲从前的一个朋友写给她的，很久以前，她曾经写信给她探问过。信中告诉她的南边若干英里的地方有一个奶牛场，需要一个熟练的女工，奶牛场的场主愿意雇她工作一个夏天。

这个地方还不是她所希望的那样远，但是也许足够远了，因为她活动的范围和她的名声，一直就小得很。对于一个活动范围有限的人来说，英里就是地球上的经纬度，教区就是郡，郡就是省和王国。

有一点她是打定了主意的：在她新生活的梦想和活动中，不应该再有德贝维尔的空中楼阁了。她只是一个挤牛奶的女工苔丝，此外不是别的什么。对于这一点，尽管她和母亲之间从来没有就这个问题谈过一句话，她的母亲也很能够理解苔丝的感情了，所以现在也就不再提什么武士的祖先了。

可是人类就是如此地自相矛盾，苔丝对要去的那个新的地方发生兴趣，其中一个原因就是那个地方恰巧靠近她的祖先的故土（因为他们都不是布莱克莫尔人，虽然她的母亲是一个土生土长的布莱克莫尔人）。她要去的那个奶牛场的名字叫泰波塞斯，离德贝维尔家过去的几处田产不远，附近就是她的祖宗奶奶和她们显赫丈夫的家族大墓室。她要去那儿看看他们，不仅会想想德贝维尔家像巴比伦一样衰败了，也会想想一个卑微后裔的清白能够无声无息地消失。她一直在想，在她祖先的土地上会不会有什么奇异的好事出现，在她的身上，有某种精神就像树枝的汁水一样，自动地涌现出来。那就是还没有耗尽的青春活力，在受到短暂的压制之后又重新高涨起来，给青春带来了希望，也唤醒了不可压制的追求快乐的本能。

第三阶段

新生

第十六章

五月的一个早晨，麝香草散发着香气，小鸟还在孵蛋，苔丝从特兰里奇回来大约两三年后——这几年她心灵的创伤悄悄地平复了——又第二次离开了家门。

她收拾好以后再给她送去的行李，就坐上一辆雇来的双轮轻便马车，动身去斯图尔堡的一座小镇。她途中必须从那个小镇经过，因为这次行程的方向同她第一次鲁莽离家的方向几乎完全相反。尽管她十分渴望远走他乡，但是走到最近那个山丘拐弯的地方，她又回过头去，满腹惆怅地望了望马洛特村和她父亲的房屋。

在那所房屋里住着她的家人，尽管她就要远离他们，他们再也看不到她的笑容了，但是大概他们的日常生活也许会依然同过去一样，在他们的意识中快乐也不会有太多的减少。几天以后，孩子们就会像往常一样玩起他们的游戏来，不会感到因为她的离开而缺少了什么。她决心离开是为了这些更小的孩子们能得到更大的好处，如果她留在家里不走，他们也许从她的管教中得不到丝毫好处，反而会因她的榜样受害。

她没有歇一歇就穿过斯图尔堡，向前一直走到几条大道的交叉路口，在那儿等候往西南去的搬运夫的大马车，因为铁路虽然包围了乡村内陆的广大区域，但是从来还没有穿过它的腹地。正当她在那儿等候马车的时候，路上有一个农夫坐着轻便的双轮马车走了过来，要去的地方大约同她要赶的路是一个方向。尽管她不认识这个陌生人，但还是接受了他的邀请，上车坐在农夫身边，而不管农夫邀请她的动机只是向她漂亮的脸蛋献上的一份殷勤。农夫是到韦瑟伯利去的，她坐车到了那儿，就不用再坐大马车绕道卡斯特桥，剩下的一段路靠步行就能走了。

苔丝坐车走了长长的一段路，中午到了韦瑟伯利也没有停下来，只是到赶车的农夫推荐的一户农家稍微吃了一顿说不上名目的饭。接着她就提起篮子开始步行，向一片广袤的荒原高地走去。荒原把韦瑟伯利同远处低谷的一片草场分隔开来，而坐落在山谷中的奶牛场才是她当日行程的目的地，也是她当日行程的终点。

苔丝以前从来没有到过乡间这块地方，不过她却感到同这儿的风景有着血亲关系。就在她左边不很远的地方，她看见风景中有一块深色的地方，一问别人，证明她的猜想果然不错，那是把金斯伯尔的近郊区别开来的树林——就在那个教区的教堂里，埋葬着她的祖先——她的那些毫无用处的祖先的枯骨。

现在她对他们毫无敬仰的心情了，甚至她还恨他们给她带来烦恼。他们除了给她留下来一方古印和一把羹匙而外，其他的东西一件也没有给她留下来。“呸——我本来就是我的父母两个人养的！”她说，“我的全部美貌也是我妈给的，而她只不过是一个挤牛奶的女工。”

她走完从爱敦荒原上的高地和低地中间穿过的路程，这段距离实际上只不过几英里远，但比她所期望的要难走得多。由于拐弯时多走了一些冤枉路，她走了两个小时才走到一个山顶上，望见她渴望已久的沟谷：大奶牛场的沟谷。在那个沟谷里，牛奶和黄油的增长十分迅速，虽然不如她家里的牛奶和黄油味美，但它们的生产要远比瓦尔河或佛卢姆河所灌溉的那块翠绿草原上生产的牛奶和黄油丰富。

她除了在特兰里奇住了一段不幸的日子外，到现在她所知道的地方只是布莱克莫尔谷的小奶牛场谷，而大奶牛场谷同它则根本不同。世界在这儿是按照更大的模式描绘的。圈起来的牧场不是十亩地，而是五十亩地，农场也更加广大，牛群在这儿组成的是一个个部落，而在那儿只是一个个家庭。放眼望去，无数的奶牛从远远的东边一直延伸到远远的西边，在数目上超过了她以前看见过的任何牛群。它们散布在绿色的草地上，挤得密密麻麻的，就像凡·阿尔斯卢特或萨雷尔特在画布上画满了市民一样。红色和暗褐色母牛身上的成熟颜色，和傍晚落日的霞光融合在一起，而全身白色的奶牛把光线反射出去，几乎使人为之目眩，甚至苔丝站在远处的高地上也是如此。

俯瞰呈现在她面前的那片风景，虽然不如她无比熟悉的另一片风景绚烂华美，它却更能使人欢快振奋。它缺少那个能和它媲美的沟谷所有的强烈的蓝色气氛，缺少它厚实的土壤和浓烈的香气，它的新鲜空气清新、凉爽、灵妙。滋养牧草和这些著名奶牛场里的奶牛的那条河流，也同布莱克莫尔的河流流动得不一样。布莱克莫尔的河流流得缓慢、沉静、常常是浑浊的，它们从积满泥淖的河床上流过去，不明情形而涉水过河的人，稍不注意就会陷进泥淖里。佛卢姆河的流水却是清澈的，就像那位福音教徒看见的那条生命河一样纯净，流得也快，就像一片浮云的阴影，流过铺满卵石的浅滩，还整天对着天空喃喃絮语。那儿水中长的是睡莲，这儿水里长的却是毛茛。

也许是空气的性质从沉闷到轻松的变化，也许是她觉得已经到了没有人用恶意的眼光看待她的新地方，于是她的精神奇妙地振作起来。迎着温柔的南风，她一路跳跃着向前走去，她的希望同阳光融合在一起，似乎幻化成了一道环绕着她的光环。在吹来的阵阵微风中，她听得出快乐的声音，在一声声鸟的啼鸣里，也似乎潜藏着欢愉。

她的面貌，近来随着她的心境的变化而发生了变化，由于她的心绪有时快乐，有时沉郁，因而她的面貌也在美丽和平常之间变幻不定。今天她的脸色红润、完美；明天就转为苍白、凄楚。当她的脸色变得红润时，她就不像脸色苍白时那样一脸的忧愁，她的更加完美的美丽同她的平静的心情显得和谐，她的紧张的心情也同她的不太完美的美丽显得般配。现在她迎向南风的脸，正是在形体上显得最美的脸。

那种寻找欢乐的趋向是不可抵抗的、普遍存在的、自然发生的，它渗透在所有从最低级到最高级的生命中，最后终于把苔丝控制住了。即使现在她也只是一个二十岁的青年女子，她的思想和情感还在发展变化，因此任何事件给她留下的印象，就不可能经久不变。

所以她的精神、她的感激、她的希望，就越来越高涨。她唱了好几首民歌，但是感到它们都不能把内心的情绪表达出来。后来，她回想起在吞吃智慧树的禁果之前，在礼拜的早晨她的眼睛浏览过多少次的圣诗，于是又开口唱起来："哦，你这太阳，你这月亮……哦，你们这些星星……你们这些世间的绿色万物……你们这些空中的飞禽……野兽和家畜……你们世人……你们应当赞美主，颂扬主，永远尊崇主！"

她突然住口不唱了，嘴里嘟哝着说："可是我也许还不完全知道我唱的主呢。"

这种半不自觉的吟唱圣诗，也许就是在一神教背景中的一种拜物狂吟。那些把户外大自然的形体和力量作为主要伙伴的女子们，她们在心灵中保有的多半是她们遥远祖先的异教幻想，而很少是后世教给她们的那种系统化了的宗教。但是，苔丝至少在她从摇篮时代就开始呀呀学唱的古老的万物颂中，找到大约可以表达她的感情的句子，因此这也就足够了。她已经朝着自食其力的方向开始走了，对这种细小的最初表现她感到高度满足，这种满足也正是德北菲尔德性情的一部分。苔丝的确希望行为正直地往前走，而她的父亲完全不是这样。但是对眼前一点点成就就感到满足，不肯付出艰苦的努力把低下的社会地位向前推动，她却像她的父亲。德北菲尔德家曾是辉煌一时的家族，现在却成了一个受到严重阻碍的家庭，影响到社会地位的发展。

我们也可以说，虽然苔丝以前的那番经历暂时把她完全压倒了，但是母亲的娘家没有消耗掉的力量，以及苔丝青春年代的自然力量，都在苔丝身上被重新激发出来。老实说，女子受了这样的耻辱还是要照旧活下去，恢复了精神，就又开始用兴致勃勃的眼睛在她们四周看来看去了。正如一些亲切的理论家们要我们相信的那样，这个“被诱的女人”并不是完全不知道一种信念：有生命就有希望。

然后，苔丝·德北菲尔德就怀着对生活的满腔热情，情绪高昂地走下爱敦荒原的山坡，越走越低，向她一心向往的奶牛场走去。

两个能互相媲美的山谷之间的显著差别，现在终于详细地显现出来了。布莱克莫尔的秘密从它四周的高地上就能看得一清二楚，而想把她面前的山谷弄个明白，就必须到下面山谷的中间去。苔丝作完比较，就已经走到了山谷中绿草如茵的平地上，这块平地从东到西伸展开来，远得眼睛看不见边。

河流从较高的地带悄悄地流下来，把泥土一点点带进山谷，堆积成这块平地；现在这条年代久远的河流消耗完了，变得细小了，就流过在它从前劫掠来的泥土中间。

苔丝不敢肯定朝哪个方向走，就静静地站在一片四周环山的绿色平地上，就像一只苍蝇停在一个大得无边的台球桌上，并且对于周围的环境一点也不比那只苍蝇显得重要。她出现在这个宁静山谷的唯一影响，至多是把一只孤独的苍鹭惊动得飞起来，然后落在离她站立的道路不远的地上，伸长了脖子站在那儿看着她。

突然，下面低地上从四面八方传来一阵长长的、反复的呼唤声——

“呜噢！呜噢！呜噢！”

这种声音好像受到了感染，从东边最远的地方传到西边最远的地方，其中偶尔还掺杂着一只狗的叫声。它不是表示山谷里知道美丽的苔丝来了，而是四点半钟挤牛奶时间到了的惯常通知，这时候奶牛场的工人们就动手把奶牛赶回去。

早已在那儿等候呼唤的最近的一群红牛和白牛，这时候就成群结队地朝建在后面的田间牛舍里走去，它们一边走，装满了牛奶的奶袋子就在它们腹下摆来摆去。苔丝跟在它们的后面慢慢走着，从前面的牛群通过的敞开着的栅栏门里走进院子。院子的四周围着长长的草棚，草棚斜坡的表面长满了鲜艳的绿色青苔，用来支撑棚檐的木头柱子，在过去的岁月中被无数的奶牛和小牛的肚腹摩擦得又光又亮，而那些牛现在却在遗忘的深渊中不可想象地被人忘记得一干二净。要被挤奶的牛都被安排在柱子中间，此刻让一个异想天开的人从后面看来，排在那儿的每一头牛就像一个圆环拴在两根木桩上，中间的下方是一只来回摆动的钟摆。这时候向草棚后面落去的夕阳，把这群能够容忍的牛群的影子精确地投射到草棚的墙上。因为，每天傍晚，夕阳都要把这些朦胧的、简朴的形体的影子投射出去，仔细地勾画好每一个轮廓，就好像是宫廷美人映照在宫廷墙壁上的侧影；它用心用意地描画它们，就好像是很久以前把奥林匹斯的天神描画到大理石壁上，或者是描画亚尼山大·恺撒和埃及法老的轮廓。

被赶进棚子的奶牛都不大安分守己。在院子中间安安静静地站着的那些奶牛，都是挤奶的，还有许多表现得更加安静的奶牛等在那儿——它们都是上等的奶牛，这样的奶牛在谷外很少看得到，就是在谷内也不是常见，它们是由这一年中主要季节里的水草场生长的汁液丰富的草料喂养起来的。那些身上有白点的奶牛皮毛光亮，把阳光反射过来，使人目眩，它们的犄角上套着发亮的铜箍，就像是某种兵器闪耀着光辉。它们那些布满粗大脉管的奶房沉重地垂在下面，就像是一个个沙袋，上面乳头突起，好像吉普赛人使用的瓦罐的脚。每一头奶牛逗留在那儿，等着轮到自己挤奶，在它们等候的时候牛奶就从奶头渗出来，一点一滴地落到地上。

第十七章

奶牛从草场一回来，挤奶的男女工人们就成群结队地从他们的茅屋和奶房里拥出来。挤奶的女工都穿着木头套鞋，不是因为天气不好，而是免得她们的鞋子沾上了院子里的烂草烂泥。所有的女孩子都坐在三条腿的凳子上，侧着脸，右脸颊靠着牛肚子。苔丝走过来时，她们都沿着牛肚子不声不响地看着她。挤牛奶的男工们把帽檐弯下来，前额靠在牛的身上，眼睛盯着地面，没有注意到苔丝。

男工中间有一个健壮的中年人，他的长长的白色围裙比别人的罩衫要漂亮些、干净些，里面穿的短上衣既体面又时兴，他就是奶牛场的场主，是苔丝要找的人。他具有双重的身份，一个星期有六天在这儿做挤牛奶和搅黄油的工人，第七天则穿着精致的细呢服装，坐在教堂里他自家的座位上。他的这个特点十分显著，因此有人给他编了一首歌谣——

挤牛奶的狄克，
整个星期里——
只有礼拜天，才是理查德·克里克。

看见苔丝站在那儿东张西望，他就走了过去。

大多数男工挤奶的时候都脾气烦躁，但是碰巧克里克先生正想雇佣一个新手——因为这些日子正是缺少人手的时候——于是他就热情地接待了她。他问候她的母亲和家中其他的人——其实这不过是客套而已，因为他在接到介绍苔丝的一封短信之前，根本就不知道德北菲尔德太太的存在。

“啊——对，我还是孩子的时候，对乡村中你们那个地方就十分熟悉了，”他最后说，“不过后来我从没去过那儿。从前这儿有个九十岁的老太太住在附近，不过早已经死了，她告诉我布莱克原野谷有一户人家姓你们这个姓，最初是从这些地方搬走的，据说是一个古老的家族，现在差不多都死光了——新一辈人都不知道这些。不过，唉，我对那个老太太的唠叨没有太在意，我没有太在意。”

“啊不——那没有什么。”苔丝说。

于是他们只谈苔丝的事了。

“你能把奶挤干净吧，姑娘？在一年中这个时候，我不想我的奶牛回了奶。”

对于这个问题，她再次请他放心，他就把她上上下下地打量了一阵。苔丝长时间呆在家里，因此她的皮肤已经变得娇嫩了。

“你敢肯定受得了吗？干粗活的人在这儿觉得够舒服，可是我们并不是住在种黄瓜的暖房里。”

她郑重地说自己受得了，她说得很热情、很乐意，似乎赢得了他的信任。

“好吧，我想你先喝杯茶，吃点什么吧，嗯？现在不用？好吧，就随你便好了。不过说实话，要是换了我，走了这么远的路，就要干成芫荽菜杆了。”

“现在我就开始挤牛奶吧，好让我熟练熟练。”苔丝说。

她喝了一点儿牛奶，当作临时的点心——牛奶场的老板克里克大吃一惊，说实在的，还有点儿瞧不起——显然他从来没有想到牛奶还是一种上好的饮料。

“哦，你要是喝得下那种东西，你尽管喝吧。”他在有人阻止她从牛奶桶里喝牛奶时满不在乎地说，“这东西我多年没有碰过它了，我没有碰过它。鬼东西，喝在肚子里就像是一块铅躺在那儿。你拿那头奶牛试试身手吧。”他朝最近的那头奶牛点点头，又接着说下去，“不是说那头牛的奶不好挤。我们有些牛的奶不好挤，有些牛的奶好挤，就同人一样。不过，你很快就会弄清楚的。”

苔丝换下女帽，戴上头巾，真的在奶牛身下的凳子上坐下来挤牛奶了，牛奶从她的手中喷射进牛奶桶里，她似乎真的感到已经为自己的未来建立了新的基础。她的这种信念孕育出平静，脉搏的跳动缓慢下来，能够打量打量四周了。

挤牛奶的工人是由男人和姑娘组成的一小支队伍，男人们挤的是硬奶头的牛，姑娘们侍候的则是脾气比较温顺的牛。这是一个大奶牛场。把所有的牛都算起来，克里克管理的奶牛有一百头，在这一百头牛里，有六头或八头牛是奶牛场老板自己动手挤奶，除非是他出门离开了家。那些牛都是所有牛中最难挤的奶牛。因为他偶尔要或多或少地雇些临时工，他不放心把这些牛交给他们，怕他们做事不认真，不能把牛奶完全挤干净；他也不放心把它们交给姑娘们，怕她们手指头缺少力气，同样挤不干净；过了一段时间，结果这些奶牛就都要回了奶——那就是说，再也不出奶了。奶挤不干净的严重性倒不在于出奶量的暂时损失，而是在于牛奶挤得少，它就出得少，最后就完全停止出奶了。

苔丝在奶牛身边坐下来挤奶以后，一时间院子里的人谁也不说话了，偶尔除了一两声有人要牛转向或站着不动的吆喝外，听见的都是牛奶被挤进许多牛奶桶里的噗噗声。所有的动作只是挤奶工人们的双手一上一下挤奶的动作，以及奶牛尾巴的来回摆动。他们就这样不停地工作着，他们的四周是广大平坦的草场，一直伸展到山谷两边的斜坡上——这片平坦的风景是由早已被人遗忘的古老风景组成的，而且那些古老的风景同由它们构成的现在的风景比起来，毫无疑问已是天壤之别了。

“照我看呀……”奶牛场老板说，他刚挤完了奶，一手抓着三脚凳，一手拎着牛奶桶，突然从奶牛身后站起来，向附近的另一头难挤的奶牛走去。“照我看呀，今天这些奶牛出奶和平常有些不同。我敢肯定，要是温克尔这头牛真的开始像这样回奶，不到仲夏，它就一滴奶也没有了。”

“这是因为我们中间来了一个新人。”约纳森·凯尔说，“我以前就注意到这种事情。”

“不错。也许是这样的。我还没有想到这个。”

“有人告诉我说，在这种时候牛奶流到奶牛的牛角里去了，”一个挤牛奶的女工说。

“好了，至于说牛奶跑到牛角里去了，”牛奶场老板有些怀疑地接口说，似乎觉得甚至巫术都会受到解剖学上种种可能的限制，“我可不敢说，我的确不敢说。长角的奶牛回了奶，可是没有长角的奶牛也回奶了，所以我可不相信这个说法。你知道关于没有长角的奶牛的秘密吗，约纳森？为什么一年里不长角的奶牛没有长角的奶牛出的奶多？”

“我不知道！”有个挤牛奶的女工插嘴问，“为什么出的奶少呢？”

“因为在所有的牛中间，不长角的奶牛并不多，”牛奶场老板说，“不过，今天这些犟脾气的奶牛肯定要回奶了。伙计们，我们肯定要唱一两首歌儿了——那才是治这种毛病的唯一法子。”

当奶牛一出现出奶量比平常减少的迹象，人们往往就采取在牛奶场唱歌的办法，想用这种办法把牛奶引出来。老板要求唱歌，这群挤牛奶的工人们就放开喉咙唱起来——唱的完全是一种应付公事的调子，老实说，一点也没有自愿的意思。结果，就像他们相信的那样，在他们不停地唱歌的时候，出奶的状况的确有了改变。他们唱的是一首民歌，说是有一个杀人凶手不敢在黑暗里睡觉，因为他看见有某种硫磺火焰在围绕着他燃烧，他们唱到第十四段还是第十五段的时候，挤牛奶的男工中有人说——

“但愿弯着腰唱歌不要这样费气力才好！你应该把你的竖琴拿

来，先生。不拿竖琴，最好还是拿小提琴。”

一直在留神听他们说话的苔丝，以为这些话是对牛奶场老板说的，不过她想错了。有人接口说了句“为什么”，声音似乎是从牛棚里一头黄牛的肚子里发出来的，这句话是那头牛后面的一个挤奶工人说的，苔丝直到这时才看见他。

“啊，是的，什么也比不上提琴，”奶牛场老板说，“尽管我确实认为公牛比母牛更容易受到音乐的感动——至少这是我的经验。从前梅尔斯托克有一个老头儿——名字叫威廉·杜伊——他家里从前是赶大车的，在那一带做了不少的活儿，约纳森，你不在意吗？——也可以这么说，我见面就认识他，就像熟悉我的兄弟一样。哦，有一次他在婚礼上拉提琴，那是一个月光明媚的晚上，他在回家的路上为了少走一些路，就走了一条穿过名叫四十亩地的近路，在横在路中的那块田野里，有一头公牛跑出来吃草。公牛看见威廉，天呀，把头上的角一晃就追了过去，尽管威廉拼命地跑，而且酒他也喝得不多（因为那是婚礼，办婚事的人家也很有钱），但是他还是感到他没法及时跑到树篱跟前跳过去，救自己的命。唉，后来他急中生智，一边跑，一边把提琴拿出来，转身对着公牛拉起一支跳舞的曲子，一边倒着向角落里退去。那头公牛安静下来，站着不动了，使劲地看着威廉·杜伊，看着他把曲子拉了又拉，看到后来，公牛的脸上都悄悄露出一种笑容来了。可是就在威廉停下来刚要翻过树篱的时候，那头公牛就不再笑了，低下头要向威廉的胯裆触过去。啊，威廉不得不转过身去继续拉给它听，拉呀拉呀，不停地拉。那时还只是凌晨三点钟，他知道再有几个小时那条路上也不会有人来，他又累又饿，简直不知道怎么办才好。当他拉到大约四点钟的时候，他真不知道他是不是很快就要拉不下去了，就自言自语地说，‘这是我剩下的最后一支曲子了！老天爷，救救我吧，莫让我把命丢了。’哦，后来他突然想起来他看见圣诞节前夕的半夜里有头牛下跪的事来。不过那时候不是圣诞节前夕，但是他突然想到要同那头公牛开个玩笑。因此，他就转而拉了一首“耶稣诞生颂”，就像圣诞节有人在唱圣诞颂歌一样。啊哈，你瞧，那头公牛不知道是开玩笑，就弯着双腿跪了下去，似乎真的以为耶稣诞生的时刻到了。威廉等到他那长角的朋友一跪下去，就转过身去像一条猎狗蹿起来，祈祷的公牛还没有站起来向他追过去，他已经跳过树篱平安无事了。威廉曾经说过愚蠢的人他见得多了，但从没有见过那头公牛发现那天原来不是圣诞节而自己虔诚的感情受到欺骗时那种傻样的……对了，威廉·杜伊，这就是那个人的名字，这阵儿他埋在梅尔斯托克教堂院子里，什么地方我都能说得一点儿不差——他就埋在教堂北边的走道和第二棵紫杉中间那块地方。”

“这真是一个离奇的故事，它又把我们带回到中古时代，那时候信仰是一件有生命的东西！”

这是奶牛场里一句很奇特的评论，是那头黄褐色母牛身后的人嘟哝着说的，不过当时没有人懂得这句话的意思，就没有引起注意，只是讲故事的人似乎觉得这句话的意思是对他的故事表示怀疑。

“哦，这可是千真万确的事，先生，不管你信不信。那个人我熟得很。”

“哦，不错，我不是怀疑它。”黄褐色母牛身后的人说。

苔丝这时候才注意到和老板说话的那个人，由于他把头紧紧地埋在奶牛的肚子上，苔丝看见的只是他身体的一部分。她也不明白，为什么老板和他说话也叫他“先生”。不过苔丝看不出一点儿道理来，他老是呆在母牛的下面，时间长得足够挤三头奶牛的奶，他时而嘴里悄悄地发出一声喘息，好像他坚持不下去了。

“挤得柔和点儿，先生，挤得柔和点儿。”奶牛场老板说，“挤牛奶用的是巧劲儿，不是蛮力。”

“我也觉得是这样。”那个人说，终于站起来伸伸胳膊，“不过，我想我还是把它挤完了，尽管我把手指头都给挤疼了。”

直到这时候苔丝才看见他的全身。他系一条普通的白色围裙，腿上打着奶牛场挤奶工人打的绑腿，靴子上沾满了院子里的烂草污泥，不过所有这些装束都是本地的装束。在这种外表之下，看得出来他受过教育，性格内向，性情敏感，神情忧郁和与众不同。

但是苔丝暂时把他外表上的这些细节放到了一边，因为她发现他是她以前见过的一个人。自从他们那次相遇之后，苔丝已经历尽沧桑，因而一时竟记不起在那儿见过他。后来心里一亮，她才想起来他就是那个曾在马洛特村参加过他们村社舞会的过路人——就是那个她不知道从哪儿来的过路的陌生人，不是同她而是同另一个女孩子跳过舞，离开时又冷落她，上路同他的朋友们一起走了。

她回想起在她遭受了不幸以前发生的那件小事，对过去的回忆像潮水一样涌了上来，使她暂时生发出一阵忧郁，害怕他认出她来，并设法发现她的经历。不过她在他身上看不出他有记得的迹象，也就放心了。她还逐渐看见，自从他们第一次也是仅有的一次相遇以后，他那生动的脸变得更为深沉了，嘴上已经长出了年轻人有的漂亮胡须了——下巴上的胡须是淡淡的麦秸色，已经长到了两边的脸颊，逐渐变成了温暖的褐色。他在麻布围裙里面穿一件深色天鹅绒夹克衫，配一条灯蕊绒裤子，扎着皮绑腿，里面穿一件浆洗过的白衬衫。要是他没有穿那件挤牛奶的围裙，没有人能够猜出他是谁。他完全可能是一个怪癖的地主，也完全可能是一个体面的农夫。从他给那头母牛挤奶所费的时间上，苔丝立刻就看出来，他只不过是在奶牛场干活的一个新手。

就在此时，许多挤牛奶的女工们已经开始互相谈论起她这个新来的人，“她多么漂亮呀！”这句话里带有几分真正的慷慨，几分真心的羡慕，尽管也带有一半希望，但愿听话的人会对这句评价加以限制——严格说来，姑娘们也只能找到这句评价了，因为漂亮这个词是不足以表现她们的眼睛所看到的苔丝的。大家挤完了当晚的牛奶，陆陆续续地走进屋内。老板娘克里克太太因为自恃身份，不肯到外面亲自挤牛奶，就在屋里照料一些沉重的锅盆和杂事，也因为女工们都穿印花布，所以在暖和天气里她还穿着一件闷热的毛料衣服。

苔丝已经听说，除她而外，只有两三个挤牛奶的女工在奶牛场的屋子里睡觉，大多数雇工都是回他们自己家里睡。吃晚饭的时候，她没有看见那个评论故事的挤牛奶的上等工人，也没有问起过他，晚上剩余的时间她都在寝室里安排自己睡觉的地方。寝室是牛奶房上方的一个大房间，大约有三十英尺长，另外三个在奶牛场睡觉的女工的床铺也在同一个寝室里。她们都是年轻美貌的女孩子，只有一个比她年纪小，其他的都比她的年纪大些。到睡觉的时候苔丝已经筋疲力尽，一头倒在床上立即睡着了。

不过，在和她毗邻的一张床上睡觉的女孩子，不像苔丝那样很快就能入睡，坚持要讲讲她刚刚加入进来的这户人家的一些琐事。女孩子的喃喃细语混合着沉沉的夜色，在半睡半醒的苔丝听来，它们似乎是从黑暗中产生的，而且漂游在黑暗里。“安琪尔·克莱尔先生——他是在这儿学挤牛奶的，会弹竖琴——从不对我们多说话。他是一个牧师的儿子，对自己的心思想得太多，因此不太注意女孩子们。他是奶牛场老板的学徒——他在学习办农场的各方面的技艺。他已在其他的地方学会了养羊，现在正学习养牛……哦，他的确是一个天生的绅士。他的父亲是爱敏寺的牧师克莱尔先生——离这儿远得很。”

“哦——我也听说过他，”现在她的伙伴醒过来说，“他是一个十分热心的牧师，是不是？”

“是的——他很热心——他们说他是全威塞克斯最热心的人——他们告诉我，他是低教派的最后一个了——因为这儿的牧师基本上都被称作高教派。他所有的儿子，除了克莱尔先生外也都做了牧师。”

苔丝此刻没有好奇心去问为什么这个克莱尔先生没有像他的哥哥一样也去做牧师，就慢慢地睡着了，为她报告新闻的那个女孩子的说话向她传过来，一同传过来的还有隔壁奶酪房里的奶酪气味，以及楼下榨房里奶清滴下来的韵律声。

第十八章

从往日的回忆中显现出来的安琪尔·克莱尔先生，并不完全是一个清晰的形象，而是一种富有欣赏力的声音，一种凝视和出神眼睛的长久注视，一种生动的嘴唇，那嘴唇有时候对一个男人来说太小，线条太纤细，虽然他的下唇有时叫人意想不到地闭得紧紧的，但是这已足够叫人打消对他不够果断的推论。尽管如此，在他的神态和目光里，隐藏着某种混乱、模糊和心不在焉的东西，叫人一看就知道他这个人也许对未来的物质生活，既没有明确的目标，也不怎么关心。可是当他还是一个少年的时候，人们就说过，他是那种想做什么就能把什么做好的人。

他是他父亲的小儿子，他父亲是住在本郡另一头的穷牧师。他来到泰波塞斯奶牛场，是要当六个月的学徒，他已经去过附近其他的一些农场，目的是要学习管理农场过程中的各种实际技术，以便将来根据情况决定是到殖民地去，还是留在国内的农场里工作。

他进入农夫和牧人的行列，这只是这个年轻人事业中的第一步，也是他自己或者其他的人都不曾预料到的。老克莱尔先生的前妻给他生了一个女儿以后，就不幸死了，到了晚年，他又娶了第二个妻子。多少有些出人意料，后妻给他生了三个儿子，因此在最小的儿子安琪尔和老牧师父亲之间，好像差不多缺少了一辈人。在三个儿子中间，前面说到的安琪尔是牧师老来得到的儿子，也只有这个儿子没有大学学位，尽管从早年的天资看，只有他才真正配接受大学的学术训练。

从安琪尔在马洛特村的舞会上跳舞算起，在两三年前，有一天他放学回家后正在学习功课，这时候本地的书店给牧师家送来一个包裹，交到了詹姆士·克莱尔牧师手里。牧师打开包裹一看，里面是一本书，就翻开读了几页；读后他再也坐不住了，就从座位上跳起来，挟着书直奔书店而去。

“为什么要把这本书送到我家里？”他拿着书，不容分说地问。

“这本书是订购的，先生。”

“我敢说我没有订购这本书，我家里别的人也没有订购这本书。”

书店老板查了查订购登记簿。

“哦，这本书寄错了，先生，”他说。“这本书是安琪尔·克莱尔先生订购的，应该寄给他才对。”

克莱尔先生听后直往后躲，仿佛被人打了一样。他满脸苍白地回到家里，一脸地沮丧，把安琪尔叫到他的书房里。

“你读读这本书吧，我的儿子，”他说，“你知道这是怎么一回事吗？”

“这是我订购的书，”安琪尔回答得很简单。

“订这本书干什么？”

“读呀。”

“你怎么会想到要读这本书？”

“我怎么想到的？为什么——这是一本关于哲学体系的书呀。在已经出版的书里面，没有其他的书比它更符合道德的了，也甚至没有比它更符合宗教的了。”

“是的——很道德，我不否认这一点。可是宗教呢？——尤其对你来说，对想当一个宣传福音的牧师的你来说，它不合乎宗教！”

“既然你提到这件事，父亲。”儿子说，脸上满是焦虑的神情，“我想最后再说一次，我不愿意担任教职。凭良心说，我恐怕不能够去当牧师。我爱教会就像一个人爱他的父亲一样。对教会我一直怀有最热烈的感情。再也没有一种制度的历史能使我有比它更深的敬爱了。可是，在她还没有把她的思想从奉神赎罪的不堪一击的信念中解放出来，我不能像我两个哥哥一样，真正接受教职做她的牧师。”

这位性格率直思想单纯的牧师从来没有想到，他自已的亲生骨肉竟会说出这样一番话来。他不禁吓住了、愣住了、瘫痪了。要是安琪尔不愿意进入教会，那么把他送到剑桥去还有什么用处呢？对这位思想观念一成不变的牧师来说，进剑桥大学似乎只是进入教会的第一步，是一篇还没有正文的序言。他这个人不但信教，而且非常虔诚，他是一个坚定的信徒——这不是现在教堂内外拿神学玩把戏而闪烁其词时用作解释的一个词，而是在福音教派[1]过去就有的在热烈意义上使用的一个词。他是这样一个人：

真正相信
上帝和造物主
在十八世纪以前
确实作过上……[2]

安琪尔的父亲努力同他争论，劝说他，恳求他。

“不，爸爸，光是第四条[3]我就不能赞同（其他的暂且不论），

① 福音教派（Evangelical school），新教（Protestant）中的一派，认为福音的要义是宣讲人陷入罪恶，耶稣为人赎罪，人应凭借信心赎罪。英国国教中包含这种主义的也就是低教派（Low Church）。

② 引自罗伯特·布朗宁所写《复活节》（Easter Day）一诗的第八节。

③ 第四条（Artiele Four），英国国教公布39条，当牧师为教会服务的人，都须签字奉行这39条的规定。第四条说：“基督确是死后复生的，他重新有了身子、血肉、骨头，有了完美的人性所需要的一切东西。”

不能按照《宣言》的要求‘按照字面和语法上的意义’接受它，所以，在目前的情况下我不能做牧师。”安琪尔说，“关于宗教的问题，我的全部本能就是趋向于将它重新改造，让我引用你所喜爱的《希伯莱书》中的几句话吧，‘那些被震动的都是受造之物，都要挪去，使那不被震动的常存’。”①

他的父亲伤心无比，安琪尔见了心里感到非常难受。

“要是你不为上帝的光辉和荣耀服务，那么我和你母亲省吃俭用、吃苦受罪地供你上大学，还有什么用处呢？”他的父亲把这话说了一遍又一遍。

“可以用来为人类的光辉和荣耀服务啊，爸爸。”

如果安琪尔继续坚持下去，也许他就可以像两个哥哥一样去剑桥了。但是牧师的观点完全是一种家庭传统，就是仅仅把剑桥这个学府当作进入教会的一块垫脚石。他心中的思想是那样根深蒂固，所以生性敏感的儿子开始觉得，他要再坚持下去就好像是侵吞了一笔委托财产，对不起他虔诚的父母，正如他的父亲暗示的那样，他们过去和现在都不得不节衣缩食，以便实现供养三个儿子接受同样教育的计划。

“我不上剑桥大学也行，”安琪尔后来说，“我觉得在目前情况下，我没有权利进剑桥大学。”

这场关键性的辩论结束了，它的影响不久也显现出来。多少年来，他进行了许多漫无边际的研究，尝试过多次杂乱无章的计划，进行过无数毫无系统的思考，开始对社会习俗和礼仪明显表现出满不在乎的态度。他越来越鄙夷地位、财富这种物质上的差别。在他看来，即使“古老世家”（使用近来故去的一个本地名人的字眼儿）也没有了香味，除非它的后人能有新的良好变化。为了使这种严酷单调的生活得到平衡，他就到伦敦去住，要看看伦敦的世界是什么样子，同时也为了从事一种职业或者生意在那儿进行锻炼，他在那

---

① 见《圣经·希伯莱书》第十二章二十七节。

儿遇上了一个年纪比他大得多的女人，被她迷昏了头脑，差一点儿掉进她的陷阱，幸好他摆脱开了，没有因为这番经历吃了大亏。

他的幼年生活同乡村幽静生活的联系，使他对现代城市生活生出一种不可抑制的几乎是非理性的厌恶来，因此也使他同另一种成功隔离开来，使他既不愿从事精神方面的工作，也不愿立志追求一种世俗的职业。但是他不能不做一件工作；他已经虚度了许多年的宝贵光阴，后来认识了一个在殖民地务农而发达起来的朋友，因此他想到这也许是一条正确的途径。在殖民地，在美国，或者在国内务农——通过认真地学习务农，无论如何，在学会了这件事之后——也许务农是使他得到独立的一种职业，而不用牺牲他看得比可观的财产更为宝贵的东西，即精神自由。

因此，我们就看到安琪尔·克莱尔在二十六岁时来到泰波塞斯，做一个学习养牛的学徒，同时，因为附近找不到一个舒适的住处，所以他吃住都和奶牛场的老板在一起。他的房间是一个很大的阁楼，同整个牛奶房的长度一样长。奶酪间里有一架楼梯，只有从那儿才能上楼去，阁楼已经关闭了很长时间，他来了以后才把它打开作他的住处。克莱尔住在这儿，拥有大量空间，所有的人都睡了，奶牛场的人还听见他在那儿走来走去。阁楼的一头用帘子隔出了一部分，里面就是他的床铺，外面的部分则被布置成一个朴素的起居室。

起初他完全住在楼上，读了大量的书，弹一弹廉价买来的一架旧竖琴，在他感到心情苦恼无奈的时候，就说有一天他要在街上弹琴挣饭吃。可是后来不久，他就宁肯下楼到那间大饭厅里去体察人生，同老板、老板娘和男女工人一起吃饭了，所有这些人一起组成了一个生动的集体。只有很少的挤奶工人住在奶牛场里，但是同牛奶场老板一家吃饭的人倒有好几个。克莱尔在这儿住的时间越长，他同他的伙伴们的隔阂就越少，也越愿意同他们多增加相互的往来。

使他大感意外的是，他的确真的喜欢与他们为伍了。他想象中的世俗农夫——报纸上所说的典型人物，著名的可怜笨伯霍吉①——他住下来没有几天就从他心中消失了。同他们一接近，霍吉是不存在的。说真的，起初克莱尔从一个完全不同的社会来到这里，他感到同他朝夕相处的这些朋友待在一起似乎有点儿异样。作为奶牛场老板一家人中的一个平等成员坐在一起，他在开头还觉得有失身份。他们的思想观念、生活方式和周围的环境似乎都是落后的、毫无意义的。但是他在那儿住下来，同他们天天生活在一起，于是寄居在这儿的这个眼光敏锐的人，就开始认识到这群平常人身上的全新的一面。虽然他看到的人并没有发生什么变化，但是丰富多采却已经取代了单调乏味。老板和老板娘、男工和女工都变成了克莱尔熟悉的朋友，他们像发生化学变化一样开始显示出各自不同的特点。他开始想到帕斯卡说过的话："一个人自身的心智越高，就越能发现别人的独特之处。平庸的人是看不出人与人之间的差别的。"② 典型的没有变化的霍吉已经不存在了。他已经分化了，融进了大量的各色各样的人中间去了——成了一群思想丰富的人，一群差别无穷的人。有些人快乐，多数人沉静，还有几个人心情忧郁，其间也有聪明程度达到天才的人，也有一些人愚笨，有些人粗俗，有些人质朴；有些人是沉默无声的弥尔顿式的人物，有些人则是锋芒毕露的克伦威尔式的人物③。他们就像他认识自己的朋友一样，相互之间都有着自己的看法；他们也会相互赞扬，或者相互指责，或者因为想到各自的弱点或者缺点而感到好笑和难过；他们都按照各自的方式在通往尘土的死亡道路上走着。

---

① 霍吉(Hodge)，对乡下人典型的粗俗称呼。哈代1883年在《朗曼杂志》发表《多塞特的劳工》一文，文章开头说："我们发现有人一本正经地拿一个可怜的笨蛋来代表农民，这个人物的名字就叫霍吉。"哈代在文章中表明他是拥护霍吉的人。

② 帕斯卡(Pascal，1623—1662)，法国数学家和哲学家，引文引自其《沉思录》"总序"。

③ 该文出自于英国诗人托玛斯·葛雷的《墓园挽歌》一诗的第十五节。

出乎意料的是，他开始喜爱户外的生活了，这倒不是由于户外的生活对自己选择的职业有关系，而是因为户外生活本身，由于户外生活给他带来的东西。从克莱尔的地位来看，他已经令人惊奇地摆脱了长期的忧郁，那种忧郁是因为文明的人类对仁慈的神逐渐丧失信心而产生的。近些年来，他能够第一次按照自己的意思读他喜爱的书了，而不用考虑为了职业去死记硬背，因为他认为值得熟读的几本农业手册，根本用不了多少时间。

他同过去的联系越来越少了，在人生和人类中间发现了一些新的东西。其次，他对过去只是模模糊糊地知道的外界现象更加熟悉了——如四季的变幻、清晨和傍晚、黑夜和正午、不同脾性的风、树木、水流、雾气、幽暗、静寂，还有许多无生命事物的声音。

清早的气温仍然凉得很，所以在他们吃早饭的那间大房子里生上了火，大家感到适意。克里克太太认为克莱尔温文尔雅，不宜于坐在他们的桌子上同大家在一起吃饭，就吩咐让人把他的盘子和一套杯子和碟子摆在一块用铰链连起来的搁板上，所以吃饭的时候他总是坐在大张着口的壁炉旁边。阳光从对面那个又长又宽的直棂窗户里射进来，照亮了他坐的那个角落，壁炉的烟囱里也有一道冷蓝色的光线照进来，每当想要读书的时候，他就可以在那儿舒舒服服地读书了。在克莱尔和窗户中间，有一张他的伙伴们坐着吃饭的桌子，他们咀嚼东西的身影清清楚楚地映在窗户的玻璃上。房子一边是奶房的门，从门里面看进去，可以看见一排长方形的铅桶，里面装满了早晨挤出来的牛奶。在更远的一头，可以看见搅黄油的奶桶在转动着，也听得见搅黄油的声音——从窗户里看过去，可以看出奶桶是由一匹马拉着转动的，那是一匹没精打采的马，在一个男孩的驱赶下绕着圈走着。

在苔丝来后的好几天里，克莱尔老是坐在那儿聚精会神地读书，读杂志，或者是读他刚收到的邮局寄来的乐谱，几乎没有注意到桌子上苔丝的出现。苔丝说话不多，其他的女孩子又说话太多，所以在那一片喧哗里，他心里没有留下多了一种新的说话声的印象，而且他也只习惯于获得外界的大致印象，而不太注意其中的细节。但是有一天，他正在熟悉一段乐谱，并在头脑里集中了他的全部想象力欣赏这段乐谱的时候，突然走了神，乐谱掉到了壁炉的边上。那时已经做完了早饭，烧过了开水，他看见燃烧的木头只剩下一点火苗还在跳动着，快要熄灭了，似乎在和着他内心的旋律跳吉尔舞。他还看见从壁炉的横梁或十字架上垂下来的两根挂钩，钩子沾满了烟灰，也和着同样的旋律颤抖着，钩子上的水壶已经空了一半，在用低声的倾诉和着旋律伴奏。桌子上的谈话混合在他幻想中的管弦乐曲里，他心里想："在这些挤奶女工中间，有一个姑娘的声音多么清脆悦耳呀！我猜想这是一个新来的人的声音。"

克莱尔扭头看去，只见她同其他的女工坐在一起。

她没有向他这边看。实在的情形是，因为他在那儿坐了很久，默不做声，差不多已经被人忘记了。

"我不知道有没有鬼怪，"她正在说，"但是我的确知道我们活着的时候，是能够让我们的灵魂出窍的。"

奶牛场的老板一听，惊讶得合不上嘴，转过身看着她，眼睛里带着认真的询问。他把手里拿的大刀子和大叉子竖在桌子上（因为这儿的早餐是正规的早餐），就像是一副绞刑架子。

"什么呀——真的吗？真的是这样吗，姑娘？"他问。

"要觉得灵魂出窍，一种最简单的方法，"苔丝继续说，"就是晚上躺在草地上，用眼睛紧紧盯着天上某颗又大又亮的星星，你把思想集中到那颗星星上，不久你就会发现你离开自己的肉体有好几千里路远了，而你又似乎根本不想离开那么远。"

奶牛场老板把死死盯在苔丝身上的目光移开，盯在他的妻子身上。

"真是一件怪事，克里丝蒂娜，你说是不是？想想吧，我这三十年来在星空中走了多少里路啊，讨老婆，做生意，请大夫，找护士，一直到现在，一点儿也没有注意到灵魂出窍，也没有感觉到我的灵魂曾经离开过我的衣领半寸。"

所有的人都把目光集中到了她的身上，其中也包括奶牛场老板的学徒的目光，苔丝的脸红了，就含含糊糊地说这只不过是一种幻想，说完了又接着吃她的早饭。

克莱尔继续观察她，不久她就吃完了饭，感觉到克莱尔正在注意她，就像一只家畜知道有人注意自己时感到的紧张那样，开始用她的食指在桌布上画着她想象中的花样。

“那个挤奶的女工，真是一个多么新鲜、多么纯洁的自然女儿啊！”他自言自语地说。

后来，他似乎在她的身上了解到一些他所熟悉的东西，这些东西使他回忆起欢乐的不能预知未来的过去，回忆起从前顾虑重重天空昏暗的日子。他最后肯定他从前见过她，但是他说不出在哪儿见过她。肯定是有一次在乡下漫游时偶然相遇的，因而他对此并不感到十分奇怪。但是这情形已经足以使他在希望观察身边这些女性时，选择苔丝而宁愿放弃别的漂亮女孩子了。

第十九章

一般说来，给母牛挤奶是由不得自己选择的，也由不得自己的喜爱，碰上哪一头就挤哪一头。可是某些奶牛却喜欢某个特定人的手，有时候它们的这种偏爱非常强烈，如果不是它们喜欢的人，根本就不站着让你挤奶，还毫不客气地把它们不熟悉的人的牛奶桶踢翻。

奶牛场老板有一条规矩，就是坚持通过不断地变换人手，来打破奶牛这种偏爱和好恶的习惯，因为不这样做，一旦挤奶的男工和女工离开了奶牛场，他就会陷入困难的境地。可是，那些挤奶女工个人的心愿却同奶牛场老板的规矩相反，要是每个姑娘天天都挑她们已经挤习惯了的那八头或十头奶牛，挤它们那些她们已经感到顺手的奶头，她们就会感到特别轻松容易。

苔丝同她的伙伴们一样，不久也发现喜欢她的挤奶方式的那几头牛。在最后两三年里，有时候她长时间地待在家里，一双手的手指头已经变得娇嫩了，因此她倒愿意去迎合那些奶牛的意思。在全场九十五头奶牛中，有八头特别的牛——短胖子、幻想、高贵、雾气、老美人、小美人、整齐、大嗓门——虽然有一两头牛的奶头硬得好像胡萝卜，但是她们大多数都乐意听她的，只要她的手指头一碰奶头，牛奶就流了出来。但是她知道奶牛场老板的意思，所以除了那几头她还对付不了的不容易出奶的牛而外，只要是走到她的身边的奶牛，她都认真地为它们挤奶。

后来不久，她发现奶牛排列的次序表面上看起来是偶然的，但是同她的愿望又能奇怪地一致，关于这件事，她感到它们的次序决不是偶然的结果。近来，奶牛场老板的学徒一直在帮忙把奶牛赶到一起，在第五次或第六次的时候，她靠在奶牛的身上，转过头来，用满是狡黠的追问眼光看着他。

"克莱尔先生，是你在安排这些奶牛吧！"她说话的时候，脸上一红。她在责备他的时候，虽然她的上嘴唇仍然紧紧地闭着，但是她又轻轻地张开她的上嘴唇，露出可爱的微笑来。

"啊，这并没有什么不同，"他说，"你只要一直在这儿，这些奶牛就会由你来挤。"

"你是这样想的吗？我的确希望能这样！但我又的确不知道。"

她后来又对自己生起气来，心想，他不知道她喜欢这儿的隐居生活的严肃理由，有可能把她的意思误解了。她对他说话的时候那样热情，似乎在她的希望中有一层意思就是在他的身边。她心里非常不安，到了傍晚，她挤完了奶，就独自走进园子里，继续后悔不该暴露自己发现了他对她的照顾。

这是六月里一个典型的傍晚，大气的平衡达到了精细的程度，传导性也十分敏锐，所以没有生命的东西也似乎有了两三种感觉，如果说没有五种的话。远近的界线消失了，听者感觉到地平线以内的一切都近在咫尺。万籁俱寂，这给她的印象与其说是声音的虚无，不如说是一种实际的存在。这时传来了弹琴声，寂静被打破了。

苔丝过去听见过头上阁楼里的那些琴声。那时的琴声模糊、低沉、被四周的墙壁挡住了，从来没有像现在那样令她激动，琴声在静静的夜空里荡漾，质朴无华，就像赤裸裸的一样。肯定地说，无论是乐器还是演奏都不出色。不过什么都不是绝对的，苔丝听着琴声，就像一只听得入迷的小鸟，离不开那个地方了。她不仅没有离开，而且走到了弹琴人的附近，躲在树篱的后面，免得让他猜出她藏在那儿。

苔丝发现她躲藏的地方是在园子的边上，地上的泥土已经许多年没有耕种了，潮湿的地上现在长满了茂密的多汁的杂草，稍一碰杂草，花粉就化作雾气飞散出来。又高又深的杂草开着花，散发出难闻的气味——野花有红的、黄的和紫的颜色，构成了一幅彩色的图画，鲜艳夺目，就像是被人工培植出来的花草一样。她像一只猫悄悄地走着，穿过这片茂密的杂草，裙子上沾上了杜鹃虫的粘液，脚下踩碎了蜗牛壳，两只手上也沾上了蓟草的浆汁和蛞蝓的粘液，被她擦下来的树霉一样的东西，也沾到了她裸露的手臂上，这种树霉长在苹果树干上像雪一样白，但是沾到她的皮肤上就变成了像茜草染成的斑块。她就这样走到离克莱尔很近的地方，不过克莱尔却看不见她。

苔丝已经忘记了时间的运行，忘记了空间的存在。她过去曾经描述过，通过凝视夜空的星星就能随意生出灵魂出窍的意境，现在她没有刻意追求就出现了。随着那架旧竖琴的纤细的音调，她的心潮起伏波动，和谐的琴音像微风一样，吹进了她的心中，感动得她的眼睛里充满了泪水。那些飘浮的花粉，似乎就是他弹奏出来的可见的音符，花园里一片潮湿，似乎就是花园受到感动流出的泪水。虽然夜晚快要降临了，但是气味难闻的野草的花朵，却光彩夺目，仿佛听得入了迷而不能闭合了，颜色的波浪和琴音的波浪，相互融合在一起。

那时仍然透露出来的光线，主要是从西边一大片云彩中的一个大洞中产生出来的，它仿佛是偶然剩余下来的一片白昼，而四周已经被暮色包围了。他弹完了忧郁的旋律，他的弹奏非常简单，也不需要很大的技巧。苔丝在那儿等着，心想第二支曲子也许就要开始了。可是，他已经弹得累了，就漫无目的地绕过树篱，慢慢向她身后走来。苔丝像被火烤了一样满脸通红，好像根本无法移动一步，就悄悄躲在一边。

但是，安琪尔已经看见了她那件轻盈的夏衣，开口说话了。虽然他离开她还有一段距离，但是她已经听到了他的低沉的说话声。

“你为什么那样躲开了，苔丝？”他说，“你害怕吗？”

“啊，不，先生……不是害怕屋子外面的东西，尤其是现在，苹果树的花瓣在飘落，草木一片翠绿，这就更用不着害怕了。”

“但是屋子里有什么东西使你感到害怕，是吗？”

“唔——是的，先生。”

“害怕什么呢？”

“我也说不太明白”

“怕牛奶变酸了吗？”

“不是。”

“总之，害怕生活？”

“是的，先生。”

“哦——我也害怕生活，经常怕。生活在这种境遇里真是不容易，你是不是这样认为？”

“是的——现在你这样明明白白地一说，我也是这样认为的。”

“谁说都一样，我真没有想到一个像你这样的年轻女孩子，也会这样看待生活，你是怎样认识到的呢？”

她犹犹豫豫地，不作回答。、

“说吧，苔丝，相信我，对我说吧。”

她心想他的意思是说她怎样看事物的各个方面，就羞怯地回答说——

“树木也都有一双探索的眼睛，是不是？我是说，它们似乎有一双眼睛。河水也似乎在说话，——‘你为什么看着我，让我不得安宁？’你似乎还会看到，无数个明天在一起排成了一排，它们中间的第一个是最大的一个，也是最清楚的一个，其他的一个比一个小，一个比一个站得远。但是它们都似乎十分凶恶，十分残忍，它们好像在说，‘我来啦！留神我吧！留神我吧！’……可是你，先生，却能用音乐激发出梦幻来，把所有这些幻影都通通赶走了！”

他惊奇地发现这个年轻的女孩子——虽然她不过是一个挤牛奶

的女工，却已经有了这种罕有的见解了，这也使得她与其他的同屋女工不同——她竟有了一些如此忧伤的想法。她是用自己家乡的字眼儿表达的——再加上一点儿在标准的六年小学中学到的字眼——她表达的也许差不多是可以被称作我们时代的感情的那种感情，即现代主义的痛苦。他想到，那些所谓的先进思想，大半都是用最时髦的字眼加以定义——使用什么“学”或什么“主义”，那么许多世纪以来男男女女模模糊糊地领会到的感觉，就会被表达得更加清楚了，想到这里，他也就不太注意了。

但是，仍然叫人感到奇怪的是，她这样年轻就产生了这样的思想。不仅仅只是奇怪，还叫人感动，叫人关心，叫人悲伤。用不着去猜想其中的缘由，他也想不出来，经验在于阅历的深浅，而不在于时间的长短。从前苔丝在肉体上遭受到痛苦，而现在却是她精神上的收获。

在苔丝这一方面，她弄不明白，一个人生在牧师的家庭，受过良好的教育，又没有什么物质上的缺乏，为什么还要把生活看成是一种不幸。对她这样一个苦命的朝圣者来说，这样想自有充足的理由。可是他那样一个让人羡慕和富有诗意的人，怎么会掉进耻辱谷[①]中呢,怎么也会有乌兹老人[②]一样的感情呢——他的感觉就同她两三年前的感觉一样——“我宁愿上吊，宁愿死去，也不愿活着。我厌恶生命，我不愿意永远活着。”

的确，他现在已经离开学校了。但是苔丝知道，那只是因为他要学习他想学习的东西，就像彼得大帝到造船厂里去学习一样。他要挤牛奶并不是因为他非要挤牛奶不可，而是因为他要学会怎样做

---

① 耻辱谷（Valley of Humiliation），英国作家班扬（John Bunyan，1628—1688）在其所著小说《天路历程》中所提的一个地方。

② 乌兹老人（the man of Uz），《旧约·约伯记》第一章说，乌兹这个地方有一个老人名叫约伯，敬畏上帝，远离罪恶。上帝要试其心，便把灾祸降给他，于是约伯诅咒自己的生日，说不如死了的好。

一个富有的、兴旺发达的奶牛场老板、地主、农业家和畜牧家。他要做一个美国或澳大利亚的亚伯拉罕[1],就像一个国王一样统管着他的羊群和牛群，或是长有斑点或斑纹的羊群和牛群，还有大量的男女仆人。不过有的时候，似乎她也难以理解，他这样一个书生气十足、爱好音乐和善于思索的年轻人，为自己选择的竟是做一个农民，而不是像他的父亲和哥哥一样去当牧师。

因此，他们对于各自的秘密谁也没有线索，谁也不想打听对方的历史，各自都为对方的表现感到糊涂，都等着对各自的性格和脾性有新的了解。

每一天，每一小时，他都要多发现一点点儿她性格中的东西，在她也是如此。苔丝一直在努力过一种自我克制的生活，不过她却一点儿也没有想到自己的生命活力有多么强大。

起先，苔丝把安琪尔·克莱尔看成一个智者，而没有把他看成一个普通的人。她就这样把他拿来同自己作比较，每当她发现他的知识那样丰富，她心中的见解又是那样浅薄的时候，要是同他的像安地斯山一样的智力相比，她就不禁自惭形秽，心灰意冷，再也不愿作任何努力了。

有一天，他同她偶尔谈起了古代希腊的田园生活，也看出了她的沮丧。在他谈话的时候，她就一边采坡地上名叫“老爷和夫人”的花的蓓蕾。

“为什么你一下子就变得这样愁容满面了？”他问。

“哦，这只是——关于我自己的事，”她说完，苦笑了一下，同时又断断续续地动手把“夫人”的花蕾剥开。“我只不过想到了可能发生在我身上的事！看来我命中机运不好，这一生算是完了！我一看见你懂得那样多，读得那样多，阅历那样广，思想那样深刻，我就感到自己一无所知了！我就好像是《圣经》里那个可怜的示巴女

① 亚伯拉罕（Abraham），《圣经》中的人物，希伯莱人的始祖，养有大量牛群。

王，所以再也没有一点儿精神了。”

“哎呀，你快不要自寻苦恼了！唉。”他热情地说，“亲爱的苔丝，只要能够帮助你，我是别提有多高兴啦，你想学历史也好，你想念书也好，我都愿意帮你——”

“又是一个‘夫人’。”她举着那个被她剥开的花蕾插嘴说。

“你说什么呀？”

“我是说，我剥开这些花蕾的时候，‘夫人’总是比‘老爷’多。”

“不要去管什么‘老爷’‘夫人’了。你愿不愿意学习点功课，比如说历史？”

“有的时候我觉得，除了我已经知道的东西以外，就不想知道更多的东西了。”

“为什么？”

“知道了又怎么样呢，只不过是一长串人中的一个，只不过发现某本古书中有一个和我一样的人，只不过知道我要扮演她的角色，让我难过而已。最好不过的是，不要知道你的本质，不要知道你过去的所作所为和千千万万人一样，也不要知道你未来的生活和所作所为也和千千万万的人一样。”

“那么，你真的什么都不想学吗？”

“我倒想学一学为什么——为什么太阳都同样照耀好人和坏人，”她回答说，声音里有点儿发抖，“不过那是书本里不会讲的。”

“苔丝，不要这样苦恼！”当然，他说这话的时候，是出于一种习惯的责任感，因为在过去他自己也不是没有产生过这样的疑问。在他看着她那张纯真自然的嘴和嘴唇的时候，心想，这样一个乡下女孩子会有这种情绪，只不过是照着别人的话说罢了。她继续剥着名叫“老爷和夫人”花的花蕾，垂着头，一双眼睛看着自己的脸颊，克莱尔盯着她那像波浪一样卷曲的眼睫毛看了一会儿，才恋恋不舍地走了。他走了以后，她又在那儿站了一会儿，心思重重地剥完最后一个花蕾，然后，她像从睡梦中醒来一样，心烦意乱地把手中的花蕾和其他所有的高贵花蕾扔到地上，为自己刚才的幼稚大为不快，同时她的心中也生出一股热情。

他一定心里认为她多么愚蠢呀！为了急于得到他的好评，她又想到了她近来已经努力忘掉了的事情，想到了那件后果叫人伤心的事情——想到了她的家和德贝维尔骑士的家是一家。它们之间缺乏相同的表征，它的发现在许多方面已经给她带来了灾难，也许，克莱尔作为一个绅士和学习历史的人，如果他知道在金斯伯尔教堂里那些珀贝克大理石和雪花石雕像是真正代表她的嫡亲祖先的，知道她是地地道道的德贝维尔家族的人，知道她不是那个由金钱和野心构成的假德贝维尔,他就会充分尊重她,从而忘了她剥“老爷和夫人”花蕾的幼稚行为。

但是在冒险说明之前，犹豫不决的苔丝间接地向奶牛场老板打听了一下这件事可能对克莱尔先生产生的影响，她问奶牛场老板，如果一个本郡的古老世家既没有钱也没有产业，克莱尔先生是不是还会尊重。

“克莱尔先生，”奶牛场老板强调说，“他是一个你从来没听说过的最有反抗精神的怪人——一点儿也不像他家里的其他人，有一件事他是最讨厌不过的，那就是什么古老世家了。他说，从情理上讲，古老世家在过去已经用尽了力气，现在他们什么也没有剩下了。你看什么比勒特家、特伦哈德家、格雷家、圣昆丁家、哈代家，还有高尔德家，从前在这个山谷里拥有的产业有好几英里，而现在你差不多花一点儿小钱就可以把它们买下来。你问为什么，你知道我们这儿的小莱蒂·普里德尔，他就是帕里德尔家族的后裔——帕里德尔是古老的世家，新托克的王家产业现在是威塞克斯伯爵的了，而从前却是帕里德尔家的，可从前没有听说过威塞克斯伯爵家啊。唔，克莱尔先生发现了这件事，还把可怜的小莱蒂嘲笑了好几天呢。‘啊！’他对莱蒂说，‘你永远也做不成一个优秀的挤奶女工的！你们家的本领在几十辈人以前就在巴勒斯坦用尽了，你们要恢复力气做事情，就得再等一千年。’又有一天，有个小伙子来这儿找活儿干，说他的名字叫马特，我们问他姓什么，他说他从来没有听说他有什么姓，我们问为什么，他说大概是他们家建立起来的时间还不够长吧。‘啊！你正是我需要的那种小伙子呀！’克莱尔说，跳起来去同他握手，‘你将来一定大有前途！’他还给了他半个克朗呢。啊，他是不吃古老世家那一套的。”

可怜的苔丝在听了对克莱尔思想的形容和描述后，暗自庆幸自己没有在软弱的时候对自己的家族吐露出一个字——虽然她的家族不同寻常地古老，差不多都要转一圈了，又要变成一个新的家族了。另外，还有一个挤奶的姑娘在家世方面似乎和她不相上下。因此，她对德贝维尔家族的墓室，对她出生的那个征服者威廉的骑士家族，都闭口不提。她对克莱尔的性格有了这种了解以后，她猜想她之所以引起他的兴趣，大半是他认为她不是一个古老世家，而是一个新家。

第二十章

季节向前发展了，成熟了。在新的一年里，鲜花、树叶、夜莺、画眉、金翅雀，以及诸如此类的生命短暂的生物，都出现在它们各自的岗位上了，仅仅在一年以前，这些位置都被其他的生物占据着，而它们不过只是一些胚芽和无机体的分子。在朝阳的光照下，苞芽滋生了，长出了长条，汁液在无声的溪流中奔涌，花瓣绽开了，在无形的喷吐和呼吸中把香气散发出去。

奶牛场老板克里克奶牛场里挤奶的男女工人们，生活得舒舒适适的，平平静静的，甚至是快快活活的。在整个社会的所有工作岗位中，他们的岗位也许是最快乐的，因为同结束了贫困的人相比，他们还在其上，但是他们又不如另外那个阶层的人，而那个阶层的人因为要遵守社会礼仪而开始压抑天然感情，为了追赶时髦又弄得入不敷出，不得不承受捉襟见肘的压力。

当树木似乎变成户外最集中的事物时，树叶生长的季节就这样过去了。苔丝和克莱尔都在无意中相互捉摸，一直处在一种激情的边缘之上，但是他们显然又在压制着自己的感情，不让它迸发出来。他们受到不可抗拒的自然法则的支配，一直在向一起聚合，非常像一个山谷中流在一起的两条溪流。

近几年来，苔丝的生活从来没有像现在这样快乐过，也可能再也不会像现在这样快乐了。在新的环境里，她在身心两个方面都感到很融洽。她像一棵幼树，在原先栽种的地方，已经把根扎进了有毒的土层里，而现在已经被移植到深厚的土壤里了。另外，她和克莱尔也还处在好感和爱恋之间的不稳固的土壤上。还没有达到一定的深度，也没有什么难以解决的思虑和让人烦恼的问题。“这股新的爱潮要把我带到哪里去？它对我未来的前途意味着什么？它对我的过去又是怎样的？”

到目前为止，在安琪尔·克莱尔看来，苔丝只不过是一种偶然的现象——一个让人感到温暖的玫瑰色幻影，在他的意识里，这个幻影也只是刚刚具有了驱赶不开的性质。因此他只好容许她在他的思想中存在，认为自己这种专注的心情，只不过是一个哲学家对一个极其新颖、艳丽和有趣的妇女典型的关注而已。

他们继续不断地见面，他们无法克制自己。他们每天都在那个新奇庄严的时刻里见面，也就是在朦胧的晨光里、在紫色的或粉红色的黎明里见面，因为在这儿必须早起，要起得非常早。牛奶是要准时挤完的，在挤牛奶之前还要撇奶油，这都是在三点刚过就要开始的。他们通常是通过抽签在他们中间选好一个人，这第一个人先由一架闹钟叫醒，然后再由他叫醒其他的人。由于苔丝是最近才来的，不久他们又发现她不像其他的人那样，要依靠闹钟才能睡觉，因此这项把人叫醒的任务大多就托付给她。三点钟刚刚敲响，苔丝就走出房间，先跑到老板的房门前叫醒老板，然后从楼梯上楼来到安琪尔的房门前，低声把他叫醒，最后才叫醒她的女伙伴们。在苔丝穿好衣服的时候，克莱尔已经下了楼，走进了屋外的潮湿空气里。其他的挤奶女工和老板自己，通常都要在床上多躺一会儿，要过了一刻钟才会露面。

在破晓的时刻和黄昏的时刻，虽然它们明暗的程度都是一样的，但是它们半灰的色调却不尽相同。在清早的晨曦里，亮光活跃，黑暗消极；在黄昏的暮霭里，活跃的不断增强的却是黑暗，昏倦沉寂的反而是亮光。

由于他们经常是奶牛场里起得最早的两个人——可能从来就不是偶然——因此他们觉得自己就是全世界起得最早的两个人。在苔丝刚在这儿住下的最初的日子里，她不撇奶油，但是她起床后就立即走出门外，安琪尔总是在外面等着她。空旷的草地上弥漫着半明半暗的、明暗混合的和带着水汽的光线，给他们留下的印象是一种孤独的感觉，似乎他们就是亚当和夏娃。在一天中这个朦胧的最初的阶段，克莱尔觉得苔丝似乎在性格和形体两个方面都表现出一种尊贵和庄严，那几乎就是一种女王的力量，也可能是因为他知道，在外貌上像苔丝那样天赋丽质的女子，都不大会在这个奇异的时刻里走进露天里来，走进他的视线的范围以内，这在全英国是非常少的。在仲夏的黎明里，漂亮的女人总是还沉睡在睡梦里。她就在自己的身边，而别的女子他不知道哪儿才有。

在这种明暗混合的奇异的朦胧曙光里，他们一起走到奶牛伏卧的地方，这常常使安琪尔想到了耶稣复活①的时刻。他很少想到走在他身边的也许是个抹大拉女人②。当所有的景物都沐浴在明暗相宜的色调中的时候，他的同伴的脸就成了他眼睛注意的中心，那张脸从层层雾霭中显露出来，脸上似乎染上了一层磷光。她看上去像一个幽灵，仿佛只是一个自由的灵魂。实际上是来自东北方向的白天清冷的光线照到了她的脸上，不过不太明显而已，而他自己的脸，虽然他自己并没有想到，但在苔丝看来也是同样的光景。

正如先前说过的那样，从那个时候开始，苔丝才给了他最为深刻的印象。她不再是一个挤牛奶的女工了，而是一种空幻玲珑的女性精华——是全部女性凝聚而成的一个典型形象。他用半开玩笑的

---

① 耶稣复活（Resurrection），见《旧约·约翰福音》第二十章第一节。

② 抹大拉女人（Magdalen），指堕落女人，见《圣经·马可福音》第十六章第十节。

口气叫她阿耳忒弥斯和德墨忒耳[①]，还叫她其他一些幻想中的名字，但是苔丝不喜欢，因为她听不懂。

“叫我苔丝吧。”她说，斜了他一眼，而他也就照办了。

后来天渐渐亮了，她的面容就变得只是一个女子的面容了，从给人福佑的女神的面容转而变成了渴望福佑的人的面容了。

在这些非人世间的时刻里，他们才能走到离那些水鸟很近的地方。一群苍鹭高声大叫着飞来，那叫声就像开门开窗户的声音，它们是从草地旁边它们常常栖身的树林中间飞来的。或者，如果它们已经飞到了这儿，它们就坚决地停在水里，像一些安装有机械装置的木偶转动一样，缓慢的、水平的和不动感情地转动着它们的脖子，看着这一对情人从它们旁边走过。

后来，他们看见稀薄的夏雾，一层层一片片地飘浮在草地上，还没有消散，薄雾像羊毛似的，平展地铺在地面上，显然还没有床罩厚。在布满白露的草地上，有晚上奶牛躺卧后留下的印迹——在露珠构成的汪洋大海里，它们就是由干草形成的一些深绿色岛屿，和奶牛的身体一般大小。在小岛和小岛之间，有一条蜿蜒曲折的小路把它们连接起来，那是奶牛起来后走出去吃草留下来的，在小路的尽头一定可以找到一头奶牛；当奶牛认出他们时，鼻子里就发一声哼，喷出一股热气，在那一大片薄雾中间，又形成了一小块更浓的雾气。接着他们就根据当时的情形，把牛赶回院子，或者坐在那儿为它们挤奶。

有时候，夏雾弥漫了全谷，草地就变成了白茫茫的大海，里面露出来几棵稀稀落落的树木，就像海中危险的礁石。小鸟也会从雾气中飞出来，一直飞到高空中发光的地方，停在半空中晒太阳，或者，它们降落在把草地隔离起来的湿栏杆上，这时的栏杆闪闪发亮，像玻璃棒一样。苔丝的眼睫毛上，也挂满了由漂浮的雾气凝结而成的

① 阿耳忒弥斯（Artemis）和德墨忒耳（Demeter），希腊女神。阿耳忒弥斯为狩猎女神，德墨忒耳为丰产和农业女神。

细小钻石，她的头发上的水珠，也好像一颗颗珍珠一样。天越来越亮，阳光越来越普遍，苔丝身上的露珠被晒干了，而且，苔丝也失去了她身上那种奇异缥缈的美。她的牙齿、嘴唇和眼睛，都在阳光里闪烁，她又只不过是一个光艳照人的挤奶女工了，不得不自己坚持着去同世界上其他的女人竞争。

大约在这个时候，他们听到了奶牛场老板克里克说话的声音，责备那些不住在奶牛场里的工人来晚了，又骂年老的德波娜·费安德尔没有洗手。

“我的老天啦，把你的双手放在水龙头下洗洗吧，德布！我敢肯定，要是伦敦人知道了你，知道了你那种肮脏样子，他们喝牛奶、吃黄油一定比现在更加细心了，我已经说得够多了。”

挤牛奶进行着，挤到快结束的时候，苔丝、克莱尔和其余的人，听见了克里克太太把吃早饭的沉重桌子从厨房的墙边拖出来的声音，这是每次吃饭一成不变的例行公事。吃完了饭，收拾好桌子，随着桌子被拖回原处，又听到了同样难听的刺耳声。

第二十一章

刚吃过早饭，牛奶房里就一番混乱。搅黄油的机器照常运转着，但是黄油就是搅不出来。只要出现了这种事，奶牛场就瘫痪了。装在大圆桶里的牛奶不停地稀里哗啦地响着，但就是听不到他们盼望听到的出黄油的声音。

奶牛场老板克里克和他的太太，住在场内的挤奶姑娘苔丝、玛丽安、莱蒂·普里德尔、伊茨·休特，住在场外茅屋里的结了婚的女工，还有克莱尔先生、约纳森·凯尔、老德波娜以及其他的人，都站在那儿瞪着搅黄油的机器，谁也没有办法。在外面赶马使机器转动的小伙子眼睛瞪得大大的，对这件事情表现得很关心。就是那匹忧伤的马，每走一圈也似乎要用绝望的神气向窗户里看上一眼。

“我没有见到爱敦荒原上的魔术师特伦德尔[①]的儿子，已经有好多年啦！”奶牛场老板痛苦地说，“他同他的父亲比起来，可是差远了。我曾经说过我不相信他，这个话我已经说过五十次了，不过他从人拉的尿中可以预言出一些名堂来倒是真的。但是这次我非得去找他不可了，就是不知道他还活着没有。唉，不错，如果黄油还是

① 魔术师特伦德尔（Conjuror Trendle），哈代在短篇小说《枯萎的胳膊》中也提到这个魔术师。

搅不出来，我一定得去找他了！”

看见奶牛场老板绝望的样子，就连克莱尔先生也开始感到悲哀起来。

“在我小的时候，卡斯特桥那边住着个魔术师，名叫福尔[①]，大家习惯叫他‘大圆圈’，他倒是一个道行高的人，”约纳森·凯尔说，“不过他现在老得不中用了。”

“我的爷爷曾经找过魔术师米顿恩，他住在猫头鹰岗，我听我的爷爷说，他是一个很厉害的人。”克里克先生接着说，“不过眼下找不到他这样有真本事的人了！”

克里克太太心里想的只是眼前的事。

“也许我们屋子里有人在恋爱吧，”她猜测，“我年轻的时候听人说过，有人恋爱就搅不出黄油来。喂，克里克——你还记得几年前我们雇的那个姑娘吧，那时候黄油怎么也出不来——”

“啊，记得，记得！——不过你说得不对。那同恋爱没有关系。那件事我记得清清楚楚——那次是搅黄油的机器坏了。”

他转身朝向克莱尔。

“先生，你不知道，从前我们场里雇了一个搅黄油的工人，名字叫杰克·多洛普，那个婊子养的和梅尔斯托克的一个姑娘搞上了，他以前骗过许多姑娘，后来又把她给骗了。不过他这次遇上了不好对付的一种女人，我不是说的那个姑娘。那一天是耶稣升天节，我们都在这儿，就像现在一样，只是没有搅黄油，我们看见那个姑娘的妈向门口走过来，手里拿着一把包了铜皮的大雨伞，那把雨伞大得打得死一头牛。她嘴里说：‘杰克·多洛普在这儿干活儿吗？——我要找他！我找他算帐来了，这笔帐一定要算！’在母亲后面不远，跟着那个上当的姑娘，手里拿着手绢捂着脸，哭得好不伤心。‘哎呀，

---

① 魔术师福尔（Conjuror Fall），哈代的长篇小说《卡斯特桥市长》中的人物，亨查德曾前往魔术师福尔处询问天气并因判断天气失误而导致在生意竞争中失败。

我的老天，这可糟了！’杰克从窗户里看见了她们，嘴里说，‘她会杀了我的！我躲到哪儿呢——躲到哪儿呢——？千万不要告诉她们我在这儿呀！’他说着话就打开搅黄油的机器的盖子，一头钻了进去，在里面把盖子盖上了，正在这时候，姑娘的妈也冲进了奶房。‘流氓——他躲到哪儿去了？’她说，‘只要我抓住了他，我非要把他的脸抓个稀烂！’她一边把里里外外都搜遍了，一边把杰克骂了个狗血淋头，而杰克躲在搅黄油的机器里，差一点没给闷死。那个可怜的姑娘——不如说是年轻的妇人——站在门边，把眼睛哭得又红又肿。那可怜的样子我一辈子也忘不了，一辈子也忘不了。就是一块大理石，看见了也会被融化的！不过她无论如何也没有找着他。”

奶牛场老板停了嘴，听故事的人说了一两句话加以评论。

克里克老板说故事，常常是似乎说完了，其实并没有真正说完，不知道的人往往上当，以为故事真的说完了，于是感叹起来，但是熟悉他的人都了解他这一点。讲故事的人又继续讲开了——

“唉，我真不知道那老太太怎么那样精，会猜到他就躲在搅黄油的机器里，总之她发现了他躲在机器里面。她一声不吭地抓住了机器的摇把（那时候的机器是用手来摇动的），把机器转动起来，杰克也就开始在里面翻来滚去了。‘哎呀，我的老天呀！把机器停下来吧！让我出来吧！’他从圆桶里伸出头来说，‘你再摇我就要被搅成苹果酱了！’（他是一个胆小的家伙，像他那种人大多都是胆小鬼）。‘你糟蹋了我女儿的清白，除非你答应娶了她，我是不会放你出来的！’老太太说。‘还不停下来，你这个老巫婆！’杰克尖声叫起来。‘你骂我老巫婆，你敢骂我，你这个骗子，’她说，‘这五个月来，你该叫我丈母娘才对！’接着她又摇了起来，杰克的骨头把圆桶碰得哐当直响。嘿，我们中间没有一个人敢去管这件闲事，直到后来他答应娶那姑娘才算完。‘是，是——我一定说话算数！’他说，这样，那一天的事情才算完了。”

听故事的人笑着，评论着，这时候，突然一阵急促的脚步声从他们的身后传来，他们回头看去，只见苔丝脸色灰白，已经走到门口了。

“今天天气真热呀！”苔丝说，声音小得像蚊子叫似的。

那天的天气暖和，所以他们谁也没有想到，她的离去会同奶牛场老板讲的故事联系在一起。老板走到她的前面，为她打开门，善意地嘲讽说——

“哟，我的大小姐（他经常这样亲切地称呼她，却不知道对她正是一种讽刺），你是我们奶牛场最漂亮的挤奶姑娘了。夏天的天气才刚刚开始，你就困乏成这个样子，要是到了三伏天，你就不能在这儿住了，那时候我们就遭殃了。是不是这样的，克莱尔先生？”

“我有点头晕——嗯——我想我到外面来会好些。”她呆板地说，说完就出去了。

幸运的是，旋转着的搅拌桶里的牛奶突然变了调子，这时候从稀里哗啦的声音变成了咕唧咕唧的声音。

“黄油出来了。”克里克太太叫喊起来，于是大家对苔丝的注意就转移开了。

心中痛苦的那个女孩子，表面上看不久也恢复过来了，不过整个下午她都闷闷不乐。傍晚的牛奶挤完以后，她不愿意和其他的人待在一起，就走出门外，独自闲走着，就是连自己也不知道走到哪儿去。她很痛苦——啊，她是这样地痛苦——因为她发现，奶牛场老板的故事在她的伙伴们听来，只不过是一件幽默的笑料，此外再没有别的。除了她自己而外，谁也没有看出故事中的悲伤来，肯定没有人知道，这个故事多么残酷地触及了她经历中最敏感的地方。西下的夕阳此刻在她看来也变得丑恶了，好像是空中出现的一道巨大的红色伤口。只有一只声音嘶哑的芦雀，在河边的树丛中用悲伤机械的音调向她打招呼，就像一个已经没有了友谊的从前的朋友向她打招呼的声音一样。

在六月份白天很长的天气里，挤牛奶的女工们，实际上她们是奶牛场里的大多数，在太阳刚落或在比这更早的时候就上床睡觉了，因为这是牛奶丰产的季节，所以早上挤奶前的工作又早又累。平常苔丝总是陪着她的伙伴们一起上楼。但是今天晚上，苔丝最先回到了她们的公共寝室，等到其他的女工们回到寝室的时候，她已经朦朦胧胧地睡去了。她被吵醒了，看见她们在夕阳的橘黄色光照里脱掉衣服，身上也染上了夕阳的橘黄颜色。她又在朦胧中睡过去了，不过也给她们的说话声吵醒了，就悄悄地转过头看着她们。

她的三个伙伴一个也没有上床睡觉。她们穿着睡衣，光着脚，一起站在窗前，夕阳最后的红色残照，仍然在温暖着她们的面颊、脖子和身后的墙壁。她们三个人把脸挤在一起，饶有兴趣地注视着花园里某个人。在她们中间，一个是一张快活的圆脸，一个是长着黑头发的灰白脸，还有一个是长着红褐色鬈发的白净脸。

"不要挤！你和我一样看得见。"那个长着红褐色鬈发的姑娘最年轻，名叫莱蒂，嘴里说着话，眼睛并没有离开窗户。

"你跟我一样，爱他是没有用的，莱蒂·普里德尔。"说话的人名叫玛丽安，年纪最大，长着一张快活脸。她调侃地说："在他的心里头，想的可不是你的脸，而是别人的脸！"

莱蒂·普里德尔还在看，另外两个又挤过来一起看。

"他又出来了！"伊茨·休特叫喊起来，她是一个灰白皮肤的姑娘，长着黑色的滋润的秀发，嘴唇也长得很精巧。

"你用不着多说了，伊茨，"莱蒂回答说，"我还看见你吻过他的影子呢。"

"你说她吻什么来着？"玛丽安问。

"我是说——他站在装奶清的桶的旁边撇奶清，他的脸的影子落在身后的墙壁上，正好在伊茨的旁边。当时伊茨正站在那儿往桶里装水，看见了影子，就把嘴放到墙壁上，去吻那影子中的嘴。被吻的人没有看见，我是看见了的。"

"啊，伊茨·休特！"玛丽安说。

伊茨·休特听了，脸颊的中间出现了一块玫瑰色的红晕。

"算了吧，这又有什么不对，"她装出满不在乎的样子说，"要是说我爱上了他，那么莱蒂也爱上他了，你也爱上他了，玛丽安，你老实承认吧。”

玛丽安的圆脸本来就是粉红色的，红色的羞晕在上面显现不出来。

“我爱他吗？”她说。“多美的故事啊！他又出来了！亲爱的眼睛——亲爱的脸——亲爱的克莱尔先生！”

“怎么样——你已经承认了呀！”

“你也承认了——我们所有的人都承认了。”玛丽安坦率地说，一点也不在乎别人说长道短，“虽然我们用不着向别人承认这件事，但是在我们自己中间装假就犯傻了。我愿意明天就嫁给他。”

“我也这样想——也许比你更迫切呢。”伊茨·休特低声说。

“我也想嫁给他呢。”腼腆的莱蒂悄声说。

那位在听他们说话的人，脸上发起烧来。

“我们不能都嫁给他呀。”伊茨说。

“我们谁也不能嫁给他，这可是更糟糕的事儿，”年纪最大的玛丽安说，“他又出来了！”

她们三个人都向他飞了一个吻。

“为什么？”莱蒂急忙问。

“因为他最喜欢苔丝·德北菲尔德，”玛丽安放低了声音说，“我每天都在观察他的举动，所以就发现了这件事。”

大家都思索起来，不做声了。

“可是苔丝对他没有一点儿意思呀？”莱蒂终于忍不住说了。

“唉——有时候我也是那样想的。”

“不过这一切都是多么傻呀！”伊茨·休特不耐烦地说，“他当然不会娶我们中间任何一个人，也不会娶苔丝——他是一个绅士的儿子，将来他要到国外去做大地主和农场主的呀！要说请我们去当帮工，出多少钱干一年，倒还差不多。”

这个在叹气，那个也在叹气，其中叹气最厉害的是那个身体健壮的玛丽安。另外还有一个人躺在床上，也在那儿叹气。莱蒂·普里德尔的眼睛里充满了泪水，她长着一头红头发，是她们中间最年轻的，她也是普里德尔家族最后的一个花苞，在当地的谱系上占据着十分重要的地位。她们悄悄地又观察了一会儿，三张脸像先前一样挤在一起，三种不同颜色的头发也混合在一起。一无所知的克莱尔先生进屋去了，再也看不见他了。天色渐渐暗下来，她们也就上床睡觉了。不一会儿，她们就听见他走上了楼梯，进了自己的房间。不久，玛丽安的鼾声响了起来，但是伊茨过了好久才入睡，才忘记刚才的一切，莱蒂·普里德尔是哭着入睡的。

苔丝用情更深，即便到了那个时候，苔丝竟是毫无睡意。这场谈话是她那天不得不咽下去的第二枚苦果。在她的心里，一丝妒忌的感情也没有。在她们说到的那件事上，她知道自己的优势。因为她的身材更美，受过更好的教育，除了莱蒂就数她最年轻，所以她觉得，只要她稍微用一点儿心思，她就准能抓住安琪尔·克莱尔的心，战胜她那些心地坦诚的朋友们。但是有一个严肃的问题存在，就是她应不应该去用心思？但是严格说来，她们三个人肯定谁也没有机会，连幻想的机会也没有。但是有一个机会，这机会已经存在，可以让他对她产生转瞬即逝的情意，只要他住在这儿，就可以享受他的殷勤。这种奇特的恋爱关系最后导致结婚的事也是有过的，她曾经听克里克太太说，克莱尔先生曾以开玩笑的方式对她说，将来他在殖民地拥有上万亩牧场，有牛群要照料，有庄稼要收割，那么娶一个上流社会的太太有什么用处呢？娶一个出身农家的姑娘做妻子，这才是明智的。不过无论克莱尔先生真的说过还是没有说过，她从来就没有想到过让哪个男人现在就娶了她，她曾在教堂里发过誓，决心毫不动摇，永远不嫁人结婚，她不能把克莱尔先生的用情从别的女人身上吸引到自己的身上，趁他还在泰波塞斯的时候，自己能够在他双眼的注视中享受到短暂的幸福。

第二十二章

第二天早晨，她们起床下楼时都打着呵欠，但是她们撇奶油和挤牛奶的工作依然照常进行，干完了就进屋吃早饭。她们看见奶牛场老板克里克先生在屋子里直跺脚，原来是他收到了一位顾客的来信，信中抱怨他生产的黄油带有一股怪味。

“哎呀，天啦，真有一股怪味呀！”老板说，左手拿着一块木片，木片上沾了一块黄油。“是有一股怪味儿——不信你们自己尝尝吧！”

有几个人围到他的身边，克莱尔先生尝了尝，苔丝尝了尝，屋子里其他几个挤奶的姑娘尝了尝，还有几个挤奶的男工也尝了尝，克里克太太在屋子外面摆桌子，所以她是最后尝的一个人。黄油里肯定有一股怪味儿。

奶牛场老板聚精会神地在那儿品味着黄油的味道，想分辨出造成这种怪异味道的是一种什么莠草，过了一会儿他突然大声说——

“是大蒜！我原来以为那片草场里一片蒜叶也没有了呢！”

于是所有的老工人也想起来了，近来有几头牛跑到了一块干草地里，在好几年前，也是因为一些牛跑进了那块地里而弄坏了黄油。那一次老板没有能够把那股味道分辨出来，还以为是巫术弄坏了黄油。

“我们一定要把那块草场再彻底地搜一遍，”老板接着说；“这种事可不能再有了。”

所有的人手里都拿上了一把旧尖刀，把自己武装起来，一起出了门。由于长在草场里的那种对黄油有害的植物平常看不见，那一定是非常细小的，因此要把它们从他们面前这片繁茂的草地里找出来，几乎是没有希望的。但是由于事关重大，他们就都过来帮忙，一起排成一排搜查。克莱尔先生也自动过来帮忙，奶牛场老板就和他站在上边的开头；排在他们后面的是苔丝、玛丽安、伊茨·休特和莱蒂；再往后就是比尔·洛威尔、约纳森，还有已经结了婚住在各自房舍里的女工们——里面有贝克·尼布斯，她长了一头黑色的鬈发和一双滴溜溜直转的大眼睛；还有一个长着亚麻色头发的法兰西斯，她因为水草场上冬季的湿气而染上了肺病。

他们的眼睛盯着地面，慢慢地从草场上搜索过去，把这一生物场搜索完了，就再用同样的方法往回搜索过去，当他们这样搜索完以后，就没有一寸牧草能够逃过他们的眼睛了。这是一种最乏味的事，在整个草场里，总共就发现了五六颗蒜苗，不过就是这种气味辛辣的植物，一头牛要是碰巧吃了一口，就足以使当天奶牛场出产的牛奶变味了。

他们这一群人的天性变异极大，性情也大不相同，但是他们都弯着腰，排成整齐得让人感到奇怪的一排——他们都是一声不响地自动地排在一起的。这时候如果有一个外来人从附近的小路上走过，看见了他们，很有可能会把这群人都叫做“霍吉”的。他们一路搜索的时候，腰弯得低低的，以便看得见地上的蒜苗，阳光照射在毛茛上，从上面反射出来的柔和的黄色光线投射在他们背朝阳光的脸上，使他们看上去有些像在月光照射下的虚无缥缈的样子，尽管此时的太阳正在用中午的全部力量把光线照射在他们的背上。

安琪尔·克莱尔决心遵守一条原则，什么事都和大家一起干，他不时地抬起头来看。他就走在苔丝的旁边，当然这并不是偶然的。

“喂，你好吗？”他低声问。

“我很好，谢谢你，先生。”她庄重地说。

仅仅在半点钟以前，他们已经讨论过许多有关个人的问题了，现在他们这种客套似乎有点儿多余。不过当时他们没有多说别的话，他们弯着腰不停地搜寻着，苔丝的裙边正好碰到克莱尔的绑腿，克莱尔的胳膊肘有时也碰着了苔丝的胳膊。跟在后面的奶牛场老板终于累得受不了啦。

“这样弯着腰，真是把人给累死了，我的背差不多快要断了！”他大声嚷着说，一面皱着眉头慢慢地伸着腰，最后终于把腰完全伸直了。“还有你，苔丝姑娘，一两天前你不是感到不舒服吗——这样会让你的脑袋疼啊！要是你感到脑袋发晕，你就别干了吧，把剩下的活儿留给别人吧。”

奶牛场老板从搜索的队伍中退了出来，接着苔丝也退出来了。克莱尔先生也从搜寻的一排人中退了出来，开始四下胡乱地搜寻着。苔丝发现他走到了自己的身边，就为昨天夜里她听到的谈话而紧张起来，于是先开口说了话。

“她们长得很漂亮是不是？”她说。

“谁？”

“伊茨·休特和莱蒂呀。”

苔丝原是痛苦地下了决心，她们两个无论谁都能成为农场主的好妻子，她应该推荐她们，而且还要贬低自己不幸的姿色。

“漂亮吗？哦，不错——她们都是漂亮的姑娘——水灵灵的样子，我也是经常这样想的。”

“可是，亲爱的姑娘们，漂亮是不会持久的呀！”

“啊，是不能持久的，真是不幸得很。”

“她们都是最优秀的奶牛场里的女工呢。”

“不错，不过和你比起来，她们还是要差一些。”

“她们撇奶油比我干得好呀。”

“真的吗？”

克莱尔仍然在观察着她们——她们也并不是没有观察他。

“她的脸慢慢地红了呢。”苔丝勇敢地说。

“谁呀？”

“莱蒂·普里德尔呀。”

“哦！为什么脸红呀？”

“因为你老是看着她呀。”

苔丝心里也许是一种自我牺牲的精神，但是她做不到再进一步而大声对他说，“如果你真的不想娶一个小姐而只想娶一个奶牛场里的女工做妻子，就在她们中间挑选一个吧，千万不要想到娶我！”她跟在奶牛场老板克里克的后面走了，看见克莱尔仍然还留在那儿，心里感到了一种悲哀的满足。

从这一天开始，她就努力强迫自己躲开他——即使他们完全是偶然地碰到了一起，她也不让自己像从前那样在他的身边待得太久。她要把机会留给她们三个人。

从她们三个女孩子的表白中，苔丝作为一个女人，完全认识到她们三个人的名誉都掌握在克莱尔的手中，但是她也看见克莱尔小心翼翼地回避着她们，丝毫不做有损她们将来幸福的事，这也使苔丝对他生出温柔的敬重来，因此，无论她想得对还是不对，她都认为克莱尔表现出一种自我克制的责任感，她从来没有想到会在男人的身上发现这种品质，如果缺少了这种品质，那么和他在同一个奶牛场里的心地单纯的女工们，也许就不止一个要哭着走完人生的路了。

第二十三章

七月的炎热天气在不知不觉中来到了人们身边，平坦山谷中的大气好像麻醉剂一样，既沉重又沉闷，笼罩着奶牛场的人们、奶牛和树木。热气腾腾的绵绵大雨，使得供奶牛放牧的牧草长得更加茂盛了，但是也妨碍了其他牧场上晚期收割牧草的工作。

那是一个礼拜天的早晨，牛奶已经挤完了，住在场外的挤奶工人也回家了。梅尔斯托克教堂离奶牛场大约有三四英里远近，苔丝和另外三个挤奶的女工已经商量好了，打算一块儿去那儿作礼拜，所以她们就迅速换好了衣服。到现在为止，苔丝来泰波塞斯已经两个月了，这还是她第一次出门去玩。在头一天的整个下午和晚上，雷阵雨哗哗地倾倒在牧场上，牧场上有些干草也被冲进河里去了；但是今天早上，大地经过雨水的冲洗，太阳照射在牧场上，显得更加明亮，空气清新而芬芳。

从她们的教区通往梅尔斯托克的那条弯弯曲曲的小路，有一段是沿着谷中最低洼的地方通过的。那几个姑娘走到那段最低洼的地方时，发现大雨过后有一段大约五十码长的路面被淹没了，积水深过脚面。在平常的日子里，这并不是什么大不了的障碍，她们都是穿的高底木头套鞋和靴子，可以满不在乎地从水中蹚过去。但是这天是礼拜天，是她们抛头露面的日子，她们口头说的是去进行精神上的陶冶，而实际上是去进行肉体征服肉体的谈情说爱。这个时候她们都会穿上白色的袜子和轻俏的鞋，有的穿粉红的连衣裙，有的穿白色的连衣裙，有的穿淡紫色的连衣裙，只要上面溅上了一点儿泥都能被人看见。这片水塘把她们挡住了，叫她们犯了难。她们能够听见教堂的钟声已经敲响了——可是她们差不多还在一英里路以外。

“谁能够想到在夏天这条河里还会涨这样大的水呢！”玛丽安说，她们已经爬到了路边的坡顶上，犹豫不定地站在那儿，希望沿着山坡爬过去，绕过那个水塘。“如果不从水里蹚过去，或者另外从征收通行税的路上绕过去，我们是过不了这个水塘的；要是绕过去的话，我们一定很晚才能到！”莱蒂毫无办法地站在那儿说。

“我们要是进教堂晚了，让所有的人看着，我一定要难堪不过的。”玛丽安说，“不等到‘求主这个，求主那个’的时候，我是恢复不过来的。”

正当她们挤在斜坡上站着的时候，她们听见了路边拐弯的地方传来一阵水声，接着安琪尔·克莱尔就在眼前出现了，他正在水中沿着那条被水淹的小路走来。

她们四个人的心脏都不约而同地猛跳了一下。

他的外表不像是过礼拜的，这大概是那个严守教条的牧师教育出来的儿子的样子吧，他穿的衣服还是在奶牛场挤奶时穿的衣服，脚上穿着走泥泞道路的靴子，帽子里面还塞了一片卷心菜叶，以保持头部的凉爽，手里拿一把小草铲，这就是他全身的装束。

“他不是上教堂去的。”玛丽安说。

“不是的——但我希望他是上教堂去的！”苔丝低声说。

实际上，对也好错也罢（借用巧舌如簧的辩论家的话），在夏季天气晴朗的日子里，安琪尔与其说在大小教堂里听人讲道，不如说是在大自然里接受教训。而且这天早晨，他还出门去了解过洪水冲走干草是不是带来了巨大的损失。他在路上老远就望见了那几个姑娘们，尽管她们把心思集中在途中的困难上而没有注意到他。他知道那个地点的水位已经升高了，也知道那片积水完全有可能成为她们路上的障碍。所以，他就急急忙忙地赶来，心里模模糊糊地想着怎样才能帮助她们——尤其是要帮助她们中间的某一个人。

四个姑娘的面颊红扑扑的，明亮的大眼睛水汪汪的，身穿轻盈的夏装站在路边的土坡上，就像鸽子挤在屋脊上一样，看上去是那样迷人，因此他在走到她们跟前之前，就停下来把她们端详了一番。姑娘们穿着细纱长裙，长裙的下摆从草丛中赶出来无数的飞虫和蝴蝶，它们被关在透明的裙摆之中飞不出来，就像关在笼中的小鸟一样。安琪尔的眼光终于落在了苔丝的身上。苔丝站在四人队伍的最后，正为她们进退两难而忍不住要笑的时候，接触到他的目光，不禁变得容光焕发。

积水不比安琪尔的靴子深，他就从水中走到了她们的下边。他站在那儿，看着网罗在长裙中的飞虫和蝴蝶。

“你们是想去教堂吗？”他对站在最前面的玛丽安说，说话里也包括了后面的两个，但是却把苔丝排除在外。

“是的，先生，已经这么晚了，我一定会难堪死了——”

“我来把你们抱过这个水塘吧——我把你们一个一个地抱过去。”

四个姑娘的脸一齐都变红了，仿佛在她们胸膛里跳动的是同一颗心。

“我想你抱不动的，先生。”玛丽安说。

“你们要过去，这是唯一的办法了。站着别动。瞎说——你们不会太重的！我能够把你们四个人一起抱起来。好了，玛丽安，你来吧，”他接着说，“把你的胳膊伸过来，抱着我的肩膀，就这样。好啦！抱紧。你做得很好。”

玛丽安按照克莱尔的吩咐，伏在他的肩上，让他用胳膊抱着走过去，他的身材又高又瘦，从后面看过去，就好像一根花枝，抱着的玛丽安就像是上面的一束鲜花。他们走到路上拐弯的地方不见了，但是从传过来的他们在水中走路的声音和玛丽安帽子上露出来的丝带，可以知道他们走到了哪儿。不一会儿他就回来了。按照她们站在斜坡上的顺序，伊茨·休特是第二个。

“他回来了。”伊茨·休特低声说，她们听得出来，她的嘴唇已经被感情烧干了。“我也要和玛丽安一样，用胳膊搂着他的脖子，对着他的脸。”

“那也没有什么呀。”苔丝急忙说。

“什么事都是有定数的，”伊茨没有听到苔丝说话，接着说，“拥抱有定数，不拥抱也有定数。现在我拥抱的时候来了。”①

“喂——那是《圣经》中的话呀，伊茨！”

“不错，”伊茨说，“在教堂里，我总是喜欢这些漂亮的诗句。”

安琪尔·克莱尔现在走到了伊茨的面前，不过在他的这番举动里，有四分之三是出于一种帮忙的性质。伊茨一声不响地朦朦胧胧地伏到克莱尔的肩上，克莱尔机械地把她抱起来走了。当莱蒂听见他第三次转回来时，她那一颗心怦怦地跳着，把她激动得差不多都摇晃起来了。克莱尔走到这个长着红头发的姑娘面前，在他把她抱起来时，他看了苔丝一眼。他不能够用嘴巴把话更明白地说出来。“一会儿就只剩下你和我了。”她脸上的表情说明她理解了他的意思，她有些喜形于色。他们都能善解人意。

可怜的小莱蒂尽管身子最轻，但是抱着她却最麻烦。玛丽安胖乎乎的一堆死肉，好像一口袋粮食，几乎都把克莱尔给压倒了。伊茨很懂事，靠在他的肩上一动也不动。莱蒂却是歇斯底里的一团。

不过，他还是把这个不安静的姑娘抱过了水塘，把她放在地上，转身走了，苔丝从树篱的顶上望过去，看见远处她们三个人挤在一起，站在他把她们放下的那块高地上，现在轮到她了。苔丝心里感到局促不安，因为她看见她的伙伴们接近克莱尔的呼吸和眼睛时那样激动，曾经嗤之以鼻，而现在却轮到她自己紧张了，她好像是害怕泄露了自己心中的秘密似的，到了最后一刻竟然推托搪塞起来。

---

① 参见《圣经·传道书》第三章。

“也许我能够沿着这面土坡走过去——走路我比她们强得多。你一定太累了，克莱尔先生！”

“不，不，苔丝。”克莱尔急忙说。苔丝几乎在不知不觉当中倒进了他的怀里，靠在了他的肩上。

“娶三个利亚只是为了得到一个拉结呀！”[①] 他轻声说。

“她们都是比我强的女孩子呀。”她回答说，说话里仍然很慷慨地坚持着自己心中要成全她们的决定。

“在我看来不是这样的。”安琪尔说。

他看见她听了他说的话脸上一红，就抱着她往前走了几步，没有说话。

“但愿我不要太重才好？”她羞怯地问。

“啊，不重。你试试玛丽安就知道了！她是那样重的一堆肉呢。你却像阳光照耀下上下起伏的一片波浪。你身上穿的这件细纱衣裳，就是从波浪里飞出来的浪花。

“这真让人高兴——要是你觉得我真像波浪的话。”

“我在前面出的四分之三的力气完全是为了后面这四分之一的缘故呀。你知道吗？”

“不知道。”

“我真没有想到今天会碰到这件事。”

“我也没有想到……水是突然上涨的。”

她嘴里说着水涨了的话，但是她明白他说的话里面的意思，因此她的呼吸把她的真情泄漏了。克莱尔静静地站着，把自己的脸朝向她的脸。

“啊，苔丝！”他感叹地说。

---

① 《旧约·创世纪》第二十八章说，以撒吩咐雅各到外祖家去，在拉班的三个女儿中娶一个为妻。第二十九章接着说，雅各为拉班工作了七年，拉班把大女儿利亚（Leah）和使女兹尔巴许配给他，但雅各为了得到拉班的小女儿拉结（Rachel），又为拉班工作了七年。

苔丝姑娘的面颊在微风中烧得发烫，情感荡漾，不敢再看他的眼睛了。安琪尔这时也想到，他利用这个偶然得来的优势有些不公平，他因此就不再逼她了。他们口中虽然没有明白地把他们的情话说出来，但是他们却希望现在就适可而止。但是，他走得很慢，尽量把抱着她走路的时间延长，不过他们最后还是走到了拐弯的地方，剩下的一段路就完全暴露在另外三个姑娘的眼中了。他们走到了干燥的地面，克莱尔把苔丝放了下来。

苔丝的朋友们把眼睛睁得圆圆的，带着深思，看着她和安琪尔，她也看得出来她们一直在议论她。他急急忙忙地向她们告了别，又沿着被水淹没的道路哗哗地走了回去。

四个姑娘又像以前一样往前走了，后来玛丽安打破沉默说——

“不——不管怎么说，我们没有办法比过她！”她神情沮丧地看着苔丝说。

“你这话什么意思？”苔丝问。

“他最喜欢你呀——他最最喜欢你呀！他抱你过来时我们都看见啦。要是你给他一点点儿鼓励，只要很小一点儿，他就一定吻过你了。”

“没有的事，没有的事。”她说。

她们一块儿出门时的欢乐情绪也不知道怎么消失了，但是在她们中间并没有仇恨和恶意。她们都是纯朴的年轻女孩子，她们都生长在偏僻的农村里，都非常相信宿命论的思想，所以谁也没有恨她。她们是无法取代苔丝的。

苔丝心里头很难过。她无法掩盖自己已经爱上了安琪尔·克莱尔的事实，也许，她在知道其他几个姑娘也倾心于他的时候，她爱他就爱得更加强烈了。这种情绪是能够相互传染的，在女孩子中间尤其如此。可是，她那颗同样渴望爱情的心也很同情她的朋友们。苔丝天性极其忠厚，但是要去同爱情搏斗又未免力量太弱小了，所以后来的结果是自然而然的。

“我决不会妨碍你的，也不会妨碍你们中间任何一个！”当天夜里苔丝在寝室里对莱蒂声明说（说的时候流着眼泪）。“我不能不说，亲爱的！我觉得他心里一点结婚的意思也没有，但是如果他向我求婚，我是会拒绝他的，就像我拒绝其他的人一样。”

“啊，真的吗？为什么？”莫名其妙的莱蒂问。

“那是不可能的！不过我得把话说明白。我要把自己完全撇在一边，但是他也不会从你们中间选一个的。”

“我从来没有这样希望过——也没有这样想过！”莱蒂痛苦地说，“可是，唉！我但愿我已经死了才好。”

这个可怜的女孩子，被一种连她自己都不明白的感情折磨着，转身面向刚刚上楼的另外两个女孩子。

“我们跟她还是朋友，”她对她们说，“她觉得他娶她的机会并不比娶我们的多。”

她们中间的隔阂就这样消除了，又亲亲热热地说起知心话来。

“我似乎现在做什么都不在乎了。”玛丽安说，她的心情现在低落到了极点。“我要嫁给斯底克福特的一个奶牛场老板了，他已经向我求婚两次了。可是——天啊——我现在宁肯死了也不愿做他的妻子了！你为什么不说话啊，伊茨？”

“那么我承认，”伊茨小声说，“今天他抱着我走过水塘的时候，我心里想他一定要吻我的。我静静地靠在他的胸膛上，等了又等，一动也不动，但是他没有吻我。我再也不愿意在泰波塞斯住下去了！我要回家去。”

姑娘们的爱情既然没有了希望，卧室里的气氛也就变得烦躁不安起来。冷酷的自然法则把她们的感情激发出来——这种感情既不是她们想要的，也不是她们情愿的，就是在这种感情的压力下，她们在床上辗转反侧，久久不能入睡。

白天发生的事已经燃起了火苗，在她们的胸膛里燃烧着，折磨着她们，使她们痛苦得几乎无法忍受了。她们作为个体存在的差别被这种感情消除了，她们每一个人都不过是被称作女人的这种有机体的一部分。因为谁也没有希望，所以她们都是那样坦诚，没有一点儿忌妒。她们每一个人都是明白事理的姑娘，谁也没有想到为了超过别人，就用虚荣的幻想去自欺欺人，或是去否认她们的爱情，或去卖弄风情。从她们的身份地位看，她们完全明白她们的痴情不会有什么结果，这件事从一开始就是没有意义的，是她们自己建立起来的思想观念在作怪；从文明的观点看，她们的爱情根本就没有任何存在的理由（但是从自然的观点看，什么理由也不缺少）；事实是，爱情是确实存在的，而且给她们带来的极度喜悦到了销魂蚀魄的程度。所有这一切也使她们产生出一种听天由命和自尊自重的思想，而她们要是真的去争夺他作丈夫，卑鄙地想心思，那么这种态度就会被破坏掉了。

她们在小床上翻来覆去的，老是睡不着，楼下的奶油榨机里也传来单调的滴答声。

“你没睡着吧，苔丝？”过了半小时，有一个女孩子低声问。

那是伊茨·休特的声音。

苔丝回答说没有睡着，刚一说完，莱蒂和玛丽安也掀开了被单叹着气说——

“我们也没有睡着呢！”

“据说他家里给他找了一位小姐——我实在想知道她长的是个什么样子！”

“我也很想知道，”伊茨说。

“给他找了一个小姐？”苔丝吃了一惊，急忙问。

“啊，不错——听人悄悄说的，是一个门户和他相当的小姐，他家里给他找的，是一个神学博士的女儿，离他父亲住的爱敏寺教区不远。他们说他不太喜欢她，不过他肯定是要娶她的。”

关于这件事，她们知道的就是这样一点点，但是在夜色深沉的晚上，这件事已经足以使她们建立起痛苦和悲哀的遐想。他们想象出所有的细节，想象他怎样被劝说得同意了，想象怎样准备婚礼，想象新娘的快乐，想象新娘的服装和婚纱，想象新娘和他住在一起的幸福之家，而他同她们之间的旧情却被忘得一干二净，她们就这样谈着，痛苦着，直到她们哭着睡着了，才算把忧愁驱散掉。

在这段新闻透露出来以后，苔丝也就断了痴心妄想的念头，不再以为克莱尔对她的殷勤含有什么严肃郑重的意义了。那只是因为她的美丽而爱她的，就像正在过去的夏季一样，也就是说，他是为了暂时的爱情欢娱而爱她的，此外没有别的。在这种悲伤的想法里，她还戴有一顶荆棘之冠，那就是他对她的暂时爱恋胜于其他的人，而她自己也知道自己在天性方面比她们更热情、更聪明、更美貌，但是从社会礼法的观点看，她却不比被他忽视的不如她美貌的那些人更值得他爱。

第二十四章

在佛卢姆谷里，土壤肥沃得冒油，气候温暖得发酵，在这种季节里，从万物滋生发育的咝咝声中，几乎连草木汁液的奔流都听得见，因此，那种最富有幻想的爱情就不可能不生出缠绵的情意来。生活在那儿的胸怀激情的两个人，也都受到了周围环境的感染。

七月已经从他们的身边过去了，随后而来的便是暑月[①]的气候，似乎自然这一方面也在作出努力，以便能够适合在泰波塞斯奶牛场谈情说爱的心境。这个地方的空气，在春天和初夏都非常清新，而现在却变得呆滞和使人困倦了。沉重的气息压在他们的身上，到了正午，似乎连景物也昏昏入睡了。像埃塞俄比亚的烈日一样灼热的太阳，晒黄了牧场斜坡顶上的青草，不过在流水潺潺的地方依然还是嫩绿的草地。克莱尔不仅外面受到热气的灼烤，而且内心里也为了温柔沉静的苔丝受到越来越强烈的激情的压迫。

雨已经下过了，高地也干了。奶牛场老板坐着带弹簧的双轮马车从市场回家，马车跑得飞快，车轮的后面带起一股白色的尘土，

---

① 暑月（Thermindorean），1789年法国大革命改变历法，其中从7月19日至8月17日的一个月被称为暑月。Thermindorean来自希腊文，热的意思，暑月也有被译为雾月和热月的。

好像是点燃了的一条细长的火药引线一样。奶牛被牛虻咬得发了疯，有五道横木的栅栏门都被它们跳了过去。从星期一到星期六，奶牛场的克里克老板卷起来的衬衣袖子，从来就没有放下来过。只开窗户而不把门打开，风是透不进来的。在奶牛场的园子里，乌鸦和画眉在覆盆子树丛下跳来跳去，看它们的样子，与其说它们是长翅膀的飞鸟，还不如说它们是长四条腿的走兽。厨房里的蚊蝇懒洋洋的，一点儿也不怕人，在没有人的地方爬来爬去，比如地板上、柜子上以及挤奶女工的手背上。他们在一块儿谈话的内容总是与中暑有关，而做黄油，尤其是保存黄油都是没有办法做到的事了。

为了凉爽和方便，挤牛奶的工人们不把奶牛赶回家去，完全在草地上挤奶。白天，随着地球的转动，太阳也绕着树干移动，因此哪怕是最小的一棵树木，奶牛也要跟随着它的阴影转动。挤奶工人过来挤奶时，由于蚊蝇的叮咬，奶牛几乎都无法安静地站着。

这些天以来，有一天下午，有四五条还没有挤奶的奶牛碰巧离开了牛群，站在一个树篱的拐角后面，这几条牛中有矮胖子和老美人，同其他的女工比起来，它们最喜欢由苔丝来挤奶。苔丝挤完了一头奶牛的奶，从凳子上站起来，这时候已经把她注意了一会儿的安琪尔·克莱尔问她，愿不愿意去挤前面提到的两头奶牛。苔丝默不做声地同意了，把凳子拿在手里，提起牛奶桶，向那两头奶牛站的地方走过去。不久，从树篱那边传来了老美人的奶被挤进桶里的嗞嗞声，安琪尔·克莱尔这时候也想到拐角那儿去，以便把跑到那边的一头难挤的奶牛的奶挤完，因为他现在已能像奶牛场老板一样挤难挤的奶牛了。

所有挤奶的男工，还有一些女工，他们在挤奶的时候都把额头抵在牛的身上，眼睛盯着牛奶桶。但是也有几个人，主要是年轻的女工，都侧着头靠在牛的肚子上。苔丝·德北菲尔德就是这种挤奶的习惯，她把太阳穴靠在奶牛的肚子上，眼睛凝视着草场的远方，悄悄地聚精会神地想着心思。她就是用这样的姿势为老美人挤奶的，太阳刚好照在挤奶的这一边，太阳的光线一直射到她穿粉红裙子的身上，射到她戴的有帽檐的白色帽子上，照亮了她的侧面身影，使她看上去就像是从奶牛的黄褐色背景上雕刻出来的一尊玉石浮雕像。

她不知道克莱尔随后也来到了她的附近，也不知道他正坐在奶牛下面观察她。很明显，她的头和她的面目安详沉静：她似乎在那儿发怔出神，眼睛睁得大大的，但是却看不见。在这幅图画里，一切都是静止的，只有老美人的尾巴和苔丝粉红色的双手在活动着，那双手的活动是那样地轻柔，所以就变成了一种韵律的搏动，它们也仿佛正在按照反射的刺激活动，就像一颗跳动的心脏一样。

在他看来，她的脸非常可爱。但是，那张脸上又没有超凡入圣的神情，全部都是真正的青春活力，真正的温暖，真正的血肉之躯。而这一切又全都集中到了她的嘴上。她的一双眼睛和他过去看见的一样，一直是那样深沉，似乎能够说话，她的面颊，也许还是像他从前见过的那样美丽。她的眉毛还是像从前见过的那样弯弯如弓，她的下巴还是像从前见过的那样棱角分明，她的脖颈也还是像从前见过的那样端正。然而她的那张嘴从前却没有见到过，不知道天底下有没有能同它相比的。她的中部微微向上撅起的红色上唇，就连最没有激情的青年男子见了，也要神魂颠倒，痴迷如醉，为之疯狂。他从前从来没有看见过一个女人的嘴唇和牙齿如此美妙，让他在心中不断地想起玫瑰含雪①这个古老的伊丽莎白时代的比喻。在他用一个情人的眼光看来，她的嘴和牙齿简直是完美无缺了。但又不是完美无缺——它们并不是完美无缺的。也正是在似乎完美无缺中显露出来的一点儿不完美，这才生出甜蜜来，正因为有了这一点不完美，也才符合人之常情。

克莱尔已经把她的两片嘴唇的曲线研究过许多次了，因此他在心里很容易就能够把它们再现出来：此刻它们就出现在他的面前，

---

① 玫瑰含雪（roses filled with snow），出自托玛斯·坎皮恩的诗《樱桃熟了》："看上去它们就像含雪的玫瑰蓓蕾。"

红红的嘴唇充满了生气，它们送过来一阵清风，吹过他的身体，这阵清风吹进了他的神经，几乎使他颤栗起来。实在的情形是，由于某种神秘的生理过程，这阵清风让他打了一个毫无诗意的喷嚏。

接着苔丝意识到他正在看她，不过她表面上没有表现出来，坐着的姿势一点儿也没有动，但是她那种梦幻一样的沉思却消失了，只要仔细一看，很容易就能发现她脸上的玫瑰红色正在加深，后来又慢慢消褪了，上面只剩下一点淡淡的红色。

克莱尔心中出现的那种好像从天而降的激动情绪，还没有消失。决心、沉默、谨慎、恐惧，好像一支打了败仗的军队，往后直退。他从座位上跳起来，把牛奶桶扔在那儿，也不管会不会被奶牛踢翻，三步并作两步地跑到他一心渴望的人跟前，跪在她的旁边，把她拥抱在自己怀里。

苔丝冷不防地被吓了一跳，但是她想也没想，就不由自主地让他拥抱着自己。她看清了来到她面前的不是别人，确实是她所爱的人，就张开嘴发出一种近似狂喜的呼喊，带着暂时的欢愉倒在他的怀里。

他正要去吻那张迷人的小嘴，但是由于他温柔的良知而克制住了自己。

"原谅我，亲爱的苔丝！"他小声说，"我应该先问问你的。我——我真不知道我正在干什么。我不是有意冒犯你的。我是真心爱你的，最亲爱的苔丝，我完全是一片真心啊！"

这时候老美人回过头来看着他们，感到莫名其妙。它看见在它的肚子下面蜷伏着两个人，从它记事以来，那儿应该只有一个人的，于是发了脾气，抬了抬后腿。

"她生气了——她不懂我们在干什么——她会把牛奶桶踢翻的！"苔丝嘴里嚷着，一边轻轻地从克莱尔怀里挣脱出来，她的眼睛注意的是牛的动作，她的心里想的却是克莱尔和她自己。

她从凳子上站起来，两人站在一起，克莱尔的胳膊仍然搂着她。苔丝的眼睛注视着远方，眼泪开始流了出来。

“你为什么哭了，亲爱的？”他问。

“啊——我不知道呀！”她嘟哝着说。

等到她把自己的地位看清楚了，弄明白了，她就开始变得焦虑不安了，想从克莱尔的搂抱中挣脱出来。

“啊，苔丝，我的真情终于流露出来了。”他说，奇怪地叹了一口气，这就在不知不觉中表明他的理智已经无法控制自己的感情了。“我——我真心地爱你，真正地爱你，这是不用说的。可是我——现在不能再往前走了——这让你难过了——我也和你一样感到吃惊呢。你不会以为我在你没有防备时太鲁莽吧？——我来得太快，也没有想一想，你会不会？”

“不——我也说不清。”

他让她从他的搂抱中挣脱出去，没有一会儿，各人又都开始挤奶了。没有人看见他们刚才因为互相吸引合而为一的事。几分钟以后，奶牛场的老板来到了被树篱挡住的拐角地方，那时候，这一对情侣显然已经分开了，一点儿也看不出他们的关系有什么不同寻常的地方。可是自从克里克老板上次看见他们以来的一段时间里，发生了一件事，因为他们的天性而把宇宙的中心改变了。这件事就它的性质而论，要是让那个讲究实际的老板知道了，一定会瞧不起的。但是那件事却不是以一大堆所谓的实际为基础的，而是以更加顽强和不可抗拒的趋向为基础的。一道面纱被掀在了一边；从此以后，展现在他们前面道路上的，将是一种新的天地——既可能短暂，也可能长久。

第四阶段

后果

第二十五章

傍晚来临的时候，坐立不安的克莱尔走出门外，来到苍茫的暮色里，而被他征服的她也已经回到了自己的房间。

晚上还是和白天一样地闷热。天黑以后，要是不到草地上去，就没有一丝凉气。道路、院中的小径、房屋正面的墙壁，还有院子的围墙，都热得像壁炉一样，而且还把正午的热气，反射到夜间行人的脸上。

他坐在奶牛场院子东边的栅栏门上，不知道怎样来看待自己。白天，他的感情的确压倒了他的理智。

自从三个小时以前突然发生拥抱以来，他们两个人就再也没有在一块儿待过。她似乎是对白天发生的事保持镇静，但实际上是几乎给吓坏了，他自己也因为这件事的新奇、不容思索和受环境支配的结果而惶惶不安起来，因为他是一个易于激动和爱好思索的人。到目前为止，他还不大清楚他们两个人的真实关系，也不知道他们在其他人的面前应该怎样应付。

安琪尔来到这个奶牛场里当学徒，心想在这儿的短暂停留只不过是他人生中的一段插曲，不久就过去了，很快就忘掉了。他来到这儿，就像来到一个隐蔽的洞室，可以从里面冷静地观察外面吸引人的世界，并且同华尔特·惠特曼一起高喊——

你们这一群男女，身着日常的服饰，在我眼里是多么的新奇！①

同时心里计划着，决心再重新进入到那个世界里去。但是你看，那吸引人的景象向这边转移过来了。曾经那样吸引人的世界，在外面又变成了一出索然无味的哑剧了；而在这个表面上沉闷和缺少激情的地方，新奇的东西却像火山一样喷发出来，这是他在其他地方从来没有见到过的。

房子的每个窗子都开着，克莱尔听得见全屋子人安歇时发出的每一种细小的声音。奶牛场的住宅简陋不堪，无足轻重，他纯粹是迫不得已才来这儿寄居的，所以从来就没有重视它，也没有发现在这片景物里有一件有价值的东西让他留恋。但是这所住宅现在又是什么样子呢？古老的长满了苔藓的砖墙在轻声呼喊“留下来吧”，窗子在微微含笑，房门在好言劝说，在举手召唤，常春藤也因为暗中同谋而露出了羞愧。这是因为屋子里住着一个人物，她的影响是如此深远广大，深入到了砖墙、灰壁和头顶的整个蓝天之中，使它们带着燃烧的感觉搏动。什么人会有这么大的力量呢？是一个挤奶女工的力量。

这个偏僻奶牛场里的生活变成了对安琪尔·克莱尔非常重要的事情，这的确让人感到惊讶不已。虽然部分原因是因为刚刚产生的爱情，但是也不是完全如此。除了安琪尔而外，许多人知道，人生意义的大小不在于外部的变迁，而在于主观经验。一个天性敏感的农民，他的生活比一个天性迟钝的国王的生活更广阔、更丰富、更激动人心。如此看来，他发现这儿的生活同其他地方的生活一样有着重要的意义。

尽管克莱尔相信异端学说，身上有种种缺点和弱点，他仍然是

① 华尔特·惠特曼（Walt Whitman，1819—1892），美国诗人，著有诗集《草叶集》，哈代所引的诗出自《过布鲁克林渡口》一诗。

一个具有是非感的人。苔丝不是一个无足轻重的人，不是随意玩弄以后就可以把她丢开的；而是一个过着宝贵生活的妇女——这种生活对她来说无论是受苦还是享受，也像最伟大人物的生活一样重要。对于苔丝来说，整个世界的存在全凭她的感觉，所有生物的存在也全凭她的存在。对于苔丝，宇宙本身的诞生，就是在她降生的某一年中的某一天里诞生的。

他已经进入的这个知觉世界，是无情的造物主赐给苔丝的唯一的生存机会——是她的一切，是所有的也是仅有的机会。那么他怎么能够把她看得不如自己重要呢？怎么能够把她当作一件漂亮的小物件去玩弄，然后又去讨厌它呢？怎么能够不以最严肃认真的态度来对待他在她身上唤起来的感情呢？——她看起来很沉静，其实却非常热烈,非常容易动情。因此他怎么能够去折磨她和让她痛苦呢？

像过去的习惯那样天天和她见面，已经开了头的事情就会继续向前发展。他们的关系既然是这样亲密，见面就意味着相互温存，这是血肉之躯不能抗拒的。既然不知道这种趋向的发展会导致什么样的结果，他决定目前还是避开他们有可能共同参与的工作。但是要坚持不同她接近的决心，却不是一件容易的事。他的脉搏每跳动一次，都把他向她的身边推动一步。

他想他可以去看看他的朋友们。他可以就这件事听听他们的意见。在不到五个月的时间里，他在这儿学习的时间就要结束了，然后再到其他的农场上学习几个月，他就完全具备了从事农业的知识了，也就可以独立地创建自己的事业了。一个农场主应不应该娶一个妻子？一个农场主的妻子应该是客厅里的蜡像呢，或者应该是一个懂得干农活的女人呢？不用说答案是他喜欢的那一种，尽管如此，他还是决定动身上路。

有一天早晨，大家在泰波塞斯奶牛场坐下来吃饭的时候，有个姑娘注意到当天她没有看见克莱尔先生一点儿影子。

“啊，不错，”奶牛场里的克里克老板说，“克莱尔先生已经回爱敏寺的家中去了，他要和他家里的人一起住几天。”

那张桌子上坐着四个情意绵缠的姑娘，对她们来说，那天早晨太阳的光芒突然黯淡无光了，鸟儿的啼鸣也变得嘶哑难听了。但是没有一个姑娘用说话或者手势来表达她们的惆怅。

“他在这儿跟我学习的时间就要结束了，”奶牛场老板接着说，他的话音里带着冷淡，却不知道这种冷淡就是残酷，“所以我想他已经开始考虑到其他地方去的计划了。”

“他在这儿还要住多久呢？”伊茨·休特问，在一群满怀忧郁的姑娘中，只有她还敢相信自己说话的声音不会泄露自己的感情。

其他的姑娘等着奶牛场老板的答话，仿佛这个问题关系到她们的生命一样。莱蒂张大了嘴，两眼盯着桌布，玛丽安脸上发烧，变得更红了，苔丝心里怦怦直跳，两眼望着窗外的草地。

“啊，我要看看我的备忘录，不然我不记得准确的日子，”克里克回答说，说话里同样带着叫人无法忍受的漠不关心，“即使那样也是会有一点儿变化的。我可以肯定，他还要住在这儿实习一段时间，学习在干草场里饲养小牛。我敢说不到年底他是不会离开这儿的。”

和他相处还有四个月左右的时间，这都是痛苦的和快乐的日子——是快乐包裹着痛苦的日子。在那以后，就是无法形容的漫长黑夜了。

就在早晨的这个时候，安琪尔·克莱尔骑着马正在沿着一条狭窄的小路走着，离开吃早饭的人已经有十英里远了，他正朝着爱敏寺他父亲的牧师住宅的方向走，他还尽其所能地带着一个篮子，里面装着克里克太太送给他的一些血肠和一瓶蜜酒，那是用来对他的父母表示友好和尊敬的。白色的小路伸展在他的面前，他的一双眼睛看着路面，但是思考的却是明年的事情，而不是这条小路。他是爱上她了，但是应不应该娶她呢？他敢不敢娶她呢？他的母亲和兄弟会说什么呢？在结婚一两年后，他又怎样看呢？那就要看在这番暂时感情之下牢固的友谊会不会生长发育了，或者说，是不是仅仅因为她的美貌而生出的一种感官上的爱慕，实际上却缺少了永久的性质。

他走到后来，终于望见了他父亲住的那个四面环山的小镇，望见了用红色石头建造的都铎王朝时期的教堂塔楼，以及牧师住宅附近的一片树林，于是他骑着马朝下面那个他熟悉不过的大门走去。他在进自己的家门之前，朝教堂的方向瞥了一眼，看见有一群女孩子站在小礼拜室的门口，年纪在十二岁到十六岁之间，显然在那儿等候某个人的到来，不一会儿，那个人果然出现了。看样子她的年纪比那些女孩子的年纪都要大，戴一顶宽边软帽，穿一件浆洗得发硬的细纱长衫，手里拿着两本书。

这个人克莱尔很熟。他不敢肯定她是不是看见他了。虽然她是一个没有过错的女孩子，但是他希望她没有看见自己，这样就不必上前去同她打招呼了。他决心不去同她打招呼，因此认定她没有看见自己。那个年轻的姑娘名叫梅茜·羌特，是他父亲的邻居和朋友的独生女儿，他的父母心里也暗暗盼望将来有一天他能够娶了她。她精通唯信仰主义的理论和《圣经》教义，现在显然是来上课的。但是克莱尔的心又飞到了瓦尔谷中那一群感情热烈和生活在盛夏气候中的异教徒身边了，想起了她们的玫瑰色双颊上的美人痣，其实那是沾上的牛粪形成的，他特别想起了她们中间最热情奔放和情意深重的那一位。

他是由于一时的冲动而决定回爱敏寺的，因此他事先并没有写信告诉他的母亲和父亲，不过他希望能够在吃早饭的时候到家，在他的父母还没有出门去教区工作之前见到他们。他比预计的时间到得晚了些，那时父母已经坐下来吃早饭了。一看见他走进门来，坐在桌子边的一群人都跳起来欢迎他。他们是他的父亲、母亲，大哥费利克斯牧师，他现在已经是附近郡里一个镇上的副牧师了，正好请了两个礼拜的假回家。他的另一个哥哥卡斯伯特也是牧师，他还是一个古典学者，剑桥大学一个学院的院长和董事，现在从学校回家度假。他的母亲头上戴一顶软帽，鼻梁上架一副银边眼镜，他的父亲还是从前的样子，貌如其人，热心、诚恳、敬仰上帝，他有点儿憔悴，大约六十五岁的年纪，苍白的脸上刻满了思想和意志的印迹。从他们的头上看过去，墙上挂着安琪尔姐姐的画像，她是家中最大的孩子，比安琪尔大十六岁，嫁给一个传教的牧师到非洲去了。

在最近二十年里，老克莱尔先生这样的牧师都差不多在现代人的生活里消失了。他是从威克利夫、胡斯、马丁·路德和加尔文①一派传下来的真正传人，福音教派中的福音教徒，一个劝人信教的传教士，他是一个在生活和思想方面都像基督使徒一样简朴的人，在他毫无人生经验的年轻时候，对于深奥的存在问题就拿定了主意，再也不许有别的理由改变它们。和他同时代的人，还有和他一派的人，都认为他是一个极端的人；同时在另一方面，那些完全反对他的人，看到他那样彻底，看到他在倾注全部的热情运用原理时对所有的疑问都弃之不顾，表现出非同寻常的毅力，也不得不对他表示尊敬佩服。他爱的是塔苏斯的保罗，喜欢的是圣约翰，恨得最厉害的是圣詹姆斯，对提摩西、提多和腓力门则是既爱又恨的复杂感情。按照他的理解，《新约全书》与其说是记载基督的经典，不如说是宣扬保罗的史书——与其说是为了说服人，不如说是为了麻醉人。他深深地信仰宿命论，以至于这种信仰都差不多成了一种毒害，在消极方面简直就和放弃哲学一样，和叔本华与雷奥巴狄的哲学同出一源。他瞧不起法典和礼拜规程，却又坚信宗教条例，并且自己认为在这类问题上是始终如一的——这从某方面说他是做到了的。有一点肯定如此，那就是他的诚实。

在瓦尔谷，他儿子克莱尔近来过的是自然的生活，接触的是鲜美的女性，得到的是美学的、感官的和异教的快乐，假如他通过打听或者想象知道了，按他的脾性对儿子是会毫不留情的。曾经有一次，安琪尔因为烦恼不幸对他的父亲说，假如现代文明的宗教是从希腊起源的，不是从巴勒斯坦起源的，结果可能对人类要好得多。

---

① 威克利夫（Wycliff，1320—1348），英国宗教改革家；胡斯（John Huss，1373—1415），波希米的宗教改革家；路德（Martin Luther，1483—1546），德国宗教改革家；加尔文（Johannes Calvin，1509—1564），法国神学家和宗教改革家。

他的父亲听了这句实实在在的话，不禁痛苦万分，一点儿也没有想到这句话里面会有千分之一的真理，更不用说会认识到里面有一半的真理或者是百分之百的真理了。后来，他不分青红皂白地把儿子狠狠地教训了好些日子。不过，他的内心是那样慈爱，对任何事情也不会恨得很久，看见儿子回家，就微笑着欢迎他，真诚可爱得像一个孩子。

安琪尔坐下来，这时候才觉得回到了家里。不过和大家坐在一起，他倒觉得缺少了自己过去有过的自己是家庭一员的感觉。从前他每次回到家里，都意识到这种分歧，但是自从上次回家住了几天以后，他现在感触到这种分歧明显变得比过去更大了，他和他们越来越陌生了。家里那种玄妙的追求，仍然还是以地球为万物中心的观点为基础的，也就是说，天上是天堂，地下是地狱，这种追求和他自己的相比，它们就变得陌生了，陌生得就像它们是生活在其他星球上的人做的梦一样。近来他看见的只是有趣的生活，感觉到的只是强烈激情的搏动，由于这些信仰，它们没有矫饰，没有歪曲，没有约束，这些信仰只能由智慧加以节制，而是不能够压制的。

在他的父母方面，他们也在他的身上看出了巨大的不同，看到了同在前几次里看到的安琪尔·克莱尔的差别。他们所注意到的这种差别主要是他的外表上的，他的两个哥哥注意到的尤其如此。他的表现越来越像一个农民，抖他的双腿，脸上易于表现喜怒哀乐的情绪，富有表情的眼睛传达的意思甚至超过了舌头。读书人的风度差不多消逝了；客厅里的青年人的风度更加看不见了。道学先生会说他没有教养，假装正经的人会说他举止粗野。这就是他在泰波塞斯同大自然的儿女们住在一起而受到熏陶感染的结果。

早饭以后，他和他的两个哥哥一起出门散步，他的两个哥哥都是非福音教徒，受过良好的教育，他们都是高品位的青年，品行端正，性格谨慎；他们都是由教育机床一年年生产出来的无可挑剔的模范人物。他们两个人都有点儿近视，那个时候时兴戴系带子的单片眼镜，所以他们就戴系带子的单片眼镜；如果时兴戴夹鼻眼镜，他们就戴夹鼻眼镜，而从不考虑他们有毛病的眼睛的特殊需要。当有人崇拜华兹华斯的时候，他们就带着华兹华斯的袖珍诗集；当有人贬低雪莱的时候，他们就把雪莱的诗集扔在书架上，上面落满了灰尘；当有人称赞柯累佐的画《神圣家庭》的时候，他们也称赞柯累佐的画《神圣家庭》；当有人诋毁柯累佐而赞扬维拉奎的时候，他们也紧跟在后面人云亦云，从来没有自己的不同意见。

如果说他的两个哥哥注意到了安琪尔越来越不合社会世俗，那么他也注意到了他的两个哥哥在心智上越来越狭隘。在他看来，费利克斯似乎就是整个社会，卡斯伯特似乎就是所有的学院。对费利克斯来说，主教会议和主教视察就是世界的主要动力；对卡斯伯特来说，世界的主要动力则是剑桥。他们每一个人都坦诚地承认，在文明的社会里，还有千千万万的无足轻重的化外之人，他们既不属于大学，也不属于教会；对他们只需容忍，而无需尊敬和一视同仁。

他们是两个孝顺的儿子，定期回家看望他们的父母。在神学的发展变化中，虽然费利克斯和他的父亲相比是更新的一支的产物，但是却缺少了父亲的牺牲精神，多了自私自利的特点。和父亲相比，对于和自己相反的意见，卡斯伯特不会因为这种意见对坚持这种意见的人有害就不能容忍，但是这种意见只要对他的说教有一点儿害处，他可不会像他父亲那样容易宽恕别人。总的说来，卡斯伯特是一个气量更加宽宏的人，不过他虽然显得更加敏感，但是却少了许多勇气。

他们沿着山坡上的路走着，安琪尔先前的感觉又在心中出现了——和他自己相比，无论他们具有什么样的优势，他们都没有见过也没有经历过真正的生活。也许，他们和许多别的人一样，发表意见的机会多于观察的机会。他们和他们的同事们一起在风平浪静的潮流中随波逐流，对在潮流之外起作用的各种复杂力量谁也没有充分的认识；他们谁也看不出局部的真理同普遍的真理之间有什么区别；也不知道他们在教会和学术的发言中，内心世界所说的和外部世界正在想的是完全不同的一回事。

“我想你现在一心想的就是农业了，别的什么也不想了，是不是，我的朋友？”费利克斯带着悲伤和严肃的神情，透过眼镜看着远方的田野，在说完了其他的事情后对他的弟弟说，“因此，我们只能尽力而为了。不过我还是劝你千万努力，尽可能不要放弃了道德理想。当然，农业生产就是意味着外表的粗俗；但是，高尚的思想无论怎样也可以和简朴的生活结合在一起呀。”

“当然可以，”安琪尔说，“如果我可以班门弄斧地说一句话，这不是在一千九百年以前就被证明了的吗？费利克斯，为什么你要以为我可能放弃高尚思想和道德理想呢？”

“啊，从你写的信中，从你和我们谈话的口气中——我猜想——这只是猜想——你正在慢慢丧失理解力。你有没有这种感觉，卡斯伯特？”

“听着，费利克斯，”安琪尔冷冷地说，“你知道，我们都相处得非常好；我们各自做各自的事。不过如果说到理解力的话，我倒觉得你作为一个踌躇满志的教条主义者，最好不要管我的事，还是先问问你自己的事怎么样了。”

他们转身下山，回家吃午饭，午饭没有固定的时间，他们的父亲和母亲什么时候结束了上午在教区的工作，就什么时候吃饭。老克莱尔先生和克莱尔太太不是自私自利的人，最后还要考虑的是下午来拜访的人方不方便。但是在这件事上，三个儿子却非常一致，希望他们的父母多少能适合一点儿现代观念。

他们走路走得肚子饿了，安琪尔饿得尤其厉害，他现在是在户外工作的人，已经习惯了在奶牛场老板的简陋饭桌上吃那些丰富的廉价食物。但是两个老人谁也没有回家，直到几个儿子等得不耐烦了，他们才走进门来。原来两个只顾别人的老人，一心劝说他们教区里几个生病的教民吃饭，自相矛盾地要把他们囚禁在肉体的牢狱里①，而把他们自己吃饭的事全给忘了。

---

① 囚禁在肉体的牢狱里(keep imprisoned in the flesh)，意为活在世上。基督教要求人死后上天堂，以求灵魂的解脱，因此把肉体和现世看作牢狱。

一家人围着桌子坐下来，几样素朴的冷食摆在他们的面前。安琪尔转身去找克里克太太送给他的血肠，他已经吩咐按照在奶牛场烤血肠的方法把它们好好地烤一烤，他希望他的父亲和母亲能像他自己一样，非常喜欢这种加了香料的美味血肠。

“啊！你是在找血肠吧，我亲爱的孩子，”克莱尔的母亲问。“不过，我想在你知道了理由以后，你不会在乎吃饭没有血肠吧？我想你的父亲和我都是不在乎的。我向你的父亲提议，把克里克太太好意送来的礼物送给一个人的孩子们了，那人得了震颤性谵妄病，不能挣钱了。你父亲同意了，认为他们会很高兴的，所以我们就把血肠送给他们了。”

“当然不会。”安琪尔快活地说，回头去找蜜酒。

“我尝过了，那蜜酒的酒精含量太高，”他的母亲接着说，“这种蜜酒作饮料是不合适的，不过有人生了急病，它倒和红酒、白兰地一样地有效；所以，我把它收进我的药柜里去了。”

“我们吃饭是从来不喝酒的，这是规矩，”他的父亲补充说。

“但是我怎样对克里克太太说呢？”安琪尔说。

“当然实话实说。”他的父亲说。

“我倒愿意对她说，我们非常喜欢她的蜜酒和血肠。她是那种友好、快活一类的人，我一回去，她肯定就要立即问我的。”

“既然我们没有吃，你就不能那样说。”克莱尔先生明明白白地说。

“啊——不那么说好了，不过那种蜜酒倒是值得一点一点品尝呢。”

“你说什么呀？”卡斯伯特和费利克斯一齐问。

“哦——这是在泰波塞斯使用的说法。”安琪尔脸上一红，回答说。他觉得他的父母不近人情是不对的，但是他们的做法却是对的，所以就没有再说话。

第二十六章

一直到当天晚上家庭祈祷以后，安琪尔才找到机会把一两件心思对他的父亲说了。晚祷的时候，他跪在两个哥哥背后的地毯上，一面研究他们脚上穿的靴子后跟上的小钉子，一面在心里打定了主意。晚祷结束了，两个哥哥跟着母亲走了出去，屋子里只剩下他的父亲和他自己。

那个青年先是同他的父亲广泛地讨论了如何获得农场主地位的种种计划——要么就留在英格兰，要么就到殖民地去。后来他的父亲告诉他说，由于他没有花钱把安琪尔送到剑桥去接受教育，所以他当时就觉得自己有责任每年储蓄一笔钱，以便将来有一天给他买地或是租地，这样他就不会感到他的父亲对他不公平和薄待他了。

"就世俗的财富而论，"他的父亲接着说，"几年之内，你肯定就要比你的两个哥哥有钱多了。"

老克莱尔先生这一方待他既是这样周到，安琪尔就趁机把另一个他更关心的问题提了出来。他对他的父亲说，他已经二十六岁了，将来在他开始农场的事业时，他的脑后需要有一双眼睛，才照顾得了所有的事情——在他照看农场的时候，家里总得有一个人，帮他管理家中的事情。因此，他应不应该结婚呢？

他的父亲似乎认为他的想法不是没有道理，于是安琪尔才接着把问题提出来——

“我既然将来要做一个勤劳俭朴的农场主，那你觉得我最好娶一个什么样的姑娘做妻子呢？”

“一个真正的基督教徒，在你外出的时候，在你回家的时候，她既是你的帮手，又是你的安慰。除此而外，其他方面实在没有多大关系。这样的姑娘是不难找的。说实在的，现在就可以找到，我那个热心的朋友和邻居羌特博士——”

“但是，这个姑娘首先是不是应该会挤牛奶，会搅黄油，会做美味的奶酪呢？首先是不是应该懂得照顾母鸡和火鸡孵蛋，懂得照顾小鸡，懂得在紧急时候指挥工人种地，懂得给牛羊估价呢？”

“是的，做一个农场主的妻子应该是这样的，肯定是这样的，能这样最好不过了。”老克莱尔先生显然以前从来没有想到这些问题。“我还要补充一点，”他说，“你要找一个纯洁贤惠的姑娘，既要真正对你有利，又要确实让你的母亲和我感到满意，那么除了梅茜小姐，你就找不出另外一个人来。你从前也曾经对她表示过一点意思的。不错，我这位邻居羌特的女儿，近来也学到了我们这儿附近一些年轻牧师的毛病，像过节日似的拿一些鲜花之类的东西来装饰圣餐桌，也就是祭坛，有一天我听见她把祭坛叫做圣餐桌，还把我吓了一跳呢。不过她的父亲和我一样反对她这种俗套，说这种毛病是可以治好的。我相信这只不过是女孩子的心血来潮罢了，不会长久的。”

“说得对，说得对。我知道，梅茜小姐是一个品行端庄的虔诚的人。可是，父亲，你有没有想到过，如果一个人和梅茜·羌特小姐一样纯洁贤淑，尽管那位小姐的优点不在宗教方面，但是她能够像一个农场主那样懂得种地，对我来说是不是更加合适呢？”

他的父亲坚持自己的观点，认为一个农场主的妻子首先得有保罗对待人类的眼光，其次才是种庄稼的本事。安琪尔一时受到感情的驱使，他既要尊重他的父亲的感情，同时又要促成心中的婚姻大事，所以就说了一番貌似有理的话来。他说，命运或者上帝已经给他挑选了一个姑娘，无论从哪方面说，那个姑娘都配得上做一个农业家的伴侣和帮手，也肯定具有端庄稳重的性情。他不知道她信的教是否就是他父亲信的那个合理的低教派，但是她大概会接受低教派的信仰的。她是一个信仰单纯和按时上教堂的人；她心地忠厚，感觉敏悟，头脑聪明，举止也相当高雅；她像祭祀灶神的祭司一样纯洁，容貌也长得异常的美丽。

“她的出身是不是你愿意娶她的那种家庭，简而言之，她是不是一个小姐？”在他们谈话的时候，他的母亲悄悄地走进了书房，听了他的话大吃一惊，问他。

“按照普通的说法，她是不能被称为小姐的，”安琪尔急忙说，一点儿也不畏惧，“因为我可以骄傲地说，她是一个乡下小户人家的女儿。但是她在感情和天性方面，你不能不说她是一位小姐。”

“梅茜·羌特可是出身于一个高贵的家庭啊。”

“呸——那有什么好处，母亲？”安琪尔急忙说，“我现在不得不过劳苦的生活，将来也不得不过劳苦的生活，做我这种人的妻子家庭再好又有什么用处呢？”

“梅茜可是一个多才多艺的姑娘，多才多艺是自有魅力的。”他的母亲透过银边眼镜看着他，反驳他说。

“至于说到外在的才艺，它们对于我将要过的生活又有什么意义呢？——而说到读书，我可以亲自教她呀。你们因为不认识她，不然你们会说，她是一个多么聪明的学生啊。我可以这样比方说，她浑身上下充满了诗意——其实她本身就是诗。在理论上懂得诗的诗人只能把诗写出来，而她却是一首具有生命的诗……而且我敢肯定，她还是一个无可指摘的基督徒；也许她就是你们想宣扬的那一类典型中的一个。”

“啊，安琪尔，你是在说笑吧！”

“母亲，你听我说。每个礼拜天的早晨，她可真的都去了教堂，她是一个优秀的基督教徒，我敢肯定，她有了这种品质，你们就会容忍她在社会出身方面的缺陷了，就会认为我要是不娶她，那就是大错而特错了。”他心爱的苔丝身上的正统信仰，那完全是自发产生的，他当时看见苔丝和别的挤奶女工按时去作礼拜时，心里也是瞧不起的，因为在她们本质上是对自然崇拜的信仰里，作礼拜显然就不是诚心诚意的。可是他做梦也没有想到这一点竟会对他大有帮助，成了支持自己的理由，于是对这一点就越说越认真了。

克莱尔先生和克莱尔太太很有些怀疑他们的儿子声明那个他们不认识的年轻姑娘拥有的资格，他们的儿子自己是不是就有权利要求得到他说的那种资格，他们开始觉得有一个不能忽视的优点，那就是他的见解至少是正确的，他们尤其感到，他们的儿子和那个姑娘的缘分，必定是出于上帝的一种安排，因为克莱尔从来也不会把正统信仰看作他选择配偶的条件的。他们终于说，他最好不要匆忙行事，但是他们也不反对见见她。

因此，安琪尔现在也就对其他的细节避而不谈了。他总觉得，虽然他的父母心地单纯，有自我牺牲的精神，但是他们作为中产阶级的人，心中不免潜藏着某些偏见，这需要用点儿机智才能克服。虽然在法律上他有自由作主的权利，而且他们将来也可能要远远地离开他们生活，因此媳妇的身份就不会对父母的生活产生什么实际影响，但是为了父母的对自己的呵护，他希望在对自己一生作出最重要的决定时，不要伤害了父母的感情。

他在详述苔丝生活中的一些偶然事件时，把它们当成了最重要的特点,因此自己也觉得言不由衷。他爱苔丝,完全是为了苔丝自己：为了她的灵魂，为了她的心性，为了她的本质——而不是因为她有奶牛场里的技艺，有读书的才能，更不是因为她有纯洁的正统的宗教信仰。她那种天真纯朴的自然本色，无需习俗的粉饰，就能让他喜欢。他认为家庭幸福所依靠的感情和激情的搏动，教育对它们的影响是微乎其微的。经过许多个世纪以后，道德和知识训练的体系大概也有了改进，就会在一定程度上，也许在相当大的程度上提高人类天性中不自觉的、甚至是无意识的本能。但是就他看来，直到今天，也许可以说文化对于那些被置于它的影响之下的人，才在他们的表皮上产生了一点儿影响。他的这种信念，由于他同妇女接触的经验而得到证实，他同妇女的接触，近来已经从受过教育的中产阶级发展到了农村社会，并从中得出一个真理：一个社会阶层中贤惠聪明的女子和另一个社会阶层中贤惠聪明的女子，跟同一个阶层或阶级中的贤惠与凶恶、聪明与愚笨的女子比起来，她们本质上的差别是多么小。

那天早晨是他离家的时候。他的两个哥哥早已经离开牧师住宅，往北徒步旅行去了，旅行完了，就一个回他的学院，另一个回到他的副牧师职位上去。安琪尔本来可以和他们一块儿去旅行，但是他更愿意回泰波塞斯去，好同他心爱的人会面。要是他们三个人一块儿去旅行，他一定会觉得很别扭，因为在三个人中间，虽然他是最有欣赏力的人文主义者，最有理想的宗教家，甚至是三个人中对基督最有研究的学者，但是他总觉得同他们的标准思想已经有了疏远，同他们为他准备的方圆格格不入。因此无论是对费利克斯还是卡斯伯特，他都没有提起过苔丝。

他的母亲亲自给他做了一些三明治，他的父亲骑上自己的一匹母马，陪着他走了一段路。既然自己的事情已经有了相当不错的进展，他也就心甘情愿地听父亲谈话，而自己一声不吭。他们骑着马一起在林阴路上一颠一颠地走着，他的父亲也就一边向他诉说教区上的困难，说他受到他所爱的同行牧师的冷淡，原因就是他按照加尔文的学说严格解释了《新约》，而他的同行们则认为加尔文学说是有害的。

“有害的！”老克莱尔先生用温和的鄙夷口气说。他接着又述说了过去的种种经历，用以说明那种思想是荒谬的。他列举了许多他亲自把浪子劝化过来的惊人例子，这些人中不仅有穷人，也有富人和中产阶级的人；同时他也坦率地承认，还有许多浪子没有被他劝化过来。

在没有被劝化过来的人里面，他提到一个例子。那个人的名字叫德贝维尔，是一个年轻的暴发户，住在特兰里奇，离这儿有四十里远近。

“在金斯伯尔那些地方，有一户古老的德贝维尔人家，他是不是这户人家里的人？”儿子问。“关于这户衰败了的人家，在它的离奇的历史里，还有一段四马大车的鬼怪传说呢。”

“啊，不是的。那户真的德贝维尔人家早在六十年前或者八十年前就衰败了，湮灭了——我相信至少是这样的。这一户人家似乎是新的，是冒名顶替的一户人家。为了前面说到的那个骑士家族的荣誉，但愿他们是假的才好。我原来以为你比我还不重视他们呢。”

“那你是误解我了，父亲，你经常误解我。”安琪尔有点儿不耐烦地说，“在政治上，我是怀疑古老家族的价值的。在他们自己中间，也有一些贤达人士，他们像哈姆雷特说的那样，‘大声反对他们自己的继承权’①；但是古老家族具有抒情性、戏剧性、历史性，倒容易引起我的幽情呢。”

这段插话尽管决不是不可理解的插话，但是对老克莱尔先生来说就不好理解了，于是他就继续说开了他刚才叙述的故事。故事里说，那个所谓的老德贝维尔死后，年轻的德贝维尔就放荡起来，做下了许多该受到最严厉惩罚的风流勾当，他还有一个瞎眼的母亲，他本应该从她的情形中知道警戒的。有一次克莱尔先生到那个地方去布道，听说了德贝维尔的行径，他就借机把这个人灵魂状况方面的罪行大胆地讲了一番。虽然他是一个外来牧师，占据的是别人的讲坛，但是他还是觉得他有责任劝导劝导他，于是他就引用圣徒路加的话作了自己布道的题目：“无知的人哪，今夜必要你的灵魂！”②这个青年痛恨他单刀直入的批评，后来他们相遇了，就激烈地争辩起来，并不顾忌他是一个头发灰白的老人，当众把克莱尔先生侮辱了一番。

---

① 大声反对他们自己的继承权（exclaim against their own succession），见莎士比亚的悲剧《哈姆雷特》第二幕第二场。

② 见《新约·路加福音》第十二章第十二节。

安琪尔听了，难过得脸都红了。

“亲爱的父亲，”他伤心地说，“希望你以后不要去招惹这种流氓，不要去自寻不必要的痛苦。”

“痛苦？”他的父亲问，在他满是皱纹的脸上，闪耀着自我克制的热情，“我就是因为他的痛苦才感到痛苦的，可怜的愚蠢的青年！你以为他骂了我，甚至于打了我，就会使我感到痛苦吗？‘被人咒骂，我们就祝福；被人逼迫，我们就忍受；被人诽谤，我们就劝善；直到如今，人还把我们看作世界上的污秽，万物中的渣滓。’①这些对哥林多人说的古老而高贵的格言，现在也还是极其正确呢。”

“他没有打你吧，父亲？他没有动手吧？”

“没有，他没有动手。不过我倒叫疯狂的醉汉打过。”

“啊！”

“有十几次呢，我的孩子。后来怎样了？我挨了打，可到底把他们从杀害他们自己骨肉的犯罪中拯救出来了。从此以后，他们一直感谢我，赞美上帝。”

“但愿这个年轻人也能那样！”安琪尔热烈地说。“不过我从你说的话看来，恐怕不能把他劝化过来。”

“不管怎样，我们还是希望能把他感化过来，”克莱尔先生说。“我不断地为他祈祷，虽然在这一辈子里，我们也许再也见不着面了。不过，说不定有一天，我对他说的这许多话，也许会有一句像一粒种子一样，在他的心里发芽生长。”

直到现在，克莱尔的父亲还是如同往常，像小孩子一样对什么事情都充满希望。虽然年轻的儿子不能接受那套狭隘的教条，但是他却尊敬父亲身体力行的精神，不能不承认他的父亲是一个虔诚的英雄。也许他现在比过去更加尊敬他父亲身体力行的精神了，因为他父亲在了解他同苔丝的婚事的时候，从来也没有想到要问她是富有呢还是贫穷。安琪尔正是同样拥有了这种超凡脱俗的精神，才走

① 见《新约·哥林多前书》第四章第十二节。

上了要当一个农场主的人生道路，而他的两个哥哥，大概也是因为这一点，才拥有了一个穷牧师的职位。但是安琪尔对他父亲的钦佩一点儿也没有减少。说实在的，尽管安琪尔信仰异端邪说，但是他常常觉得在做人方面，他比两个哥哥更接近父亲。

第二十七章

安琪尔骑着马，一路翻山越谷，在正午的太阳里走了二十多英里路，到了下午，走到了泰波塞斯西边一两英里地方的一个孤立的小山冈上，抬头望去，又看见了前面的低谷瓦尔谷，也就是佛卢姆谷，谷中水分充足，土地滋润，一片青绿。他立刻离开那块高地，向下面那片冲积而成的肥沃土壤走去，空气也变得浓重起来；夏天的果实、雾气、干草、野花散发出懒洋洋的芬芳，汇聚成一个巨大的芳香湖泊。在这个时候，似乎所有的鸟兽、蜜蜂、蝴蝶，受到香气的熏陶，都要一个个睡去了。对于这个地方，克莱尔现在已经非常熟悉了，所以他虽然从老远的地方望见点缀在草地上的牛群，也能够叫出每一头牛的名字来。他心里有一种享受的感觉，因为某些方面他现在和学生时代的他完全不一样了，认识到自己在这儿具有从内部观察生活的能力。虽然他深爱自己的父母，但是现在他也不禁深深感觉到，他回家住了几天，再回到这里，心里就有了一种摆脱羁绊束缚的感觉。泰波塞斯没有固定的地主，在这个地方，对英国农村社会的荒诞行为，甚至连通常的约束也没有。

奶牛场上，门外看不见一个人。奶牛场里的居民，都在像平常一样享受午后一个小时左右的小睡，夏天起床非常早，中午小睡一会儿是不可缺少的。门前有一棵用来挂牛奶桶的剥了树皮的橡树桩固定在地上，树杈上挂着带箍的木桶，木桶经过不断的擦洗，已经让水泡透了，洗白了，挂在那儿就像一顶顶帽子；所有的木桶都洗静了，晒干了，准备晚上挤牛奶使用。安琪尔走进院子，穿过屋子里静静的走道,来到后面,站在那儿听了一会儿。房里睡着几个男工，可以听见从房内传出来的他们的鼾声。在更远一点儿的地方，有一些猪热得难受，发出哼哼唧唧的叫声。长着宽大叶子的大黄和卷心菜也都入睡了，它们宽阔的叶面在太阳下低垂着，就像是半开半合的阳伞。

他把马嚼松开，喂上马，再回到屋里的时候，时钟刚好敲响了三点。这是下午撇奶油的时候；钟声一响，克莱尔就听见了头上楼板的咯吱声，听见了有人从楼梯上下楼的脚步声。那正是苔丝走路的声音。又过了一会儿，苔丝下了楼，出现在他的面前。

克莱尔进屋时她没有听见，也没有想到他会在楼下。她正打着呵欠，克莱尔看见她嘴里面红红的，仿佛蛇的嘴一样。她把一只胳臂高高地举起来，伸在已经被盘起来的头发上面，看得见头上被太阳晒黑的皮肤的上面部分，像缎子一样光滑白嫩；她的脸睡得红红的，眼皮低垂着，遮住了瞳孔。她的浑身上千都散发出女性成熟的气息。正是在这种时刻，一个女人的灵魂才比任何时候更像女人；也正是在这种时候，超凡脱俗的美才显示出肉欲的一面，女性的特征才在外面表现出来。

接着，她的一双眼睛从惺忪朦胧中睁开了，闪着明亮的光，不过她脸上其他的部分还没有完全清醒过来。她脸上的表情是奇特的、复杂的，有高兴，有羞怯，也有意外，她喊着说：

“啊，克莱尔先生！你把我吓了一跳——我——”

最初她还没有来得及想到，克莱尔已经向她表明了心迹，他们的关系已经发生变化了。克莱尔向楼梯跟前走去，苔丝看见他一脸的温情，这才完全意识到这件事情，这种意识随着又在她的脸上表现出来。

“亲爱的，亲爱的苔丝呀！”他低声说，一边伸出胳臂搂着她，一边把脸朝着苔丝羞红了的脸，“千万不要再叫我先生了。我这样早赶回来，全是为了你呀！”

苔丝那颗容易激动的心紧靠着克莱尔跳动着，作为对他的回答。他们就站在门厅的红地砖上，克莱尔紧紧地把苔丝搂在怀里，太阳从窗户里斜射进来，照在他的背上，也照在苔丝低垂着的脸上，照在她太阳穴上的蓝色血管上，照在她裸露的胳膊和脖颈上，照进了她又浓又密的头发里。她是和衣而卧的，所以身上暖暖的，像一只晒过太阳的猫。她起初不肯抬头看他，但是不久就抬起头看着他，大概就是夏娃第二次醒来时看亚当的样子，克莱尔也看着她的眼睛，一直看到了她那变幻不定的瞳仁的深处，只见里面闪耀着蓝色、黑色和紫色的光彩。

“我得去撇奶油了，”她解释说，“今天只有老德贝拉一个人帮我。克里克太太和克里克先生一起上市场去了，莱蒂不舒服，别的人也有事出了门，不到挤牛奶的时候不会回来。”

他们在往牛奶房走的时候，德贝拉·费安德从楼梯上露面子。

“我已经回来了，德贝拉，”克莱尔抬起头来说，“我来帮苔丝撇奶油吧。我想你肯定很累，挤牛奶的时候你再下来吧。”

当天下午，泰波塞斯的奶油可能没有完全撇干净。苔丝宛如在梦里一样，平常熟悉的物体，看起来只是一些明暗不清、变幻不定的影子，没有特别的形体和清楚的轮廓。她每次把撇奶油的勺子拿到冷水管下面冷却时，手直发颤，她也可以感觉到他的感情是那样炽热，而她就像是猛烈燃烧着的太阳底下的一棵植物，似乎想避开逃走。

接着他又把她紧紧的拥抱在自己的身边，当苔丝伸出食指沿着铅桶把奶油的边缘切断时，他就用天然的办法把她的食指吸吮干净；因为泰波塞斯毫无拘束的生活方式，现在倒给了他们方便。

“我早晚是要对你说的，不如现在就对你说了吧，最亲爱的，”他继续温情地说，“我想问你一件非常实际的事情，从上星期草场上那一天开始，我一直在考虑这件事。我打算不久就结婚，既然做一个农场主，你明白，我就应该选择一个懂得管理农场的女人做妻子。你愿意做那个女人吗，苔丝？”

他提出这件事的时候，他的表情不会让她产生误解，以为他是一时屈服于感情冲动而理智并不赞成。

苔丝的脸上立刻愁云密布。他们相互接近，她必然会爱上他，她对这个不可避免的结果已经屈服了。但是她没有想到这个突然而来的结果。这件事克莱尔确实在她面前提出过，但是他完全没有说过会这样快就结婚。她是一个高尚的女子，嘟哝着说了一些不可避免的和发誓的话作为回答，说的时候带着痛苦，就像一个将死的人所遭受的苦难一样。

“啊，克莱尔先生——我不能做你的妻子——我不能！”

苔丝把自己的决定说了出来，从她的声音可以听出来，她似乎是肝肠寸断，痛苦地把头低着。

“可是，苔丝！”克莱尔听了，对她的回答觉得奇怪，就把她拥抱得比先前更紧了，“你不答应吗？你肯定不爱我吗？”

“啊，爱你，爱你的！我愿意做你的妻子，而不愿意做这个世界上其他人的妻子。”痛苦不堪的姑娘用甜蜜的诚实的声音回答说，“可是我不能嫁给你！”

“苔丝，”他伸出胳膊抓住她说，“你该不是和别人订婚了吧！”

“没有，没有！”

“那么你为什么要拒绝我？”

“我不想结婚！我没有想到结婚。我不能结婚！我只是愿意爱你。”

“可是为什么呢？”

她被逼得无话可说了，就结结巴巴地说——

“你的父亲是一个牧师，你的母亲是不会同意你娶我这样的人的。她会让你娶一位小姐的。”

“没有的话——我已经对他们两个人都说过了。这就是我回家的部分原因呀。”

“我觉得我不能嫁给你——永远，永远不能！”她回答说。

“是不是我这样向你求婚太突然了，我的美人儿？”

“是的——我一点儿也没有想到。”

“如果你想把这件事拖一拖，也行，苔丝，我会给你时间的，”他说，“我一回来就立刻向你提这件事，的确是太唐突了。隔一阵儿我再提这件事吧。”

她又拿起了撇奶油的勺子，把勺子伸到水管子下面，重新开始工作起来。可是她无法像在其他时候那样，能够用所需要的灵巧手法，把勺子精确地伸到奶油的底层下面。她尽力而为，但是有时候她把勺子撇到了牛奶里，有时候什么也撇不着。她的眼睛几乎看不见了，悲伤给她的一双眼睛注满了泪水，模糊了她的视线。对于她这位最好的朋友，她亲爱的辩护人，她是永远无法向他解释的。

“我撇不着奶油了——我撇不着了！”她转过身去说。

为了不让她激动，不妨碍她的工作，细心体贴的克莱尔开始用一种更加轻松的方式同她说话：

“你完全误解了我的父母。他们都是最朴实的人，也是完全没有野心的人。福音派的教徒所剩无几了，他们就是其中的两个。苔丝，你是一个福音教徒吗？”

“我不知道。”

“你是定期上教堂的，他们告诉我，我们这儿的牧师并不是什么高教派。”

苔丝每个星期都去教堂听教区的牧师讲道，但是她对那个牧师的印象却十分模糊，甚至比从来都没有见过那个牧师的克莱尔还要模糊。

“我希望能专心致志地听他讲道，但是我在那儿又老是不能专下心来。”她说着不会让人多心的普通话题，“对这件事我常常感到非常难过。”

她说得那样坦诚自然，安琪尔心里相信他的父亲是不能用宗教方面的理由反对苔丝了，即使她弄不清楚自己是高教派、低教派还是广教派，这也没有什么关系。但是安琪尔知道，她心中混乱的宗教信仰，明显是在儿童时代受到熏陶的结果，真正说来，就使用的词句而论，是特拉克特主义的[1]，就精神实质而论，是泛神论的。混乱也罢，不混乱也罢，他绝没有想到要去纠正它们：

你的妹妹在祈祷，不要去打搅
她儿时的天堂，幸福的观念；
也不要用晦涩的暗示搅乱
她在美妙岁月里过的生活。[2]

他曾经认为，这首诗的主旨不如它的韵律可靠；但是他现在却乐意遵从它了。

他继续谈他回家后的种种琐事，谈他父亲的生活方式，谈他父亲追求生活原则的热情。苔丝也慢慢安静下来，撇奶油时手也不发颤了。他陪着她一桶一桶地撇着奶油，又帮她把塞子拔掉，把牛奶放出来。

“你刚进来的时候，我觉得你情绪不太好似的。”她冒昧地问，尽量绕开与自己有关的话题。

“是的——哦，我父亲跟我谈了许多的话，谈他的烦恼，谈他的困难，他谈的话对我总是有一种压抑的感觉。他是一个热情认真的人，遇到同他的想法不同的人，他们不仅冷淡他，甚至还动手打他，像他这样大年纪的一个人，我不愿意他遭受侮辱，尤其是一个人热心到那种程度，我认为并没有什么用处。他还告诉过我新近他遭遇

① 特拉克特主义（Tractarian），一种英国宗教运动，又称牛津运动，因这一派自1832年到1841年发表九十本小册子，主张英国国教归于天主教，反对新教，后因遭人反对而逐渐消亡。

② 该诗引自丁尼生（Alfred Lord Tennyson）的诗《纪念阿塞·哈莱姆》（In Memorian）第三十三节。

的一件叫人非常不痛快的事。有一次他当一个讲道团的代表，到附近的特兰里奇去讲道，那是离这儿四十英里的一个地方，在那儿遇见了一个地主的儿子，妈妈是个瞎子。儿子是一个放荡狂妄的青年，我父亲就担负起教导他的责任，直截了当地教导他，结果竟引出了一场麻烦。我一定要说，我父亲太傻了，既然劝说明显是没有用的，何必去对一个素不相识的人费口舌呢。但是不管什么事，他只要认为是他的职责，他就不管什么时候，都要去做。当然，他结下了不少的仇人，其中不仅有绝对的坏人，也有一些容易相处的人，他们恨父亲多管闲事。他说，他的光荣就在发生的这些事情里，说善是在间接中实现的。可是我希望他不要老是这样自找苦吃，他已经渐渐老了，就让那些猪猡在污泥中打滚好了。”

苔丝的脸色变得呆滞憔悴了，红润的嘴唇露出凄惨的情态；但是再也没有看见她有颤栗的表现。克莱尔又想起了他的父亲，因此没有注意到苔丝的特别表现。他们就这样继续撇那一长排方形盆子里的牛奶，直到都撇完了，牛奶都放掉了才歇手。其他的挤奶女工也来了，拎起了她们的牛奶桶，德贝拉也下来刷洗铅桶，预备装新的牛奶。在苔丝到草场上去挤牛奶的时候，克莱尔温柔地问她——

“我问的问题你还没有回答呢，苔丝？”

“啊，不行——不行！”苔丝郑重和绝望地说，因为她刚才听见克莱尔说的德贝维尔的故事，又引发了她过去的痛苦，“我不可能嫁给你。”

她出了门，向草场走去，一步就跨进了挤奶女工的队伍中，仿佛要利用户外的新鲜空气，来赶走心中的不快。所有的女工们都向在远处草场上吃草的奶牛走去，这一群勇敢的姑娘身上带着野性的美，她们是一群已经习惯了不受任何拘束的姑娘，迈着自由随便的步子，在空旷的野外走着，就好像游泳的人去追逐波浪一样。克莱尔又看见了苔丝，现在他觉得，从无拘无束的自然中选择一个伴侣，而不是从艺术的宫殿里去选择伴侣，这都是再自然不过的。

第二十八章

苔丝的拒绝虽然出乎意外，但是这也不会长期让克莱尔气馁。他对女人已经有了经验，这已经足以使他懂得，否定常常只是肯定的开端。但是他的经验毕竟有限，还不足以知道目前这种否定完全是一个例外，和那种忸怩作态的调情不同。既然苔丝已经允许他向她求爱了，他认为这就是一种额外的保证，但是他并没有完全认识到，发生在田野里和牧场上的那些"免费的叹息"[①]，也决不是浪费了；在这种地方，恋爱常常是没有多加考虑就被接受了，这种恋爱只是为了恋爱自身的甜蜜，它和充满野心的忧虑焦躁的家庭不一样，在那种家庭里，女孩子渴望的只是为了建立家业，这样就损害了以感情为目的的健康思想。

"苔丝，为什么你用这种坚决的态度说'不'呢？"过了几天他问苔丝。

她吃了一惊。

"不要问我。我已经告诉过你了——部分地告诉过你了。我配不上你——我不值得你爱。"

---

① 免费的叹息（sigh gratis），引自莎士比亚的悲剧《哈姆雷特》，见该剧第二幕第二场。

“怎么配不上？因为你不是一位千金小姐吗？”

“不错——和那差不多。”她低声说，“你家里的人会瞧不起我的。”

“你实在是把他们看错了——把我的父亲和母亲看错了。至于说到我的哥哥，我并不在乎——”他从后面用双手抱住苔丝，害怕她逃走了，“喂——你说的不是真话吧，亲爱的？——我敢肯定你不是说的真话！你已经弄得我坐立不安了，不能读书、无心玩耍，什么事也没法做。我不着急，苔丝，但是我想知道——想从你温暖的嘴里亲自听到——有一天你会是我的人——什么时间你可以选择，但是总有一天吧？”

她只是摇了摇头，扭转了脸不去看他。

克莱尔仔细地打量着她，把目光集中在她的脸上，仿佛上面刻有象形文字似的。看上去她的拒绝好像是真的。

“要是这样的话，我就不应该这样搂着你了——是不是？我没有权利搂着你——没有权利约你出去，没有权利一块儿和你散步了！老实说，苔丝，你是不是爱上了别的人？”

“你怎能这样问我呢？”她继续自我克制着说。

“我一直知道你没有爱上其他别的人。但是为什么你又要拒绝我呢？”

“我不是拒绝你呀。我喜欢听——听你说你爱我，当你和我在一起的时候，你都可以这样说——这不会惹我生气的。”

“可是你没有接受我做你的丈夫啊？”

“啊——那又不同了——那是为你好呀，的确是为你好啊，最亲爱的克莱尔啊，相信我吧，这只是为了你的缘故！我不愿意把自己这样交给你，享受无限的幸福——因为——因为我肯定不应该这样做。”

“但是你会使我幸福的！”

“啊——你以为是这样，其实你不明白！”

每次到了这种时候，他总是把她的拒绝理解成是她的卑谦，理解成是她认为自己在交际和教养方面缺乏能力，因此他就称赞她知识多么地丰富，多么地多才多艺——其实这一点儿不假，她天性聪颖，加上又崇拜他，这就促使她学习他使用的词汇，学习他说话的音调，她零零碎碎向他学到的知识，达到了令人惊奇的程度。他们每次都是这样多情地争论，最后又总是她取得胜利，然后再独自离开。如果是挤牛奶的时候，她就会跑到最远的一头奶牛那儿去挤奶；如果是闲暇的时候，她就会跑到苇塘里去；或者跑回自己的房间，独自在那儿悲伤，而在不到一分钟前，她还在假装冷淡地表示拒绝。

她内心的这种斗争非常可怕。她自己那颗心系在克莱尔的身上，非常强烈——两颗热烈的心一起反抗一点儿可怜的良知——她尽其所能地使用了一切方法，使自己的决心得到坚定。她是下定了决心到泰波塞斯来的。她决不能同意迈出这一步，免得以后导致丈夫后悔，说是瞎了眼睛才娶了她。她坚持认为，她在心智健全时候作出的决定，现在不应该把它推翻。

“为什么没有人把我所有的事都告诉他呢？”她说，“那儿离这儿只不过四十英里——为什么还没有传到这儿来呢？肯定有人知道的！”

可是又似乎没有人知道，还没有人告诉他。

有两三天的时间，她什么话也没有说。但是她从同宿舍女伴伤心的脸色上猜测出来，她们不仅把她看成他喜欢的人，而且也把她看成被他选中的人。但是她们自己也看得出来，她在回避他。

苔丝从来都不曾知道，她的生命线明显是由两股线拧在一起的，一股是绝对的快乐，一股是绝对的痛苦。第二次作奶酪的时候，他们两个人又一起被单独地留在那儿了。奶牛场老板过来帮忙。但是克里克先生，还有克里克太太，近来开始怀疑在这两个人中间出现的相互之间的兴趣。不过他们的恋爱进行得非常小心，所以那种怀疑也是非常模糊的。不论是真是假，那天老板还是躲开了。

他们正在那儿把一大块凝乳切开，准备放进大桶里去。他们的做法和把大量的面包切碎有些相同，苔丝·德北菲尔德的双手拾掇

着凝乳，在洁白凝乳的衬托下，显现出一种粉红的玫瑰色。安琪尔正在用手一捧一捧地帮着往大木桶里装，但他又突然停下来，把自己的一双手放在苔丝的手上。苔丝衣服的袖子卷到了胳膊肘以上，他就低下头去，在苔丝娇嫩胳膊靠里的血管上吻了一下。

虽然九月初的气候还很闷热，但是苔丝的胳膊因为放在凝乳里，所以他的嘴感到又湿润又冰冷，就像刚采的蘑菇一样，还带有奶清的味道。不过她是一个非常敏感的人，给他一吻，她的脉搏就加速跳动起来，血液流到了指尖，冰凉的胳膊也热得发红了。后来，她心里似乎在说："还有必要再羞答答的吗？真情是男女之间的真情，它和男人同男人之间的真情是一样的。"她把她的眼睛抬起来，双眼的真诚目光同他的目光交织在一起，轻轻地张开嘴，温柔地微笑了一下。

"你知道我为什么要那样做吗，苔丝？"他问。

"因为你非常爱我呀！"

"说得对，我准备再向你求婚。"

"别再提这件事了！"

她显得突然害怕起来，她怕的是在自己愿望的压力下，自己的抵抗有可能崩溃。

"啊，苔丝！"他继续说，"我不该以为你在逗着我玩吧。你为什么要让我这样失望呢？你都差不多挺像一个卖弄风情的女人了，老实说，你都差不多那样了——真像城市里一个最好品质的卖弄风情的女人了！她们时冷时热的，就像你现在一样，在泰波塞斯这个偏僻的地方，你别想能找到这类人物……可是，最亲爱的，"他看见自己说的话刺伤了她，又急忙补充说，"我知道你是世界上最诚实、最纯洁的姑娘。所以我怎么会认为你是一个卖弄风情的女子呢？苔丝，假如你像我爱你一样爱我，那你又为什么不愿意做我的妻子呢？"

"我从来没有说过我不愿意呀，我从来都不会说我不愿意。因为——那不是我的真心话！"

当时她的克制已经超过了她能忍受的程度，她的嘴唇颤抖起来，急忙走开了。克莱尔既非常痛苦，又非常困惑，只好从后面追过去，在走道里捉住她。

“告诉我，告诉我！”他一面说，一面感情激动地搂住她，忘记了自己两手沾满了凝乳，“你一定要告诉我，你不会属于别人，只是属于我！”

“我告诉你，我告诉你！”她大声说，“而且我还会给你一个完全的答复，要是你现在放开我。我会告诉你我的经历——关于我自己的一切——一切。”

“你的经历，亲爱的。是的，当然，有多少经历我都听。”他看着苔丝的脸，用爱她的方式逗着她说，“我的苔丝，没有疑问，经历可多啦，多得差不多和外面花园树篱上的野牵牛花一样多，还是今天早上第一次开花呢。把什么都告诉我吧，但是不许你再说你配不上我的讨厌话。”

“我尽力而为——不说吧！我明天就把理由告诉你吧——不，下个星期吧。”

“你是说在礼拜天？”

“对，在礼拜天。”

她终于离开走了，一直走进院子尽头的柳树丛中，柳树被削去了树梢，长得密密麻麻的，她躲在那儿看不见了。她在那儿一下子就扑倒在树下沙沙作响的金枪草上，就像躲在床上一样，她蜷曲着躺在那儿，心里怦怦直跳，苦恼中又涌出来一阵阵快乐。直到后来，她的担心也没能把欢乐压制下去。

实际上，她的态度正在发展为默认。她的呼吸和呼吸的每一次变化，她的血液的每一次涨落，她的脉搏在她耳边的每一次跳动，就同她的天性一起发出一种声音，反对她的种种顾虑。不要畏惧，不要顾虑，接受他的爱情；到神坛前去同他结合，什么也不要说，试试看他会不会发现她的过去；在痛苦的铁嘴还没有来得及把她咬住之前，享受已经成熟的快乐：这就是爱情对她的劝说。她几乎带着惊喜的恐惧猜到，尽管好几个月来，她孤独地进行自我惩戒，自我思索，自我对话，制定出许多将来过独身生活的严肃计划，但是爱情却要战胜一切了。

下午在慢慢地过去，她仍然待在柳树丛中。她听到了有人把牛奶桶从树杈上取下来发出的响声；也听见了把奶牛赶到一块儿的“呜噢呜噢”的喊声。但是她没有过去挤牛奶。他们会看见她的激动样子的，奶牛场老板只会把她的激动看成是恋爱的结果，因此也要善意地取笑她，决不能让这种戏谑出现。

她的情人也一定猜测到了她过分激动的情形，就为她编造了一个借口，解释她不能来挤牛奶的原因，所以也就没有人再打听或者去喊她。六点半钟的时候，太阳落到了地平线上，那样子就像天上的一个巨大的炼铁炉，同时，一个像南瓜一样的大月亮从另一边升了起来。

那天是星期三。星期四又到了，安琪尔从远处心事重重地看着她，但是决不去打搅她。屋内的挤奶姑娘们，还有玛丽安和其他的人，她们猜测肯定正在发生什么事情，因此在房间里就没有议论她。星期五过去了；星期六也过去了。明天就是那一天了。

“我要让步了——我要答应了——我要同意嫁给他了——我没有办法了！”那天夜晚，她把发烧的脸贴在枕头上，听见有一个姑娘在睡梦中呼唤着安琪尔的名字，就满怀妒意地说：“我要自己嫁给他，我不能让别人嫁给他！可是委屈他了，他知道后会气死的啊！啊，我的心啊——啊——啊——啊！”

第二十九章

“喂，你们猜猜今天早晨我听见谁的消息了？”第二天克里克老板坐下来吃早饭时问，一边用打哑谜的眼光看着大吃大嚼的男女工人。“喂，你们猜猜是谁？”

有一个人猜了一遍，又有一个人猜了一遍。克里克太太因为早已经知道了，所以没有猜。

“好啦，”奶牛场老板说，“就是那个松松垮垮的浑蛋杰克·多洛普。最近他同一个寡妇结了婚。”

“真的是杰克·多洛普吗？一个坏蛋——你想想那件事吧！”一个挤牛奶的工人说。

苔丝·德北菲尔德很快就想起了这个名字，因为就是叫这个名字的那个人，曾经欺骗了他的情人，后来又被那个年轻姑娘的母亲在黄油搅拌器里胡乱搅了一通。

“他按照他答应的那样娶了那个勇敢母亲的姑娘吗？”安琪尔·克莱尔心不在焉地问。他坐在一张小桌上翻阅报纸，克里克太太认为他是一个体面人，所以老是把他安排在那张小桌上。

“没有，先生。他从来就没有打算那样做。”奶牛场老板回答说，“我说过是一个寡居的女人，但是她很有钱，似乎是——一年五十镑左右吧。他娶她以后，以为那笔钱就是他的了。他们是匆匆忙忙结婚的。结婚后她告诉他说,她结了婚,那笔一年五十镑的钱就没有了。想想吧，我们那位先生听了这个消息，心里头该是一种什么样的滋味啊！从此以后，他们就要永远过一种吵架的生活了！他完全是罪有应得。不过那个可怜的女人更要遭罪了。”

“啊，那个傻女人，她早就该告诉他，她第一个丈夫的鬼魂会找他算帐的。”克里克太太说。

“唉，唉，”奶牛场老板犹豫不决地回答说，“你们还得把本来的情形给弄清楚了。她是想有个家啊，所以不愿意冒险，害怕他跑掉了。姑娘们，你们想是不是这么一回事呀？”

他打量了一眼那一排女孩子。

“他们在去教堂结婚时，她就应该告诉他的，这时候他已经跑不掉了。”玛丽安大声说。

“是的，她应该那样做。”伊茨同意说。

“他是个什么样的东西，她一定早就看清了，她不应该嫁给他的，”莱蒂激动地说。

“你说呢，亲爱的？”奶牛场老板问苔丝。

“我觉得她应该——把真实的情形告诉他——要不然就不要答应嫁给她——不过我也说不清楚。”苔丝回答说，一块黄油面包噎了她一下。

“我才不会那样干呢。”贝克·尼布斯说,她是一个结过婚的女人,到这儿当帮手，住在外面的茅屋里，“情场如战场，任何手段都是正当的。我也会像她那样嫁给他的，至于我第一个丈夫的事，我不想告诉他，我就不告诉他，要是他对我不告诉他的事吭一声，我不用擀面杖把他打倒在地才怪呢——他那样一个瘦小的男人，任何女人都能把他揍趴下。”

这段俏皮话引起了一阵哄然大笑，为了表示和大家一样，苔丝也跟着苦笑了一下。在他们眼中是一出喜剧，然而在她眼里却是一出悲剧,对于他们的欢乐,她简直受不了。她很快就从桌边站起身来,她有一种感觉，克莱尔会跟着她一起走的，她沿着一条弯弯曲曲的小道走着，有时候她走在灌溉渠的这一边，有时候走在灌溉渠的那一边，一直走到瓦尔河主流的附近才停了下来。工人们已经开始在河流的上游割水草了，一堆一堆的水草从她面前漂过去——就像是绿色的毛茛小岛在移动，她差不多就可以站在上面了。河里栽有一排一排木桩，是为了防止奶牛跑过河去，这时挡住了流下来的水草。

不错，痛苦就在这里。一个女人讲述自己的历史的问题——这是她背负的最沉重的十字架——但在别人看来只不过是一种笑料。这简直就像嘲笑圣徒殉教一样。

“苔丝！”一声叫声从她的背后传来,克莱尔从小沟那边跳过来，站在她的身边。“我的妻子——不久就是我的妻子了。”

“不，不；我不能做你的妻子。这是为你着想啊，克莱尔先生。为你着想，我应该说不！”

“苔丝！”

“我还是要说不！”她重复说。

他没有想到她会说不。他把话说完就伸出胳膊紧紧地搂住了她的腰，搂在她披散的头发下面。（年轻的挤奶女工，包括苔丝，星期天吃早饭时都披散着头发，在去教堂的时候她们才把头发高高地挽起来，她们在挤牛奶的时候要用头靠着奶牛，所以不能那样梳法。）要是她说的是肯定而不是否定，他就一定吻过她了，这显然是他的意图，可是她坚决的否定阻止了他的顾虑重重的渴望。他们同住在一幢屋子里，不能不相互来往，这样她作为一个女人就被置于一种不利的地位。他觉得，要是他向她施加压力，步步紧逼，这对她就是不公平的，假如她能够避开他，他反倒可以诚实地采用这些手段了。他把围在她腰上的手松开了，也没有去吻她。

他一松手，情势就发生了变化。这一次她之所以有力量拒绝他，完全是由于她刚才听了奶牛场老板讲的那个寡妇的故事，要是再过一会儿，那点儿力量也就要化为乌有了。不过安琪尔没有再说话，他脸上的表情是困惑的，他只好走开了。

他们还是天天见面——和过去相比，他们见面的次数有些减少了，两三个星期就这样过去了。九月末来到了，她从他的眼睛中可以看出，他也许还要向她求婚。

他进行求婚的计划和过去不同了——仿佛他一心认为，她的拒绝只不过是被她没有经历过的求婚吓着了，不过因为年轻羞怯而已。每次讨论这个问题，她总是闪烁其辞，这使他越发相信自己的看法不错。因此他就采取哄和劝的方法——他从来都不超越使用语言的界限，也没有再想到拥抱抚摸，他只是想尽量用言辞去打动她。

克莱尔仍然坚持不懈地向她求婚，他低声求婚的声音就像是牛奶汩汩流动的声音——在奶牛旁边，在撇奶油的时候，在制作黄油的时候，在制作奶酪的时候，在孵蛋的母鸡中间，在生产的母猪中间——过去从来没有一个挤奶姑娘被这样一个男子求过婚。

苔丝也知道她必定要抵抗不住了。无论是认为她从前那次结合具有某种道德的效力的宗教观点，还是她想坦白过去的诚心愿望，都再也抵挡不住了。她爱他爱得这样热烈，在她的眼里，他就像天上的神一样；她虽然没有经过教育培养，但是她却天性敏慧，从本能上渴望得到他的呵护和指导。虽然她心里不断重复着说："我决不能做他的妻子。"但是这也都成了毫无用处的话。她这种内心的说话，正好证明她冷静的决心已经遇到了问题，不能继续坚持了。每当她听到克莱尔开始提到从前提到的话题，心里头不免又惊又喜，渴望自己改口答应，又害怕自己改口答应。

他的态度——只要是男人，谁的态度不是那样呢？——那完全是一种无论在任何情况下，无论发生了什么变化，无论遭受到什么指责，无论在她身上发现了什么，他都要爱她、疼她、呵护她的态度，于是她的忧郁减少了。时令正在接近秋分，尽管天气依然晴朗，但是白天的时间变得更短了。在奶牛场里，早晨点上蜡烛工作已经有了好些日子。有一天早晨三四点钟的时候，克莱尔又一次向她求婚。

那天早晨，她穿着睡衣，像往常一样来到他的门口把他叫醒了；然后再回去穿好衣服，把其他的人也叫醒了；过了十分钟，她就拿着蜡烛向楼梯口走去。同时，克莱尔也穿着短袖衬衫从楼上下来，在楼梯口伸着胳膊把她拦住了。

“喂，我的娇小姐，在你下楼之前，我要和你说句话。”他不容分辩地说，“上次我跟你谈过以后，已经过去两个星期了，这件事不能再拖延下去了。你一定得告诉我你究竟是怎样想的，不然的话，我就不得不离开这幢屋子了。我的房门刚才半开着，我看见你了。为了你的安全，我必须要离开这儿才行。你是不明白的，怎么样？你是不是最终答应我了？”

“我才刚刚起来，克莱尔先生，你让我谈这个问题是不是太早了点儿？”她赌气说，“你不应该叫我娇小姐的。这既残酷又不真实。你再等一等吧，请你再等一等吧。我一定会在这段时间里认真地想一想的。让我下楼去吧！”

从她的脸上看，她倒真的有点儿像他说的那样在撒娇了，她努力想微笑起来，免得她说的话太严肃。

“那么叫我安琪尔吧，不要叫我克莱尔先生了。”

“安琪尔。”

“亲爱的安琪尔——为什么不这样叫呢？”

“那样叫不就是说我答应你了吗，是不是？”

“不，那只是说你爱我，即使你不能嫁给我。你不是早就承认你爱我吗？”

“那好吧，‘最亲爱的安琪尔’，要是我非叫不可的话。”她低声说，一面看着蜡烛，尽管心里犹豫不定，但还是撅着嘴巴，做出调皮的样子。

克莱尔下了决心，除非她答应嫁给他，他是不再吻她了。但是看见苔丝站在那儿，身上穿着漂亮的挤奶长裙，下摆扎在腰里，头发随便地盘在头上，等奶油撇完了，牛奶也挤完了再梳理它们，这时候他的决心瓦解了，就用他的嘴唇在她的面颊上轻轻地吻了一下。她赶忙下了楼，再也没有看他一眼，也没有再说一句话。其他的挤奶女工已经下楼了，所以这个话题他们就谁也不再提了。除了玛丽安外，所有的人都用沉思和怀疑的目光看着他们两个，在破晓的第一道清冷的晨光的映衬下，早晨的蜡烛散发着忧伤昏黄的光。

撇奶油很快就结束了——秋天来了，奶牛的出奶量减少了，所以撇奶油的时间也就越来越短了——莱蒂和其他的挤奶女工走了。这一对情人也跟在她们的后面走了。

“我们小心谨慎地过日子，和她们多么不同呀，是不是？”天色渐渐泛白了，他一面注视着在清冷的白光中走着的三个人影，一面幽默地对苔丝说。

“我觉得并没有什么多大的不同。”她说。

“你为什么要那样认为呢？”

“很少有女人不小心谨慎的，”苔丝回答说，说到这个新词的时候犹豫了一下，仿佛对这个词印象很深刻，“在她们三个人身上，优点比你想的还要多。”

“有什么优点？”

“几乎她们每一个人，”她开始说，“也许她们比我更适合做你的妻子。也许她们和我一样地爱你——几乎是一样。”

“啊，苔丝！”

苔丝虽然鼓足勇气要牺牲自己成全别人，但是当她听见他的不耐烦的喊声，脸上也不禁露出一种欢畅的表情来。她既然已经表现过要成全别人的意思，那么现在她就没有力量第二次作出自我牺牲了。这时从小屋里走出来一个挤奶工人，和他们在一块儿了，因此他们共同关心的问题就没有再谈。但是苔丝知道，这件事在今天就要决定了。

下午，奶牛场的几个工人加上几个帮工，像往常一样一起来到老远的草场上，有许多奶牛没有被赶回家去，就在那儿挤奶。随着母牛腹中的牛犊的长大，牛奶也就出得越来越少了，在草场旺季时雇佣的过多的工人也就被辞退了。

工作在从容不迫地进行着。有一辆大车赶到了草场上，上面装着许多高大的铁罐，木桶里挤满了牛奶，就一桶桶倒进车上的大铁罐里。奶牛挤过奶以后，也就自个儿走掉了。

奶牛场的克里克老板和其他的人呆在一起，在铅灰色的暮色的映衬下，他身上的围裙闪着白色的光，突然，他掏出他那块沉甸甸的怀表看了看。

“唉呀，没有想到这样晚了。”他说，“糟啦！再不赶快就来不及送到车站了。今天送走牛奶的时间是不多了，也不能把牛奶拉回家和其他的牛奶混在一起了。牛奶只有从这儿直接送到车站啦。谁把牛奶送去呢？”

送牛奶虽然不是克莱尔先生分内的事，但是他自愿去送牛奶，还请苔丝陪他一块儿去。傍晚虽然没有太阳，但是天气既闷热又潮湿，苔丝出门时只穿着挤奶的裙子，没有穿外套，露着胳膊，这身穿着的确不是为了赶大车而穿上的。因此，她打量了一眼身上的穿着，算是回答。不过克莱尔用温柔的目光鼓励她。她把牛奶桶和凳子交给奶牛场老板带回家去，算是答应了去送牛奶。然后她就上了大车，坐在克莱尔的身边。

第三十章

在逐渐减弱的光线中，他们沿着那条穿过草场的平坦的道路走着，那片草场在灰蒙蒙的暮色里延伸出去好几英里，一直延伸到了爱敦荒原上那些幽暗陡峭的山坡尽头。在山坡的顶上，长着一簇簇一片片枞树，树梢有高有低，看上去就像一个个带有雉堞的塔楼，高耸在正面墙壁是黑色的一个个魔堡之上。

他们坐在一起，沉浸在相互接近的感觉里，所以好久他们都没有说话，在他们的沉默中，只有身后高大铁罐里的牛奶发出的咣当咣当的响声。他们走的是一条非常僻静的小路，榛子树结的果实还留在树枝上，等着从果壳里掉出来，黑莓也还一大串一大串的挂在树枝上。每次从树下经过，他都要挥起鞭子缠住一串果实，把它们摘下来，送给他的同伴。

不久，沉闷的天空开始落下最初的雨点，表示天气真正要下雨了，白天沉闷的空气也变成了一阵阵微风，从他们的面前吹过。河流和湖泊上水银一样的光泽慢慢消失了。它们原先是一面宽大的明镜，现在泛出阵阵涟漪，变成了没有光泽的铅皮。但是这种景象没有影响苔丝，她仍然还在那儿出神。她的脸本来是一种天然的淡红色，现在被秋天的太阳晒成了淡褐色，上面落满了雨点，颜色变得更深了；她的头发由于挤奶时受到奶牛肚子的压迫，现在已经松散开了，乱七八糟地从头上戴的白色帽檐里披散下来，让雨水淋得又粘又湿，后来简直比海草强不了多少。

“我想我不应该来的。”她看着天空低声说。

“天下雨了，真是对不起。”他说，“但是有你在这儿，我别提有多高兴了！”

在雨水密织的雨帘里，远处的爱敦荒原逐渐消失不见了。傍晚越来越暗，道路上的十字路口有一些栅栏门，为了安全起见，他们赶车的速度比走路的速度快不了多少。天气也变得更加凉了。

“我担心你会受凉的，你的胳膊和肩膀上什么也没有。”他说，“向我靠紧些吧，这样雨水也许就不会淋得太厉害了。要是我没有感到这场雨水也许对我有些好处，我就要感到更难受了。”

她悄悄地向他靠得近了些，他就把两大块用来为牛奶罐遮太阳的帆布拉过来，把他们遮盖起来。苔丝两手拉住帆布，不让帆布从她和他身上滑下去，因为克莱尔双手空不出来。

“我们现在都好啦。啊——还是不行！有些雨水流进我的脖子了，流进你脖子里的雨水一定更多了。这样好多了。你的双臂就像被雨水打湿的大理石，苔丝。在帆布上擦擦吧。现在好啦，只要你坐着不动，你就淋不到雨水了。好了，亲爱的——关于我提出的问题——那个长期拖而不决的问题现在怎么样啊？”

过了一会儿，他听到的唯一回答只是马蹄踏在布满雨水的道路上的叭嗒声，以及他们身后牛奶罐里牛奶的晃荡声。

“你还记得你说的话吧？”

“记得。”她回答说。

“在我们回家前你得回答我，记住啊。”

“好吧。”

后来他就不再说什么了。他们继续往前走着，一座查理王时代庄园的残余部分显露在夜色里，他们把车从旁边赶了过去，不久就把它抛在后面了。

“这座庄园，”为了让她高兴，他说，“是一个很有意味的古迹了——属于古代诺曼家族府邸中的一个，这个家族从前在这个郡很有影响，名字叫德贝维尔。我每次从他们的住宅经过，我就不由得想起他们来。一个显赫的家族灭绝了，即使它是一个显赫的凶狠霸道的封建家族，也是有些叫人伤感的。”

“是的。”苔丝说。

他们在苍茫的夜色中慢慢地向一个地点走去，就在那个地点的附近，有一点儿微弱的亮光照明着。白天，那个地方不时在深绿色的背景里冒出一道白色的蒸汽，说明那个地方是这个幽僻的世界同现代生活相联系的一个断断续续的联接点。在一天里，现代生活有三四次把它的蒸汽触角伸展到这个地方，同本地的生活发生接触，然后又很快缩回它的触角，仿佛它同它接触的生活格格不入似的。

他们走到了那道微弱光线的地方，原来光线是从一个小火车站里一盏冒烟的油灯中发出来的，和天上的星星比起来，它真是小得可怜，可是它对泰波塞斯的奶牛场和人类来说，虽然同天上的星星相比是那样寒酸，但是它要比天上的星星重要得多。车上的牛奶罐在雨中被卸了下来，苔丝在附近一棵冬青树下找了一个避雨的地方。

接着传来了火车开来的咝咝声，火车几乎是悄悄地在湿漉漉的铁轨上滑动的，牛奶也被一罐一罐地搬进了火车的车厢里。火车头上的灯光闪了一下，照出了苔丝·德北菲尔德的身影，她正一动也不动地站在一棵大冬青树下。同蒸汽机的曲柄和轮子相比，没有什么比这个不通世故的姑娘更叫人感到异样的了——她光着胳膊，脸和头发湿淋淋的，像一只暂时蹲着不动的老实的豹子一样，身上穿的印花布裙子说不出是什么时代的款式，棉布帽子也耷拉在额头上。

她上了车，坐在情人的旁边，她热烈的天性有时表现得既沉默又温顺。他们又用车上的帆布把自己的头和耳朵包裹起来，转身在已经变得很深沉的夜色中往回走了。苔丝是一个十分敏感的人，所以她刚才和物质文明的漩涡接触了几分钟，这种接触就留在她的思想里了。

“明天早晨伦敦人在吃早饭的时候就可以喝这些牛奶了，是不是？”她问，“他们都是我们从来没有见过的陌生人，是不是？”

“不错——我想他们明天就可以喝这些牛奶了。不过他们喝的和我们送的牛奶有些不同。他们喝的牛奶的含量被降低了，免得他们被喝醉了。”

“他们都是高贵的绅士、贵妇、外国大使、千夫长①、太太小姐、还有孩子，他们都从来没有看见过一头奶牛，是不是？”

“哦，是的，也许是的，尤其是千夫长。”

“他们对我们是什么人也不知道的啦？也不知道牛奶是从哪儿来的啦？他们也想不到我们走了好远的路，今天夜里冒雨穿过荒野把牛奶送到车站，好让他们明天早晨喝上牛奶，是不是？”

“我们并不是完全为了这些尊贵的伦敦人送牛奶的；我们送牛奶也有点儿为我们自己——为了那个让人焦虑的问题，我想，亲爱的苔丝，这个问题你会让我放心的。好啦，请允许我这样说，你知道，你已经属于我了，我是说你的心。是不是这样的？”

“你知道得像我一样清楚的。啊，是的——是的！”

“既然你的心答应了，为什么你不答应嫁给我呢？”

“我唯一的理由也是为了你啊——只是为了一个问题，我还有些话同你说——”

“我能够认为完全是为了我的幸福，也为了我事业的方便吗？”

“啊，是的，是为了你的幸福和事业上的方便。但是在我来这儿以前——我想——”

“好啦，我本来就是为了自己的幸福和事业的方便才向你求婚的。假如我在英国或者在殖民地拥有一个大农场，你做我的妻子就有无限的价值了，也比娶一个出身在全国都是最高贵门户的女子好得多。所以请你——请你，亲爱的苔丝，你一定要消除心里的那种

① 千夫长（centurions），古代罗马下级军官的官衔，苔丝的时代没有这种人，表明苔丝对农村以外的知识所知不多。下文克莱尔也提千夫长，是对苔丝的一种调笑。

想法，以为嫁给我会妨碍了我。”

“但是我的过去。我要让你知道我的过去——你一定要让我告诉你——你要是知道了，就不会像现在这样喜欢我了。”

“如果你想说，那你就说吧，最亲爱的。那一定是珍贵的历史。是呀，你要说我于某年某月某日出生，等等——”

“我生于马洛特村，”她说，借用了他说的几个字，尽管那几个字也是随随便便说出来的，“我在那儿长大。我离开学校的时候，受了六年的标准教育，他们都说我很能干，应该当一个好教员。但是我家里出现了一些麻烦事，我的父亲不太勤劳，又喜欢喝点儿酒。”

“好啦，好啦。可怜的孩子！这有什么新奇啊。”他把她更紧地搂在自己的怀里。

“后来——还有一些非常不同寻常的事——是与我有关的。我——我——”

苔丝的呼吸急促起来。

“好啦，最亲爱的。这没有关系的。”

“我——我——不姓德北菲尔德，而是姓德贝维尔——和我们刚才走过去的那座老房子的当年主人是一家。还有——我们都衰败了。”

“姓德贝维尔！——真的吗？这就是所有的麻烦事吗，亲爱的苔丝？”

“是的。”她含糊其辞地说。

“好啦——我知道了这个为什么就要减少对你的爱呢？”

“我听奶牛场老板说你痛恨老门户啊。”

他笑了起来。

“好啦，在某种意义上说，这是真的。我的确痛恨血统高于一切的贵族原则，也的确认为，作为一个理性的人，我们应该尊重的血统只能是那些有理性有道德的人的精神血统，与祖先的血统毫无关系。不过我特别对你说的这件事感兴趣——你想不出我多么地感兴趣呢！难道你对自己这个显赫的家世不感兴趣吗？”

“不。我倒觉得悲伤——尤其是我来到这儿以后，听人说到这儿许多山林田地过去都是我们家的，我倒觉得悲伤。不过，有些山林田地属于莱蒂家里，有些属于玛丽安家里，因此我也不特别觉得这有什么用处了。”

“不错——现在是这儿土地的佃户而过去是它们主人的人，多得让人感到吃惊呢，有时候我在想，为什么某一派的政治家不利用这种情形，不过他们好像不知道这种情形……我还想知道，为什么我看不出你的名字同德贝维尔有相同的地方，也查考不出有什么明显衰败的地方。原来这就是你焦虑不安的秘密啊！”

她没有把她的秘密讲出来。她的勇气在最后一刻消失了，她担心他会埋怨她没有早点告诉他。她自我保护的力量比她想坦白的勇气大得多。

“当然，”蒙在鼓里的克莱尔继续说，“我的确希望知道，你纯粹是出生在一个长期受苦、默默无闻和在英国档案和世家中没有记载的家庭，而不是出生在一个为了一己之私而牺牲多数人利益使自己得势的少数家庭。但是因为我爱上了你，所以我也学坏了，苔丝（他大笑着说），我也变得自私了。为了你的缘故，我喜欢你的出身。社会的势利是没有办法了，我要按照我的意思让你变成一个博学的女子，然后再做我的妻子就能被人接受了，你的德贝维尔后裔的身份也要变得大不一样了。我的母亲,可怜的人,也会因此而看重你了。苔丝，从今天起，你应该把你的姓改过来，改成德贝维尔。”

“我宁肯要另外一个姓。”

“但是你一定要改过来，最亲爱的！天啦，有许多家财百万的暴发户要是拥有了这个姓，都要高兴得跳起来呢！顺便说一句，有一个混账东西就冒用了这个姓——我是在什么地方听说来着？——我想他就住在猎苑的附近。哦，我曾经给你说过，他就是侮辱我父亲的那个家伙。多么奇怪的巧合啊！”

“安琪尔，我想我还是不要姓那个姓的好！也许，那个姓不吉利。”

她激动起来。

“好啦，苔丝·德贝维尔，我娶了你，姓了我的姓，因此你也就不必姓你的姓啦！秘密已经说出来了，你就不能再拒绝我了吧？”

“如果你肯定娶我做妻子能够让你幸福，你觉得你的确希望娶了我，非常非常——”

“我当然非常希望，最亲爱的！”

“我的意思是说，要是你非常想娶了我，而且不娶我就不能活下去，不管我有什么过失都要娶了我，这就使我感到我应该答应你。”

“你答应了，你已经亲口答应我了，我听见了！你永远永远是我的了。”

他紧紧地拥抱着她，吻她。

“是的。”

她刚把话说完，就突然大哭起来，哭得那样地悲伤，好像肝肠断了一样。苔丝决不是一个歇斯底里的姑娘，他大吃一惊。

“你为什么要哭呢，最亲爱的？”

“我也说不清——完全说不清！——我太高兴了，因为我想到——想到我是你的了，能够让你幸福！”

“但是你哭的样子，不大像是高兴的样子啊，我的苔丝！”

“我的意思是说——我哭是因为我毁了我的誓言呀！我说过我死也不嫁给你的。”

“可是，如果你爱我，你愿意我做你的丈夫吗？”

“愿意，愿意，愿意！不过，啊，有时候我想我还是没有出生的好！”

“啊，我亲爱的苔丝，要是我不知道你这样激动，不知道你这样地不懂事，我就要说，你说的话不大中听呢。你要是真喜欢我，你怎么会有那种愿望呢？你喜欢我吗？我希望你能用某种方式证明这一点。”

“我要做的已经做了，还能怎样证明呢？”她大声说，一脸的柔情蜜意，“这样会不会证明得多一些？”

她说着就紧紧地搂着克莱尔的脖子，克莱尔也是第一次才知道一个像苔丝那样爱他的感情热烈的女人，用她全部的爱情和全部的感情吻他是怎样的滋味。

“现在——你相信我了吧？”她满脸通红地擦着眼泪问。

“相信了。我从来就没有真正怀疑过——从来没有！”

他们就这样在暗夜里走着，在帆布里面紧紧地挤在一块儿。拉车的马自个儿走着，雨继续落在他们身上。她已经答应他了，她也许一开始就答应他了。一切生灵都有“寻求快乐的本性”，人类都要受到这种巨大的力量的支配，就像上下起伏的潮水推动海草一样，这种力量不是研究社会道德的空洞文章控制得了的。

“我得写信告诉我的母亲，”她说，“你不会反对我写这封信吧？”

“当然不会，亲爱的孩子。对我来说，你真是一个孩子，苔丝，在这个时候写信给你的母亲是再合适不过的，我要是反对就不对了，你连这个也不知道。你的母亲住在什么地方？”

“住在同一个地方——马洛特村。在布莱克原野谷的边上。”

“哦，那么这个夏天前我们是见过面了——”

“是的，是在草地上跳舞见过面的，不过那次你没有和我跳舞。啊，我真希望对我们那不会是不吉利的兆头！”

第三十一章

第二天，苔丝给母亲写了一封最动情、最紧迫的信，在周末她就收到了母亲琼·德北菲尔德写给她的回信，信是用上个世纪的花体字写的。

亲爱的苔丝，——我给你写一封短信，现在寄出这封信的时候，托上帝的福，我的身体很好，希望你的身体也很好。亲爱的苔丝，听说不久你真的就要结婚，我们全家人都感到很高兴。不过关于你那个问题，苔丝，要千万千万保守秘密，只能让我们两个人知道，决不能把你过去的不幸对他说一个字。我没有把所有的事都告诉你的父亲，因为他总以为自己门第高贵，自命不凡，也许你的未婚夫也是如此。许多女人——有些世界上最高贵的女人——一生中也曾有过不幸，为什么她们就可以不声不响，而你却要宣扬出去呢？没有一个女孩子会是这样傻的，尤其是事情已经过去这样久了，况且本来就不是你的错。即使你问我五十次，我也是这样回答你。另外，你一定要把那件事埋在心里，我知道你那种小孩子的天性，愿意把心里的话都告诉别人——你太单纯了！——为了你将来的幸福，我曾经要你答应我，永远不得以言语和行动泄露你过去的事；你在从这个门口离开的时候，已经郑重其事地答应过我。我还没有把你那个问题和你现在的婚事，告诉你的父亲，因为他一听说就要到处嚷嚷的，真是一个头脑简单的人。

亲爱的苔丝，把你的勇气鼓起来，我们想在你结婚的时候送给你一大桶苹果酒，我们知道你们那一带的酒不多，而且又淡又酸。现在不多写了，代我向你的未婚夫问好。

——爱你的母亲亲笔。

琼·德北菲尔德

“啊，妈妈啊，妈妈！”苔丝低声说。

她从信中看出来，即使最深重的事情压在德北菲尔德太太的富有弹性的精神上，也会轻松得不着痕迹。她母亲对生活的理解，和她对生活的理解是不相同的。对她母亲来说，她萦绕在心头的那件往事，只不过是一件烟消云散的偶然事件。不过，无论她的母亲的理由是什么，她出的主意也许是对的。从表面上看，为了她一心崇拜的那个人的幸福，沉默似乎是最好的办法：既然如此，那就沉默好啦。

在这个世界上，唯一有一点儿权利控制住她的行动的人，就是她的母亲了，现在她的母亲写来了信，她也就定下了心。苔丝慢慢平静下来。责任已经被推卸掉了，和这几个星期以来的沉重心情比起来，现在也变得轻松多了。在她答应他的求婚以后，十月的深秋就开始了，在整个秋季里，同她以前的生活相比，她生活在一种快乐的精神状态里，都差不多达到了快乐的极点。

她对克莱尔的爱情，几乎没有一丝世俗的痕迹。在她崇高的信任里，他身上能有的就是美德——他懂得一个导师、哲学家和朋友懂得的一切。在她看来，他身上的每一根线条都是男性美的极点，他的灵魂就是一个圣徒的灵魂，他的智慧就是一个先知的智慧。她爱上了他这就是一种智慧，作为爱情，又维持了她的高贵，她好像觉得自己正在戴上一顶皇冠。因为在她看来，他爱她就是对她的一种同情，这就使她对他更加倾心相爱。他有时候也注意到她那双虔诚的大眼睛，深不可测，正在从最深处看着他，仿佛她看见了自己面前不朽的神一样。

她抛弃了过去——用脚踩它，把它消除掉，就像一个人用脚踩还在冒烟的危险炭火一样。

她从来也不知道，男人爱起女子来，也会像他那样无私、殷勤、呵护。但是在这一点上，安琪尔·克莱尔和她以为的那样完全不同，实在说来是绝对不同。实际上，他恋爱中的精神的成分多，肉欲的成分少；他能够很好地克制自己，完全没有粗鄙的表现。虽然他并非天性冷淡，但是乖巧胜于热烈——他像拜伦少些，却像雪莱多些；他可以爱得痴情，但是他的爱又特别倾向于想象，倾向于空灵；他的爱是一种偏执的感情，能够克制住自己，保护自己所爱的人不受侵犯。一直到现在，苔丝对男人的经验仍然很少，所以不禁对他感到吃惊，感到快乐；她以前对男性的反应是憎恨，现在却变成了对克莱尔的极度尊敬。

他们相互邀请作伴，毫无忸怩之态。在她坦诚的信任里，她从来也不掩饰想和他在一起的愿望。她对于这件事的全部本能，如果清楚地表述出来，那就是说，如果她躲躲闪闪，这种态度只能吸引一般的男人，而对于一个完美的男人，在海誓山盟之后也许就要讨厌这种态度了，因为就其本质说，这种态度带有矫揉造作的嫌疑。

乡村的风气是在定婚期间，男女可以出门相互为伴，不拘形迹，这也是她唯一知道的风气，所以在她看来没有什么奇怪。这似乎是克莱尔没有预料到的，也感到有些奇怪，但是在他看到苔丝和所有其他的奶牛场的工人都如同寻常时，才知道她完全是一个正常的人。在整个十月间美妙的下午，他们就这样在草场上漫游，沿着小溪旁边弯曲的小径漫步，倾听着小溪里的淙淙流水，从小溪上木桥的一边跨过去，然后又跨回来。他们所到之处，耳边都是潺潺的流水声，水声同他们的喁喁低语交织在一起，而太阳的光线，差不多已经和草场平行，为四周的景色罩上了一层花粉似的光辉。他们看见在树林和树篱的树阴里，有一些小小的蓝色暮霭，而其他地方都是灿烂的阳光。太阳和地面如此接近，草地又是那样平坦，所以克莱尔和苔丝两个人的影子，就在他们的面前伸展出去四分之一英里远近，就像两根细长的手指，远远地指点着同山谷斜坡相连的绿色冲积平原。

男工们正在四处干活——因为现在是修整牧场的季节，或者把草场上的一些冬天用来灌溉的沟渠挖干净，或者把被奶牛踩坏的坡岸修理好。一铲一铲的黑土，像墨玉一样漆黑，是在河流还同山谷一样宽阔时被冲到这儿的，它们是土壤的精华，是过去被打碎的原野经过浸泡、提炼，才变得特别肥沃，从这种土壤里又长出丰茂的牧草，喂养那儿的牛群。

在这些工人面前，克莱尔仍然大胆地用胳膊搂着苔丝的腰，脸上是一种惯于公开调情的神气，尽管实际上他也像苔丝一样羞怯，而苔丝张着嘴，斜眼看着那些干活的工人们，脸上的神色看上去就像是一只胆小的动物。

“在他们面前，你不怕承认我是你的人呢！”她高兴地说。

“啊，不怕！”

“但是如果传到爱敏寺你家里的人的耳朵里，说你这样和我散步，和一个挤牛奶的姑娘——”

“从来没有过的最迷人的挤奶姑娘。”

“他们也许会感到这有损他们的尊贵。”

“我亲爱的姑娘——德北菲尔德家的小姐伤害了克莱尔家的尊贵！你属于这样一个家庭的出身，这才是一张王牌呢。我现在留着它，等我们结了婚，从特林汉姆牧师那儿找来你的出身的证据，然后再打出去，才有惊人的效果。除此而外，我们将来的生活同我的家庭完全没有关系——甚至连他们生活的表面也不会有一点儿影响。我们也许要离开英国这一带——也许离开英国——别人怎样看待我们又有什么关系呢？你愿意离开吧，是不是？”

她除了表示同意以外，再也说不出话来，她一想到要和她亲密的朋友一起去闯荡世界，就引起她感情的无比激动。她的感情就像波涛的浪花，塞满了她的耳朵，涌满了她的眼睛。她握住他的手，就这样向前走，走到了一座桥的地方，耀眼的太阳从河面上反射上来，就像是熔化了的金属一样放射的光，使人头晕目眩。他们静静地站在那儿，桥下一些长毛和长羽毛的小脑袋从平静的水面冒了出来。不过当它们发现打搅它们的两个人还站在那儿，并没有走过去，于是就又钻进水里不见了。他们一直在河边走来走去，直到雾霭开始把他们包围起来——在一年中这个时候，夜雾起得非常早——它们好像一串串水晶，凝结在他们的眼睫毛上，凝结在他们的额头上和头发上。

星期天他们在外面待的时间更久，一直等到天完全黑了才回去。在他们订婚后的第一个礼拜天的傍晚，有些奶牛场的工人也在外面散步，听见了苔丝激动的说话，由于太高兴，说话断断续续的，不过他们隔得太远，听不清她说的什么话；只见她靠在克莱尔的胳膊上走着，说的话时断时续，因为心的跳动而变成了一个个音节；还看见她心满意足地停住说话，偶尔低声一笑，好像她的灵魂就驾驭着她的笑声——这是一个女人陪着她所爱的男人而且还是从其他女人手中赢来的男人散步时发出的笑声——自然中任何其他的东西都不能与之相比。他们看见她走路时轻快的样子，好像还没有完全落下来的鸟儿滑翔似的。

她对他的爱现在达到了极点，成了她生命的存在。它像一团灵光把她包围起来，让她眼花缭乱，忘记了过去的不幸，赶走了那些企图向她扑来的忧郁的幽灵——疑虑、恐惧、郁闷、烦恼、羞辱。她也知道，它们像狼一样，正等在那团灵光的外面，但是她有持久的力量制服它们，让它们饿着肚子呆在外面。

精神上的忘却和理智上的回忆是同时并存的。她在光明里走着，但是她也知道，她背后的那些黑色幽灵正在蠢蠢欲动。它们也许会后退一点儿，也许会前进一点儿，每天都在一点一点地变化着。

一天傍晚，住在奶牛场里的人都出去了，只剩下苔丝和克莱尔留在家里看守屋子。他们在一起谈着，苔丝满腹心事地抬起头来，看着克莱尔，恰好同他欣赏的目光相遇。

“我配不上你——配不上，我配不上！”她突然一面说，一面从她坐的小凳子上跳起来，仿佛是因为他忠实于她而被吓坏了，但其中也表现出她满心的欢喜。

克莱尔认为她激动的全部原因就在于此，而其实只是其中很小的一部分，他说——

“我不许你说这种话，亲爱的苔丝！在夸夸其谈的一套毫无用处的传统礼仪中，并不存在什么高贵的身份，而高贵的身份存在于那些具有美德的人身上，如真实、诚恳、公正、纯洁、可爱和有美名的人身上——就像你一样，我的苔丝。”

她极力忍住喉咙里的哽咽。近来在教堂里，正是那一串美德，常常让她年轻的心痛苦不堪。现在他又把它们数说出来，这有多么奇怪呀。

“我——在我十六岁那年你为什么不留下来爱我呢？那时候我还和我的小弟弟小妹妹住在一起，你还在草地上和女孩子跳过舞，是不是？啊，你为什么不呀！你为什么不呀！”她急得扭着自己的手说。

安琪尔开始安慰她，要她放心，心里一面想，说得完全对，她是一个感情多么丰富的人啊，当她把自己的幸福完全寄托在他身上时，他要多么仔细地照顾她才对啊。

“啊——为什么我没有留下来！”他说，“这也正是我想到的问题呀。要是我知道，我能不留下来吗？但是你也不能太难过、太遗憾啊——你为什么要难过呢？”

出于女人掩饰的本能，她急忙改口说——

“和我现在相比，我不是就可以多得到你四年的爱了吗？那样我过去的光阴，就不会浪费掉了——那样我就可以得到更多的爱了。”

这样遭受折磨的并不是一个在过去有许多见不得人的风流艳史的成熟女人，而是一个生活单纯不过二十一岁的姑娘，还在她不通世事的年代，她就像一只小鸟，陷入了罗网，被人捉住了。为了让自己完全平静下来，她就从小凳子上站起来，离开了房间，在她走的时候，裙角把凳子带翻了。

他坐在壁炉的旁边，在壁炉里薪架上，燃烧着一堆绿色的桦树枝，上面闪耀着欢乐的火苗。树枝烧得劈劈啪啪地直响，树枝的端头烧得冒出了白沫。苔丝进来时，她已经恢复平静了。

“你不觉得你有点儿喜怒无常吗，苔丝？”他一边高兴地问她，一边为她在小凳上铺上垫子，自己在她的旁边坐下来。“我想问你一点儿事，你却正好走了。”

“是的，也许我有些情绪波动。”她小声说。她突然走到他的面前，一手握住他的一只胳膊：“不，安琪尔，我真的不是这样的——我是说,我本来不是这样的。”她为了要向他保证她不是喜怒无常的，就坐在他的对面，把头靠在克莱尔的肩膀上。“你想问我什么呢——我一定会回答你的。”她温顺地接着说。

“啊，你爱我，也同意嫁给我，因此接着而来的是第三个问题，我们什么时候结婚呢？”

“我喜欢这个样子生活下去。”

“可是，在明年，或者在稍晚一点儿的时候，我想我一定得开始我自己的事业了。在我被新的繁杂的琐事缠住以前，我想我应该把我伴侣的事情肯定下来。”

“可是，”她胆怯地回答说，“说得实在一些，等你把事情办好以后再结婚不是更好吗？——尽管我一想到你要离开，想到你要把我留在这儿，我就受不了！”

“你当然受不了——这也不是什么好办法。在我开创事业的时候，在许多方面我还需要你帮忙啊。什么时候结婚？为什么不在两星期后结婚呢？”

“不，”她说，变得严肃起来，“有许多事情我还要先想一想。”

“可是——”

他温柔地把她拉得更近了些。

婚姻的现实隐约出现时，让她感到吃惊。他们正要把这个问题再深入地讨论下去，身后的拐角处有几个人走到了有亮光的地方，他们是奶牛场的老板和老板娘，还有另外两个姑娘。

苔丝好像一个有弹力的皮球似的，一下子就从克莱尔身边跳开了，她满脸通红，一双眼睛在火光里闪闪发亮。

“只要坐得离他这样近，我就知道后来的结果了！”她懊丧地说。“我自己说过，他们回来一定要撞到我们的！不过我真的没有坐在他膝上，尽管看上去似乎我差不多是那样的！”

“啊——要是你没有这样告诉我，我敢肯定在这种光线里，我一定不会注意到你坐在什么地方的。”奶牛场老板回答说。他继续对他的妻子说，脸上的冷淡态度，就好像他一点儿也不懂与婚姻相关的情感——“好啦，克里斯汀娜，这说明人们不要去猜想别人正在想什么，实际上他们没有想什么呢。啊，不要瞎猜，要不是她告诉我，我永远也想不到她坐在哪儿呢——我想不到。”

“我们不久就要结婚了。”克莱尔说，装出一副镇静的样子。

“啊——要结婚啦！好，听了这个话，我真的感到高兴，先生。我早就想到你要这样办的。让她做一个挤牛奶的姑娘，真是辱没了她——我第一天看见她的时候就这样说过——她是任何男子都想追求的人哪！而且，她做一个农场主的妻子，也是难找的啊，把她放在身边，你就不会受管家的随意摆布了。”

苔丝悄悄走掉了。她听了克里克老板笨拙的赞扬，感到不好意思，再看见跟在克里克老板身后的姑娘们的脸色，心里就更加难过了。晚饭过后，她回到宿舍，看见姑娘们都在。油灯还亮着，她们的身上都穿着白色的衣服，坐在床上等候苔丝，整个儿看上去都像是复仇的幽灵。

但是很快她也看出来，她们的神情里并没有恶意。她们从来没有希望得到的东西失去了，她们心里不会感到是一种损失。她们的神态是一种旁观的、沉思的神态。

“他要娶她了。”莱蒂眼睛看着苔丝，低声说，“从她脸上的神色里的确看得出来！”

“你要嫁给他了是不是？”玛丽安问。

“是的。”苔丝说。

“什么时候？”

“某一天吧。”

他们以为她只是在闪烁其辞。

“是的——要嫁给他了——嫁给一个绅士！”伊茨·休特重复说。

三个姑娘好像受到一种魔法的驱使，一个个从床上爬起来，光着脚站在苔丝的周围。莱蒂把她的手放在苔丝的肩上，想检验一下在经过这种奇迹之后，她的朋友是不是还有肉体的存在，另外两个姑娘用手搂着她的腰，一起看着她的脸。

“的确像真的呀！简直比我想的还要像啊！”伊茨·休特说。

玛丽安吻了吻苔丝。“不错。”她把嘴唇拿开时说。

“你吻她是因为你爱她呀，还是因为现在有另外的人在那儿吻过她呀！”伊茨对玛丽安冷冷地说。

“我才没有想到那些呢，”玛丽安简单地说。“我只不过感到奇怪罢了——要给他做妻子的是她，而不是别的人。我没有反对的意思，我们谁也没有反对的意思，因为我们谁也没有想到过要嫁给他——只是想到过喜欢他。还有，不是这个世界上旁的人嫁给他——不是一个千金小姐，不是一个穿绫罗绸缎的人，而是一个和我们一样生活的人。”

“你们肯定不会因为这件事恨我吧？”苔丝轻声说。

她们都穿着白色的睡衣站在她的周围，瞧着她，没有回答她的话，仿佛她们认为她们的回答藏在她的脸上似的。

“我不知道——我不知道，”莱蒂·普里德尔嘟哝着说，“我心里想恨你，可是我恨不起来！”

“我也是那种感觉呢，”伊茨和玛丽安一起说，“我不能恨她。她让我们恨不起来呀！”

“他应该在你们中间娶一个的。”苔丝低声说。

“为什么？”

“你们都比我强呀。”

“我们比你强？”姑娘们用低低的缓缓的声音说，“不，不，亲爱的苔丝！”

“比我强！”她有些冲动，反驳说。突然，她把她们的手推开，伏在五屉柜上歇斯底里地痛哭起来，一边不断地反复说，“啊，比我强，比我强，比我强！”

她一哭开了头，就再也止不住了。

“他应该在你们中间娶一个的！”她哭着说，“我想即使到了现在，我也应该让他在你们中间娶一个的！你们更适合嫁给他的，比——我简直不知道我在说什么！啊！啊！”

她们走上前去，拥抱她，但她还是痛苦地哽咽着。

“拿点儿水来，”玛丽安说，“我们让她激动了，可怜的人，可怜的人！”

她们轻轻地扶着她走到床边，在那儿热情地吻着她。

“你嫁给他才是最合适的，”玛丽安说，“和我们比起来，你更像一个大家闺秀，更有学识，特别是他已经教给你这样多的知识。你应该高兴才是呀。我敢说你应该高兴！”

“是的，我应该高兴，”她说，“我竟然哭了起来，真是难为情！”

等到她们都上了床，熄了灯，玛丽安隔着床铺对她耳语着说——

“等你做了他的妻子，你要想着我们啊，苔丝，不要以为我们告诉你我们怎样爱他呀，不要以为因为他选中了你我们会恨你啊，我们从来就没有恨过你啊，也从来没有想过被他选中啊！”

她们谁也没有想到，苔丝听了这些话后，悲伤和痛苦的眼泪又流了出来，湿透了她的枕头；谁也没有想到，她怎样五内俱裂地下定了决心，要不顾母亲的吩咐，把自己过去的一切告诉安琪尔·克莱尔——让那个她用自己的全部生命爱着的人鄙视她吧，让她的母亲把她看成傻瓜吧，她宁肯这样也不愿保持沉默，因为沉默就可以看成是对他的一种欺骗，也似乎可以看成是她们的一种委屈。

第三十二章

苔丝这种悔恨的心情，妨碍她迟迟不能把婚期确定下来。到了十一月初，尽管克莱尔曾经多次抓住良机问她，但是结婚的日子仍然遥遥无期。苔丝的愿望似乎是要永远保持一种订婚的状态，要让一切都和现在一样维持不动。

草场现在正发生着变化。不过太阳仍然很暖和，在下午之前还可以出去散一会儿步，在一年中的这个时候，奶牛场的活儿不紧，还有空余的时间出去散步。朝太阳方向的湿润的草地上望去，只见游丝一样的蛛网在太阳下起伏，形成闪亮的细小波浪，好像洒落在海浪中的天上的月光。蚊虫似乎对自己的短暂光荣一无所知，它们从小路上的亮光中飞过去，闪耀着光芒，仿佛身上带有火焰，它们一飞出了亮光，就完全消失不见了。在这样的情景里，克莱尔就会提醒苔丝，他们的婚期仍然还没有定下来。

有时候克里克太太想法给他在晚上派一些差事，让他有机会和苔丝在一起，他也会在这种时候问她。这种差事，大多是到谷外山坡上的农舍里去，打听饲养在干草场里快要生产的母牛情况。因为在一年中的这个季节，正是母牛群发生巨大变化的时候。每天都有一批批母牛被送进这所产科医院，它们要在医院里喂养起来，一直到小牛出生了，然后才被送回到奶牛场里去。在奶牛被卖掉的这一段时间里，自然没有什么牛奶可挤，但是小牛一旦被卖掉以后，挤奶姑娘们就又要像往常一样工作了。

他们有一天晚上散步回来，走到耸立在平原上一个高大的沙石峭壁跟前，他们就静静地站在那儿听着。溪流中的水涨高了，在沟渠里哗哗地流着，在暗沟里叮咚叮咚地响着，最小的沟渠里的水也涨得满满的。无论到哪儿去都没有近路，步行的人不得不从铁路上走。从整个黑沉沉的谷区里，传来各种各样的嘈杂声；这不禁使他们想到，在他们的下面是一座巨大的城市，那些嘈杂声就是城市居民的喧闹声。

"好像有成千上万的人，"苔丝说，"正在市场上开公民大会呢，他们正在那儿辩论、讲道、争吵、呻吟、祈祷、谩骂。"

克莱尔并没有怎样留神去听。

"亲爱的，克里克在整个冬季不想雇佣许多人，他今天给你谈过这件事吗？"

"没有。"

"奶牛很快就要挤不出奶了。"

"不错。昨天已经有六七头牛被送到干草院里去了，前天被送进去三头。整整二十头牛快要生小牛犊了。啊……是不是老板不想要我照顾小牛犊了？啊，我也不想继续在这儿干了！我一直干得这样卖劲，我……"

"克里克并没有肯定说不需要你。可是，由于他知道我们是一种什么样的关系，所以他说话的时候非常和气、非常客气。他说，他认为我在圣诞节离开这儿时应该把你带上的。我说，她离开了你不会有问题吧。他只是说，说实话，一年中这个季节里，只要一两个女工帮忙就行了。我听出他想这样逼着你和我结婚，真有点儿高兴，恐怕这样的感觉要算是一种罪过吧。"

"我觉得你不应该感到高兴，安琪尔。因为没有人要你，总是叫人伤心的，即使对我们来说是一种方便。"

"好啦，是一种方便……你已经承认了。"他伸出手指头羞她的脸。“啊！”他说。

“什么呀？”

“我觉得有个人的心事让人猜着了，所以脸也就变红了！可是为什么我要这样说笑呢！我们不要说笑了……生活是严肃的。”

“是的。也许在你认识到以前，我已经认识到了。”

后来她逐渐认识到这一点。要是她听从了自己昨天晚上的感情，拒绝和他结婚……她就得离开奶牛场，也就是说，她得到一个陌生的地方去，而不是一个奶牛场。正在来临的生小牛犊的季节是不需要多少挤奶女工的，所以她去的地方就会是一个从事耕种的农场，在那儿没有安琪尔·克莱尔这种天神一样的人物。她恨这种想法，她尤其恨回家的想法。

“所以，最亲爱的苔丝，”他接着说，“由于你可能不得不在圣诞节离开，所以最好的和最方便的办法就是在我走的时候把你作为我的妻子带走。除此而外，如果你不是世界上最缺少心眼儿的女孩子，你就应该知道我们是不能永远这样继续下去的。”

“我希望我们能永远这样继续下去。但愿永远是夏天和秋天，你永远向我求爱，你永远想着我，就像今年夏天你想着我那样。”

“我会永远这样的。”

“啊，我知道你会的！”她大声说，心里突然产生了一种信赖他的强烈感情，“安琪尔，我要定一个日子，永远做你的人！”

当天往家里走的时候，在周围流水的絮絮细语里，他们终于就这样把结婚的日子定了下来。

他们一回到奶牛场，就立即把结婚的日子告诉了克里克老板和克里克太太——同时又叮嘱他们保守秘密——因为这一对恋人谁都不愿意把他们的婚事张扬出去。奶牛场老板本来打算不久辞退苔丝的，现在又对她的离开表示了巨大的关心。撇奶油怎么办呢？谁还会做一些花样翻新的奶油卖给安格堡和桑德波恩的小姐们呢？克里克太太为苔丝祝贺，说她结婚的日子定了下来，也不用再着急了。她还说打第一眼看见苔丝起，她就认为娶苔丝的人决不是一个普通的庄稼人。那天苔丝回来时，她走过场院的神情让人看上去就是一个贵人的样子，她敢发誓苔丝是一个大户人家的女儿。实在说来，克里克太太的确记得苔丝刚来时人长得漂亮，气质高贵，至于说她的高贵，那完全是出于后来对她的了解而想象出来的。

苔丝现在已经由不得自己了，只好随着时光的流逝得过且过。她答应嫁给他了；婚期也定了下来。她天生头脑敏锐，现在也开始接受宿命论的观点了，变得同种地的人一样了，同那些与自然现象联系多而与人类联系少的人一样了。她的情人说什么，她就被动地回答什么，这就是苔丝现在心情的特点。

但是她又重新给她的母亲写了一封信，表面上是通知她结婚的日期，实际上是想再请她的母亲帮她拿主意。娶她的是一个上等人，这一点她的母亲也许还没有充分考虑到。要是婚后再给以解释，这对于一个不太在乎的人来说也许就用轻松的心情接受了，但是对他来说也许就不能用同样的心情接受了。不过她写出去的信却没有收到德北菲尔德太太的回信。

尽管安琪尔·克莱尔对自己、对苔丝都说他们立即结婚是一种实际需要，也说得似乎有道理，但是实际上他这样做总是有点儿轻率的，因为这一点在后来是十分明显的。他很爱苔丝，但是同苔丝对他的爱比起来，他的爱是偏于理想的爱，耽于想象的爱，而苔丝的爱却是一种热烈的爱，一种情深意浓的爱。在他注定要过他从前想过的那种无需动脑力的田园生活的时候，他没有想到在这种场景后面会发现一个美妙的姑娘，也没有想到这个姑娘竟是这样的迷人。天真朴素本来只是在嘴上说说而已，但是等他到了这里，才发现自己真正被天真朴素打动了。不过他对自己未来要走的路并没有看得十分清楚，也许还要一两年他才能考虑真正开创自己的生活。他知道，由于家庭的偏见，他被迫放弃了自己真正的事业，秘密就在于他的事业和性格都带上了不顾一切的色彩。

“要是我们等到完全在你中部的农场安顿下来以后再结婚，你不认为更好些吗？”有一次她胆怯地问。（那时候中部的农场还只是一个理想。）

“老实告诉你吧，我的苔丝，我不会把你留在任何地方，让我不能保护你，同情你。”

到目前为止，这是最好的一个理由。他对她的影响是如此明显，以至于她都学会了他的神态、习惯、话语、词汇、爱好、憎恶。要是把她留在农场上，她就会倒退回去，不会同他融洽了。他希望把她留在自己的身边还有另外一个原因，那就是在他把她带到远方如英国的某地或殖民地安家立业以前，他的父母自然希望至少见她一面。因为他不会让父母的意见影响自己的意图，所以他认为在他寻找开创事业的有利机会期间，带上她在寓所里住上一两个月，这就会在社会习俗方面给她提供帮助，然后再带她到牧师住宅去见他母亲，她就不会有一种被审判的痛苦的感觉了。

其次，他还希望见习一下面粉厂的工作情形，他一直有一种想法，就是把面粉厂同种麦子结合起来。井桥有一处古老的很大的磨坊产业……过去曾经是寺院的产业……磨坊主已经答应了他，让他去参观磨坊古老的生产模式，或者去帮忙操作几天，什么时间去都行。那个磨坊离这儿有几英里远，有一天克莱尔到那儿去过一次，打听过详细情况，到晚上才返回泰波塞斯。苔丝发现，他已经决定到井桥的面粉厂去住一段时间。是什么让他作出这个决定的？这倒不是有机会去考察磨面筛面的事，而是出于一个偶然的事实：刚好在那座农屋里有住处出租，而那座农屋在独立出来之前，曾经是德贝维尔家族的一个支系的宅邸。克莱尔一直是这样来解决实际问题的，全凭一时的兴趣，而不管与实际问题是否有关。他们决定婚礼一结束就立即到那儿去，在那儿住两个星期，而不到城里去住旅馆。

“我听说伦敦的那边有一些农场，以后我们到那儿去看看，”他说，“在三月份或四月份我们再去看望我的父亲和母亲。”

诸如此类的问题提了出来也就过去了，那一天，简直是叫人不敢相信的一天，在那一天，她就要变成他的人，那一天很快就要来到了。那个日子就是十二月三十一日，那一天也是除夕。她就要成为他的妻子了，她自言自语地说。真的会有这样的事吗？他们两个人就要结合在一起了，什么也不能把他们分开了，他们要共同分担一切事情。为什么不那样呢？又为什么要那样呢？

有一个星期天的早上，伊茨·休特等苔丝回来后悄悄地对苔丝说——

"今天早上没有宣布你的结婚通告呢。"

"什么？"

"应该今天第一次宣布啊，"她回答说，冷静地看着苔丝，"你们不是说在新年的除夕结婚吗，亲爱的？"

苔丝急忙作了肯定的回答。

"总共要宣布三次啊。从现在到新年除夕只有两个星期了呀。"

苔丝觉得自己的脸变白了。伊茨说得对，当然必须宣布三次。也许他把这件事忘了！如果是他忘了，那就得把婚期向后推迟一个礼拜了，那可不是吉利的事。她怎样才能提醒她的爱人呢？她一直是退缩不前的，现在却突然变得心急火燎的，心里慌张起来，她害怕失去了她心爱的珍宝。

后来一件自然的事解除了苔丝的焦急。伊茨把没有宣布结婚通告的事对克里克太太说了，于是克里克太太就利用女主人的便利向安琪尔提到了这件事。

"你把那件事忘了吧，克莱尔先生？我是指结婚通告。"

"没有，我没有忘记。"克莱尔说。

后来他单独看见苔丝就安慰她说——

"不要让他们拿结婚通告的事取笑你。结婚许可证对我们更加隐秘些。我已经决定用结婚许可证了，不过没有同你商量。所以你如果在礼拜天早晨上教堂去，如果你想去的话，你是听不到你的名字的。"

"我不想听到宣布我的名字，最亲爱的。"她骄傲地说。

既然知道一切已准备就绪，苔丝也就完全放下心来了，本来她就有些害怕有人在教堂里站起来，揭露她过去的历史，反对结婚通告。一切事情多么地顺心如意呀！

“我并不完全放心，”她对自己说，“所有这些好运也许会叫恶运给毁了。天意往往就是如此。我倒希望还是用结婚通告的好！”

但是一切都进行得很顺利。她心里想，在他们结婚的时候，他是喜欢她穿现在穿的这件最好的白色长袍呢，还是她应该再去买一件新的。这个问题他早就想到了，解决了。有一天，邮局给她送来了一个寄给她的大包裹，她打开一看，发现里面是全套的衣服，从帽子到鞋子，还包括早上穿的服装，样样都有，像他们计划中的简单婚礼，那些服装是再合适不过了。在她收到包裹后不久，克莱尔进了屋子，听见了她在楼上打开包裹的声音。

不一会儿她就下了楼，脸上带着红晕，眼里含着泪花。

“你为我想得多么周到呀！”她把脸靠在他的肩上，嘟哝着说，“甚至连手套和手绢都想到了！我的爱人呀，你多么好呀，多么周到呀！”

“不，不，苔丝。这只不过写信到伦敦的女商人那儿订购一套就是了，这算什么呀！”

为了不让她老是不停地赞扬自己，他让她上楼去，仔细地试试衣服，看衣服合不合身，要是不合身的话，就请村里的女裁缝做一些改动。

她没有回到楼上去，而是把长袍穿上了。她站在镜子跟前把自己端详了一会儿，看看自己穿上丝绸衣服的效果。这时候，她又想起了母亲为她唱的一首关于一件神秘长袍的民谣——

曾经做过错事的妻子
永远穿不了这件衣服。①

---

① 引自F.J.Child编选的五卷本《英格兰与苏格兰流行歌谣集》中的《小孩和长袍》一诗，大意说一小孩献给亚瑟王一件长袍，可以试妻子是否忠于丈夫。王后因不忠心，穿袍后袍变色。

在她还是一个孩子时，德北菲尔德太太就给她唱过这首民谣，她用脚踩着摇篮，和着摇篮摇动的节拍，唱得那样欢畅，那样淘气。想想吧，要是穿上这件长袍，长袍的颜色变了，就像昆尼费尔王后穿上那件长袍一样，泄露了自己的秘密，那该怎么办呢？自从她来到奶牛场以来，她一次也没有想到过这首民谣的句子。

第三十三章

安琪尔觉得，在举行婚礼之前，他想和苔丝一起到奶牛场以外的某个地方玩一天，他作她的情夫，让她陪着他，做他的情妇，享受最后一次短途旅行。这会是浪漫的一天，这种情形是不会重现的，而另一个更伟大的日子正在他们的面前闪耀着光彩。因此，在举行婚礼的前一个星期里，他建议到最近的镇上去买一些东西，于是他们就一起动身了。

克莱尔在奶牛场的生活一直是一种隐士的生活，同他自己阶级的人毫无往来。好几个月来，他从来没有到附近的镇上去过，他不需要马车，也从来没有准备马车，如果要坐车出去，他就向奶牛场老板租一辆小马车，如果要骑马出去，就租一匹矮脚马。他们那天出去就是租的一辆双轮小马车。

在他们一生中，这是他们第一次一起出去买共同的东西。那天是圣诞节前夜，小镇用冬青和槲寄生装饰起来，因为过节，镇上涌满了从四面八方来的乡下人。苔丝挽着克莱尔的胳膊走在他们中间，脸上光彩照人，满面春色，引来许多艳羡的目光。

傍晚时分，他们回到了先前住宿的客店，在安琪尔去照料把他们载到门口的马匹和马车的时候，苔丝就站在门口等着。大客厅里到处都是进进出出的客人。进出的客人打开门或关上门的时候，客厅里的灯光就照射到苔丝的脸上。后来客厅里又走出来两个人，从苔丝身边经过。其中有一个人见了她，觉得有些奇怪，就把她上上下下地打量了一番。苔丝心想这是从特兰里奇来的一个人，可是特兰里奇离这儿很远，因此在这儿很少见到从那儿来的人。

"一个漂亮姑娘。"其中一个说。

"不错，真够漂亮的了。不过，除非是我真的认错了人……"

接着他又把没有说完的半句话说成了相反的意思。

克莱尔刚好从马厩里回来，在门口碰见了说话的那个人，也听见了他说的话，看见了苔丝退缩和害怕。看见苔丝受到侮辱，他怒火中烧，想也没有想就握起拳头用劲朝那个人的下巴打了一拳。这一拳打得他歪歪倒倒，又退回到走道里去了。

那个男人回过神来，似乎想冲上来动手，克莱尔走到门外，摆出招架的姿势。可是他的对手开始改变了想法。他从苔丝身边走过的时候又把她重新看了看，对克莱尔说——

"对不起，先生，这完全是一场误会。我把她当成了离这儿有四十里地的另外一个女人。"

后来克莱尔也觉得自己太鲁莽了，而且也后悔自己不该把苔丝一个人留在过道里，于是他就按照自己通常处理这种事情的办法，给了那个人五个先令，算作是他打他一拳的赔偿；然后他们和和气气地说了声晚安，就分头走了。克莱尔从赶车的马夫手中接过缰绳，和苔丝一起上车动了身，那两个人走的是相反的路。

"你当真是认错人了吗？"第二个人问。

"一点儿也没有认错。不过我不想伤害那位绅士的感情罢了。"

就在这个时候，那一对年轻的恋人也正赶着车往前走。

"我们能不能把婚礼往后推迟一下？"她用干涩呆滞的声音问，"我是说如果我们愿意推迟的话。"

"不，我的爱人。你要冷静下来。你是说我打了那个人，他有可能到法庭去告我是不是？"他幽默地问。

"不——我只是说——如果我们愿意推迟的话，就缓一缓。"

她说的话是什么意思并不十分清楚，他就劝她，要她从心里把这样的念头打消，她也就顺从地同意了。不过在回家的路上，她一直郁郁寡欢，心情非常沉闷。她后来心想："我们应该离开这儿，走得远远的，离开这儿要有好几百英里，这样的话这种事就再也不会发生了，过去的事就一点儿影子也传不到那儿去了。"

那天晚上，他们在楼梯口甜甜蜜蜜地分开了，克莱尔上楼进了他的阁楼。苔丝坐在那儿，收拾一些生活中的必需用品，因为剩下的日子已经不多了，她怕来不及收拾这些小东西。她坐在那儿收拾的时候，听见头顶上克莱尔的房间里传来一阵响声，像是一种打架的声音。屋子里所有的人都睡着了，她担心克莱尔生了病，就跑上楼去敲他的门，问他出了什么事情。

"啊，没有什么事，亲爱的，"他在房间里说，"对不起，我把你吵醒了！不过原因说来十分可笑：我睡着了，梦见你受到白天那个家伙的欺侮，就又和他打了起来，你听见的声音就是我用拳头打在旅行皮包上的声音，那个皮包是我今天拿出来准备装东西用的。我睡着了偶尔有这种毛病。睡觉去吧，不要再想着这件事了。"

在她犹豫不定的天平上，这是最后一颗砝码。当面把自己的过去坦诚相告，她做不到，不过还有另外的办法。她坐下来，拿出来一沓信纸，把自己三四年前的事情简单明了地叙述出来，写了满满四页，装进一个信封里，写上寄克莱尔。后来她又怕自己变得软弱了，就光着脚跑上楼，把写的信从门底下塞了进去。

她睡眠的夜晚被打断了，这也许应该是这样的，她倾听着头上传来的第一声微弱的脚步声。脚步声出现了，还是同往常一样；他下了楼，还是同往常一样。她也下了楼。他在楼梯下面等着她，吻她。他的吻肯定还是像过去一样热烈！

她在心里头想，他有点儿心神不安，也有点儿疲倦。不过对于她坦诚相告的事情，他一个字也没有提起，即使他们单独在一起的时候也没有提起。他是不是收到了信？除非是他开始了这个话题，否则她自己只能闭口不提。这一天就这样过去了，很明显，他无论是怎样想的,他是不想让别人知道的。不过,他还是像从前一样坦率,一样地爱她。是不是她的怀疑太孩子气了?是不是他已经原谅了她?是不是他爱她爱的就是她本来这个人?他的微笑是不是在笑她让傻里傻气的恶梦闹得心神不安?他真的收到了她写给他的信吗?她在他的房间里瞧了一眼,但是什么也没有看见。可能他已经原谅她了。不过即使他没有收到她写的信,她也对他突然产生了一种强烈的信任,相信他肯定会原谅她的。

每天早晨和每天晚上,他还是同从前一样,于是除夕那一天来到了,那天是他们结婚的日子。

这一对情人不用在挤牛奶的时间里起早床了,在他们住在奶牛场的最后一个礼拜里,他们的身份有点儿像客人的身份了,苔丝也受到优待,自己拥有了一个房间。吃早饭时他们一下楼,就惊奇地看见那间大餐厅因为他们的婚事已经发生了变化。在早晨天还没有亮的时候,奶牛场老板就吩咐人把那个大张着口的壁扇的炉角粉刷白了,砖面也刷洗得变红了,在壁炉上方的圆拱上,从前挂的是带黑条纹图案的又旧又脏的蓝棉布帘子,现在换上了光彩夺目的黄色花缎。在冬季阴沉的早晨,房间里最引人注目的壁炉现在焕然一新,给整个房间平添了一种喜庆的色彩。

“我决定为你们的结婚庆祝一下,”奶牛场老板说,“要是按照我们过去的做法,我们应该组织一个乐队,用大提琴、小提琴等全套乐器演奏起来,可是你们不愿意这样,所以这是我能够想到的不加张扬的庆祝了。”

苔丝家里人住的地方离这儿很远,所以出席她的婚礼不很方便,甚至也没有邀请她家里任何人,而且事实上马洛特村没有来任何人。至于安琪尔家里人,他已经写信通知了他们结婚的时间,也表示很高兴在结婚那一天至少能看见家里来一个人,如果他们愿意来的话。他的两个哥哥根本就没有回信,似乎对他很生气。而他的父母亲给他回了一封令人悲伤的信,埋怨他不该这样匆匆忙忙地结婚,不过坏事往好处想,说他们虽然从来没有想到会娶一个挤牛奶的姑娘做他们小儿子的媳妇，但是他们的儿子既然已经长大成人，相信他会做出最好的判断。

克莱尔家里人的冷淡并没有使他太悲伤，因为他手里握有一张大牌，不久就可以给家里的人一个惊喜。刚刚从奶牛场离开，就把苔丝是一位小姐、是德贝维尔家族的后裔抖露出去，他觉得是轻率的、危险的。因此他先要把她的身世隐瞒起来，带着她旅行几个月，和他一起读一些书，然后他才带她去见他的父母，表明她的家世，这时候他才得意地介绍苔丝，说她是一个古老家族的千金小姐。如果说这算不上什么，但至少也要算一个情人的美丽梦幻。苔丝的身世对世界上任何人来说，也许不会比对他自己更有价值。

苔丝看见安琪尔对她的态度并没有因为她写信表白了自己的过去而有什么改变，于是就开始怀疑他是否收到了她的信。在安琪尔还没有吃完早饭之前，她就急忙离开饭桌上楼。她突然想起来再去把那个古怪的房间搜查一遍，长期以来，这个房间一直是克莱尔的兽穴，或者不如说是鸟巢。她爬上楼梯，站在门开着的房间门口，观察着、思考着。她弯下身子从门槛下看去，两三天前，她就是怀着紧张的心情从那儿把信塞进去的。房间里的地毯一直铺到了门槛的跟前，在地毯下面，她看见了一个信封的白边，信封里装着她写给克莱尔的信，由于她在匆忙中把信塞进了地毯和地板之间，很显然克莱尔从来就没有看到这封信。

她把信抽出来，觉得人都快晕倒了。她拿的就是那封信，封得好好的，和当时离开她手里的时候完全一样。她面前的一座大山还是没有被移开。全屋子的人都在忙着为他们做准备，现在她是不能让他读这封信了。所以她回到自己的房间，在房间里把那封信销毁了。

克莱尔再次看到她的时候，她的脸色是那样苍白，这使得他十分担心。她把信误放进地毯下面这件事，使她把这看成天意，不让她自白，但是她的理智又使她明白不是那样一回事，她仍然还有时间啊。但是一切都处在一种混乱当中，人们进进出出，所有的人都得换衣服，奶牛场老板和克里克太太已经被请来做他们的证婚人，因此思考和认真谈话都是不可能的。苔丝唯一能单独和克莱尔在一起的机会只是他们在楼梯口相遇的时候。

“我非常想和你谈一谈——我要向你坦白我的过错、我的缺点！”她装出轻松的样子说。

“不用，不用——我们不能谈什么过错——至少在今天，你得让别人认为你十全十美，我的宝贝！”他大声说，“以后我们有的是时间，我希望那时候再讨论我们的过错。同时我也要把我的过错说一说。”

“可是我想，最好还是现在让我谈一谈，你就不会说——”

“好啦，我的傻小姐，你可以另外找时间告诉我——比如说，我们把新房安顿好以后。那时候，我也要把我的过错告诉你。不过我们不要让这些事破坏了今天这个好日子。在以后无聊的日子里，它们才是绝妙的话题呢。”

“那么你是不希望我现在告诉你了，最亲爱的？”

“我不希望你现在告诉我，苔丝，真的。”

他们急急忙忙地换衣服，忙着动身，剩下的时间就只谈了这样几句话。她想了想，感到他说的话是为了让她放心。她对克莱尔一片忠心的强大浪潮，在后来关键的几个小时里推动着她前进，从而使她再也无法思考了。她只有一个愿望，这是她抗拒了这样长时间的一个愿望，那就是做他的人，称他为自己的主人，自己的丈夫——如有必要，就为他而死——这个愿望现在终于使她从疲惫不堪的思索之旅中摆脱出来了。在梳妆打扮的时候，她似乎漫步在五光十色的想象的精神云霞中，在云霞的照射下，一切不祥的可能性都慢慢消失了。

到教堂去有很长一段路要走，又是在冬天，所以他们决定驾车去。他们在路边的酒店里定了一辆轿式马车，这辆马车是从坐驿车旅行的时代保存到现在的。它的轮辐很结实，轮瓦很厚，带拱顶的大车厢，皮带和弹簧粗大，车辕就像攻打城市的大木头。赶车的是

一个六十岁的老“小子”，因为年轻时长年遭受风吹雨打，加上好喝烈性酒，所以受到风湿性痛风的折磨——自从不需要他再做专门的赶车夫以来，他无事可做，站在酒店的门口，已经整整二十五年了，仿佛是在期待旧日时光的重新到来。许多年来，他一直是卡斯特桥市王家酒店长期雇佣的车夫，他右腿的外面长期受到豪华马车车辕的摩擦，从而产生出一个长年不愈的伤口。

新郎和新娘，还有克里克先生和克里克太太，一起上了这辆笨重的吱吱作响的马车，坐在这位老朽的赶车夫的后面。安琪尔希望他的哥哥至少有一个人出席他的婚礼，做他的傧相，但是他们在他委婉地暗示之后仍然保持沉默，这表示他们是不肯来了。他们不赞成这门婚事，因此也就不能指望他们会支持他。也许他们不能来更好些。他们都是教会中的年轻人，但是，且不论他们对这门婚事的看法如何，就是他们那一副酸臭样子，同奶牛场的人称兄道弟也会叫人不舒服。

随着时间的发展，苔丝在这种情势的推动下对这些一无所知，也一无所见，甚至连他们走的那条通向教堂的路也不知道。她知道安琪尔就坐在她的身边，其他的一切都是一团发光的雾霭。她成了一种天上才有的人物，生活在诗歌中——是那些古典天神中的一个，安琪尔和她一块儿散步的时候，常常给她讲那些天神。

他们的婚姻是采用的许可证办法，因此教堂里只有十二三个人。不过即使有一千个人出席，对她也不会产生太大的影响。他们离她现在的世界，就像从地上到天上一样远。她怀着喜悦的心情郑重宣誓要忠实于他，与之相比普通男女的感情就似乎变成了轻浮。在仪式停顿的中间，他们跪在一起，苔丝在不知不觉中歪向安琪尔一边，肩膀碰到了他的胳膊，头脑里思念一闪，她又感到害怕起来，于是就动了动肩膀，好弄清楚他是不是真的在那儿，也好巩固一下她的信心，他的忠诚就是抵抗一切的证明。

克莱尔知道她爱他——她身上的每一处曲线都表明了这一点——但是那时候他还不知道她对他的忠实、专一和温顺的程度；

还不知道她为他忍受了多久的痛苦，对他有多诚实，对他抱有多大的信任。

他们从教堂出来的时候，撞钟人正在把钟推动起来，于是一阵三组音调的质朴钟声响起来——对于这样一个小教区来说，建造教堂的人认为这种有限的钟声已经足够了。她和她的丈夫一起经过钟楼，向大门走去，一阵阵声音从钟楼的气窗里传出来，在他们的四周嗡嗡响着，他们能感觉到空气的震动。这种情景同她正在经历的极其强烈的精神气氛是一致的。

她在这种心境里感到荣耀，好像圣约翰看见太阳中的天使一样，这是因为她受到外来光辉的照耀，等到教堂的钟声慢慢地消失了，婚礼引起的激动感情才平静下来。这时候，她的眼睛已经能够清楚地看出细节来，克里克先生和克里克太太吩咐把那辆小马车赶来自己乘坐，而把那辆大马车留给这一对新人，此时她才第一次看见这辆马车的结构和特点。她一声不响地坐在那儿，把那辆马车打量了好久。

“你好像心情有些不大好，苔丝。”克莱尔说。

“是的，”她回答说，一边用她的手去摸额头，“有许多东西我一见到就心惊胆战。一切都是这样地严肃，安琪尔。在那些东西里，我似乎从前见过这辆大马车，也非常熟悉这辆大马车。真是奇怪，一定是我在睡梦中见过它。”

“啊——你一定听到过德贝维尔家马车的传说——你们家族正兴旺的时候，出了一件迷信的事情，在这个郡人人都知道，这辆笨重的马车使你想起了这个传说。”

“就我所知，我从来没有听说过。”苔丝说，“是什么传说？可以告诉我吗？”

“啊——现在最好还是不要仔细地告诉你。在十六世纪或者十七世纪，有一户姓德贝维尔的在自家的马车里犯了一桩可怕的罪行，自此以后，你们家族的人就总是看见或听见那辆旧马车了——不过等以后我再讲给你听——这故事很有些阴森。很明显，你看见了这辆笨重的马车，心里头就又想起了你听说过的模模糊糊的故事。”

“我不记得我以前听说过这个故事。”她嘟哝着说，“安琪尔，你是说我们家族的人在快死的时候看见马车出现呢，还是在他们犯罪的时候看见马车出现呢？”

“别说啦，苔丝！”

他吻了她一下，不让她说下去。

他们到家的时候，她心里懊悔不已，人也变得没精打采。她的确变成了安琪尔·克莱尔夫人了，但是她有任何道德上的权利获得这种名义吗？更确切地说，她难道不是阿历克·德贝维尔夫人吗？由于她保持沉默，在正直的人看来就应该受到责备，难道强烈的爱情就能够免去对她的责备吗？她不知道别的妇女在这种情形下是怎样做的，也没有人帮她拿主意。

不过，有一会儿她看见只有自己一个人在房间里——这是她住在这儿的最后一天，以后也不会再来了——于是她跪在地上，为自己祈祷。她想向上帝祈祷，不过她真正恳求的是她的丈夫。她对这个男人如此崇拜，这使她一直害怕这不是什么好的兆头。她知道劳伦斯神父所说的一句话：“这些疯狂的欢乐都会有疯狂的结果。”[①] 她对他的崇拜太不要命了，不是人的条件能够接受的——太厉害了、太疯狂了、太要人的命了。

“啊，我的爱人，我的爱人，为什么我要这样地爱你！”她独自在房间里低声说，“因为你爱的她并不是真正的我自己，而只是另外一个长得和我一模一样的人，是一个我有可能是而现在不是的另外一个人。”

已经到了下午，这也是他们动身的时候。他们早就决定了他们的计划，在井桥磨坊的附近有一座古老的农舍，他们在那儿租了住处，打算在那儿住几天，同时克莱尔也想在那儿对面粉的生产过程

① 见莎士比亚的悲剧《罗密欧与朱丽叶》第二幕第六场。

进行一番研究。到了下午两点钟的时候，他们已经收拾好，只准备动身了。奶牛场的工人都站在红砖门房那儿为他们送行，奶牛场老板和老板娘一直把他们送到门口。苔丝看见和她同房的三个伙伴靠墙站成一排，心情忧郁地把头低着。先前她很有一些怀疑，她们会不会在他们动身的时候出来为他们送行，但是她们都来了，尽力克制着、忍受着，一直坚持到最后。她知道娇小的莱蒂为什么看上去那样柔弱，伊茨为什么那样伤心痛苦，玛丽安又为什么那样麻木。她在那儿一心想着她们的痛苦，倒暂时把萦绕在自己心头的一块心病忘了。

她一时受到感情的驱使，就低声对她的丈夫说——

“真是几个可怜的女孩子，你能不能把她们每个人都吻一下，第一次也是最后一次行吗？”

克莱尔对这种告别的方式一点也没有表示反对的意思——这对他来说只不过是一种告别的形式罢了——他从她们身边走过去的时候，就一个接一个地把她们都吻了一下，在吻她们的时候，嘴里一边说着“再见”。他们走到门口的时候，女性的敏感又使苔丝回过头去，想看一看那个同情的吻产生了什么样的效果，她的目光里没有得意的神情，而她的目光里本应该有这种神气的。即使她的目光里有得意的神气，当她看到那些姑娘们如何感动的时候，她也会清除掉这种神气的。很明显，他的吻是伤害了她们了，因为这一吻又唤醒了她们一直在努力抑制的感情。

而所有的这一切，克莱尔是不知道的。在从边门中走出去的时候，他握住奶牛场老板和老板娘的手，对他们的照顾表示他最后的感谢；此后在他们动身上路之前就是一片沉寂了。这种沉寂被公鸡的一声啼鸣打破了。一只长着红冠子的白公鸡早已经落在了屋前的栅栏顶上，离他们只有几码远，公鸡的长鸣震荡着他们的耳膜，然后就像山谷里的回声一样地消失了。

“啊？”克里克太太说，“一只下午打鸣的鸡！”

场院的门边站着两个人，为他们把门打开。

“真遗憾。”有一个人低声对另一个人说，没有想到他们说的话传到了站在边门旁的一对新人的耳中。

公鸡又叫了一声，是直接对着克莱尔叫的。

“哦，”奶牛场老板说。

“我不想听这只公鸡叫！”苔丝对他的丈夫说，“叫那个人把它赶开。再见，再见啦！”

公鸡又叫了一声。

“嘘！滚开吧，不然我就扭断你的脖子！”奶牛场老板有些恼怒地说，一边转过身去把公鸡赶走了。他在进门时对妻子说：“唉，想想今天那公鸡叫吧！这一年来我还从来没有听见公鸡在下午叫呢。”

“那不过是说天气要变了，”妻子说，“并不是像你想的那样：那是不可能的。”

第三十四章

他们沿着谷中的平坦大道赶车走了几英里的路，就到了井桥村，然后转弯向左走，穿过伊丽莎白桥，正是这座桥，井桥村才带了一个桥字。紧靠桥的后面，就是他们租了住处的那座屋子，凡是从佛卢姆谷来的人，都非常熟悉这座屋子的外部特点。它曾经是一座富丽堂皇的庄园的一部分，是德贝维尔家族的产业和府邸，但是自从有一部分坍塌以后，它就变成了一座农屋。

“欢迎你回到你祖先的府邸！”克莱尔扶苔丝下车时说。不过他又立即后悔起来，因为这句话太接近讽刺了。

他们进屋后发现，房主利用他们租住他的屋子的几天时间到朋友家过除夕节去了，只给他们留下一个从附近农舍请来的妇女，照顾他们不多的需要。虽然他们只租了两个房间，但是他们却可以完全占用整个屋子，意识到这是他们两个人第一次领略独处一室的经验这使他们大为高兴。

但是他也发现，他的新娘子见了这座又霉又旧的老宅有些情绪低落。马车离去了，他们在那个做杂活女人的指引下上楼洗手。苔丝在楼梯口停住了，吓了一跳。

“怎么啦？”他问。

“都是这些可怕的女人！”她笑着回答说，“她们把我吓了一大跳。”

他抬头看去，看见有两幅真人一样大小的画像，镶嵌在屋子的墙板上。凡是到过这座庄园的人都知道，这两幅画着两个中年女人的画像，大概是两百年前的遗物了，画中人物的面貌只要看过一眼，就永远不会忘记。一个是又长又尖的脸，细眯眼，皮笑肉不笑的，一副奸诈无情的凶狠样子；另一个是鹰嘴鼻，大牙齿，瞪着眼睛，一副凶神恶煞的骄横样子，看见这两幅画像的人，晚上都要做恶梦的。

“你知道这是谁的画像吗？”克莱尔问那位女仆。

“老一辈的人曾经告诉过我，她们是德贝维尔家的两位夫人，德贝维尔是这座住宅的主人。”她说，“由于这两幅画像是镶嵌在墙里的，所以无法移走。”

这件事叫人感到不快，除了苔丝对她们印象不好而外，再就是苔丝的美丽面容毫无疑问可以在她们被夸大了的形体上看出来。但是他嘴里什么也没有说，心里头一直后悔不该到这儿来，选中了这座屋子来度过他们新婚的日子。他进了隔壁的那个房间。这个房间是在相当急迫的情况下给他们准备的，他们只好在同一个盆子里洗手。克莱尔在水里摸摸她的手。

“哪些是我的手指，哪些是你的手指呀？”他抬起头来说，“它们完全混在一起啦。”

“它们都是你的手指。”她娇滴滴地说，努力装出比以前更加快活的神情。在这种时候，尽管她心思重重，但是并没有惹他不高兴。所有敏感的女人都会表现出来的，但是苔丝知道，她的心思太重了，所以她努力加以克制。

一年的最后一个下午是短暂的，太阳也快落下去了，光线透过一个小孔照射进来，形成了一根金棒，映在苔丝的裙子上，变成了一个斑点，就像是落在上面的一滴油彩。他们走进那间古老的客厅去吃茶点，单独在一起分享他们的第一次晚餐。他们都非常孩子气，或者说他非常孩子气，觉得和她共用一个黄油面包盘子，用自己的嘴唇擦掉苔丝嘴唇上的面包屑，真是其乐无穷。但是他心里有些纳闷，不知道为什么她对他的嬉闹缺乏热情。

他不声不响地把她打量了老半天："她真是一个惹人心疼的苔丝呀。"他心里想着，仿佛在揣摸一段难读文章的真正结构。"这个小女人的一生就要和我同甘共苦了，她的未来就要看我对她忠心不忠心了，这一点已经是不可改变的了，我是不是真的认真考虑清楚了呢？我没有想过。除非我自己是个女人，我想我很难领会到。我得到什么样的世俗地位，她也就是什么样的地位。我将来变成什么样子，她一定也要变成什么样子。我不能得到的，她也得不到。会不会有一天我会忽视她，伤害她，甚至忘记为她着想呢？上帝啊，不要让我犯这样的罪吧！"

他们面对面地坐在茶几前，等着他们的行李，奶牛场老板答应过他们，在天黑以前给他们把行李送来。但是已经到了晚上了，行李还没有送到，而他们除了身上穿的衣服外什么也没有带。太阳落了下去，冬日的平静样子也发生了变化。门外开始出现了沙沙声，像是丝绸摩擦发出的声音。秋天刚刚过去，枯叶静静地堆在地上，现在也骚动起来，复活了，不由自主地旋转着扑打在百叶窗上。不久天就开始下雨了。

"那只公鸡早就知道天气要变了。"克莱尔说。

伺候他们的女仆已经回家睡觉了，但是她已经为他们把蜡烛放在桌子上，现在他们就把蜡烛点燃了。每一根蜡烛的光焰都歪向壁炉一边。

"这些老房子真是到处透风。"安琪尔接着说，一边看着蜡烛的火焰，看着从蜡烛上流下来的烛泪，"真奇怪，我们的行李送到哪儿去了。我们甚至连一把刷子和一把梳子也没有呀。"

"我也不知道啊。"她心不在焉地回答说。

"苔丝，今天晚上你有点儿不高兴——一点儿也不像你平常的样子。楼上墙板上的两个老太婆的画像把你吓坏了吧？真是对不起你，我把你带到这么个地方。我不知道你究竟是不是真的爱我？"

他知道她是真的爱他的，所以他说的话并没有严肃的意思。但是她现在正是满腹的情绪，听了他的话就像一头受伤的野兽直往后退。虽然她尽量不让眼泪流出来，但还是有一两滴眼泪流了出来。

“我说这句话是无心的！”他后悔地说，“我知道，你是为你的行李担心。我真不明白老约纳森为什么还不把行李送来。唉，已经七点钟了是不是？啊，他来了！”

门上传来一声敲门的声音，因为没有其他的人去开门，克莱尔就自己出去开门。他回房间的时候，手里拿着一个小包裹。

“竟然还不是老约纳森，”他说。

“真叫人心烦！”苔丝说。

这个包裹是由专人送来的，送包裹的人是从爱敏寺来的，到泰波塞斯的时候，新婚夫妇刚好动身，所以送包裹的人就跟着到这儿来了，因为有过吩咐，包裹一定要送到他们的手上。克莱尔把包裹拿到烛光下。包裹不到一英尺长，外面缝着一层帆布，缝口上封有红色的火漆，盖有他父亲的印鉴，上面有他父亲写的亲笔字：“寄安琪尔·克莱尔夫人收。”

“苔丝，这是送给你的一点儿小礼物，”他一边说，一边把包裹递给她。“他们想得多周到啊！”

苔丝接过包裹的时候，脸色有一点儿慌乱。

“我想还是由你打开的好，最亲爱的。”她把包裹翻过来说，“我不敢打开那些火漆印，它们看上去太严肃了。请你为我打开它吧！”

他打开包裹。包裹里面是一个用摩洛哥皮做的皮匣子，上面放有一封信和一把打开箱子的钥匙。

信是写给克莱尔的，内容如下：

我亲爱的儿子，——你可能已经忘了，你的教母皮特尼夫人临终的时候，那时你还是一个孩子，她是一个虚荣心很强的女人，死时把她的一部分珠宝交给我，委托我在你结婚的时候交给你的妻子，无论你娶的妻子是谁，以表示她对你的情爱。

我已经完成了她的嘱托，自她去世以来，这副珠宝一直保管在银行里。虽然我觉得在这种情形里把珠宝送给你妻子有点儿不太合适，但是你要明白，我一定要把这些东西送给那个女人，让她终身使用，因此我就立即派人送了来。严格说来，根据你教母的遗嘱的条款，我相信这些珠宝已经变成了传家宝物。有关这件事的准确条文，也一并抄录附寄。

“我现在想起来了，”克莱尔说，“可是我全忘了。”

匣子被打开了，他们发现里面装着一条项链，还有坠子，手镯，耳环，也还有一些其他的装饰品。

苔丝起初不敢动它们，但是当克莱尔把全副的首饰摆开的时候，一时间她的眼睛放射出光来，就像那些钻石闪光一样。

“它们是我的吗？”她有些不敢相信地问。

“是的，肯定是的。”他说。

他向壁炉里的炉火看去。他还记得，当他还是一个十五岁的孩子的时候，他的教母，一个绅士的妻子——他一生中接触过的唯一一个富有的人，相信他将来一定能够取得成功，她预言他的事业会超群出众。把这些华丽的装饰留给他的妻子，留给她的子孙的妻子，这与他想象中的事业根本就没有矛盾的地方。现在它们在那儿放射出讽刺的光芒。“可是为什么要这样呢？”他问自己。自始至终，这只不过是一个虚荣的问题，如果承认他的教母有虚荣心的话，那么他的妻子也应该有虚荣心啊。他妻子是德贝维尔家族的后人：谁还能比她更值得戴这些首饰呢？

他突然热情地说——

“苔丝，把它们戴上——把它们戴上！”他从炉火边转过身来，帮着她戴首饰。

但是仿佛有魔法帮助她似的，她已经把首饰戴上了——项链、耳环，所有的首饰她都戴上了。

“不过这件袍子不太合身，苔丝。”克莱尔说，“应该是低领口的袍子，才好配这一副闪闪发亮的首饰。”

“是吗？”苔丝问。

“是的。”他说。

他建议她把胸衣的上边折进去，这样就大致上接近晚礼服的式样了；她照着他的话做了，项链上那个坠子就独自垂下来，显露在她脖子的前面了，这正是设计要求戴的样子，他向后退了几步，打量着她。

“我的天呀，”克莱尔说，“你有多漂亮啊！”

正如所有的人知道的那样，人是树桩，还要衣妆。一个农村女孩子穿着简单的服饰，随随便便看上去就让人喜爱，要是像一个时髦女人加以打扮，加上艺术的修饰，就会光彩照人美不胜收了。而半夜舞会里的那些美女们，要是穿上乡村种地妇女的衣服，在沉闷的天气里站在单调的胡萝卜地里，她们就会常常显得可怜寒酸了。一直到现在，他都没有想到苔丝面貌和四肢的艺术美点。

“只要你在舞会上一露面呀！”他说，“但是不，不，最亲爱的，我觉得我更喜欢你戴着遮阳软帽，穿着粗布衣服……对，和你现在比起来，虽然现在更能衬托你的高贵，但我更喜欢你那样的穿戴。”

苔丝感觉到自己的惊人美丽，不禁兴奋得满脸通红，但是却没有感觉到快乐。

“我要把它们取下来，”她说，“免得约纳森看见了我。它们不适合我戴，是不是？我想，应该把它们卖了，是不是？”

“你再戴一两分钟吧。把它们卖了，永远也不要卖。那是违背遗嘱条款的。”

她想了想，就照他的话做了。她还要告诉他一些事情，戴着它们也许有助于她和他谈话。她戴着首饰坐下来；又开始一起猜想约纳森有可能把他们的行李送到哪儿去了。他们早已为他倒好了一杯淡啤酒，好让他来了喝，由于时间长了，啤酒的泡沫已经没有了。

过了一会儿，他们开始吃晚饭，晚饭已经摆好在桌子上了。晚饭还没有吃完，壁炉里的火苗突然跳动了一下，上升的黑烟从壁炉里冒出来，弥漫在房间里，好像有人用手把壁炉的烟囱捂了一会儿。这是因为有人把外面的门打开引起的。现在听见走道里传来了沉重的脚步声，安琪尔走了出去。

“我敲了门,但是根本就没有人听得见,”约纳森·凯尔抱歉地说，这回到底是他来了；“外面正在下雨，所以我就把门打开了。我把你们的东西送来了，先生。”

“你把东西送来了，我非常高兴。可是你来得太晚了。”

“啊，是的，先生。”

在约纳森说话的音调里，有一些不高兴的感觉，而这在白天是没有的，在他的额头上，除了岁月的皱纹而外，又增添了一些愁烦的皱纹。他接着说——

“自从今天下午你和你的夫人离开后——我现在可以叫她夫人了吧——奶牛场发生了一件非常令人痛苦的事，把我们给吓坏了。也许你们没有忘记今天下午公鸡叫的事吧？”

“天呀！——发生了什么事呀——”

“唉，有人说鸡叫要出这件事，又有人说鸡叫要出那件事，结果出事的竟是可怜的小莱蒂·普里德尔，她要跳水自杀来着。”

“天哪！真的吗！为什么，她还和别人一起给我们送行——”

“不错。唉，先生，当你和你的夫人——按照法律该这样称呼她了——我是说，当你们赶着车走了，莱蒂和玛丽安就戴上帽子走了出去，由于是新年的除夕，现在已经没有什么事情可做的了，大家都喝得醉醺醺的，所以谁也没有注意到她们。她们先是到了刘·艾维拉德酒馆，喝了一气的酒，然后她们就走到那个三岔路口，似乎是在那儿分的手，莱蒂就从水草地里穿过去，仿佛是要回家，玛丽安是到下一个村庄去，那儿还有一家酒店。从那时候起，谁也没有看见和听说过莱蒂了，有个水手在回家的路上，发现大水塘旁边有什么东西；那是堆在一起的莱蒂的帽子和披肩。他在水里找到了莱蒂。他和另外一个人一起把她送回家，以为她已经死了，但是她又慢慢地醒过来了。”

安琪尔突然想起来，苔丝一定在偷听这个可怕的故事，就走过去想把走道和前厅之间的门关上，前厅通向里面的客厅，苔丝就在里面的客厅里。可是他的妻子裹着一条围巾，已经到前厅来了，她听着约纳森说话，目光瞧着行李和行李上闪闪发光的露珠，在那儿出神发愣。

“这还不算，还有玛丽安哪！是在柳树林子边上找到她的，她醉得像死人一样——这个姑娘除了喝过一先令的淡啤酒外，还从来没有听说过她沾过其他的东西。当然，这姑娘的食量很大，这从她的脸上就可以看出来。今天那些女孩子，仿佛都是丧魂落魄的！”

“伊茨呢？”苔丝问。

“伊茨还是像往常一样待在家里，但是她说她猜得出来事情是怎样发生的，她的情绪似乎非常低落，可怜的姑娘。所以你知道，先生，所有这些事情发生的时候，我们正在收拾你的不多的几个包裹，还有你的夫人的睡衣和梳妆的东西，把它们装上大车，所以，我就来晚了。”

“没关系。好啦。约纳森，请你帮着把箱子搬到楼上去吧，喝一杯淡啤酒，尽快赶回去吧，怕万一有需要用你的地方，是不是？”

苔丝已经回到里面那间客厅里去了，坐在壁炉的旁边，正在那儿沉思默想。她听见约纳森上下楼梯的沉重脚步声，直到他把行李搬完了，听见他对她的丈夫倒给他的淡啤酒表示感谢，还感谢她丈夫给他小费。后来她听见约纳森的脚步声从门口消失了，大车的响声也去远了。

安琪尔用又大又重的橡木门栓把门拴好，然后走到苔丝坐的壁炉跟前，从后面用双手捂住苔丝的眼睛，他希望她快活地跳起来，去把她焦急等待的梳妆用具打开，但是她没有站起来，他就在炉火前同她一块儿坐下，晚餐桌上的蜡烛太细小了，发出的亮光无法同炉火争辉。

“真是对不起，那几个女孩子不幸的事都让你听见了。”他说，“你不要再把这些事放在心上了。莱蒂本来就有些疯疯癫癫的，你是知道的。”

“她是不应该这样痛苦的。”苔丝说，“而应该痛苦的那个人，却在掩饰，假装没有什么。”

这个事件使她的天平发生了偏转。他们都是天真纯洁的姑娘，单相思恋爱的不幸降临在她们的身上；她们本应该受到命运的优待的。她本应该受到惩罚的，可是她却是被选中的人。她要是占有这一切而不付出什么，这就是她的罪恶。她应该把最后一文钱的帐还清，就在这里和这时候把一切都说出来。她看着火光，克莱尔握着她的手，就在这时候她作出了最后的决定。

现在壁炉的残火已经没有火焰了，只留下稳定的亮光，把壁炉的四周和后壁，还有发亮的炉架和不能合到一起的旧火钳，都给染上了通红的颜色。壁炉台板的下面，还有靠近炉火的桌子腿，也让炉火映红了。苔丝的脸和脖子也染上了同样的暖色调，她带的宝石也变成了牛眼星和天狼星，变成了闪烁着白色、红色和蓝色光芒的星座，随着她的脉搏的跳动，它们就闪现出各种不同的颜色。

“今天早上我们说过相互谈谈我们的缺点，你还记得吗？”他看见她仍然坐在那儿一动也不动，就突然问。“我们也许是随便说说的，你也可以随便说说。但对我来说，却不是随便说说的。我想向你承认一件事，我的爱人。”

他说出这句话来，完全和她想说的一样，这使她觉得好像是上天的有意安排。

“你也要承认什么过错吗？”她急忙问，甚至还带有高兴和宽慰的神情。

“你没有想到吗？唉——你把我想得太高尚了。现在听着。把你的头放在我这儿，因为我要你宽恕我，不要因为我以前没有告诉你，你就生我的气，也许我以前就应该告诉你的。”

这多么地奇怪呀！他似乎和她一模一样。她没有说话，克莱尔继续说——

“我以前没有说这件事，因为我害怕我会失去你，亲爱的，你是我一生最大的奖赏——我称你为我的奖学金。我哥哥的奖学金是从学院里获得的，而我是从泰波塞斯奶牛场获得的。所以我不敢轻易冒这个险，一个月前我就想告诉你了——那个时候你答应嫁给我，不过我没有告诉你，我想，那会把你从我身边吓走的。我就把这件事推迟了。后来我想我会在昨天告诉你的，要给你一个机会，让你能够从我身边离开。但是我还是没有说。今天早晨我也没有说，就是在你在楼梯口提出把我们各自做的错事说一说的时候——我是一个有罪的人呀！现在我看见你这样严肃地坐在这儿，所以我必须告诉你了。我不知道你是否会宽恕我？”

“啊，会的！我保证——”

“好吧，我希望你会宽恕我。但是请你等一会儿再说。你还不知道哪。我就从开头说起吧。虽然我想我可怜的父亲担心我是一个永远失去了信仰的人，但是，当然，苔丝，我仍然和你一样是一个相信道德的人。我曾经希望做人们的导师，但是当我发现我不能进入教会的时候，我感到了多么大的失望啊。虽然我没有资格说自己是一个十全十美的人，但是我敬仰纯洁的人，痛恨不纯洁的人，我希望我现在还是如此。无论我们怎样看待完全灵感论，一个人必须诚心承认圣保罗说的话：‘你要做个榜样：在言语上，在谈话中，在仁慈上，在精神上，在信仰上，在纯洁上。’这才是我们可怜人类的唯一保证。‘正直地生活’，一位罗马诗人说过的话，真让人想不到和圣保罗说的完全一样——

正直的人的生活中没有缺点，
不需要摩尔人的长矛和弓箭。

“好啦，某个地方是用良好的愿望铺成的，你会感到一切都是那样奇怪，你还会看见，我心里是多么地懊悔呀，因为我自己堕落了。”

他接着告诉苔丝，在他的生活中有段时间产生了幻灭感，因为困惑和困难在伦敦漂泊，就像一个软木塞子在波浪中漂浮一样，跟一个陌生女人过了四十八个小时的放荡生活。

“幸好我立即就清醒了，认识到了自己的愚蠢。”他继续说，“所以我就跟她一刀两断，回家了。我再也没有犯过这种过错。不过我觉得对你我应该诚实坦白，要是我不把这件事告诉你，我就觉得对不住你。你能宽恕我吗？”

她紧紧地握住他的手，算是回答他。

“我们现在就不说这个话题了，永远不谈这个话题了！——在这种时候谈这个太让人痛苦了——让我们谈点儿轻松的话题吧。”

“啊，安琪尔——我简直是高兴呢——因为现在你也能够宽恕我了呀！我还没有向你坦白我的过错呢。我也有一桩罪过要向你坦白——记得吗？我曾经这样说过。”

“啊，是说过！那么你说吧，你这个小坏蛋。”

“虽然你在笑，其实这是一件和你的一样严肃的事，或者更严重些。”

“不会比我的更严重吧，最亲爱的。”

“不会——啊，不会，不会更严重的！”她觉得有希望，高兴得跳起来说，“不会的，肯定不会更严重的，”她大声说，“因为和你的正是一样的。我现在就告诉你。”

她又坐下来。

他们的手仍然握在一起。炉桥下的灰烬被炉火垂直地照亮了，就像一片炎热干燥的荒野。炭火的红光落在他的脸上、手上，也落在她的脸上和手上，透射进她前额上蓬松的头发里，把她头发下的细皮嫩肉照得通红。这种红色，让人想象到末日来临的恐惧。她的巨大的身影映射在墙上和天花板上。她向前弯着腰，脖子上的每一粒钻石就闪闪发亮，像毒蛤蟆眨眼一样。她把额头靠在他的头上，开始讲述她的故事，讲述她怎样认识阿历克·德贝维尔，讲后来的结果，她低声说着，低垂着眼帘，一点也没有退缩。

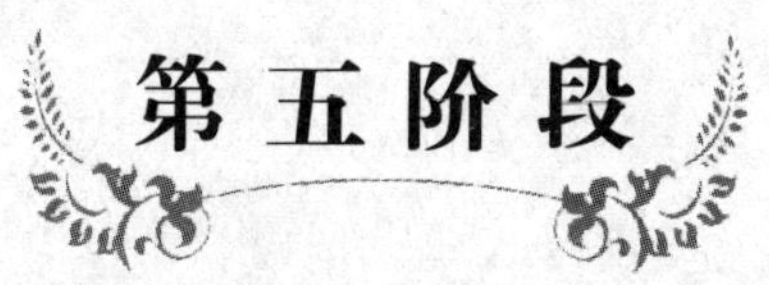

第五阶段

惩　罚

第三十五章

苔丝把事情讲述完了；甚至连反复的申明和次要的解释也作完了。她讲话的声调，自始至终都同她开始讲述时的声调一样，几乎没有升高；她没有说一句辩解的话，也没有掉眼泪。

但是随着她的讲述，甚至连外界事物的面貌也似乎发生了变化。炉桥里的残火露出恶作剧的样子，变得凶恶可怖，仿佛一点儿也不关心苔丝的不幸。壁炉的栅栏懒洋洋的，也似乎对一切视而不见。从水瓶里发出来的亮光，只是一心在研究颜色的问题。周围一切物质的东西，都在可怕地反复申明，它们不负责任。但是自从他吻她的时候以来，什么也没有发生变化；或者不如说，一切事物在本质上都没有发生变化，但是一切事物在本质上又发生了变化。

她讲完过去的事情以后，他们从前卿卿我我的耳边印象，好像一起挤到了他们脑子中的一个角落里去了，那些印象的重现似乎只是他们盲目和愚蠢时期的余音。

克莱尔做一些毫不相干的事，拨了拨炉火；他听说的事甚至还没有完全进入到他的内心里去。他在拨了拨炉火的余烬以后，就站了起来；她自白的力量此刻发作了。他的脸显得憔悴苍老了。他想努力把心思集中起来，就在地板上胡乱地来回走着。无论他怎样努力，他也不能够认真地思考了；所以这正是他盲目地来回走着的意思。当他说话的时候，苔丝听出来，他的最富于变化的声音变成了最不适当和最平常的声音。

“苔丝！”

“哎，最亲爱的。”

“难道要我相信这些话吗？看你的态度，我又不能不把你的话当成真的。啊，你可不像发了疯呀！你说的话应该是一番疯话才对呀！可是你实在正常得很……我的妻子，我的苔丝——你就不能证明你说的那些话是发了疯吗？”

“我并没有发疯。”她说。

“可是——”他茫然地看着她，又心神迷乱地接着说，“你为什么以前不告诉我？啊，不错，你本来是想告诉我的——不过让我阻止了，我记起来了。”

他说的这一番话，还有其他的一些话，只不过是表面上应付故事罢了，而他内心里却像是瘫痪了一样。他转过身去，伏在椅子上。苔丝跟在后面，来到房间的中间，用那双没有泪水的眼睛呆呆地看着他。接着她就瘫倒在地上，跪在他的脚边，就这样缩成了一团。

“看在我们爱情的份上，宽恕我吧！”她口干舌燥地低声说，“我已经同样地宽恕你了呀！”

但是他没有回答，她又接着说——

“就像我宽恕你一样宽恕我吧！我宽恕你，安琪尔。”

“你——不错，你宽恕我了。”

“可是你也应该宽恕我呀？”

“啊，苔丝，宽恕是不能用在这种情形上的呀！你过去是一个人，现在你是另一个人呀。我的上帝——宽恕怎能同这种荒唐事用在一起呢——怎能像变戏法一样呢！”

他停住了口，考虑着宽恕的定义；接着，他突然发出一阵可怕的哈哈大笑——这是一种不自然的骇人的笑声，就像是从地狱里发出来的笑声一样。

“不要笑了——不要笑了！这笑声会要了我的命的！”她尖叫

着，“可怜我吧——可怜我吧！”

他没有回答；她跳起来，脸色像生了病一样苍白。

“安琪尔，安琪尔！你那样笑是什么意思呀？”她叫喊说，“你这一笑对我意味着什么，你知道吗？”

他摇摇头。

“为了让你幸福，我一直在期盼，渴望，祈祷！我想，只要你幸福，那我该多高兴呀，要是我不能让你幸福，我还能算什么妻子呢！这些都是我内心的感情呀，安琪尔！”

“这我都知道。”

“我想，安琪尔，你是爱我的——爱的是我这个人！如果你爱的的确是我，啊，你怎能那样看我，那样对我说话呢？这会把我吓坏的！自从我爱上你以来，我就会永远爱你——不管你发生了什么变化，受到什么羞辱，因为你还是你自己。我不再多问了。那么你怎能，啊，我自己的丈夫，不再爱我呢？”

“我再重复一遍，我以前一直爱的那个女人不是你。”

“那是谁呢？”

“是和你一模一样的另外一个女人。”

她从他的说话中看出，她过去害怕和预感到的事出现了。他把她看成了一个骗子；一个伪装纯洁的荡妇。她意识到这一点，苍白的脸上露出了恐惧；她的脸颊的肌肉松弛下来，她的嘴巴差不多变成了一个小圆洞的样子。他对她的看法竟是如此的可怕，她呆住了，身子摇晃起来；安琪尔走上前去，认为她就要跌倒了。

“坐下来，坐下来。”他温和地说，“你病了，自然你会感到不舒服的。”

她坐了下来，却不知道她坐在什么地方。她的脸仍然是紧张的神情，她的眼神让安琪尔看了直感到毛骨悚然。

“那么我再也不属于你了，是不是，安琪尔？”她绝望地问，“你说你爱的不是我，你爱的是另外一个和我一模一样的女人。”

出现的这个女人的形象引起了她对自己的同情，觉得自己是受了委屈的那个女人。她进一步想到了自己的情形，眼睛里充满了泪水；她转过身去，于是自怜的泪水就像决堤的江水一样流了出来。

看见她大哭起来，克莱尔心里倒感到轻松了，因为刚才发生的事对苔丝的影响开始让他担心起来，其程度仅仅次于那番自白本身引起的痛苦。他耐心地、冷漠地等着，等到后来，苔丝把满腹的悲伤发泄完了，泪如涌泉的痛哭减弱了，变成了一阵阵抽泣。

“安琪尔，”她突然说,这时候她说话的音调自然了,那种狂乱的、干哑的恐怖声音消失了。“安琪尔，我太坏了，你是不能和我住在一起了，是不是？”

“我还没有想过我们该怎么办。”

“我不会要求你和我住在一起的，安琪尔，因为我没有权利这样要求！本来我要写信给我的母亲和妹妹，告诉她们我结婚了。现在我也不给她们写信了；我裁剪了一个针线袋子，打算在这儿住的时候缝好的，现在我也不缝了。”

“你不缝了！”

“不缝了，除非你吩咐我做什么，我是什么也不做了；即使你要离开我，我也不会跟着你的;即使你永远不理我，我也不问为什么，除非你告诉我，我才问你。”

“如果我真地吩咐你做什么事呢？”

“我会听你的，就像你的一个可怜的奴隶一样，甚至你要我去死我也会听你的。”

“你很好。但是这让我感到，你现在自我牺牲的态度和过去自我保护的态度少了一些协调。”

这些是他们发生冲突后第一次说的话。把这些巧妙的讽刺用到苔丝身上，就完全像把它们用到猫和狗的身上一样。她领会不到话里微妙的辛辣意味，她只是把它们当作敌意的声音加以接受，知道那表示他在忍受着愤怒。她保持着沉默，不知道他也正在抑制着对她的感情。她也没有看见一滴泪水慢慢地从他的脸上流下来，那是一滴很大的泪水，好像是一架放大镜的目镜，把它流过去的皮肤上的毛孔都放大了。与此同时，他又重新明白过来，她的自白已经完全把他的生活、他的宇宙全都改变了，他想在他新处的环境里前进，但是他绝望了。必须做点儿什么；做什么呢？

“苔丝，”他说，尽量把话说得轻松些，“我不能住在——这个房间里了——就是现在。我要到外面走一走。”

他悄悄地离开了房间，他先前倒出来两杯葡萄酒准备吃晚饭，一杯是倒给她的，一杯是倒给自己的，那两杯酒现在还放在桌子上，动也没有动。这就是他们一场婚宴的下场。在两三个小时以前，他们吃茶点时还相亲相爱，用一个杯子喝酒。

房门在他的身后关上了，就像门被轻轻地拉开一样，但把苔丝从昏沉中惊醒了。他已经走了；她也呆不住了。她急忙把大衣披在身上，打开门跟着走了出去，出去时她把蜡烛吹灭了，仿佛再也不回来似的。雨已经停了，夜晚也清朗了。

不久她就走到了他的身后，因为克莱尔漫无目的，走得很慢。在她淡白色的身影旁边，他的身影是黑色的，阴沉而叫人害怕，她脖子上带的珠宝，她曾一时为之感到骄傲，现在却叫她感到是一种讽刺了。克莱尔听见了她的脚步声，转过身来，不过他虽然认出是她来了，但是却似乎没有改变态度，又继续往前走，走过屋前那座有五个拱洞的大桥。

路上奶牛和马的脚印都积满了水，天上下的雨水虽然把它们淹没了，但是却没有把它们冲刷掉。小水坑映出天上的星星，她从水坑旁边走过的时候，天上的星星也就一闪而过；她要是没有看见水坑里的星星，她就不会知道星星正在她的头顶上闪烁——宇宙中最大的物体竟反映在如此卑微的东西中。

他们今天到的这个地方，还是在泰波塞斯的同一个山谷里，不过在下游几英里的地方；四周是空旷的平地，她很容易就能看见他。有一条路从屋子那儿伸展开去，蜿蜒着穿过草地，她就沿着这条道路跟在克莱尔的后面，不过她并不想追上他，也不想吸引他，而只是默不做声、漫无目的地跟在后面。

她没精打采地走着，后来终于走到了克莱尔的身边，不过他仍然没有说话。诚实如果遭到愚弄，一旦明白过来，常常就会感到巨大的残酷；克莱尔现在的感受就是这样的。户外的空气显然已经消除了他全凭冲动行事的所有倾向；她知道他现在看见她，是觉得她毫无光彩了——她的一切都是平淡无奇了；这时候，时光老人正在吟诵讽刺他的诗句——

看吧，你的脸一暴露出来，爱你的他就要恨你；
在你倒霉的时候，你的脸也不再美丽。
你的生活就像秋叶飘零，像天上的落雨；
你头上的面纱就是悲伤，花冠就成了痛苦。①

他仍然在聚精会神地想着，她的陪伴现在已经没有足够的力量打断或改变他的思想之流。现在她对于他已经变得无足轻重了！她禁不住对克莱尔说开了。

“我做了什么事了——我究竟做了什么事了！我告诉你所有的事，没有一句是假的，或者是装的呀。你不要以为我是在骗你呀，你说是不是？安琪尔，你是在跟你心中想的事生气，而不是在和我生气，是不是？啊，不是在生我的气，我并不是像你认为的那样，是一个骗人的女人哪！”

“哼——好啦。我的妻子不是一个骗人的女人；但已经不是原来同一个人了。不是了，不是同一个人了。但是不要让我责备你。我已经发誓不会责备你；我会尽力不责备你的。”

但是她发狂似的恳求着；说了许多也许不如不说的话。

“安琪尔！——安琪尔！我还是个孩子啊——事情发生的时候我还是个孩子啊！男人的事我还一点也不懂啊。”

---

① 引自史文朋的诗剧《在卡里顿的阿塔兰塔》中的合唱《并不像天崩地裂之时》。

“与其说你犯了罪，不如说别人对你犯了罪，这我承认。”

“那么你是不会宽恕我的了？”

“我的确宽恕你了，但是这不是宽恕的问题呀。”

“你还爱我吗？”

关于这个问题，他没有回答。

“啊，安琪尔——我母亲说有时候会发生这种事的！——她就知道好几个这样的例子，比我的情形还要严重啦，但是她们的丈夫都并没有怎样在乎——至少没有成为他们之间的障碍啊。可是她们爱她们的丈夫，都不如我爱你呀！”

“不要说了，不要辩解了。社会不同，规矩就不同。你都快要让我说你是一个不懂事的乡下女人了，从来都不懂得世事人情。你都不知道你说的是什么呀。”

“从地位上看我是一个农民，但是从本质上看我并不是一个农民呀！”

她冲动地说，生起气来，但是气还没有生出来就消失了。

“这对你来说更是糟糕透顶。我倒觉得那个把你的祖先考证出来的牧师，如果他闭上嘴巴反而更好些。我忍不住要把你们家族的衰败同另外的事联系起来——同你缺少坚定联系起来。衰败的家族就意味着衰败的意志，衰败的行为。老天啊，你为什么要告诉我你的身世，给我一个把柄，让我更加瞧不起你呢？我原来以为你是一个自然的新生女儿；谁知道你竟是一个没落了的贵族家庭的后裔呢！”

“在这方面，有许多人家和我完全一样啊！莱蒂家从前是大地主，奶牛场老板毕勒特家也是一样。德比豪斯曾经是德·比叶大家族，现在不也是赶大车的了？像我这样的家族，你到处都找得到；这是我们郡的特点，让我有什么办法呢。”

“所以这个郡就更糟了。”

她只笼统地接受他的指责，但不管指责的细节；她只知道他不像从前那样爱她了，至于其他别的她都不管。他们默默无言地朝前走。后来据说井桥有个农户，那天深夜出门去请医生，在草地上碰见了一对情人，一前一后地慢慢地走着，不说一句话，就像送葬似的，他瞧了一眼他们的脸色，感觉到他们既忧愁，又伤心。他后来回家时又在相同的地方从他们身边经过，看见他们还在像先前一样慢慢走着，也不管夜色深了，天气冷了。只是他一心想着自己的事，想着自己家里有病人，所以才没有把这件奇怪的事放在心上，是后来过了好久，他才想起来这件事。

就在那个农户从他们身边走过去和回转来的中间，她曾经对她的丈夫说——

"我不知道怎样才能让你一生中不会因为我而遭受太多的痛苦。下面就是河。我就跳河死了吧。我不怕死的。"

"我不想在我的愚蠢上又添上谋杀的罪名，"他说。

"我会给你留下证据，表明是我自杀的——是因为羞耻自杀的。那么他们就不会把罪名加在你身上了。"

"不要说这些荒唐话了——我不想听这个。在这种情形里有这种想法真是胡闹，它不是悲剧的主题，而只是讽刺嘲笑的材料。这场不幸的性质我看你是一点儿也没有明白。要是让人知道了，十个人里头有九个会感到好笑。请你听我的话，回屋睡觉去吧。"

"好吧。"她顺从地说。

他们从那条路上走过去，那条路通向磨坊后面的西斯特教团寺庙[①]的遗迹，在过去的几百年里，那个磨坊一直是寺庙的一部分产业。磨坊还在不断地生产，因为食物是永远需要的；寺庙已经消失了，信仰也成了过眼烟云。我们不断地看到，为短暂的需要服务的东西很长久，而为永久的需要服务的东西却很短暂。他们那天是绕着圈子走的，所以始终离他们的屋子不远，她听从了他的指挥回去睡觉，只要走过那条河上的大石桥，再沿着那条路向前走几码就到了。她

① 西斯特教团寺庙（Cistercian Abbey），本尼狄克派的分支，1098年创建于法国西斯特。

回到屋里的时候，炉火还在继续燃着，屋里的一切都还和她离开时一样。她在楼下没有呆上一分钟，就上楼进了自己的房间，她的行李早已经拿进去了。在房间里，她坐在床沿上，茫然地看看四周，就立刻动手脱衣服。她把蜡烛拿到床头，烛光照在白布的帐子顶上，看见里面挂着什么东西，就把蜡烛举起来，想看看是什么，是一束槲寄生。那是安琪尔挂在那儿的；她立刻就心里明白了。这就是原来那个不好包装也不好携带的包裹了；那个包裹里包的是什么东西，安琪尔没有向她解释，只是说到时候她就知道了。那是在他感情热烈、心里快活的时候挂在那儿的。可是那束槲寄生现在看上去，是多么愚蠢、多么不合时宜啊。

他似乎无论如何也不会宽恕她了，既然已经没有什么可怕的了，也没有什么可盼的了，所以她就感觉迟钝地睡下了。一个人在悲伤停止的时候，睡眠就会乘虚而入。许多时候，由于心情快活而不能入睡，现在她的心情反而容易睡着。不一会儿，孤独的苔丝就进入梦乡了，房间里静悄悄的，弥漫着香气，很有可能，这个房间从前还做过她的祖先的洞房呢。那天深夜，克莱尔也沿着原路回了屋子。他轻轻地走进客厅，点上蜡烛，从他的态度上看出来，他已经打定了主意，房间里有一张旧马鬃沙发，他把几床毯子铺在上面，简单地为自己做了一个睡觉的小床。在他睡下之前，他赤着脚走到楼上，在苔丝房间的门口听了听。她均匀的呼吸表明，她已经完全睡熟了。

“感谢上帝！”克莱尔嘟哝着；可是他一想，又感到了一阵钻心的痛苦——他觉得，她现在毫无牵挂地睡着了，却把一生的重担移到了他的肩上，他这种想法虽然不是完全如此，但大致上也是差不多的。

他转身打算下楼；接着，他又犹豫不决地向她的门口转过身去。他转身的时候，一眼看见了德贝维尔家两位贵夫人画像中的一个，那幅画像正好镶在苔丝房门的上方。在蜡烛的照明下，那幅画像更加叫人感到不快。那个女人的脸上暗藏着阴险狡诈的神气，集中了向男人报仇雪恨的心思——他当时看上去的感觉就是这样的。画像女人穿着查理时代的长袍，领口开得很低，正好和苔丝穿的那件让他把领子掖进去好露出项链的衣服一样；这又使他感到苔丝和那个女人的相似之处，因而心里十分难过。

这已经足以使他止步不前了。他就退回来，下楼去了。

他的神情既镇静又冷酷，他的小嘴紧紧闭着，说明他有自我控制的能力；他的脸上仍然是一副令人感到可怕的神情，自从苔丝自我表白以来，他的脸上就有了那副神情。只要有这种神情的男人，就不再会是感情的奴隶，但是也没有从感情的解放中得到什么好处。他只是在那儿思考人类经验中的种种烦恼，思考种种事情的难以预料。直到一个小时以前，他一直崇拜苔丝，很久以来，他都认为不可能有谁比苔丝更纯洁、更甜蜜、更贞洁的了；可是——

只是那么一点点儿，竟然是这样不同！①

他错误地为自己辩解，心里头在说，从苔丝诚实和生动的脸上，看不透她的内心；不过当时没有人为苔丝辩护，纠正克莱尔的错误。他接着说，是不是有这种可能，她的那双眼睛，里面的神情和嘴里说的并没有什么不同，但是想的心事，和表面上是极不一致的，全然不同的？

他熄了蜡烛，在客厅里那张小床上躺下来。客厅里夜色深沉，对他们的事一点儿也不关心，毫不同情；黑夜已经吞噬掉了他的幸福，现在正在懒洋洋地加以消化；黑夜还准备同样吞噬掉其他千万人的幸福，并且一点儿也不慌乱。

① 见勃朗宁的诗《炉边》第二十九节第二行。

第三十六章

黎明的晨光一片惨淡，时明时暗，仿佛跟犯罪有了牵连，克莱尔在这时候起了床。他的面前是壁炉里一堆已经熄灭了的灰烬；在摆好的饭桌上面，放着两杯满满的碰也没有碰过的葡萄酒，现在已经走了味，变得浑浊了；她和他的椅子都空着，其他的家具也是一副爱莫能助的样子，老是在那儿发问：怎么办呢？问得叫人心烦意乱。楼上一点儿声音也没有，但是过了几分钟，门上传来了敲门声。他想起来了，那大概是附近那家农户的妻子来了，他们在这儿住的期间，由她来照应。

此时此刻有第三个人出现在屋子里是令人极其尴尬的，他这时已经穿好了衣服，就打开窗户告诉那个女人，那天早晨他们自己可以安排，她就不用来了。她手里拿着一罐牛奶，他让她把牛奶放在门口。那个女人走了以后，他就到屋子后面寻找柴火，很快就生起了火。食品间里有大量的鸡蛋、黄油、面包等之类的东西，不久，克莱尔就把早饭摆到了桌子上，在奶牛场里，他已经学会了做家务事。燃烧着的木柴产生的轻烟，从烟囱里冒出来，就像一根莲花头的柱子；从屋旁经过的本地人看见了，就想起了这对新婚夫妇，羡慕他们的幸福。

克莱尔最后把四周扫视了一眼，然后就走到楼梯脚下，用一种传统的声音喊——

“早饭已经好了！”

他打开前门，出门在早晨的空气里走了几步。不一会儿，他又走了回来，这时候苔丝已经穿好衣服来到了起居室，正在机械地重新调整早餐用的杯盘。她穿戴得整整齐齐，从他叫她起床的这段时间，只不过两三分钟，那一定在他去叫她之前，她已经早就穿戴好了，或者是差不多穿戴好了。她的头发被挽成了一个大圆髻盘在脑后，穿了一件新的长袍——一件淡蓝色的呢子服装，领口镶有白色的皱边。她的双手和脸看起来冰凉，很可能是她坐在没有生火的房间里穿衣服时间太长了。克莱尔刚才喊她的声音，明显很有礼貌，这似乎一时鼓舞了她，使她又似乎看到了希望的闪光。不过当她看见他时，她的希望很快就消失了。

说实在的，他们两个人先前像一团烈火，现在只剩下一堆灰烬了。昨天晚上强烈的悲痛，现在变成了沉重的抑郁；他们两个人的热烈感情，似乎再也没有什么东西能够把它们重新点燃了。

他温和地同她说话，她也不露声色地回答。后来，她走到他的面前，看着他那张轮廓分明的脸，就好像没有意识到自己的脸也是可以看得见的。

“安琪尔！”她喊了一声就住口了，伸出手指轻轻地去摸他，轻得就像一阵微风，仿佛她不敢相信这个曾经爱过她的人活生生地站在她的面前。她的眼睛是明亮的，她灰白的脸颊还是像往日那样丰润饱满，不过半干的眼泪已经在那儿留下了闪亮的痕迹；她那往常丰满成熟的嘴唇，几乎和她的脸颊一样苍白。尽管她仍然还活着，但是在她内心悲伤的重压之下，她生命的搏动时断时续，只要稍微再加一点压力，她就会真正地病倒了，她的富有特点的眼睛就要失去光彩，她的嘴唇就要消瘦了。

她的样子看起来绝对纯洁。自然用它异想天开的诡计，在苔丝的脸上刻下一种处女的标志，安琪尔看着她，不禁目瞪口呆。

“苔丝！告诉我那不是真的！不，不是真的！”

“是真的！”

“句句属实？”

“句句属实。”

他带着哀求的神情看着她，仿佛他情愿从她的嘴里听到一句谎话，尽管明知道那是谎话，他还是希望借助诡辩的巧妙，把那句谎话当作有用的真话。但是，她只是重复说——

“是真的。”

“他还活着吗？”

“孩子死了。”

“但是那男人呢？”

“他还活着。”

克莱尔的脸上显露出最后的绝望。

“他在英国吗？”

“是的。”

他不知所以地走了几步。

“我的地位——是这样的，”他突然说，“我想——无论谁都会这样想——我放弃了所有的野心，不娶一个有社会地位、有财富、有教养的妻子，我想我就可以得到一个娇艳美丽、朴素纯洁的妻子了；可是——唉，我不会责备你了，我不会了。”

苔丝完全理解他的情形，所以剩下的话就不必说了。叫人痛苦的地方就在那儿；她明白无论哪方面他都吃了亏。

“安琪尔——我要是不知道你毕竟还有最后一条出路的话，我就不会答应同你结婚了；尽管我希望你不会——”

她的声音变得嘶哑了。

“最后一条出路？”

“我是说你可以摆脱我呀。你能够摆脱我呀。”

“怎么摆脱？”

“和我离婚呀。”

“天啦——你怎么这样简单呀！我怎么能同你离婚呀？”

“不能吗——现在我不是已经告诉你了？我想我的自白就是你离婚的理由。”

“啊，苔丝——你太，太——孩子气了——太幼稚了——太浅薄了。我不知道怎样说你好啦。你不懂得法律——你不懂！”

“什么——你不能离婚？”

“我确实不能离婚。”

在她倾听的脸上立刻露出来一种羞愧混合着痛苦的神情。

“我以为你能够的——我以为你能够的，”她低声说，“啊，现在我明白我对你是多么地坏了！相信我——相信我，我向你发誓，我从来就没有想到你不能和我离婚！我曾经希望你不会和我离婚；可是我相信，从来也没有怀疑过，只要你打定了主意，你就可以把我抛开，根本不——不要爱我！”

“你错了，”他说。

“啊，那么我昨天就应该作个了断，作个了断！可是我当时又没有勇气。唉，我就是这么样一个人！”

“你没有勇气干什么？”

因为她没有回答，他就抓住她的手问。

“你是打算干什么呀？”他问。

“结束我的生命啊。”

“什么时候？”

他这么一问，她就退缩了。“昨天晚上。”她回答说。

“在哪儿？”

“在你的槲寄生下面。”

“我的天呀！——你用什么办法？”他严厉地问。

“要是你不生我的气，我就告诉你！”她退缩着说，“用捆我箱子的绳子。可是后来我——我又放弃了！我害怕你会担上谋杀的罪名。”

没有想到的这段供词是逼出来的，不是她自动说的，这显然使他感到震惊。但是他仍旧拉着她，盯在她脸上的目光垂到地上，他说：

“好啦，你现在听着。你决不能去想这种可怕的事！你怎能想这种事呢！你得向我——你的丈夫保证，以后不再想这种事。”

“我愿意保证。我知道那样做是很坏的。”

“很坏！这种想法坏得没法说了。”

“可是，安琪尔，”她辩护说，一边把她的眼睛睁得大大的，满不在乎的看着他，“我完全是为你着想啊——我想这样你就可以摆脱我，得到自由，但是又不会落下离婚的骂名。要是为了我，我做梦也不会想到那个呀。不过，死在我自己的手里毕竟是太便宜了我。应该是你，被我毁了的丈夫来把我结果了。既然你已经无路可走了，如果你自己动手把我结果了，我觉得我会更加爱你的，如果我还能更加爱你的话。我觉得自己一钱不值了！又是你路上的巨大障碍！”

“别说啦！”

“好吧，既然你不让我说，我就不说好啦。我绝没有反对你的意思。”

他知道这话完全是对的。自从那个绝望的夜晚过去以后，她已经一点儿精神也没有了，所以不怕她再有什么鲁莽的举动。

苔丝又忙着到饭桌上去安排早饭，这多少有些成功。他们都在同一边一起坐下来，这样可以避免他们的目光相遇。开始他们两个听见吃喝的声音，感到有些别扭，但这是没有办法避免的；不过，他们两个人吃东西都吃得很少。吃完早饭，他站起来对她说了他可能回来吃正餐的时间，就出门去了磨坊，好去机械地进行他的研究计划，而这也是他到这儿来的唯一的一个实际理由。

他走了以后，苔丝站在窗前，立刻就看到他穿过那座大石桥的身影，那座石桥通向磨坊的房屋。他走下石桥，穿过铁路，然后就看不见了。于是苔丝没有叹一口气，就把注意力转向室内，开始收拾桌子，整理房间。

不久做杂活的女人来了。有她在房间里，苔丝最初感到紧张，不过后来她反而感到轻松了。十二点半钟的时候，她就把那女人一个人留在厨房里，自己回到起居室里，等着安琪尔的身影从桥后重新出现。

大约一点钟的时候，安琪尔出现了。虽然他离开她还有四分之一英里远，但是她的脸变红了。她跑进厨房，吩咐说他一进门就开饭。他首先走进前天他们曾经一起洗手的房间，当他走进起居室的时候，盘子的盖子已经揭开了，仿佛是因为他走进来才被揭开的。

“好准时呀！”他说。

“是的，你过桥时我看见你了。”她说。

在吃饭的时候，他谈一些普通的话题，如早上他在寺庙的磨坊做些什么呀，上螺栓的方法和老式的机械等，他还说他担心在先进的现代方法面前，那些机械不会给他太多的启发，因为有些机械似乎是当年给隔壁寺庙的和尚磨面的时候就开始使用了，而那座寺庙现在已经变成一堆瓦砾。吃完饭后不到一个小时，他又离开屋子去了磨坊，直到黄昏才回来，整个晚上都在整理他的资料。她担心她妨碍了他，所以在那个年老的女人离开以后，她就回到厨房，在那儿足足忙了一个钟头。

克莱尔的身影在门口出现了。

“你不必那样干活。”他说，“你不是我的仆人，你是我的妻子。”

她抬起眼睛，神色开朗了一些儿。“我自己可以这样认为吗——真的吗？”她低声说，用的是可怜的自嘲口气，“你指的是名义上！唉，我也不能有多的指望了。”

“你也可以这样想，苔丝！你是我的妻子。你刚才说的话是什么意思？”

“我不知道，”她急忙说，声音里带着悲伤，“我想我——我的意思是说，我是一个不名誉的人。很久以前我就告诉过你，我是一个很不名誉的人——因为那个原因，我才不愿嫁给你，只是——只是你逼着我！”

她忍不住抽抽搭搭地哭起来，背过身去。除了安琪尔·克莱尔，她这种样子会使任何人回心转意的。总的说来，安琪尔温柔而富有热情，但在他的内心深处，却隐藏着一块坚硬的逻辑沉淀，就像是松软的土壤里埋着的金属矿床，无论什么东西要穿过去，都得折断尖刃。这也妨碍他接受宗教。妨碍他接受苔丝。而且，他的热情本身与其说是烈火，不如说是火焰，而对于女性，他一旦不再信任，就不再追求；在这方面同许多感情易受影响的人大不相同，因为那种人虽然在理智上鄙视一个女人，但是往往在感情上却恋恋不舍。他在那儿等着，直到她哭完了。

“我希望在英格兰能有一半女人像你一样名誉就好了。”他对全英国的妇女发了一阵牢骚说，“这不是一个名誉的问题，而是一个原则的问题。”

他对她说了这些话，还说了一些跟这些话相似的话，在那个时候，他仍然还受到反感浪潮的支配，当一个人发觉自己的眼光受到外表的愚弄，他就必然要产生歪曲的看法。在这股浪潮里面，其实还是有一股同情的暗流，一个老于世故的女人本可以利用它来征服他的。但是苔丝没有想到这些；她把一切都作为对她的惩罚接受下来，几乎没有开口说过一句话。她对他那样忠心耿耿，简直让人感到可怜。虽然她天生是一个脾气急躁的人，但是他对她说的话却没有让她失态;她完全不顾自己，也没有因此着恼;无论他怎样对待她，她都是这样。现在她自己也许就是圣徒式的博爱，又回到了自私自利的现代社会了。

这一天从傍晚到夜晚再到早晨，和前一天一点不差地过去了。有一次，而且只有一次，从前自由和独立的苔丝曾经勇敢地采取行动。那是在他吃完饭后第三次动身去面粉厂的时候。他对苔丝说了一声再见，就要离开桌子，她也同样对他说了一声再见，同时把自己的嘴巴朝向他。他没有接受她的一片情意，就急忙把身子扭向一边，嘴里说——

“我会准时回家的。”

苔丝缩了回去，就像被人打了一样。有多少次他不顾她的同意，想去接触这两片嘴唇——有多少次他快活地说，她的嘴唇，她的呼吸，就像赖以为生的黄油、鸡蛋、牛奶、蜂蜜的味道一样，他可以从那儿得到滋养，他还说过诸如此类的傻话。但是现在他对她的嘴唇不感兴趣了。他看见她突然退了回去，就温和地对她说——

“你是知道的，我一定得想个办法。我们现在不得不在一起住上几天，免得因为我们突然分开给你带来流言蜚语。不过你要明白，这只是为了顾全面子。”

“是的。”苔丝心不在焉地说。

他出门走了，在去磨坊的路上站了一会儿，心里只后悔没有对她更温柔些，至少没有吻她一次。

他们就这样一起过了一两天绝望的日子。不错，他们是住在同一座屋里，同他们还不是情人的时候相比，他们变得更加疏远了。她明显地看出，正如他自己所说，他生活在瘫痪的行动中，正在努力想出一个行动计划。她恐惧地发现，他的外表是那样温柔，心里头却是那样地坚定。他这种坚定的态度的确太残酷了。现在她不再想得到什么宽恕。她不止一次想到，在他出门到磨坊去的时候，她就离开他；但是她又担心这样做不仅对他没有什么好处，反而张扬出去会让她感到麻烦和羞辱。

同时，克莱尔也正在那儿不停地思考着。他的思考一直没有间断过，因为思考，他已经病倒了；因为思考，他的人已经变得消瘦，也因为思考变得憔悴了；因为思考的折磨，他以前天生的对家庭生活的情趣也变得没有了。他走来走去，一边嘴里说着，“怎么办呢——怎么办呢？”偶尔能够听见他这样说着。他们一直对他们的未来保持沉默，这时她就打破沉默开口说话了。

“我想——你是不打算长时间地——和我住在一起了，是不是，安琪尔？”她问，她说话的时候脸上保持着镇静，但是从她的嘴角向下耷拉的样子可以看出，她脸上的镇静完全是机械地装出来的。

“我不能，”他说，“瞧不起我自己，也许更糟的是，我会瞧不起你的。当然，我是说不能按照通常的意义和你生活在一起。在目前，无论我有什么样的感觉，我都不会轻视你。让我明白地说吧，或许你还没有明白我所有的难处。只要那个男人还活着，我怎能和你住在一起呢？——实质上你的丈夫是他，而不是我。如果他死了，这个问题也许就不同了——除此而外，这还不是所有的难处；还有另外一个值得考虑的方面——不只是我们两个人，还关系到另外一个人的前途啊。你想一想，几年以后，我们有了儿女，这件过去的事让人知道了——这件事肯定会让人知道的。天底下最遥远的地方也有人从其他的地方来，到其他的地方去。唉，想一想吧，我们的骨肉遭到别人的嘲笑，随着他们不断地长大，不断地懂事，他们该有多痛苦。他们明白过来后，该有多么难堪！他们的前途该有多么黑暗！你要是考虑到这些问题，凭良心你还能说和我住在一起吗？你不认为我们忍受现有的痛苦强似再找另外的痛苦吗？"

她的本来就因为痛苦而耷拉下来的眼皮，现在继续像从前一样耷拉着。"我不会要求和你住在一起的，"她回答说，"我不会这样要求的，我还没有想到这样远呢。"

苔丝女性的希望——我们应不应该承认？——又这样强烈地燃烧起来，使她在心里头悄悄生出来一些幻象，只要亲密地生活在一起，时间长了，就能消除他的冷淡，推翻他的判断。虽然一般说来她不通世故人情，但也不是一个智力不全的人；要是她不能从本能上知道亲密地生活在一起的力量，那就是说她没有资格做女人了。她知道，如果这样也没有效果的话，别的方法对他就更没有用处了。她对自己说，寄希望于用计谋要手腕是不该的，但这种办法她也没有让它熄灭。克莱尔已经最后表了态，正如她所说，那是一个新的观点。她实在没有想到他想得那么远，经他清楚地一描绘，他们将来的子女会瞧不起她，这对她以慈爱为中心的最忠厚的心灵来说，真是觉得入情入理。她全凭经验已经懂得，在某些情形里，有一个比过诚实的生活更好的办法，那就是无论什么生活也不过。她跟所有经过苦难而获得先见之明的人一样，用庶利·普吕东[①]的话说，

① 庶利·普吕东(M·Sully-Prudhomme，1839—1907)，法国诗人兼批评家，著有《孤寂》、《命运》、《幸运》等。

她能够听到宣读的判决书，“你要下世为人”。尤其是如果判决书是对她未来的儿女宣读的。

可是自然夫人像狐狸一样狡猾，直到现在，苔丝因为对克莱尔的爱而被弄糊涂了，竟然忘记了他们生活在一起是可以产生新生命的，是可以把自己哀叹的不幸加到别人身上的。

因此她无法反驳他的论点。然而克莱尔是一个异常敏感的人，天生有一种自我争论的脾性，这时他自己心中出现了一种辩辞，几乎害怕苔丝真的会拿这种辩辞来反驳他。这种辩辞是以苔丝异乎常人的身体优势为基础的；苔丝如果利用了这一点，她还有希望达到目的。除此而外她还可以说：“我们到澳大利亚的高原去，我们到得克萨斯的平原去，这样谁会知道我们呢？谁会在乎我的不幸呢？谁会来责备你或者我呢？”但是，和大多数女人一样，她接受了克莱尔的暂时描述，认为那是合情合理的。她也许并不错。女人内心的直觉，不仅知道她自己的痛苦，而且也知道她丈夫的痛苦，即使这些想象得到的责备不是由外人来指责他或者他的子女的话，它们也可能在自己的头脑里责备自己，他的耳朵也照样听得见。

这是他们分离后的第三天。有人也许可以冒昧说一句自相矛盾的话，他的身上要是更多一些兽性的话，他的人格也许就更高尚了。我们并不这样说。但是克莱尔的爱情毫无疑问过于空灵，所以才出了错误，也过于空想，所以才不切实际。由于这些天性，有时候他爱的人在他的面前倒不如不在他的面前更令他感动；不在他的面前，他可以创造出一个理想的人来，从而把真实的缺点消除了。她发现，她的人品已经不能像她期望的那样，成为她的强有力的借口了。那个比喻的说法倒是不错：她已经变成另外一个女人了，已经不是激起他的爱欲的那个女人了。

“我已经反复考虑过你说的话了，”她对他说，一面用她的食指在桌布上划着，她那只戴戒指的手托着额头，仿佛在嘲笑他们两个人一样。“你说得完全对，肯定是那样的，你是得离开我。”

“可是你怎么办呢？”

“我可以回家。”

克莱尔还没有想到这个办法。

“真的吗？”他问。

“的确是真的。我们应该分开,我们早点让这件事过去不就完了。你曾经说过，我容易获得男人的欢心，让他们失去理智；要是我不断地出现在你的眼前，也许你会改变了主意，违背了你的理智和愿望；此后你的悔恨和我的痛苦就更可怕了。”

“你愿意回家吗？”他问。

“我愿意离开你，回家去。”

“那么就这么办吧。”

苔丝虽然没有抬起头来看他，但也不觉吃了一惊。提出建议和达成协议本来是两回事，她觉得他答应得太快了一点。

“我原来就担心会出现这个结局。”她嘟哝着说，不动声色，一副顺从的样子。“我不会抱怨的，安琪尔。我——我认为这是最好的办法。你说的话已经完全说服了我。不错，如果我们住在一起，尽管不会有别人来责备我，但是日子久了，你也许在什么时候会因为一点儿小事就生我的气，说不准就把我过去的事情说出来，也许就让外人听见了，也许就让我们的孩子听见了。啊，现在只是让我伤心，那时候却会让我痛苦，会要了我的命呀！我会离开的——明天就离开。”

“我也不在这儿住了。尽管我不愿意先提这件事，但是我看得出来，我们还是分手的好——至少分开一段时间，等到我把情势看得更清楚了，我会给你写信的。”

苔丝偷偷地看了她的丈夫一眼。他脸色苍白，甚至还在颤抖，但是她看见她嫁的这个丈夫，还是和从前一样，温柔的深处隐藏着坚定，这使她吓坏了——他有一种意志，要让粗鄙的感情服从细致的感情，要让物质的存在，服从抽象的观念，要让肉欲服从精神。一切癖好、倾向、习惯，都像枯死的树叶，被他想象力量的暴风一扫而光。

他也许看见了她的脸色，因为他又解释说——

“对那些从我身边离开的人，我会更关爱他们。”他又玩世不恭地补充说，“上帝知道的，也许有一天我们都过腻了，我们就又凑合到一块儿了，这样的人有成千上万呢。”

他在当天就开始收拾行李，她也上楼收拾行李去了。他们两个人都知道，他们心里都明白，明天早晨也许是永远分别了，尽管他们在收拾行李的过程中，都作出种种猜测宽慰自己，因为他们都是那样一种人，任何永久的别离都是痛苦的。他知道，她也知道，虽然互相吸引对方的魅力——在她那方面并不是靠才艺——大概从他们分别的第一天起就会比以往更强烈，不过时间一定会慢慢使它减弱的；那些反对他把她作为主妇接受的种种实际理论，也许从一个旁观者的眼光去看就会变得更加清楚了。而且，当两个人一旦分开了——一旦放弃了共同的居室和共同的环境——新的蓓蕾就会在不知不觉中生长出来，把各自空白的地方填补起来；难以预料的事情也可能妨碍了着意的安排，过去的计划就被忘记了。

第三十七章

午夜静静地来了，又悄悄地走了，因为在佛卢姆谷里没有报告时刻的教堂。

凌晨一点后不久，过去曾经是德贝维尔府邸的屋子，黑沉沉的一片，里面传出来一阵轻微的咯吱咯吱的声音。睡在楼上房间里的苔丝听见了，惊醒过来。声音是从楼梯拐角处传来的，因为那层楼梯像往常一样钉得很松。她看见她的房间门被打开了，她丈夫的形体迈着异常小心的脚步，穿过那一道月光走了进来。他只穿了衬衫和衬裤，所以她最初看见他的时候，心里头一阵欢喜，但是当她看见他奇异眼睛茫然地瞪着，她的欢喜也就消失了。他走到了房间的中间僵硬地站在那儿，用一种难以描述的悲伤语气嘟哝着说——

"死了！死了！死了！"

克莱尔只要受到强烈的刺激，偶尔就会出现梦游的现象，甚至还会做出一些奇怪的惊人之举，就在他们结婚之前从市镇上回来的那个夜晚，他在房间里同侮辱苔丝的那个男人打了起来，就属于这种情形。苔丝看出来，是克莱尔心中继续不断的痛苦，把他折磨得夜里起来梦游了。

她在心中，对他既非常忠实，又非常信任，所以无论克莱尔睡了还是醒着，都不会引起她的害怕。即使他手里拿着一把手枪进来，一点也不会减少她对他的信任，她相信他会保护她。

克莱尔走到她的跟前，弯下腰来。“死了！死了！死了！”他嘟哝着说。

他用同样无限哀伤的目光死死地把她注视了一会儿，然后把腰弯得更低了，把她抱在自己的怀里，用床单把她裹起来，就像是用裹尸布裹的一样。接着他把她从床上举起来，那种尊敬的神情就像是面对死者一样。他抱着她从房间里走出去，嘴里嘟哝着——

“我可怜的，可怜的苔丝——我最亲爱的宝贝苔丝！这样的甜蜜，这样的善良，这样的真诚！”

在他醒着的时候是绝对不肯说出口的这些甜言蜜语，在她那颗孤独渴望的心听来，真是甜蜜得无法形容。即使是拼着自己已经厌倦了的性命不要，她也不肯动一动，或挣扎一下，从而改变了她现在所处的情景。她就这样一动也不动地躺着，简直连大气也不敢出，心里不知道他要抱着她干什么。他就这样抱着她走到了楼梯口。

“我的妻子——死了，死了！”他说。

他累了，就抱着她靠在楼梯的栏杆上，歇了一会儿。他是要把她扔下去吗？她已经没有了自我关心的意识，她知道他已经计划明天就离开了，可能是永远离开了，她就这样躺在他的怀里，尽管危险，但是她不害怕，反而觉得是一种享受。要是他们能够一块儿摔下去，两个人都摔得粉身碎骨，那该多好啊，该多称她的心愿啊。

但是他没有把她扔下去，而是借助楼梯栏杆的支撑，在她的嘴唇上吻了一下——而那是他白天不屑吻的嘴唇。接着他又把她牢牢地抱起来，下了楼梯。楼梯的松散部分发出咯吱咯吱的声音，但是也没有把他惊醒过来，他们就这样安全地走到了楼下。有一会儿，他从抱着她的双手中松出一只手来，把门栓拉开，走了出去，他只穿着袜子，出门时脚趾头在门边轻轻地碰了一下。但是他似乎并不知道，到了门外，他有了充分活动的余地，就把苔丝扛在肩上，这样搬动起来他感到更加轻松些。身上没有穿多少衣服，这也为他减轻了不少的负担。他就这样扛着她离开了那所屋子，朝几码外的河边走去。

他的最终目的是什么，如果他有什么目的的话，但是她还没有猜出来；她还发现她就像第三个人一样，在那儿猜想着他可能要干什么。既然她已经把自己完全交给了他，所以她一动也不动，满怀高兴地想着他把她完全当成了他自己的财产，随他怎样处理好了。她心里萦绕着明天分离的恐怖，因此当她觉得他现在真正承认她是他的妻子了，并没有把她扔出去，即使他敢利用这种承认的权利伤害她，这也是对她的安慰。

啊！她现在知道他正在做什么梦了——在那个星期天的早晨，他把她和另外几个姑娘一起抱过了水塘，那几个姑娘也和她一样地爱他，如果那是可能的话，不过苔丝很难承认这一点。克莱尔现在并没有把她抱过桥去，而是抱着她在河的这一边走了几步，朝附近的磨坊走去，后来在河边站住不动了。

河水在这片草地上向下流去，延伸了好几英里，它以毫无规则的曲线蜿蜒前进，不断地分割着草地，环抱着许多无名的小岛，然后又流回来，汇聚成一条宽阔的河流。他把苔丝抱到这个地方的对面，是这片河水的总汇，和其他地方比起来，这儿的河水既宽又深。河上只有一座很窄的便桥；但是现在河水已经把桥上的栏杆冲走了，只留下光秃秃的桥板，桥面离湍急的河水只有几英寸，即使头脑清醒的人走在这座桥上，也不免要感到头昏眼花；苔丝在白天曾经从窗户里看见，有一个年轻人从桥上走过去，就好像在表演走钢丝的技巧。她的丈夫可能也看见过同样的表演；不管怎样，他现在已经走上了桥板，迈开脚步沿着桥向前走了。

他是要把她扔到河里去吗？他大概是的。那个地方偏僻无人，河水又深又宽，足可以轻易地就达到把她扔到河里去的目的。如果他愿意，他就可以把她淹死，这总比明天劳燕分飞要好些。

激流在他们的下面奔腾，打着漩涡，月亮倒映在河水里，被河水抛掷着，扭曲着，撕裂着。一簇簇水沫从桥下漂过，水草受到推动而在木桩的后面摇摆。如果他们现在一起跌到激流中去，由于他们的胳膊互相紧紧地搂在一起，因此他们是谁也活不了的；他们都可以毫无痛苦地离开这个世界，也不会有人因为他娶了她而责备她或者他了。他同她在一起的最后半个小时，将是爱她的半个小时。而他们要是仍然活着，等到他醒了，他就要恢复白天对她的厌恶态度了，这个时候的情形，就只是一个转瞬即逝的梦幻了。

她突然心血来潮，想动一下，让他们两个人一齐掉进河里，但是她不敢那样做。她怎样评价她的生命，前面已经有了证明；但是他的——她却没有权力支配。他终于抱着她安全地走到了河的对岸。

他们进入一块人造的林地，这儿是寺庙的遗址，他把苔丝换了一个抱的姿势，又向前走了几步，走到了寺庙教堂里圣坛所在的旧址那儿。靠北墙的地方，放着一口修道院长用过的石头棺材，凡是来这儿旅行的人，如果想在阴森中寻找开心，都到棺材里去躺一躺。克莱尔小心谨慎地把苔丝放进了这口棺材里。他又在苔丝的嘴唇上吻了一下，深深地吸了一口气，仿佛一桩重大的心愿完成了似的。接着他也挨着石头棺材躺到地上，立刻就睡着了，因为累得很，他睡在那儿一动也不动，像一截木头一样。他由于精神上的激动才产生出这个结果，现在他的亢奋过去了。

苔丝在棺材里坐起来。这个夜晚在这个季节里虽然算是干燥温暖的，但是也够冷的了，要是他穿着半遮半露的衣服在这儿躺得太久，肯定是危险的。如果把他留在那儿，他完全可能一直躺到早晨，从而被冷死的。她曾经听说过这种梦游被冻死的事。但是她怎敢把他叫醒呢，要是让他知道了他作过的事，让他知道了他对她的一番痴情，他不是要追悔莫及吗？苔丝从她的石头棺材里走出来，轻轻地摇了摇他，由于没有用劲，因此摇不醒他。她必须采取什么行动了，因为她已经开始发抖了，身上那床床单根本就挡不了寒气。刚才那段时间里，她因为心里兴奋，感觉不到冷，而现在那种幸福的时刻已经过去了。

她突然想，何不劝劝他呢；于是她就用最大的决心和坚忍在他的耳边悄悄说——

“让我们继续走吧，亲爱的。”她说着就暗示性地拉着他的胳膊。看到克莱尔顺从了她，一点儿也没有拒绝，她才放下心来；显然他又重新回到了梦境，似乎又进入了一个新的境界，在他幻想的那个境界里，苔丝的灵魂复活了，正带着他升入天堂。她就这样拉着他的胳膊，走过他们屋前的石桥，只要走过桥他们就到了家门口了。苔丝完全光着脚，路上的石子把脚刺伤了，她感到刺骨地冷；而克莱尔穿着毛袜子，似乎没有感到有什么不舒服。

后来再也没有什么困难了。她又诱导他躺在自己的沙发床上，把他盖暖和了，用木柴生了一堆火，驱赶他身上的寒气。她以为她做的这些事情会把他惊醒的，她内心里也希望他能够醒来。但是他在身心两方面已经筋疲力尽了，所以躺在那儿一动也不动。

第二天早晨他们一见面，苔丝就凭直觉猜测，克莱尔不大知道，或许根本就不知道在昨天夜里的行走中，她是一个非常重要的角色，虽然他也许觉得晚上睡得并不安稳。实在说来，那天早晨他是从熟睡中醒来的，就像是从灵魂和肉体的毁灭①中醒来一样。在他刚醒来的几分钟里，他的脑子就像力士参孙活动身体一样，聚集起力量，对夜间的活动还有一些模糊的印象。但是现实环境中的其他问题，不久就把他对昨天夜里的猜测取代了。

他怀着期待的心情等待着，想看看自己心里会不会发生什么变化；他知道要是他昨天晚上就打定了的主意，到今天早上还没有打消的话，即使它的起因是由于感情的冲动，那大概也是以纯粹的理性为基础的了，所以他的主意到目前还是值得相信的。他就是这样在灰色的晨光里看待他同苔丝分离的决心。它不是炽烈和愤怒的本能，而是经过感情烈火的炙烤烧灼，已经变得没有感情了；它只剩下了骨骼，只不过是一具骷髅，但是又分明存在着。克莱尔不再犹豫了。

在吃早饭和收拾剩下的几件东西的时候，他表现得很疲倦，这

① 灵魂和肉体的毁灭（annihilation），神学术语。

明显是昨天太劳累的结果，这使得苔丝都差不多要把昨天发生的事告诉他了。但是再一想，他要是知道了他在本能上表现出了他的理智不会承认的对她的爱，知道了他在理性睡着了的时候他的尊严遭到了损害，他一定会生气，会痛苦，会认为自己精神错乱，于是她就没有开口。这太像一个人喝醉了酒做了一些古怪事清醒后遭到嘲笑一样。

苔丝忽然想到，安琪尔也许对昨天晚上温情的古怪行为还有一些模糊的记忆，因此她更不愿意提到这件事，免得让他以为她会利用这种情意的机会，重新要求他不要离开她。

他已经写信从最近的镇上预订了一部马车，早饭后不久马车就到了。她从马车看出他们的分离已经开始了——至少是暂时的分离，因为昨天晚上发生的事又让她生出来将来可能和他一起生活的希望。行李装到了车顶上，赶车的车夫就把他们载走了，磨坊主和伺候他们的那个女人看见他们突然离去，都感到很惊奇，克莱尔就说他发现磨坊太古老，不是他希望研究的那种现代的磨坊，他的这种说法，就其本身而论也没有什么不对。除此而外，他们离开的时候，一点儿也没有什么破绽，不会让他们看出来他们婚姻的不幸，或者不是一起去看望亲友。

他们赶车的路线要从奶牛场附近经过，就在几天以前，他们两个人就是带着庄严的喜悦从那儿离开的。由于克莱尔希望借这次机会去和克里克先生把一些事情处理一下，苔丝也就不能不同时去拜访克里克太太，不然会引起他们对他们幸福婚姻的怀疑。

为了使他们的拜访不惊动太多的人，他们走到便门的旁边就下了车，在那个便门那儿，有一条路从大路通向奶牛场，他们就并排着走去。那片柳树林子已经修剪过了，从柳树树干的顶上看去，可以望见克莱尔当初逼着苔丝答应做他妻子的地方；在左边那个院落，就是她被安琪尔的琴声吸引住的地方；在奶牛的牛栏后面更远的地方，是他们第一次拥抱的那块草地。夏季的金色图画现在变成了灰色，肥沃的土壤变得泥泞了，河水也变得清冷了。

奶牛场老板隔着院子看见了他们，急忙迎上前去，对这一对新婚夫妇的再次来临做出一脸友好的滑稽样子，在泰波塞斯和附近一带这样对待他们才是合适的。接着克里克太太也从屋里迎了出来，还有他们过去几个同伴也出来欢迎他们，不过玛丽安和莱蒂似乎不在那儿。

苔丝对于他们巧妙的打趣，友好的戏言，都勇敢地接着了，可是这一切对她的影响却完全同他们以为的相反。在这一对夫妻之间，有一种默契要对他们破裂的关系保持沉默，尽量表现得像普通的夫妇一样。后来，苔丝又不得不听了一遍有关玛丽安和莱蒂故事的细节，虽然她当时一点儿也不想听他们说这件事。莱蒂已经回到了父亲家里，玛丽安则到另外的地方找工作去了。他们都担心她不会有什么好结果。

苔丝为了消除听了这段故事后的悲伤，就走过去同她喜欢的那些奶牛告别，用手一头一头地抚摸它们。他们在告别的时候并排站在一起，就好像是灵肉合为一体的恩爱夫妻一样，要是别人知道了他们的真实情况，一定会觉得他们的情形有些特别可怜。从他们的表面看，他们就像一棵树上的两根树枝，他的胳膊和她的挨在一起，她的衣裾也摩擦着他的身体，并排站在一起面对奶牛场告别的人，奶牛场所有的人也面对着他们。他们在说话的时候总是把“我们”两个字连在一起，实际上他们远得就像地球的两极。也许在他们的态度里有一些不正常的僵硬和别扭，也许在装作和谐样子的时候表现得有些笨拙，和年轻夫妇的自然羞涩有所不同，所以在他们走后克里克太太对她的丈夫说——

“苔丝眼睛的亮光有多么不自然呀，他们站在那儿多像一对蜡人呀，说话时也忽忽悠悠的！你没有看出来吗？苔丝总是有点怪的，但现在完全不像一个嫁给有钱人的新娘呀。”

他们又重新上了车，驾着车往韦瑟伯利和鹿脚路走了，到了篱路酒店，克莱尔就把马车和车夫打发走了。他们在酒店里休息了一会儿，又换了一个不知道他们关系的车夫，赶车进入谷里，继续向苔丝的家里驶去。他们走到半路，经过了纳特堡，到了十字路口，克莱尔就停住车对苔丝说，如果她想回她母亲家去，他就得让她在这儿下车。由于在车夫的面前他们不好随便说话，他就要求苔丝陪着他沿着一条岔路走几步；她同意了。他们吩咐车夫在那儿等一会儿，接着就走开了。

"唉，让我们互相理解吧。"他温和地说，"我们谁也没有生谁的气，尽管我现在还不能忍受那件事，但是我会尽量让自己忍受的。只要我知道我要去哪儿，我就会让你知道的。如果我觉得我可以忍受了——如果这办得到和可能的话——我会回来找你的。不过除非是我去找你，最好你不要想法去找我。"

这种严厉的命令，在苔丝听来就是绝情了。她已经把他对她的看法完全弄清楚了。他对她没有别的看法，完全把她看成了一个骗了他的卑鄙女人了。可是一个女人即使做了那件事，难道就要受到所有这些惩罚吗？但是她不能再就这个问题同他争辩了。她只简单地把他说的话重复了一遍。

"除非你来找我，我一定不要想法去找你？"

"就是这样。"

"我可以写信给你吗？"

"啊，可以——如果你病了，或者你需要什么，你都可以写信给我。我希望不会有这种事，因此可能还是我先写信给你。"

"我都同意你的条件，安琪尔；因为你知道得最清楚，我的惩罚都是我应该受的，只是——只是——不要再增加了，不要让我承受不了！"

关于这件事她就说了这样多。要是苔丝是个有心机的女人，在那条偏僻的篱路上吵闹一番，晕倒一次，歇斯底里地大哭一场，尽管安琪尔当时的态度是那样难以取悦，大概他也很难招架得住。但是她长久忍受的态度倒是为他开了方便之门，做了一个最好的为他辩护的人。在她的顺从中，她也有她的自尊——这也许是整个德贝维尔家族不计利害和听天由命的明显特征——本来她有许多有效的办法哀求他，让他回心转意，但是一样方法她也没有使用。

他们后来的谈话就只是一些实际的问题。这时候他递给她一个小包，里面装着一笔数目不小的钱，那是他专门从银行里取出来的。那些首饰似乎只是限于苔丝在有生之年使用（如果他理解了遗嘱的措辞的话），他劝她由他存到银行里去，认为这样安全些；这个建议苔丝也立即接受了。

所有的事情都安排好了，他就和苔丝一起回到马车的跟前，扶苔丝上了车。他当时把车钱付了，把送她去的地方也告诉了车夫。然后他拿上自己的包裹和雨伞——这些是他带到这儿的所有东西——他就对苔丝说再见，然后就在那儿同她分别了。

马车慢慢地向山上爬去，克莱尔望着马车，心里突然产生了一个愿望，希望苔丝也从马车的窗户里看看他。但是她没有想到要看看他，也不敢去看他，而是躺在车里半晕过去了。他就这样望着马车渐渐地远去了，用十分痛苦的心情引用了一位诗人的诗句，又按照自己的心思作了一些修改——

天堂上没有了上帝：世界上一片混乱！①

在苔丝的马车翻过了山顶，他就转身走自己的路，几乎不知道他仍然还爱着她。

① 这是克莱尔对R·勃朗宁的诗剧《Pippa Passes》中最后两句著名的诗作的修改。

第三十八章

苔丝坐车穿过黑荒原谷，幼年熟悉的景物开始展现在她的四周，这时她才从麻木中醒来。她首先想到的问题是，她怎样面对自己的父母呢？

她走到了通向村子的那条大道的收税栅门。给她开门的是一个她不认识的人，而不是那个认识她和在这儿看门多年的老头儿。那个老头儿大概是在新年那一天离开的，因为那一天是轮换的时间。由于近来她没有收到家里的信，她就向那个看守收税栅门的人打听消息。

“啊——什么事也没有，小姐，”他回答说，“马洛特村还是原来的马洛特村。人也有死的，也有生的。在这个礼拜，琼·德北菲尔德嫁了一个女儿，女婿是一个体面的农场主。不过她不是在琼自己家里出嫁的，他们是在别的地方结的婚。那位绅士很有身份，嫌琼家里穷，没有邀请他们参加婚礼。新郎似乎并不知道，新近发现约翰的血统是一个古老的贵族，他们家族祖先的枯骨现在还埋在他们自家的大墓穴里，不过从罗马人的时代起，他们的祖先就开始变穷衰败了。但是约翰爵士，现在我们是这样称呼他，在结婚那天尽力操办了一下，把全教区的人都请到了，约翰的妻子还在纯酒酒店里唱了歌，一直唱到十一点多钟。”

苔丝听了这番话心里感到非常难受，再也下不了决心坐着马车拉着行李杂物公开回家了。她问看守收税栅门的人，她可不可以把她的东西在他的家里存放一会儿，得到了看守收税栅门的人的同意，她就把马车打发走了，独自一人从一条僻静的篱路向村子走去。

她一看见父亲屋顶的烟囱，她就在心里问自己，这个家门她怎能进去呢？在那间草屋里，她家里的人都一心为她和那个相当富有的人到远方作新婚旅行去了，以为那个人会让她过上阔绰的生活。可是她现在却在这儿，举目无亲，这样大的世界却无处可去，完全是独自一人偷偷地回到旧日的家门。

她还没有走进家门就被人见到。她刚好走到花园的树篱旁边，就碰上了熟悉她的一个姑娘——她是苔丝上小学时两三个好朋友中的一个。她问了苔丝一些怎么到这儿来了的话，并没有注意到苔丝脸上的悲伤神情，突然问——

"可是你那位先生呢，苔丝？"

苔丝急忙向她解释，说他出门办事去了，说完就离开那个问话的人，穿过花园树篱的门进屋去了。

在她走进花园小径的时候，她听见了她的母亲在后门边唱歌，接着就看见德北菲尔德太太站在门口，正在拧一床刚洗的床单。她拧完了床单，没有看见苔丝，就进门去了，她的女儿跟在她的后面。

洗衣桶还是放在老地方，放在以前那只旧的大酒桶上面，她的母亲把床单扔在一边，正要把胳膊伸进桶里继续洗。

"哎——苔丝呀！——我的孩子——我想你已经结婚了！——这次可是千真万确结婚了——我们送去了葡萄酒——"

"是的，妈妈，我结婚了。"

"要结婚了吗？"

"不——我已经结婚了。"

"结婚了啊！那么你的丈夫呢？"

"啊，他暂时走了。"

"走了！那么你们是什么时候结的婚？是你告诉我们的那一天

吗？”

“是的，是星期二这一天，妈妈。”

“今天是星期六，难道他就走了吗？”

“是的，他走了。”

“你的话是什么意思？没有哪个该死的把你的丈夫抢走吧，我问你。”

“妈妈！”苔丝走到琼·德北菲尔德跟前，把头伏在母亲的怀里，伤心地哭了起来，“我不知道怎样跟你说，妈妈呀！你对我说过，也给我写了信，要我不要告诉他。可是我告诉他了——我忍不住告诉他了——他就走了！”

“啊，你是个小傻瓜——你是个小傻瓜呀！”德北菲尔德太太也放声哭了起来，激动中把自己和苔丝身上都溅满了水。“我的天啊！我一直在告诉你，而且我还要说，你是个小傻瓜！”

苔丝哭得抖抖索索，这许多天来的紧张终于一起发泄出来了。

“我知道——我知道——我知道！”她呜咽着，喘着气，“可是，啊，我的妈妈呀，我忍不住呀！他是那样好——我觉得把过去发生的事瞒着他，那就是害了他呀！如果——如果——如果这件事再来一遍——我还是会同样告诉他。我不能——我不敢——骗他呀！”

“可是你先嫁给他再告诉他不也是骗了他吗！”

“是的，是的，那也是我伤心的地方呀！不过我想，他如果决心不能原谅我，他可以通过法律离开我。可是啊，要是你知道——要是你能知道一半我是多么地爱他——我是渴望嫁给他——我是那样喜欢他，希望不要委屈他，在这两者中间，我是多么为难呀！”

苔丝过于悲伤，再也说不下去了，就软弱无力地瘫倒在一把椅子上。

“唉，唉，事情到了这个份上还能怎么样呢！我真不知道为什么我养的孩子，和别人家的比起来都这样傻——一点儿也不知道这种事该说不该说，生米煮成了熟饭他能怎样了啊！”德北菲尔德太太觉得自己这个做母亲的可怜，就开始掉眼泪，“你的父亲知道了会怎样说，我不知道，”她接着说，“自从你结婚以来，他每天都在罗利弗酒店和纯酒酒店大肆张扬，说是你结了婚，他家就要恢复从前的地位了——可怜的傻男人！——现在你是把一切都弄糟了！天哪——我的老天哪！”

仿佛凑热闹似的，不一会就听见了苔丝父亲走进来的脚步声。但是他没有立即走进来，德北菲尔德太太说她自己可以把这个不幸的消息告诉他，要苔丝先不要见她父亲。在她最初感到的失望过去以后，她开始接受这件不幸的事了，就像她接受苔丝第一次的不幸一样；她只是把这件事看成阴雨天气，看成土豆的歉收，把它看成了与美德和罪恶无关的事；看成是无法避免的一种偶然的外部侵害，而不是看成一种教训。

苔丝躲到楼上去了，偶然发现楼上的床铺已经挪动了位置，重新作了安排。她原来的床已经给了两个小孩，这儿已经没有她的位置了。

楼下的房间没有天花板，所以下面的谈话大部分她都听得清楚。她的父亲很快就进了房间，显然手里还拎着一只活母鸡。自从他把他的第二匹马卖了以后，他就是一个步行的小贩了，做买卖时都把篮子挽在自己的胳膊上。今天早上他一直把那只鸡拿在手里，以此向别人表示他还在做买卖，其实这只鸡的腿已经绑上，在罗利弗酒店的桌子下面已经放了不止一个小时了。

“我们刚才正在议论着一件事呢——”德北菲尔德开始向他的妻子讲述在酒店里讨论牧师的详情，这场讨论是因为他的女儿嫁给了一个牧师家庭引起的。“从前他们和我们的祖先一样，人们称呼他们叫阁下，”他说，“但是现在他们的头衔，严格说起来只是牧师了。”关于结婚这件事，由于苔丝不希望太张扬，所以他没有详细地对大家说。他希望她很快就能把这个禁令取消了。他提议说，他们夫妇俩应该使用苔丝本来的名字德贝维尔，使用这个他的祖先还没有衰败时候的姓。这个姓比她丈夫的姓强多了。他又问那天苔丝是不是有信来。

德北菲尔德太太告诉他，信倒是没有，但是不幸的是苔丝自己回来了。

等她终于把这场变故解释清楚了，德北菲尔德感到这是令人伤心的耻辱，刚才喝酒鼓起的一番高兴也就烟消云散了。但是与其说使他感到敏感的是这件事情的内在性质，不如说是别人听说这件事后心里头的猜测。

“现在想想吧，竟闹成了这样一个结果！”约翰爵士说，“在金斯伯尔的教堂里，我们家的大墓穴就和约拉德老爷家的大酒窖一样大，里面埋的我们祖先的枯骨一点儿也不假，都和历史上作了记载的一样真实。现在可好啦，看罗利弗酒店和纯酒酒店的那些人怎样议论我吧！看他们怎样对我挤鼻子弄眼睛，说什么‘这真是你的一门好亲戚呀，你不是有罗马王时代的祖先吗？这就是光宗耀祖呀！’我怎么受得了这些，琼；我还不如死了的好，爵位什么的都不要了——我再也受不了啦！——既然他已经娶了她，她就能让他把她留在身边啊？”

“啊，是的。可是她不想那样做。”

“你认为他真的娶了她吗？——或者还是像头一次一样——”

可怜的苔丝听到了这儿，再也听不下去了。她发现甚至在这儿，在她自己父母的家里，她说的话也遭到怀疑，这使她对这个地方比其他任何地方都要讨厌。命运的打击真是难以预料！如果连她的父亲都怀疑她，那么邻居和朋友不是更要怀疑她了吗？啊，她在家里也住不长久了！

因此她决定只在家里住几天，正要离开的时候，她收到了克莱尔写来的一封短信，告诉她到英格兰北部去了，到那儿去找一个农场。她也渴望表现一下她真是他的夫人，向她的父母掩饰一下他们两个人之间的疏远程度，就正好用这封信作为再次离家的理由，给他们留下她是出去找她丈夫的印象。为了进一步遮掩别人以为她丈夫对她不好的印象，她还从克莱尔给她的五十镑钱里拿出二十五镑，把这笔钱给了她的母亲，仿佛做克莱尔这种人的妻子是拿得出这笔钱的；她说这是对过去她的母亲含辛茹苦抚养她的一丁点儿补报，就这样维护了自己的尊严，告别他们离家走了。由于苔丝的慷慨，后来德北菲尔德家借助这笔钱红火了好一阵子，她的母亲说，而且也确实相信，这一对年轻夫妇之间出现的裂痕，由于他们的强烈感情已经修补好了，他们是不能互相分开生活的。

第三十九章

克莱尔结婚三个礼拜以后，从一座小山的路上往下走，那条山路通向那幢他熟悉的他父亲的牧师住宅。在下山的路上，教堂的楼塔显露在傍晚的暮色中，好像在问他为什么这时候回来了；在暮色苍茫的市镇里，似乎没有一个人注意到他，更不会有人盼望他了。他像孤魂野鬼一样来到市镇上，甚至连自己的脚步声都成了他想摆脱的累赘。

在他看来，生活的图景已经变了。在此之前，他知道的生活只是一种思辨的推理，现在他认为自己像一个实际的人认识了生活，其实就是到了现在，也许他还不是真正认识了生活。总而言之，人生在他的面前不再是意大利绘画中描写的那种深思的甜蜜，而是韦尔茨博物馆①里的绘画描写的那种瞪眼睛的骇人神态了，带有万·比尔斯②绘画中的险诈。

---

① 韦尔茨博物馆（Wiertz Museum），该博物馆的前身是比利时画家韦尔茨（Antoine Joseph Wietz，1806—1865）的住房，韦尔茨的作品大多描写心智不健全的主题。

② 万·比尔斯（Van Beers，1852—1927），比利时画家，以描写历史和风俗为主要特征。

在这两三个礼拜里，他的行动杂乱无章，简直无法形容。他曾经勉强地尝试去进行他的农业计划，打算采取古往今来的仁人智士推荐的态度，只当什么事情也没有发生一样，但是他后来得出结论，在那些仁人智士当中，大概极少有人曾经试验过他们的办法是否管用。有一位异教徒道德家[①]说过："关键在于遇事不慌。"这也正是克莱尔的观点。但是他却慌张了。拿撒勒人[②]说："你们心里不要忧愁，也不要胆怯。"克莱尔由衷地同意这句话，但是他心里还是照样地忧愁。他多想当面见见那两位伟大的思想家啊，和朋友对朋友一样地向他们恳求，请他们把他们的方法告诉他。

他的心境转化成了一种顽固的冷漠情绪，到了后来，在他的想象里，他都成了一个旁观者，用漠不关心的态度来看待他自己的存在了。

他相信，所有这些烦恼都是由一个偶然因素引起的，就是她是德贝维尔家族的后人，因此他更加难过了。在他发现苔丝是出自那个衰败的古老世家的时候，在他发现她不是出自他所梦想的新兴门户的时候，他为什么没有坚守住自己的原则，忍痛将她放弃了呢？现在正是他违背了他的原则的结果，是他应受的惩罚。

于是他变得心灰意懒，焦灼不安了，他的焦灼不安变得越来越严重了。他也在心里想过，他这样对她是不是有些不公正。他吃饭的时候不知道他吃的是什么，喝东西也不知道喝的味道。时光一天天地过去，他回想起已经过去了的那一长串日子中每一个行为的动机，这时候他才看清了他要把苔丝作为自己宝贵财富的想法是同他的所有计划、语言和行为融合在一起的。

他在各地来往的时候，在一个小市镇的外面看见了一则红蓝两色的广告，上面细述了想到国外种庄稼的人去巴西帝国的种种好处。

① 指罗马皇帝马可·奥勒留，他是个斯多噶哲学家，曾著《深思录》十二卷。

② 拿撒勒人（Nazarene），指基督。这句话见《圣经·约翰福音》第十四章二十七节。

那儿的土地是以意想不到的优越条件提供的。到巴西去，这就成了吸引他的新想法。将来苔丝也可以到巴西去和他生活在一起，也许在那个国家里，风气、习惯、人情、礼俗，和这儿的截然相反，传统习俗在这儿使他不能和苔丝一起生活，到了那儿，他和苔丝一起生活就不会有太大的问题。简而言之，他非常想到巴西去试试，尤其眼下正是去巴西的季节。

他就是带着这种想法回爱敏寺的，他要把自己的计划告诉他的父母，还要尽量解释为什么他不能同苔丝一起去，同时对他们实际上分离了的事也一字不提。他走到门口的时候，一轮新月照在他的脸上，在他新婚那天午夜过后的晚上，他抱着新娘子过河来到寺庙的墓地，月亮也是这样照着他的脸，不过他的脸现在消瘦了。

克莱尔这次回家事先并没有通知他的父母，所以他的回家在牧师住宅里引起的震动，就像翠鸟钻进平静的池塘引起的震动一样。他的父亲和母亲都在客厅里，不过他的哥哥一个也不在家。克莱尔走进客厅，轻轻地把身后的门关上。

“可是——你的妻子在哪儿呢，亲爱的安琪尔？”他的母亲大声问，“你真是让我们感到惊喜呀！”

“她在她母亲家里——暂时在她母亲家里。我这次急急忙忙地回家，是因为我决定到巴西去。”

“去巴西！巴西可都是信的罗马天主教呀！”

“他们都信罗马天主教？我可没有想到那些。”

不过即使儿子要去一个信奉教皇的地方，他们感到新奇，感到难过，但是他们很快就忘了，因为他们真正关心的还是儿子的婚事。

“三个星期前我们收到你写来的一封短信，信中说你已经结婚了，”克莱尔太太说，“你的父亲派人把你教母的礼物给你送去了，这你是知道的。当然，我们觉得最好还是不要去参加你的婚礼，尤其是你宁肯在奶牛场里和她结婚，而不是在她的家里，无论你们在哪儿结婚，我们都没有去。那样会使你感到为难，我们也不会感到痛快。你的两个哥哥尤其觉得这样。现在既然结了婚，我们也不埋怨了，特别是你选择了种庄稼，而不是做牧师，如果她适合你所选择的事业，我们也不能反对了……不过我们希望先见见她，安琪尔，我们想对她的情况知道得多一些。我们还没有给她送去我们自己的礼物，也不知道送她什么她才高兴，你不要以为我们不送她礼物了，不过推迟一些日子罢了。安琪尔，你要明白，我和你的父亲在心里并没有因为这场婚事生你的气；但是我们想，最好在见到她之前，我们还是把对她的爱保留着。你这次怎么没有把她带来。这不是有点儿奇怪吗？发生什么事了？”

他回答说，他们觉得在他回家的时候，她最好还是先回娘家去。

“我不妨告诉你，亲爱的妈妈，”他说，“我一直在想，她先不要回这个家，直到我觉得你可以接纳她了，我才带她回来。不过我到巴西去的想法，是最近才有的。如果我真的去巴西，第一次出远门就把她带上，我想这是不可取的。她要留在她娘家，直到我回来。”

“那么在你动身以前，我是见不着她了？”

他说他们恐怕见不着了。他已经说过，他以前的计划也没有想到把她带到自己家里来，怕的是他们有偏见，伤害了他们的感情。另外，现在有了新的原因，他就更不能带她到这儿来了。要是他立刻就走的话，在一年内他就会回家来看望他们；在他动身第二次出去时，也就是带着她一块儿出去时，他就能带她回家见他们了。

晚饭急急忙忙地准备好了，送进了房内。克莱尔进一步讲述了自己的计划。他的母亲因为没有见到新娘，直到现在她心里还感到失望。近来克莱尔对苔丝的热情影响了她，在她心里对这桩婚事产生了种种同情，在她的想象里，差不多都要认为拿撒勒也能出好人了——泰波塞斯奶牛场也能出一个美貌的姑娘。在儿子吃饭的时候，她就用眼睛看着他。

“你不能把她的样子描绘一下吗？我敢肯定她一定是很漂亮的，安琪尔。”

“她长得漂亮那是没有问题的！”他说的时候，热情的态度掩盖了他的悲伤情绪。

“还有，她的品行贞洁也是没有问题吧？”

“当然，她的品行和贞洁也是没有问题的。”

“我现在能够清楚地想象出她来了。有一天你说她的身材很苗条，长得也很丰满，像丘比特的弓一样弯弯的嘴唇红红的，眼睫毛和眉毛是黑色的，一头乌发就像一堆锚绳一样，一双大眼睛既有点儿紫，又有点儿蓝，还带点儿黑。”

“我是那样说过的，妈妈。”

“我能够更加清楚地想象出她的样子了。她生活在这样一个偏僻的地方，自然在遇见你以前，她是很少遇见从外面的世界来的别的青年人了。”

“很少见到。”

“你是她的第一个情人吗？”

“当然。”

“有许多妻子可比不上农村这种单纯、健壮的漂亮姑娘呢。自然我也想过——唉，既然我的儿子一定要做一个农业家，那么他娶一个适应户外生活的妻子也许更合适些。”

他的父亲倒是很少过问这件事；不过在晚上祈祷以前，他们常常要从《圣经》里选择一章来读，于是当父亲的牧师对克莱尔说——

“我想既然安琪尔回来了，我们就不读我们应该经常读的那一章了，读《箴言》第三十一章是不是更合适些呢？”

“不错，当然不错。”克莱尔夫人说，“读利慕伊勒的话吧”（她也和她的丈夫一样，能够背诵那一章那一节）。“我亲爱的儿子，你的父亲决定读《箴言》里赞扬有德行妻子的那一章。我们不必提醒，这些话是可以用在那位不在这儿的人身上的。愿上帝保佑她的一切！”

听了这话，克莱尔觉得好像有一块东西堵在喉咙里。两个年老的仆人走进来，把轻便的读经台从墙角搬出来，摆在壁炉的正中间，克莱尔的父亲就读前面提到的那一章的第十节——

才德的妇人谁能得着呢？她的价值远胜过珍珠。她丈夫心里倚靠她，必不缺少利益。未到黎明她就起来，把食物分给家中的人。她以能力束腰，使膀臂有力。她觉得所经营的有利，她的灯终夜不灭。……她观察家务，并不吃闲饭。她的儿女起来称她有福。她的丈夫也称赞她，说："才德的女子很多，唯独你超过一切！"

在晚祷结束的时候，他的母亲说——

"我不禁想到，你父亲刚才读的那一段，在某些具体的地方，运用到你选择的那个女人身上真是太合适了。你应该懂得，一个完美的女人，应该是一个勤劳的女人，不是一个懒惰的女人，也不是一个娇气的小姐，而是一个用自己的双手、用自己的头脑、用自己的心血为别人谋福利的人。'她的儿女起来称她有福。她的丈夫也称赞她，说：才德的女子很多，唯独你超过一切。'唉，我真希望我能够见到她，安琪尔。既然她纯洁贤淑，我也就不会嫌她教养不足了。"

听了这些话，克莱尔再也忍受不了啦。他的眼睛里充满了泪水，就像一滴滴熔化了的铅液。于是他急急忙忙地向这一对老人道了声晚安，回自己房间里去了。这一对老人真诚质朴，得到他的挚爱。在这两位老人的心里，既无世故，又无人欲，也无魔鬼。对于他们，这一切都是虚无的身外之物。

他的母亲也跟着他走了，去敲他的房门。克莱尔把房门打开，看见母亲站在那儿，满脸的焦虑神色。

"安琪尔，"她问，"你这样快就离开了，出了什么事是吗？我敢肯定你不大自然。"

"没有，完全没有，妈妈。"他说。

"是因为她吗？唉，我的儿子，我知道一定是的——我知道一定是为了她！这三个礼拜里你们吵架了吗？"

"我们确实没有吵架，"他说，"但是我们有点儿不同的——"

"安琪尔——她是不是在做姑娘的时候有什么事需要追究？"

凭着母亲的直觉，她一下子就找到了令她的儿子激动不安的根源。

“她是清白无瑕的啊！”他回答说。同时他也感到，即使他要下万劫不覆的地狱，他也得说这句谎话。

“既是这样，其他的也就无关紧要了。说到究竟，世上能比一个贞洁的农村姑娘更纯洁的人是很少的，她的粗俗的行为举止，起初你也许感到缺少了教养，但是我敢肯定，在和你朝夕相处的影响下，再加上你的教导，她都会改变的。”

家里这种盲目的宽大，叫克莱尔听了，感到真是可怕的讽刺，这又使他认识到，这次婚姻是完全把他的事业毁了，而在当初她自白的时候，他已经想到了。不错，就他对自己说，他并不在乎自己的事业怎样；但是为了他的父母和他的哥哥，他希望至少要有一个体面的事业。此时他看着面前的蜡烛，蜡焰似乎在向他默默地表示，烛光本来是要照耀那些明智的人的，它讨厌照在上当受骗的傻瓜身上。

当他的那一阵激动冷静下来以后，他又对他那位可怜的妻子生起气来，是因为她才造成了这种情势，逼得他不得不对他的父母撒谎。他几乎是在生着气和她说话，仿佛她就在他的房间里。接着，他似乎感觉到了她的温柔亲切的细语，忧郁悲苦的怨恨，暗夜里的烦恼不安，感觉到了她那天鹅绒般的嘴唇吻遍了他的前额，他甚至能够在空气中分辨出她呼吸的温暖气息。

那天夜里，被他蔑视和贬低的那个女人，却正在那儿想，她的丈夫有多伟大，有多善良。但是在他们两个人的头上，却笼罩着一片阴影，比克莱尔认识到的还要阴暗，那就是他自己的局限性。这个具有先进思想和善良用心的青年，一直想把自己从偏见中解脱出来，是最近二十五年里产生出来的一个典型，但是当他遭到意外事故打击的时候，就又退回去接受了自幼以来所接受的教训，做了传统和习俗的奴隶。没有一个先知告诉过他，他自己也不是先知，因此也不能告诉自己，其实他的这位年轻的妻子，对于利慕伊勒王赞扬所有那些爱憎分明的女人的话，她都当之无愧，因为对于她的道德价值的判断,应该根据她的倾向,而不应该根据她做过的事。还有，在这种情形下，近在眼前的人物就要吃亏，因为阴影遮不住他们的悲哀，容易显露出来；而在那种情形里，远处的模糊人物却受到尊重，他们的缺点变成了艺术上的优点。他考虑的是苔丝缺少的一面，忽视了她身上的优点，从而忘记了有缺陷的是可以胜过完美的了。

第四十章

第二天吃早饭的时候，大家谈的话题都是巴西，既然克莱尔提出来要到巴西的土地上去试试，于是大家就尽力用充满希望的眼光去看待这件事，尽管听说有些农业工人去了那儿还不到十二个月就回来了，带回来令人失望的消息。早饭过后，克莱尔就到一个小镇上去，处理与他有关的一些琐事，从本地银行里把他所有的钱都取了出来。回家的路上他在教堂旁边遇见了梅茜·羌特小姐，她似乎就是从教堂的墙壁中生长出来的一样。她为她的学生抱了一大堆《圣经》出来，她的人生观是这样的，别人感到头疼的事情，她也能在脸上带着有福的微笑——这当然是一种令人羡慕的成就，不过在克莱尔看来，这是极不自然地牺牲人生而相信神秘主义的结果。

她听说了他要离开英格兰，就对他说，这看来似乎是一个非常好的和大有希望的计划。

"不错，从商业的意义上看，这是一个很不错的计划，这是没有疑问的，"他回答说，"但是，我亲爱的梅茜，这却要打断我生活的连续性了。也许还不如进修道院好呢！"

"修道院！啊，安琪尔·克莱尔！"

"什么呀？"

"唉，你是一个邪恶的人了，进修道院就是当修士，当修士就是信罗马天主教呀。”

“信了罗马天主教就是犯罪，犯罪就意味着下地狱。安琪尔·克莱尔，你现在可处在危险的状态中呀。”

“我还是觉得信新教光彩！”她严肃地说。

这时候克莱尔苦闷到了极点，产生出来一种着魔似的情绪，在这种情绪里，一个人就不再顾及他的真实原则了。他把梅茜小姐叫到跟前，在她的耳边恶魔似的低声说了一通他所能想到的离经叛道的话。他看见她的脸吓得苍白，露出了恐怖，就哈哈大笑起来，但看到为了他的幸福她脸上的痛苦又带上了焦急的神情的时候，他就不再笑了。

“亲爱的梅茜，”他说，“你一定要原谅我。我想我是发疯了！”

她也以为他发疯了。谈话就这样结束了，克莱尔又回到牧师住宅。他已经把珠宝存到了银行，等到以后幸福的日子来到时再取出来。他又付给银行三十镑钱——让银行过几个月寄给苔丝，也许她需要钱用；他还给住在黑荒原谷父母家里的苔丝写了一封信，把自己的事情告诉她。这笔钱加上他以前已经给她的一笔钱——大约五十镑——他相信这笔钱在目前足够她用的了，他特别告诉过她，如有急需她可以去找他的父亲，请求他父亲的帮助。

他觉得最好不要让他的父母和她通信，因此就没有把她的地址告诉他们；由于不知道他们两个人究竟发生了什么事才分开的，所以他的父母也没有问她的地址。就在那一天，他离开了牧师住宅，因为必须实现的事情，他就希望快点儿去实现。

在他离开英格兰之前，他必须做的最后一件事就是去拜访井桥的农舍，在那座农舍里，他们举行婚礼后最初的三天是在那儿度过的，他要去那儿把不多的房租付给房主，还有他们住过的房门的钥匙也得还回去，另外，他还有离开时留在那儿的两三件小物品要取回来。正是在这座农舍里，最暗的阴影出现在他的生活里，阴影的忧郁笼罩着他。他打开起居室的房门向里面看去，首先出现在心里的记忆就是在一个相同的下午他们婚后来到这儿的幸福光景，就是他们同屋而居的新鲜感觉，就是他们一起吃饭和握着手在炉边细语的情形。

他去拜访的时候，房主和他的妻子正在地里，克莱尔独自一人在房间里呆了一会儿。一时间百感丛生，心乱如麻，这是他完全没有预想到的，就上楼进了她那间他从来没有用过的房间。床铺整整齐齐的，这是那天早上他们离开时她用自己的双手整理的，槲寄生还是照样挂在帐子的顶上，那是他挂上去的。槲寄生在那儿挂了三四个星期了，现在已经变了颜色，叶子和浆果都枯萎了。安琪尔把它取下来，塞到了壁炉里。他站在那儿，第一次怀疑起自己在这个时候到这儿来是不是明智，更不用说怀疑他是否宽厚了。但是，他不是也被残酷地欺骗了吗？他怀着各种混杂的感情，含着眼泪在床边跪下来。“啊，苔丝！要是你早一点告诉我，我也许就宽恕你了啊！”他痛苦地说。

他听见楼下传来了脚步声，就站起身来，走到了楼梯口。在楼下的亮光里，他看见有一个女人站在那儿，在她转过脸去的时候，他认出那是白脸黑眼的伊茨·休特。

“安琪尔先生，”她说，“我来这儿看你和安琪尔太太，来向你们问好。我想你们很快就要回这儿的。”

这个姑娘到这儿来的秘密他已经猜着了，不过她没有猜着他的秘密；爱着他的一个痴情的姑娘——这个姑娘也可以做一个和苔丝一样好，或者差不多一样好的讲究实际的农家妻子。

“我一个人在这儿，”他说，“你从哪条路回家去，伊茨？”

“我的家现在不在泰波塞斯奶牛场了，先生。”她说。

“为什么不在那儿了呢？”

伊茨低头看着地上。

“我在那儿感到太忧郁了！我现在住到那边去了。”他用手指着相反的方向，那个方向正好是他要走的路，

“哦——你现在回那儿去吗？如果你愿意搭便车，我可以载你走。”

她那橄榄色的脸上添了一层红晕。

“谢谢你，克莱尔先生。”她说。

他很快就找到了房主，和他算清了房租和其他几项因为突然离开而应该考虑在内的账目。他们走到克莱尔的马车跟前，伊茨就跳上车坐在他的身边。

“我要离开英格兰了，伊茨，”他说，一边赶着车往前走，“我要到巴西去了。”

“克莱尔太太喜欢到那个地方去吗？”她问。

“现在她还不去——就是说一年左右时间吧。我自己先到那儿去看看——看看那儿的生活怎么样。”

他们打着马向东边跑了老远一段路，伊茨什么话也没有说。

“其他几个人怎么样啊？”他问，“莱蒂怎么样？”

“我上次看见她的时候，她还有点儿疯疯癫癫的；人也瘦弱不堪了，腮帮子也塌下去了，好像是病倒了。再也不会有人爱她了。”伊茨心不在焉地说。

“玛丽安呢？”伊茨放低了她的声音说。

“玛丽安开始酗酒了。”

“真的吗？”

“真的。奶牛场老板已经不要她了。”

“你呢？”

“我不喝酒，也没有生病。可是——现在早饭前我是没有再唱歌了！”

“为什么呢？在早上挤牛奶的时候，你总是唱《在爱神的花园里》和《裁缝的裤子》，唱得多好听呀，你还记得吗？”

“啊，记得！那是你刚来的那几天我唱的歌。你到这儿来了，我就一句也不唱了。”

“为什么不唱了呢？”

她有一会儿看着他的脸，眼睛里放出亮光来，算是作了回答。

“伊茨！——你多么软弱啊——就像我一样！”他说，说完就陷入了深思，“那么我问你——假如我当初向你求婚，你答应我吗？”

“如果你向我求婚，我会答应你的，你自然要娶一个爱你的女人呀！”

“真的吗？”

“一点儿也不假！”她满怀激情地悄悄说，“啊，我的天哪！你以前从来就没有想到过啊！”

走着走着，他们走到了通向一个村子的岔路口。

“我必须下车了，我就住在那边。”伊茨突然说，自从她承认她爱他以来，再也没有开口说话。

克莱尔放慢了马。他一时对自己的命运生起气来，对社会礼法也痛恨不已；因为它们已经把他挤到了一个角落里，再也找不到出路了。为什么将来不去过一种自由放荡的家庭生活向社会报复呢？为什么偏要去作茧自缚，去亲吻那根教训人的大棒呢？

“我是一个人去巴西的，伊茨。”他说，“因为个人的原因，并不是她不愿意漂洋过海，我同我的妻子已经分居了。我再也不会和她生活在一起了。我也不能够再爱她了；可是——你愿意取代她和我一起生活吗？”

“你真的希望我和你一起去？”

“真的希望。我已经受够了，真希望解脱出来。你至少是毫无私心地爱我。”

“不错——我愿意和你一起去。”伊茨停了一会儿后说。

“你愿意吗？你知道那意味着什么吗，伊茨？”

“那就是说你在巴西期间我要和你住在一起——那我也觉得挺好啊。”

“记住，你现在在道德上不要相信我了。可是我应该提醒你，在文明的眼睛看来——我是说西方的文明，你这样就做错了。”

“我不在乎那个；一个女人，走到了痛苦的顶点，又无路可走，才不会在乎那个呢！”

“那么你就不要下车了，坐在你坐的那儿好了。”

他赶着车走过了十字路口，一英里，两英里，一点儿也没有爱的表示。

“你非常非常爱我吗，伊茨？”他突然问。

“我非常爱你——我已经说过我非常爱你！当我们一块儿在奶牛场里的时候，我就一直爱着你呀！”

“比苔丝更爱我吗？”

她摇了摇头。

“不，”她嘟哝着说，“我的爱比不过苔丝。”

“为什么？”

“因为不可能有人比苔丝更爱你的！……她是可以为你去死的呀。但是我做不到。”

伊茨·休特就像毗珥山[①]上的先知，在这种时候本来想说一些违心的话，但是好像苔丝单纯淳朴的天性使她的人格生出了魔力，使她不得不赞扬苔丝。

克莱尔沉默了。他从这个意外的无可怀疑的来源听了这番坦白直率的话，他的心立刻被感动了。他的耳边重复着一句话：“她是可以为你去死的呀。但是我做不到。”

“把我们瞎说的话忘了吧，伊茨，”他说，突然勒转了马头，“我真不知道我说了些什么！我现在就送你回去，送你到那条路去。”

“我对你一片真心你就这样对我呀！啊——这我怎么受得了呢——我怎么——怎么——”

伊茨·休特嚎啕大哭起来，明白了她刚才的事，用手直打自己的脑袋。

“你为那个不在这儿的人做了一件正当的事，是不是后悔了？啊，伊茨，别后悔，一后悔就不好了啊！”

她慢慢地镇静下来。

“好吧，先生。哦——也许当我同意和你一起走的时候，我也

---

① 毗珥山（Peor），指先知巴兰。见《旧约·民数记》第二十二章。

不知道自己说了些什么啊！我希望和你一起走——那是一件不可能的事！”

“因为我已经有一个爱我的妻子了。”

“是的，是的！你已经有一个爱你的妻子了。”

他们走到了半个小时前他们经过的那条篱路的岔路口，伊茨跳下车。

“伊茨——请原谅我一时的轻浮吧！”他喊道，“我说的话太欠考虑了，太随便了了！”

“把它忘掉吗？永远永远也忘不掉！啊，对我那不是轻浮！”

他感到他完全应该受到那个受到他伤害的人的谴责了，他内心里感到一种难以形容的悲伤，跳下车来，握住她的手。

“啊，可是，伊茨，无论如何，我们还是像朋友一样分手好吗？你不知道我忍受了多大的痛苦啊！”

她真是一个宽宏大量的姑娘，后来再也没有露出更多的怨恨来。

“我原谅你了，先生！”她说。

“现在，伊茨，”他勉强自己做一个他远没有感觉到的导师的角色，对站在他身边的伊茨说，“我想请你在见到玛丽安的时候告诉她，她是一个好女孩子，不要自暴自弃。答应我吧，告诉莱蒂，世界上比我好的人多的是，请你告诉她，为了我的缘故，请她好自为之——请你记住我的话——好自为之——为了我的缘故。请你把我这个话带给她们，就算是一个要死的人对别的要死的人说的话；因为我再也见不着她们了。还有你，伊茨，你对我说了对我妻子真实的话，因而把我从一阵冲动中产生出来的令人难以置信的愚蠢中拯救出来。女人也许有坏的，但是她们不会比世界上的坏男人更坏啊！正是因为这个缘故，我才永远不会忘记你。你以前就是一个诚实的好姑娘，就要永远做一个诚实的好姑娘；你要把我看成一个一无所值的情人，同时也要看成一个忠实的朋友。答应我吧。”

她答应他。

“上帝保佑你，赐福于你。先生，再见吧！”

他赶车走了。不久伊茨也走上了那条篱路，克莱尔走得看不见了，她就痛苦不堪地倒在路边的土坡上了。等到深夜，她才满脸不自然地走进她母亲的那间小屋。在安琪尔·克莱尔离开她以后和她回家之前这段时间里，没有人知道这段黑暗的时间伊茨是怎样度过的。

克莱尔在同伊茨告别以后，也是伤心痛苦，嘴唇发抖。不过他的伤心不是为了伊茨。那天的晚上，他几乎都要放弃到附近的车站去，而要勒转马头，转身穿过南威塞克斯那道把他和苔丝的家分开的高高的山脊。但是阻止他没有去的不是他看不起苔丝的天性，也不是他的可能发生变化的心境。

都不是。他是这样想的，固然不错，像伊茨说的那样，她很爱他，但是事实并没有改变。当初如果他是对的，那么现在他依然是对的。他已经走上了这条路，惯性的力量还要推着他继续往前走，除非有一股比今天下午使他走上这条路的更强大、更持久的力量，才能把他扭转过来。他不久也许会回到她的身边。当天晚上他就上了去伦敦的火车，五天以后，他就在上船的港口同他的哥哥握手告别走了。

第四十一章

让我们从前面叙述的冬天的事情转而叙述现在十月的一天吧，这是安琪尔和苔丝分手八个多月以后。我们发现苔丝的情形完全改变了；她不再是把箱子和小盒子交给别人搬运的新娘子了，我们看见的是她自己孤零零地挽着篮子，自己搬运包裹，和她以前没有做新娘子时完全一样了。在此之前，她的丈夫为了让她过得舒服一点而给准备了宽裕的费用，但是现在她只剩下了一个瘪了的钱袋。

在她再次离开马洛特村她的家后，整个春天和夏天她都是在体力上没有太大的压力下度过的，主要是在离黑荒原谷以西靠近布莱底港的地方做些奶场上的工作，那个地方离她的故乡和泰波塞斯一样的远。她宁愿这样自食其力。在精神上，她仍然停留在一种完全停滞的状态中，她做的一些机械性的工作不仅没有消除这种状态，相反助长了这种状态。她的意识仍然在从前那个奶牛场里，在从前那个季节里，仍然在从前她在那儿遇见的温柔的情人面前——她的这个情人，她一伸手刚要抓住他，拥有他，他就像幻象中的人影不见了。

奶牛场里的杂工到奶量减少的时候就不需要了，因为她没有找到和在泰波塞斯奶牛场一样的第二份正式工作，所以她只能做一个编外的临时工。但是，由于收获的季节现在已经开始了，所以她只要从牧场转到有庄稼的地方，就可以找到大量的工作，这种情况一直继续到收获结束。

在克莱尔原来给她的那笔五十镑钱里，她从中扣除一半给了她的父母，算是对父母养育之恩的报答，如今她只剩下二十五镑了，到如今她还只用了一点儿。但是现在到了倒霉的雨季，在这期间，她只好动用她剩下的那些金币了。

她真舍不得把那些金币用了。那些金币是安琪尔交到她手上的，又新又亮，是他为她从银行里取出来的。这些金币他抚摸过，因此它们就成了神圣的纪念品了——这些金币除了他们两个人接触过，似乎还没有其他的历史——用掉这些金币就如同把圣物扔掉。可是她不得不动用这些金币，只好让这些金币一个二个地从她的手中消失了。

她不得不经常写信，把自己的地址告诉母亲，但是她把自己的境遇隐瞒了。当她的钱快要用完的时候，她母亲写来的一封信送到了她的手上。她的母亲告诉她，她们家陷入了非常艰难的境地，秋雨已经把屋顶淋透了，屋顶需要完全重盖；但是由于上一次盖屋顶的钱还没有付账，所以这次别人就不给盖了。还有，楼上的横梁和天花板也需要修理，这些花费加上上一次的账单，一共是二十五镑的数目。既然她的丈夫是一个有钱人，不用说现在已经回来了，她能不能给他们寄去这笔钱呢？

就在这时候，克莱尔的银行差不多刚好给苔丝寄了三十镑钱来，情形既是那样窘迫，所以她一收到那三十镑钱，就把她母亲需要的二十镑钱寄了去。在剩下的那十镑钱里，她又用了一些置办了几件冬衣，虽然严冬就在眼前，而她剩下的钱却是不多了。当她用完了最后一个金币的时候，她就只好考虑安琪尔给她说过的一句话了，当她需要钱的时候就去找她的父亲。

但是苔丝越是思考这个办法，她越是犹豫起来。因为克莱尔的缘故，她产生了一种情绪，敏感，自尊，不必要的羞耻，无论叫它们什么，这种情绪让她把她和丈夫分居的事向自己的父母隐瞒起来，也阻止她去找她丈夫的父亲，去告诉他说，她已经花光了她的丈夫给她留下的一笔数目可观的钱。大概他们已经瞧不起她了，现在像叫花子一样，不是更让他们瞧不起吗！这样考虑的结果，就是这位牧师的媳妇决不能让她公公知道了她目前的状况。

她对同她丈夫的父亲通信感到犹豫，心想这种犹豫也许随着时间的流逝就会减弱；可是她对于自己的父母刚好相反。她结婚以后，回到父母家里住了几天，接着就离开了，给他们留下的印象是她最终找她丈夫去了；从那时到现在，她从来没有动摇自己等丈夫回来的信心，在无望中生出希望，她的丈夫到巴西去只是短暂的，此后他就会回来接她，或者写信让她去找他。总之，他们不久就会向他们的家庭和世界表现出和好如初的情形。她至今仍然抱有这个希望。她的父母用这次露脸的婚姻掩盖他们第一次的失败以后，再让她的父母知道她是一个弃妇，知道她接济了他们之后，现在全靠她自己的双手谋生，这的确太让人难堪了。

她又想起了那一副珠宝。克莱尔把它们存在哪儿，她并不知道，这无关紧要，即使在她的手里，她也只能使用它们，而不能变卖它们。既便它们完全属她所有，她用实质上根本就不属于她的名分去拥有它们，这也未免太卑鄙了。

与此同时，她丈夫的日子也决不是没有遭受磨难。就在此时，他在靠近巴西的克里提巴的粘土地里，淋了几场雷雨，加上受了许多其他的苦难，病倒了，发着高烧，同时和他一起受难的还有许多其他英国农场主和农业工人，他们也都是因为巴西政府的种种许诺被哄骗到这儿来的。他们依据了那种毫无根据的假设，既然在英国的高原上耕田种地，身体能够抵挡住所有的天气时令，自然也能同样抵挡巴西平原上的气候，却不知道英国的天气是他们生来就习惯了的天气，而巴西的气候却是他们突然遭遇的气候。

我们还是回来叙述苔丝的故事吧。就是在这个时候她用完了最后的一个金币，也没有另外的金币来填补这些金币的空位，而且因为季节的关系，她也发现要找到一个工作极其困难。她并不知道在

生活的任何领域里，有智力、有体力、又健康、又肯干的人总是缺少的，因此她并没有想到去找一个室内的工作。她害怕城镇，害怕大户人家，害怕有钱的和世故的人，害怕除农村以外所有的人。黑色的忧患[①]是从上流社会来的。那个社会，也许比她根据自己一点儿经验所以为的那样要好一些。但是她没有这方面的证明，因此在这种情形下，她的本能就是避免接触这个社会。

布莱底港以西有一些小奶牛场，在春天和夏天，苔丝在那儿做过临时挤奶女工，而现在这些奶牛场已经不需要人手了。到泰波塞斯去，要是奶牛场老板仅仅出于同情，大概也不会不给她一个位置；从前在那儿的生活虽然舒服，但是她不能回去了。现在和过去倒了过来，这太不能令人忍受了，她要是回去，也许会引来对她所崇拜的丈夫的责备。她无法忍受他们的同情，更不愿看见他们在那儿相互低声耳语，议论她的奇怪处境；只要他们能够把知道的她的事情藏在心里，她差不多还是可以面对那儿熟悉她环境的每一个人。正是他们在背后对她的相互议论，使她这个敏感的人退缩了。苔丝无法解释这中间的差异，但是知道她感觉到了这一点。

现在，她正在向本郡中部一个高地农场走去。她收到玛丽安写给她的一封信，那封信几经辗转才送到她的手上，推荐她到那个农场去。玛丽安不知道怎么知道了她已经同丈夫分居了——大概是从伊茨·休特那儿听说的——这个好心的喝上了酒的姑娘，以为苔丝陷入了困境，就急忙写信给她从前的这位老朋友，告诉她的老朋友，说她离开奶牛场后就到了这个高原农场上，如果她真的还是像从前一样出来工作的话，那儿还有几个工作位置，希望能在那个农场上同她见面。

冬日的白昼一天天变短了，她开始放弃了得到她丈夫宽恕的所有希望。她有了野生动物的性情，走路的时候全凭直觉，而从不加

① 黑色的忧患（Black care），见罗马诗人贺拉斯《颂歌》第三章第一节第四十行。

思考——她要一步步一点点地把自己同多事的过去割断，把自己的身份消除，从来也不想某些事件或偶然性可能让人很快发现她的踪迹，这种发现对她自己的幸福却是很重要的。

在她孤独的处境中，自然有许多困难，而其中她的容貌惹人注意却不能算是最小的。在克莱尔的影响下，她除了原先的天然魅力，现在又增添了优雅的举止。她最初穿着准备结婚穿的服装，那些对她偶然的注目倒还没有引起什么麻烦的事情，但是当她的衣服穿破以后不得不穿上农妇的服装时，就不止一次有人当面对她说出粗鲁的话来。不过，一直到十一月一个特别的下午，还没有引起人身侵犯的恐惧。

她宁愿到布莱底河的西部农村去，也不愿到她现在去的那个高地农场，因为别的不说，西部农村那儿离她丈夫的父亲的家也要近些。她在那个地方寻找工作，没有人认识她，她还想，她也许有一天打定了主意，会去拜访牧师住宅，想到这些她就感到高兴。不过一旦决定了到比较高和干燥的地方去找工作，她就转身向东，一直朝粉新屯的村子走去，并打算在那儿过夜。

漫长的篱路没有变化，由于冬日的白昼迅速缩短，不知不觉就到了黄昏。她走到一个山顶，往下看见那条下山的篱路，弯弯曲曲地伸展出去，时隐时现，这时候，她听见背后传来了脚步声，不一会儿，就有一个人走到了跟前。那个人走到苔丝的身边说——“晚上好，我漂亮的姑娘。”苔丝客气地回答了他的问话。

那时候地上的景物都差不多昏暗了，但是天空的余光还能照出她的脸。那个人转过身来，使劲地盯着她看。

“哎呀，没错，这不是特兰里奇的那个乡下野姑娘吗——做过德贝维尔少爷的朋友，是不是？那个时候我住在那儿，不过我现在不在那儿住了。”

苔丝认出他来了，他就是那个在酒店里对她说粗话被克莱尔打倒的有钱的村夫。她不禁痛苦得全身一阵痉挛，没有搭理他的话。

“你老实地承认吧，那天我在镇里说的话是真的，尽管你那个情人听了发脾气——喂，我狡猾的野姑娘，是不是？我那天挨了打，你应该请我原谅才对，你想想吧。”

苔丝仍然没有搭理他。她那被追逼的灵魂似乎只有逃跑一条路。她突然抬脚飞跑起来，连头也不回，沿着那条路一直跑到一个栅栏门前，那个门打开着，通向一块人造林地。她一头跑进这块林地，一直跑进了这块林地的深处，感到安全了，不会被发现了，她才停下来。

脚下的树叶已经干枯了，在这块落叶林中间，长着一些冬青灌木，它们稠密的树叶足可以挡风。她把一些枯叶扫到一起，堆成一大堆，在中间扒出一个窝来。苔丝爬进了这个窝里。

她这样睡觉自然是断断续续的，她总觉得听见了奇怪的声音，但是她又劝自己说，那些声音只不过是由风引起的。她想到了她的丈夫，当她在这儿受冻的时候，他大概正在地球另一边某个温暖的地方吧。苔丝问自己，在这个世界上还有没有另外一个像她一样的可怜人？她还想到了自己虚度了的光阴，就说："凡事都是虚空。"①她机械地、反复地念叨着这句话，念到后来，才想到这句话对于现代社会已经不合适了。早在两千多年以前，所罗门已经想到了；而她自己虽然不是思想家，但是她想到的还要深刻些。如果一切只是虚空，那么谁还在乎呢？唉，一切比虚空还糟糕——冤屈，惩罚，苛求，死亡。想到这儿，安琪尔·克莱尔的妻子把手举到自己的额头上，摸着额头上的曲线，摸着眼眶的边缘，可以摸到柔嫩皮肤下的骨头，她边摸边想，总有一天这儿只剩下白骨的。"真希望现在就是一片白骨。"她说。

正在她胡思乱想的时候，她听见树叶中又出现了一种奇怪的声音。这也许是风声；可是现在几乎没有风呀。有时候是一种颤动的

① 凡事都是虚空（All is vanity），见《圣经·传道书》第一章第二节。大卫的儿子所罗门说："虚空的虚空。"传道者说："虚空的虚空！凡事都是虚空。"

声音，有时候是一种拍打声音，有时候是一种喘气和咯咯的声音。很快，她确信这些声音是某种野外的动物发出来的，她还听出来，有些声音是从头顶上的树枝丛里发出来的，随着那些声音还有沉重的物体掉到地上的声音。如果她当时所处的境遇是比她现在更好的境遇，她一定要张惶失措的；但是，只要不是人类，现在她是不害怕了。

天色终于破晓了。天色大亮后不久，树林里也变亮了。

在世界上这个充满活力的时候，天上使人放心的平凡的光明已经变得强烈了，她立刻从那一堆树叶中爬了出来，大着胆子查看了一下四周。接着，她看见了一直闹得她紧张不安的东西了。这片她暂借栖身的树林子，从山上延伸到她现在所处的地点，形成了一个尖端，树林在这儿便是尽头，树篱外面便是耕地。在那些树下，有几只山鸡四下里躺着，它们华丽的羽毛上沾着斑斑血迹。有些山鸡已经死了，有些山鸡还在无力地拍打着翅膀，有些山鸡瞪着天空，有些山鸡还在扑打着，有些山鸡乱扭着，有些山鸡伸直了身子躺在地上——所有的山鸡都在痛苦地扭动着，不过那几只幸运的山鸡除外，它们在夜里流血过多，再也无力坚持了，已经结束了它们的痛苦。

苔丝立刻明白了这是怎么回事。这群山鸡都是在昨天被一群打猎的人赶到这个角落里来的。那些被枪弹打死掉在地上的，或者在天黑前断了气的，都被打猎的找着了，拿走了，许多受了重伤的山鸡逃走了，躲藏起来，或者飞进了稠密的树枝里，在夜晚勉强挣扎着，直到血流尽了，才一只一只地掉到地上；苔丝听见的就是它们掉下来的声音。

过去她曾偶尔看见过那些猎鸟的人，他们在树篱中间搜寻，在灌木丛里窥视，比划着他们的猎枪，穿着奇怪的服装，眼睛里带着嗜血的凶光。她曾经听人说过，他们那时候似乎粗鲁野蛮，但不是一年到头都是这样，其实他们都是一些十分文明的人，只是在秋天或冬天的几个星期里，才像马来半岛上的居民那样杀气腾腾，一味地杀害生灵——他们猎杀的这些与人无害的羽毛生物，都是为了满足他们这种杀生嗜好而预先用人工培养出来的——那个时候，他们对大自然芸芸众生中比他们弱小的生灵，竟是那样的粗野，那样的残酷。

苔丝对这些和自己一样的受难者，不由得动了恻隐之心，她首先想到的是结束那些还活着的山鸡的痛苦，所以她就把那些她能找到的山鸡都一个个扭断了脖子，免得它们继续受罪；她把它们都弄死了，扔在原地，等那些打猎的人再来找它们——他们大概还会来的——第二次来寻找那些山鸡。

“可怜的小东西——看见你们这样受苦，还能说我是天底下最痛苦的人吗？”她大声说，在她轻轻地把山鸡弄死的时候，眼泪流了下来，“我可是一点儿肉体的痛苦也没有受到啊！我没有缺胳膊少腿，没有流血，我还有两只手挣衣服穿，挣饭吃呀。”她于是为那天夜里自己的颓丧感到羞愧了。她的羞愧实在是没有根据的，只不过在毫无自然基础的人为的社会礼法面前，她感到自己是一个罪人罢了。

第四十二章

现在天已经大亮，苔丝又动身了，小心翼翼地在大路上走着。不过现在她用不着小心，附近没有一个人影；她坚定地往前走着，心里头又回忆起昨天夜里那些山鸡默默忍受的痛苦，觉得痛苦有大有小，她自己的痛苦并非不能忍受，只要她站得高，不把别人的看法放在心上就行了。不过要是克莱尔也坚持这种看法，她是不能不放在心上的。

她走到粉新屯，在客栈里吃了早饭，客栈里有几个年轻人，叫人讨厌地恭维她，说她长得漂亮。这又让她感到了希望，因为她的丈夫是不是有一天也会对她说出相同的话来呢？为了这种可能的机会，她一定要照顾好自己，远离这些偶然碰到的向她调情的人。要达到这个目的，她决心不能再拿她的容貌冒险了。当她一走出村子，她就躲进一个矮树丛，从篮子里拿出一件旧得不能再旧的劳动长衫，这件衣服她在奶牛场里从来没有穿过——自从她在马洛特村割麦子时穿过以后就再也没有穿过它了。她又灵机一动，从包袱里拿出一块大手巾，把帽子下面的下巴、半个脸颊和半个太阳穴包裹起来，就仿佛她正在患牙痛一样。然后她拿出剪刀，对着一面小镜子，狠着心把自己的眉毛剪了。这样敢保再没有人垂涎她的美色了，她才又走上那条崎岖不平的路。

“那个姑娘怎么像个稻草人的样子呀！”同她相遇的人对她的同伴说。

她听见说话，眼泪不禁涌了出来，为自己感到可怜。

“不过我自己不在乎！”她说，“啊，我不在乎——我不在乎！我一直要打扮得丑些，因为安琪尔不在这儿，不会有人关心我。我的丈夫已经走了，他不会再爱我了；可是我还是照样地爱他，恨所有其他的男人，我情愿他们都看不起我！”

苔丝就这样朝前走着，她的身影只是大地景物的一部分，一个穿着冬衣的单纯素朴的农妇。她上身穿一件灰色的哔呢短斗篷，脖子上围一条红色的毛围巾，下面穿一条毛料裙子，外面罩一条穿得泛白的棕色罩裙，手上戴一双黄色手套。她那一身衣服，经过雨水的洗刷，阳光的照射，凄风的吹打，已经完全褪色了，磨薄了。现在从她的身上，一点也看不出年轻人的激情——

这个姑娘的嘴冰冷
一层又一层
简单地包在她的头上①

从她的外表看上去，她简直是一个毫无感觉的人，几乎就是一个无机体，但是在她的外表下，分明又有生命搏动的记录，就其岁月而论，她已经阅尽了世间的沧桑，深知肉欲的残酷，懂得了爱情的脆弱。

第二天天气不好，但是她仍然艰难地前进，大自然与她为敌，但是它诚实、坦率、毫无偏见，因此她不感到苦恼。她的目的既然是找一份冬天的工作，找一个冬天的栖身之所，因此就没有时间可以耽误了。她以前有过做短工的经历，所以决心不再做短工了。

她就这样朝着玛丽安写信告诉她的地方走去，经过一个农场，

① 见史文朋的《诗歌和民谣》中的《Fragoletta》一诗。

就打听有没有工作，她决心在无路可走时才去玛丽安让她去的那个农场，因为她听说那个地方的工作既艰苦又繁重。她起初是寻找一些比较轻松的工作，看到找这类工作渐渐没有希望，就转而找比较繁重的工作，她就这样从她最喜欢的奶牛场和养禽场的活儿问起，一直问到她最不喜欢的粗重的工作——农田上的工作：这种工作的确又粗又累，除非是迫不得已她是不会自愿干的。

接近第二天黄昏的时候，她走到了一片高低不平的白垩地高地，或者说高原，高原上有一些半圆形的古墓——仿佛是长了许多奶头的库柏勒女神[①]躺在那儿——这个高原伸展在她出生的那个山谷和她恋爱的山谷之间。

这儿的空气既干燥又寒冷，雨后没有几个小时，漫长的车路就被吹得白茫茫、灰蒙蒙的一片了。树木很少，或者说根本就没有，即使生长在树篱中间的那几棵树，也被种田的佃户无情地砍倒了，和树篱紧紧地绑在一起，这些佃户本来就是大树、灌木和荆棘的天然敌人。在她前面不远的地方，她看得见野牛坟和荨麻山的山顶，它们似乎对她是友好的。从这块高地看去，它们是一种低矮和卑谦的样子，但是在她小时候从黑荒原谷的另一边看去，它们却像是高耸入云的城堡。再往南好多英里，从海岸边的小山和山脊上望过去，她可以看见像磨光了的钢铁一样的水面：那就是远远地通向法国的英吉利海峡。

在她的面前，是一个破败不堪的村庄遗迹。事实上，她已经到了燧石山了，到了玛丽安做工的地方了。她似乎是非来这儿不可的，就像是命中注定的一样。她看见周围的土壤那样坚硬，这就明白无误地表明，这儿所需要的劳动是艰苦的一种；但是她已经到了非找到工作不可的时候了，尤其是天已经开始下雨，于是就决定留在这儿。在村口有一所小屋，小屋的山墙伸到了路面上，她在去寻找住

① 库柏勒女神，古代希腊、罗马神话中的大地女神，是众神及地上一切生物的母亲，她使自然界死而复生，并赐予丰收。

处之前，就站在山墙下躲雨，同时也看见暮色越来越浓了。

“有谁还会以为我就是安琪尔·克莱尔夫人呢！”她说。

她的后背和肩膀感到山墙很温暖，于是她立即就知道了，山墙的里面就是这所小屋的壁炉，暖气是隔着墙砖传过来的。她把手放在墙上暖和着，她的脸在细雨中淋得又红又湿，她就把自己的脸靠在舒服的墙面上。那面墙似乎就是她唯一的朋友。她一点儿也不想离开那面墙，希望整个晚上都待在那儿。

苔丝能够听出小屋里住有人，听出他们在一天的劳动结束后聚集在一起，听见他们在屋子里互相谈着，还听见他们吃晚饭时盘子的响声。但是在那个村子的街道上，她一个人影也看不到。孤独终于被打破了，有一个女人模样的人走了过来，虽然傍晚的天气已经很冷了，但是她还穿着夏天穿的印花布夏装，头上戴着凉帽。苔丝凭直觉认为那个人是玛丽安，等那人走得近了，她在昏暗中能够认清了，果然是玛丽安。和从前相比，玛丽安的脸变得比以前更胖了，更红了，穿的衣服也比以前更寒酸了。要是在从前生活中的任何时候,苔丝看见她这个样子,也不敢上前去和她相认。但是她太寂寞了，所以玛丽安向她打招呼，她就立刻答应了。

玛丽安问了苔丝一些话，口气很恭敬，但是看到苔丝和当初比起来，情形并没有得到改善，于是大为感慨。当然，她隐约听说过她和丈夫分居的事。

“苔丝——克莱尔夫人——亲爱的他的亲爱的夫人啊！你真的倒霉到了这个地步吗，我的宝贝？你为什么把你漂亮的脸这样包起来？有谁打了你吗？不是他打了你吧？”

“没有，没有，没有！我这样包起来，只是为了不让别人来招惹我，玛丽安。”

她于是气愤地把裹脸的手绢扯了下来，免得让别人产生那样胡乱的猜想。

“你没有戴项圈啊！”（苔丝在奶牛场时习惯戴一个白色的小项圈）

“我知道我没有戴项圈，玛丽安。”

“你在路途中把项圈丢了吗？”

“我没有丢。我实话告诉你吧，我一点也不在乎我的容貌了，所以我就不戴项圈了。”

“你也没有戴结婚戒指呀？”

“不，戒指我戴着，不过我没有戴在外面。我戴在脖子上的一根带子上。我不想让别人知道我结了婚，知道我已经嫁人了；我现在过的生活让人知道了多叫人难过啊。”

玛丽安不做声了。

“可是你是一个绅士的妻子呀，你这样过日子太不公平了啊！”

“啊，不，公平，非常公平；虽然我很不幸。”

“唉，唉。他娶了你——你还感到不幸啊！”

“做妻子的有时候是会感到不幸的，这并不是因为她们丈夫的过错，而是因为她们自己的过错。”

“你没有过错啊，亲爱的，我相信你没有过错。而他也没有过错。所以这只能是外来的某种过错了。”

“玛丽安，亲爱的玛丽安，你给我做点儿好事吧，不要再问我了好不好？我的丈夫已经到国外去了，我又把钱差不多用完了，所以才不得不暂时出来做一点儿过去做过的工作。不要喊我克莱尔夫人，就像以前一样喊我苔丝吧。他们这儿需要干活的人吗？”

“啊，需要。他们一直需要干活的人，因为很少有人愿意到这儿来。这儿是一片饥饿的土地，只能种麦子和瑞典萝卜。虽然我自己来了这儿，但是像你这样的人也来这儿，的确太可怜了。”

“可是，以前你不也和我一样是一个奶牛场的女工吗？”

“不，自从我沾上酒以后，我就不做那种工作了。天啦，喝酒现在就是我唯一的安慰了。如果他们雇用了你，你就得去挖那些瑞典萝卜。现在我干的就是挖萝卜的活儿，我想你不会喜欢干那种活儿。”

“啊——什么活儿我都愿意干！你去为我说一说好吗？”

“最好你还是自己去说吧。”

“那好吧。喂，玛丽安，请你记住——要是我在这儿找到了活儿，千万不要提到他呀。我不愿意辱没了他的名声。”

玛丽安虽然不及苔丝细心，但她是一个值得信赖的朋友，苔丝对她的要求她都答应了。

“今天晚上发工资，”她说，“如果你和我一起去，他们雇不雇你，你当时就知道了。我真为你的不幸难过；但是我知道，这都是因为他离开了你的缘故。他要是在这儿，即使他不给钱你用，把你当苦力使唤，你也不会不愉快的。”

“那倒是真的，我不会不愉快的！”

她们一块儿走着，很快就走到了农舍的跟前，那儿的荒凉简直到了无以复加的地步。在眼睛看得见的地方，一棵树也没有。在这个季节里，也没有一块绿色的草地——那儿除了休闲地和萝卜以外，什么也没有。那儿的土地都被盘结在一起的树篱分割成一大块一大块的，一点儿变化也没有。

苔丝站在宿舍的外面等着，等到那一群工人领了工资以后，玛丽安把她叫了进去。这天晚上农场主似乎不在家里，只有农场主的妻子在家，代他处理事情，苔丝同意工作到旧历圣母节，她也就同意雇用苔丝了。现在很少有肯到地里干活的女工，而且女工的工资低，又能和男工一样干活，所以雇用女工是有利可图的。

苔丝签订了合同以后，除了找一个住的地方外，就没有其他的事了。她在山墙那儿取暖的屋子里，找了一个住宿的地方。她在那儿的生活条件很差，但无论如何为她这个冬天提供了一个栖身之处。

她在那天晚上写了一封信，把新的地址告诉她的父母，怕万一她的丈夫写的信寄到了马洛特村。但是她没有告诉他们她目前的艰难处境，这样也许会引起他们责备她的丈夫。

第四十三章

玛丽安把这个地方叫做饥饿的土地并没有夸张。这个地方唯一说得上胖的就是玛丽安自己了，而她也是外来的。英国的乡村分为三种：一种是由地主自己耕种的，一种是由村子的人耕种的，还有一种既不是由村子的人也不是由地主耕种的（换一句话说，第一种是由住在乡下的地主把地租给别人种，第二种是由不动产的所有人或者副本持有不动产的人[①]耕种），燧石山农场这个地方属于第三种。

苔丝开始干活了。由道德上的勇敢和身体上的懦弱混合而成的耐心，现在已经变成苔丝身上的主要特点了。现在支撑着她的就是这种耐心。

苔丝和她的同伴开始动手挖瑞典萝卜的那块田地，是一百多亩的一大片，也是那个农场上最高的一块，突出在白垩质地层或者砂石混杂的地面上——它的外层是白垩质岩层中硅质矿床形成的，里面混合着无数的白色燧石，有的像球茎，有的像人的牙齿，有的像

① 不动产的所有人或者副本持有不动产的人（free holder occopy holder），英国法律名词。不动产的所有人指一个人可以占有无条件继承的不动产，指定继承人继承的不动产，或者终身占有的不动产；副本持有不动产的人就是指根据土地登录簿（公簿）的副本而持有土地的人。

人的生殖器。萝卜的上半截已经叫牲畜啃掉了，这两个女人要干的活儿就是用有弯齿的锄头把剩下的埋在地下的半截萝卜刨出来，因为这些萝卜还可以食用。所有萝卜的叶子都已经被吃掉了，整片农田都是一种凄凉的黄色，它仿佛是一张没有五官的人脸，从下巴到额头,只有一张覆盖着的皮肤。天上也同样凄凉,只是颜色不同而已,那是一张五官俱无的空洞洞的白脸。一天到晚，天上地下的两张脸就这样遥遥相对，白色的脸向下看着黄色的脸，黄色的脸向上看着白色的脸，在天地之间什么东西也没有，只有那两个姑娘趴在那儿，就像地面上的两个苍蝇一样。

没有人走近她们，她们的动作像机械一样地一致，她们站在那儿，身上裹着麻布罩衫——这是一种带袖子的黄色围裙，从背后一直扣到下摆，免得让风吹来吹去——穿着短裙，短裙下面是脚上穿的靴子，靴子的高度到达了脚踝以上，手上戴的是带有护腕的羊皮手套。她们低着头，头上戴着带帽檐的帽子，显示出深思的样子，这会使看见她们的人想起某些早期意大利画家心目中的两位玛利亚①。

她们一个小时接一个小时地工作着，对她们处在这片景物中的凄凉光景毫无感觉，也不去想她们命运的公正和不公正。即使在她们这种处境里，她们也可能只是生活在梦幻里。下午天又下起雨来，于是玛丽安就说她们不必继续工作了。但是她们不工作，她们是得不到工钱的，所以她们还是继续工作着。这片田地的地势真高，天上的大雨还来不及落到地上，就被呼号的狂风吹得横扫过来，像玻璃碴子一样打在她们的身上，把她们浑身上下淋得透湿。直到现在，苔丝才知道被雨淋透了是什么滋味。被雨淋湿的程度是有差别的，在我们平常的谈话中，被雨淋湿了一点儿，我们也说被淋得透湿。

① 两位玛利亚，《圣经》中的人物。一位是抹大拿的玛利亚，一位是雅各和约西的母亲玛利亚。意大利早期画家多以这两位玛利亚为主题，画她们悲伤的样子。

但是对于站在地里慢慢工作的她们来说，她们只是感到雨水在流动，首先是流进了她们的肩膀和小腿里，然后是脑袋和大腿，接着又是后背和前胸，腰部的两侧，但是她们还得继续工作，直到天上表示太阳落山的铅灰色亮光消失了，她们才歇下来，这的确是需要不同寻常的坚忍精神，甚至是勇敢的精神才能坚持。

但是她们两个人并没有像我们以为的那样感到被雨淋得透湿。她们两个都是年轻人，互相谈着她们一起在泰波塞斯奶牛场生活恋爱的情景，谈那片令人愉快的绿色的原野。在那儿，夏季给人以丰厚的赐予；在物质上赐予所有的人，在感情上只赐予她们两个人。苔丝不愿和玛丽安谈她那个法律上是而实际上不是她的丈夫的事；但是这方面的话题又有不可抗拒的魔力，使她不得不违背自己的本意和玛丽安互相谈起来。她们就像我们说的这样谈着，虽然她们头上戴的帽子湿透了，帽檐啪啪地打着她们的脸，她们的罩衫紧紧地箍在身上，增加了她们的累赘，但是整个下午她们都生活在对阳光灿烂的、浪漫的和绿色的泰波塞斯的回忆里。

“在天气好的时候，你在这儿可以望见一座小山的闪光，那座山离佛卢姆谷只有几英里远。”玛丽安说。

“啊！真的？”苔丝说，又发现了这个地点新的价值。

在这个地方就像在其他地方一样，有两股力量在相互冲突着，一种是渴望享乐的天生意志，一种是不容许享乐的环境意志。玛丽安有一种增加自己的意志的方法，下午慢慢过去了，她就从自己口袋里掏出来一个一品特的酒瓶子，瓶子上盖着白布塞子，她请苔丝喝瓶子里的酒。苔丝当时已经进入幻想了，不需要酒的力量来加强这种幻想，所以只喝了一口，而玛丽安就一口气把酒瓶里的酒全喝光了。

“我已经习惯喝这个了，”玛丽安说，“我现在已经离不开它了。酒是我唯一的安慰——你知道，我失去了他，而你得到了他，所以你也许用不着喝酒了。”

苔丝心想，自己的失意和玛丽安的一样大，但是她至少在名义上是安琪尔的妻子，这种自尊使她承认自己和玛丽安是不同的。

在早上的寒霜和午后的苦雨中，苔丝像奴隶一样在这种环境里工作着。她们在不挖萝卜的时候，就要清理萝卜，在萝卜贮存起来供将来食用之前，她们得用一把弯刀把萝卜上的泥土和根须去掉。她们干这种活儿的时候如果天上下雨可以到茅草棚子里去躲一躲；但是在霜冻天气，即使她们戴着皮手套，也挡不住手中的冰萝卜冻得手指生疼。但是苔丝仍然抱着希望，她坚持认为宽厚是克莱尔性格中主要的一面，她的丈夫迟早会来同她和好的。

玛丽安喝了酒，变得高兴起来，就找出一些前面说过的奇形怪状的燧石，尖声大笑起来，苔丝却一直是一副不说不笑的迟钝样子。她们的目光常常越过这片乡村，眺望瓦尔河或者佛卢姆河流过的地方，尽管她们什么也看不见，但是她们还是望着笼罩在那儿的灰色迷雾，心里想着她们在那儿度过的旧日时光。

"唉，"玛丽安说，"我多想过去的老朋友再有一两个到这儿来呀！要是那样的话，我们就能够每天都在地里回忆泰波塞斯了，可以谈他了，谈我们在那儿度过的快乐时光，谈那儿我们熟悉的事，让泰波塞斯又重新再现出来！"玛丽安一想到过去的情景，她的眼睛就湿润了，说话也含糊起来。"我要给伊茨·休特写信，"她说，"我知道，她现在闲住在家里，什么事也不做，我要告诉她我们在这儿，要她到这儿来；莱蒂的病现在也许好多了。"

对于她的建议，苔丝也没有什么反对的话可说，她第二次听说把泰波塞斯的旧日欢乐引进到这儿的话，是在两三天以后，玛丽安告诉她，说伊茨已经给她回了信，答应她能来就来。

许多年来，这种冬天是没有过的。它是悄悄地来的，一点儿声音也没有，就像棋手下棋移动棋子一样。有一天早晨，那几棵孤零零的大树和篱树的荆棘，看上去就像脱掉了皮的植物一样，长出了动物的毛。一夜之间，所有的枝条都挂上了白绒，树皮上都长出了一层白毛，它们的粗细和原先相比增加了四倍；在天空和地平线惨淡的光线里，大树和灌木就像是用白色线条画的醒目的素描画。棚子里和墙上原先看不见的蛛网现在露出了本相，在结晶的空气里看得清清楚楚，它们像一圈圈白色的绒线，醒目地挂在外屋、柱子和大门的角落里。

潮气结为雾淞的季节过去了，接着而来的是一段干燥的霜冻时期，北极后面一些奇怪的鸟儿开始悄悄地飞到燧石山的高地上来。这些骨瘦如柴的鬼怪似的鸟儿，长着悲伤的眼睛，在人类无法想象其广袤寥廓的人迹罕至的极地，在人类无法忍受的凝固血液的气温里，这种眼睛曾经目睹过灾难性地质变迁的恐怖；在黎明女神播洒出来的光明里，亲眼看到过冰山的崩裂，雪山的滑动；在巨大的暴风雪和海水陆地的巨变所引起的漩流中，它们的眼睛被弄得瞎了一半；在它们的眼睛里，至今还保留着当时看到这种场面的表情特点。这些无名的鸟儿飞到苔丝和玛丽安的身边。不过它们对所看到的人类没有看到过的一切并没有讲述出来。它们没有游客渴望讲述自己经历的野心，而只是不动声色地把它们不重视的经历抛开，一心注意着眼前这片贫瘠高地上的事物。它们看着那两个姑娘手拿锄头挖地的细小动作，因为她们可以从地里挖出来一些东西，它们可以当作美味的食物。

后来有一天，这片空旷乡村的空气中出现了一种特殊的性质。出现的这种东西不是由雨水产生的湿气，也不是由霜冻而产生的寒冷，它冻得她们的两个眼珠发酸，冻得她们的额头发疼，并且还钻到她们的头骨里，这样对她们身体表面的影响还不如对她们骨子的影响大。她们知道天快下雪了，果然那天晚上就下起雪来。苔丝继续住在那个用温暖的山墙给任何停在它旁边的行人以安慰的小屋里。她在夜里醒了，听见草屋顶上有一种奇怪的声音，好像屋顶变成了一个运动场，狂风从四面八方一起汇聚到了屋顶。她早上点了灯准备起床，却发现雪已经从窗户缝里被风吹了进来，在窗户里面形成了一个用最细的粉末堆成的锥体，烟囱里也有雪吹进来，地板上积了鞋底那么厚的一层，当她在地板上来回走动的时候，地板上就留下她走过的脚印。屋外雪花飞舞,吹进了厨房里,形成一片雪雾；

不过那时候屋子外面太黑，还看不见任何东西。

苔丝知道，今天是不能挖瑞典萝卜了。她刚刚在那盏小小的孤灯旁边吃完早饭，玛丽安就走了进来，告诉她说，在天气变好之前，她们得和其他的女工到仓库里去整理麦草。因此，等到外面黑沉沉的天幕开始变成一种混杂的灰色时，她们就吹熄了灯，用厚厚的头巾把自己包裹起来，再用毛围巾把自己的脖子和前胸围起来，然后动身去仓库。这场雪是跟随着那些鸟儿从北极的盆地刮来的，就和白色的云柱一样，单独的雪花是看不见的。在这阵风雪里，闻得出冰山、北极海和北极熊的气味，风吹雪舞，雪一落到地上，立即就被风吹走了。她们侧着身子，在风雪茫茫的田野里挣扎着往前走去，她们尽量利用树篱遮挡自己，其实，与其说树篱是可以抵挡风雪的屏障，不如说是过滤风雪的筛子。空中大雪弥漫，一片灰白，连空气也变得灰暗了，空气夹着雪胡乱扭动着、旋转着，使人联想到一个没有颜色的混沌世界。但是这两个年轻的姑娘却十分快活，出现在干燥高原上的这种天气，并没有让她们的情绪低落下去。

“哈——哈！这些可爱的北方鸟儿早就知道风雪要来了，”玛丽安说，“我敢肯定，它们从北极星那儿一路飞过来，刚好飞在风雪的前头。你的丈夫，亲爱的，我敢说现在正受着燠热天气煎熬呢。天啦，要是现在他能够看见他漂亮的夫人就好啦！这种天气对你的美貌一点儿害处也没有——事实上对你的美貌还有好处啦。”

“我不许你再向我谈他的事了，玛丽安。”苔丝严肃地说。

“好吧，可是——你心里实在想着他啊！难道不是吗？”

苔丝没有回答，眼睛里满含着泪水，急忙把身子转过去，朝向她想象中的南美所在的方向，撅起她的小嘴，借着风雪送去一个深情的吻。

“唉，唉，我就知道你心里想着他。我敢发誓，一对夫妇这样生活真是太别扭了！好啦——我什么也不说了！啊，至于这天气，只要我们在麦仓里，就会冻不着的。我倒不怕这种天气，因为我比你结实，可是你，却比我娇嫩多了啊。我真想不到老板也会让你来干这种活儿。”

他们走到了麦仓，进了仓门。长方形结构的麦仓的另一头堆满了麦子，麦仓的中部就是整理麦草的地方。昨天晚上，已经有许多麦束被搬了进来，放在整理麦草的机器上，足够女工们用一天的了。

“哟，这不是伊茨吗！”玛丽安说。

的确是伊茨，她走上前来。前天下午，她从她母亲家里一路走了来，没有想到到这儿的路这样远，走到这儿时天已经很晚了，不过还好，她到了这儿天才开始下雪，在客栈里睡了一个晚上。这儿的农场主在集市上答应了她的母亲，只要她今天赶到这儿，他就雇用她，她一直害怕耽误了，让那个农场主不高兴。

除了苔丝和玛丽安，这儿还有从附近村子里来的另外两个女人，她们是亚马逊印第安人，是姊妹俩，苔丝见了，吃了一惊，她记起来了，一个是黑桃皇后黑卡尔，另一个是她的妹妹方块皇后——在特兰里奇半夜里吵架那一回，想和她打架的就是她们俩。她们似乎没有认出她来，也可能真的忘了，因为这时候她们还没有摆脱酒精的影响，她们在特兰里奇和在这儿一样，都是打短工的。她们宁肯干男人干的活儿，包括掘井，修剪树篱，开沟挖渠，刨坑，而且不感到劳累。她们也是整理麦草的好手，扭头看看她们三个，眼睛里都是瞧不起的神色。

她们戴上手套，在机器的前面站成一排，就开始工作了。机器是由两条腿支撑起来的架子，两条腿中间用一个横梁连接起来，下面放着一束束麦草，麦穗朝外，横梁用销子钉在柱子上，随着麦束越来越少，横梁也就越降越低。

天色更阴沉了，从麦仓门口反射进来的光线，不是来自上面的天空，而是来自地下的落雪。姑娘们开始从机器里把麦草一束束抽出来，不过由于在两个正在那儿说长道短的陌生女人面前，玛丽安和伊茨刚见面也不能叙叙她们想叙的旧情了。不久，她们听见了马蹄声，农场主骑着马走到了麦仓的门口。他下了马，走到苔丝的面前，默默地从旁边打量着苔丝。她起初并没有把头扭过去，但是他老盯着她，她就回过头去看。她看见，盯着她看的人不是别人，竟是她的雇主，那个在大路上揭发她的历史，吓得她飞跑的特兰里奇人。

他等在那儿，直到苔丝把割下的麦穗抱出去，堆在门外，他才说："你就是那个把我的好心当作驴肝肺的年轻女人啊，是不是？我一听说刚雇了一个女工，要是我没有猜出是你，让我掉到河里淹死好啦！啊，第一次在客栈里，你仗着和你的情人在一起，占了我的便宜；第二次在路上，你又跑掉了；可是现在，我想我不会吃亏了吧。"他最后冷笑着。

苔丝处在亚马逊印第安女人和农场主中间，就像一只掉进罗网的小鸟一样，没有做声，继续整理她的麦草。她已经从农场主身上完全看出来了，她这次用不着害怕她的雇主献殷勤了，他只是上次挨了克莱尔的打，现在要在她的身上寻报复就是了。总的说来，她宁肯男人对她抱这种情绪，并觉得自己有足够的勇气忍受。

"你上次以为我爱上你了，是不是？有些女人就是这样傻，别人看她一眼就以为人家爱上她了。但是我只要让你在地里干一冬天的活儿，你就会知道我是不是真的爱上你了；你已经签了合同，答应干到圣母节。现在，你应该向我道歉了吧？"

"我觉得你应该向我道歉。"

"很好——随你的便吧。不过我们要看看谁是这儿的老板。你今天干的就只有这些麦束吗？"

"是的，先生。"

"这太少了。看看那边她们干的吧（他指着那边两个又粗又壮的女人说）。其他的人也都比你干得多。"

"他们从前干过这种活儿，而我没有干过。再说这是计件的活儿，我们做多少，你就付多少钱，我想这对你没有不同啊。"

"啊，说得不错。但是我要麦仓清理干净。"

"我不会像其他人那样在两点钟离开，整个下午我都在这儿干活好啦。"

他满脸怒气地看了她一眼，转身走了。苔丝感到她不会遇到比这儿更糟糕的地方了，不过无论什么总比献殷勤好。到了两点钟的时候，那两个专门整理麦草的女人就把她们酒瓶子里剩下的半品特酒喝了，放下镰刀，捆好最后一束麦草，起身走了。玛丽安和伊茨也想站起来跟着走，不过当她们听到苔丝还想留下来多干一会儿，以此来弥补自己整理麦草的生疏时，她们也就又留了下来。看着外面还在继续下的大雪，玛丽安大声喊，“好啦，现在都是我们自己人了。”于是她们的谈话就转到她们在奶牛场里的旧事上去了。当然，她们还谈到她们都爱上了安琪儿·克莱尔的一些事。

“伊茨和玛丽安，”安琪尔·克莱尔夫人满脸严肃地说，不过这严肃特别让人伤心，因为已经看不出她是安琪尔·克莱尔的妻子了。“现在我不能和过去一样同你们一起谈论克莱尔先生了；你们也明白我不能谈了；因为，虽然他现在已经从我身边离开了，但是他还是我的丈夫。”

在同时爱上克莱尔的四个姑娘中，数伊茨最莽撞、最尖刻。“毫无疑问，他是一个出类拔萃的情人，”她说，“但是我觉得作为一个丈夫，刚一结婚就离开你有些不太像话。”

“他是不得不离开的——他必须离开，到那边去寻找土地！”苔丝辩解说。

“那他也得为你安排好过冬呀。”

“啊——那不过是因为一点小事——一场误会，我们并没有因此争吵过。”苔丝带着哽咽回答说，“也许要为他说的话多着啦！他不像别的丈夫那样，什么也不跟我说就走了，我总是能够知道他在什么地方。”

说完这话以后，她们好长时间没有说话，保持着沉默。她们继续干活，把麦穗从麦秆里理出来，夹在胳膊下，用镰刀把麦穗割下来，在麦仓里，除了麦秆的沙沙声和镰刀割麦穗的声音，听不见别的声音。后来，苔丝突然两腿一软，就倒在她面前的一堆麦穗上了。

“我就知道你坚持不下来的！”玛丽安大声说，“这种活儿，要比你的身体强壮的人才干得了啊。”

就在这时候，农场主走了进来。“啊，我走了你就是这样干活啊。”他说。

“这不过是我自己吃亏，不关你的事啊。”她回答说。

“我要你把这活儿干完。”他固执地说，说完就穿过麦仓，从另一边的门走了出去。

“别理他，亲爱的，”玛丽安说，“我以前在这儿干过。现在你过去躺一会儿，我和伊茨帮你干。”

“我不愿意你们两个帮我干。我个头儿也比你们高啊。”

但是她实在累垮了，就同意去躺一会儿，于是就在一堆乱草上躺了下去，那堆乱草是把麦秆拖走时留下的，麦秆被拖走后扔在麦仓的另一边。她这次累倒了，一方面是因为工作太累，但是主要的是因为又重新提起了她和她丈夫分居的话题。她躺在那儿，只有感觉，没有意志，麦草的沙沙声和别人剪麦穗的声音，也好像人体能够感受到。

除了整理麦秆的声音，她还能从她躺的角落里听见她们的低声交谈。她敢肯定她们还在继续谈论刚才她们已经开始了的话题，不过她们谈话的声音太小，她听不清楚。后来，苔丝越来越想知道她们正在谈论什么，就勉强劝说自己好些了，站起来去继续干活。

后来伊茨·休特也累倒了。昨天晚上她走了十几英里路，直到半夜才上床睡觉，五点钟就起了床。还剩下玛丽安一个人，她靠着身强力壮，又喝了酒，所以还能坚持，没有感到背酸胳膊疼。苔丝催着伊茨去休息，说自己已经好多了，没有她帮忙也能把活儿干完，整理出一样多的麦束。

伊茨感激地接受了好意，就走出门，从雪路上回自己的住处去了。玛丽安因为每天下午在这个时候喝一瓶酒，开始出现了一种浪漫情态。

“我从来没有想到过会出现那样的事——从来没有！”她迷迷糊糊地说，“我也很爱他呀！我也不在乎他娶了你，不过这次他对待伊茨可太不该了！”

听了玛丽安的话，苔丝有些吃惊，差一点儿没有割了手指头。

“你是说我的丈夫吗？”她结结巴巴地问。

“唉，是的。伊茨说不要告诉你，可是我忍不住不告诉你。他要伊茨做的事就是，和他一起走，到巴西去。”

苔丝的脸变白了，和外面的雪景一样白，脸也绷了起来。“伊茨没有答应他，是吧？”

“我不知道，不过他最终改变了主意。”

“呸——那么他并不是真心了！只不过是一个男人开的玩笑罢了！”

“不，不是开玩笑，因为他载着她向车站走了好远一段路呢。”

“他还是没有把她带走啊！”

她们默默地整理了一会儿麦草，苔丝当时一点儿变化也没有，但是突然放声大哭起来。

“唉！”玛丽安说，“我要是没有告诉你就好了！”

“不。你告诉我是一件好事啊！我一直生活得这样难受，还看不出会有什么结局呢！我应该经常给他写信的，但是他没有给我说，让我经常给他写信啊。我不能再这样糊涂了！我一直做错了，把什么事都留给他，自己什么也不管！”

麦仓的光线越来越暗，她们的眼睛看不清东西了，只好把活儿停下来。那天傍晚苔丝回到住处，走进自己住的那间粉刷白了的小房间，一时感情冲动，就开始给克莱尔写一封信寄去。但是这一封信还没有写完，她就又开始犹豫起来。她把挂在胸前的戒指从拴着它的带子上取下来，整个晚上都把它戴在自己的手指上，仿佛这样就能加强自己的感觉，感到自己真的是她那个捉摸不定的情人的妻子了，正是她的这个情人，刚刚一离开她，就要求伊茨和他一起到国外去。既然如此，她怎能写信去恳求他呢？又怎能再向他表示她在挂念他呢？

第四十四章

玛丽安在麦仓里透露了克莱尔那件事以后，苔丝的心思又不止一次地集中到了那个地方——远方那个牧师住宅。她的丈夫曾经叮嘱过她，她要是想写信给克莱尔就通过他的父母转，她要是遇到困难就直接去找他们。但是她感到她在道德上已经没有资格做他的妻子了，所以她总是把她想写信给丈夫的冲动压制下来；因此她感到，自从她结婚以来，她对于牧师住宅那一家人来说，就像对她自己的家一样，实质上是不存在的。她在这两个方面的自尊和她的独立的性格是一致的，因此她在对自己应得的待遇经过仔细思考之后，就从来不再去想她在名分上应该得到的同情和帮助了。她决定由自己的品质来决定自己的成功与失败，放弃自己对于一个陌生家庭这种法律上的权力，那不过是那个家庭中有一个成员因为一时的感情冲动，在教堂的名册上把他的名字写在她名字的旁边罢了。

但是现在伊茨的故事刺激了她，才使她感到她忍耐的程度是有限度的。她的丈夫为什么还没有写信给她？他曾经明确地告诉过她，他至少要让她知道他已经去了什么地方，但是他连一行字的信也没有写给她，没有把他的地址告诉她。他真的对她漠不关心吗？还是他病倒了？自己是不是应该对他主动一些呢？她一定要把自己渴望的勇气鼓起来，到牧师住宅去打听消息，对他的沉默表示自己的悲哀。如果安琪尔的父亲果真是他描述的那样一个好人的话，他一定会理解她的焦渴的心情的。至于她在社会上的艰难，她可以避而不谈。

不到周末她是不能离开农场的，所以只有礼拜天才是她拜访牧师住宅的机会。燧石山地处白垩质高原的中心，直到现在还没有火车通到这儿，所以她只有靠步行到那儿去。由于来回都是十五英里的路程，所以她得起个大早，用一整天的时间来完成这件事。

两个礼拜以后，风雪过去了，接着又是一场严酷的霜冻，她就利用道路冻住了的时候去进行这次拜访。礼拜天的早上，她在四点钟就下了楼，在星光里出门上路了。天气仍然很好，她走在路上，地面像铁砧一样，在她的脚下铮铮直响。

听说她这趟出门与她的丈夫有关，玛丽安和伊茨都很关心。她们两个住的地方和苔丝在一条街上，和苔丝住的地方隔了一段路，在苔丝动身的时候都来帮助她。她们都劝苔丝穿上她最漂亮的衣服，这样才讨她公婆的欢心；但是苔丝知道老克莱尔先生是一个朴素的加尔文派，对这方面并不在乎，所以她就对她们的建议怀疑起来。自从她不幸的婚姻开始以来，已经过去一年了，但是在当时满满一柜新嫁娘衣服里，现在她保存下来的衣服，还是足够她把自己打扮成一个美丽动人而又不追求时尚的朴素的乡下姑娘。她穿的是一件浅灰色毛料长袍，在长袍的白色镶边的映衬下，她的脸和脖子的粉红色皮肤更加艳丽了。她在长袍的外面套一件黑色的天鹅绒外套，头上戴一顶黑色的天鹅绒帽子。

“要是你的丈夫现在看见你，一定要万分怜爱你了？你的确是一个大美人呀！”伊茨·休特打量着苔丝说，那时苔丝正站在门口，外面是青蓝色的星光，屋内是昏黄的烛光。伊茨说这句话时，胸怀宽厚，全然不顾贬低了自己；她在苔丝的面前不能——一个女人的心只要有榛子那样大就不能——同苔丝作对，苔丝对她自己的这些同类，用她非同一般的热情和力量影响了她们，把女人那些嫉妒和仇视的卑鄙感情都压下去了。

她们在她的身上这儿抻一抻，拍一拍，那儿刷一刷，然后才让她出门，看着她消失在黎明前的晨光里。苔丝迈开大步走了，她们能够听见她走在坚硬的路面上的脚步声。即使是伊茨，她也希望苔丝这次拜访能获得成功，她虽然并不注重自己的道德，但是她想到自己一时受到克莱尔的诱惑而没有做出对不起她朋友的事的时候，心里就感到高兴。

去年克莱尔同苔丝结婚时到现在整整一年了，只不过差了一天的日子，也就差了几天，克莱尔离开她就一年了。在一个干燥晴朗的冬季早晨，在白垩质山脊上清爽稀薄的空气里，她迈着轻快的步伐赶路；她去完成自己的这样一项任务，心里并没有感到气馁。毫无疑问，她在动身时的梦想就是要讨她婆婆的欢心，把自己的全部历史告诉那位夫人，争取她站到自己一边来，这样她就能把那位逃走了的人弄回来了。

不久，她走到了那片宽大的斜坡边缘，斜坡下面就是黑荒原谷的大片沃土，现在还隐匿在雾霭里，沉睡在黎明中。这儿和高地无色的空气不同，在山谷里，那儿的大气是一种深蓝色。和她在高地上劳作的田地也不一样，高地上的田地是一百亩一块，而谷里的田地要小得多，不过五六亩一块，这无数块土地从山上望去，就好像网罗一样。这儿风景的颜色是一种浅褐色，再往下就和佛卢姆谷一样了,差不多成了青绿色。可是,她的悲伤就是在那个山谷里形成的，所以她不像以前那样喜欢它了。美在她看来，正如许多深有感触的人一样，并不在美的事物本身，而是在它的象征。

她沿着山谷的左边坚定地向西走去；从那些欣托克村庄的上方经过，在从谢尔屯通向卡斯特桥的那条大路那儿向右转弯的地方穿过去，又沿着道格布利山和高斯托利走，在道格布利山和高斯托利之间，有一个被称作魔厨的小山谷。她沿着那段上坡路走到手形十字柱那儿，那根石头柱子孤零零地、静悄悄地耸立在那儿，表示一件奇事，或者凶杀案，或者两者都有的发生地点。她再往前走了三英里，从一条小路上穿过那条笔直的、荒凉的叫做长槐路的罗马古道；她一走到古道那儿，就立即从一条岔路上往下走，下了山就进了艾维斯黑德镇或者村，到了那儿，她就走了一半的路了。她在艾维斯黑德休息了一会儿，又吃了一次早饭，吃得又香又甜——她不是在母猪与橡实客栈吃的饭，为了避开客栈，她是在教堂旁边的一家农舍里吃的饭。

苔丝剩下的后一半路是取道本维尔路，从较为平缓的地区走过去。不过，随着她和她这次要拜访的地点之间距离的缩短，她拜访成功的信心却越来越小了，要实现这次拜访的任务也越来越难了。她的目的如此明确，四周的景物却是如此朦胧，她甚至有时候还有迷路的危险。大约到了中午，她在一处低地边上的栅栏门旁歇了下来，爱敏寺和牧师住宅就在下面的低地里。

她看见了教堂的四方形塔楼，她知道这个时候牧师和他的教民正聚集在塔楼的下面，因此在她的眼里是一种肃穆的神气。她心里想，要是设法在平时到这儿来就好了。像牧师这种好人，也许对选择在礼拜天到这儿来的女人有一些偏见，而不知道她的情形的紧迫性。事到如今，她也不能不往前走了。她已经走了这样远的路，穿的是一双笨重的靴子，于是就把脚上的靴子脱下来，换上一双漂亮的黑漆轻便靴子，把脱下来的靴子塞到门柱旁边回来时容易找到的树篱里，这才往山下走去；在她走近那座牧师住宅的时候，她的脸刚才被冷空气冻红了的颜色也慢慢地消褪了。

苔丝希望能出现一件有利于她的事情，但是什么事情也没有发生。牧师住宅草坪上的灌木，在寒风中瑟瑟发抖；她用尽了自己的想象，而且也尽可能把自己打扮漂亮了，但是想象不出那就是他的近亲住的屋子；可是无论在天性还是在感情方面，都没有什么本质上的东西把她和他们分开，他们在痛苦、快乐、思想、出生、死前和死后都是一样的。

她鼓起勇气走进牧师住宅的栅栏门，按了门铃。事情已经做了，就不能后退了。不，事情还没有做完，没有人出来为她开门。她得鼓起勇气再做一次。她又第二次按了门铃。她按门铃引起的激动，加上走了十五英里路后的劳累，因此她在等人开门的时候，不得不一手撑着腰，用胳膊肘撑着门廊的墙壁歇着。寒风刺骨，常春藤的叶子被风吹得枯萎了、枯黄了，不停地互相拍打着，把她的神经刺激得烦躁不安。一张带有血迹的纸，被风从一户买肉人家的垃圾堆里吹了起来，在门外的路上飞舞着；要落下来又显得太轻，要飞走又显得太重，陪着它一起飞舞的还有几根枯草。

她把第二次门铃按得更响，但仍然没人出来开门。于是她就走出门廊，打开栅栏门走了出来。尽管她心有不甘地盯着房子的前面，仿佛要回去似的，但还是把栅栏门关上了，这时才松了一口气。有一种感觉在她的心里反复出现，他们也许认出她了（但是她不知道是怎样认出来的），所以才吩咐不要为她开门。

苔丝走到拐角的地方，能做的她都做了；但是她决心不要因为自己一时的动摇而给将来留下悔恨，所以就又走回屋前，把所有的窗户都看了一遍。

啊——原来是他们都去了教堂，所有的人都去了。她记得她的丈夫说过，他的父亲坚持要全家人，包括所有的仆人在内，都要去教堂作礼拜晨祷，回家时总是吃冷饭。因此，她必须等到晨祷结束他们才能回来。她不愿等在屋子的前面，免得引起别人注意，所以就绕过教堂，向一条篱路里走去，但是就在她走到教堂院子门口时，教堂里面的人已经开始涌出来，苔丝自己也裹在了人群当中。

她在爱敏寺的教民眼里，就和在一个信步回家的乡村小镇的教民眼里一样，是一个外来的女人，是一个他们不认识的人。她加快了自己走路的步伐，走上了她刚才来的那条篱路，想在树篱中间找一个躲藏的地点，等到牧师一家人吃完了饭，在他们方便接见她的时候再出来。不久她就同从教堂里面出来的人隔得远了，只有两个年轻的男子胳膊挽着胳膊，快步从后面跟了上来。

在他们走近了的时候，她听出他们正在用最热切的语气说话，一个女人在这种情形里是十分敏感的，因此她听出来他们说话的声音和她丈夫说话的声音有相同的特点。那两个走路的人正是她丈夫的两个哥哥。苔丝把她的一切计划都忘掉了，心里唯恐在这种混乱的时刻，在她还没有准备好同他们见面之前，让他们给追上了；虽然她觉得他们不会认出她来，但是她在本能上害怕他们注意她。她在前面走得越急，他们在后面追得越快。他们显然是要在回家吃午饭之前，先作一次短时间的快速散步，把他们坐在教堂里作礼拜冻了半天的脚暖和过来。

在上山的路上，只有一个人走在苔丝的前面——一位小姐模样的姑娘，虽然她也许有一种故作高傲和过分拘谨的样子，但还是有几分惹人注意。苔丝在差不多赶上那位小姐的时候，她的两位大伯子也差不多追到了她的背后，近得她都能把他们说话的每一个字听清楚了。但直到那时，他们说的话都没有什么引起她的特别注意。他们注意到前面走着的那位小姐，其中有一个说："那不是梅茜·羌特吗，我们追她去吧。"

苔丝知道这个名字。正是这个女人，她的父母和克莱尔的父母要把她选作克莱尔的终身伴侣，要不是她自己从中插了进去，大概她已经和克莱尔结婚了。要是她再等一会儿，即使她以前不知道，她现在也会明白的，因为那两个哥哥中有一个说："唉！可怜的安琪尔，可怜的安琪尔！我一看见这个漂亮的姑娘，我就要埋怨安琪尔太轻率，不娶这个漂亮小姐，而要去找一个挤牛奶的姑娘，或是一个干其他什么活儿的人。那分明是一件怪事。也不知道现在她是不是找到他了；几个月前我听到过安琪尔的消息，她还没有去找他。"

"我也不知道，现在他什么也不告诉我了。他那场不幸的婚姻似乎完全使他和我们疏远了，自从他有了那些离奇的思想后，这种疏远就开始了。"

苔丝加快了脚步，向漫长的山上走去；但是她硬要走在他们的前面，就难免不引起他们的注意。后来，他们赶上了她，从她的身边走过去。远远走在前面的那位年轻小姐听见了他们的脚步声，转过身来。接着，他们互相打了招呼，握了手，就一块往前走。

他们很快就走到了小山的顶上。显然，看他们的意思这个地点是他们散步的终点，所以他们就放慢了脚步，三个人一起拐到了栅栏门的旁边，就在一个小时以前，苔丝在还没有下山进镇的时候，也曾经在那个栅栏旁休息过。在他们谈话的时候，两位牧师兄弟中有一个用他的雨伞在树篱中仔细地搜寻着，拨拉出来一样什么东西。

“一双旧靴子，”他说，“我想是某个骗子或者什么人扔掉的。”

“也许是某个想赤着脚到镇上去的骗子，想用这种方法引起我们的同情，”梅茜小姐说，“不错，一定是的，因为这是很好的走路穿的靴子——一点儿也没有磨破。干这种事的人真坏呀！我们把靴子拿回家去送给穷人吧。”

找到靴子的那个人是卡斯伯特·克莱尔，他用手中的伞把钩起靴子，递给梅茜小姐，苔丝的靴子就这样被别人拿走了。

这些话苔丝都听见了，她戴着毛织的面纱从他们身边走过去，又立即回头去看，看见那一行教民带着她的靴子离开了栅栏门，又走回山下去了。

因此我们这位女主角又开始了她的行程。眼泪，使她双眼感到模糊的眼泪，从她的脸上流淌下来。她也知道，完全是她的多愁善感和毫无根据的敏感，才导致她把看见的一幕当成对自己的谴责；尽管如此，她还是无法从中摆脱出来。她是一个不能保护自己的人，不能违背所有这些对她不利的预兆。再想回到牧师住宅是不可能了。安琪尔的妻子差不多感到，她仿佛是一个被侮弄的东西，被那些在她看来极其高雅的牧师赶到了山上。她是在无意中受到伤害的，她的运气也有些不好，她遇到的不是那个父亲，而是他的儿子，父亲尽管狭隘，但不似儿子们严厉刻薄，并且天性慈爱。她又想起了她的那些带着泥土的靴子，这双靴子无故受了一番嘲弄，她不仅可怜它们，而且她还感到，靴子主人的命运是多么绝望啊。

“唉！”她自悲自怜地叹气说，“他们一点儿也不知道，为了把他为我买的这双漂亮靴子省着穿，最粗糙的一段路是我穿着那双旧靴子走的啊——不——他们是不会知道的！他们也不会想到，我穿的这件袍子的颜色还是他挑选的呢——不——他们哪里会知道呢？

即使他们知道，他们也不会放在心上的，因为他们并不太关心他呀，可怜的人啊！”

她接着又可怜起她心爱的人来，其实她所有的这些苦恼，都是由他判断事物的传统标准引起的。她在路上走着，却不知道她一生中最大的不幸，就是因为她在最后的关键时刻，用她看见的儿子去判断他们的父亲，丧失了妇女的勇气。她现在的情形，正好可以引起克莱尔先生和克莱尔太太的同情心。他们遇见特别的事情，就最容易引发他们的恻隐之心，而那些未曾陷入绝境的人，他们轻微的精神苦恼却很难引起他们的关切和关注。他们在拯救税吏和罪人的时候，实在不该忘记为文士和法利赛人的痛苦说几句话①；他们这种见解狭隘的缺点，在这个时候倒应该运用到他们的儿媳身上，把她完全当成一个落难的人，向她表示他们的爱心。

因此，她又开始沿着来路往回跋涉，她来的时候本来就没有抱太大的希望，而只是深信在她的人生中又出现了一次危机。显然，什么危机也没有发生，现在她只好再回到那块饥饿的土地上的农场里去谋生了，去等待她再次聚集勇气面对牧师住宅的时候了，除此而外，她已经没有什么好做的了，在回家的路上，她确实对自己产生了足够的兴趣，掀开了脸上的面纱，仿佛是要让世界看一看，她至少可以展示出梅茜·羌特展示不出来的容貌。但是她在掀开脸上的面纱的时候,又难过地摇了摇头。“这不算什么——这不算什么！”她说，“谁还爱这副容貌呢，谁还看这副容貌呢。像我这样一个被遗弃的人，还有谁在乎她的容貌啊！”

她在回去的路上，与其说是在毫无目的地前进，不如说是在毫无目的地飘荡。她没有活力，没有目的，只有一种倾向。她沿着漫长乏味的本维尔路走着，渐渐感到疲乏了，就靠在栅栏门上或是里程碑上歇一歇。她又走了七八英里的路，沿着一座又陡又长的小山走下去，山下有一个叫做艾维斯黑德的村庄，也可以说是小镇，这

① 见《圣经·马太福音》第九章、第二十一章；《圣经·马可福音》第二章。

时候她才走进一所屋子。就在这个小镇里，她早晨在这儿吃过早饭，心里满怀着希望。这座小屋在教堂的旁边，差不多是村子尽头的第一家，在这所屋子的主妇到食品间为苔丝拿牛奶的时候，她向街上看去，发现街上似乎空荡荡的。

“所有的人都作晚祷去了吧，是不是？”她说。

“不，亲爱的，”那个年老的妇人说，“现在作晚祷还早了些，作晚祷的钟声现在还没有敲响哪。人们都到麦仓那边听人讲道去了。晨祷和晚祷之间，有一个卫理公会牧师在那儿讲道——他们说他是一个杰出的、火热的基督徒。可是，天啦，我是不去听他讲道的！在那边教堂里的定期讲道对我已经够多的了。”

苔丝不久走进了村子，她的脚步声传到两边房子的墙上再反射回来，仿佛这儿是一个死人的国度。靠近村子正中的地方，她的脚步的回声掺杂了一些其他的声音，她看见路边不远处有一个麦仓，就猜想那些声音是讲道人的声音了。

在寂静晴朗的天气里，讲道人的声音十分清楚，虽然苔丝还在麦仓的另一边，但是不久她就能把他讲的每一句话都听清楚了。正如可以想象得到的那样，那篇讲演词是极端唯信仰论那一类的；这在圣保罗的神学理论中已经得到阐述：只要信仰基督就可以释罪。那位狂热讲道人的一成不变的理论，是用狂热的情绪讲出来的，讲道的态度完全是一种慷慨激昂的态度，很明显完全不懂得辩证的技巧。苔丝虽然没有听到开头的讲道，她也能从他不断反复的念叨中听出那一篇讲道词是什么——

> 无知的犹太人哪，耶稣基督钉死在十字架上的时候，已经活画在你们眼前，谁又迷惑了你们，叫你们不信真理呢？①

苔丝站在后面听着，越来越感兴趣了，因为她发现那个讲道人

① 见《圣经·加拉太书》第三章第一节。

的主义，和安琪尔的父亲是一派的，属于形式热烈的一种，当讲道人开始细讲他信仰这些观点的精神历程时，苔丝的兴趣更浓了。他说他是一个罪恶深重的人。他曾经嘲笑过宗教，结交过放荡淫秽的人。但是后来有一天他醒悟了，他之所以能够醒悟，主要是受到当初曾被他粗暴地侮辱过的一个牧师的影响；那位牧师在离开时说了几句话，那几句话刻在了他的心里，叫他永远不忘，后来凭借上帝的恩惠，他就转变过来了，变成了他们现在看见的样子了。

还有比那种主义更让苔丝吃惊的了，那就是讲道人的声音，尽管似乎不可能，那声音居然和阿历克·德贝维尔的声音一模一样。她一阵痛苦疑惑，脸也变得呆滞起来。她转到麦仓的前门那儿，从那儿走过去。低沉的冬日直射着这边有着双层大门的入口处，一扇大门已经打开，外面的阳光照进里面的打麦场，落在讲道人的身上，也落在听讲道的人身上，他们都暖暖和和地站在麦仓里，麦仓挡住了北边的寒风。在那儿听讲道的人全是村里的村民，在那些村民中间，有一个是她在从前那个难忘的时刻见过的提着红油漆桶写格言的人。不过她注意的还是站在麦仓中间的那个人，他站在几个麦袋子上面，面对着听讲的人和麦仓的大门。三点钟的太阳照在他的身上，把他照得清清楚楚；诱奸她的人就站在她的面前，自从清楚地听见他的声音以来，她就感到奇怪，感到沮丧，现在不能不相信了，不错，事实终于得到了确认。

第六阶段

皈　依

第四十五章

自从她离开特兰里奇以后，一直到今天早晨，苔丝再也没有看见过或听说过德贝维尔了。

苔丝是在心情沉重郁闷的时刻同德贝维尔再次相遇的，在所有的时刻里，唯独这个时刻同惊恐的感情发生冲突的可能性是最小的。他站在那儿，明明白白、清清楚楚是一个皈依了宗教的人，正在那儿对自己过去的过错感到痛心疾首，但是无理性的记忆引起的恐惧压倒了苔丝，使她瘫痪了，一动也不能动，既不能前进，也不能后退。

想一想上次她看见他时，他脸上表现出来的神态，再看一看现在他脸上的表情！——在那张同样漂亮的脸上，令人不快的神情还同样存在，不过嘴上原来的黑色胡须不见了，现在蓄上了修剪得整齐的旧式连鬓胡。他身上穿着半是牧师、半是俗人的服装，改变了他脸上的神情，掩盖了花花公子的面目，所以苔丝刚一看见他，竟一时没有认出他来。

《圣经》上的那些庄严句子，从他那张嘴里滔滔不绝地讲出来，苔丝最初听在耳里，只感到恐怖荒诞，感到不伦不类和心中不快。这种令人熟悉不过的说话腔调，在不到四年以前她已经听过了，但是他说话的目的却截然不同，看见这种相互对照中的嘲弄，她直感到心中作呕。

这与其说是改过自新，不如说是改头换面。以前他脸上饱含色欲之气的曲线，现在变成了柔和的线条，带上了虔诚的感情；以前他嘴唇的形状意味着勾引诱惑，而现在却在说祈求劝导的话了；他脸上的红光昨天可能要解释为放纵情欲的结果，今天却要被看成讲道时虔诚雄辩的激动；从前的兽性现在变成了疯狂；从前的异教精神现在变成了保罗精神；那双滴溜溜直转的眼睛，过去看她的时候，是那样咄咄逼人，而现在却有了原始的活力，放射出一种几乎让人害怕的神学崇拜的凶光。以前在事不如愿的时候，他那张棱角分明的脸上是一种阴沉的神色，现在却成了一张牧师的脸，在那儿把自己描绘成一个不可救药的自甘下流的人，描绘成一个深陷泥淖而不能自拔的人。

他的这种面目似乎在那儿抱怨。他面目上的特点已经失去了遗传上的意义，所表现的意义连造物主都不赞成。说来奇怪，面目上的高尚之处全然不是地方，醒目之处似乎就是虚伪之处。

可是真的如此吗？她不能再让自己采取这种缺少宽容的态度了。在世界上那些改恶从善把自己的灵魂拯救出来的人当中，德贝维尔并不是第一个，为什么她一定要看他不自然呢？这不过是她思想的成见，所以当听见新的好话从坏人嘴里说出来时，就觉得格格不入了。一个有罪的人罪恶越深重，变成一个圣徒也就越伟大；这用不着要到基督教的历史中去寻找。

上面这些印象使她产生了一些模糊的感触，不过这些感触并不十分明确罢了。刚才她因为吃惊而感到紧张，现在一镇静下来，有力气走动了，就想从他面前赶快逃走。她的位置在向阳的一面，他显然还没有发现她。

可是她刚一走动，他立刻就发现了她。这在她那位过去的情人身上产生的影响就像是触电一样，她的出现对他产生的影响远比他的出现对她产生的影响大得多。他的火一样的热情和滔滔不绝的辩辞似乎从他身上消失了。他嘴唇挣扎着，颤抖着，里面堆满了词句，但是只要在她的面前，他就一个字也说不出来了。他的眼睛自从把苔丝的脸看了一眼以后，就游目四顾，再也不敢看她了，过了几秒钟，他又胆战心惊地迅速瞥了她一眼。但是，这种瘫痪状态持续的时间很短；因为苔丝在他手足无措的时候恢复了力气，已经尽快绕过麦仓，往前走了。

她刚一能思索，心里就吓了一大跳，他们的社会地位变化真是太大了。他本是给她带来祸根的人，现在却站在了神灵那一边，而她本是受害的人，现在灵魂却还没有得到新生。现在倒有些像传说中的那个故事，她那爱神一样的形象突然出现在他的祭坛上，那位牧师祭坛上的圣火都快要因此接近熄灭了。

她头也不回地朝前走着。她的背——甚至衣服——都似乎对别人的目光敏感起来。她太敏感了，甚至想到麦仓的外面都有目光盯在她的身上。她一路走到这个地方，一直把悲伤压在心里，因而心情十分沉重。现在，她的苦恼的性质又发生新的变化了。她原先渴望长期得不到的爱情，而这种渴望现在又暂时被一种物质上感觉取代了，那就是将她缠绕住的不可改变的过去。她强烈地意识到自己的错误是无法消除了，因此她感到了绝望；她曾经希望把自己过去的历史和现在的历史之间的联系割断，但这毕竟不能成为事实。除非是自己已经成为了过去，否则自己的过去是不能成为过去的。

她就这样心思重重地走着，从长槐路的北部横穿过去，立即看见她的面前有一条白色的路通向高地，她剩下的路程就是从高地的边缘走的。那条干燥灰白的路严肃地向上伸展着，路上看不见一个人，看不见一辆车，什么东西也没有，只有一些深黄色的马粪四下散落在又干又冷的路面上。在苔丝喘着气慢慢往上走着的时候，她意识到身后出现了脚步声，她扭过头去，看见她所熟悉的人影正在向她走来——身穿卫理公会牧师的奇怪服装——那正是她这辈子在这个世界上最不想单独遇见的人。

但是，她已经没有时间去思考、去逃避了，因此她只好尽量让自己镇定下来，让他赶上自己。她看见他十分兴奋，与其说是他走路走得太急，不如说是他内心感情的激动。

“苔丝！”他说。

她放慢了脚步，但是没有回过身去。

“苔丝！”他又喊了一遍，“是我——阿历克·德贝维尔。”

她这时才回过头去，他也走了上来。

“我知道是谁，”她冷冷地回答说。

“啊——就是这一句话吗？是的，我不值得你多说几句话了！当然喽，”他接着说，轻轻地笑了一声，“你看见我这副样子，一定感到有些好笑了。可是——我必须忍受着——我听说你走了，没有人知道你去了哪儿。苔丝，你奇怪我为什么要跟着你吗？”

“是的，我是觉得很奇怪，我从心底里不希望你跟着我。”

“不错，你也可以这么说，”在他们一起往前走的时候，苔丝显得很不愿意的样子，他就很阴沉地说，“可是你不要误会了我，刚才我一看见你，你就弄得我情不自禁地跟了来——你也许注意到了——你突然一出现，我就感到手足无措了。不过那只是一时的动摇，考虑到过去你和我的关系，这也是十分自然的。但是意志帮助我克服了——我这样说你也许把我当成骗子啦——后来我立即感到，我的责任和愿望就是把所有的人从上帝的惩罚中拯救出来，在——你听了也许在嘲笑我——在被拯救的那些人中间，头一个要拯救的就是那个被我伤害的女人。我主要就是抱着这个目的到这儿来的，此外没有别的。”

在她的回答里，只带了一点儿淡淡的鄙夷：“你把自己拯救出来了吗？大家不是都说慈善先从自己家里做起吗？”

“我自己什么也没有做！”他毫不在乎地说，“正如我对听我讲道的人说的那样，一切都是上天的作为。苔丝，想起自己过去的荒唐行为，虽然你看不起我，可是还不如我自己看不起自己哪！唉，真是一个奇怪的故事。信不信由你，不过我要告诉你我是怎样被感化过来的，希望你至少有兴趣听一听。你听说过爱敏寺那个牧师的名字吧——你一定听到过，是吧？——就是那个上了年纪的克莱尔先生，他是他那一派里面最虔诚的人了，国教里剩下的热心人已经不多了，他就是这不多的几个人中的一个；他热烈的程度虽然还比不上我现在信的基督教中那个极端派，但是在英国国教的牧师中已经是很难得的了，新近出现的那些国教牧师只会诡辩，逐渐削弱了真正的教义力量，同原先比起来只是徒有其名了。我和他只是在教会和国家的关系问题上存在分歧，也就是在‘主说，你们务要从他们中间来，与他们分别，这句话的解释上存在分歧，仅此而已。我坚信，他虽然一直是一个卑微的人，但是他在我们这个国家里拯救的灵魂,凡是你知道的人,没有一个比得上他。你听说过这个人吗？”

“我听说过，”她说。

“在两三年以前，他作为一个传教团体的代表到特兰里奇讲道。那时候我还是一个荒唐放荡的人，当他不顾个人得失来劝导我，指引我，我却侮辱了他。而他并没有怀恨我，只是简单地说，总有一天我会接受到圣灵初结的果实——那一天，许多前来笑骂的人，也都留下来祈祷了。他说的那些话深深地留在我的心里。不过我母亲的死使我遭到了最大的打击。慢慢地，我终于看见我道路上的光明了。自此以后，我一心只想把真理传给别人，这就是我今天到这儿来讲道的原因。不过，我来这一带讲道也只是近来的事。我做牧师的最初几个月，是在英格兰北部一群我不熟悉的人中间度过的，是想先在那儿练练胆子，因为对那些熟悉你的人讲道，对在罪恶的日子里曾是自己伙伴的那些人讲道，你是需要勇气来接受对自己诚心的所有最严格的考验的。苔丝，你要是知道自己打自己脸的那种快乐，我敢肯定——”

“不要再说了吧！”她激动地说，她说的时候就转身躲开他，走到台阶那儿，靠在上面。“我才不信这种突如其来的事呢！你对我这样说话，我只感到愤怒，你心里知道——你心里分明知道你把我伤害到了什么地步！你，还有像你这样的人，你们在这个世界上尽情享乐，都是以我这样的人遭罪受苦为代价的；等你们享乐够了，你们就又皈依了宗教，好到天堂里去享乐，真是多美的事啊！少来这一套——我不会相信你——我恨你！”

“苔丝，”他坚持着说下去，“不要这样说！我皈依宗教，就像接受了一种让人高兴的新观念啊！你不相信我吗？你不相信我什么呢？”

“我不相信你真的变成了好人。不相信你玩的宗教把戏。”

“为什么？”

她放低了声音说：“因为有个比你好的人就不相信这种事。”

“这真是女人的见识了！那个比我好的人是谁呢？”

“我不能告诉你。”

“好，”他说，说的时候似乎有一种愤怒立刻就要发作出来，“上帝不容许我自己说自己是好人——你也知道我也不会自己说自己是好人。我是一个刚刚从善的人，真的；但是新来后到的人有时候看得最远。”

“不错，”她悲伤地回答，“可是我不敢相信你真的皈依了一种新的神灵。阿历克，像你感觉到的这种闪光，我想恐怕不会长久的！”

她原先靠在台阶上，她在说话的时候就转过身来，面朝着阿历克；于是他的眼睛就在无意中落在了苔丝的脸上和身上，打量着她，思考着。他身上那个卑劣的人此时已经安静了，但是肯定没有铲除，也没有完全抑制住。

“不要那样看着我！”他突然说。

苔丝此时对自己的动作和神气并没有完全意识到，听了他的话立即把她那一双又大又黑的眼睛的目光收了回来，脸上一红，结结巴巴地说：“对不起！”她从前心中常常出现的痛苦情绪复活了，那就是她天生了这样一副容貌，但是却老是出错。

“不，不！不要说对不起。不过你既然戴着面纱遮着你美丽的脸，那你为什么不继续戴着它呢？”

她把面纱拉了下来，急忙说：“我戴面纱主要是为了挡风的。”

“我这样对你发号施令似乎是太严厉了，”他继续说，“不过最好我还是不要多看你。看了也许太危险。”

“别说啦！”苔丝说。

“唉，女人的脸早已经对我产生过太大的魅力，能叫我不害怕吗！一个福音教徒和女人的脸本来没有关系，但是它却使我想起了我难以忘记的往事！”

说完了这些话，他们就慢慢地朝前走着，偶尔随便说一两句话，而苔丝心里一直在想，他究竟要同她走多远，同时也不愿意明着把他赶回去。当他们走到栅栏门和台阶时，常常看到一些用红红绿绿的油漆写的《圣经》格言，她问他知不知道是谁不辞辛苦把它们写上去的。他告诉她，写格言的那个人是他和另外一些在那个教区工作的人请来的，把那些格言写上去，目的也就是要去感化邪恶一代的心。

后来他们走到了那个被称作手形十字柱的地点。在这一片荒凉的白土高地上，这个地方是荒凉的地方。它决不是那种画家和爱好风景的人所追求的那种美，而是相反的带有悲剧情调的美。这个地方的名字就是从矗立在那儿的那个石头柱子来的。那是一根奇怪的粗糙的用整块石头做成的柱子，在任何本地的采石场里，都找不到这种石头，在这块石头的上面，粗糙地刻了一只人手。关于它的历史和意义，有许多不同的说法。有的权威人士说，那儿从前曾经竖有一根完整的虔诚的十字架，而现在的剩余部分只是它的底座了。也有另外的人说，那是一根完整的石头柱子，是用来标明地界和集合地点的。无论这根柱子的出处如何，但是由于各人的心情不同，看到那根石头柱子竖在那儿，有的人感到凶恶，有的人感到阴森；就是从那儿走过的感觉最迟钝的人，也会产生出这样的印象。

“我想我现在一定要离开你了。”他们在快接近那个地点时他说，“今天晚上六点钟我必须到阿伯特·色诺去讲道，我走的路从这儿往右拐。苔丝，你今天把我弄得有些心烦意乱了——我也不知道究竟为什么。我必须走了，必须控制自己的情绪——你现在说话怎么变得这样流利了？你能说这样好的英语是谁教你的呢？”

“我是在苦难中学会一些东西的。”她含糊其词地说。

“你有什么苦难呢？”

她把她第一次的苦难告诉了他——那是与他有关的一次苦难。

德贝维尔听后哑口无言了。"一直到现在，我对这件事一无所知！"他后来低声说，"在你陷入麻烦的时候，为什么不跟我写信呢？"

她没有回答，他又接着说，打破了沉默："好吧——你还会见到我的。"

"不，"她回答说，"再也不要见面了！"

"让我想想吧。不过在我们分手之前，到这儿来吧。"他走到那根柱子的跟前，"这曾经是一根神圣的十字架。在我的教义里我是不相信圣物遗迹的，但是有时候我害怕你——和你现在害怕我比起来，我是更加怕你了；为了减少我心中的害怕，请你把你的手放在这只石头雕成的手上，发誓你永远也不来引诱我——不要用你的美貌和行动来引诱我。"

"天啦——你怎能提出这种不必要的要求呢！我一丁点儿引诱你的想法也没有啊！"

"不错——不过你还是发个誓吧。"

苔丝半带着害怕，顺从了他，把手放在那只石头手上发了誓。

"你不是一个信教的人，我为你感到遗憾。"他继续说，"有个不信教的人控制了你，动摇了你的信念。不过现在用不着多说了。至少我会在家里为你祈祷的，我会为你祈祷的，没有发生的事又有谁能够知道呢？我走了，再见！"

他转身向一个猎人树篱中的一个栅栏门走去，没有再看她一眼就跳了过去，穿过草地朝阿伯特·色诺的方向走了。他向前走着，他的步伐表现出他心神不安，他走了一会儿，仿佛又想起了以前有过的念头，就从他口袋里掏出来一本小书，书页里夹有一封叠着的信，那封信又破又乱，好像反复看了好多遍似的。德贝维尔把信打开，信是好几个月以前写的，信后签的是克莱尔牧师的名字。

在信的开头，写信人对德贝维尔的转变表示由衷的高兴，接着又感谢他的一片好意，就这个问题跟他通信。信中还说，克莱尔先生真心实意地宽恕了德贝维尔过去的行为，并且对这位青年的未来计划表示关注。为了实现他的计划，克莱尔先生非常希望看到德贝维尔也进入他多年献身的教会，并且愿意帮助他先进神学院学习。不过既然德贝维尔认为进神学院耽误时间而不愿去，所以他也不再坚持他非进神学院不可了。任何人都要在圣灵的激励下尽心尽力，奉献自己，尽自己的本分。

德贝维尔把这封信读了又读，似乎在尖刻地嘲笑自己。在他往前走的时候，他又把从前写的备忘录读了几段，后来脸色又重新平静下来，很明显苔丝的形象不再扰乱他的心智了。

与此同时，苔丝也一直沿着山脊走着，因为她走这条路回家是最近的一条路。走了不到一英里，他遇见了一个牧羊人。

“我刚才走过的那根古老的石柱是什么意思呢？”她问他，“从前它是一个十字架吗？”

“十字架——不是的，它不是一个十字架！那是一件不吉利的东西，小姐。那根石头柱子是古时候一个犯了罪的人的亲属竖在那儿的，先是把那个人的手钉在那儿折磨他，后来才把他绞死。他的尸首就埋在那根石头柱子下面。有人说他把自己的灵魂卖给了魔鬼，有时候还显形走出来呢。”

她出乎意外地听说了这件阴森可怖的事，不禁毛骨悚然，就把那个孤独的牧人留在那儿，自己朝前走了。当她走近燧石山的时候，天色已是黄昏了。她走进通往村子的那条篱路，在路口的地方，她碰到了一个姑娘和她的情人在一起，而自己没有被他们看见。他们不是在说什么调情的话，那个年轻姑娘说话的声音清脆而又冷淡，搭理着那个男人热情的说话。那时候，大地一片苍茫，天色一片昏暗，在这种沉寂里，没有外来的东西闯入进来，只听见那个姑娘说话的声音，飘荡在寒冷的空气里。有一会儿，这些声音使苔丝的心高兴起来，后来，她又推究出他们会面的原因，吸引他们的是来自一方或另一方的力量，而这种同样的吸引力正是导致她的灾难的序幕。当她走近了的时候，那个姑娘坦然地转过头来，认出了苔丝，那个年轻的小伙子感到不好意思,就离开了。那个姑娘是伊茨·休特,认出是苔丝,就把自己的事情放在一边,立刻关心起苔丝这次出门的事来。苔丝对这次出门的结果含糊其词,伊茨是一个聪敏的姑娘,就开始对她讲自己的一件小事,也就是刚才苔丝看到的一幕。

“他叫阿米·西德林,从前有时候在泰波塞斯做零活儿,”她满不在乎地解释说,“其实他是打听到我已经到这儿来了,才到这儿来找我的。他说他爱我已经爱了两年了,不过我还没有答应他。”

第四十六章

自从苔丝上次无功而返以来，已经过去好几天了，她照常在地里干活。冬天的枯风依旧吹着，但是用草做成的篱笆围成的屏障，为她把吹来的风挡住了。在避风的一面，放着一架切萝卜的机器，机器上新漆了一层发亮的蓝色油漆，在周围的暗淡环境的对比下，似乎显得有声有色。在和机器正面相对的地方，有一个堆积如山的萝卜堆。那些萝卜从初冬就保存在那儿了。苔丝站在萝卜已经被掏开的那一头，用一把弯刀把一个个萝卜上的根须和泥土清理干净，再把萝卜扔进切萝卜片的机器里。有一个男工人摇动着机器的摇把，新切的萝卜片就从机器的槽口里不断地流出来，那些黄色萝卜片的新鲜气味，同外面的呼呼风声、切萝卜的刀片的嗖嗖声和苔丝戴着皮手套清理萝卜的声音混合在一起。

在萝卜被拔走以后，那一大片土地上什么也没有了，只剩下褐色的土地，现在上面又开始出现了深褐色的带状条纹，这条长带慢慢地变得越来越宽了。沿着垅起的长带，有一种十条腿的东西在不紧不慢地从地的这一头到另一头爬行着，那是两匹马、一个人和一张犁在田地里移动着，正在把收获过后的土地耕好，准备春季里播种。

好几个小时过去了，一切都还是那样单调，那样沉闷。后来，在被犁开的田地里出现了一个黑色的斑点。那个黑点是从树篱拐角处的空隙中出现的，正在向清理萝卜的人移去。随着那个黑点的移动，黑点逐渐变成了九柱戏的柱子般大小，不久就可以看得清楚了，原来是一个身穿黑衣的人，正在从长槐路上走来。摇萝卜切片机的男工眼睛无事可做，一直注意着那个走来的人，而清理萝卜的苔丝眼睛没有空闲，所以一直不知道这件事，后来她的同伴告诉了她，她才注意到那个人已经走过来了。

走过来的那个人并不是刻薄的农场主格罗比，而是一个穿着半是教服半是俗装的人，他就是从前生活放荡的阿历克·德贝维尔。现在他的脸上没有讲道时的激动，也没有热烈的情绪，他站在摇机器的工人面前，似乎有些局促不安。苔丝一阵难受，脸顿时变得苍白了，就把头上的帽子向下拉了拉，把脸遮一遮。

德贝维尔走了过来，静静地说——

“我想跟你说几句话，苔丝。”

“我最后请求过你，请你不要到我的身边来，你这是拒绝我的请求了！”苔丝说。

“不错，但是我有充足的理由，苔丝。”

“好吧，你说吧。”

“这也许比你想象的要严重得多啊。”

他扭过头去，看看摇机器的人是不是在偷听。他们和那个摇机器的人隔有一段距离，加上机器转动的响声，这足可以防止摇机器的人把阿历克说的话听去。阿历克站在苔丝和摇机器的人之间，背朝着摇机器的人，把苔丝挡住。

“事情是这样的，”他继续说，带有一种反复无常的悔恨样子，“我们上次分手的时候，我只想到你和我的灵魂，忘了问你现在的生活情况了。你的穿着很好，这是我没有想到的。但是我现在又看见你的生活这样苦——比我认识你的时候还要苦——你是不应该受这种苦的。也许你这样受苦大部分原因要归罪于我吧！”

她没有回答，低着头，又继续清理萝卜，她的头上戴着帽子，把头完全遮住了。阿历克站在旁边，带着探询的神情看着她。苔丝感到只有继续清理萝卜，才能完全把阿历克排斥在她的感情之外。

“苔丝，”他不满意地叹了一口气，又说，“我见到过许多人的情形，你的情形是艰难的啊！在你告诉我以前，我真没有想到你是这样的结果啊。我真是一个混蛋，玷污了一个清白人的生活啊！这全是我的错——我们在特兰里奇时所有的越轨行为都是我的错。你才真正是德贝维尔家族的后人，我只是一个冒牌货。你真是一个年幼无知的人，一点儿也不知道人世间的诡诈啊！我真心实意地告诉你吧，做父母的把女儿抚养大了，却对险恶的人为她们设下的陷阱和罗网一无所知，无论他们是出于好心还是漠不关心的结果，这都是危险的，是做父母的耻辱。”

苔丝仍然只是静静地听着，刚把清理好的萝卜放下，就又拿起另外一个，像一架机器一样有规律。她那种深思的模样，显然只是一个在地里干活的女佣。

“不过我来这儿并不是为了说这些话，”德贝维尔继续说，“我的情况是这样的。你离开特兰里奇以后，我的母亲就死了，那儿的产业都成了我的产业。但是我想把产业卖了，一心一意到非洲去从事传教的事业。毫无疑问，这件事我肯定是做不好的。但是，我要问你的事是，你能不能让我尽一份责任——让我对我从前的荒唐事做一次唯一的补偿：也就是说，你能不能做我的妻子，和我一起到非洲去？——我已经把这份宝贵的文件弄到手了。这也是我母亲死时的唯一希望。”

他有些不好意思地摸索了一阵，从口袋里掏出来一张羊皮纸。

“那是什么？”她问。

“一张结婚许可证。”

“啊，不行，先生——不行！”她吓得直往后退，急急忙忙地说。

“你不愿意吗？为什么呢？”

他在问这句话的时候，一种失望的神情出现在他的脸上，不过那完全不是他想尽一份责任的愿望不能实现的失望。毫无疑问，那是他对她旧情复燃的一种征兆，责任和欲望结合在一起了。

“不错。”他又开始说，语气变得更加暴躁了，接着回头看看那个摇切片机的人。

苔丝也感觉到这场谈话不能到这儿就算完了。她对那个摇机器的人说，这个先生到这儿来看她，她想陪他走一会儿，说完就和德贝维尔穿过像斑马条斑的那块地走了。当他们走到地里最先翻耕的部分时，他把手伸过去，想扶扶苔丝；但是苔丝在犁垄上往前走着，仿佛没有看见她似的。

“你不愿意嫁给我，苔丝，不想让我做一个自尊的人，是不是？”他们刚一走过犁沟他就重复说。

“我不能嫁给你。”

“可是为什么呢？”

“你知道我对你没有感情。”

“但是，只要你真正宽恕了我，也许时间长了，你就会对我生出感情来呀？”

“永远也不会的。”

“为什么要把话说得这样肯定呢？”

“因为我爱着另外一个人。”

这句话似乎使他大吃一惊。

“真的吗？”他喊着说，“另外一个人？可是，难道你在道德上没有一点儿是非感吗？不感到心中不安吗？”

“不，不，不——不要说了！”

“那么无论怎样，你对你说的那个男人的爱只是暂时的感情，你会消除掉这种感情的——”

“不——不是暂时的感情。”

“是的，是的！为什么不是呢？”

“我不能告诉你。”

“你一定要对我说实话！”

“那么好吧——我已经嫁给他了。”

“啊！”他惊叫起来，盯着苔丝，嘴里说不出话来。

“我本来不想告诉你——我本来也不想说！”她解释说，“这件事在这儿是一个秘密，即使有人知道，也只是模模糊糊地知道一点儿。因此，你不要，我请你不要再继续问我了，好吗？你必须记住，现在我们只是陌路人了。”

“陌路人——我们是陌路人？陌路人！”

有一会儿，他的脸上闪现出旧日的讽刺神情，但他还是坚强地把它压制下去了。

“那个人就是你的丈夫吗？”他用手指着那个摇切片机器的工人，机械地问。

“那个人吗，”她骄傲地说，“我想不是的吧！”

“那么他是谁？”

“请你不要问我不想告诉你的事！”她恳求他说，她说话的时候抬起头来，眼睫毛遮蔽下的眼睛中目光一闪。

德贝维尔心神不定了。

“可是我只是为了你的缘故才问你的啊！”他激烈地反驳说，“天上的天使啊！——上帝宽恕我这样说吧——我发誓，我是想到为了你好才来这儿的。苔丝——不要这样看着我——我受不了你的目光呀！我敢肯定，古往今来，世上从来没有你这样的眼睛啊！唉——我不能失去理智，我也不敢。我承认，你的目光已经把我心中对你的爱情唤醒了，而我本来相信这种感情已经和其他这样的感情一起熄灭了的。不过我想，我们结了婚就可以使我们两个人的感情得到净化。我对自己说，‘不信的丈夫就因着妻子成了圣洁；不信的妻子就因着丈夫而成了圣洁。’不过我现在的计划破灭了，我不得不忍受我的失望了！”

他心情阴郁，眼睛看着地上，思索着。

“嫁给他了，嫁给他了！——既是这样，也罢。”他接着说，十分镇静，把结婚许可证慢慢地撕成两半，装进自己的口袋。“我既然不能娶你，但是我愿意为你和你的丈夫做些好事，而不管你的丈夫是谁。我还有许多问题想问你，当然，我也不会违背你的意思再问你了。不过，如果我认识你的丈夫，我帮助你和你的丈夫就更加容易了。他也在这个农场里吗？”

“不在，”苔丝小声说，“他离这儿很远。”

“很远？他不在你的身边？那是一个什么样的丈夫啊？”

“啊，不要说他的坏话！那是因为你呀！他知道了——”

“哦，原来是这样！——真是不幸，苔丝！”

“是不幸。”

“难道他就这样离开你——把你留在这儿，像这个样子干活！”

“他没有把我留在这儿干活！”她喊道，满腔热情地为不在她跟前的那个人辩护，“他并不知道我干活的事！这是我自己的安排！”

“那他给你写信吗？”

“我——我不能告诉你。这都是我们自己的私事。”

“当然，这就是说他没有给你写信。你是一个被人遗弃了的妻子啊，我漂亮的苔丝！”

他由于一时的冲动，突然转过身来，握住苔丝的手，苔丝戴着褐色手套，他只是抓住了她戴着手套的手指，感觉不到里面有血有肉的形体。

“你不能这样——你不能这样！”她害怕得叫起来，一面把她的手从手套里抽出来，就像从口袋里抽出来一样，只是把手套留在他的手里。“啊，你能不能走开——为了我和我的丈夫——为了你的基督教，请你走开吧！”

“好吧，好吧，我走开。”他突然说，一边把手套扔到苔丝手里，转身离开。但是他又回过头说，“苔丝，上帝可以为我作证，刚才我握住你的手，并不是想欺骗你啊！”

田地里响起了一阵马蹄声，有人骑马来到了他们的身后，而他们因为一心想着自己的事，没有注意到；苔丝听见耳边响起了说话声：“你他妈的今天这时候怎么不干活儿，跑到了这儿？”

农场主格罗比老远就看见了两个人影，就骑着马走过来看看清楚，要了解他们在地里搞什么名堂。

“不要对她那样说话！”德贝维尔把脸色一沉说，这种脸色不是一个基督徒的脸色。

“不错，先生！一个卫理公会和她会有什么勾当呢？”

“这个家伙是谁？”德贝维尔转身问苔丝。

她走到德贝维尔的身边。

“走吧——我求你了！”她说。

“什么！把你留在那个暴君手里吗？我从他的脸上就可以看出来，他不是一个好东西。”

“他不会伤害我的。他也不是在和我谈情说爱。我在圣母节就可以离开了。”

“好吧，我想我只好听你的吩咐了。不过——好吧，再见！”

她对这个保护她的人，比对攻击她的那个人还要害怕，德贝维尔不情愿地走了以后，农场主还在继续谴责苔丝，苔丝用最大的冷静忍受着，因为她知道这种攻击和性爱是没有关系的。这个男人作为主人，真是冷酷无情，如果他有胆量的话，他早就把她打了，不过苔丝有了上次的经验，心里反而放心了。她悄悄地向地里原先干活的那块高地走去，深思着刚才和德贝维尔会面的情景，几乎没有意识到格罗比的马的鼻子都触到她的肩头了。

“你既然已经跟我签订了合同，要为我干到圣母节，我就得让你按照合同办，”他咆哮着说，“该死的女人——今天这个样，明天那个样。我再也不能容忍这个样子了！”

苔丝知道得很清楚，他没有这样骚扰这个农场上的其他女人，他这样对她进行骚扰，完全是因为要报他挨的克莱尔那一拳。有一会儿她想，要是她接受了阿历克的求婚，做了他的妻子，那么这种结果又会是什么样的情景呢？那么她就会彻底摆脱这种屈辱的地位，不仅可以摆脱眼前这个气势汹汹地欺压她的人，而且还可以在似乎瞧不起她的整个世界面前抬起头来。“可是不，不！”她喘着气说，“我现在不能嫁给他！他在我眼里太讨厌了。”

就在那天晚上，苔丝开始给克莱尔写一封言词恳切的信，把自己的苦难隐瞒起来，只是向他述说自己忠贞不渝的爱情。任何人读了这封信，都能从字里行间看见，在苔丝伟大爱情的背后，也隐藏着某种巨大的恐惧——差不多是一种绝望——某些还没有公开暴露出来的秘密事件。不过这一次她又没有把信写完，他既然曾经要求伊茨和他同往巴西，也许他心里根本就不关心她了。她把这封信放进她的箱子里，心里想，这封信是不是永远也不会到安琪尔的手上了。

自此以后，苔丝每天的劳动越来越沉重，时间也就到了对于种地工人具有重大意义的日子，即圣烛节[①]集市的日子。就是在这个集市上，要签订到下一个圣母节的十二个月的新雇工合同，凡是那些想变换工作地点的种地工人，都要到举行集市的乡村小镇去。燧石山农场的工人差不多都想离开那儿，所以一大早大批的工人就离开农场，朝小镇的方向拥去，从燧石山农场到小镇去，大约有十到十二英里的山路要走。虽然苔丝也想在结账的日子离开，但是她是那几个没有到集市上去的人中的一个，因为她抱有一种模模糊糊的希望，到时候会有凑巧的事情发生，使她不必再去签订一个新的户外劳动合同。

这是二月里暖和的一天，那时候天气出奇暖和，差不多都要让人觉得冬天已经过去了。她刚把晚饭吃完，德贝维尔的影子就出现在她住的小屋的窗户上了，那时候，屋子里就只剩下她一个人。

苔丝急忙跳起来，可是来人已经敲响了她的房门，她几乎是没有理由逃跑了。德贝维尔走到门前和敲门的神态，和苔丝上次见到的他相比有了一种说不出来的大不相同的特点。他似乎对自己的所作所为感到羞愧。她本来不想去开门，但是好像又没有不去开门的道理，她就站起来，把门栓打开，接着又急忙退了回去。德贝维尔走了进来，看着她，然后一屁股坐在一把椅子上，这才开始说话。

---

① 圣烛节（Canddlenas），纪念圣母玛利亚的宗教节日，时间为每年的二月二日。

“苔丝——我已经受不了啦！”他开始用绝望的口气说，一面用手擦着冒汗的脸，脸上泛着激动的红色。“我感到我至少要到这儿来看看你，问问你情况怎么样。老实告诉你吧，自从上个礼拜天见到你以后，我一直没有想起你来；可是现在，我无论怎样努力，我也无法把你的影子从我心里赶走了啊！一个善良的女人要伤害一个罪恶的男人是不容易的，可是现在她却把他伤害了。除非你为我祈祷，苔丝！”

看到他压抑着内心痛苦的样子，谁都会同情他，但是苔丝没有同情他。

“我怎样才能为你祈祷呢？”苔丝说，“现在还不允许我相信主宰世界的伟大的神会因为我的祈祷而改变它的计划呢！”

“你真的是那样想的吗？”

“是的。我本来不是那样想的，但是原来的想法已经被彻底改变了。”

“改变了？是谁改变了你的？”

“是我的丈夫，如果你一定要我告诉你的话。”

“啊——你的丈夫——你的丈夫！听起来真是奇怪！我记得有一天你说过这个话。你真的相信这些事情吗，苔丝？”他问，“你似乎是不相信宗教的——这也许是因为我的缘故。”

“但是我信。不过我不相信任何超自然的东西罢了。”

德贝维尔满腹疑虑地看着她。

“那么你认为我走的路是不是完全错了？”

“大半是错了。”

“哼——可是我自己不会错。”他有些不安地说。

“我相信登山训示①的那番讲道的精神，我丈夫也是如此——但是我不相信——”

他给了否定的回答。

① 指耶稣基督在山上对他的教众讲的一次道，主要内容为爱。

“事实是，”德贝维尔冷冷地说，“你丈夫信的你都信，你丈夫反对的你都反对，而你自己，没有一点儿思考，没有一点儿判断。你们女人就是这样。你在思想上成了他的奴隶了。”

“啊，那是因为他什么都知道啊！”她得意洋洋地说，她只是单纯地相信安琪尔·克莱尔，其实最完美的人也不配受到她那样的信任，她的丈夫更是不配了。

“不错，可是你不应该像那样把别人的消极意见全盘照搬过来啊。他能教给你这种怀疑主义，一定是一个有趣的人。”

“他从来不把他的判断强加于人！他也从来不和我争论！但是，我是这样看的，他在对他的理论进行了一番深入的研究以后，他相信的可能就要比我相信的更加正确了，因为我根本就没有深入到理论中去。”

“他曾经说过什么？他一定说过什么吧？”

她回忆着；她有敏锐的记忆力，安琪尔·克莱尔平时说的话，即使她还不能理解那些话的精神，她也把它们记住了，她回想起她听见他使用过的一个犀利无情的三段论法，那是有一次他们在一起的时候，他像平时那样一面思索一面说出来的。她就把他说的话复述了一遍，甚至连他的音调和神态也模仿得惟妙惟肖。

“你再说一遍。”德贝维尔一直在聚精会神地听着，要求苔丝说。

苔丝又重复了一遍，德贝维尔也若有所思地小声跟着她念。

“没有别的话了吗？”他立刻又问。

“他在其他时候还说过一些这样的话，”于是她又说了另外一段，在上至《哲学辞典》下至赫胥黎的《论文集》[①] 里,都可以找出许多同这段话相似的话来。

“啊——哈！你是怎样把它们记住的？”

---

① 《哲学辞典》(Dictionary Philosophique)，法国思想家伏尔泰所作，出版于1764年。赫胥黎(1825—1895)英国生物学家和哲学家，他的《论文集》(Huxley's Essays)出版于1884年。

“他相信什么，我就要相信什么，尽管他不希望我这样；我想办法劝说他，要他告诉我一些他的思想。我不能说我完全理解了他的思想；但是我知道他的思想是对的。”

“哼。想想吧，你自己什么都不知道，还能教训我吗！”

他陷入了沉思。

“我就这样在精神方面和他保持一致，”她又接着说，“我不希望自己和他有什么不同。对他好的，对我肯定也好。”

“他知不知道你和他一样是一个大异教徒？”

“不知道——我从来没有告诉过他——即使我是一个异教徒的话。”

“好啦——你今天毕竟要比我好得多，苔丝！你不相信你应该去宣传我的主义，因此你放弃了主义并不感到有什么良心上的不安。我相信我应该去宣传我的主义，可是又像魔鬼一样，既相信，又哆嗦，因为我突然放弃了我应该宣传的主义，而让位于对你的感情了。”

“这是怎么啦？”

“唉，”他枯燥无味地说，“我今天一路来到这儿，就是为了看你的！其实我从家里动身是去卡斯特桥集市的，今天下午两点半钟，我要站在那儿的一辆大车上讲道，那儿的教众现在这时候正在等着我呢。你看这份通知。”

他从胸前的口袋里掏出来一张告示，上面印着集会的日子、时间和地点，通知说在这个集会上，他，也就是德贝维尔，将在那儿宣讲福音。

“可是你怎样才能去那儿呢？”苔丝看着钟说。

“我不能去那儿啦！因为我到这儿来啦。”

“什么，你是不是真的答应了到那儿去讲道，还有——”

“我已经准备好了到那儿去讲道，但是我不去那儿了——因为我心中产生了一种渴望，要去看望一个被我轻视过的女人！——不，实话实说吧，我从来就没有轻视过你；要是我轻视过你的话，现在我就不会爱你了呀！为什么我没有轻视你，因为你能出污泥而不染。

你遇见了我，你就能看清形势，那样迅速和坚决地从我身边离开，你没有留在我的身边任我摆布，因此，如果说这个世界上还有一个我不轻视的女人的话，那个女人就是你。不过你现在完全可以轻视我！我原来以为我在山上顶礼膜拜，现在才发现自己依然在林中供奉[①]！哈！哈！”

“啊，阿历克·德贝维尔！你这话是什么意思？我又怎么啦！”

“怎么啦？”他带着卑鄙的冷笑说，“你的本意是没有做什么。按照他们的说法，你可是让我堕落的原因啊——一个无心的原因。我自己问自己，我确实是那些‘败坏的奴仆’中的一个吗？是那种‘得以脱离世上的污秽后来又在其中被缠住制服，末后的境况比先前更不好’[②]的人中的一个吗？”他把他的手放在苔丝的肩上，“苔丝，我的姑娘，在我见到你之前，我至少是走在社会得救的路上啊！”他一面说一面摇着苔丝，仿佛苔丝是一个小孩子，“那么你后来为什么又要来诱惑我呢？在我又看到你这双眼睛和你这张嘴之前，我还像一个男人一样坚强——我敢肯定，人类自从夏娃以来，从来就没有一张嘴像你这张嘴一样叫人神魂颠倒的！”他放低了说话声，眼睛里射出一种耍无赖的神情，“苔丝，你这个狐狸精，你这个可爱的该死的巴比伦巫婆[③]——我一见到你，我就抵抗不住了。”

“是你再到这儿看我的，我又有什么办法呀！”苔丝一边说一边后退。

“这我知道——我再说一遍，我不埋怨你。不过事实却是如此。那天我看见你在农场受到欺负，又想到我没有保护你的法律上的权利，想到我无法得到那种权利，我都快要疯了；而有那个权利的人又似乎完全把你忘了。”

“不要说他的坏话——他因为不在这儿啊！”苔丝激动地大声

① 见《圣经·列王纪下》第十七至二十三章。

② 见《圣经·彼得后书》第二章。

③ 见《圣经·启示录》第十七章。

说，“公正地对待他吧——他没有做过对不起你的事呀！啊，离开他的妻子吧，免得有什么丑闻传出去，坏了他的好名声啊！”

“我离开——我离开。”他说，好像一个人刚从迷人的梦中醒来一样，“我已经失约了，没有到集市上去为那些喝得醉醺醺的傻瓜们讲道——我这是第一次真正闹了这样一场笑话。一个月前，我会被这种事情吓坏的。我要离开你——我发誓——还要——呃，不再到你身边来。”他后来又突然说：“拥抱一次吧，苔丝——就一次！为了我们过去的友谊，拥抱一次——”

“我是没有人保护的，阿历克！另一个人的荣誉就在我的手里——想一想吧——可羞呀！”

“呸！好，说得对——说得对！”

他抿着嘴唇，为自己的软弱感到难堪。在他的眼睛里，既缺乏世俗的信念，也同样缺乏宗教的信仰。在他悔过自新以来，他过去那些不时发作的激情变成了僵尸，蛰伏在他脸上的曲线中间，但现在似乎醒了，复活了，又聚集到一起了。他有些犹豫不决地走了。

尽管德贝维尔宣称他今天的失约只是一个信徒的倒退堕落，其实苔丝说的从安琪尔·克莱尔嘴里学来的那些话，已经深深地影响了他，而且他离开以后还在影响他。他默默地走着，仿佛从来没有梦想到自己的信仰有可能坚持不住，想到这一点，他就变得麻木了。从前他皈依宗教，只是一种心血来潮，本来和理智就没有关系，也许只能看作是一个不检点的人因为母亲死了，一时受到感动，在追寻一种新的感觉过程中出现的怪诞举动吧。

苔丝把几滴逻辑的推理，投进了德贝维尔的热情的海洋，这就使他心中的澎湃激动冷却下来，变成静止不动了。他反复思考着苔丝刚才对他说的那些明明白白的话，自言自语地说：“那个聪明的家伙一点儿也想不到，他把那些话告诉她了，也许正好为我回到她的身边铺平了道路呢！”

第四十七章

这是燧石山农场上打最后一垛麦子了。在三月天里，早上的黎明格外朦胧，没有一点儿标志可以表明东方的地平线在哪里。麦垛孤零零地堆积在麦场上，它的梯形尖顶显露在朦胧中，已经经受了一个冬季的风吹雨打了。

伊茨·休特和苔丝走到打麦场的地点，听见了一种沙沙声，这表明已经有人在她们的前面到这儿来了。天渐渐地亮了，立即就能看到麦垛顶上有两个影影绰绰的男人影子。他们正在忙着拆麦垛的顶子，那就是说，在把麦束扔下去之前，先把麦垛的草顶子拆掉。拆麦垛的草顶子的时候，伊茨和苔丝，还有一些其他的女工，都到麦场上来了，他们穿着浅褐色的围裙等在那儿，冷得直打哆嗦，农场主格罗比一定要他们来这样早，想尽量在天黑以前把工作做完。在靠近麦垛檐子下面的地方，当时在朦胧中可以看见那些女工们前来伺候的红色暴君——一个装着皮带和轮子的木头架子——当这个打麦子的机器开动的时候，它就要对她们肌肉和神经的忍耐力提出暴虐的要求了。

在离开机器不远的地方，还可以看见一个模模糊糊的影子，它的颜色漆黑，嗞嗞作响，表示里面蓄积着巨大的能量。那个地点向外散发着热气，在一棵槐树的旁边矗立着高大的烟囱，这用不着天亮就能够看出来，那就是为这个小小的世界提供主要动力的引擎。引擎的旁边站着一个黑影，一动也不动，那是高大的沾满烟灰和积满污垢的象征，带着一种恍惚的神情，黑影的旁边是一个煤堆。那个黑影就是烧引擎的工人。他的神态和颜色与众不同，就仿佛是从托斐特[①]里面出来的生灵，闯入了这个麦子金黄、土地灰白和空气清朗的地方，他同这个地方毫无共同之处，使当地的乡民感到惊讶和惶恐。

这个人感觉到的和我们看到的外表一样。他虽然处在这个农业的世界里，但是却不属于这个农业世界。他是负责管理烟火的人，农田上的人负责管理的是农作物、天气、霜冻和太阳。他带着他的机器从一个郡走到另一个郡，从一个农场走到另一个农场，因为到目前为止，蒸汽脱粒机在威塞克斯这一带还是巡回作业的。他说话时带有奇怪的北方口音，他心里只管想着自己的心事，他的眼睛只管照看自己的铁机器，而对周围的景物差不多看也不看，毫不关心；只有在特别必要的时候，他才和当地人说几句话，仿佛他是在古老的命运的强迫下，不得不违背自己的意愿漂泊到这里，为这个地狱之王一样的主人服务。在他机器的驱动轮上，一根转动的长皮带同脱粒机连接在一起，这就是他和农业之间的唯一联系。

在工人们拆麦垛的时候，他就毫无表情地站在那个可以移动的能量贮存器的旁边，在火热的能量贮存器的周围，早晨的空气颤抖着。对于脱粒的准备工作，他是不闻不问的。他已经把煤火烧红了，已经把蒸汽的压力贮足了；在几秒钟之内，他就能够让那根皮带以看不见的速度转动起来。在皮带的范围以外，无论是麦料、麦草还是混乱，这对他全是一样。如果当地没有活儿干的闲人问他管自己叫什么，他就简单地回答说，“机械工”。

天色已经大亮了，麦垛也拆开了，接着男工们都站到了各自的

---

① 托斐特（Tophet），《圣经》中的地名，在耶路撒冷的附近。这个地方常烧垃圾，冒黑烟，因此又是地狱的象征。

位置上，女工们也加入进来，脱粒的工作开始了。农场主格罗比——工人们也称他为“他”——在此之前已经到这儿来了，按照他的吩咐，苔丝被安排在机器的台面上，挨着那个喂料的男工人，她干的活儿就是把伊茨递到她手上的麦束解开，伊茨站在麦垛上，就在她的旁边。这样，喂料的工人就从她手里接过解开的麦束，然后把麦束散开在不停转动的圆筒上，圆筒就立即把麦穗上的麦粒打了下来。

在准备的过程中，机器停了一会儿，那些恨机器的人心里就高兴起来，但是不久机器就开始全速工作了。脱粒的工作以全速进行着，一直到吃早饭的时候才停了半个小时。早饭过后，机器又开始转动起来，农场上所有的辅助工人也都来堆脱粒后的麦秆，在那堆麦粒的旁边，麦秆堆也越来越大了。到了吃午饭的时间，他们就站在那儿，动也没有动，就急急忙忙地把午饭吃了，又接连干了两个小时的活，才到吃晚饭的时候。无情的轮子不停地转动着，脱粒机的嗡嗡声刺人耳膜，而靠近机器的人，机器的嗡叫声一直震到了他们的骨髓里。

在堆高的麦秆垛上，上了年纪的工人们谈起了他们过去的岁月，那时候他们一直是用连枷在仓库的地板上打麦子；那时候所有的事情，甚至扬麦糠，靠的也都是人力，按照他们的想法，那样虽然慢点，但是打出的麦子要好得多。在麦秆堆上的人也都说了一会儿话，但是站在机器旁边的人，包括苔丝在内，都是汗流浃背，无法用谈话来减轻他们的劳累。这种工作永无止尽，苔丝累得筋疲力尽，开始后悔当初不该到燧石山农场这儿来。麦垛堆上有一个女工，那是玛丽安，偶尔她还可以把手里的活停下来，从瓶子里喝一两口淡啤酒，或者喝一口凉茶。在工人们擦脸上汗水的时候，或者清理衣服上的麦秆麦糠的时候，玛丽安也还可以和他们说几句闲话。但是苔丝却不能，因为机器圆筒的转动是永远不会停止的，这样喂料的男工也就歇不下来，而她是把解开的麦束递给他的人，所以也歇不下来，除非是玛丽安和她替换一下位置，她才能松一口气，玛丽安做喂料的人速度慢，所以格罗比反对她替换苔丝，但是她不顾他的反对，有时候替换她半个小时。

大概是因为要省钱的缘故，所以女工通常被挑选来做这种特殊的工作，格罗比选了苔丝，他的动机是，苔丝是那些女工中比较有力气的一个，解麦束速度快，耐力强，这也许说得不错。脱粒机嗡嗡地叫，让人不能说话，要是供应的麦束没有平常的多，机器就会像发疯一样的吼叫起来。因为苔丝和喂料的那个男工连扭头的时间也没有，所以她不知道就在吃正餐的时候，有一个人已经悄悄地来到了这块地里的栅栏门旁边。他站在第二个麦垛的下面，看着脱粒的场面，对苔丝尤为注意。

“那个人是谁？”伊茨·休特对玛丽安说。玛丽安最初问过苔丝，但是伊茨当时没有听见。

“我想他是某个人的男朋友吧。”玛丽安简单地说。

“他是来讨好苔丝的，我敢打一个基尼[①]的赌。”

“啊，不是的。近来向苔丝献殷勤的是一个卫理公会牧师，哪儿是这样一个花花公子。”

“啊——这是同一个人。”

“他和那个讲道的人是同一个人吗？但是他完全不同呀！”

“他已经把他的黑衣服和白领巾换掉了，把他的连鬓胡子剃掉了，尽管他的打扮变了，但还是同一个人。”

“你真的是这样认为的吗？那么我去告诉她。”玛丽安说。

“别去。不久她就会看到他的。”

“好吧，我觉得他一边讲道和一边追有夫之妇是不对的，尽管她的丈夫在国外，在某种意义上说，她就像一个寡妇。”

“啊——他不会对她有害的。”伊茨冷冷地说，“苔丝是一个死心眼儿的人，就像掉在地洞里的马车一样动摇不了。老天呀，无论是献殷勤，还是讲道，就是七雷发声，也不会使她变心的，即使变了心对她有好处她也不会变的。”

---

① 基尼（guinea），英国旧时的货币，一种金币，值 21 先令，现值 1.05 英镑。

正餐的时间到了，机器的转动停止了；苔丝从机器的台面上走下来，膝盖让机器震得直发颤，使她几乎连路都不能走了。

“你应该像我那样，喝一夸特酒才好，”玛丽安说，“这样你的脸就不至于这样苍白了。唉，天呀，你的脸白得就像做了噩梦一样！”

玛丽安心眼儿好，突然想到苔丝这样疲劳，要是再看见那个人来了，她吃饭的胃口一定要消失得无影无踪了；玛丽安正想劝说苔丝从麦垛另一边的梯子上下去，就在这时，那个人走了过来，抬头望着上面。

苔丝轻轻地惊叫了一声“啊”，就在她的惊叫声过后不久，她又急忙说：“我就在这儿吃饭了——就在这个麦垛上吃。”

他们有时候离家远了，就在麦垛上吃饭，不过那一天的风刮得有点儿大，玛丽安和其他的工人都下了麦垛，坐在麦垛的下面吃。

新来的人虽然换了服装，改变了面貌，但是他的确就是那个最近还是卫理公会教徒的阿历克·德贝维尔。只要看他一眼，就能明显看出他满脸的色欲之气，他又差不多恢复了原来那种得意洋洋，放荡不羁的样子了。苔丝第一次认识她的这个追求者和所谓的堂兄，就是这样的一副神情，只不过年纪大了三四岁罢了。苔丝既然决定留在麦垛上吃饭，她就在一个从地面上看不到的麦束上坐下来，开始吃起来。她吃着吃着，听见梯子上传来了脚步声，不一会儿阿历克就出现在麦垛的上面了——麦垛的顶上现在已经变成了一个用麦束堆成的长方形的平台。他从麦束上走过来，坐在苔丝的对面，一句话也没有说。

苔丝继续吃她的再简单不过的正餐，那是她带来的一块厚厚的煎饼。这时候，其他的工人都在麦秆堆的下面，舒舒服服地坐在松软的麦秆上。

“你已经知道，我又到这儿来了。”德贝维尔说。

“你为什么要来骚扰我呢！”苔丝大声说，浑身上下都散发着火气。

“我骚扰你？我想我还要问你呢，问你为什么要骚扰我？”

"我又什么时候骚扰你了！"

"你说你没有骚扰我？可是你一直在骚扰我呀！你的影子老是在我心里，赶也赶不走。刚才你那双眼睛用恶狠狠的目光瞪着我，就是你的这种眼神，无论白天黑夜都在我的面前。苔丝，自从你把我们那个孩子的事告诉了我，我的感情以前一直奔流在一股清教徒式的激流中，现在仿佛在朝你的那个方向冲开了一个缺口，立刻从缺口中奔涌而出。从那时起，宗教的河道干涸了，而这正是你造成的呀！"

她一声没吭地盯着他。

"什么——你把讲道的事完全放弃了吗？"她问。

她已经从安琪尔的现代思想中学到了足够多的怀疑精神，看不起阿历克那种一时的热情。但是，她作为一个女人，听了阿历克的话还是有些吃惊。

德贝维尔摆出一副严肃的态度继续说——

"完全放弃了。自从那个下午以来，所有约好了的到卡斯特桥市场上去给醉鬼们讲道的事，我一次也没有去。鬼才知道他们怎样看我了。哈——哈！那些道友们！毫无疑问他们在为我祈祷——在为我哭泣，因为他们都是一些心地善良的人。可是我关心的是什么呢？——当我对一件事失去了信心的时候，我怎么还能继续那件事呢？——那样我不是成了最卑鄙的伪君子了！我要是混在他们当中，我就和许乃米和亚历山大[①]一样了，他们可是被交给了魔鬼，好让他们学会不要亵渎神明。你真是报仇雪恨了啊！我过去见你年幼无知，就把你骗了。四年以后，你见我是一个虔诚的基督徒，然后就来害我了，也许我永世不得翻身了！可是苔丝，我的堂妹，我曾经这样叫过你，这只是我对你的一种叫法，你不要看起来这样害

① 许乃米和亚历山大（Hymenaux and Alexander），见《圣经·提摩太全书》第一章第十九节。书中说："有人丢弃良心，就在真理上如同船破坏了。其中有许乃米和亚历山大，我已经把他们交给撒旦，使他们受责罚，就不再神渎了。"

怕。当然，其实你只是保持了你美丽的容颜，并没有做别的事。在你看见我以前，我已经看见你在麦垛上的影子了——看见你身上穿着紧身围裙，戴着带耳朵的帽子——如果你们希望免除危险，你们这些在地里干活的姑娘，就永远不要戴那种帽子。”他又默默地盯着她看了一会儿，冷笑了一声，接着说，“我相信，如果那位独身的使徒，我原来以为我就是他的代表了，也会受到你这副美丽容貌诱惑的，他也会和我一样，为了她而放弃他的犁铧。”①

苔丝想反驳他，但是在这个关键时刻，她一句流利的话也说不出来了，德贝维尔看也不看她，继续说——

“好啦，说到底，你所提供的乐园，也许和其他任何乐园一样好。可是，苔丝，严肃说来，”德贝维尔站起身来，走到苔丝跟前，用胳膊肘支撑着身体斜靠在麦束上，“自从上次我见到你以来，我一直在思考你和他说的话。我通过思考得出结论，过去那些陈词滥调的确违背常理。我怎么会被可怜的克莱尔牧师的热心鼓动起来呢？我怎么会疯狂地去讲道，甚至还超过了他的热情呢？我真是弄不明白了！至于你上次说的话，你是依靠你丈夫的智慧的力量说的——你还没有告诉我你丈夫的名字哪——你说的那些东西，你们叫做没有教条的道德体系，但是我认为根本办不到。”

“唔，如果你没有——你们称作什么呀——教条，你至少也应该有博爱和纯洁的宗教啊。”

“啊，不！我们不是你说的那种人呀！如果没有人对我说，‘做这件事，你死后它对你就是一件好事；做那件事，你死后它对你就是一件坏事，’不那样我就热心不起来。算了吧，如果没有人为我的行为和感觉负责任的话，我也不会觉得我自己要负责任；如果我是你，亲爱的，我也不会觉得要负责任！”

她想同他争论，告诉他说，他在他糊涂的脑袋里把两件事，即

① 见《圣经·路加福音》第九章第六十二节：“耶稣说，手扶着犁向后看的，不配进上帝的国。”

神学和道德混到一起了，而在人类的初期，神学和道德是大不相同的。但是，由于安琪尔·克莱尔平时不爱多说话，她自己又缺少训练，加上她这个人感情胜于理智，所以就说不下去了。

“好吧，这没有关系。”他又接着说，“我又回来了，我的宝贝，我又和从前一样回来了。”

“跟从前不一样——跟从前绝不一样——这是不同的！”她恳求说，“再说我从来也没有对你产生过热情呀！如果说你因为失去了信念才对我那样说话，那你为什么不保持你的信念呢？”

“因为是你把我的信念打碎了，所以灾难就要降临到你美丽的头上！你的丈夫一点儿也没有想到他的教训要自食其果呀！哈——哈——你让我离经叛道，我还是同样高兴坏了！苔丝，和以往任何时候相比，我更加离不开你了，我也同情你。尽管你不说，我也看得出来，你的境遇很不好——那个应该爱护你的人，现在不心疼你了。”

她再也难得把嘴里的食物吞下去了，她的嘴唇发干，都快给噎住了。在这个麦垛的下面，正在吃饭喝酒的工人们的说话声和笑声，她听在耳里就好像它们来自四分之一英里以外。

“你对我这样说话太残酷了！”她说，“你怎能——你怎能对我这样说话呢？如果你心里真的还有一点点我的话。”

“不错，不错，”他说，“我不是因为我的行为而到这儿来责备你的。苔丝，我到这儿来是要告诉你，我不希望你在这儿像这样干活，我是特意为你而来。你说你有一个丈夫，那个丈夫不是我。好啦，你也许有一个丈夫；但是我从来没有见过他，你也没有告诉我他的名字，其实他似乎只是一个神秘的人物。但是，即使你有一个丈夫，我也认为我离你近，他离你远。无论如何，我都要努力帮助你解决困难，但是他不会这样做，愿上帝保佑那张看不见的脸吧！我曾经读过严厉的先知何西阿[①]说过的话，那些话我现在又想起来了。你

① 何西阿（Hosea），犹太先知。见《圣经·何西阿书》第二章第七节。

知道那些话吗，苔丝？——‘她必追随所爱的，却追不上；她必寻找他，却寻不见，便说，我要归回前夫，因我那时的光景比如今还好！’[①]——苔丝，我的车正在山下等着哪——我的爱人，不是他的爱人！——你知道我还没有说完的话。”

在他说话的时候，她的脸上慢慢地出现了一片深深的红晕，不过她没有说话。

“你可是我这次堕落的原因啊，”他继续说，一边把他的手向她的腰伸过去，“你应该和我一起堕落，让你那个驴一样的丈夫永远滚开吧。”

她在吃饼时，把她手上的一只皮手套脱了下来，放在膝头上；她没有给他一点儿警告，就抡起手套向他的脸用力打去。那只手套像军用手套一样又厚又重，实实在在地打在他的嘴上。在富于想象的人看来，她的这个动作也许是她的那些身穿铠甲的祖先惯常动作的再现。阿历克凶狠狠地一下子从斜靠着的姿势跳了起来。在他的脸上，被打过的地方出现了深红的血印，不一会儿，鲜血从他的嘴里开始流出来，滴到了麦草上。但是他很快就控制住了自己，镇定地从他的口袋里掏出手绢，擦掉从他的嘴唇上流出来的血。

她也跳了起来，但是又坐了下去。

“好，你惩罚我吧！”她用眼睛看着他说，那目光就像是一只被人捉住的麻雀，感到绝望又不能反抗，只好等着捉住它的人扭断它的脖子。“你抽我吧，你打死我吧，你用不着担心麦垛下面的那些人！我不会叫喊的。我过去是牺牲品，就永远是牺牲品——这就是规律！”

“啊，没有的事，没有的事，苔丝，”他温和地说，“对这件事我完全能够原谅。不过最不公平的是你忘记了一件事，就是如果不是你剥夺了我同伴结婚的权力，我已经和你结婚了。难道我没有直截了当地请你做我的妻子吗——是不是？回答我。”

---

① 见《圣经·何西阿书》第二章第七节。

"是的。"

"现在你不能嫁给我了。可是有一件事你要记住！"他想起他真心实意地向她求婚和她现在的忘恩负义，不禁怒火中烧，说话的声音也变得生硬起来；他走过去，站在她的旁边，抓住她的肩膀，她在他的手里索索发抖。"记住，我的夫人，我曾经是你的主人！我还要做你的主人。你只要做男人的妻子，你就得做我的妻子！"

麦垛下面打麦子的人又开始行动了。

"我们不要再吵了，"他松开手说，"我现在走了，下午我再来这儿听你的回话。你还没有了解我呢！可是我了解你了。"

她没有再开口说话，站在那儿，仿佛呆住了。德贝维尔又从麦束上走过去，下了梯子，这时候，麦垛下面的工人们站了起来，伸伸懒腰，消化消化刚才喝下去的啤酒。接着，脱粒机又重新开动起来；随着脱粒机的圆筒转动起来的嗡嗡声，苔丝又在麦秆的沙沙声中站到了她的位置上，把麦束一个个解开，仿佛没有止境似的。

第四十八章

下午，农场主格罗比告诉大家，那一垛麦子要在当晚打完，因为晚上的月亮好，他们可以在月光下干活，而且管机器的技工明天也和另外的农场约好了。因此，机器的砰砰声、圆筒的嗡嗡声和麦草的沙沙声，继续不断地响着，工人也比平常更少有停下来的时候了。

大约在三点钟，还不到吃茶点的时候，苔丝抬起头来，往四周看了一眼。她看见阿历克·德贝维尔已经转回来了，站在栅栏门旁的篱树下面，不过她并没有感到吃惊。他看见她抬起头来，向她送过来一个飞吻，有礼貌地向她挥着手。这就是说，他们的争吵已经过去了。苔丝把头低下去，小心翼翼地不让自己往那个方向看。

下午的时光就这样慢慢过去了。麦垛越来越低，麦草堆越来越高，装满了麦子的袋子也被大车运走了。到了下午六点钟，麦垛的高度差不多只有从地面到人的肩头那样高了。由那个男工和苔丝喂进去的大量麦束，都被那个贪得无厌的机器吞食掉了，麦垛的大部分都经过这两个年轻人的手填进了机器，尽管如此，剩下来的还没有脱粒麦束似乎还是没有完的时候。早上那个地方什么也没有，现在堆起了庞大的一堆麦秆，仿佛是那个嗡嗡叫的红色大肚汉从肚子里排出来的东西。在西边的天上，有一道愤怒的闪光——那是在狂暴的三月才有的夕阳——它从云天里喷洒而出，倾泻在筋疲力尽的打麦人满是汗水的脸上，在他们的身上镀上了一层红铜的颜色，同时那些流光又像暗淡的火焰，照射在妇女们飘动的衣裙上。

打麦的人一个个都累得气喘吁吁、腰酸背痛了。喂料的男工人已经疲惫不堪，苔丝看见他红色的后颈上沾满了灰土和麦糠。苔丝仍然站在她的位置上，累得通红和满是汗水的脸上落了一层麦灰，白色的帽子也被麦灰染成了黄褐色。她是唯一一个还在机器旁边干活的女人，机器不停地转动，振动着她的身体，麦垛变矮了，从而把她同玛丽安和伊茨隔开了，因此她们也不能像从前那样互相替换一阵了。机器不停地颤抖着，她身体里的每一块肌肉也一起颤抖着，这使她麻木了，恍惚了，连胳膊的动作也好像感觉不到了。她几乎连自己在什么地方也不知道了，伊茨·休特在下面告诉她，说她的头发散开了，她也没有听见。

他们中间最有力气的人，也慢慢地变得面如土色，眼睛发黑了。苔丝每次抬头看见的，都是那个越堆越高的麦秆垛，看见站在垛顶上的那个只穿衬衣的男工，突现在北方的灰色天空里。麦垛的前面有一架长长的红色卷扬机，好像雅各梦见的梯子[①]一样，麦粒被脱掉了的麦草像流水一样顺着卷扬机源源而上，就像是一条黄色河流，流到了山上，喷洒在麦秆垛的顶上。

她知道阿历克·德贝维尔还没有走开，正在从某个地点观察她，尽管她说不上来他躲藏的那个地点。他也有他想留下来的借口，因为麦束最后只剩下不多几捆的时候，总要打一次小老鼠，那些与打麦子无关的人，有时候就来做这件事——他们是各种各样喜欢打猎的人，有带着小猎狗和奇怪烟斗的乡绅，也有拿着棍棒和石块的粗汉。

但是还要再干一个小时的活儿，才能到达躲着活老鼠的麦垛底层。这时候，黄昏前的夕照从阿波特·森奈尔附近的巨人山方向消

① 雅各梦见的梯子，见《圣经·创世纪》第二十八章第十一节。

失了，这个季节的灰白色月亮，也从另一面同米得尔顿寺和沙茨福特相对的地平线上升起来了。在最后一两个小时里，玛丽安就为苔丝感到不安，她也无法接近苔丝，问问她；其他的女人喝着淡啤酒，借此来维持她们的体力，而苔丝自幼就因为酒给家里带来的后果而害怕酒，因此滴酒不沾。不过苔丝还在坚持干着，要是她不能填补她的位置，她就得离开这儿；要是在一两个月以前，她一定会泰然处之，甚至还会感到是一种解脱，但是自从德贝维尔追随在她的身前左右以来，离开这儿就变成她的一种恐惧了。

拆麦垛的人和给机器喂料的人，已经把麦垛消耗得很低了，地上的人也可以同麦垛上的人说话了。使苔丝感到吃惊的是，农场主格罗比上了机器，走到她的身边说，如果她想去见朋友，他同意她现在就去，他可以让别人替换她。她知道，这个“朋友”就是德贝维尔，也知道格罗比的举动是对她的朋友或者敌人的请求作出的让步。但是她摇了摇头，继续干着。

逮老鼠的时刻终于来到了，猎鼠活动开始。随着麦垛的降低，老鼠就向下逃跑，最后都集中到了麦垛的底下；这时它们最后避难的麦束被搬走了，老鼠就在那块空地上四下逃窜。这时喝得半醉的玛丽安发出了一声尖叫，她的同伴们听了，知道这是因为有一只老鼠侵犯了她——这种恐怖使其他的女工想出种种办法保护自己，有的把裙子掖起来，有的站到了高处。那只老鼠终于被赶走了，那时狗在叫，男人在喊，女人在嚷，有的咒骂，有的跺脚，混乱得就像魔鬼的宫殿一样，就在这一片混乱声中，苔丝把最后一捆麦束解开了；脱粒机的圆筒慢下来，机器的叫声停止了，苔丝也从机器的台子上走到了地上。

她的情人原来只是在一旁看着抓老鼠，现在立即来到她的身边。

“你究竟怎么啦——打耳光羞辱你也不走吗？”苔丝有气无力地说。她已经筋疲力尽了，连大声说话的力气也没有了。

“我要是因为你说什么话、做什么事就生气，那我就真是太傻了。”他回答说，用的是他在特兰里奇用过的诱惑口气，“你娇嫩的手脚抖得多厉害呀！你现在衰弱得就像一只流血的小牛犊，我想你自己也是知道的；可是，自从我来这儿以后，你是不必做什么事的。你怎么能够这样固执呢？我已经告诉那个农场主了，要他知道他没有权利雇用女工用机器打麦子。女人做这种工作是不合适的，条件好一点儿的农场，都没有女人干活用机器的，这一点他知道得很清楚。让我送你回家，我们边走边谈吧。”

“啊，好吧。”她迈着精疲力竭的步伐说，“你要愿意就和我一起走吧！我心里知道，你是不知道我的情况才来求我嫁给你的。也许——也许你比我一直认为的那样要好一些，善良一些。你的用意凡是善良的，我都感激；要是你别有用心，我就生气。我有时候也弄不清你的用意。”

“即使我们不能使我们过去的关系合法化，我至少也能帮助你。我这次帮助你一定要顾及你的感情，不能像从前那样。我的宗教狂热，无论你叫它什么，它已经成为过去了。但是我还保留了一点儿善良的本性，我也希望我保留了那点儿善良的本性。唉，苔丝，让我用男女之间的善良和强烈的感情起誓，相信我吧！我的钱足够你摆脱苦恼，足够你、你的父母和弟妹生活用的，而且还绰绰有余。只要你信任我，我就能让他们都过得舒舒服服的。”

“你是不是最近见到了他们？”她急忙问。

“见到了。他们也不知道你在哪儿。我也是碰巧在这儿见到你的。”

苔丝站在她暂以为家的小屋门外，德贝维尔站在她的身边，清冷的月光从园内篱树的树枝间斜照进来，落在苔丝疲惫不堪的脸上。

“不要提我的小弟弟和妹妹——不要让我彻底垮了！”她说，“如果你想帮助他们——上帝知道他们是需要帮助的——你就去帮助他们，用不着告诉我。但是，不要你帮助，不要你帮助！”她大声说，“我不会要你任何东西，无论是为了他们还是我自己！”

他没有继续陪着她往前走，因为她和屋子里的一家人住在一起，在屋内一切都是公开的。苔丝一走进门，就在洗手的盆子里洗了手，和那一家人吃了晚饭，接着就深思起来，她走到墙边那张桌子跟着，就在她自己的小灯下面，用激动的心情写起来——

我自己的丈夫，——让我这样称呼你吧——我一定要这样称呼你——即使这会使你想起我这个不值得做你妻子的人而生气，我也要这样称呼你。我必须向你哭诉我的不幸——我没有别的人可以向他哭诉了啊！我现在正遭受着诱惑啊，安琪尔，我不敢说他是谁，我也实在不想写信告诉你这件事。可是我是依靠你的，我依靠你的程度你是想象不出来的呀！为什么在还没有可怕的事情发生以前，你还不到我身边来呢？啊，我知道你不会来的，因为你离得太远了啊！要是你还不快点儿到我这儿来，或者写信让我去你那儿，我想我一定要死了。你按罪惩罚我，那是我应该受的惩罚——我完全明白——你给我的惩罚是我应该受的——你对我生气也是应该的，公正的。可是啊，安琪尔，请你，请你不要只是为了公正——给我一点儿慈悲吧，即使我不该得到你的慈悲，你也给我一点儿吧，到我身边来吧！只要你来了，我情愿死在你的怀里！只要你宽恕了我，我死了也感到满足呀！

安琪尔，我活着完全是为了你呀。我太爱你了，所以你离开了我，我也不会责备你，我知道你必须找到一个农场。不要以为我会对你说一个刻薄的字，说一句愤恨的话。我只是求你回到我身边来。我亲爱的，没有你，我感到孤苦，啊，多么孤苦啊！我不在乎我必须去干活儿，但是你只要写一句话给我寄来，说：“我很快就来了。”我就等着你，安琪尔——啊，我会高高兴兴地等着你的呀！

自从我们结婚以来，我的宗教就是在思想上和外表上都要忠实于你，即使有个男人对我说了一句奉承的话，我也似乎觉得对不起你。我们在奶牛场曾经有过的感情，难道你现在一点儿也没有了吗？要是你还有一点那种感情，难道你还能继续远离我吗？安琪尔，我还是你爱我时的同一个女人呀；不错，完全是同一个女人呀！——并不是你讨厌的而且从没见过的女人。在我遇见你以后，我的过去还算什么呢？我的过去已经完全死去了。我变成了另外一个女人，为你注满了全新的生命。我怎么还会是从前的那个女人呢？你为什么看不到这一点呢？亲爱的，只要你还有一点儿自负，相信你自己，相信你有足够的力量使我发生变化，你也许就会想到回到我身边了，回到你可怜的妻子的身边了。

当我沉浸在幸福里时，我相信你会永远爱我，那时候我多么傻啊！我早就应该知道，那种幸福不属于我这个可怜的人。可是我很伤心，不是为过去伤心，而是为现在伤心。想想吧——想想吧，我总是见不到你，我心里该是多么痛苦啊！啊，我每天都在遭受痛苦，我整天都在遭受痛苦，要是我能够让你那颗亲爱的心每天把我的痛苦经受一分钟，也许就会使你对你可怜的孤独的妻子表示同情了。

安琪尔呀，有人还在说我漂亮啦（他们用的是美貌这个词，我希望说得准确些）。也许我还像他们说的那样漂亮。但是我并不重视我的容貌，我还愿意拥有我的容貌，只是因为这容貌属于你，我亲爱的，只是因为我也许至少还有一样东西值得你拥有。我自己也有这种强烈的感觉，所以当我因为我的脸而遇到麻烦的时候，我就把我的脸包裹起来，只要别人认为我的脸漂亮，我就包着它。啊，安琪尔，我告诉你这些不是因为虚荣——你肯定知道我不是一个虚荣的人——我只是想到你也许要回到我身边来！

要是你真的不能到我这儿来，那你也要让我到你那儿去呀！我已经说过，我担心我被迫做我不想做的事。我是绝不会屈服的，但是我害怕出现什么特殊的事让我屈服了，因为我第一次犯错就是我没有防护的能力。这些我也不想多说了——说起来我就肝肠欲断。要是这次我又掉进某个可怕的陷阱，那么这一次就会比第一次更加可怕。啊，天哪，我简直不敢想啊！让我立刻到你那儿去吧，或者你立刻到我这儿来！

只要能和你在一起，即使我不能做你的妻子，而只做你的奴仆，我也感到满足，感到高兴。所以，我只要能在你身边，能看见你，能想着你，我也就甘心了。

因为你不在我这儿，所以光明已经不再吸引我了，田野里出现的白嘴鸦和椋鸟，我也不喜欢看了，这都是因为和我一起看它们的你不在我的身边而使我感到悲伤难过的缘故。我只渴望一件事——到我身边来吧，把我从威胁中拯救出来吧！——

你的忠实的肝肠寸断的

苔丝

第四十九章

苔丝这封言词恳切的信，已经按时寄到了环境清幽的牧师公馆，摆在了早饭桌上。牧师公馆地处西边的峡谷，那儿的空气柔和，土地肥沃，和燧石山农场比起来，那儿只要稍加耕种，庄稼就能够长出来。对于那儿的人，苔丝也似乎觉得不同（其实完全是一样的）。安琪尔远涉重洋，带着沉重的心情到异国它乡开拓事业，因此经常给父亲写信，把自己不断变化的地址告诉他，所以他嘱咐苔丝把写给他的信寄给他的父亲转寄，完全是为了保险起见。

“喂，”老克莱尔先生看过信封，回头对妻子说，“安琪尔写信说他要回家一趟，如果他在下个月底动身离开里约，我想这封信也许会催他快点动身，因为我相信这封信一定是他妻子寄来的。”他一想起安琪尔的妻子，不禁深深地叹了口气，于是他在这封信上重新写了地址，立即寄给了安琪尔。

“亲爱的儿子呀，希望你能平安地回家来。”克莱尔太太低声说，“我这一辈子都感到他被亏待了。尽管他不信教，但是你也应该把他送到剑桥去，和你对待他的两个哥哥那样，给他同样的机会。他在那儿受到合适的影响，也许他的思想就慢慢改变了，说不定还会当牧师呢。无论进教会，还是不进教会，那样待他才公平一些。”

关于他们的儿子，克莱尔太太就说了这样几句伤心的话，埋怨她的丈夫。她也不是经常说这些抱怨的话，因为她是一个既虔诚又体贴的人，而且她也知道，关于这件事，她的丈夫也怀疑自己是不是有偏见，所以心里难过。她常常听见他在晚上睡不着觉，不停地祈祷，以此来压抑自己的叹息。这位冷酷的福音教徒把他另外两个儿子送去接受了大学教育，不过没有把他不信教的小儿子也同样送去，但是，即使到了现在，他也不认为自己有什么不对，要是安琪尔接受了大学教育，虽然不是很有可能，但是他有可能用他学到的知识批驳他一生热情宣传的主义，而他的另外两个儿子不同，都和他一样当了牧师。他一方面为两个信教的儿子在脚下垫上垫脚石，另一方面又以同样的方法褒奖不信教的儿子，他认为这和他一惯的信念、他的地位、他的希望是不一致的。尽管如此，他仍然爱着安琪尔[①]这个名字叫错了的儿子，心里头为没有把他送进大学暗暗难过，就像亚伯拉罕一样，当他把注定要死的儿子以撒带到山上时[②]，心里也不能不为儿子感到痛苦。他在内心里产生出来的后悔，比他的妻子说出的抱怨要痛苦得多。

对于安琪尔和苔丝这场不幸的婚姻，老两口责备的也是自己。要是安琪尔不是注定了要做一个农场主，他就没有机会同一个乡下姑娘结缘了。他们并不十分清楚儿子和媳妇是什么原因分开的，也不知道他们是什么时间分开的。他们最初还以为是发生了什么严重的憎恶感，但是儿子在后来写给他们的信中，偶尔也提到要回家接他的妻子。从信中的话看来，他们希望他们的分离并不是像当初那样绝望，永远不能和好。儿子还告诉他们，说苔丝住在她的娘家，他们顾虑重重，不知道怎样改变他们的处境，所以就决定不过问这件事。

---

① 安琪尔（Angel），意为天使，但安琪尔不信教，不愿当牧师，所以人与名不符。

② 见《圣经·创世纪》第二十二章。上帝要考验亚伯拉罕，要他把儿子带到山上献祭，于是亚伯拉罕把儿子带到上帝指定的山上，绑在祭坛上，拿刀杀儿子，这时上帝的使者才制止了他。

就在这个时候，苔丝希望读到她的信的那个人，正骑在一头骡子的背上，望着一望无垠的广阔原野，从南美大陆的内地往海岸走去。他在这块陌生土地上的经历是悲惨的。他到达那儿后不久，就大病了一场，至今还没有完全痊愈，因此他差不多慢慢地把在这儿经营农业的希望放弃了，尽管他留下来的可能性已经很小，但是还没有把自己思想的改变告诉他的父母。

在克莱尔之后，还有大批的农业工人听了可以在这儿过安逸独立生活的宣传，弄昏了头脑，成群结队地来到这里，在这儿受苦受难，面黄肌瘦，甚至丢了性命。他看见从英国农场来的母亲，怀里抱着婴儿，一路艰难地跋涉，当孩子不幸染上热病死了，做母亲的就停下来，用空着的双手在松软的地上挖一个坑，然后再用同样的天然工具把婴儿埋进坑里，滴一两滴眼泪，又继续朝前跋涉。

安琪尔本来没有打算到巴西来，而是想到英国北部或东部的农场去。他是带着一种绝望的心情到这个地方来的，因为当时英国农民中出现的一场巴西运动，恰好和他要逃避自己过去生活的愿望不谋而合。

他在国外的这段生活，使他在思想上成熟了十二年。现在吸引他的人生中有价值的东西，不是人生的美丽，而是人生的悲苦。既然他早就不相信旧的神秘主义体系，现在他也就开始不相信过去的道德评价了。他认为过去的道德评价需要重新修正。什么样的男人才是一个有道德的男人呢？再问得更确切些，什么样的女人才是有道德的女人呢？一个人品格的美丑，不仅仅在于他取得的成就，也在于他的目的和动机；他的真正的历史，不在于已经做过的事，而在于一心要做的事。

那么，对苔丝应该怎样看呢？

一旦用上面的眼光看待她，他就对自己匆忙下的判断后悔，心里开始感到难受起来。他是永远把她抛弃了呢，还是暂时把她抛弃了呢？他再也说不出永远抛弃她的话来了，既然说不出这种话来，那就是说现在他在精神上接受她了。

他越来越喜欢对苔丝的回忆，那个时候正是苔丝住在燧石山农场的时候，但在那时候，苔丝还没有觉得应该大胆把她的境况和感情告诉他，打动他。那时候他感到非常困惑，在困惑之中，他没有仔细研究她为什么不给他写信的动机，而她的温顺和沉默也被他错误地理解了。要是他能够理解的话，她的沉默中又有多少话要说啊！——她之所以沉默，是她要严格遵守他现在已经忘记了的吩咐，虽然她天生了一副无所畏惧的性格，但是却没有维护自己的权利，而承认了他的宣判在各个方面都是正确的，因此只好一声不响地低头认错。

在前面提到的安琪尔骑着骡子穿越巴西腹地的旅行中，另外还有一个人骑着骡子和他同路。安琪尔的这个同伴也是英国人，虽然他是从英国的另一地区来的，但是目的都是一样。他们情绪低落，精神状态都不好，就在一起谈一些家事。诚心换诚心。人们往往有一种奇怪的倾向，愿意向不熟悉的人吐露自己不愿向熟悉的朋友吐露的家庭琐事，所以他们骑着骡子一面走路的时候，安琪尔就把自己婚姻中令人悲伤的问题对他的同伴讲了。

安琪尔这位陌生的同伴，比他到过更多的国家，见过更多的人物；在他宽阔的胸怀看来，这类超越社会常规的事情，对于家庭生活似乎非同小可，其实只不过是一些高低不平的起伏，有如连绵不断的山川峡谷对于整个地球的曲线。他对这件事情的看法和安琪尔的截然不同，认为苔丝过去的历史对于她未来的发展无足轻重。他明白地告诉安琪尔，他离开她是错误的。

第二天他们遭遇了一场雷雨，都一起被雨淋得透湿。安琪尔的同伴染上了热病，一病不起，在礼拜末的时候死了。克莱尔等了几个小时，掩埋了他，然后又上了路。

他对于这位心怀坦荡的同伴，除了一个普通的名字而外一无所知，但是他随便评说的几句话，他一死反而变成了至理名言，对克莱尔的影响超过了所有哲学家合乎逻辑的伦理学观点。和他一比，他不禁为自己的心地狭窄感到羞愧。于是他的自相矛盾之处就像潮水一样涌上了他的心头。他以前顽固地褒扬希腊的异教文化，贬抑基督教的信仰；在希腊的异教文明里，一个人因为受到强暴才屈服并不一定就丧失了人格。无疑他憎恨童贞的丧失，他这种憎恨是他和神秘主义的信条一起继承来的，但是如果童贞的丧失是因为欺骗的结果，那他认为这种心理至少就应该加以修正了。他心里悔恨起来。他又想起了伊茨·休特说的话，这些话他从来就没有真正忘记过。他问伊茨是不是爱他，伊茨回答说爱他。他又问她是不是比苔丝更爱他？她回答说不。苔丝可以为他献出自己的生命，而她却做不到。

他又想起了苔丝在结婚那一天的神情。她的眼睛对他表达出多少深情啊；她多么用心地听他说话啊，仿佛他说的话就是神说的话！在他们坐在壁炉前的那个可怕的夜晚，当她那纯朴的灵魂向他表白自己的过去时，她的脸在炉火的映衬下看起来多么可怜啊，因为她想不到他会翻脸无情，不再爱她、呵护她。

他就这样从一个批评她的人变成了一个为她辩护的人。因为苔丝的缘故，他对自己说了许多愤世嫉俗的话，但是一个人不能总是作为一个愤世嫉俗的人活在世上，所以他就不再那样了。他错误地愤世嫉俗，这是因为他只让普遍原则影响自己，而不管特殊的情形。

不过这种理论未免有些陈旧；早在今天以前，做情人的和做丈夫的已经超越了这种理论。克莱尔对苔丝一直冷酷，这是用不着怀疑的。男人们对他们爱的和爱过的女人常常过于冷酷；女人们对男人也是如此。但是这些冷酷同产生这些冷酷的宇宙冷酷比起来，它们还算得上温柔；这种冷酷就像地位对于性情，手段对于目的，今天对于昨天，未来对于现在。

他对苔丝的家族历史产生的热情，也就是对专横的德贝维尔家族产生的热情——他以前瞧不起这个家族，认为它气数已尽——现在又让他的感情激动起来。这类事情具有政治上的价值和想象上的价值，他以前为什么不知道这两种价值之间的区别呢？从想象的价值看，她的德贝维尔家世的历史意义十分重大；它在经济上一钱不值，但它对一个富于梦想的人，对于一个感叹盛衰枯荣的人来说，却是最有用的材料。事实上，可怜的苔丝在血统和姓氏方面与众不同的那一点特点，很快就要被人遗忘了，她在血统上同金斯伯尔的大理石碑和铅制棺材之间的联系，就要湮没无闻。时光就是这样残酷地把他的浪漫故事给粉碎了。他一次又一次地回想起她的面貌，他觉得现在他可以从中看出一种尊严的闪光，而那种尊严也一定是她的祖先有过的；他的幻觉使他产生出一种情绪，这是他从前感到在血管里奔流着的情绪，而现在剩下的只是一种痛苦感觉了。

尽管苔丝的过去并非白璧无瑕，但是像她这样一个女人现有的优点，也能胜过她的同伴们的新鲜美丽。以法莲人拾取的葡萄，不是胜过亚比以谢新摘的葡萄吗？①

这样说来克莱尔是旧情萌发了，这也为苔丝一往情深的倾诉铺平了道路，就在那时候，他的父亲已经把苔丝写给他的信转寄去了。不过因为他住在遥远的内地，这封信要很长时间才能寄到他的手上。

就在这时候，写信的人心想，安琪尔读了她的信就会回来，不过她的希望有时大，有时小。她的希望变小的原因是她生活中当初导致他们分离的事实没有改变——而且永远也不能改变。当初她在他的身边都没有使他回心转意，现在她不在他身边，那他就更不会回心转意了。尽管如此，她心里头想的还是一个深情的问题，就是他一旦回来了，她怎样做他才最高兴。她唉声叹气起来，后悔自己当初在他弹竖琴的时候没有多注意一下，记住他弹的是什么曲子，也后悔自己没有更加仔细地问问他，记住在那些乡下姑娘唱的民谣里，他最喜欢哪几首。她间接地问过跟着伊茨从泰波塞斯来到燧石山农场的阿比·西丁，碰巧他还记得，他们在奶牛场工作时，他们断断续续地唱的让奶牛出奶的那些歌曲，克莱尔似乎最喜欢《丘比特的花园》、《我有猎苑，我有猎犬》和《天色刚破晓》；好像不太喜欢《裁缝的裤子》和《我长成了一个大美人》②，虽然这两首歌也很

---

① 见《圣经·士师记》第八章第二节。

② 以上歌曲都是十九世纪英国流行的民歌。

不错。

苔丝现在心中的愿望就是把这几首民歌唱好。她一有空就悄悄地练习，特别注意练习《天色刚破晓》那首歌：

起床吧，起床吧，起床吧！
去为你的爱人采一束花，
花园里面种有花，
美丽的鲜花都开啦。
斑鸠小鸟成双成对，
在枝头忙着建筑小巢，
五月里起得这样早，
天色才刚刚破晓。

在这种寒冷的天气里，只要其他的姑娘们不在她的身边，她就唱这些歌曲，就是铁石心肠的人听了，也会被她感动。每当想到他也许终究不会来听她唱歌，她就泪流满面，歌曲里那些纯朴痴情的词句，余音不断，仿佛在讽刺唱歌人的痛苦的心。

苔丝一直沉浸在幻想的美梦里，似乎已经忘记了岁月的流转，似乎忘记了白天的时间已经越来越长，也似乎忘记了圣母节已经临近，不久紧接而来的就是旧历圣母节，她在这儿的工期也就结束了。

但是在那个结账的日子完全到来之前，发生了一件事情，让苔丝思考起完全不同的问题来。有一天晚上，她在那座小屋里像平常一样和那一家人在楼下的房间里坐着，这时传来敲门声，问苔丝在不在这儿。苔丝从门口望去，看见门外有一个人影站在落日的余晖里，看她身材的高矮像个妇女，看她身材的肥瘦又像一个孩子，她在暗淡的光线里还没有认出是谁,那个人就开口喊了一声“苔丝”！

“哎呀——是丽莎·露吗？”苔丝用吃惊的语气问。她在一年多前离开家的时候，她还是一个孩子，现在猛然长成了这么高的个子，连丽莎自己也不知道是怎么一回事。因为长高了，以前她穿在身上嫌长的袍子，现在已经显得短了，一双腿也露在袍子的外面；她的手和胳膊也似乎感到拘谨，这说明她还没有处世的经验。

“是我，我跑了一整天了，苔丝。”丽莎用不带感情的郑重口气说，“我到处找你，我都给累坏了。”

“家里出什么事了吗？”

“妈妈病得很重，医生说她快要死了，爸爸的身体也很不好，还说他这样的高贵人家像奴隶一样地去干活太不像话，我们也不知道怎么办好。”

苔丝听后愣了半天，才想起来让丽莎·露进门坐下。丽莎·露坐下以后，吃了一点儿点心，苔丝这时也打定了主意。看来她是非得立即回家不可了。她的合同要到旧历圣母节也就是四月六日才能到期，但也没有几天了，所以她决定立刻大胆动身回家。

要是当晚就动身，她们可以提前十二个小时回到家里，但是她的妹妹太累了，不等到明天走不了这样远的路。所以苔丝就跑到玛丽安和伊茨住的地方，把发生的事情告诉她们，并请她们在农场主的面前好好地替她解释。她又回来给丽莎做了晚饭，然后再把她安顿在自己的床上睡了，才开始收拾自己的行李，尽量地把自己的东西都装进一个柳条篮子里，告诉丽莎明天早上走，自己动身上路了。

第五十章

在钟声敲响十点的时候，苔丝就在春分时节寒冷的黑夜里上路了，她要在清冷的星光中走完十五英里的路程。在人迹稀少的地方，黑夜对于一声不响的夜行人来说不是危险，而是一种保护；苔丝知道这一点，所以就专门拣她在白天害怕的最近的路走；不过在那个时候，路上没有拦路打劫的，加上她一心挂念着母亲的病，所以也就不怕鬼怪了。她就这样一英里接着一英里地走，上了山又下山，终于走到了野牛坟。大约半夜时分，她站在野牛坟的高地上向下面一片昏冥的深渊望去，只见山谷里一片黑暗，在山谷的另一边，就是她出生的地方。她在高地上已经走了大约五英里的路，然后再在低地上走十或十一英里的路，她就走完这次回家的全部路程了。在她下山的时候，那条蜿蜒而下的山路刚好在暗淡的星光下可以看清。她走了不久，就走到了同山上完全不同的土壤上了，那种不同可以用脚踩出来，用鼻子闻出来。这就是黑荒原谷的粘质土壤地带，在谷内这一部分，收税的卡子路一直没有延伸进来。在这些难以耕种的土地上，迷信的流行倒是经久不衰。这儿曾经是一片森林，在这种夜色朦胧的时刻，似乎遥远的和最近的融合在一起，表现出某些旧日的特点，所有的树林和高高的树篱，也显得威严可怖。这儿是追猎公鹿的地方，也是通过针刺和投水而验明女巫的地方，当你从这儿走过的时候，还有一些绿色的精灵嘲笑你，吓唬你；——人们现在仍然相信，这儿遍地都是妖怪和精灵。

苔丝从纳特伯利的乡村酒店经过时，酒店的招牌嘎吱嘎吱地响着，回应着她走路的脚步声，村子里没有人，除了她谁也不会听见。在苔丝的想象里，她看见茅屋里的人，肌腱松弛了，肌肉放松了，躺在黑暗的屋顶下，盖着小紫花格子的被子，正在蓄积体力，等到第二天早晨汉姆布莱顿的山顶刚染上朝霞，他们就要起来从事新的一天的劳动了。

在凌晨三点钟的时候，她终于走完了蜿蜒曲折的篱路的最后一段弯路，进入马洛特村。她走过乡村会社游行时她第一次见到安琪尔·克莱尔的地方；那一次他没有和她跳舞，苔丝至今仍然还有一种失望的感觉。在她的母亲住的那座房屋的方向，她看见有一缕亮光。亮光是从卧室的窗户里透出来的，亮光的前面有一根树枝不住地摇动，弄得亮光似乎在向她眨眼一样。等到她能够看清房屋轮廓的时候——屋顶是用她的钱新盖的——她立刻想起了旧日的所有情景。这座屋子是她的身体和生命的一部分。天窗上的斜坡，山墙上的石灰，烟囱顶上的破砖，都和她有着某种共同的特点。在她看来，这一切东西都带有一种模糊不清的特点，意味着她的母亲病倒了。

她轻轻地打开门，没有惊动任何人。楼下的房间是空的，陪伴她母亲的邻居走到楼梯口小声告诉她说，德北菲尔德太太现在虽然睡着了，但是还不见好转。苔丝给自己做了早饭吃了，接着就在她母亲房间里看护她的母亲。

她在早晨见到了孩子们，他们一个个都像是被人拉长了的样子；虽然她离开家只有一年多一点的时间，但是他们的成长却是叫人吃惊的。她现在必须一心一意照顾他们了，因此自己的忧愁也就顾不上了。

她父亲的身体还是同过去一样，害着那种叫不上名字的病，像往常一样坐在椅子里。不过苔丝回来后的这一天，他却特别有精神。他说他想出来一个过生活的办法了，苔丝问他是什么办法。

“我想，我们给英国这一带所有的考古学家都寄一封信去，”他说，“请他们寄钱来维持我的生活。我敢肯定他们会把我的要求当成一件富有浪漫精神、艺术趣味和恰当不过的事来做。他们花了大量的钱去保护古代遗迹，去发掘人的骨头之类的东西；如果他们知道了我这个活古董，他们一定会更加觉得有意思的。最好是有一个人去一个个告诉他们，说现在就有一个活古董生活在他们中间，他们却没有重视他！这件事是特林汉姆牧师发现的，如果他还活着，我敢担保他一定会去办这件事的。”

苔丝急于处理目前一些紧急事情，顾不上和她的父亲去争论他的伟大计划，她虽然接济过家里几次，但家里的状况并没有多大的改善。当她把家里的事情弄妥当了，这才开始注意外面的事情。那时已经到了栽种和播种的季节，村子里的人许多园子和租种的公地都已经耕种过了，可是德北菲尔德家的园子和租种的公地还荒着。她一了解，不觉大吃一惊，原来他们家把做种的土豆全吃光了，——这真是一个只顾眼前不顾将来的错误了。她尽快地弄到一些她能够弄到的别的作物种子，过了几天，她父亲身体也好多了。苔丝又哄又劝，她父亲才出来照看园子，而她自己则去耕种她家租种的离村子有二百码远的一块公地。

她被束缚在病房里已经有了一些时日，加上她母亲的病已经有了好转，所以她也愿意出去种地。剧烈的运动可以使人的思想放松。她家租种的那块地在高处那块干燥开阔的圈地中间，那片圈地里大约有四五十块租种地，种地的白天做完了雇工的活儿，晚上就到租种地里忙碌。挖地通常在六点钟开始，要一直干到天黑或者月亮上来的时候。在那个时候，许多租种地里开始烧毁一堆堆野草和垃圾，天气干燥，正适合把它们烧掉。

有一天，天气晴朗，苔丝和丽莎·露一起在自己的租种地里干活，那天邻居们也在那块圈地里，他们一直干到傍晚，干到落日的最后一道余晖洒在那些把圈地分成一块块租种地的白色界桩上。太阳落了，黄昏来了，大家点燃租种地里的茅草和卷心菜的菜根，地里冒出来一阵阵火光，浓烟被风一吹，租种地的轮廓时明时暗。火光亮起来的时候，大团大团的浓烟被风吹得贴地滚动，在火光的映照下变成了半透明的发光体，把干活的人相互遮挡起来；这时候，白天是墙晚上是光的“云柱”① 的意思，就可以领会了。

夜色越来越浓，有些男人和女人就放下地里的活儿回家了，不过大多数人还是留在地里，想把手里的活儿干完，苔丝虽然叫她的妹妹回去了，但是她自己还留在地里。她当时拿着叉子在烧着野草的租种地里干活，那把叉子有四个发亮的齿，碰到土里的石头和硬土块，就发出叮当的响声。有时候她全身都笼罩在火堆燃起的烟雾里，有时候身上一点儿烟雾也没有，只有火堆燃起的黄铜色火光照着她。今天她的穿着也有点儿奇怪，是一副惹人眼目的样子；她穿的一件袍子已经洗得发白，袍子的外面罩一件黑色的短上装，给人总的感觉她既像是一个参加婚礼的人，也像是一个送葬的人。在她背后稍远一点儿的妇女，在昏暗中看得见她们身上穿的白色裙子和灰白的脸，只有她们偶尔被火光照亮的时候，才能看见她们的全身。

在西边，光秃秃的棘树的枝条像铁丝一样，结成树篱，形成一块块田地的边界，在低矮的灰白天色里十分显眼。木星高悬在空中，好像一朵盛开的黄水仙，它是那样明亮，差不多能够照出影子来。天上还有几颗叫不出名字的小星星。远处有一只狗在叫，偶尔也听见车轮在干燥的路面上嘎吱嘎吱地碾过。

因为天色还不晚，工人们手中的叉子铮铮直响；那时的空气虽然清冷刺骨，但是已经有了春天的细语，鼓舞着种地的人。在那个地方，在那个时刻，在哔剥直响的火堆里，在忽明忽暗的离奇的神秘里，有一种东西使大家和苔丝都喜欢待在地里。在冬天的霜冻里，夜色就像魔鬼，在夏天的温暖里，夜色就像情人，而在这种三月的天气里，夜色却像镇静剂一样。

当时谁也没有去看自己周围的伙伴。大家的眼睛都盯着地面，

---

① 云柱（pillar of acloud），见《圣经·出埃及记》第十三章第十七至二十一节。

看着刚翻开的被火光照亮的地面。因此，苔丝一边翻着泥块，一边痴情地唱着短小的歌曲，不过现在她对克莱尔会来听她唱歌已经不抱希望了，过了好久，她才注意到有一个人在她的附近干活——她看见那个人穿着粗布长衫，和她一样在租种地里翻地，她以为那个人是她父亲请来帮她干活的。当那个人挖得离她更近了些，她看他看得更清楚了。有时候烟雾把他们隔开，烟雾一飘走，他们又能互相看见了，不过烟雾又把他们和其他的人隔开了。

苔丝没有和她一起干活的这个人说话，他也没有和她说话。她也没有多想一想，只记得白天他不在地里，知道他不是马洛特村里的人。近几年来她时常离家，有时长期离家，所以她不认识那个人也不足为怪。他挖地挖得离她越来越近了，近得她可以清楚地看见他叉子上的铁齿像她叉子上的铁齿一样闪光。当她把一把枯草扔到火堆上的时候，她看见他在对面也在做同样的事。火光一亮，她看见了德贝维尔的那张脸。

她万万没有想到会在这儿见到他，他的样子也非常古怪，身上穿着只有最古板的农民才穿的打褶粗布长衫，他这种极其好笑的样子使她心里感到阵阵发怵。德贝维尔发出一声低低的长笑。

"如果我想开玩笑，我就要说，这多么像伊甸乐园啊！"他歪着头看着她，想入非非地说。

"你说什么呀？"苔丝有气无力地问。

"一个爱说笑话的人，一定要说我们两个人的情景就像在伊甸乐园里一样了。你是夏娃，我就是另外那个人，装扮成一个下等动物来诱惑你。我相信神学的时候，很熟悉弥尔顿描写的那个场面。有一段这样说——

"女王，路已铺好，并不太长，
就在一排桃金娘的那边……
……要是你接受
我的指引，我马上就带你去。"

"那么带路吧。"夏娃回答。①

"等等。我亲爱的亲爱的苔丝，我只能把这些话向你说出来，这都是你以为的或者想说的话，但这样说不是真实的，因为你把我想得太坏了。"

"我从来没有说过你是撒旦，也没有想过你是撒旦。我根本就没有那样看待你。除非你惹恼了我，我都能冷静地看待你。怎么，你到这儿来挖地完全是为了我吗？"

"完全是为了你。为了来看看你，别的什么也没有。我来这儿的路上，看见有件长衫挂在那儿出售，就买了穿上，免得被你认出来。我到这儿来，就是为了阻止你像这样干活。"

"但是我自己愿意这样干活——也是为我的父亲干活。"

"你在那个地方的合同期满了吗？"

"满了。"

"你以后到哪儿去呢？到你亲爱的丈夫那儿去吗？"

她简直受不了这种令人难堪的话。

"啊——我不知道！"她痛苦地说，"我没有丈夫了！"

"说得完全对——你的意思不错。但是你还有朋友呀，我已经下了决心，不管你怎么想，我也要让你过上舒服日子。你回家的时候，你就会看见我给你们送去了什么。"

"啊，阿历克，我希望你什么东西也不要送给我！你的东西我也不会要！我不愿意要你的东西——要你的东西是不对的！"

"说得对！"他轻佻地喊着说，"要是我对一个女人像对你一样心疼的话，我是不会看着她受苦而不帮助她的。"

"但是我的日子过得也不错！我的困难只是——只是——根本不是生活问题！"

她转过身去，拼命地挖起地来，眼泪流到锄头把上，又从锄头

① 见弥尔顿《失乐园》第九章六二六至六三一行。

的把上流到地里。

“关于孩子们——你的弟弟和妹妹，”他接着说，“我也一直在为他们考虑。”

苔丝的心战栗了——他正在触她心中的痛处，猜到了她主要的烦恼。自从回家以来，她就怀着热烈的感情在为这些孩子们操心。

“你的母亲要是不能恢复过来，总得有个人照顾他们吧。因为，我想你的父亲是没有多大用处的，是不是？”

“有我帮助他，他能管用的。他一定能管用的！”

“还有我的帮助。”

“不要你的帮助，先生！”

“你他妈的是不是太糊涂了？”德贝维尔叫起来，“唉，你的父亲认为我们是一家呀，他会感到很满意的啊！”

“他不会的，我已经实话告诉他了。”

“那你更加糊涂了！”

德贝维尔生气地从她的身边退到树篱的边上，在那儿把身上乔装打扮的长衫脱了下来，揉成一团扔进了火里，转身走了。

苔丝也无法继续挖下去了，只感到心神不定，不知道他是不是回到她父亲家里去了。她就用手拿着锄头，向家里走去。

她走到离家还有二十码远的地方，有一个妹妹向她走来。

“啊，苔丝——你看怎么办吧！丽莎·露正在哭，家里挤了一大堆人，妈妈倒是大见好了，可是他们却说父亲已经死了啊！”

这个孩子只知道这件事重要，但是不知道这件事悲惨。她站在那儿，睁着一双大眼睛看着苔丝，她看见苔丝听了她的话后脸上出现的神情，就说——

“喂，苔丝，我们是不是再也不能和父亲说话了啊？”

“可是父亲只不过是一点儿小病啊！”苔丝慌慌张张地喊着说。

丽莎·露也来了。

“他刚才跌倒的，给妈妈看病的大夫说，没有办法救了，他的心都叫油长满了。”

不错，德北菲尔德夫妇互相把位置变换了——快死的人脱离了危险，生小病的人倒死了。这件事比听起来的意义要严重得多。她的父亲活着的时候，他的价值和他个人成就的关系并不大，或者说也许没有多大价值，但是他的价值在他的个人以外。他是三辈人中的最后一辈，他们租住的房屋和宅基地的典约就到他这里为止。转租土地的农场主早就垂涎他们的房子，想把房子租给他的长工住，那时他的长工正缺少住的地方。而且，终身典房人几乎和小自由保产人一样在村子里不受欢迎，所以租期一到，就绝不让他们再租了。

因此，当年的德贝维尔家，现在的德北菲尔德家看着不幸的命运降临在他们的头上，毫无疑问，在他们还是郡中望族的时候，也肯定制造了许多次不幸的命运，或许还要更为严重，让它们降临在那些和他们现在一样的没有土地的人的身上。天下的一切事情，彼此消长，盛衰交替，本来就是这样不断变化的啊。

第五十一章

终于到了旧历圣母节的前夕，农业界的人忙着搬家的热烈场面，只有在一年中这个特别的日子里才会出现。这一天是合同期满的日子，在烛光节签订的下一年的户外劳动合同，也要从这一天开始。那些不愿意继续在老地方工作的庄稼汉——或者叫劳工，他们自古以来都叫自己庄稼汉，劳工这个词是从外面的世界引进来的——就要搬到新的农场上去。

这些每年一次的从一个农场到另一个农场的迁移，在这儿变得越来越多了。在苔丝的母亲还是一个小孩子的时候，马洛特村一带大多数种地的人，一辈子都是在一个农场里干活，他们的父亲和祖父都是以那个农场为家的；但是近些年来，这种希望每年搬迁的倾向达到了高潮。这种搬迁不仅使年轻的家庭高兴激动，而且也可能从搬迁中得到好处。这一家人住的地方是埃及，但是对从远处看它的家庭来说，它就变成了福地①，等到他们搬到那儿住下以后，才发现那个地方又变成了埃及，所以他们就这样不停地搬来搬去。

---

① 埃及、福地，宗教典故。古以色列入流落埃及，遭受虐待，祈祷上帝，上帝于是帮助摩西带领以色列人从埃及逃到迦南，因而迦南被称为福地。见《圣经·出埃及记》第一至第十六章。

但是，乡村生活中所有这些越来越明显的变动，并不完全是因为农业界的不稳定产生的。农村人口在继续减少。从前在乡村里，还有另外一个有趣的、见识广的阶级同种地的庄稼汉居住在一起，他们的地位比庄稼汉高，苔丝的父亲和母亲属于这个阶级，这个阶级包括木匠、铁匠、鞋匠、小贩，还有一些除了种地的庄稼汉而外的不好分类的人。他们这一班人都有固定的目的和职业，有的和苔丝的父亲一样，是不动产的终身所有人，也有的是副本持有不动产的人，有时候也有一些小不动产所有人。但是他们长期租住的房屋一经到期，就很少再租给相同的佃户，除非是农场主绝对需要这些房屋给他的雇工住，不然大部分房屋都被拆除。那些不是被直接雇来干活的住户，都不大受到欢迎，有些人被赶走以后，留下来的人生意受到影响，也只好跟着走了。这些家庭是过去乡村生活中的主体，保存着乡村的生活传统，现在只好逃到更大的生活中心避难了；关于这个过程，统计学家幽默地称为“农村人口流向城市的趋势”，这种趋势，其实同向下流的水由于机械的作用向山上流是一样的。

马洛特村的房屋经过拆除以后，就这样减少了，所以房主都要把没有拆除的房屋收回去，给自己的工人住。自从苔丝出现了那件事后，她的生活就笼罩在一种阴影里，既然德北菲尔德家的后人名誉不好，大家就心照不宣地作了打算，等到租期一满，就得让德北菲尔德家搬走，仅是只从村中的道德方面考虑也得如此。确实，德北菲尔德这家人无论在性情、节制，还是在贞操方面，一直不是村子里闪闪发光的典型。苔丝的父亲，甚至苔丝的母亲，有时候都喝得醉醺醺的，孩子们也很少上教堂，大女儿还有过一段风流艳史。村子要想办法维持道德方面的纯洁。所以圣母节的第一天刚到，德北菲尔德一家就非得离开，这座房屋的房间多，被一个有一大家人的赶大车的租用了。寡妇琼和她的女儿苔丝、丽莎·露，还有儿子亚伯拉罕和更小的一些孩子，不得不搬往其他的地方。

在搬家前的那个晚上，天下起了蒙蒙细雨，一片阴沉，所以不到天黑的时候天就黑了。因为这是他们在自己的老家和出生的地方住的最后一个晚上，所以德北菲尔德太太、丽莎·露和阿拉伯罕就一起出门去向一些朋友告别，苔丝则留在家里看家，等他们回来。

苔丝跪在窗前的一条凳子上，脸贴着窗户，看见玻璃上的水向下流着，好像玻璃外面又蒙上了一层玻璃。她目光落在一张蜘蛛网上，那张蛛网不该结在一个没有蚊蝇飞过的角落里，所以那只蜘蛛大概早已经饿死了。风从窗户缝里吹进来，轻轻地颤抖着。苔丝心里想着全家的境况，觉得自己是一家人的祸根。假如她这次没有回家来，她的母亲和孩子们也许会被允许住下去，做一个按星期缴纳租金的住户。可是她刚一回来，就被村子里几个爱挑剔和有影响的人看见了。他们看见她来到教堂墓地，用一把小铲子把被毁掉了的婴儿坟墓修好了。因此，他们知道她又回家住了。她的母亲也遭到指责，说她"窝藏"自己的女儿，这也引起琼的尖刻反驳，说自己不屑住在这儿和立刻搬走的话来；话一说出口，别人也信以为真，所以就有了现在这种结果。

"我永远不回家才好。"苔丝伤心地对自己说。

苔丝一心想着上面的那些事情，所以当时她看见街上有一个穿着白色雨衣的人骑着马走来，她起初并没有加以注意。大概是她把脸贴在窗玻璃上的缘故，他很快就看见她了，就拍马向屋前走来，差不多走进了墙下面留下来种花的那一溜土垄子。他用马鞭敲了敲窗户，苔丝才看见他。雨差不多停了，她按照他手势的意思把窗户打开。

"你没有看见我吧？"德贝维尔问。

"我没有注意，"她说，"我相信我听见你了，但是我以为是马车的声音。我好像在做梦似的。"

"啊！你也许听说过德贝维尔家的马车的故事。我想，你听说过那个传说吧？"

"没有。我的——有个人曾经想把那个故事告诉我，但是后来又没有告诉我。"

"如果你是德贝维尔家族的真正后人，我想我也不应该告诉你。

至于我，我是假的德贝维尔，所以无关紧要。那个故事有点儿吓人。据说有一辆并不存在的马车，只有真正德贝维尔家族血统的人才能听见它的声音，听见了马车声音的人都认为是一件不吉利的事情。这件事与一桩谋杀案有关，凶手是几百年前一个姓德贝维尔的人。”

“你现在已经讲开了，就把它讲完吧。”

“很好。据说有一个姓德贝维尔的人绑架了一个漂亮女人，那个女人想从绑架她的那辆马车上逃跑，在挣扎中他就把她杀了，也许是她把他杀了——我忘了是谁把谁杀了。这是这个故事的一种说法——我看见你们把盆子和水桶都收拾好了。你们要搬家了，是不是？”

“是的，明天搬家——明天是旧圣母节。”

“我听说你们要搬家，但是我还不敢相信，好像太突然了。是为什么呢？”

“那座房屋的租期到我父亲死时为止，我的父亲一死，我们就没有权利住下去了。要不是因为我的缘故，我们也许还能一礼拜一礼拜地住下去。”

“因为你什么呢？”

“我不是一个——正经女人。”

德贝维尔的脸顿时红了。

“这些人真是不要脸！可怜的势利小人！但愿他们的肮脏灵魂都烧成灰烬！”他用讽刺憎恶的口气喊着说，“你们就是因为这个才搬家的，是不是？是被他们赶走的，是不是？”

“这也并不完全算是被他们赶走的，不过他们说过我们应该早点搬家的话，现在大家都在搬家，所以我们还是现在搬家最好，因为现在的机会好一些。”

“你们搬到哪儿去呢？”

“金斯伯尔。我们在那儿租了房子。我母亲偏爱我父亲的老家，所以她要搬到那儿去。”

“可是你母亲一家人租房住不合适呀，又是住在一个窟窿大的小镇上。为什么不到特兰里奇我家花房里去住呢？自从我的母亲死后，已经没有多少鸡了；但是房子还在，花园还在，这你都知道。那房子一天就可以粉刷好，你母亲就可以十分舒服地住在那儿了；我还要把孩子们都送到一个好学校去。我真的应该为你帮一点儿忙！”

“但是我们已经在金斯伯尔把房子租好了呀！”苔丝说，“我们可以在那儿等——”

“等——等什么呀？等你那个好丈夫吧，这是不会错的。你听着好啦，苔丝，我知道男人是一些什么样的人，心里也记得你们是为什么分离的，我敢肯定他是不会同你和好的。好啦，虽然我曾经是你的敌人，但是我现在是你的朋友，你不相信也罢。到我的小屋去住吧。我们把家禽养起来，你的母亲可以把它们照管得很好，孩子们也可以去上学。”

苔丝的呼吸越来越急促，后来她说——

“我怎样才知道你会这么办呢？你的想法也许改变了——然后——我们——我的母亲——又要无家可归了。”

“啊，不会改变的，不会的。如果你认为必要，我可以写一份防止我改变主意的字据给你。你想一想吧。”

苔丝摇了摇头。但是德贝维尔坚持不让，她很少看见他如此坚决，她不答应，他就不肯罢休。

“请你告诉你的母亲吧，”他郑重地说，“这本来是应该由她作决定的事，不是由你来作主的。明天早上我就让人把房子打扫干净，粉刷好，把火生起来，到晚上的时候房子就干了，这样你们就可以直接搬进去。请你记住，我等着你们。”

苔丝又摇了摇头；心里涌现出各种复杂的感情。她无法抬头看德贝维尔了。

“我过去欠着你一笔人情债，这你是知道的。”他嘟哝着说，“你也把我的宗教狂热给治好了。所以，我高兴——”

“我宁愿你还保持着你的宗教狂热，这样你就可以继续为宗教做事！”

“我很高兴能有机会为你作一点儿补偿。明天我希望能听到你的母亲从车上卸东西的声音——现在让我们为这件事握手吧——亲爱的美丽的苔丝！”

他说最后一句话的时候，把声音放低了，好像嘟哝一样，一面把手从半开的窗户中伸进去。苔丝的眼睛带着狂怒的感情，急忙把固定窗户的栓子一拉，这样就把德贝维尔的胳膊夹在窗户和石头的直棂中间了。

“真是该死——你真狠心呀！”他把胳膊抽出来说，“不，不！——我知道你不是故意这样做的。好吧，我等着你，至少希望你的母亲和孩子们会去。”

“我不会去的——我的钱多着啦！”她大声喊。

“你的钱在哪儿？”

“在我的公公那儿，如果我去要，他就会把钱给我。”

“如果你去要。可是你不会去要，苔丝，我知道你知道得很清楚。你不会找别人要钱的——你宁肯饿死也不会去找人要钱！”

说完这些话，他就骑着马走了。刚好在那条街的拐角的地方，他遇见了从前那个提着油漆桶的人，那个人问他是不是把道友抛弃了。

“见你的鬼去吧！”德贝维尔说。

德贝维尔走了，苔丝在那儿待了好久好久，突然，她心底里涌起一股因受尽委屈而要反叛的情绪，引发了她的悲痛，不禁泪如泉涌，涨满了她的眼睛。她的丈夫，安琪尔·克莱尔自己也和别人一样，待她太残酷了，他的确待她太残酷了！她过去从来没有这样想过，但是他待她的确太残酷了！在她的一生中——她可以从她的心底里发誓——从来没有故意做错过事，可是残酷的惩罚却降落在她的身上。无论她犯的是什么罪，也不是她故意犯的罪，既然不是故意犯罪，那她为什么要遭受这种无穷无尽的惩罚呢？

她满腹委屈地顺手拿过一张纸，在上面潦潦草草地写下了这样的话：

> 啊，安琪尔呀，为什么你待我这样无情无义啊！这是我不应该受的呀！我已经前前后后仔细地想过了，我永远永远也不会宽恕你了！你知道我不是故意委屈你的，为什么你却要这样委屈我呢？你太狠心了，的确大狠心了！我只好尽力把你忘了。我在你手里，得到的都是委屈呀！

她看着窗外，等到送信的路过，就跑出去把信交给他，然后又回去呆呆地坐在窗前。

写一封这样的信和一封情词哀怨的信没有什么不同。他怎能为她的哀怨动心呢？事实并没有改变，没有什么新的情况改变他的观点。

天越来越黑了，火光在房间里闪耀着。两个最大的孩子和母亲一起出去了，四个更小的孩子年龄从三岁半到十一岁不等，都穿着黑裙子，围坐在壁炉前叽叽喳喳地谈着孩子们的事情。屋里没有点蜡烛，苔丝后来也就和孩子们一起谈起来。

"宝贝们，在我们出生的这座屋子里，我们只能在这儿睡最后一个晚上了，"苔丝急忙说，"我们应该把这件事想一想，你们说是不是？"

孩子们变得安静下来。在他们那个年纪，最容易感情激动，一想到他们就要离开他们的故土了，一个个都咧嘴哭了出来，可是就在白天，他们一想到要搬到新地方去，还一个个感到高兴呢。

"亲爱的，你们给我唱支歌曲好不好？"

"我们唱什么歌曲呢？"

"你们会唱什么歌曲就唱什么歌曲好啦，我都愿意听。"

孩子们暂时安静了一会儿，第一个孩子打破了沉默，轻声试着唱起来；第二个孩子开始跟着唱，最后第三个和第四个孩子也加入进来，一起唱起了他们在主日学校学会的歌曲——

我们在这儿受苦受难，
我们在这儿相聚离别；
在天堂我们就不会分开。①

他们四个人一起唱着，那种神情就好像老早已经把问题解决了并且解决得没有错误的人，觉得不需要多加考虑了，所以神情冷静呆板。他们的脸一个个都很紧张，使劲地唱着每一个音节，同时还不住地去看中间闪烁不定的火焰，最小那个孩子还唱得错了节拍。

苔丝转过身去，又走到窗户跟前。外面的天色已经完全黑了，但是她把脸贴着窗户玻璃，仿佛要看穿外面浓浓的黑夜，其实，她是在掩藏自己眼中的泪水。只要她真能相信孩子们唱的歌曲里面的话，真的敢肯定是那样的话，那么一切将和现在多么不同呀，那么她就可以放心地把他们交给上帝和他们未来的王国了！可是，那是无法办到的，所以她还得想办法，做他们的上帝，在一个诗人写的诗句里，里面有一种辛辣的讽刺，既是对苔丝的讽刺，也是对其他千千万万的人的讽刺——

我们不是赤裸着降生
而是驾着荣耀的祥云。②

在苔丝和苔丝这样的人看来，下世为人本身就是卑鄙的个人欲望遭受的痛苦，从结果来看，也好像无法让它合乎道理，至多只能减轻一些痛苦。

---

① 这是主日学校的流行赞美诗，名为《Heeven Anticipated》，T. Bilby 作于1832年。

② 这是华兹华斯的诗句，见《Odeon Itimation of Immortality from Recollections of Early Childhood》一诗。

在苍茫的夜色里，苔丝看见她的母亲和瘦长的丽莎·露以及亚伯拉罕从潮湿的路上走了回来。不久德北菲尔德太太穿着木鞋走到了门口，苔丝打开门。

“我看见窗户外面有马的蹄印哪。”琼说。“有人来过吗？”

“没有人来过。”苔丝说。

坐在火边的孩子们表情严肃地看着她，其中有一个低声说——

“怎么啦，苔丝，骑马的是一个绅士啊！”

“那个绅士是谁？”母亲问，“是你的丈夫吗？”

“不是的。我的丈夫永远永远也不会来了。”她用绝望的语气回答说。

“那么他是谁呀？”

“啊！你不必问我了。你以前见过他，我从前也见过他。”

“啊！他说什么啦？”琼好奇地问。

“等到我们明天在金斯伯尔住下来了，我再一个字一个字地告诉你。”

她已经说过，那个人不是她的丈夫。可是在她的意识里，从肉体的意义上说，她在心里越来越感到只有那个人才是她的丈夫。

第五十二章

第二天凌晨两三点钟的时候，天仍然一片漆黑，住在大道旁边的人就听到了马车的辘辘声，从睡梦中给吵醒了，马车的辘辘声时断时续，一直持续到天亮——每年这个月的第一个礼拜是一个特殊的礼拜，每年在这个时候都要听到马车的吵闹声，就好像在这个月的第三个礼拜一定会听到杜鹃的叫声一样。这些声音都是大搬家的前奏，是那些为迁走的家庭搬运物品的空马车和搬家队走过去的声音；因为被雇用的人通常都是由雇主派车把他们接到目的地。由于搬家的事要在一天内搬完，所以半夜刚过马车的辘辘声就响了起来，为的是要在六点钟把马车赶到搬家人的门口，一到那儿，他们就立即动手把要搬走的东西装上车。

但是苔丝和她母亲的家却没有热心的农场主为她们派来马车和搬家的人。她们都是妇道人家，不是正式的庄稼汉，也没有特别需要她们的地方，因此不能免费运送任何东西，不得不自己花钱雇马车。

苔丝向窗外看去，只见那天早晨天色阴沉沉的，刮着风，但是没有下雨，雇的马车也来了，她这才放下心来。圣母节这天下雨是搬家的人永远也忘不了的鬼天气；天一下雨，家具淋湿了，被褥淋湿了，衣服也淋湿了，最后弄得许多人生病。苔丝的母亲、丽莎·露和亚伯拉罕已经醒了，不过更小的几个孩子仍然睡着，没有人去叫醒他们。醒来的四个人在暗淡的灯光下吃了早饭，就动手往车上装东西。

装马车的时候有一两个友善的邻居过来帮忙，气氛还有几分高兴。几件大的家具放好以后，又用床和被褥在车上弄了一个圆形的窝儿，预备在路上让琼·德北菲尔德和几个小孩子坐。

东西装上车以后，她们又等了许久，拉车的马才备好了牵过来，因为马车到了以后，马就从车上卸下来了；一直耽误到两点钟，人马才一起上路。做饭的锅吊在车轴上，德北菲尔德太太和孩子们坐在马车顶上，把钟放在腿上抱着，防止马车在猛烈颠簸时把机件震坏了；马车猛地晃一下，钟就敲一下，或敲一下半。苔丝和妹妹跟在马车旁边走着，一直走出了村子才上车。

她们在早上和头天晚上曾经到几户邻居家里告别，这时候他们也前来为她们送行，祝她们走好运，不过在他们秘密的心底里，却没有想到好运会降临在这样一个家庭里，其实德北菲尔德这家人除了对自己而外，对任何人都不会有什么损害。马车不久上了土坡，随着地势的增高，风也随着路面和土壤的变化而变得更加寒冷了。

那天是四月六日，德北菲尔德家的马车在路上遇见了许多其他的马车，都是马车上装着家具，家具上坐着全家人；这种装载的方法近来似乎成了不变的原则，大概它的独特性对于农村种庄稼的人就像蜂巢对于蜜蜂一样。装车的基础部分是家里的碗柜，碗柜上有发亮的把手，手指头印儿和沾在上面的厚厚油垢；它按照平常的摆法被竖在车前面重要的位置上，对着拉车的马的尾巴；那个碗柜就像一个约柜①，搬运的时候要恭恭敬敬地才行。

在这些搬家的人当中，有的快活，有的悲伤，有的停在客栈的门口，到了吃饭的时候，德北菲尔德一家老小也把马车停在一家旅

① 约柜（Ark of the Covenant），指装有十块摩西十戒的石碑的柜子。见《圣经·民数记》第十章及其他章。

馆的门口，给马喂料，让人吃饭。

休息的时候，苔丝的眼睛看见有一辆马车的顶上坐着一群妇女，她们正在从车上到车下地互相传递着一个装三品特酒的大酒杯喝酒；那辆马车和苔丝的马车停在同一个旅馆里，不过距离稍为远一点。苔丝的眼睛随着那只被传来传去的大酒杯看到了车上，发现有一双她熟悉的手把那酒杯接了过去。于是苔丝向那辆马车走过去。

“玛丽安！伊茨！”苔丝大声喊，因为车上坐的正是她们两个，她们现在正和她们住的那一家人一起搬迁。“你们今天也搬家，和大家一样是不是？”

她们说她们正和大家一样搬家。在燧石山农场生活太苦了，她们几乎没有通知格罗比就走了，如果他愿意，让他到法庭告她们好了。她们告诉了苔丝她们的去处，苔丝也把自己的去处告诉了她们。

玛丽安伏身在马车装的物品上，低声和苔丝说话。“你知道跟着你的那位绅士吧？你猜得出我说的是谁，他到燧石山农场来找过你，问你是不是回家了。既然我们知道你不想见他，我们就没有告诉他你去了哪儿。”

“噢——可是我已经见到他了！”苔丝嘟哝着说，“他找着我了。”

“他知道你现在去哪儿吗？”

“我想他知道。”

“你的丈夫回来了吗？”

“没有。”

这时两辆马车的车夫已经从客栈出来了，赶着苔丝就告别了她的朋友，回到自己的马车上，于是两辆马车就往相反的方向走了。玛丽安和伊茨决定和她们住的那家耕地的农民一起走，他们坐的马车油漆得发亮，用三匹高头大马拉着，马具上的铜饰闪亮耀眼；而德北菲尔德太太一家人坐的这辆马车却是一个吱吱作响的木头架子，几乎承受不了上面负载的重物，这是一辆自从造出来就没有油漆过的马车，只有两匹马拉着。这是一种强烈的对比，表示出两家的明显差别，说明由兴旺发达的农场主来接和没有雇主来接而只好自己雇车是不同的。

路很远——一天要走完这些路确实太远了——两匹马要拉着车走完这些路也极其不易。尽管他们动身非常早，但是等到他们走到一处高地的坡上，天色已经是下午很晚的时候了，那处高地是被称作青山的那块高地的组成部分。两匹马站在那儿撒尿喘气的时候，苔丝看了看四周。在那座山下，正好在他们的前面，就是他们前往的那个半死不活的小镇金斯伯尔，那儿埋着她父亲的祖先的枯骨，她的父亲经常提到他的这些祖先，夸耀得让人厌烦不过。金斯伯尔，在全世界可能被当作德北菲尔德家族老家的地点中，就只有这个地点了，因为他们在那儿足足住了五百年。

这时只见一个人从郊外向他们走来，那个人看出是搬家的马车，就加快了他的脚步。

“我想，你就是德北菲尔德太太吧？”他对苔丝的母亲说，那时她已经下了车，想步行走完剩下的路。

她点点头。“我要是关心我的权利的话，我得说我就是新近故去的穷贵族约翰·德北菲尔德爵士的遗孀，我们正在回我丈夫祖宗的领地去。”

“哦？好，这我可不知道；不过如果你是德北菲尔德太太的话，我来这儿是要告诉你，你要的房子已经租给别人了。我们今天早晨才收到你的信，知道你们要来——但这时候已经太晚了。不过你们在别处也找得到住处，这是没有问题的。”

来人也注意到苔丝的脸，只见她听到这个消息，脸顿时变得一片灰白。她的母亲也露出绝望的神情。“我们现在怎么办呢，苔丝？”她痛苦地对苔丝说，“这就是你祖先的故土对我们的欢迎了！还是让我们到前面找一找吧。”

她们走进了小镇里，尽量去找住房。苔丝的母亲和妹妹丽莎·露出去打听住处，苔丝则留在马车的旁边照顾小孩子。一个小时过后，琼寻找住处一无所获，回到了马车的旁边，赶车的车夫说，车上的东西一定要卸下来，因为拉车的马都快累死了，而且当天晚上他至少还得往回走一段路。

“好吧——就卸在这儿吧，”琼不顾一切地说，“我总会找到一个栖身的地方。”

马车已经拉到了教堂墓地的墙角下，停在一个别人看不见的地方，车夫把车上装的可怜东西卸下来，堆在地上。卸完车，琼付了车钱，这样她差不多把她最后的一个先令都花光了。车夫离开他们走了，再也用不着继续同他们打交道，因此车夫心里非常高兴。这是一个干燥的夜晚，车夫猜想他们晚上冻不着。

苔丝绝望地看着那一堆家具。春天傍晚清冷的太阳，好像含有恶意似的照射着那些坛坛罐罐，照射着一丛丛在微风中索索发抖的枯草，照射着碗柜的铜把手，照射到他们所有的孩子都睡过的那个摇篮上，照射在那座被擦得发亮的钟面上，太阳照射着所有这一切，这一切闪现着责备的亮光，好像在说，这些室内的物品，怎么会被扔到露天里来了。周围是当年的德北菲尔德家的园林，现在变成了山丘斜坡，被分割成一小块一块的围场，那块绿草菁菁的地基，表明当年那儿建造过德北菲尔德家的府邸；从这儿向外延伸出去的爱敦荒原一片苍茫，从前它一直属于德北菲尔德家的产业。紧靠身边的是教堂的一条走道，也叫做德北菲尔德走道，在一旁冷冷地看着他们。

“我们家族的墓室不是完全保有的地产吗？”苔丝的母亲把教堂和教堂墓地又重新观察了一番，转回来说，“啊，当然是的，孩子们，我们就在这儿住下了，一直住到在你们祖先的故土上找到房子为止！喂，苔丝，丽莎，还有亚伯拉罕，都过来帮忙。我们要先给几个小的弄一个睡觉的地方，然后我们再出去看一看。”

苔丝没精打采地过去帮忙，用了一刻钟的时间，才把那张四柱床从那一堆杂物中拖出来，然后把它摆放在教堂的南墙边，那儿是德北菲尔德走道的一部分，下面是她们家族的巨大墓室。在四柱床的床帐上方，是一个带许多花饰的美丽窗户，窗户是由许多块玻璃做成的，大概是十五世纪的东西。那个窗户也被称为德北菲尔德窗户；在窗户的上半部分可以看到家徽一样的装饰，同德北菲尔德家保存的古印和汤匙上的装饰一模一样。

琼把帷帐围在床的四周，做成了一个绝妙的帐篷，把那些小孩子安顿进去。“如果实在没有办法，我们也只好在那儿睡一个晚上了，”德北菲尔德太太说，“让我们再想想办法，给孩子们买点儿东西吃吧！啊，苔丝，要是我们流落到这步田地，你还要老想着嫁给一个绅士，这有什么用啊！”

她又由丽莎·露和亚伯拉罕陪着，走上了那条把教堂和小镇分开的篱路。他们一走进街道，就看见一个骑马的人在上下打量他们。“啊——我正在找你们哪！”他骑着马向他们走过来说，“这倒真是一家人聚集在这个历史地点了！”

来人是阿历克·德贝维尔。“苔丝在吗？”他问。

琼本人对他没有好感。她粗略地向教堂的方向指了指，就朝前走了。德贝维尔对琼说，他刚才听说他们正在找房子，万一他们要是找不到住处的话，他再来看他们。在他们走了以后，德贝维尔就骑着马向一个客栈走去，但不一会儿又步行着从客栈里走了出来。

在这段时间里，苔丝陪着床上的那几个孩子，和他们说了一会儿话，看见当时没有什么可以使他们更舒服的事情做，就到教堂的四周走一走，那时候夜幕正在降临，教堂墓地也开始变得苍茫起来。教堂的门没有锁，她就走了进去，这是她一生中第一次走进这个教堂。那张床摆放在那个窗户的下面，在窗户的里面，就是他们家族的墓室，已经有好几百年的历史了。墓室的上面有华盖，是一种祭坛式样，很朴素，上面的雕刻残破了，青铜饰品已经从框子里脱落了，框子上留下一些洞眼，就像沙岩上圣马丁鸟的窝一样。苔丝的家族已经从社会上灭绝了，但是在她见到的在所有残存下来的东西中，没有比这儿残破凄凉的景象更厉害的了。

她走到一块黑色的石碑前面，石碑上面刻着花体文字：

古德贝维尔家族之墓

苔丝不像红衣主教那样能够阅读教会拉丁文，但是她知道这儿是她祖坟的墓门，墓里面埋的是她的父亲举杯歌咏的那些身材高大的骑士。

她默默地想着，转身走了出去，从一个祭坛式墓室旁边经过；那个墓室是最古老的一个，她看见墓室上还蜷伏着一个人形。在苍茫的暮色中，苔丝刚才没有加以注意，现在她要不是奇怪地想到那个人形在动，她也不会注意到。当她走到那个人形的跟前时，她立即看出来那是一个活人。这儿并不是她一个人，她顿时吓得两腿发软，就要晕了过去，这时才认出那个人形是德贝维尔。

他从墓顶上跳下来，扶住苔丝。

"我看见你进来的，"他笑着说，"我爬到那儿去，是怕打搅了你的沉思默想。是不是全家人在这儿和地下的老古董聚会啊？听着。"

他用他的脚后跟使劲地跺着地面，从下面发出空洞洞的回声。

"我敢保证，这才会使他们受到一点儿震动！"他继续说，"你以为我只是这些石像中的一个吧。可是不是的。一朝天子一朝臣啊。我这个冒牌的德贝维尔现在伸出一根小手指，也比地下那些世世代代的武士更能帮上你的忙——现在吩咐我好了。我能为你做些什么呢？"

"你给我走开！"苔丝低声说。

"我要走开的——我去找你的母亲。"他温和地说。但是他从她的身边走过的时候，小声对她说，"记住，你总有客气的一天的！"

德贝维尔走了以后，她伏在墓门口说——

"我为什么没有躺在这个墓门的里面呢？"

与此同时，玛丽安和伊茨正和那个耕地的人一起，带着他们的物品向迦南的福地走去，其实这儿是另外一些家庭的埃及，他们就在这天的早晨才刚刚离去。但是这两个女孩子并没有老是把她们要去的地方放在心上。她们谈的是关于安琪尔·克莱尔和苔丝的事，谈的是苔丝的那个追着她不放的情人，那个情人同她过去的历史她们已经猜出了一些，也听到了一些。

“看来她仿佛以前不认识他似的。”玛丽安说，“既然她以前受过他的骗，那现在的情形就完全不同了。要是他再把她勾引走了，那她就万分可怜了。伊茨呀，克莱尔先生对于我们已经没有什么了，我们为什么不成全他们两个呢？为什么不去弥合他们的争吵呢？要是他知道了苔丝在这儿遭受的罪，知道了有人在追求她，他也许就要回来照顾他的妻子了。”

“我们怎样才能让他知道呢？”

她们一路上思考着这件事，走到了目的地，但是她们刚到一个新地方，忙忙碌碌地安置新家，所以这件事就被放下来了。但是当她们安顿好了，这已经是一个月以后的事了，虽然她们没有听到苔丝的什么消息，但是听说克莱尔快要回来了。听说了这个消息，又引发了她们对他的旧情，但是她们也要光明正大地为苔丝作点事。玛丽安打开她和伊茨一起花钱买的墨水瓶，互相商量着写了一封信。

尊敬的先生——如果你像她爱你一样还爱着她的话，请你来爱护你的妻子吧。因为她现在正受到一个装作朋友的敌人的诱惑。先生，有一个应该远远离开她的人，现在跟她在一起了。对女人的考验不应该超过她的承受能力，水滴石穿——莫说是石头——就是钻石也会滴穿呀。

两个好心人

她们把这封给安琪尔·克莱尔的信寄到了爱敏寺的牧师住宅，这是她们从前听说的和他有关的地方。她们把信寄走了以后，继续为她们的侠义行动感到高兴，同时，她们又歇斯底里地唱起歌来，一边唱一边哭着。

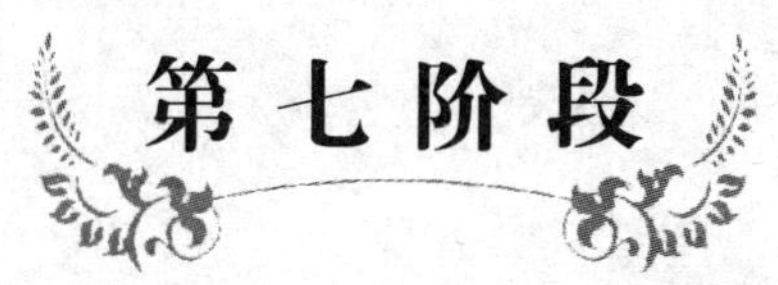

第七阶段

团　圆

第五十三章

在爱敏寺牧师住宅里，那时的天色已经到了黄昏。牧师的书房里照规矩点着两支蜡烛，罩着绿色的灯罩，但是牧师却不在书房里。牧师偶尔走进来，拨一拨壁炉里不大的一堆火，然后又走出去，春天的天气已渐渐暖和，那一小堆火已经足够了。有时候他走到前门旁，在那儿站一会儿，又到客厅里去一趟，然后再回到前门旁。

前门的方向朝西，虽然屋内已经变得昏暗了，但是屋外仍然很明亮，可以看得清清楚楚的。克莱尔夫人一直坐在客厅里，这时也跟着丈夫来到门口。

“还早着哪。”牧师说，“即使火车能够准点，他不到六点钟也到不了粉新屯，到了粉新屯，还有十英里的乡村道路，其中有五英里走的是克里默尔克洛克篱路，走这段路我们那匹老马快不了的。”

“可是，亲爱的，它拉着我们一个小时也跑完了这段路啊。”

“那是好几年前的事了。”

他们就这样说了几分钟的话，每个人心里都知道，他们那番话是白费口舌，根本的办法只有耐心等待。

篱路上终于传来了一点儿声音，不错，他们那辆单马拉的旧双轮马车在栅栏门外出现了。他们看见有一个人下了车，心想他们认识那个人，其实这是因为他们知道有一个特殊的人物正要回来，他们在这个特殊的时刻刚好看见一个人从他们家的马车上走下来，所以他们知道这就是他们等候的人。不过真正说来，如果他们是在街上看见他，一定会失之交臂的。

克莱尔太太急忙从黑暗的过道走到门口，她的丈夫跟在她的后面，走得慢一些。

那个刚到的人正要进门来，看见了他们两个人焦虑的脸，也看见了他们的眼镜反射出来的亮光，因为他们当时正好面对着白天的最后一道夕阳，但是他们看见的只是他背对着阳光的身形。

“啊，我的孩子，我的孩子——你终于回家了！”克莱尔太太喊着说，在那个时刻，她对她这个儿子，关心的不再是引起这番离别留在他身上的异端学说的污点，而是他衣服上的尘土。其实，世界上的女人，即使是最坚持真理的女人，又有谁会不相信自己的孩子而只相信《圣经》里的允诺和恐吓呢？或者说，她的神学理论要是妨碍了孩子的幸福，难道她不会把她的神学理论当作耳边风吗？他们一起走进点着蜡烛的房间，克莱尔太太向儿子的脸上看去。

“啊，这不是安琪尔——不是我的儿子——不是离开家的那个安琪尔呀！”她满腹心酸地说着反话，转过身去。

他的父亲看见他也大吃一惊。克莱尔最初受到家庭变故的嘲弄，心生厌恶，急急忙忙地跑到异国的气候里去，在那儿遭受了烦恼和恶劣天气的折磨，和以前相比现在已经瘦得变了样子。你看见的只是他身上的一副骨架，几乎可以看见那副骨架后面的鬼魂。他简直可以和克里维利画的《死去的基督》① 那幅画相比了。他眼眶深陷，一脸病容，眼睛里昔日的光彩也消失了。他的那些老祖宗们的瘦骨嶙峋和满脸的皱纹，已经提前二十年出现在他的脸上了。

“你们知道，我在那边生病了，”他说，“现在我已经好了。”

但是仿佛要证明他在说谎似的，他的两条腿支持不住了，为了

① 克里维利（Carlo Crivelli），十五世纪意大利画家，生卒时间不详，其名作《死去的基督》（Christus）现存于伦敦国家美术馆。

防止跌倒，他只好一屁股坐了下来。他只是感到有点儿轻微的晕眩，那是因为旅途的劳顿和回到家后的兴奋引起的。

“最近有没有我的信？”他问，“你上次转给我的信，在巴西的内地转来转去，耽误了许久，最后完全是碰巧收到的，不然我会回来得更早些。”

“我们认为那封信是你的妻子写的，是不是？”

“是的。”

最近寄来的只有一封。因为他们知道他很快就要回家，所以还没有把这封信给他转去。

他急忙打开递给他的那封信，从苔丝在急忙中用潦草的字迹写给他的那封信中，他读到苔丝向他表达的情意，心里十分激动。

啊，安琪尔呀，为什么你待我这样无情无义啊！这是我不应该受的呀！我已经前前后后仔细地想过了，我永远永远也不会宽恕你了！你知道我不是故意委屈你的，为什么你却要这样委屈我呢？你太狠心了，的确大狠心了！我只好尽力把你忘了。我在你手里，得到的都是委屈呀！

苔

“说得完全对！”安琪尔把信扔下说，“她也许永远不会跟我和好了！”

“安琪尔，不要这样为一个乡下土孩子着急！”他的母亲说。

“一个乡下土孩子！哼，那我们都是乡下土孩子。我希望她就是你说的那种乡下土孩子，现在让我把以前没有给你们说明的事说一说吧：就父系的血统说，她的父亲是诺曼王朝世家的后人，有许许多多像他这样的人，都在我们村子里过着默默无闻的农民生活，都被人叫做‘乡下土孩子’哪。”

不久，他上床睡了。第二天早晨，他觉得非常不舒服，就留在自己的房间里，思考着。目前的情形是，当他还在赤道的南面和刚收到苔丝写给他的那封情意深长的书信的时候，他觉得他什么时候只要肯原谅她，他什么时候就可以回到她的怀抱里去，这似乎是世界上最容易不过的事；而现在他回来了，事情却似乎不像看起来的那么容易。她是一个感情热烈的人，现在他从读到的这封信可以看出，由于他没有理她，她对他的看法已经改变了——他悲伤地承认，这种改变也是应该的——他在心里问自己，不先写一封信给她，就到她父母的家里去见她，这是不是明智呢？假如在他们分离后最近这几个礼拜里，她对他的爱确实已经变成了对他的恨，突然见面也许只能引起让他难以忍受的话来。

因此克莱尔想，最好还是先给住在马洛特村的苔丝和她的父母写一封短信，把自己回来的事告诉他们，希望苔丝还是像他离开英格兰时对她的安排那样，仍然和她的父母住在一起。他在当天就把这封打听情况的信寄了出去，在一个礼拜快要结束的时候，他收到了德北菲尔德太太寄来的一封短信，但是这封信还是没有解决他想解决的问题，因为信上没有地址，而且他感到吃惊的是，信不是从马洛特村寄出的。

> 先生——我写这几句话是为了告诉你，我的女儿现在已经不在我这儿了，我也不知道她什么时候回来，只要她回来了，我就写信告诉你。她现在暂住在什么地方，我不便告诉你。我只能说，我和我们一家人已经离开马洛特村一些时候了。
>
> 琼·德北菲尔德

克莱尔从信中看出，苔丝显然至少安然无恙，因此也就放心了。尽管苔丝的母亲态度生硬，也不愿意把苔丝的地址告诉他，但是这也没有让他没完没了地难过。很明显，他们都生他的气。他可以等待，直到德北菲尔德太太给他写信，告诉他苔丝回来了；从那封信的意

思看，她不久就会回来的。他不配受到比这更好的待遇。因为他是这样一个人，“一有风吹草动，他也就跟着动摇”①。

他这次出国，经历了一些奇怪的遭遇。他从字面上的柯勒丽亚身上，看到了实质上的芳丝蒂娜，从肉体上的佛瑞丽身上，看到了精神上的鲁克里娅②。他想到了那个被抓来站在众人之中的那个女人，那是一个应该被石头砸死的女人，他也想到了后来做了王后的乌利亚的妻子③。于是他问自己，他对苔丝作出评价的时候，为什么不用推论，只看历史？为什么只看行为，不管意向？

又过去了一两天，他一直呆在他父亲家里，等着德北菲尔德太太答应给他写的第二封信，同时他也间接地恢复了一点儿力气。他的体力有了恢复的迹象，但是却没有琼·德北菲尔德给他写信的迹象。从前他在巴西的时候，苔丝在燧石山农场给他写过信，于是他把他收到的信找出来，又读了一遍。他现在读这封信，和他第一次读这封信时一样深受感动。

> 我必须向你哭诉我的不幸——我没有别的人可以向他哭诉了啊……要是你还不快点儿到我这儿来，或者写信让我去你那儿，我想我一定要死了……请你，请你不要只是为了公正，给我一点儿慈悲吧！只要你来了，我情愿死在你的怀里！只要你宽恕了我，我死了也感到满足呀！……你只要写一句话给我寄来，说，“我很快就来了。”我就等着你，安琪尔……啊，我会高高兴兴地等着你的呀！……想想吧，我总是见不到你，我心

---

① 引自莎士比亚的十四行诗第一一六首第三行。

② 柯勒丽亚（Cornelia），古罗马著名的贞洁女人，执政官庞培的妻子。芳丝蒂娜（Faustina），古罗马著名的淫女典型。佛瑞丽（Phryne），古罗马著名歌女，以美著称。鲁克里娅（Lucretia），古罗马的贞女，因遭奸污而自杀。

③ 应该被石头砸死的女人，指玛利·抹大拿。见《圣经·约翰福音》第八章第三至第十一节。

里该是多么痛苦啊！啊，我每天都在遭受痛苦，我整天都在遭受痛苦，要是我能够让你那颗亲爱的心每天把我的痛苦经受一分钟，也许就会使你对你可怜的孤独的妻子表示同情了。……只要能和你在一起，即使我不能做你的妻子，而只做你的奴仆，我也感到满足，感到高兴。所以，我只要能在你身边，能看见你，能想着你，我也就甘心了。……无论是天上，还是人间，或者是地狱，我只渴望一件事……到我身边来吧，把我从威胁中拯救出来吧！

克莱尔决心不再相信苔丝最近写的那封信中措辞严厉的话，并且决定立即就出门去找她。他问他的父亲，他不在英国期间，她是否来这儿要过钱。他的父亲回答说没有，这时候安琪尔才第一次想到这是她的自尊妨碍了她来要钱，才想到她因为没有钱用而受了苦了。他的父母这时候也从他的话里听出了他们分离的真正原因。他们的基督教是一种这样的宗教，即以拯救道德堕落的人为特殊的目的，苔丝的血统、纯朴、甚至她的贫穷，都没有引发他们的同情心，但是她的罪恶却使他们马上激动起来。

他在急急忙忙收拾几件旅行用的随身物品的时候，又瞥了一眼也是最近收到的一封简单的信——那是玛丽安和伊茨寄来的，信的开头这样写道——

“尊敬的先生——如果你像她爱你一样还爱着她的话，请来爱护你的妻子吧。……”信后的签名是“两个好心人”。

第五十四章

不到一刻钟，克莱尔就离开了牧师住宅，他的母亲在家里望着他，看见他瘦弱的身影慢慢地在街道上消失了。他谢绝了父亲把那匹老母马借给他的建议，因为他知道家里也需要它。他到客栈里去租了一辆小马车，急不可耐地等着把车套好。不一会儿，他就坐着马车上了山，出了小镇，就在今年三四个月以前，苔丝也曾满怀着希望从这条路上下山，后来又怀着破碎的心情从这条路上上山。

不久，本维尔篱路就出现在他的面前了，只见两旁的树篱和树木，都已经长出了紫色的新芽。但是克莱尔无心去观赏风景，他只是需要回忆这些景物，不要让自己把路走错了，在走了不到一个半钟头的时候，他就走到了王室新托克产业的南端，向山上手形十字柱那个孤独的地方走去。就在那根罪恶的石柱旁边，阿历克·德贝维尔曾经因为要改过自新的一种冲动，逼着苔丝发了一个奇怪的誓言，说她永远也不故意去诱惑他。去年剩下的灰白色的荨麻的残茬，现在还光秃秃地留在山坡上，今年春天新的绿色荨麻正在从它们的根部长出来。

因此他就沿着俯视另外那个新托克的高地的边缘走，然后向后转弯，进入空气凉爽的燧石山的石灰质地区，在苔丝写给他的信中，有一封就是从这儿寄出的，因此他认为这儿就是苔丝母亲提到的苔丝现在暂住的地方。他在这儿当然找不到苔丝，而且使他更为沮丧的是，他发现无论这儿的农户还是农场主自己，虽然都非常熟悉苔丝的教名苔丝，但是他们从来都没有听说过“克莱尔夫人”。自从他们分离以后，显然苔丝从来没有用过他的名字。苔丝是一个自尊的人，她认为他们的分离就是完全脱离关系，所以她就放弃了夫家的姓，宁肯选择受苦受难（他是第一次听说她受苦受难的事），也不愿去向他的父亲伸手要钱。

他们告诉他说，苔丝没有正式通知雇主就离开了这儿，已经回黑荒原谷她父母家去了。因此，他必须去找德北菲尔德太太。德北菲尔德太太在信中告诉他，现在她已经不住在马洛特村，但奇怪的是她对自己的真实地址避而不谈，现在唯一能做的事只有到马洛特村去打听了。那个曾经对苔丝粗暴无礼的农场主，对克莱尔不断说着好听的话，还借给他一匹马，派人驾车送他去马洛特村，他到这儿来的时候租的马车，走够了一天的路程，现在已经回爱敏寺去了。

克莱尔坐着农场主的车走到黑荒原谷的外面，他就下了车，打发送他的车夫把车赶回去，自己住进了一个客栈。第二天，他步行走进黑荒原谷，找到了他亲爱的苔丝出生的地点。当时的季节还早，花园和树叶不见浓郁的春色，所谓的春天只不过是冬天覆上了一层薄薄的青绿罢了。这儿正是他所期望的地方。

在这座屋子里，苔丝度过了她幼年的时代，但是里面现在住的是另一家人，一点儿也不知道苔丝。屋子里新住的人正在花园里，一心做自己的事，仿佛那家人从来就没有想过，这座屋子最重要的历史是同别人的历史联系在一起的，除了他们自己而外，那些历史只不过是一个痴人说的故事罢了。他们走在花园的小路上，想的完全是自己最关心的事情，他们每一时刻的活动，都同从前住在这儿的人的幻影没有和谐，只有冲突。他们说笑着，仿佛苔丝从前住在这儿的时光里，就没有发生过比现在更叫人激动的事情。即使在他们头上啼叫的春天飞鸟，也仿佛不曾觉得少了一个特别的人似的。

问过这些宝贵的一无所知的人，才知道他们甚至连以前这儿住户的名字也不记得了。克莱尔一打听，才知道约翰·德北菲尔德已经去世，他的遗孀和孩子们也离开马洛特村了，说是要到金斯伯尔去住，但是后来又没有到那儿去，而是去了另外一个地方，他们把那个地方的名字告诉了克莱尔。既然苔丝没有住在这座屋子里，克莱尔就痛恨起这座屋子来，急忙离开他现在开始讨厌的这个地方，头也不回地走了。

他要走的路从他第一次看见苔丝跳舞的那块地里经过。他像痛恨那座屋子一样痛恨那块地，甚至还要痛恨些。他从教堂的墓地里穿过去，在新竖立的一些墓碑中间，他看见一块比其他的墓碑设计得更加精美的摹碑。墓碑刻着的碑文如下：

> 故约翰·德北菲尔德，本姓德贝维尔，当年显赫世家，著名家系嫡传子孙，远祖始于征服者威廉王御前骑士帕根·德北菲尔德爵士。卒于一八一一年三月十日。
>
> 英雄千古

有一个显然是教堂执事的人看见克莱尔站在那儿，就走到他的跟前说："啊，先生，死的这个人本来不想埋在这儿，而是想埋在金斯伯尔，因为他的祖坟在那儿。"

"那么他们为什么不尊重他的意愿呢？"

"啊——他们没有钱啊。上帝保佑你，先生，唉——跟你说了吧，在别处我是不会说的——就是这块墓碑，别看它上面写得冠冕堂皇，刻墓碑的钱都还没有付呢。"

"是谁刻的墓碑？"

教堂执事把村子里那个石匠的名字告诉了克莱尔，克莱尔就离开教堂墓地，到了石匠的家里。他一问，教堂执事说的话果然是真的，就把钱付了，他办完了这件事，就转身朝苔丝一家新搬的地方走去。

那个地方太远，不能走到那儿去，但是克莱尔很想一个人走，所以起初没有雇马车，也没有坐火车，尽管坐火车要绕道儿，但是最终也可以到达那个地方。不过他走到沙斯屯后就走不动了，觉得非雇车不可了；他雇了车，路上不好走，一直到晚上七点钟到达琼住的地方，从马洛特村到这儿，他已经走了二十多英里了。

村子很小，他毫无困难就找到了德北菲尔德太太租住的房子，只见那房子在一个带围墙的园子中间，离开大路很远，德北菲尔德太太把她那些笨重的家具都尽量塞在房子里。很明显，她不想见他一定是有原因的，因此他觉得他这次拜访实在有些唐突。德北菲尔德太太到门口来见他，傍晚的夕阳落在她的脸上。

这是克莱尔第一次见到她，不过他心事重重，没有细加注意，只见她是一个漂亮女人，穿着很体面的寡妇长袍。他只好向她解释说，他是苔丝的丈夫，又说明了他到这儿来的目的，他说话的时候感到非常难堪。“我希望能立即见到她。”他又说，“你说你再给我写信，可是你没有写。”

“因为她没有回家呀。”琼说。

“你知道她还好吧？”

“我不知道。可是你应该知道呀，先生。”她说。

“你说得对。她现在住在哪儿呢？”

从开始谈话的时候起，琼就露出难为情的神色，用一只手扶着自己的脸。

“我——她住什么地方，我也不太清楚，”她回答说，“她从前——不过——”

“她从前住在哪儿？”

“啊，她不在那儿住了。”

她说话闪烁其词，又住口不说了。这时候，有几个小孩子走到门口，用手拉着母亲的裙子，其中最小的一个嘟哝着说——

“要和苔丝结婚的是不是这位先生呀？”

“他已经和苔丝结婚了。”琼小声说，“进屋去。”

克莱尔看见她尽力不想告诉他，就问——

“你认为苔丝希望不希望我去找她？如果她不希望我去找她，

当然——”

“我想她不希望你去找她。”

“你敢肯定吗？”

“我敢肯定她不希望你去找她。”

他转身正要走开，又想起苔丝写给他的那封深情的信来。

“我敢肯定她希望我去找她！”他激动地反驳说，“我比你还要了解她。”

“那是很有可能的，先生，因为我从来就没有把事情弄清楚呢。”

“请你告诉我她住的地方吧，德北菲尔德太太，可怜一个孤苦的伤心的人吧！”

苔丝的母亲看见他难过的样子，又开始心神不安地用一只手一上一下地摸她的脸，终于小声地告诉他说——

“她住在桑德波恩。”

“啊——桑德波恩在哪儿？他们说桑德波恩已经变成了一个大地方了。”

“除了我说的桑德波恩外，更详细的我就不知道了。因为我自己从来也没有去过那儿。”

很明显，琼说的话是真的，所以他也就没有再追问她。

“你们现在缺少什么吗？”他关心地问。

“不缺什么，先生，”她回答说，“我们过得还是相当不错的。”

克莱尔没有进门就转身走了。前面三英里的地方有一个火车站，他就把坐马车的钱付了，步行着向火车站走去。开向桑德波恩的火车不久就开了，克莱尔就坐在火车上。

第五十五章

当晚十一点钟，克莱尔一到桑德波恩，就立即找了一家旅馆，安排好睡觉的地方，打电报把自己的地址告诉了父亲，然后出门走到街上。这时候拜访什么人或打听什么人已经太晚了，他只好无可奈何地把寻找苔丝的事推迟到明天早晨。不过他仍然不肯回去休息。

这是一个东西两头都有火车站的时髦人物常去的海滨胜地，它的突堤、成片的松林、散步的场所、带棚架的花园，在安琪尔·克莱尔眼里，就像是用魔杖一挥突然创造出来的神话世界，不过地面上有一层薄薄的沙土。在附近，是广大的爱敦荒原东部向外突出的地带，爱敦荒原是古老的，然而就在黄褐色的那一部分的边缘，一个辉煌新颖的娱乐城市突然出现了。在它的郊外一英里的范围内，起伏不平的土壤保持着洪荒以来的特点，每一条道路仍然是当年不列颠人踩出来的。自从恺撒时代以来①,那儿的土地一寸也没有翻动过。然而这种外来的风物就像先知的蓖麻一样②,已经在这儿生长起来了，并且还把苔丝吸引到了这儿。

---

① 公元前55和公元前54两年，罗马大将恺撒曾率领部队两次入侵不列颠。

② 参见《圣经·约拿书》第四章第六节：上帝安排一棵蓖麻，使蓖麻在一日之内长得高过先知约拿，拿影儿遮住他的头，救他脱离苦楚。

这个新世界是从旧世界中诞生出来的，克莱尔借着半夜的街灯，在它蜿蜒曲折的道路上来回走着；他能够在星光里看见掩映在树木中的高耸的屋顶、烟囱、凉亭和塔楼，因为这个地方是由无数新奇的建筑物组成的。它是一座由独立式大厦构成的城市，是坐落在英吉利海峡上的一处地中海休闲胜地；现在从黑夜里看上去，比平时显得更加雄伟壮观。

大海就在附近，但是没有不谐调的感觉。大海传来阵阵涛声，他听了以为是松林发出的涛声；松林发出的涛声和海涛完全一样，他又以为听见的是海涛。

在这座富丽时髦的城市里，他年轻的妻子苔丝、一个乡下姑娘，会在什么地方呢？他越是思考，越是疑惑，这儿是不是有奶牛需要挤奶呢？这儿肯定没有需要耕种的土地。她最大的可能是被某个大户人家雇去干活。他往前走着，瞧着一个个房间的窗户，窗户里的灯光也一个接一个地熄灭了，但是他不知道苔丝究竟在哪一个房间里。

猜想是毫无用处的，十二点刚过，他就回到旅馆，上床睡觉了。他在熄灯之前，又把苔丝那封感情热烈的信重新读了一遍。但是，他一点睡意也没有，——他离她是这么近，可是又离她那么远——他不停地把百叶窗打开，向对面那些房子的背后打量，想知道这时候苔丝睡在哪一个窗户的后面。

整整一个夜晚，他差不多都是坐着度过的。他在第二天早上七点钟就起了床，不一会儿就走出旅馆，向邮政总局走去。他在邮政总局门口碰见一个伶俐的邮差，拿着信从邮局走出来，去送早班信。

“你知道一个叫克莱尔夫人的人的地址吗？”安琪尔问。

那个邮差摇了摇头。

克莱尔接着想到她可能还在继续使用没有结婚以前的姓，又问——

“或者一个叫德北菲尔德小姐的人？”

“德北菲尔德？”

这个邮差还是不知道。

“先生，你知道，观光的人每天有来的也有走的，”他说，“要是不知道他们的住址，你是不可能找到他们的。”

就在那个时候，又有一个邮差急急忙忙从邮局里走出来，克莱尔又向他问了一遍。

“我不知道姓德北菲尔德的，但是有一个姓德贝维尔的，住在苍鹭。”第二个邮差说。

“不错！”克莱尔心想苔丝用了她本来的姓了，心里一喜，大声喊着说，“苍鹭在什么地方？”

“苍鹭是一家时髦的公寓。上帝啊，这儿可遍地都是公寓呀。”

克莱尔向他们问了怎样寻找那家公寓的路，就急急忙忙地去找那家公寓，他找到那家公寓的时候，送牛奶的也到了那儿。苍鹭虽然是一座普通的别墅，但是它有自己单独的院子，看样子是一处私人住宅，想找公寓的人肯定是没有人找到这儿来的。他心里想，可怜的苔丝恐怕在这儿当女仆，要是那样的话，她就会到后门那儿去接牛奶，因此他也想到那儿去，不过他犹豫了一会儿，还是转身走到前门，按了门铃。

当时时间还早，女房东自己出来把门开了。克莱尔就向她打听苔丝·德贝维尔或者德北菲尔德。

“德贝维尔夫人？”

“是的。”

那么，苔丝还是表明了自己结了婚的身份了，他感到高兴，尽管她没有接受他的姓。

“能不能请你告诉她，就说有一个亲戚想见她？”

“现在还太早。那么我告诉她什么名字呢，先生？”

“安琪尔。”

“安琪尔？”

“不是天使的安琪尔，那是我的名字，她会明白的。”

“我去看看她是不是醒了。”

克莱尔被带进了前厅，也就是餐厅，他从弹簧窗帘的缝中向外看去，只见外面有一个小草坪，上面长着一丛丛杜鹃和别的灌木。显然，她的处境决不是像他担心的那样糟糕了，心里突然想，她一定是想法把那些珠宝取出来卖了过这种日子的。他一时也没有责备她的意思。不久，他敏锐的耳朵听到楼上响起了脚步声，这脚步好像踩在他的心上,使他的心咚咚直跳,难受得都快站不稳了。“天哪！我现在变成了这个样子，她会怎样看我呢！”他对自己说；房门打开了。

苔丝在门口出现了——完全不是他预先想象的样子——的确和他想象的相反，这使他困惑不解了。她本来是一种天然的美丽，穿上那一身服装，如果说不是更美了，那也是更加显眼了。她身上穿一件宽松的浅灰色开司米晨衣，上面绣着颜色素净的花样，脚上穿的拖鞋也是浅灰色的。她的脖子四周是一圈晨衣的细绒褶边，她那一头他现在还记忆犹新的深棕色头发，一半挽在头上，一半披在肩上——那显然是她匆忙下楼的缘故。

他伸出胳膊要去拥抱她，但是他又把胳膊放了下来，因为她还仍然站在门口，没有向他走过来。他现在只剩下了一副枯黄的骨架，因此他觉得他们的差别太大了，认为他的样子让苔丝讨厌了。

“苔丝，”他说话的声音已经沙哑了，“我抛开了你，你能原谅我吗？你能不能——走过来？你是怎样生活的——像这样生活的？”

“太晚了。”她说，她的冷酷的声音在房间里响着，她的眼神也不自然地闪着。

“从前我错怪你了——我不是把你看成本来的你！”他继续恳求说，“我最亲爱的苔丝，我后来知道错了！”

“太晚了，太晚了！”她大声说，摆着手，就像一个忍受痛苦的人再也无法忍受了，觉得一分钟似乎就是一个小时。“不要走到我的跟前来，安琪尔！不——你不能走过来。你走开吧。”

“不过，我亲爱的妻子，是不是因为我病成了这个样子的缘故你才不爱我了？你可不是一个反复无常的人——我是专门来找你的——我的父母现在都欢迎你了！”

“是的——啊，是的，是的！不过我说过，我说的是太晚了。”

苔丝的感觉似乎像是一个在梦中逃难的人，只想逃走，却又无法逃走。“难道你还不知道一切吗？你还不知道吗？如果你不知道，你又是怎样找到这儿来的？”

“我到处打听，才知道你在这儿。”

“我等你等了又等。”她继续说，说话的时候又突然恢复了从前的凄婉音调，“但是你没有回来啊！我给你写信，你还是不回来！他也不断地跟我说，你再也不会回来了，说我是一个傻女人。他对我很好，对我的母亲也好，在我的父亲死后他对我家里所有的人都好。他——”

“我不懂你说的话。”

“他又骗得我跟了他呀。”

克莱尔猛看了她一眼，明白了她话的意思，就像得了瘟疫一样瘫痪下来，目光也低垂下去，落在了她的一双手上，那双手过去是玫瑰色的，现在变白了，更加娇嫩了。

她继续说——

“他在楼上，我现在恨死他了，因为他骗了我——说你不会回来了，可是你却回来了！这身衣服也是他要我穿上的。他要怎么样，我都不在乎了！不过，安琪尔，请你走开吧，再也不要到这儿来了，好不好？”

他们两个人呆呆地站着，张惶失措，两双眼睛含着悲伤，让人看了难过。两个人都似乎在乞求什么，好让自己躲藏起来，逃避开现实。

“啊——都是我的错！”克莱尔说。

但是他说不下去了。那个时候，说与不说，都一样表达不出自己的思想。不过他还是模模糊糊地意识到一件事情，尽管他这种意识当时不太清楚，后来他才想明白。那种意识就是，苔丝在精神上已经不承认站在他面前的肉体是她自己的了——她的肉体像河流里的一具死尸，她让它随波逐流，正在朝脱离了她的生命意志的方向漂去。

过了一会儿，他发现苔丝已经走了。他全神贯注地站了一会儿，他的脸变得越来越冷漠，越来越憔悴；又过了一两分钟，他走到了街上，连自己也不知道在向什么地方走去。

第五十六章

布鲁克斯太太，这个苍鹭的房主和主妇，全部豪华家具的主人，并不是一个特别好管闲事的人。这个可怜的女人，长期以来一直把自己束缚在赚钱或赔钱这些数字魔鬼的身上，以至于被物质化了，除了怎样从她的房客口袋里掏出钱来而外，对其他的事情已经没有多大兴趣了。尽管如此，安琪尔·克莱尔对她的两个阔绰的房客德贝维尔先生和夫人——她是这样认为的——的拜访，从时间上和态度上看都很不寻常，这就引发了她的女人的好奇心，本来她一直抑制着这种女人的好奇心，因为她认为这种好奇心除了对出租业务发挥作用而外，是没有用处的。

苔丝是站在门口和她的丈夫说话的，没有走到饭厅里去，布鲁克斯太太站在她自己的起居室里，起居室的门半开着，因此她能够听见两个悲伤灵魂之间谈话的一句半句——也不知道那场谈话是不是可以称作谈话。她听见苔丝从楼梯上回到了楼上，也听见克莱尔起身出了门，听见他出门时把前门关上了。接着，她听见楼上的房门关了，知道那是苔丝走进了自己的房间。因为这个年轻的夫人还没有完全把衣服穿好，因此布鲁克斯太太知道，苔丝一时半刻不会下楼。

因此她轻轻地走到楼上，站在前面那个房间的门口，前面的房间是作客厅用的，在它的后面按通常的方法安置了折门，和另外一个房间（这个房间是作卧室用的）连接在一起。布鲁克斯太太最好的套间就在楼上，现在被德贝维尔按礼拜租住。现在后屋静悄悄的，不过前屋有声音传来。

她最初能够分辨出来的只是一个音节，用一种低声呻吟的调子不断重复着，仿佛是绑在伊克西翁火轮[①]上的灵魂发出的声音——

“哦——哦——哦！”

接着停了一会儿，然后又听到一声沉重的叹息，跟着又是——

“哦——哦——哦！”

房东从钥匙孔中看进去。她只能看见室内很小一部分，但是在看见的那一小部分里，早餐桌的一角露了出来，桌子上的早餐已经摆好了，旁边摆着两把椅子。从苔丝的姿势看她正跪在椅子前面，头伏在椅子座上，她的两只手抱着头，身上穿的晨衣的下摆和睡衣的花边拖在身后的地板上，两只脚伸在地毯上，上面没有穿补袜子，拖鞋也脱掉了。那种无法说出来的绝望的嘟哝声就是从她的嘴里发出来的。

接着紧邻的卧室里有一个男人的声音传出来——

“你怎么啦？”

她没有回答，只是继续呻吟着，呻吟的腔调与其说是解释，不如说是自言自语。与其说是自言自语，不如说是哀鸣。布鲁克斯太太只能听出一部分：

“现在我那亲爱的亲爱的丈夫回来找我了……我却一点也不知道哪！……都是你残酷地欺骗了我……你欺骗我的话从来都没有停止过——没有——你没有停止过欺骗我！我的弟弟妹妹，还有我的母亲，他们需要帮助——你就靠这些来打动我……你说我的丈夫永

---

① 伊克西翁火轮（Ixionian wheel），希腊神话中说，拉庇泰人的国王伊克西翁，自称曾与天后赫拉私通，因此被罚下地狱受苦，被绑在一个火轮上永转不停。

远也不会回来的——永远不会的；你还嘲笑我，说我多么傻，老等着他！……后来我相信你了，听了你的啦！……可是刚才他回来了！现在他又走了，第二次走了，现在我是永远失去他了……从现在起，他是一丝一毫也不会再爱我了——只会恨我了！啊，是啊，我现在又失去他了，就是因为——你！”她在椅子上痛苦地扭动着，把头朝向了门口，布鲁克斯太太看见了她脸上的痛苦表情；她的嘴唇已经被牙咬出了血，看见她闭着眼睛，长长的睫毛被泪水打湿了，沾在脸上。她又继续说：“他快要死了——他看起来快要死了！……我的罪孽没有要了我的命，却要了他的命了！……啊，你把我的生命彻底毁了……我哀求过你，要你可怜我，不要毁了我，可你还是把我毁了！……我真正的丈夫永远永远也不会——啊，上帝啊——我受不了啦——我受不了啦！”

卧室里的男人说了许多难听的话。接着就是一阵衣裙的响声，苔丝跳了起来。布鲁克斯太太以为苔丝要冲出门来，就急忙回到楼下去了，但是苔丝没有冲出门来，因为起居室的门没有打开。不过布鲁克斯太太觉得再到楼梯口去偷看不保险，就回到楼下自己的起居室去了。

虽然她在楼下注意听着，但是她什么也听不见，因此她就进厨房去把刚才没有吃完的早餐吃完。不久她又出了厨房，来到一楼前面的房间做一些针线活；一边等着房客打铃让她去收拾桌子，因为她想自己去，看看究竟发生了什么事。她坐在那儿，听见头顶的楼板有轻微的吱吱响声，仿佛有人在上面走动，不久，楼上的动静有了解释，因为她听见了一阵衣裙擦在楼梯栏杆上的声音，听见了前门打开又关上的声音，接着就看见苔丝走出了栅栏门，朝街上走去。她现在的穿戴和来的时候一样，完全是富家小姐出门时的一身穿戴，仅有的不同只是她的帽子和黑色羽毛上的面纱拉下来罩住了脸。

布鲁克斯太太也没有听见她的两个房客在门口说什么告别的话，无论是暂别还是久别的话都没有说。他们可能吵架了，或者德贝维尔先生还在睡觉，因为他不是一个早起的人。

她又走回了后面的那个房间，坐在自己的那个房间里继续做针线活。那个女房客没有回来，那个男房客也没有打铃。布鲁克斯太太想着他还没有起床的原因，想着今天一大早来这儿的那个人同楼上的那一对儿是什么关系。她想着想着，就向后靠在椅子上。

在她向后靠去的时候，她的眼睛不经意地往天花板上看去，被白色天花板中间一个她以前没有看到过的小点吸引住了。她刚看见那个小点的时候，它还只有一块饼干大小，但是它迅速扩大了，变得有她的手掌那么大了，接着她还看出它是红色的。在长方形的白色天花板中间，有一个红色的小点出现在上面，看上去就像一张巨大的红桃A。

布鲁克斯太太感到奇怪，心里怀疑起来。她站到桌子上，用她的手指头摸了摸天花板上的那个红点。那个红点是湿的，她的感觉像是血迹。

她下了桌子，走出起居室，上了楼，想进入客厅后面那间用作卧室的房间里去看看。但是，她现在已经变成了一个胆怯的女人，怎么也不敢去转动门上的把手。她又听了听，房间里只有一种有规律的滴答声，除此而外一点儿动静也没有。

滴答，滴答，滴答。

布鲁克斯太太急忙下了楼，打开前门，跑到街上。这时有一个男人路过，这个男人在邻近的别墅里干过活，所以她认识这个人。她请求那个男人进屋去，和她一块儿上楼。因为她担心在她的房客中，有一个发生了什么事。那个工人就跟着她上了楼梯口。

她把客厅的门打开，站在一边，让那个工人进去了，她才跟在他的后面走进去。客厅里是空的，早餐还摆在桌子上，有咖啡、鸡蛋、冷火腿，但是早餐一动也没有动，和她刚摆上去时一样，只是那把切肉的餐刀不见了。于是她请那个工人从折门进入紧邻的卧室去看看。

他把折门打开，走了一两步，立刻就神色紧张地退了回来。“我的天啊，睡在床上的那个人已经死了！我想他是被人用餐刀杀死的——血在地板上流得到处都是。”

他们立刻报了警，于是近来一直非常宁静的这座别墅，里面响起了嘈杂的脚步声，在那一群人前面，有一个外科医生。伤口虽然不大，但是刀尖已经刺着了死者的心脏，死者仰面躺在床上，脸色苍白，身体僵硬，已经死了，仿佛他在被刺了一刀以后几乎就没有动过。一刻钟以后，一个暂时到这个城市来玩的人在床上被人杀死的消息，就传遍了这个时髦城市的所有街道和别墅了。

第五十七章

与此同时，安琪尔·克莱尔沿着他来时走的路往回走着，进了他住的旅馆，一双眼睛茫然地瞪着，坐下来吃早饭。他毫无知觉地又吃又喝，然后突然吩咐结账；付完了账，就提起来的时候随身带的唯一行李——一只装洗梳用具的小旅行袋，出了旅馆。

正当他要离开的时候，一封电报送到了他的手上——那是他的母亲给他打来的，只有寥寥数语，说的是他们收到了他的地址，很高兴，同时又告诉他，他的哥哥卡斯伯特向梅茜·羌特求婚，梅茜小姐已经答应了。

克莱尔把电报揉成一团，向火车站走去。到了火车站，才知道还要等一个多小时火车才会开走。他坐下来等候，他等了一刻钟的时间，就觉得再也等不下去了。他的心已破碎，感觉麻木，再也没有什么要急着去办的事了。但是，他在这个城市里有了这样一番经历和感受，就希望离开这儿；于是他转身向外面的一个车站走去，打算在那儿上火车。

他走的是一条宽阔的大路，前面不远，大路就进入一个山谷，从远处看去，大路从山谷的这一头到另一头穿谷而过，他把这段山谷中的道路走了一大半，然后走上了西边的山坡，在他停下来喘一口气的时候，无意间向后看了一眼。为什么向后看去，他自己也说不清楚，不过似乎有一种力量非逼着他向后看不可。他只见身后的那条大路像一根带子，越远越细，但是当他向后看的时候，在那条空旷的白色大路上出现了一个移动着的小点。

那个小点是一个奔跑的人影。克莱尔模模糊糊地觉得那个人是来追赶他的，就停下来等着。

跑下山坡的人影是一个女人，不过他完全没有想到他的妻子会跟着他追来。他现在看见的她已经完全换了装束，所以当她走得很近了的时候，他也没有认出她来。直到她走到了他的跟前，他才敢相信她就是苔丝。

“我看见你——离开火车站的——刚好我走到那儿之前——我就一路追来了！”

她的脸色惨白，上气不接下气，身上的每一块肌肉都在颤抖，他什么也没有问她，只是抓住她的一只手，把它夹在自己的胳膊里，带着她往前走。为了避免遇见任何有可能遇见的行人，他就离开大路，走进枞树林中的一条小路。当他们走进了枞树林的深处，听见枞树枝叶的呜咽声时，他才停了下来，带着疑问的神情看着她。

“安琪尔，”她说，仿佛在等着问她，“你知道为什么我一路追了来吗？告诉你吧，我已经把他杀了！”她说的时候，脸上露出一点儿可怜的惨笑。

“什么？”他想到她奇怪的神情，以为她神经错乱了，所以问她。

“我真的把他杀了——我不知道我是怎么把他杀了的。”她继续说，“安琪尔，杀他是为了你，也是为了我。早在我用手套打他的嘴的时候，我就想过，因为他在我年幼无知的时候设陷阱害我，又通过我间接害了你，恐怕总有一天我也许要杀了他。他来这儿拆散了我们，毁了我们，现在他再也不能害我们了。安琪尔，我从来就没有像爱你一样爱过他。这你是知道的，是不是？你一直不肯回来找我，我是没有办法才跟了他的。你为什么要离开我呢——当时我那样爱你，你为什么要离开我呢？我想不出来你为什么要离开我。但是我不怪你。只是，安琪尔，既然我已经把他杀了，你能不能宽恕我对不住你的罪过？我一路跑来的时候，我就想过，你一定会因为我把他杀了而宽恕我的。杀他的想法就像一道亮光，让我感到只有那样你才能回到我的身边来。我再也不能忍受失去你了——我完全无法忍受你不爱我，这你是不知道的！现在你跟我说你爱我吧，亲爱的丈夫；既然我已经把他杀了，跟我说你爱我吧！”

“我真的爱你，苔丝——啊，我真的爱你——所有的爱都回来了！”他热烈地把她拥抱在怀里说，“可是你说你把他杀了这句话是什么意思呢？”

“我的意思是说我真的把他杀了。”她嘟哝着说，好像在梦里一样。

“什么，是杀在他的身上吗？他死了吗？”

“不错。他听见我在那儿为你哭着，就尖刻地嘲弄我，用难听的话骂你。后来，我就把他杀了。我心里忍受不了啦。他以前就因为你而挖苦我。接着我就穿好衣服出来找你了。”

克莱尔开始慢慢地相信，她至少稍微地动过杀机，想做她刚才说的事；他一面对她的动机感到恐惧，一面又惊讶她对他自己的爱情的力量，惊讶这种奇特的爱情，为了爱情，她竟然完全不顾道德。由于还没有意识到她的行为的严重性，她似乎终于感到了满足；她伏在他的肩上，高兴地哭着，他看着她，不知道在德贝维尔家族的血统中究竟有什么秘密特点，才导致苔丝这种精神错乱的举动——如果说她只是一种错乱举动的话。他突然在心里想到，之所以会产生关于马车和凶杀的家族传说，大概就是因为知道德贝维尔家里出过这种事情。同时他也按照他混乱的和激动的思想推理，认为苔丝只是在她提到的过度悲伤下一时失去了心理平衡，才陷入这种深渊的。

这件事如果是真的，那就太令人可怕了；如果只是一种暂时的幻觉，那也太令人悲伤了。不过无论如何，现在站在他面前的就是曾经被他遗弃了的妻子，这个感情热烈的女人紧紧地靠着他，一点儿也不怀疑他就是她的保护者。他看出来，在她的心里，在可能的范围内，她认为他只能是她的保护者。柔情终于彻底战胜了克莱尔。他用他苍白的嘴唇不停地吻她，握住她的手，说——

“我再也不会离开你了！我最亲爱的人，无论是你杀了人还是没有杀人，我都要尽我的一切力量保护你！”

于是他们在树林里往前走，苔丝不时地把头转过去，看一看安琪尔，虽然他疲惫不堪，一脸憔悴，但是她在他的形貌上一点儿也看不出毛病来。在她的眼里，他无论在形体还是在心灵上，还是像过去一样完美。他仍然是他的安提诺俄斯[①]，甚至是她的阿波罗[②]；他那张满是病容的脸，今天在她爱情的眼光看来，还是和她第一次见到他的时候一样，像黎明一样美丽，因为在这个世界上，只有这个人的脸曾经纯洁地爱过她，也只有这个人相信她是一个纯洁的人。

他有一种直觉，现在不能像他想的那样去镇外的第一个车站了；这儿的枞树林绵延数英里，于是他们仍然往枞树林的深处钻去。他们互相搂着对方的腰，踩着枞树干枯的针状叶子漫步走去；他们意识到他们终于又在一起了，这儿没有任何人来打扰他们，便把那具死尸抛在脑后，沉浸在如痴如醉，似真似幻的气氛中。他们就这样向前走了好几英里，直到苔丝惊醒了，看看四周，胆怯地问——

“我们这是在向什么地方走呢？”

“我不知道，最亲爱的。怎么啦？”

“我也不知道。”

“哦，我们往前再走几英里吧，到了天黑的时候，我们再找地方住吧——也许，我们可以在一个僻静的草屋里找到一个住处。你能走吗，苔丝？”

“啊，能走！只要你搂着我，我就能永远永远走下去！”

总的来说，事情也只能如此了。因此他们就加快了步伐，避开

---

① 安提诺俄斯（Antinous），古代罗马美男子，为罗马皇帝哈德林（Hadrian）所爱。

② 阿波罗（Appollo），希腊神话中的太阳神，以美和勇敢著名。

大路，沿着偏僻的小路大致上往北走。整整一天，他们的行动都是不切实际的，没有明确的企图，他们两个人似乎谁也没有考虑到逃跑的有用办法，如化装或者长期躲藏。他们就像两个小孩子，所有的想法都是临时的，不是防范的。

在中午的时候，他们走近了一个路边的客栈，苔丝想和他一起进去吃点儿东西，但是安琪尔劝她还是留在这儿，呆在这块差不多还是林地和树林的灌木丛里，等着他回来。她穿的衣服是当时流行的样式，就是她带的那把伞柄是象牙的阳伞，在他们信步来到的这个偏僻地点，也是没有人看见过的东西。这些时兴的物品，一定会引起酒店里坐在长椅上的人的注意。不久安琪尔回来了，带回来的食物够六个人吃，还有两瓶酒——这些东西，即使有什么意外发生，也够他们支持一两天的了。

他们在一些枯树枝上坐下来，一起分享食物。在一两点钟之间，他们把没有吃完的东西包好，又继续朝前走。

“我感到无论走多远我都走得动。”他说。

“我想我们也许要往去内地的路上走，在内地我们可以躲一些时候，除了靠近沿海的一些地方，他们很可能不会到内地去追捕我们，”克莱尔说。“躲上一段时间，等他们把我们忘了，我们才能从某个港口出去。”

她什么也没有回答，只是紧紧地握住他的手，于是他们继续往内地走去。虽然那时候是英国的五月季节，但是天气却清明晴朗，下午的天气更加暖和。后来他们又沿着那条小路走了许多英里，一直走进了叫做新林的树林的深处；到了傍晚，他们从一条篱路的拐弯处绕过去，看见一条小溪，小溪上有一座小桥，小桥后面有一块大木板，上面用白色的油漆写着几个大字：“理想房屋，家具齐全，待租入住”；下面写着详细说明，以及同某几个伦敦代理机构联系的地址。他们走进栅栏门，只见这座房屋是一座古建筑，是用砖建造的，式样整齐，面积很大。

“我知道这座房屋，”克莱尔说，“这是布兰夏斯特庄园。你看，门关着，走道上都长满了草。”

“有几个窗户开着哪。”苔丝说。

“我想那是让房间透气的。”

“所有的房间都空着，可是我们连一个住处也没有！”

“你一定累了，我的苔丝！”他说，“我们马上就不走了。”他吻了吻她那悲伤的嘴，又带着她往前走。

他也同样渐渐累了，因为他们已经走了十二英里到十五英里的路程，所以他们必须考虑怎样休息的问题了。他们远远望着那些孤独的小屋和小客栈，很想找一个客栈住下来。但是他们心里害怕，只好躲开了。走到后来，他们迈不动脚步了，只好停下来不走了。

“我们能不能在树下睡觉呢？”她问。

克莱尔认为还没有到在外面睡觉的节气。

“我一直在想我们路过的那座空房屋，”他说，“让我们再回到那座房屋那儿去吧。”

他们又迈开了往回走的脚步，走了半个小时，才走到他们先前路过的栅栏门外。他先让苔丝在外面等着，自己进去看看有没有人。

苔丝在栅栏门里的灌木丛中坐下来，克莱尔悄悄地向房屋走去。克莱尔进去了相当长的时间，回来的时候都把苔丝急坏了，其实她不是为自己着急，而是为他着急。他找到了一个小孩子，从他那儿打听出，看管房子的是一个老太太，她住在附近那个村子里，只是在天气好的时候才到这儿来打开窗户，要等太阳落山了她才来把窗户关上。“现在,我们可以从楼下的一个窗户里进去,在里面睡觉了。”他说。

苔丝由他保护着，慢慢地向正门走去；百叶窗关上了，它们像看不见的眼珠，防止有人偷看。他们又向前走了几步，来到门口；门旁有一个窗户开着。克莱尔翻身爬了进去，接着又把身后的苔丝拉了进去。

除了大厅，所有的房间都一团漆黑，他们就上了楼。楼上所有的百叶窗也关得紧紧的，让空气流通的工作敷衍了事，至少那天如此，因为只有前面大厅的一个窗户和楼上后面的一个窗户开着。克莱尔拉开一个大房间的门栓，摸索着走进去，把百叶窗户打开了两三寸。一束炫目的夕阳照进房间，照出了笨重的老式家具，红色的锦缎窗帘，还有一张有四根柱子的大床；那张大床的床头雕刻着奔跑的人物，显然是赛跑中的阿塔兰塔[①]。

"终于可以休息了！"克莱尔把他的旅行小袋和食物包放下说。

他们两个人极其安静地呆在房间里，等着照看房子的人来关窗子：为了小心起见，他们又把百叶窗照原样关好，让他们完全隐藏在黑暗中，防止照看房子的老太太因为偶然的原因把他们房间的门打开了。在六点到七点之间，老太太来了，不过没有到他们躲藏的那一边去。他们听见她把窗子关上，拴好，然后走了。接着克莱尔又悄悄把窗户打开一点，透进来一些亮光，一起把晚饭吃了，苍茫的夜色渐渐袭来，他们没有蜡烛驱散黑暗，也就只好呆在黑暗中了。

---

① 阿塔兰塔（Atalanta）希腊神话中著名的阿耳卡狄亚女猎手。凡向她求婚者都要同她赛跑，凡是赛跑输了的她都要用矛刺死。弥拉尼翁同她赛跑时得到女神相助，边跑边扔金苹果。阿塔兰塔因捡金苹果而落在后面，最后做了弥拉尼翁的妻子。

第五十八章

那天的夜晚尤其阴沉，尤其宁静。半夜过后，苔丝悄悄地向他讲述了他梦游的故事，说他怎样在睡梦里抱着她，冒着两个人随时都会掉进河里淹死的危险，从佛卢姆河的桥上走过，把她放在寺庙废墟中的一个石头棺材里。直到现在苔丝告诉了他，他才知道了这件事。

“第二天你为什么不告诉我呢？”他说，“如果你告诉了我，许多误会和痛苦也许就避免了。”

“过去了的事就不要再想了吧！”她说，“除了我们的此时此刻而外，我什么都不去想。我们不要去想！又有谁知道明天会发生什么事呢？”

不过第二天显然没有悲伤痛苦。早上潮湿多雾，克莱尔昨天已经听人说过，看管房子的人只是在天晴的时候才来开窗户，所以他就把苔丝留在房间里继续睡觉，自己大胆地走出房间，把整座房子查看了一遍，屋内虽然没有食物，但是有火。于是他就利用闹雾的天气，走出屋外，到两三英里以外的一个小地方的店铺里，买了茶点、面包和黄油，还买了一个铁皮水壶和一个酒精灯，这样他们就有了不冒烟的火了。他回来时把苔丝惊醒了，于是他们就一起吃他买回来的东西，当了一顿早饭。

他们都不想到外面去，只是待在屋里；白天过去了，夜晚来临了，接着是另一天，然后又是另一天。在不知不觉中，他们差不多就这样在绝对隐蔽的地方度过了五天，看不见一个人影，也听不到一点人声，没有谁来打扰他们的平静。天气变化是他们唯一的大事，陪伴他们的也只有新林的鸟儿。他们都心照不宣，几乎一次也没有提起过婚后的任何一件事情。他们中间那段悲伤的日子似乎在天地开辟之前的混沌中消失了，现在的和过去的欢乐时光又重新连接起来，仿佛从来就没有中断似的。每当他提出离开他们躲藏的屋子到南桑普顿或者伦敦去，她总是令人奇怪地表示不愿意离开。

“一切都是这样恩爱甜蜜，我们为什么要结束它呢！”她恳求说，“要来的总是躲不掉的。”她从百叶窗的缝隙中看着外面说：“你看，屋外都是痛苦，屋内才是美满啊。”

他也向外面看去。她说得完全对：屋内是爱情、和谐、宽恕，屋外却是冷酷、无情。

“而且——而且，”她把自己的脸贴在他的脸上说，“你现在这样对待我，我担心也许不会长久。我希望永远拥有你现在这份情意。我不愿意失去它。我情愿在你瞧不起我的那一天到来的时候，我已经死了，埋掉了，那样我就永远不会知道你瞧不起我了。”

“我永远也不会瞧不起你的。”

“我也希望如此，可是一想到我这一生的遭遇，我总以为别人早晚都要瞧不起我的。……我真是一个可恶的疯子呀！可是从前，我连一只苍蝇、一条小虫都不敢伤害，看见关在笼子里的小鸟，也常常要悲伤流泪。”

他们在那座屋子里又待了一天。晚上，阴沉的天气晴朗了，因此照看房子的老太太很早就在她的茅屋里醒了。灿烂的朝阳使她精神异常爽快，于是决定立即就去把那座屋子的窗户打开，在这样好的天气里让空气流通。因此在六点钟以前，她就来到那座屋子，把楼下房间的窗户打开了，接着又上楼去开卧室的窗户，她来到克莱尔和苔丝躲藏的那个房间，就用手去转动门上的把手。就在这个时候，她认为自己听见房间里有人呼吸的声音。她脚上穿着便鞋，年纪又大，所以走到房间门口也没有弄出一点儿声音。她听见声音，就急忙退了回去。后来，她想也许是自己听错了，就又转身走到门口，轻轻地转动门上的把手。门锁已经坏了，但是有一件家具被搬过来，从里面把门挡住。老太太无法完全把门打开，只打开了一两英寸。早上太阳的光线穿过百叶窗的缝隙，照射在一对正在酣睡着的人的脸上，苔丝的嘴半张着，就像是在克莱尔的脸旁半开的一朵鲜花。照看房子的老太太看见他们睡在那儿，样子是那样纯真；她看见苔丝挂在椅子上的长袍，看见长袍旁边的丝织长袜和漂亮的小阳伞，还有苔丝没有别的可穿而穿来的其他几件衣服，被它们的华美高雅深深打动了。她最初以为他们是妓女流氓，心里十分生气，现在看来他们好像是上流社会一对私奔的情侣，于是心中的愤怒便化作了一阵怜爱。她把门关上，像来的时候那样轻轻地离开，找她的邻居商量她的奇怪发现去了。

老太太走后不到一分钟，苔丝就醒了，接着克莱尔也醒了。他们两个人都觉得出现过打扰他们的事，但是他们又说不清楚是什么事；因此他们心中产生的不安情绪也就越来越强烈了。克莱尔穿好衣服，立即从百叶窗上两三寸宽的窄缝中向外仔细观察。

“我想我们要立即离开了。”他说，“今天是一个晴天。我总觉得房子里有什么人来过。无论如何,那个老太太今天肯定是要来的。”

苔丝只好同意，于是他们收拾好房间，带上属于他们的几件物品，不声不响地离开了那座屋子。在他们走进新林的时候，苔丝回过头去，向那座屋子望了最后一眼。

“啊，幸福的屋子啊——再见吧！”她说，“我只能活上几个礼拜了。我们为什么不待在那儿呢？”

“不要说这种话，苔丝！不久我们就要完全离开这个地方了。我们要按照我们当初的路线走，一直朝北走。谁也不会想到上那儿去缉拿我们的。他们要是缉拿我们，一定是在威塞克斯各个港口寻找。等我们到了北边，我们就可以从一个港口离开。”

苔丝被说服以后，他们就按计划行事，径直朝北走。他们在那座屋子里休息了这样长的时间，现在走路也有了力气。到了中午，他们走到了恰好挡住他们去路的尖塔城梅尔彻斯特的附近。克莱尔决定下午让苔丝在一个树丛里休息，到了晚上在黑夜的掩护下赶路。克莱尔在黄昏时又像往常一样去买了食物，开始在夜晚中往前走。到了八点左右，他们就走过了上威塞克斯和中威塞克斯之间的边界。

苔丝早就习惯在乡野里走路而不管道路如何，因此她走起路来就显得轻松自如。他们必须从阻挡着他们的那座古老城市梅尔彻斯特穿过去，这样他们就可以从城里那座桥上通过挡住他们去路的大河。到了午夜时候，街道上空无一人，他们借着几盏闪烁不定的街灯走着，避开人行道，免得走路的脚步声引起回响。朦胧中出现在他们左边的那座堂皇雄伟的大教堂，现在已经从他们的眼前消失了。他们出了城，沿着收税栅路走，往前走了几英里，就进了他们要穿过的广阔平原。

先前虽然天上乌云密布，但是月亮仍然洒下散光，对他们走路多少有一些帮助。现在月亮已经落下去了，乌云似乎就笼罩在他们的头上，。天黑得伸手不见五指。但是他们摸索着往前走，尽量走在草地上，免得脚步发出响声。这是容易做到的，因为在她们周围，既没有树篱，也没有任何形式的围墙。他们四周的一切都是空旷的寂静和黑夜的孤独，还有猛烈的风不停吹着。

他们就这样摸索着又往前走了两三英里，克莱尔突然感觉到，他的面前有一座巨大的建筑物，在草地上顶天而立。他们几乎撞到了它的上面。

“这是一个什么古怪地方呢？”安琪尔说。

“还在嗡嗡响呢，”她说，“你听！”

他听了听。风在那座座巨大的建筑物中间吹着，发出一种嗡嗡的音调，就像是一张巨大的单弦竖琴发出的声音。除了风声，他们听出还有其他的声音。克莱尔把一双手伸着，向前走了一两步，摸到了那座建筑物垂直的表面。它似乎是整块的石头，没有接缝，也没有花边。他继续用手摸去，发现摸到的是一根巨大的方形石柱；

他又伸出左手摸去，摸到附近还有一根同样的石柱。在他的头顶上，高高的空中还有一件物体，使黑暗的天空变得更加黑暗了，它好像是把两根石柱按水平方向连接起来的横梁。他们小心翼翼地从两根柱子中间和横梁底下走了进去；他们走路的沙沙声从石头的表面发出回声，但他们似乎仍然还在门外。这座建筑是没有屋顶的。苔丝感到害怕，呼吸急促起来，而安琪尔也感到莫名其妙，就说——

“这里是什么地方呢？”

他们向旁边摸去，又摸到一根和第一根石柱同样高大坚硬的方形石柱，然后又摸到一根，再摸到一根。这儿全是门框和石柱，有的石柱上面还架着石梁。

“这是一座风神庙。”克莱尔说。

下面一根石柱孤零零地矗立着；另外有些石柱都是两根竖着的石柱上面横着一根石柱；还有一些石柱躺在地上，它们的两边形成了一条通道，宽度足可以通过马车；不久他们就弄明白了，原来在这块平原的草地上竖立的石柱，一起形成了一片石林。他们两个人继续往前走，一直走进黑夜中这个由石柱组成的亭台中间。

“原来是史前神庙。”克莱尔说。

“你是说这是一座异教徒的神庙？”

“是的。比纪元前还要古老，也比德贝维尔家族还要古老！啊，我们怎么办哪，亲爱的？再往前走我们也许就可以找到一个栖身的地方了。”

但是苔丝这一次倒是真正累了，看见附近有一块长方形石板，石板的一头有石柱把风挡住，于是她就在石板上躺下来。由于白天太阳的照射，这块石板既干燥又暖和，和周围粗糙冰冷的野草相比舒服多了，那时候她的裙子和鞋子已经被野草上的露水弄湿了。

“我再也不想往前走了，安琪尔。”她把手伸给克莱尔说，“我们不能在这儿过一夜吗？”

“恐怕不行。这个地点现在虽然觉得别人看不见，但是在白天，好几英里以外都能够看见的。”

“现在我想起来了，我母亲娘家有一个人是这儿附近的一个牧羊人。在泰波塞斯你曾经说我是一个异教徒，所以我现在算是回了老家啦。”

克莱尔跪在苔丝躺着的身旁，用自己的嘴唇吻着她的嘴唇。

“亲爱的，想睡了吧？我想你正躺在一个祭坛上。”

“我非常喜欢躺在这儿，”她嘟哝着说，“这儿是这样庄严，这样僻静，头上只有一片苍天——我已经享受过巨大的幸福了。我觉得，世界上除了我们两个而外，仿佛没有其他的人了；我希望没有其他的人，不过丽莎·露除外。”

克莱尔心想，她不妨就躺在这儿休息，等到天快亮的时候再走；于是他把自己的外套脱下来盖在她的身上，在她的身旁坐下。

“安琪尔，要是我出了什么事，你能不能看在我的份上照看丽莎·露？”风声在石柱中间响着，他们听了好久，苔丝开口说。

“我会照顾她的。”

“她是那样善良，那样天真，那样纯洁。啊，安琪尔——要是你失去了我，我希望你会娶了她。啊，要是你能够娶她的话！”

“要是我失去了你，我就失去了一切！她是我的姨妹啊。”

“那是没有关系的，亲爱的。在马洛特村一带时常有跟小姨子结婚的。丽莎·露是那样温柔、甜美，而且还越长越漂亮了。啊，当我们大家都变成了鬼魂，我也乐意和她一起拥有你啊！安琪尔，你只要训练她，教导她，你就可以把她也培养得和你自己一样了！……我的优点她都有，我的坏处她一点儿也没有；如果她将来做了你的妻子，我就是死了，我们也是无法分开的了。……唉，我已经说过了。我不想再提了。”

她住了口，克莱尔听了也陷入了深思。从远处东北方向的天上，他看见石柱中间出现了一道水平的亮光。满天的乌云像一个大锅盖，正在整个地向上揭起，把姗姗来迟的黎明从大地的边上放进来，因此矗立在那儿的孤独石柱和两根石柱加一根横梁的牌坊，也露出了黑色的轮廓。

“它们就是在这儿向天神献祭吗？”她问。

“不。”他说。

“那么向谁呢？”

“我认为是向太阳献祭的。那根高高的石头柱子不就是朝着太阳的方向安放的吗，一会儿太阳就从它的后面升起来了。”

“亲爱的，这让我想起一件事来——”她说，“在我们结婚以前，你说你永远不会干涉我的信仰，你还记不记得？其实我一直明白你的思想，像你一样去思考——而不是从我自己的判断去思考，因为你怎样想，我就怎样想。现在告诉我吧，安琪尔，你认为我们死后还能见面吗？我想知道这件事。”

他吻她，免得在这种时候去回答这个问题。

“啊，安琪尔——恐怕你的意思是不能见面了！”她尽力忍着哽咽说，“我多想再和你见面啊——我想得多厉害啊，多厉害啊！怎么，安琪尔，即使像你和我这样相爱，都还不能再见面吗？”

安琪尔也像一个比他自己更伟大的人物[①]一样，在这样一个关键时候对于这样一个关键问题，不作回答，于是他们两个人又都沉默起来。过了一两分钟，苔丝的呼吸变得更加均匀了，她握着安琪尔的那只手放松了，因为她睡着了。东方的地平线上出现了一道银灰色的光带，大平原上远处的部分在那道光带的映衬下，变得更加黑暗了，也变得离他更近了。那一片苍茫的整个景色，露出了黎明到来之前的常有的特征，冷漠、含蓄、犹豫。东边的石柱和石柱上方的横梁，迎着太阳矗立着，显得黑沉沉的。在石柱的外面可以看见火焰形状的太阳石，也可以看见在石柱和太阳石之间的牺牲石。晚风很快就停止了，石头上由杯形的石窝形成的小水潭也不再颤抖了。就在这个时候，东边低地的边缘上似乎有什么东西在移动——是一个黑色的小点。那是一个人的头，正在从太阳石后面的洼地向

① 一个比他自己更伟大的人物，指耶稣。据《马太福音》说，耶稣在受到审判时，拒不因答，于是被钉上了十字架。

他们走来。克莱尔后悔没有继续往前走，但是现在只好决定坐着不动。那个人影径直向他们待的那一圈石柱走来。

他听见他的后面传来声音，那是有人走路的脚步声。他转过身去，看见躺在地上的柱子后面出现了一个人影；他还看见在他附近的右边有一个，在他左边的横梁下也有一个。曙光完全照在从西边走来的那个人的脸上，克莱尔在曙光里看见他个子高大，走路像军人的步伐。他们所有的人显然是有意包围过来的。苔丝说的话应验了！克莱尔跳起来，往四周看去，想寻找一件武器，寻找一件松动的石头，或者寻找一种逃跑的方法什么的，就在这个时候，那个离他最近的人来到了他的身边。

“这是没有用的，先生。”他说，“在这个平原上我们有十六个人，这儿整个地区都已经行动起来了。”

“让她把觉睡完吧！”在他们围拢来的时候，他小声地向他们恳求说。

直到这个时候，他们才看见她睡觉的地方，因此就没有表示反对，而是站在一旁守着，一动也不动，像周围的柱子一样。他走到她睡觉的那块石头跟前，握住她那只可怜的小手；那时候她的呼吸快速而又细弱，和一个比女人还要弱小的动物的呼吸一样。天越来越亮了，所有的人都在那儿等着，他们的脸和手都仿佛镀上了一层银灰色，而他们身体的其他部分则是黑色的，石头柱子闪耀着灰绿色的光，平原仍然是一片昏暗。不久天大亮了，太阳的光线照射在苔丝没有知觉的身上，透过她的眼睑射进她的眼里，把苔丝唤醒了。

“怎么啦，安琪尔？”她醒过来说，“他们已经来抓我了吧？”

“是的，最亲爱的。”他说，“他们已经来啦。”

“他们是该来啦。”她嘟哝着说，“安琪尔，我一直感到高兴——是的，一直感到高兴！这种幸福是不能长久的，因为它太过分了。我已经享够了这种幸福；现在我不会活着等你来轻视我了！”

她站起来，抖了抖身子，就往前走，而其他的人一个也没有动。

“现在可以走了。”她从容地说。

第五十九章

温顿塞斯特是一座美丽的古城，威塞克斯的首府。在七月的早晨，威塞克斯起伏不平的丘陵充满了光明和温暖，温顿塞断特城就位于这片丘陵的中部。那些带有用砖砌的山墙和盖有屋瓦的石头房子，外面的一层苔藓已经因为干燥的季节差不多晒干脱落了；草场上沟渠里的水变浅了，在那条斜坡大街上，从西大门到中古十字路，从中古十字路到大桥，有人正在不慌不忙地清扫大街，通常这都是为了迎接旧式的集市日子。

从前面提到的西大门开始，所有的温顿塞斯特人都熟悉的那条大道，向上延伸到一个长达一英里的长方形斜坡，渐渐地把那些房屋抛在后面。就在这条道路上，有两个人正在迅速从城区里走出来，仿佛并没有意识到走上坡路要费力似的——他们没有意识到费力不是因为他们心情愉快，而是因为他们心事重重。在下面那块小小的开阔高地上，建有一堵高墙，高墙中间有一道栅栏便门，他们就是从那儿出来走上这条大路的。他们似乎要急于避开挡住他们视线的那些房屋和诸如此类的建筑，而从这条大路走似乎为他们提供了一条最快的捷径。虽然他们都是年轻人，但是他们走路的时候都把头低着，太阳微笑着把光芒洒在他们悲伤的步伐上，一点儿也不可怜他们。

那两个人中间有一个是安琪儿·克莱尔，另外一个是克莱尔的小姨子丽莎·露，她的身材颀长，像一朵正在开放的蓓蕾，一半是少女，一半是妇人，完全是苔丝的化身。她比苔丝瘦一些，但是长着同样美丽的大眼睛。他们灰白的面孔瘦了，似乎瘦得只有原来的一半大小了，他们手牵着手向前走着，一句话也不说，只是低着头走路，就像吉奥托在《两圣徒》① 中画的人物一样。

当他们快要走到西山顶上的时候，城里的时钟敲响了八点。听到钟声，他们两个人都吃了一惊，但还是又往前走了几步，走到了第一块里程碑那儿。那块白色的里程碑竖在绿色草地的边上，背后是草原，跟大路连接在一起。他们走进草地，好像被某种控制了他们意志的力量逼着似的，突然在里程碑旁边站住了，他们转过身去，好像瘫痪了似的在里程碑旁等着。

从这个山顶上望去，周围的景色一览无余。下面的谷里就是他们刚才离开的那座城市，城中最突出的建筑好像一张等角图那样显眼——在那些建筑中，有高大的大教堂的塔楼，有教堂的罗曼式窗户和漫长的走道；有圣托玛斯的尖塔，还有学院的带有尖塔的塔楼，再往右边，便是古老医院的塔楼和山墙，直到今天，来这儿朝圣的人都能获赠一份面包和麦酒。在城市的后面，是圣凯瑟琳山的圆形高地；再往远处，便是越来越远的景物，一直延伸到地平线在天上太阳的照耀下消失的地方。

在连绵不断的乡村原野的衬托下，在那些高楼大厦的正面，有一栋用红砖盖的大楼房，楼房上盖的是水平的灰色屋顶，窗户上有一排排短铁栏杆，这表明那儿是囚禁犯人的地方；整栋楼房的样式既呆板又教条，和歌特式建筑错落有致的奇特风格形成鲜明对照。从路上经过这栋楼房，紫杉和常青的橡树多少把它遮挡住了，但是从山顶上看去却一览无余。不久前那两个人走出来的那道便门，就

---

① 吉奥托（Giotto，1266—1337），意大利画家，其名画《两圣徒》（Two Apostles）现藏于伦敦国家美术馆。

在那栋建筑的高墙下。在楼房的正中，有一个丑陋难看的八角形平顶塔楼矗立在东方的天空里；从山顶上看去，只能看到它背太阳的阴暗一面，让人觉得塔楼似乎是这座城市美景中的一个污点。可是那两个人所关心的正是那个污点，而不是城市的美景。

塔楼的上楣竖着一根长旗杆。他们的眼睛就紧紧盯着它。钟声响后又过了几分钟，有一样东西缓慢地从旗杆上升起来，微风一吹，那件东西就展开了。原来是一面黑旗。

“死刑”执行了，用埃斯库罗斯的话说，那个众神之王[①]对苔丝的戏弄也就结束了。德贝维尔家的骑士和夫人们在坟墓里躺着，对这件事一无所知。那两个一言不发的观看的人，把身体躬到了地上，仿佛正在祈祷，他们就那样躬着，过了好久好久，一动也不动。黑旗继续不声不响地在风中飘着。他们等到有了力气，就站起来，又手拉着手往前走。

① 众神之王（the President of the Immortals），语出于希腊悲剧家埃斯库罗斯的悲剧《被囚的普罗米修斯》第一六九行。

附　录

哈代和多塞特

聂珍钊

英国伟大的小说家和诗人托玛斯·哈代于1840年6月2日生于英国多塞特郡的上博克汉普屯，一生中大部分时间都在其故乡多塞特度过。在哈代诞辰到来之际，沃韦克大学文学系温里弗尼斯博士邀请我前往多塞特游览伟大作家的故乡。温里弗尼斯博士不仅是勃朗特姐妹的研究专家，而且对哈代也有深入研究。他在伦敦以“哈代和简·奥斯汀”为题所作的演讲，就以其新颖的观点和缜密的分析给我留下深刻印象。温里弗尼斯博士热情地表示要为我导游，于是我欣然应允，由他驱车载我前往哈代的故乡。

经过三个小时的旅行，我们到达了哈代故居附近的夏佛茨伯利镇。在拜访了住在这儿的哈代学会的主席杰弗利·塔伯尔博士之后，我们在松康林地下车，沿着林地中间一条弯曲的小道缓步向上，前去参观哈代的故居。在这片古朴幽深的林地里，高大的橡树、榛子树、山毛榉枝桠交错，藤蔓缠绕。树下长满茂密的灌木和野草，轻掩着一些粗大古老的树桩。浓荫蔽日，林深径幽；野花卉草，蝶舞鸟鸣。幽寂空寞的林地充满了活力和生命。这是哈代最为熟悉的林地。作家幼年，他就沿着我们脚下的小道，前往下博克汉普屯朱丽叶·马丁夫人开办的乡村小学接受教育。哈代热爱大自然，小时候常常跟随父亲走进荒原，领略大自然的美。正是在这样一个富有浪漫情调的自然环境里，哈代培养了自己对大自然的特殊感受，真正领悟了大自然的神秘、恐惧、诗意和美感。在哈代早期小说《绿荫下》里，松康林地是主人公活动的主要场所之一。《绿荫下》是一部风格素朴、诗情浓郁的作品,弗吉尼亚·伍尔夫称它“媚妩动人,带有田园风味”。哈代在对乡村风光和习俗的描绘中，叙述了年轻农民狄克和乡村女教师芳茜·黛的爱情故事。哈代按四季变化分冬春夏秋来表现主人公的爱情进程，其构思正是来自他对松康林地的观察和感受。

哈代的故居是一幢砖木结构的两层草屋，坐落在松康林地深处。草屋仍保持着哈代当年的原貌，映掩在林木之中，衬以鲜花绿草的装点，自然古朴，宁静美好。哈代在十六岁时曾写过描写这幢草屋的诗句：“高大弯曲的山毛榉，用低垂的树枝织成帏幔，轻拂着屋顶……”在小说《绿荫下》里，这幢草屋是主人公住屋的原型。哈代真实地描写了它的外貌：“这是一幢低矮的长方形草屋，带脊的屋顶是用秸秆盖成的，楼上的窗子破坏了屋檐，中间的烟囱高高地突出于屋脊之上，还有两个烟囱耸立在草屋两端。”屋内，右边的房间还保留着当年的面包烤炉。左边房间的地面铺着石板，天花板中间架着一条石头桁条，上面悬挂着槲寄生。楼下的壁炉还在，儿时的哈代常坐炉前，出神地倾听祖母为他讲述迷人的乡下故事。楼上哈代当年的卧室还保持着原样，少年哈代喜欢独坐窗前，悄悄地对着花园沉思。哈代出身贫寒，草屋平凡普通，室内装饰简陋。然而伟大出于平凡，正是在这幢平凡的草屋里，诞生了一位天才作家，为英国文坛增添了光彩。

在草屋背后东北方向，是一片广袤空寂和起伏不平的高地，这就是哈代在小说《还乡》中描写的爱敦荒原。荒原一望无际，上面点缀着一簇簇石楠和荆豆，其间夹杂着一些长满冬青和荆豆类植物的土坑。在哈代笔下，爱敦荒原似乎是一个时值暮年的老人，神情寂寥，面容寡欢。天上悬着灰白的帐幕，地上铺着苍郁的灌莽，一到傍晚，它就呈现出一片朦胧迷离、阴沉昏瞶、空旷苍茫而又威严堂皇的景象。哈代正是以这片荒原为背景，为我们叙述了一个热血青年企图改造它而给自己造成的悲剧。哈代笔下的荒原神秘可怖，带有强烈的悲剧气氛。然而从日丽风清的午后看去，荒原上山峦起伏，青草绿树，郁郁葱葱，并不使人感到害怕。

哈代的小说描写的基本上都是他所熟悉的故乡，小说中描写的地点大都有其所本。今天，这些地点都变成了文化名胜，成了人们探古寻幽的所在。从哈代的故居下山，向南便是下博克汉普屯，向西则是斯顿斯福特教堂。这都是哈代在《绿荫下》里描写过的地方。斯顿斯福特教堂不仅是哈代幼年常去游玩的地方，而且哈代的家人死后都埋在这座教堂的墓地。哈代死后，人们尊重他希望把自己葬于家族墓地的愿望，又照顾到各界人士希望把他葬在威斯敏斯特教堂诗人角的要求，于是将哈代尸体解剖，将心脏葬于斯顿斯福特教堂，将骨灰安放在威斯敏斯特教堂的诗人角。这种解剖尸体分葬两地的做法，成了英国文坛上绝无仅有的一件超逸之举。

在上博克汉普屯西北方向不远处是坡道尔小镇，它是哈代小说《远离尘嚣》中韦瑟伯利农场的原型。再向东是哈代在小说中描写过的另一处名胜伯尔里吉斯。它是著名小说《德伯家的苔丝》中苔丝祖先老屋的旧址，哈代在小说称之为金斯伯尔。就是在这座屋子里，安琪尔·克莱尔残酷地抛弃了苔丝，从而造成苔丝的巨大伤痛和悲剧。在多塞特，还有许多与小说《苔丝》有关的地点，如小说开头描写苔丝父亲从夏佛茨伯利前往曼霍尔途中所提到的美酒酒店，苔丝住过的小屋，苔丝被捕的地点等。

1883 年，哈代搬迁到多塞特的首府多切斯特居住。多切斯特就是哈代小说《卡斯特桥市长》中的卡斯特桥。哈代以它为背景，叙述了打草人亨察尔从落魄、发迹到毁灭的悲剧故事。卡斯特桥是继韦瑟伯利农场和爱敦荒原之后哈代描写的又一个典型环境。在小说中，卡斯特桥不是一座现代意义上的城市，而只是一片集中在一起的村庄。哈代在小说中曾这样描写过：“农家的孩子可以坐在大麦草垛下，把一块石子扔进市府职员办公室的窗子里去；割麦子的人一边干活儿，一边可以向站在街道拐角上的人点头打招呼，穿红袍的法官审问偷羊贼的时候，可以在羊的叫声中宣读他的判决……”而如今，多切斯特已发展成为一个中等城市，再难找到卡斯特桥当日的影子。在市中心，亨察尔当年的住房还在，上面钉有一块“亨察尔住宅”的牌子。离亨察尔住宅不远，便是哈代的塑像。塑像按照哈代生前最喜欢的一张照片设计：身穿夹克，手持礼帽，小腿打着绑腿。这是英国农民的装束，哈代借此表明，他是英国农民的忠实儿子。在哈代塑像下方不远处是哈代在小说中描写过的国王旅馆。当初被亨察尔以五个基尼的价格卖掉的妻子苏珊回来寻找丈夫，就住在这家旅店，并从旅店楼上的窗子里，看见亨察尔已经发迹，当上了市长，正在市政大厅里宴请宾客。在多切斯特，还有一些与哈代有关的地方，如亨察尔情人露赛妲的住屋，《远离尘嚣》中加布里埃尔·奥克寻找工作的坎道尔斯市场，短篇小说《枯萎的手臂》描写的汉曼小屋等。

在多切斯特东南一英里处的艾灵顿大道，便是哈代自己设计建造的住宅：马克斯门。这是一座维多尼亚风格的红砖建筑，左边是一片茂密的森林，右边是一个绿草如茵的花园，带有哈代小说的田园风味。哈代自1885年搬进这座住宅以后，一直住到去世为止。哈代在这里写作了《林地居民》、《德伯家的苔丝》、《无名的裘德》等重要作品，然后，他就成了马克斯门的著名诗人。我国著名诗人徐志摩，曾在这儿拜见过哈代。

哈代一生共发表过十四部长篇小说，四个短篇小说集，八卷诗，两部诗剧。就其整个小说创作来说，可以分为三个阶段。第一个阶段的小说是抒发田园理想的颂歌，带有浪漫主义风格，主要有《绿荫下》、《远离尘嚣》等。第二个阶段的作品描写威塞克斯社会的悲剧，主要有《还乡》、《卡斯特桥市长》等。第三个阶段的作品描写威塞克斯破产农民的前途和命运，主要有《德伯家的苔丝》、《无名的裘德》等。哈代的小说以优秀的艺术形象记述了十九世纪英国南部农村宗法制社会毁灭的历史，表现了英国农村社会的历史变迁。因此，哈代在出版了最后一部小说《心爱的人》以后，就在主题上完成了描写英国农村社会盛衰历史的使命而不再创作小说，却以二十世纪诗人的崭新面孔出现在文坛上，用诗歌抒发情感，探索哲学，回顾历史。哈代在诗歌创作中也同样取得了瞩目成就。在作家晚年，哈代创作了两部诗体悲剧《列王》和《康沃尔皇后的悲剧》，从而把他的诗歌创作推到了顶峰，使他成为二十世纪英国最著名的诗人之一。

二十世纪初，哈代成了英国当时最著名的作家，受到普遍的尊敬。1909年，他被聘请为多切斯特希腊拉丁文专修学校的学监。当年六月，他又出任英国作家协会主席。1912年，同他结婚38年的妻子爱玛病逝，哈代十分悲伤，写了一百多首诗悼念她。1914年，哈代同儿童文学作家佛洛伦斯·爱米丽·达格代尔结婚。哈代一生没有上过大学，但是在他晚年，英国最著名的牛津、剑桥、爱伯丁、圣安诸、布里斯托五所大学，纷纷授予哈代荣誉博士学位。他的许多作品被改编成戏剧和电影，影响遍及欧美。哈代是在田园生活的环境中孕育而成的小说家和诗人，他的创作和生活同多塞特紧密地联系在一起。在多塞特这块恬静优美、古朴寂寥的乡村土地上，哈代培养了自己酷爱自然、心怀远古的思想气度。他把环境优美、古朴清幽的故乡看成自己的理想世界，极尽笔墨描绘家乡美景，讴歌风俗淳美、人情厚朴的农村社会，同时又对外部资本主义世界对他理想中的田园生活的破坏感到悲痛。哈代是多塞特人民的忠实儿子，多塞特赋予他作家的天才，并为他提供创作的土壤。多塞特因哈代而著名，哈代也因多塞特而不朽。

（1996年，本文作者作为1996年度英国学术院K.C.Wong研究员和沃韦克大学英文系访问教授，再度赴英从事讲学和研究，并有幸访问了英国著名作家哈代的故乡。此文于1996年8月写于考文垂寓所，发表于《环球》杂志1996年第12期，曾被《中华读书报》转载。）